KB249332

전근대 동아시아 전쟁의 기억과 문학적 대응

역은이

임명걸 任明杰, Ren Mingjie

문학박사, 중국해양대학교 한국어학과 교수. 주요 연구 분야는 연행록과 고전 서사이다. 주요 논저로는 『용재총화 소재 소화 연구』, 「영재 유득공의 해양(해양국가)에 대한 인식 연구」, 「『연대재유록』에 나타난 유득공의 중국 인식 연구-『열하기행시』와의 비교를 통하여」, 「이덕무의 『입연기』에 나타난 중국 인식」 등이 있다.

전연 田娟, Tian Juan

문학박사, 중국해양대학교 한국어학과 부교수. 주요 관심 분야는 조선 후기 한문학 및 한중 문학 관계이다. 주요 논저로는 『한국 한문학과 중국』(공저), 「농암계열 문인의 육유 관심에 대한 일고찰-신정하를 중심으로」, 「정조의 육유 존숭에 대하여」, 「『칠언율시지구집』의 편찬과 신위의 시학적 지향-옹방강 『칠언율시초』와의 비교를 중심으로」, 「한 의병문인의 전란 기억」 등이 있다.

전근대 동아시아 전쟁의 기억과 문학적 대응

초판발행 2025년 5월 31일

엮은이 임명걸·전연

펴낸이 박성모
펴낸곳 소명출판
출판등록 제1998-000017호
주소 서울시 서초구 사임당로14길 15 서광빌딩 2층
전화 02-585-7840
팩스 02-585-7848
이메일 somyungbooks@daum.net
홈페이지 www.somyong.co.kr

ISBN 979-11-7549-010-9 93810
정가 34,000원

이 저서는 2022년도 대한민국 교육부와 한국학중앙연구원(한국학진흥사업단)의 해외한국학중핵대학육성사업의 지원을 받아 수행된 연구임(AKS-2022-OUC-2250001).

중국해양대학교
해외한국학중핵대학사업단

중국해양대학교
한국연구소 총서 15

전근대 동아시아 전쟁의 기억과 문학적 대응

신익철
소대평
임명걸
정환국
장령옥
장유승
윤재환
만청천
오류영
권진옥
엄태웅
전 연
조융희

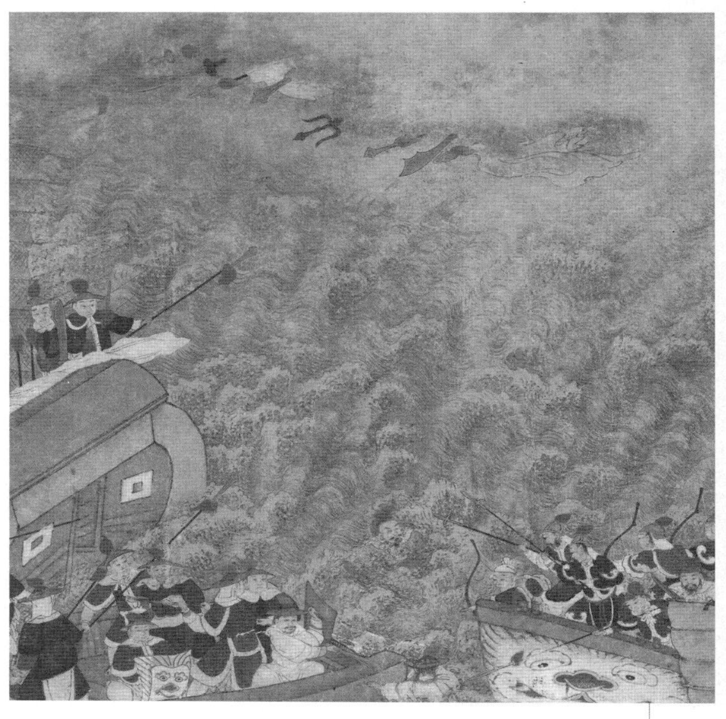

임명걸 · 전연 엮음

서문

근대 이전 한·중·일 동아시아 삼국은 한자 문명을 공유하며 오랜 세월 긴밀하게 교류해 왔다. 이웃한 세 나라는 평화적으로 공존하며 고유한 문명을 건설해 왔지만, 때로는 여러 요인으로 인해 각자의 생존을 도모하며 크고 작은 전쟁을 치르기도 하였다. 이때 중국과 일본 사이에 위치하면서 삼 면이 바다로 둘러싸여 있는 한반도는 해양 세력과 대륙 세력이 만나는 민감한 지역으로 삼국 전쟁의 무대가 되곤 하였다. 그 대표적인 것이 1592년부터 7년간 한반도에서 벌어진 전쟁으로, 한·중·일 삼국이 참여한 이 대전란은 동아시아의 새로운 국제질서를 탄생시키게 된다.

전쟁으로 여력을 소진한 명明은 조정의 부패가 더해져 여진족이 세운 청淸에 의해 멸망하게 된다. 이후 한족이 아닌 이적夷狄이 중원을 통치하게 되었고, 이러한 중화 질서의 재편성 과정에서 조선은 병자호란이라는 또 다른 국난을 겪어야 했다. 일본은 히데요시가 전쟁의 와중에서 사망한 뒤 도쿠가와 막부 체제가 들어섬으로써 일본 특유의 봉건 체제가 완성되고, 1868년 메이지 유신 전까지 문화적 전성기를 구가하였다. 한편 임병양란으로 가장 막대한 피해를 입은 조선은 사회정치적으로 각종 제도 개혁을 추구하고 전통 성리학을 비판하는 실학의 등장 등으로 왕조의 명맥을 유지하게 된다.

한편 조선에서 벌어진 삼국 전쟁에 대한 기억은 한·중·일이 각기 다른 명칭으로 부르는 것처럼 판이하다. 한국은 임진왜란이라 부르지만, 일본은 '분로쿠文祿·케이초慶長의 역役'이라 부르며, 중국은 '만력萬曆의 역役'이라 칭한다. 이처럼 기억의 주체에 따라 삼국 간에 벌어진 전쟁을 달리 부르는 것은 오늘날 동아시아에서 역사분쟁이 끊임없이 재연되는 구조적 원인의 하나이기도 하다. 동아시아 삼국이 바람직한 공동체적 질서를 이룩하기 위해서는 전쟁의 기억을 되짚어보고 상호 공통된 견해를 확인하는 작업이 선행될 필요가 있다. 이런 점에서 중국 해양대학교에서 '전근대 동아시아 전쟁과 문학'이라는 주제로 국제학술대회를 개최한 것은 그 의의가 크다고 할 것이다.

이 책은 2023년 10월에 개최된 위 주제의 학술대회에서 발표된 12편의 논문에 병자호란시기의 인물 형상화를 논의한 엄태웅의 논문 한 편을 추가하여 한 권의 단행본으로 엮은 것이다. 애당초 각기 관심 있는 사안을 자유롭게 발표한 것이기에, 주제를 분류하여 엮기가 쉽지 않았다. 그렇지만 13편의 논문을 아무런 기준 없이 나열하면 일반 논문집과 다를 바가 없기에, 고심 끝에 '한반도의 전쟁 체험과 문학적 대응'과 '한·중·일 전쟁의 기억과 소환 방식'이라는 제목 하에 제1, 2부로 나누어 묶어 보았다. 이제 이 책에 수록된 순서에 따라 논문에서 다루고 있는 내용을 소개하면 다음과 같다.

제1부 '한반도와 전쟁 체험과 문학적 대응'은 한국에서 벌어진 전쟁에 기인하여 산출된 문학작품을 다룬 8편의 논문을 수록하고 있다. 임진왜란에 관한 것이 3편이고, 임병양란을 다룬 것이 1편, 고려시대의 전쟁을 다룬 것이 1편, 전쟁 예지담豫知談과 예지서豫知書에 관한 것이 1편이다. 신익철의 논문은 1592년 평창 응암굴鷹巖窟 전투를 배경으로 지어진 실기實記 2종을 소개하면서 그 저술 의도와 서사 내용을 비교하여 살펴보았다. 소대평肖大平의 논문은 신경申炅이 편찬한 역사서 『재조번방지再造藩邦志』에 수록된 한시의 기능과 문학성을 고찰한 글이다. 임명걸의 논문은 「최척전崔陟傳」이 지닌 역동성과 탁월한 문학적 성취가 미래적 삶의 공동체로서의 동아시아 공간을 다룬 데서 획득되고 있음을 해명하였다. 정환국은 임병양란을 소재로 한 야담에서 전란을 기억하는 방식이 전란 자체의 폭력성을 고발하는 쪽이 아니라 왕조사회가 유지되기 위한 당위성으로 이용된 혐의가 짙다고 보았다. 장령옥張玲玉의 논문은 고려 대 송·원 전쟁 관련 외교문서를 정리하고, 여기에서 전쟁을 어떻게 표현했는지를 살폈다. 마지막으로 장유승은 천인감응설天人感應說에 기반해 자연의 이상현상을 전쟁의 조짐으로 본 데서 예지담이 생겨났고, 『천문유초天文類抄』 등의 예지서가 조선에서 공식적으로 수용됐음을 밝혔다.

제2부 '한·중·일 전쟁의 기억과 소환 방식'은 한·중·일 삼국에서 전쟁이

기억되며 소환되는 양상을 다룬 글 7편을 수록하고 있다. 윤재환의 논문은 임진왜란에 대한 세 나라의 시각이 상이함을 지적하고 17~18세기 삼국의 한시에서 임진왜란을 기억하는 방식을 살펴보았다. 만청천萬晴川의 논문은 명·청 문학에서 임진왜란 관련 인물들이 형상화되는 측면을 고찰하였고, 오류영吳留營의 논문은 고가세리古賀精里 부자의 글을 중심으로 에도시대 조선 사신과의 '문장을 통한 힘겨루기'에는 전쟁의 욕구가 숨어있음을 해명하였다. 권진옥의 논문은 전근대 전란과 관련하여 귀화한 인물이 문학작품에서 어떻게 형상화되었는지 살펴본 글이고, 엄태웅의 논문은 병자호란의 중심 인물인 용골대龍骨大가 조선 후기 서사문학에 다양한 모습으로 그려지고 있음을 해명하였다. 조선의 문인들이 중원이 이민족의 치하에 들어간 역사적 격변기를 환기하며 전란을 기억하는 방식에 주목한 글 또한 두 편이 실려 있다. 전연의 논문은 임병양란으로 인해 조선의 문화적 자존 의식이 위기에 처했을 때 송宋 왕조가 이민족에게 멸망한 역사적 사실을 떠올리게 했다고 하면서, 조선 후기의 '송망宋亡' 담론이 지닌 의미를 고찰하였다. 마지막으로 조융희의 논문은 조선 후기 연행사가 대릉하大陵河에서 영원寧遠에 이르는 노정을 지나면서 명청 교체기 송금전투松錦戰鬪의 기억을 떠올리며 전쟁의 기억을 소환하는 방식을 해명한 글이다.

이상에서 소개한 것처럼 이 책에 수록된 13편의 논문은 임진왜란과 병자호란을 비롯하여 송나라의 멸망 및 명청 교체기의 송금전투 등 다양한 전쟁의 기억을 다루며 그 의미를 따져보고 있다. 아울러 조선에 귀화한 인물 및 청 장수 용골대에 대한 조선 문인들의 기억 및 한·중·일 세 나라의 문인들이 임진왜란을 바라보는 시선 등까지 두루 살펴보고 있다. 모쪼록 이러한 다양한 전쟁의 기억과 그 문학적 형상에 대한 고찰이 오늘날 절실히 요구되는 동아시아 삼국의 연대 가능성을 모색하는 데 일조할 수 있기를 바란다.

2025년 5월

신익철

차례

서문 3

제1부

한반도의 전란 체험과 문학적 대응

7

신익철 『호구일록虎口日錄』과 『응암지鷹巖誌』를 통해 본 실기문학의 기록과 전승의 두 층위 9

소대평 조선시대 문인 신경申炅의 『재조번방지再造藩邦志』에 수록한 한시 연구
'유시위증有詩為證'으로 시작하는 한시를 중심으로 37

임명걸 『최척전』 연구 65

정환국 조선 후기 전란을 기억하는 몇 가지 방식
전란 소재 야담의 양상에 주목하여 85

장령옥 고려 대 송·원 외교문서 중의 전쟁 표현 113

장유승 전쟁 예지담과 예지서 137

제2부

한·중·일 전쟁의 기억과 소환 방식

157

윤재환 하나의 전쟁, 세 개의 시선
임진왜란을 바라보는 한·중·일 세 나라의 시선 159

만청천 기억의 각인 및 재구성
명·청 문학 속 '임진왜란' 인물 형상 207

오류영 귀방貴邦과 접이鰈夷
고가 세이리 부자의 한국에 대한 입장과 임진전쟁 담론 235

권진옥 전근대 한국의 전란戰亂 귀화인歸化人에 대한 문학적 형상화 273

엄태웅 고전서사 속 용골대 인물 형상화의 다기한 양상과 그 의미 297

전 연 은유·대응·재구
임병양란과 조선 후기의 '송망宋亡' 담론 335

조융희 조선 후기 연행록에서 환기되는 전쟁의 기억
'연행록사전 DB'를 활용한 송금전투松錦戰鬪의 기억 양상 고찰 373

필자소개 408

제1부

한반도의 전란 체험과 문학적 대응

『호구일록虎口日錄』과 『응암지鷹巖誌』를 통해 본 실기문학의 기록과 전승의 두 층위

신익철申翼澈
한국학중앙연구원
국어국문학과 교수

1. 1592년 평창 응암굴 전투의 서로 다른 실기實記

유몽인의 『어우야담』에는 임진왜란 관련 기사가 여러 편 실려있는데, 그중에는 왜군에게 사로잡혔다가 탈출에 성공한 평창 군수 권두문權斗文, 1543~1617에 관한 이야기가 보인다.[1] 이 기사는 아우와 함께 왜적에게 사로잡혔다가 탈출한 수사水使 이지李芷에 관한 이야기와 함께 기술되어 있는데, 이중 권두문

1 유몽인은 1591년 겨울에 質正官으로 북경에 사행 갔다가 이듬해 4월 귀로에 압록강을 건너기 직전에 임진왜란 발발 소식을 접한다. 급히 귀국한 그는 5월에 鳳山 行在所에서 復命하고, 1594년까지 왕세자로 책봉된 광해군을 수행하여 돌아다니면서 의병 봉기를 촉구하였다. 이후 임진왜란이 종결되는 1598년까지 三道(충청도·전라도·경상도)巡按御史·咸境道巡撫御史·平安道巡邊御史를 역임하며 대전란의 참상을 생생히 목도하게 된다. 이러한 체험을 반영해 『어우야담』에는 대략 27편 가량의 임진왜란 관련 기사가 보이는데, 이는 ① 왜적에게 죽임을 당한 사람들 이야기, ② 왜적에 맞서 忠節을 지킨 이들에 대한 이야기, ③ 전란에 따른 가족의 이산과 재회에 관한 이야기, ④ 전란으로 인한 굶주림과 억울한 죽음으로 출현하는 귀신담의 4가지 유형으로 나누어 볼 수 있다.

에 관한 기록은 다음과 같다.

> 평창 군수平昌郡守 권두문權斗文은 임진왜란 때 왜병에게 사로잡혀 손발을 쇠사슬에 묶인 채 호적고戶籍庫에 갇혔다. 잠시 후 한 왜병이 나무궤짝 하나를 가지고 들어와 궤짝을 열어 권두문에게 보여주는데, 바로 사람의 머리였다. 왜병이 말하기를,
>
> "이것은 원주 목사原州牧使 김제갑金悌甲의 머리로 곧 장군의 진영에 바쳐질 것이다. 내일 너도 장군의 진영에 도착하면 이처럼 될 것이다."

라고 하였다. 권두문은 더욱 두려워져서 밤새도록 쇠사슬을 벗겨 내려고 애썼는데, 손발이 온통 피투성이가 되고 나서야 쇠사슬이 끊어졌다. 드디어 호적책戶籍冊을 쌓아 높이가 지붕의 대들보에 닿게 한 뒤 그것을 타고 올라가 천장을 뚫고 먼지투성이가 된 채 밖으로 나왔다. 담장 바깥에는 왜졸들이 호적을 베고 잠들어 있었다. 권두문은 아랫도리를 걷고 그들을 밟고 지나갔는데, 왜놈들이 깊은 잠에 들어 깨지 않았기에 무사히 그곳을 빠져나올 수 있었다.[2]

평창 군수 권두문이 왜병에 사로잡혀 호적고에 갇혔다가 원주 목사 김제갑金悌甲의 참수된 머리를 보고서는 두려움에 탈출했다는 줄거리다. 김제갑은 1592년 임진왜란이 일어났을 때 원주 목사로 있으면서 영원산성鴒原山城에서 왜적을 방어하다가 성이 함락되자 부인 이 씨, 아들 김시백金時伯과 함께 순절하였다. 권두문이 왜적에 생포되었다가 탈출한 사실 또한 이즈음 벌어진 일이었다. 왜군 진영에서 탈출한 경우는 흔치 않은 사례였기에 기이한 일로 널리 회자되었을 법하고, 이를 전해 들은 작자가 이러한 기록을 남겼을 것이다. 그런데 위의 짤막한 이야기에는 권두문이 어떤 경위로 왜적의 포로가 되었으며, 호적고를 빠져나와 왜병의 추격을 어떻게 따돌리고 탈출에 성공하였는지 등이 전혀 나와 있지 않다.

2 유몽인, 신익철 외역, 「왜진에서 탈출한 권두문과 이지」, 『어우야담』, 돌베개, 2006, 71~72쪽.

이에 관한 상세한 기록이 권두문의 문집 『남천집南川集』에 수록된 『호구일록虎口日錄』에 실려있어, 그가 포로로 붙잡혔다가 탈출에 성공하기까지의 경위를 잘 알 수 있다. 『호구일록』은 임진년 3월 권두문이 평창 군수로 부임해서 4월에 임진왜란의 소식을 접하고 나서 군민을 이끌고 정동井洞에 있는 험준한 굴에 들어가 왜적과 싸우게 된 경과를 말하는 것으로 시작된다. 왜병에 맞서 싸우다가 포로가 된 연유를 설명한 도입부라 하겠는데, 이 부분은 날짜가 없이 그 경과를 간략히 기술하고 있다. 이어서 8월 7일에서 9월 13일까지 40여 일간 겪은 일을 매일 기록하였는데, 일기의 주내용인 이 부분은 세 단락으로 나누어 볼 수 있다. 먼저 군민 수백 명과 함께 위아래 두 굴로 들어가 왜군에 맞서 싸우다가 포로가 되기까지의 일기이다. 왜병에 항전하다가 포로가 되기까지 5일간의 기록인데, 분량은 소략한 편이다. 다음은 8월 12일에서 9월 2일까지의 일기로 평창에서 영월, 제천, 원주로 이송되면서 포로로 지내다가 왜군의 진영에서 탈출하기까지 겪은 일을 기록했다. 부상으로 인한 고통과 언제 처형당할지 모르는 두려움과 두 번의 자살 시도, 직접 목격한 왜군의 동태 등이 기술되어 있으며, 가장 많은 분량을 차지한다. 마지막은 탈출한 뒤 왜병의 추격을 피해 13일 영천榮川 본가에 도착할 때까지의 일기이다. 아들 주黈와 중방中房 고언영高彦英과 함께 왜군 진영에서 빠져나와 산간으로 도주하여 굶주림에 시달리다가 산골 피난민들의 도움으로 영천 고향으로 돌아가기까지의 일을 기록했다.

이러한 내용의 『호구일록』은 임진왜란의 체험을 기술한 실기문학 중 포로실기捕虜實記에 해당한다. 임란 포로실기로는 강항姜沆의 『간양록看羊錄』, 노인魯認의 『금계일록錦溪日錄』, 정호인鄭好仁의 『정유피란기丁酉避亂記』, 정경득鄭慶得의 『만사록萬死錄』, 정희득鄭希得의 『월봉해상록月峰海上錄』 등이 알려져 있다. 그런데 이들 작품이 모두 일본에 잡혀갔다가 귀국한 경험을 다루고 있는 데 비해, 『호구일록』은 국내에서 포로로 붙잡혔다가 탈출한 사실을 기술한 점에서 특이한 사례로 주목받았다.[3] 『호구일록』을 대상으로 한 본격적인 연구는 최근에 두 편이 보고되었다. 한의숭2019은 『호구일록』이 전쟁포로로서 생사의 갈림길에 서 있던 한 인간의 고뇌와 두려움, 그 속에서 피어나는 가족애와 계급을 초월한 민중과의 연대가 생생하게 드러나는 작품으로 보았다. 그리고 이 속에 담긴 충효忠孝의 정신은 전쟁이라는 공통의 재난 속에서 유교 이념이 가족 윤리로 전유되어 작동된 것으로 해석하였다. 이를 통해 국가와 개인, 계급과 성별, 혈연과 비혈연을 초월한 포용적, 연대적 가족의 측면을 발견할 수 있다고 하였다.[4] 우영길2022은 임란 실기 중 충忠이 특히 강조된 것은 포로실기로서, 이들 작품에서 유리한 기억의 강화와 불리한 기억의 축소 등 기억의 굴절이 보이는 것은 포로 생활 중에 불충不忠을 저지르지 않았음을 내보이고자 했기 때문이라고 보았다. 그러면서 「호구일록」에서 자살 시도와 탈출 과정을 상술하고 있음은 충 이념을 묵시적으로 드러내기 위한 서술로 여타 포로실기와 구별되는 특징으로 보았다.[5]

『호구일록』은 '범의 아가리虎口'로 비유된 왜군 진영에서 포로로 붙잡혀 있다가 탈출해 돌아오기까지 겪은 일을 기록해 알리는 데 목적이 있었다. 포로로 지내다가 탈출해 돌아오기까지 겪은 극적인 체험과 자신과 아들 주黈의 충효 의식을 적극적으로 알리고자 함이 주된 저술 동기였을 것이다. 따라서 범의 아가리로 들어가기까지의 경과, 즉 의병을 조직해 응암굴에서 항전하다가 패배해 포로로 붙잡히기까지의 기록은 소략한 편이다. 평창 지역에서 의병이 누구의 주도로 어떻게 조직되었으며, 응암굴에서 왜군에 맞서 어떤 방식으로 싸웠는지에 대한 구체적인 서술을 찾아볼 수 없는 것이다.

그런데 권두문이 이끈 평창 응암굴 전투의 전모를 상세히 기록한 『응암지鷹

3 장경남, 「임란 실기의 문학적 특성 고찰」, 『숭실어문』 11호, 숭실어문학회, 1998. 장경남은 이 논문에서 임란 실기 21종을 소개하고 捕虜實記·從軍實記·避亂實記·扈從實記의 4유형으로 분류하고, 그 문학적 특성을 고찰하였다.

4 한의숭, 「남천 권두문의 『호구일록』을 통해 본 유교이념의 가족윤리 전유 양상과 의미」, 『영남학』 69호, 2019.

5 우영길, 「권두문의 「호구일록」에 나타난 충(忠) 이념의 구현 양상」, 『동양고전연구』 87집, 동양고전학회, 2022.

巖誌』가 일본 교토대학京都大學 가와이문고河合文庫에 소장되어 있어 주목된다.[6] 제목의 '응암鷹巖'은 평창강 가에 위치한 정동井洞, 샘골, 현재의 평창군 천동리에 위치한 절개산[7]의 절벽 이름이다. 강가에 깎아지른 듯 솟아 있는 이 응암에는 위아래로 두 개의 천연 동굴이 있는데, 이곳을 요새 삼아 평창 군민 수백 명이 왜적에 맞서 싸운 것이다. 『응암지』에는 평창 군민들이 의병을 조직해 항전하다가 패전하기까지 전투의 전모가 소상히 기술되어 있다.

『호구일록』과 『응암지』는 둘 다 1592년 8월에 벌어진 평창 응암굴 전투를 배경으로 나온 실기문학이다. 하나의 사건을 배경으로 서로 다른 기록이 공존하는 것은 실기문학에서 특이한 사례로 여겨진다. 그런데, '호구虎口'와 '응암鷹巖'이란 상이한 제목에서 짐작할 수 있듯이 그 서사적 지향은 전혀 다르다. 『호구일록』이 왜군의 진영에 붙잡혀 있다가 탈출에 성공해 돌아오기까지의 과정이 기록의 대부분을 차지함에 비해, 『응암지』는 의병을 조직하기까지의 경과와 응암굴을 거점으로 왜군과 싸운 치열한 전투 장면 등이 서술의 대부분을 차지하며 상세히 기록되어 있는 이 글은 동일한 역사 사실에 나온 실기가 전혀 다른 면모를 지니고 있는 데에 대한 궁금증에서 출발했다. 이에 두 실기의 창작 배경과 저술 의도 등을 비교해 살펴보고자 하는데, 『호구일록』은 선행 연구에서 이미 다룬 바 있기에 여기에서는 신자료인 『응암지』를 중심으로 논의하기로 한다. 본고의 논의 순서는 다음과 같다. 먼저 『호구일록』과 『응암지』의 선후 관계와 창작 배경을 살펴보기로 한다. 이 과정에서 『응암지』의 작자와 저술 의도가 구체적으로 밝혀질 수 있을 것으로 기대한다. 다음으로는 『응암지』의 대략적인 내용을 소개하면서 그 서사적 특징을 살펴보기로 하겠다. 이때 『호구일록』에 없는 『응암지』의 내용과 두 기록에서 서로 차

6 이 외에도 국문으로 현토한 『응암지』도 전하는데, 일부 사소한 표현을 제외하고는 내용은 한문본과 거의 일치한다. 이에 대해서는 다음 장에서 상술하겠다.

7 節介山이란 이름 또한 평창 군수 권두문의 소실 姜召史가 왜군에게 생포당하게 되자, 응암 절벽에서 뛰어내려 절개를 지킨 것에서 유래한 것이다.

이를 보이는 대목을 중심으로 논의를 진행하기로 한다. 이 과정에서 당시 막강한 왜군에 맞서 싸운 평창 군민들의 용기와 희생, 그리고 충절의 정신 등이 새롭게 조명될 수 있으리라 생각한다. 마지막으로 후대의 관련 자료를 함께 살펴봄으로써 응암굴 전투에 대한 기억의 전승 방식의 일단도 살펴보기로 하겠다.

2. 『응암지鷹巖誌』의 편찬 경위와 저술 의도

일본 교토대학 가와이문고에 소장된 『응암지鷹巖誌』필사본, 1책 22장는 고려대학교 해외한국학자료센터에서 수집해 알려진 자료이다. 『응암지』는 응암굴 지형의 험난함에 대한 설명부터 시작해서 군수 권두문이 군민을 이끌고 이곳에서 왜군에 맞서 싸우다가 패전해서 포로로 붙잡히기까지의 과정이 상세하게 기록되어 있다. 이처럼 응암굴 전투의 시말을 기록하고 나서, 마지막에 원주읍으로 이송된 권두문이 탈출해 본 군으로 돌아와 전투의 경과를 적은 소장을 행재소에 올리고, 고향 영천으로 돌아갔으며 후에 간성杆城 군수를 지냈다는 후일담을 덧붙이는 것으로 끝맺는다.[8]

이처럼 서사를 완결지은 다음에 세 칸 정도 띄우고 나서, 맨 마지막에 『응암지』의 저술 경위와 제목의 '응암鷹巖'이란 명칭의 유래를 밝히는 말을 넉 줄가량 덧붙이고 있다. 이 대목은 『응암지』의 저술 의도를 분명히 드러내 주는데, 다음과 같은 내용이다.

> 본 군의 지인知印 정허춘鄭虛春은 환난을 함께 겪었기에 그 당시의 사실을 하나하

8 『鷹巖誌』, 36면. "移邃原州邑, 誘之萬端, 終不肯服, 脫身逃歸本郡. 以戰亡之由·斬馘之數, 畧陳疏上于行在, 因解印辭職, 轉向榮川故里. 後爲杆城郡守." 여기에 밝힌 『응암지』의 면수는 필자가 매긴 것으로 이하 마찬가지이다.

나 기록하고 평생토록 이야기 해서 시골 마을에서 입으로 널리 전해지도록 하였다. 훗날 사람들이 그 바위를 이름하여 '응암鷹巖'이라 불렀다.智大成 군이 매를 날려 보냈기 때문이다. 당시의 유적은 본 군의 古蹟과 本草 및 邑誌와 權南川의 家莊日錄에 대략 실려있다.

〈그림 1〉『응암지』 표지

평창군의 지인 정허춘은 응암굴 전투에 동참했기에 당시 있었던 일을 빠짐없이 기록해서 고을 사람들에게 전해지도록 했다는 것이다. 지인知印은 지방 수령을 측근에서 수행하는 통인通引을 달리 일컫는 칭호인바, 정허춘은 아마도 평창 출신 아전층의 젊은이였을 것으로 짐작된다. 정허춘이 당시 겪은 일을 하나하나 기록했다고 하지만, 과연 지방 관청에서 도장을 관리하거나 잔심부름을 하는 나이 어린 통인이 한문으로 이러한 기록을 남길 만한 학식과 문장력을 갖추었을까 하는 의문이 든다. 아울러 저술 동기를 밝힌 이 대목에서 정허춘이 자신을 객체화하여 "지인 정허춘이 (…중략…) 전해지도록 하였다"고 말하고 있는 것이 어색하게 느껴지기도 한다.

『응암지』에는 정허춘의 이름이 두 군데 더 등장하는데, 여기에서도 이름만 거론될 뿐 구체적인 행동이 서술되거나 사건에 관여하는 것으로 그려지지는 않고 있다. 먼저 권두문이 왜군의 침략 소식을 듣고 평창 관아를 떠나 동촌東村으로 피신할 때 데리고 간 권속眷屬의 이름을 나열하는데 그중 한 사람으로 나온다. 그리고 우윤선禹胤善이 권두문에게 창의倡義에 동참한 27인의 장기를

9 『鷹巖誌』, 37면. "本郡知印鄭虛春. 同經患難, 故其時事實, 歷歷記錄, 終身說道, 傳播於村巷口碑. 後之人名其巖, 曰鷹巖.(智君大成放鷹之故也. 其時遺蹟, 畧載于本郡古蹟·本草及邑誌與權南川家莊日錄)"

말하는 장면에서도 정허춘이 등장한다.[10] 우윤선은 정허춘의 재주에 대해 "바닷물을 기울이고 강물을 뒤집을 만큼 능수능란하게 말솜씨가 뛰어나다倒海飜江, 喋喋利口之辯"라고 하고 있다. 정허춘이 영리하며 뛰어난 말솜씨를 지니고 군수를 수행했던 통인임을 알게 해준다.

"훗날 사람들이 그 바위를 이름하여 '응암鷹巖'이라 불렀다"고 한 마지막 문장은 제목을 '응암지'라고 한 이유를 밝힌 것이다. 그러면서 주석에서 지대성智大成이 기르던 매를 날려 보냈기 때문이라고 밝혔다.[11] 이 주석에서 유의해야 할 것은 평창군의 기록 외에 권남천權南川의 가장일록家莊日錄에 그 사적이 실려있다고 한 점이다. 여기에서 말한 '가장일록家莊日錄'이란 권두문 집안에 전해지는 일기를 말하니, 다름 아닌 『호구일록虎口日錄』을 지칭함이 분명하다.[12] 권두문 집안에 소장된 일록日錄에 당시 사적이 실려있다고 한 것으로 보면, 『응암지』의 작자는 『호구일록』의 내용을 잘 알고 있음이 틀림없다고 할 것이다.[13] 그런데 위 인용문의 주석에서 작자는 의병의 중심 인물 중 하나인 지대성을 '지군대성智君大成'이라 부르고, 군수 권두문에 대해서도 '권남천權南川'으로 칭하고 있다.[14] 나이 어린 통인이 고을 어른을 '군'이라 일컫고 있거나,

---

10 『鷹巖誌』, 4~11면. "乙亥, 率子黚及副室姜召史·衙奴彦伊·希壽·千守·婢彦眞·李代·婢大林孫·中房高彦英·知印鄭虛春·趙虛泰等十餘人, 先入東村 …… 公(權斗文을 말함)曰 : '雖得天塹之險, 顧此諸人生長昇平之世, 不習戰武之技, 則其如何哉?' 禹胤善進曰 : '吾輩雖單, 各盡其能, 足當一隅, 勿爲過慮.' 公笑曰 : '誠如君言, 弟言其才.' 胤善曰 : '…… 知印鄭春, 倒海飜江, 喋喋利口之辯.' ……" 여기에서 '知印鄭春'은 문맥상 앞에 나온 '知印鄭虛春'을 가리킨다. 『응암지』 외에도 鄭虛春이 鄭春으로 표기된 경우가 간혹 보이는데, 양자가 동일 인물임은 분명하다.

11 『鷹巖誌』, 22~23면. "智大成曾有畜膺一坐, 坐峙於巖上, 以示誇矜之色. 賊望見呼之曰 : '願得君鷹子' 大成大言曰 : '寧爲放之, 豈可與之?' 仍割繫放之, 以激怒倭賊."

12 『호구일록』에는 권두문이 포로로 있으면서 접한 많은 사람들의 이름이 빠짐없이 기록되어 있고, 자신이 겪은 일을 매우 사실적으로 상세히 묘사하고 있는 점으로 보아 왜군 진영에 붙잡혀 있을 때부터 기록했을 것으로 추정된다. 아마도 탈출하여 고향집으로 돌아온 뒤, 오래지 않아 초고를 손질해 일기를 완성했을 것으로 여겨진다.

13 여기에서 '家莊日錄'이라 칭하고 있는 것으로 미루어 보면, 작자는 1617년 권두문의 사망 이후에 후손이 소장하고 있는 『호구일록』을 접했을 가능성이 크다고 생각된다.

14 『응암지』에는 유윤선이 창의에 동참한 이들의 재주를 말하는 대목이 있는데, "奉事公 智士涵·將仕郎 李仁恕·出身 禹應民·座首 羅壽千·智大成·智大明·李藎忠·別監 李敬祖·智大

자신이 모셨던 군수에 대해 '남천南川'이라는 호로만 칭하는 것은[15] 이해하기 힘든 표현이다. 그렇다면 과연 『응암지』의 작자는 누구로 보아야 할 것인가?

이러한 의문에 대한 해답을 평창 단양우씨가丹陽禹氏家에 소장된 고문서에서 찾을 수 있다. 평창에 거주하는 단양우씨 가에서는 응암굴 전투에서 전사한 우응민禹應民, 禹應湣으로도 표기됨의 충의와 공훈에 대한 표창을 요구하는 문서를 여러 차례 올린다. 그중 나영조羅英祚 등의 상서上書에서 우응민의 공훈을 기술하고 나서, "그 당시 소동小童 정춘鄭春이 그 일을 직접 목격하였는데, 당시 군수 이문주李文柱 씨가 그 사실을 찬술하여 지금까지도 초동목수의 입에서 입으로 전파되고 있다"[16]라고 하였다. 또 이어서 "근래 권성주權城主, 권두문의 집을 통해 비로소 임진년의 일기가 전해짐을 알게 되었는데 그때의 일이 대략 실려있다. 또 읍지邑誌의 고적古蹟을 살펴보니 그 실상이 상세히 갖추어져 있으니, 읍적邑蹟은 곧 이군수李郡守가 편찬한 것이다"[17]라고 한 데에서, 평창 군수 이문주가 읍지를 편찬하면서 고적 조에서 응암굴 전투에 대해 상세히 서술하였다고 재차 말하고 있는 것이다. 이를 통해 우리는 지인知印 정허춘鄭虛春, 鄭春으로도 칭해짐이 목격한 사실을 훗날 평창 군수로 부임한 이문주李文柱, 1599~1662가 읍지를 편찬하면서 상세히 기록했음을 알 수 있다. 그렇다면 현재 '응암지鷹巖誌'라는 제목으로 별도의 필사본이 전해지는 것은 어떻게 보아야 할까? 이는 아마도 응암굴 전투에 참가했던 의병의 후손가에서 당시 세운 공훈을 널리 알리기 위해서 읍지의 내용과 구비로 전승되는 이야기 등을 문학적으로 윤식해 만든 것이 아닌가 추정된다. 따라서 『응암지』는 '정허춘의 구

用·鄕所 羅士彦·智大忠·金成慶 ……"(10~12면)라고 하여, 지사함을 필두로 27인을 열거하고 있다. 여기에서 지대성은 '座首 羅壽千'과 나란히 거명되어, 유향소의 가장 높은 직임인 좌수와 비슷한 연배의 인사였을 것으로 짐작된다.

15 '公' 같은 존대어를 붙여 '權南川公'이라 함이 어울리는 칭호로 생각된다.

16 한국학자료센터 강원권역센터 제공, 「갑신년(甲申年) 나영조(羅英祚) 등(等) 상서(上書)」 "其時, 小童鄭春, 目擊其事, 當時李郡守文柱氏, 撰其實, 而至今傳播于樵童牧豎之口碑矣."

17 동상, "近因權城主家, 始傳壬辰日記, 而其事略載. 又考邑誌古蹟, 而其實詳備, 邑蹟卽李郡守撰集者也."

술→이문주의 기록→후손가의 윤식'의 3단계를 거쳐 생성된 것이 아닌가 짐작된다.

한편 교토 대학 소장본과 전혀 다른 『웅암지』의 한글현토본이 따로 전해지기도 한다. 한문 필사본과 달리 한글로 현토하여 정서한 이 책은 목판본을 본뜬 양식에 세로줄이 쳐진 용지에 인쇄한 것이다. 그 지질과 양식으로 보아 아마도 20세기 초 석판으로 인쇄한 석인본石印本으로 여겨진다. 한글현토본을 한문본과 비교해 보면 한문 문리에 어긋나는 어색한 표현이 일부 발견되고 오자가 보이기도 한다. 예컨대 『웅암지』의 첫머리에서 임진왜란이 발발해 팔도에 왜적들이 나누어 침략해서 강원도로 쳐들어오는 대목을 보면, 한문본에서는 "分道入寇, 副將豊臣吉成, 率一枝兵, 浮海而出, 先犯嶺東, 嶺東列邑風靡, 民莫敢格者"라 한 구절이 한글현토본에는 "分道入寇할새 副將豊臣이 咸率渡兵하고 浮海而出하야 先犯嶺東하니 嶺東列邑이 風靡하야 民莫敢格者러라"라고 되어 있다. 여기에서 강원도 지역으로 파견된 왜군 장수는 풍신길성豊臣吉成이었기에,[18] 밑줄 친 부분은 "부장 豊臣吉成이 그 병력 한 갈래를 거느리고"라고 한 한문본이 옳은 것이다. 그런데 한글현토본에서는 이를 "副將豊臣이 咸率渡兵하고"라고 하여, 그 의미를 곡해하고 있다. 한글현토본에는 이런 식으로 한문본을 오독한 경우가 간혹 있고 여러 군데에서 오자가 보이기도 하지만, 그 내용에 있어서는 거의 차이를 보이지 않는다. 다만 앞에서 살펴본 것처럼 맨 마지막에 덧붙인 『웅암지』의 저작 동기를 밝힌 부분이 한글현토본에는 빠져 있다.

18 한치윤의 『海東繹史』에 "임진년 1월에 평수길(平秀吉)이 여덟 장수를 나누어 파견하여 조선의 팔도를 침공하였다. 풍신휘원(豐臣輝元)은 경상도, 풍신경륭(豐臣景隆)은 전라도, 풍신가정(豐臣家政)은 충청도, 풍신승륭(豐臣勝隆)과 풍신원친(豐臣元親)은 경기로 보냈다. 도성 안에 주둔해 진압한 자는 풍신수가(豐臣秀家)이다. 풍신길성(豐臣吉成)은 강원도, 풍신가치(豐臣家治)는 황해도, 풍신청정(豐臣淸正)은 영안도(永安道), 풍신행장(豐臣行長)과 풍신의지(豐臣義智)는 평안도로 나누어 보냈다."(권61 「本朝備禦考」 〈馭倭始末〉)라고 하였다. 권두문 또한 『호구일록』에서 "倭將豐臣吉成自稱江原監司, 所經之邑, 必出先文, 山谷愚氓, 靡然從之, 可痛也."(8월 9일 기사)라고 하였다.

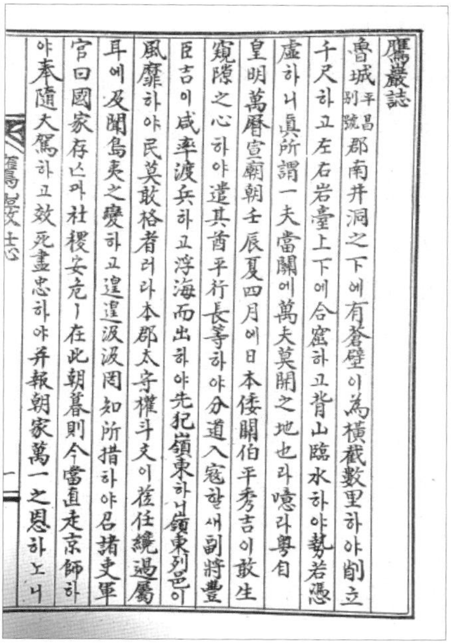

鷹巖誌

魯城(平昌別號)郡南井洞之下에有蒼壁이爲橫截數里하야削立千尺하고左右岩臺上下에合窟하고背山臨水하야勢若憑虛하니眞所謂一夫當關에萬夫莫開之地也라噫라粤自皇明萬曆宣廟朝壬辰夏四月에日本倭關伯平秀吉이敢生窺隙之心하야遣其酋平行長等하야分道入寇할새副將豊臣吉이咸率渡兵하고浮海而出하야先犯嶺東하니嶺東列邑이風靡하야民莫敢格者러라本郡太守權斗文이莅任纔過屬耳에及聞島夷之變하고遑遑汲汲罔知所措하야召諸吏軍官曰國家存亡이며社稷安危ㅣ在此朝暮則今當直走京師하야奉隨大駕하고效死盡忠하야幷報朝家萬一之恩하노니

〈그림 2〉한글현토본『응암지』의 첫 면

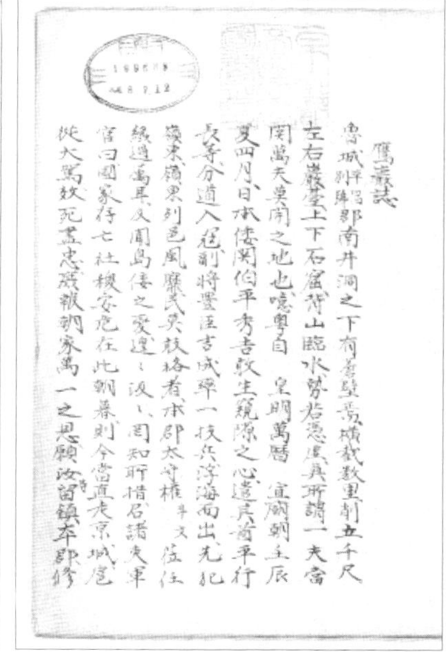

鷹巖誌

魯城(平昌別號)郡南井洞之下有蒼壁爲橫截數里削立千尺左右巖臺上下石窟背山臨水勢若憑虛眞所謂一夫當關萬夫莫開之地也噫粤自 皇明萬曆 宣廟朝壬辰夏四月日本倭關伯平秀吉敢生窺隙之心遣其酋平行長等分道入寇副將豊臣吉咸率一枝兵浮海而出先犯嶺東嶺東列邑風靡民莫敢格者本郡太守權斗文莅任纔過屬耳及聞島倭之變遑遑汲汲罔知所措召諸吏軍官曰國家存亡社稷安危在此朝暮則今當直走京城扈從大駕效死盡忠[illegible]報朝家萬一之恩願汝留鎭本郡修

〈그림 3〉한문본『응암지』의 첫 면

한글현토본은 한문본의 내용을 이해하기 힘든 일반 대중에게 응암굴 전투의 전모를 널리 알리기 위해 간행되었을 것으로 보이는데, 언제 누구에 의해 간행되었는지는 명확하지 않다. 전언에 따르면 응암굴 전투에 참여했던 후손가에서 발행한 것이라고 한다.[19] 한편 1979년에 간행된『평창군지』에는 2장「고사故事」부분의 14항에「응암굴鷹岩窟의 전투戰鬪」라는 제목으로 응암굴 전투에 대해 간략하게 소개하고, 추기追記를 통해 당시의 역사를 밝혀주는『응암지鷹岩誌』가 전하고 있다고 하였다. 여기에서 언급한『응암지』는 아마도 한글현토본을 말하는 것으로 보이며, 평창문화원에서 1998년에 발행한『노성魯城의 맥脈』13집에 번역하여 소개한『응암지鷹岩誌』또한 한문본이 아닌 한글현

19 필자는 한글현토본『응암지』의 존재를 인터넷에서 '청산'이라는 아이디의 블로그에서 처음 접했다. 이후 평창학연구소의 이경식 선생과 연락해 소장자인 조연형 선생을 만나보고 한 부를 얻어 볼 수 있었다. 이 자리를 빌어 두 분의 호의에 감사를 표한다. 이 책을 제공한 조연형 선생의 말에 따르면 응암굴 전투에 참여했던 후손가에서 발행한 것인데, 누가 현토하고 정서했는지는 알지 못한다고 하였다.

토본을 저본으로 하여 번역한 것으로 추정된다.

응암굴은 이전에는 매화굴梅花窟이라 불리다가 임진왜란 전투 이후에 응암굴로 이름이 바뀌게 되었다고 한다. '응암鷹巖'이란 명칭은 약 200m 간격으로 있는 두 개의 굴의 연락을 위해 매의 발목에 서신을 매달아 교환한 데서 연유한 것으로 알려져 있다. 두 개의 굴 중 위의 굴에 권두문 군수 일행이 피신하였고 아래 굴은 군민들이 피신했기에, 훗날 사람들이 위의 굴을 관굴官窟이라 하고 아랫굴은 민굴民窟이라 불렀다고도 한다.[20]

3. 『응암지』의 내용과 서사적 특징

이상에서 살펴본 것처럼 『응암지』는 한문본과 한글현토본 두 종이 전하는데, 이중 한문본이 원본으로 오류 또한 적은 편이다. 한문본은 1면에 10행씩 필사되어 있고, 매 행은 22자 가량이 정서되어 있다. 표지를 포함해 총 22장으로 본문은 37면에 걸쳐 기술되어 있다. 이를 환산하면 본문의 글자 수는 대략 8,000여 자를 상회하는바, 적지 않은 분량이라 하겠다. 여기에서는 한문본을 대상으로 그 내용을 서사 전개에 따라 임의로 '창의唱義'·'항전抗戰'·'패전敗戰'과 절의節義'의 세 단락으로 나누어 살펴보겠다. 그동안 알려지지 않은 자료이기에 이하 각 단락의 주요 내용을 요약해 소개하고, 내용과 표현상의 특징적 면모에 대해 간략히 언급하기로 하겠다.

① **'창의**倡義'1면 2행~16면 4행 : 풍신길성豊臣吉成 휘하의 왜병이 강원도 지방을 공

20 김기혁 외, 「응암굴(鷹岩窟)」 『한국지명유래집 중부편 지명』, 2008.(네이버 지식백과) 그런데 '鷹巖'이란 명칭의 유래에 대해 『응암지』에서는 앞에서 본 것처럼 智大成이 매를 날려 보낸 데서 연유한 것이라고 하였다. 아울러 『응암지』에는 官窟과 民窟이라는 말은 등장하지 않고, 그저 上窟과 下窟로 칭하고 있다.

격해 오자 군수 권두문權斗文이 군민과 함께 항전할 것을 결의하고 의병을 조직하는 내용이다.

『응암지』의 첫머리는 "노성魯城, 平昌의 별호이다 남쪽 정동井洞 아래편에 깎아지른 푸른 절벽이 수어 리에 걸쳐 우뚝 솟아 있다. 좌우로 암대巖臺가 마주하고 위아래로 석굴이 있으며 산을 등지고 강물을 앞에 두고 있어 그 형세가 허공 중에 떠있는 듯하니, 이른바 한 사람이 관문을 막아 지키면 만 명도 빼앗지 못할 곳이다"[21]라고 하여, 응암굴이 천혜의 험지임을 서술하는 것으로 시작된다. 이어서 의병이 결성되어 응암굴에 들어가까지의 경과를 대략 다음과 같이 서술하고 있다.

〈그림 4〉〈1872년 지방지도(평창군오면지도)〉의 응암굴(상굴 및 하굴) 일대
(출처 : 네이버 지식백과)

왜적의 침략 소식을 접한 본군 태수 권두문은 경성으로 올라가 임금을 호종할 생각을 밝히고, 아들 주黈에게 서모庶母를 모시고 고향 영천榮川으로 돌아가 가족을 책임지라고 당부한다. 다음날 출발할 즈음에 고을의 부로父老 수십 여인이 길을 막고 태수가 떠나가면 고을은 누가 지키냐고 하면서 지형이 험한 동촌東村에 피해 있다가 형세를 보아 왜적과 싸울 것을 권유한다. 이에 권두문은 권속 10여 인, 읍민 20여 인을 데리고 동촌으로 간다. 이때 전 훈련원訓鍊院 봉사奉事 지사함智士涵과 출신出身 우응민禹應民이 의병을 일으켜 항전하기로 뜻을 모으고, 동촌으로 가서 권두문에게 동참할 것을 권한다. 이 자리에서 지사함은 오늘날 시사時事가 통곡痛哭·유체流涕·한심寒心·태식太息할 일이 많다고 하면서 창의唱義의 정당성을 역설한다. 권두문이 그 뜻에 동의해 평창 관아로 돌아와 왜적과 싸울 뜻을 밝히자, 읍내의 유생들이 합류한다. 권두문이 의병에 참여한 이들의 재주를 말해보라고 하자, 우윤선禹胤善이

21 『鷹巖誌』, 1면, "魯城(平昌別號)南井洞之下, 有蒼壁焉, 橫截數里, 削立千尺. 左右巖臺, 上下石窟, 背山臨水, 勢若憑虛, 其所謂一夫當關萬夫莫開之地也."

의병에 자원한 27인의 재주를 하나하나 말한다. 이에 군내 고을에 의병이 조직되었음을 알리고 함께할 사람을 모집해 수백 인을 얻어, 부대를 편성하고 군율을 반포한다.

'창의倡義'는 왜적의 침략 소식을 접한 평창 군민이 의병을 조직하고 응암굴에 들어가 항전 준비를 하기까지인데, 『호구일록』에는 보이지 않는 내용이 많이 들어 있다. 군수 권두문이 서울로 올라가 선조 임금을 호종할 생각이었다가 평창 부로들의 말을 듣고 의병에 참여하기까지의 경위나 지사함과 우응민이 처음 창의를 결심하고 권두문에게 권유하여 의병이 조직되는 과정 등이 『호구일록』에는 빠져 있는 것이다. 이 중에서 지사함이 시사時事가 통곡痛哭·유체流涕·한심寒心·태식太息할 일이 많다고 하면서 창의의 당위성을 역설하는 대목은 비장감으로 충만해 있다. 아울러 우윤선이 권두문에게 창의에 동참한 사람들의 재주를 하나하나 말하는 대목은 문학적 윤식이 가해져 있기도 하다. 우윤선은 "奉事公 智士涵, 將仕郎 李君仁恕, 出身 禹應民" 하는 식으로 창의에 동참한 사람들의 직함과 성명을 소개하며, 아들이 각기 지닌 재주를 말하고 있다. 그 이름을 거론하고 있는 이는 앞의 3인 외에 좌수座首 나수천羅壽千·지군대성智君大成·지군대명智君大明·이군신충李君藎忠·별감別監 이경조李敬祖·지군대용智君大用·향소鄕所 나사언羅士彦·지군대충智君大忠·김군성경金君成慶·충주忠州 최업崔業·중방中房 고언영高彦英·지인知印 정춘鄭春[22]·군관軍官 박취영朴取影·초관哨官 박상영朴像影·호장戶長 이응수李膺壽·이방吏房 이순희李順希·병방兵房 이난수李蘭秀·예방禮房 손수업孫守業·전호장前戶長 박수천朴守千·전병방前兵房 이득춘李得春·전예방前禮房 김성모金聲模·퇴리退吏 이미수李眉壽·가리假吏 이신李信·이전李鷗으로 모두 27인이 된다.[23] 그리고 "나머지 노복과 사령들도 모

22 앞에서 말한 것처럼 鄭虛春의 오기로 보인다.

23 1979년에 간행된 『평창군지』에는 응암굴 전투와 관련된 기록이 두 군데에서 언급되고 있다. 2장 「故事」 14항에서 「鷹岩窟의 戰鬪」라는 제목으로 응암굴 전투에 대해 간략하게 기술하

두 한 가지 재능을 지니고 있는바, 형세에 따라 적을 제압함에 무슨 어려움이 있겠느냐?"고 하자, 권두문이 미소를 지으며 "그렇다면 그대의 장기는 무엇이냐?"고 묻자, "맨손으로 호랑이를 때려잡고 황하를 맨발로 건너며 죽더라고 후회함이 없는 것이 나의 강점입니다"[24]라고 답해 좌중이 모두 웃음을 터뜨리는 장면으로 마무리된다.

여기에서 창의한 이들의 면면을 살펴보면 훈련원訓鍊院 봉사奉事, 종8품를 지낸 지사함을 필두로 장사랑將仕郞, 종9품의 의호 이인서와 출신出身 우응민, 유향소留鄕所의 좌수座首, 별감別監 등과 유향소에 속한 이들의 성명이 먼저 호명되고 있다. 이어서 중방中房·지인知印·군관軍官·초관哨官·호장戶長·이방吏房·병방兵房·예방禮房 등에 이어 전임자까지 향리층의 성명이 나열되어 있다. 성씨로는 이인서·이신충·이경조·이응수·이순희·이난수·이득춘·이미수·이신·이전 등의 이 씨李氏가 가장 많이 보이는데, 이들 중 상당수는 평창 지역을 집성촌으로 하고 있는 평창平昌 이 씨李氏로 추정된다. 지사함·지대성·지대명·지대용·지대충 등의 지 씨智氏도 많이 보이는데, 이들 또한 평창의 유력 성씨인 봉산鳳山 지 씨智氏로 보인다. 이 중 지사함은 가장 먼저 창의를 주창하는 인물로 "평창군에 거주하는 지사함 공은 고려조의 명신 정헌공貞憲公 채문蔡文의 후손이다. 지략이 출중하고 지모가 뛰어나 독서하는 여가에 무예를 함께 익혔는데, 무과에 먼저 올라 처음에 훈련원 봉사를 지냈다"[25]라고 하여, 문무를 겸비하고 지략이 뛰어난 인물로 평소 자제들에게 충의忠義를 강조한 것으로 소개되고 있다. 지사함은 의병 결성을 주도하고 군수 권두문의 동참을 이끌어내며, 이후 의병 전군을 통솔하는 대장으로 왜적과 싸우다가 장렬히 전사하

고, 당시의 역사를 밝혀주는 『鷹岩誌』가 전하고 있다고 하였다.(459~460면) 11편 「人物」에는 智士涵·羅壽千·禹應民·李仁恕 4인이 임진왜란 때 응암굴 전투에서 순절한 사실을 한문으로 기술하고, 각기 兵判·兵使·兵參·承旨에 추증된 것으로 기록하고 있다.(670면)

24 『응암지』, 12면. "'餘他奴令, 皆有一能, 則隨機制敵 何難之有?' 公微哂曰 : '然則, 於君何有?' 對曰 : '暴虎馮河, 死而無悔, 吾之强也.'"

25 『응암지』, 5면. "郡居智公士涵, 乃是麗朝名臣貞憲[蔡文]之後也. 壯畧超等, 智謀過人, 讀書之暇, 兼習弓馬之才, 先登武科, 初調訓鍊院奉事."

는 것으로 그려진다. 『응암지』의 서두부터 결말에 이르기까지 서사의 많은 부분을 차지하는 지사함은 『응암지』에서 가장 비중 있게 서술되는 인물이다.

우윤선은 "봉사공奉事公 지사함智士涵은 문무를 겸비해 치세와 난세에 재상과 장군을 할 재주이며, 장사랑將仕郎 이인서李仁恕 군은 가만히 앉아 계략을 세움에 천 리 너머의 전투를 승리로 결판내고, 출신出身 우응민禹應民은 용기와 지략이 출중해서 만부萬夫의 우두머리가 되기에 충분하다"[26]는 식으로 의병에 자원한 27인의 재주를 4, 6자의 대구로 하나하나 대비해 말하고 있다. 이 대목은 문학적 윤식이 다분해 실사가 아닌 허구적 대목으로 읽히기도 한다.

② **'항전抗戰'**16면 4행~30면 7행 : 응암굴을 거점으로 왜군에 맞서 싸우는 내용으로 『호구일록』과 달리 전투 모습이 상세히 그려져 있다.

이튿날 고덕치高德峙, 약수평藥水坪, 조파역潮派驛 등지에 군사를 배치하고 응암굴 주변에 무기와 군량을 비치해 적군의 침입에 대비한다. 권두문이 부실副室 강소사姜召史에게 동촌으로 피신하라고 하자, 강소사는 거절하고 죽음을 함께 하겠다고 말한다. 중방中房 고언영高彦英이 적의 형세가 강하고 우리 군사와 군량이 부족하니 깊은 산중에 숨었다가 기회를 봐 싸우자고 하자, 이인서와 우응민 및 여러 군관들이 반대하고 싸우기를 결의한다. 며칠 뒤 왜적이 군에 이르러 경내가 텅 빈 것을 보고 백전산栢田山 아래 진을 치고 머문다. 권두문이 지사함 등 백여 인을 적진에 보내 잠복해 있다가 몰래 활을 쏘도록 하고, 이튿날 적군이 조파역朝波驛으로 진을 옮김에 한밤중에 전후좌우에서 협공해서 왜병 일부를 사살하고 적진을 혼란에 빠뜨린다. 다음날 왜병의 대군이 결집해 주변 일대를 수색하다가 사천蛇川 건너편 나루에 배가 있고 부제浮梯가 늘어져 있는 것을 보고 강을 건너 정탐한다. 이때 지대성이 대臺 위에서 편전片箭을 쏘아 적의 옷자락을 맞추고, 기르던 매를 날려 보내어 왜병의 화를 돋운다.

---

26 『응암지』, 10면. "奉事公智士涵, 經文緯武, 治亂將相之材; 將仕郎李君仁恕, 運籌帷幄, 決勝千里之手; 出身禹應民, 勇略超等, 快是萬夫之長."

이튿날 적군이 병력을 결집해 건너편 백사장에 진군해 와 포를 쏘며 겁을 주자, 권두문이 군대를 나누어 배치하고 작전 지시를 내린다. 이후 몇 차례 격렬한 전투가 벌어져 지사함과 우응민이 암대岩臺 아래로 내려가 왜적과 싸워 여러 왜병을 죽이고 전사하며, 이들을 구하러 갔던 이인서와 지대충도 함께 죽는다. 기세가 오른 왜군이 응암굴 입구로 돌진해 와 외대外臺에서 적군과 싸우던 의병들이 패하자 하굴下窟에 있던 군민 수백 명이 손이 묶인 채 생포되어 끌려 나왔다.

응암굴을 거점으로 왜군에 맞서 싸우는 이 부분은 『응암지』에서 가장 흥미로운 내용으로 전투 장면이 상세하게 서술되어 있다. 그중에서도 지사함과 우응민이 적진에 뛰어들어 싸우다가 포위되어 전사하고, 이를 구원하러 갔던 이인서와 지대충도 함께 전사하는 대목은 마치 곁에서 눈으로 지켜본 듯 세밀하게 묘사되어 있다. 이중 지사함이 우응민과 함께 적진에 뛰어들어 싸우다가 먼저 전사하는 장면은 다음과 같다.

이날 밤 삼경에 봉사奉事, 지사함가 우응민과 함께 은밀히 응암 아래로 내려가 적군과 더불어 다시 싸웠는데, 거의 십여 합을 겨루다가 포위당해 빠져나올 수가 없었다. 우응민을 돌아보며 말하길 '우리들이 무예를 익힌 지 10년에 이날이 있게 된 바, 나라를 위해 절의를 다할 때로다'라 하고는, 긴 창을 다시 부여잡고 좌우로 휘두를 즈음 적의 총탄에 맞아 창이 부러지고 맨몸으로 다른 병기가 없었다. 이에 맨주먹을 휘두르며 적의 칼날에 맞서며 창칼이 가득한 적진 사이를 짓밟으며 화살과 돌맹이가 난무하는 가운데 횡행하여 곁에 아무도 없는 듯 거침없이 돌진하니, 적군이 물러서며 탄식을 멈추지 않았다. 얼마 뒤 동녘이 훤히 밝아짐에 철기병이 나란히 달려와 조총을 어지러이 쏘아대니, 비록 많은 사람을 대적하는 용맹함이 있으나 만부萬夫를 어찌 당해낼 수 있겠는가. 아! 황천이 돌보지 않으니, 수양성睢陽城에서 장순張巡이 패배함[27]과 준계산浚稽山에서 전사한 한연년韓延年[28]과 같이 됨을 어찌 면할 수 있으리오. 마침내 막다른 형세에 힘이 다하여 십여 차례 창에 찔린 몸으로 억지로 몇 차례 맞서 싸우다가 끝내 적의 총탄을 맞고 땅에 거꾸러짐을 면치 못하였다.[29]

지사함이 적진에서 포위된 뒤에도 밤새도록 홀로 분전하다가 적탄에 맞아 전사하기까지의 경과가 눈에 선하게 묘사되어 있다. 이다음에는 홀로 남은 우응민을 돕기 위해 이인서와 지대충이 암대巖臺에서 내려와 싸우다가 세 사람 모두 장렬히 전사하는 장면이 그려진다. 이 대목은 『응암지』에서 가장 비장한 장면으로 극적으로 그려지고 있음에 비해, 『호구일록』에서는 "네 사람이 적탄에 맞아 먼저 거꾸러졌다"[30]고 단지 한 문장으로 간단히 언급하고 있을 뿐이다. 이처럼 『호구일록』에서는 의병들의 전투 모습에 대한 구체적인 묘사가 보이지 않는바, 이에 불만을 품고 『응암지』에서는 이처럼 장렬한 전투 모습을 기술했을 것이다. 그런데 과연 이 대목이 정태춘이 실제로 본 바를 사실대로 기록한 것일까? 아마도 그렇지 않았을 개연성이 높다고 생각한다. 과연 이처럼 영웅적인 전투 행위가 실제 있었는지도 알 수 없거니와, 한밤중에 벌어진 전투 상황을 응암 위에 있던 사람들이 이처럼 상세히 목격할 수는 없었을 것이다. 아마도 이 대목은 '사실의 서사'가 아니라 응암굴 전투에서 살아

27 안녹산(安祿山)이 반란을 일으켰을 때, 張巡이 저양성을 몇 달 동안 사수하고 있었다. 그런데 구원병이 오지 않아 양식은 다 떨어지고 힘은 다 소진되어 성이 함락되게 되자, 태수(太守)로 있던 허원과 함께 사절(死節)하였다.

28 한 무제의 명을 받아 李陵이 보병 5,000명을 거느리고 출병하여 준계산(浚稽山)에 이르러 單于를 만나 3만 가량의 기병에 포위되었다. 이릉의 군대가 흉노 수천 명을 죽이자 선우가 놀라 8만여 명으로 공격하였다. 이릉 군대가 수일을 싸우며 수천 명의 적군을 죽였으나 화살이 다 떨어지고 후원군이 없어 결국 校尉 韓延年은 전사하고 이릉은 투항하였다.

29 『응암지』, 28~29면 "此夜三更, 奉事乃與應民, 潛出岩下, 與賊更戰. 幾至十有餘合, 爲賊所圍, 不得脫, 顧謂禹君曰 : '吾等講武十載, 猶有此日, 則爲國盡節之秋也.' 更把長鎗, 左右揮霍之際, 爲中丸所折, 身外無物, 張空拳冒白刃, 蹴踏於劍戟之中, 橫行於矢石之間, 傍若無人. 賊爲之却立, 自歎不已. 已而東方旣白, 鐵騎幷進, 鳥銃亂發, 雖有兼人之勇, 其於萬夫何哉? 噫! 皇天不弔, 睢陽城張巡之敗·浚稽山延年之亡, 烏得免乎! 遂勢窮力盡, 身被十餘鎗, 强戰數合, 終未免中丸卜地."

30 권두문, 『호구일록』, 1592년 8월 11일. "智士涵·禹應緡·李仁恕·智大忠, 皆中丸先倒,"

남은 이들의 기억 속에서 재구된 '기억의 서사'로 봄이 합당할 것이다. 이러한 '기억의 서사'는 실제보다 과장됨이 자연스럽기도 하고, 그 기저에는 조정으로부터 정당한 평가를 받지 못하고 있는 현실에 대한 울분과 보상 심리가 작동되고 있었을 것으로 여겨진다.[31]

③ **'패전敗戰과 절의節義'**30면 7행~36면 10행 : 왜병이 상굴上窟에 뛰어 들어와 권두문이 부상을 입고 포로로 붙잡히고, 강소사姜召史가 절벽 아래로 몸을 던져 절개를 지키는 내용이다.

패전을 예감한 강소사가 간밤에 꾸었던 불길한 꿈 이야기를 하자, 권두문도 흉몽凶夢을 꾸었다고 하며 천명을 기다릴 뿐이라고 한다. 적장이 사람을 보내 말하길 항복하면 목숨을 살려주겠다고 하자, 강소사가 몰래 굴 안에서 허리띠를 풀어 목을 매었는데, 아들 주䵵가 달려가 목숨을 구한다.[32] 이럴 즈음에 왜병이 상굴上窟 안으로 뛰어 들어와 철퇴를 휘둘러 권두문의 오른쪽 어깨를 내려쳐 피가 샘처럼 솟아 흘렀는데, 강소사와 주가 감싸 보호하자 적병이 차마 다시 내려치지 못하였다. 왜병이 권두문을 결박해 대 아래로 끌고 가자, 강소사는 "제 지아비가 앞에 있는데, 첩이 어디로 가겠습니까?" 하고는 뒤따르다가 몸을 날려 천 길 벼랑 아래로 떨어져 내려 자결한다. 적장도 그 뜻을 가상히 여겨 비단으로 시신을 싸서 화장해 주고, 지사함·이인서·지대충·우응민 등의 시신 곁에도 그들의 병기를 꽂아 의기를 표창해 준다.

왜장이 권두문에게 무릎 꿇기를 명령하지만 권두문은 이를 거부하며 빨리 죽이라고 소리친다. 적장이 암대岩臺 위에 올라 산세를 둘러보고는 참으로 천

31 정출헌은 「임진왜란의 영웅을 기억하는 두 개의 방식–사실의 기억, 또는 기억의 서사」(『한문학보』 21권, 우리한문학회, 2009)에서 임진왜란을 다룬 기록물에서 '사실의 기억'을 넘어서 '기억의 서사'가 탄생되는 과정을 고찰하였다. 정출헌은 이순신과 논개를 중앙 공신이 재구한 영웅과 지방 사족이 창출한 영웅으로 보면서, 그에 따른 기억의 서사가 만들어지는 경위를 면밀히 추적하였다.

32 『응암지』, 33면. "垓城別曲, 英雄墜淚, 河陽分手, 烈士斷腸, 生離死別, 從古迄今, 無世無之."

혜의 험지로 저들이 굳게 버티고 싸우지 않았다면 억만 군사로도 함락시키기가 어려웠을 것이라고 한다. 왜군이 군내로 철수할 때 촌민을 모두 풀어주고 나머지 장사는 결박해 뒤따르게 했는데, 약수藥水 하평下坪에 이르렀을 때 지대성 등 10여 인이 결박을 풀고 도주하였다. 왜장이 며칠을 유숙하고 영월군에 먼저 노문路文을 보내고 출발할 즈음에 아전과 종들 무리를 풀어주었다. 함께 붙잡힌 고언영을 친척으로 오인해 권두문 부자와 함께 원주 읍으로 옮겨 가두었다. 적장이 만방으로 꾀었지만 권두문은 끝내 복종하지 않고 탈출해 본군으로 돌아와 전투에서 패한 사유와 베어 죽인 적의 수를 대략 적은 소장을 행재소에 올린다. 권두문은 이내 군수에서 사직하고 고향 영천으로 돌아갔으며, 후에 간성 군수를 지냈다.

이 단락은 패전해서 생포될 당시의 상황과 포로가 된 뒤에도 왜적의 회유에 굴하지 않고 끝까지 충절을 지켰음을 말하는 데 서술의 중점이 놓여 있다. 목을 매어 자결하려 한 강소사에게 권두문이 자네와 내가 전생에 무슨 악업이 있어 이러한 곤액을 당하는지 모르겠다고 위로하자, 강소사는 첩이 못난 행동을 해서 장부의 심기를 어지럽혔다고 사죄한다. 작자는 이 다음에 "해하성에서 항우가 노래 부르니, 영웅이 눈물을 흘림이요, 하수의 남쪽에서 소무와 이릉이 이별하니, 열사가 애끓을 때로다. 예로부터 지금까지 이러하지 않은 때가 없구나"[33]라고 하여 문학적 윤식을 더해 독자의 감정을 고조시킨다. 이 대목은 『호구일록』에는 빠져 있고, 절벽 아래로 투신한 강소사와 왜진에서 싸우다가 죽은 지사함 등 4인에 대해 적장도 그 뜻을 가상히 여겨 화장해 주고 표창했다는 내용도 들어있지 않다.

『응암지』는 권두문 일행이 포로로 붙잡혀 원주로 이송되었는데, 권두문이 탈출해 돌아왔으며 훗날 간성군수를 지냈다는 후일담을 덧붙이는 것으로 서사

33 『응암지』, 33면. "垓城別曲, 英雄墜淚, 河陽分手, 烈士斷腸, 生離死別, 從古迄今, 無世無之."

〈그림 5〉 평창 응암리 응암 전경

가 마무리된다. 다만 한문본 『응암지』에는 『응암지』의 저술 동기를 밝히고 응암의 유래에 대해 언급한 대목이 추기追記되어 있음은 앞에서 살펴본 바 있다.

이상에서 『응암지』의 주요 내용을 살펴보았는데, 권두문의 『호구일록』과 비교해볼 때 『응암지』에서 새롭게 확인되는 사실과 서사적 특징은 대략 다음과 같다. ① 왜적의 침입 소식을 접한 권두문은 애초에는 서울로 가 선조를 호종하려고 하였다. 당초 왜적에 맞서 창의하고 항전을 주도한 사람은 평창 출신의 무인 지사함과 우응민 등이었고, 권두문은 이들의 권유로 참전하였다. ② 『응암지』는 왜적과의 항전 과정에서 활약한 평창 군민의 활약상을 드러내는 방향으로 서술되었고, 이는 지사함·우응민·이인서·지대명 등의 전투 모습에 대한 묘사에 잘 드러나 있다. ③ 『응암지』는 실제 벌어진 사실을 단순히 기록해 전달함을 넘어서서 문학적 윤식을 통한 감동을 추구하고 있음이 여러 군데에서 확인된다. 지사함이 창의의 당위성을 역설하는 대목, 우응민이 항전하기로 자원한 27인의 재주를 말하는 대목, 강소사가 자결하는 장면 등에서 이러한 면모가 두드러진다. 요컨대 『응암지』는 정허춘이 직접 목격한 사실에 당시 평창 지역민에게 구전으로 전승되는 '기억의 서사'가 덧붙여져서 응암굴 전투의 자랑스런 역사를 부각시키는 데에 서사의 중심이 놓여 있다. 이는 왜적에 포로로 붙잡혔다가 탈출하기까지 겪은 경험을 매일 기록하고 자신의 忠을 강조하는 방향으로 서술한 권두문의 『호구일록』과는 상당한 차이를 보이는 서술 방식으로, 우리가 미처 모르는 1592년 8월에 벌어진 응암굴 전투의 이면을 알려주고 있다.

4. 『호구일록』과 『응암지』의 전승 양상

『호구일록』과 『응암지』는 둘 다 응암굴 전투에 기반한 실기문학이지만 그 저술 의도와 서사 내용은 사뭇 다르다. 『호구일록』은 권두문이 왜진에서 포로로 겪은 고통과 탈출에 성공하기까지의 과정을 일기 형식으로 적은 것이다. 여기에는 왜적에 맞서 싸우다가 포로로 붙잡히고 적장의 회유에 굴하지 않은 권두문의 충忠, 포로로 붙잡히는 순간에 자결한 강소사의 절節, 서모와 부친의 자살 시도를 막고 하늘에 빌어 비를 내리게 한 아들 주黈의 효孝가 모두 들어 있다. 조선사회에서 가장 중시하는 충효열忠孝烈의 유교 윤리를 빠짐없이 지니고 있어서인지, 문집 『남천집南川集』이 간행되기 이전부터 『호구일록』은 후인의 주목을 받았음이 확인된다.[34]

17세기 안동 출신의 성리학자 홍여하洪汝河, 1620~1674는 『호구일록』을 보고 그 감회를 읊은 두 편의 시를 남겼다.

34 김진옥의 「해제」에 따르면 『남천집』은 1864년에 榮川 鷗湖書院에서 木板으로 초간본이 간행된다.

身輕白刃學當熊　　당웅을 배운 듯 몸으로 선뜻 칼날에 맞서더니
忽墮蒼崖萬仞崇　　만 길 높은 푸른 벼랑에서 홀연 몸을 던졌네.
玉碎花飛容易事　　옥 깨어지고 꽃잎 날리는 건 쉬운 일이지만
誰知捍衛所天功　　막아 지킴이 하늘의 도움인 줄 누가 알았으리오.

憑虛一夕動風雷　　저녁 내내 허공 가득 바람과 우레 요란하더니
鐵鎖重關也自開　　쇠사슬로 겹겹이 잠긴 문이 또한 절로 열렸다네.
誰識天翁感精禱　　뉘라서 알리오, 하늘이 정성스런 기도에 감응해
終教夜半負爺來　　마침내 한밤중에 아비 업고 나오게 한 줄을.[35]

첫 번째 시는 권두문의 부실 강소사의 절행節行을 노래한 것으로 첫 구의 당웅當熊은 죽음을 무릅쓰고 지아비를 구한 일을 비유하는 말이다. 한漢 원제元帝가 비빈들과 같이 호권虎圈에 가 짐승들의 싸움을 구경하고 있는데, 곰 한 마리가 울에서 탈출해 전殿으로 올라왔다. 그러자 모든 비빈들이 놀라 도망갔으나, 궁녀 풍소의馮昭儀가 곰의 앞을 가로막아 주위 사람들이 곰을 쳐서 죽였다는 고사에서 나온 말이다. 왜병이 권두문을 칼로 내려치려 할 때에 강소사가 몸으로 감싸 보호한 일을 비유해 말한 것이다.[36] 이어서 강소사가 절벽에서 몸을 던져 자결한 사실을 말하고 나서, 하늘의 도움이 있었기에 권두문이 살아남을 수 있었다고 하였다. 두 번째 시는 아들 권주權黈의 효행孝行을 칭송한 것으로, 권주의 기도에 감응해 하늘이 비를 내려 무사히 탈출할 수 있었음[37]을 노래한 것이다.

35 『木齋集』 권2, 「題權通禮南川公虎口日錄後 幷序」 번역은 한국고전번역원에서 제공하는 번역문을 참고해 필자가 가다듬었다.

36 『호구일록』, 8월 11일, "轉頭之間, 賊已飛上, 揮劒擊我. 康女卽趍覆吾背曰 : "願殺妾而存夫." 黈亦呼泣覆之.

37 『호구일록』, 9월 2일, "一倭宿廳外積穀上, 他直倭亦列宿於簷下. 燎火雖明, 一不上見, 是必以雷雨之故, 不疑吾等之逃出也. 景鎭曰 : '今此之雨, 豈非昨夜令胤祝天之所感也? 至誠動天, 果非虛語.'"

홍여하는 이 시의 서문에서 "측실 강 씨의 열이 있어 처음에 공을 감싸안아 죽지 않을 수 있었고, 진사공권주를 말함의 효가 있어 마지막에 공을 탈출시켜 죽지 않을 수 있었다. 그러하니 공이 충을 온전히 함은 자못 하늘이 공을 곡진히 이루어줌인가 보다. 비록 그렇지만 그 열과 효는 실상 공의 집안 가르침에 근본을 둔 것이니, 공이 본래 그 충을 지녔음이 더욱 징험된 것이다. 이것이 공이 하늘의 도움을 받은 까닭이 되는가 보다"[38]라고 하여, 강씨의 열과 아들 주의 효가 권두문의 충에서 나온 것이라고 하면서, 이 때문에 하늘이 도운 것이라고 하였다. 권주의 효와 강소사의 열 같은 행실이 결국 권두문의 충에서 유래했다고 보고 있는 것이다.[39]

『호구일록』에 비해 『응암지』는 여러 단계의 전승 과정을 거쳐 기록이 남겨지게 되었다. 앞에서 살펴본 것처럼 『응암지』는 당시 통인 정허춘이 목격한 사실을 훗날 평창 군수로 부임한 이문주가 읍지를 편찬하면서 기록하였고, 이를 후손가에서 문학적으로 윤식하는 과정을 통해 생성되었을 것으로 여겨진다. 이문주가 평창 군수를 지낸 시기는 대략 17세기 중반으로 정허춘의 구술에 기반한 『응암지』의 줄거리는 이때 이루어졌을 것으로 보인다. 그리고 『응암지』에서 문학적으로 윤식된 허구적 대목은 아마도 당시 의병에 참여한 후손가의 손길에서 덧붙여졌을 것으로 추정된다. 이때 주목되는 것이 평창 단양우씨가에 남아 있는 고문서로, 여기에는 우응민의 공훈을 인정하고 포상을 청원하는 내용이 담겨 있다. 정허춘이 목격한 바를 이문주가 읍지에 기록한 사실도 이 문중에 소장된 「갑신년甲申年 나영조羅英祚 등等 상서上書」를 통해 알 수 있거니와, 이 외에 관련 문서가 6점이 더 확인되는데 모두 19세기에 작

38 『목재집』 권2, "有側室康之烈, 捍公於始, 得不死, 有進士公之孝, 脫公於終, 得不死. 而以全公之忠, 殆天所以曲成公歟! 雖然, 之烈也之孝也, 實本諸公之家敎, 則公能有其忠益驗矣, 此公所以獲佑於天也歟!"

39 권두문과 같은 榮川 출신으로 홍여하의 시에 차운한 朴時源(1764~1842) 또한 똑같은 지향을 드러내고 있으니, 원문은 다음과 같다. "蛇豖當前義取熊. 落花巖壁至今崇. 魚龍不敢呑貞玉, 烈氣撑天最是功. / 虔誠默禱致風雷, 虎口抽身嶺路開. 死守孤城生亦義, 一家忠孝有從來."(「附錄」「謹閱虎口錄 敬次木齋洪公韻」『南川集』 권4)

성된 것이다.[40] 이들 고문서는 우응민 후손가의 우중화禹重華·우원규禹元規·우창구禹昌九 등이 발괄白活·등장等狀·상서上書 등의 형식으로 평창 군수, 강원도 관찰사, 예조 등에 올린 청원서이다. 여기에는 우응민이 지사함, 이인서와 함께 앞장서서 창의하여 항전하다가 순절한 사실을 말하고, 읍지와 권두문 후손가에 소장된 일기 등에 그 사실이 실려있음을 강조하는 내용이 보인다. 그중에서도 우응민이 적탄에 맞아 눈알이 튀어나왔는데 이를 손으로 떼어내고 분전하다가 전사한 사실을 여러 문서에서 언급하고 있는데,[41] 『응암지』에는 이 장면이 "우임금의 투구가 땅에 떨어지고 날아온 화살이 얼굴에 가득 꽂혔는데, 왼쪽 눈알이 튀어나옴에 손으로 끊어내고 다시 한참을 싸웠다. 또다시 총탄이 적중하고 끝내는 일어나지 못하였다"[42]라고 묘사되어 있다. "튀어나온 눈알을 손으로 떼어내고 싸웠다"는 흔치 않은 표현이 공통으로 보이고 있거니와, 1851년 우창구의 상서上書에서부터 후대 문서에서는 '좌목左目'이라 하여 보다 구체적인 표현이 등장하고 있음도 흥미롭게 생각된다. 이 하나의 문구만으로 저작 연대를 추정할 수는 없겠지만, 이는 적어도 『응암지』가 후손가에서 선조의 충렬을 선양하는 노력과 밀접히 관련되면서 문학적 윤색이 이루어졌음을 보여주는 사례는 되지 않을까 생각한다.

요컨대 『호구일록』이 충효열을 온전히 구현한 일기로 후대 사대부 문인의 관심 속에 전승되었다면, 『응암지』는 평창 지역민이 중앙정부로부터 선조의 충절을 인정받기 위한 활동 속에서 형성된 것으로 추정할 수 있다. 두 작품은

40 한국학자료센터 강원권역센터에서 확인되는 평창 단양우씨가 소장 관련 고문서는 다음과 같다. 「1824년 우중화(禹重華) 발괄(白活)」, 「1824년 우중화(禹重華) 상서(上書)」, 「1825년 우중화(禹重華) 등장(等狀)」, 「851년 우창구(禹昌九) 상서(上書)」, 「1871년 우원규(禹元規) 등장(等狀)」, 「1878년 우원규(禹元規) 등장(等狀)」.

41 「1824년 우중화(禹重華) 발괄(白活)」 "及中流丸, 目睛瀉出, 則以手拔去, 仍復力戰."; 「1824년 우중화, (禹重華) 상서(上書)」 "及中流丸, 目睛瀉出, 則以手拔去, 仍復力戰."; 「1851년 우창구(禹昌九) 상서(上書)」 "公爲鳥銃流丸, 適中其左目, 眼睛突出, 則以手截去, 奮力直前."; 「계미년(癸未年) 나영조(羅英祚) 등(等) 상서(上書)」 "公益勵氣復戰, 流丸適中左目, 眼睛突出, 公以手截去, 裹瘡復戰."

42 『응암지』, 29면. "禹君頤甲落地, 流矢滿面, 左目突出, 以手截之, 復戰良久, 又中鐵丸, 竟至不起."

동일한 역사 사건 속에서 나온 실기문학이지만 기록자의 신분과 입장에 따라 그 저술 의도와 서사 내용이 사뭇 다른 면모를 지니게 된 것이다. 권두문이 자신의 포로 체험을 중심으로 기술한 『호구일록』과 달리 『응암지』는 의병의 조직 경위와 응암굴에서 벌어진 전투의 실상을 보다 구체적으로 보여주고 있다. 『호구일록』이 권두문이 체험을 일기 형식으로 기록한 '사실의 서사'라면, 『응암지』는 과장되고 허구적 측면이 더해진 '기억의 서사'로 대비할 수 있을 것이다. 이때 실사와 허구를 적절히 배합해 문학적 감동을 지향하고 있는 『응암지』는 상당히 이채로운 면모의 실기문학으로 『호구일록』과는 다른 감동을 주는 작품이라 생각된다.

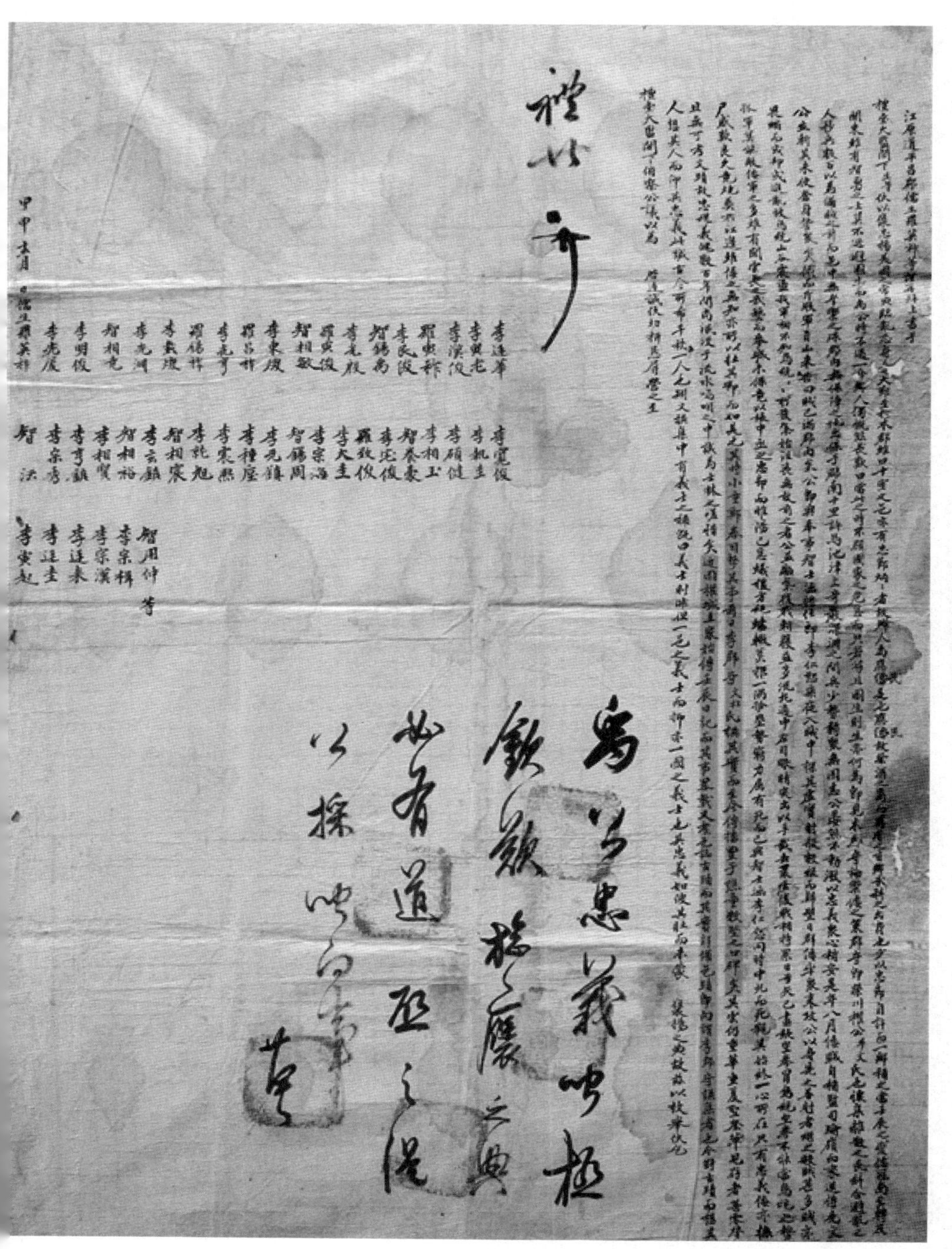

〈그림 6〉 갑신년(甲申年) 나영조(羅英祚) 등(等) 상서(上書)
붉은 색으로 표시한 부분에 "정허춘이 목격한 사실을 이문주가 읍지에 기록했고 권두문의 집에 관련 일기가 전한다"는 내용이 보인다.

조선시대 문인 신경申炅의 『재조번방지再造藩邦志』에 수록한 한시 연구

'유시위증有詩為證'으로 시작하는 한시를 중심으로

소대평肖大平
기남대학교
중국문화대외전파협동창신센터 조연구원

『재조번방지再造藩邦志』는 조선시대 문인 신경申炅이 중국과 조선의 임진왜란에 관한 여러 문헌을 이용하여 편찬한 역사책이다. 이 책은 임진왜란 전후 30여 년 동안의 역사 사건을 생생하게 기록하였는데, 특히 왜구倭寇의 조선 침략, 명군明軍의 조선 지원, 그리고 왜구와 용감하게 싸우고 공적을 세운 명나라와 조선의 명장을 묘사하였다. 이 책에는 『삼국연의三國演義』 등 중국 고대 통속소설의 영향을 받아 '유시위증有詩爲證'이라는 4글자로 신경이 직접 창작한 25편의 한시가 실려 있으며, 서정성이 짙어 이 역사책의 문학성을 더해준다.

1. 들어가는 말

申炅신경, 1613~1653의 자字는 용회用晦이고, 호號는 화은華隱이다. 그는 인조시대에 영의정을 역임했던 문정공文貞公 신흠申欽, 1566~1628의 손자이며, 선조

1567~1608년 재위의 외손자이자 동양위東陽尉 신익성申翊聖, 1588~1644의 셋째 아들이다.[1] 또한 김집金集, 1574~1656의 문인이다.[2]

1635년당시 신경의 나이 23세에 사마시司馬試에 급제하였고, 1637년당시 나이 25세의 병자호란 이후 과거에 대한 관심을 포기하고 태안현泰安縣 백화산白華山 밑에서 은거하며 독서와 저술을 즐겼다. 1653년당시 41세에 중풍에 걸려 세상을 떠났다. 신경은 황일호黃一皓, 1588~1641, 자는 익취 호는 지소의 딸과 결혼하여 신이화申以華 등 4남 1녀를 두었다. 신경의 가문과 생애에 대해서는 홍주세洪柱世가 지은 「신처사묘지명申處士墓誌銘」에서 아래와 같이 자세히 기술했다.

> 공은 만력萬曆 계축년1613 4월 계사癸巳일에 태어났다. 이름은 경炅이고, 자는 용회用晦였다. 정묘년1627, 당시 15세에 어머니가 돌아가셨다. 을해년1635, 당시 23세에 사마시司馬試에 급제하였다. 정축년1637, 당시 25세의 난 이후 과거시험에 대한 관심을 포기하고, 난을 피하기 위해 가족과 함께 태안현泰安縣 백화산白華山 밑에서 은거하였으며, 스스로 화은華隱이라는 호를 지었다. 또한, 그는 '성醒'이라는 글자로 자기가 사는 암자의 편액 이름을 지었고, '수睡'자로 자기가 자는 방의 이름을 지었다. 임오년1642, 당시 30세에 그는 아버지 동양공東陽公 신익성申翊聖이 이미 50세를 넘어서 아버지를 자주 뵈러 가야 하는 이유로 경성한양에 있는 집으로 돌아왔다. 갑신년1644, 당시 32세에 그의 아버지 동양공이 돌아가셨다. (3년 뒤에) 상복을 벗고 옛 집터에서 은거하려고 했으나, 형제들이 그와 함께 거주하고 싶어 하여 신경은 형제들과 이별하는 것을 못 참고 옛 집터에서 은거하는 생각을 포기하였다. 신묘년1651, 당시 40세 겨울에 불행한 일이 발생하자 그는 마음을 먹고 멀리 떠났다. 다음 해 임진년1652, 당시 40세 가을에 가족을 모두 데리고 산을 넘어 강릉江陵에 위치한 한 마을에 정착하게 되었다. 거기서 은거한 지 얼마되지 않아 신경은 중풍에 걸렸다. 계사년1653, 당시 41세 윤 7월 정미일에 집에서 돌아가셨는데, 나이는 41세에 불과하였다. 아들 4명과 딸 1명을 낳았는데, 장남 신

1 申翊聖은 아들 5명과 딸 4명이 있다. 5남은 차례로 申冕, 申升, 申炅, 申最, 申晸이다.

2 "申炅, 號華隱, 平山人." 金集의 『愼獨齋全書·門人錄』참조.

이화申以華는 유학幼學 한오서韓五敘의 딸과 결혼하였고, 차남 신진화申進華, 셋째 아들 신광화申光華, 넷째 아들 신헌화申憲華이다. 딸은 유학 윤용尹墉의 집으로 출가했다.[3]

홍주세가 지은 「신처사묘지명申處士墓誌銘」에서 신경이 문을 닫고 은거하며 독서하는 생활을 다음과 같이 묘사하였다.

> (공은) 문을 닫고 남들과 교유하지 않으며 매일 스스로 연구에 매진하였다. 경전经典, 자사子史, 성리학性理學에 관한 책들 뿐 아니라 점복占卜, 성력星曆, 산수筭數 등 다양한 학문에 두루 능통하였다. 새로운 역법이 전해진 후 그는 많은 성관星官들로부터 질문을 받았다. 그는 식견이 풍부하고 기억력이 뛰어나 전고典故 심지어 소설까지도 많이 알고 있었다. 시문 작성에 관심은 없었지만, 작성하면 문장이 뛰어났다. "때로는 시를 읊었으며 흥을 돋우기도 하였다."[4]

현재 신경이 지은 저술로는 단지 『재조번방지再造藩邦志』만 남아 있다. 홍주세가 지은 「신처사묘지명」에서 신경의 저술에 대해 다음과 같이 설명하였다. "공은 교화에 도움이 되는 책을 만들 계획이 있었지만, 시간이 부족하여 이루지 못했다. 단지 그가 지은 『만력재조번방지萬曆再造藩邦志』 몇 권이 그의 생가에 소장되어 있다."[5]

---

3 洪柱世, 「申處士墓誌銘」, 『靜虛堂集』下 『墓誌銘』. "公以萬曆癸丑四月癸巳生, 諱炅, 用晦其字也. 丁卯, 遭內艱. 乙亥, 中司馬. 丁丑亂後, 絕意科第, 挈家避地於泰安縣白華山下, 自號華隱. 又嘗以醒字扁其菴, 睡字扁其窩. 壬午, 以東陽公年已踰艾, 而不得以時定省也, 複還京第. 甲申, 東陽公捐館. 服除, 欲歸舊隱, 則昆季鹹願同居, 公亦不忍遠離乃止. 逮辛卯冬, 禍作, 遂決意長往. 翌年壬辰秋, 盡室踰嶺. 就居於江陵邑底. 居無何, 中風痺. 至癸巳閏七月丁未, 卒於寓舍, 享年僅四十一 …… 生四男一女, 男長卽以華, 娶幼學韓五敘女. 次進華, 次光華, 次憲華. 女適幼學尹墉 ……."

4 위의 책. "杜門息交, 日事探討. 經傳子史性理書外, 如卜筮星曆筭數之屬, 無不淹貫融會. 新曆之行, 星官多所就質. 博聞強記, 長於典故, 雖稗史小說無遺焉. 不事翰墨, 而文辭自好. 時或吟詠, 亦有興致."

5 앞의 책, "凡公之所欲述所聞裨世教者, 皆未暇矣. 惟所著, 『萬曆再造藩邦志』, 若干卷藏於家."

『재조번방지』는 신경이 태안현泰安縣 백화산白華山에서 은거하던 기간에 작성한 것이다. 이 책은 1577년부터 1607년까지 전후 30여 년 동안의 역사를 기록한 것으로, 중국과 조선 양국의 이 기간에 관한 역사서를 참조하여 일기의 형식으로 연도 순서에 따라 편찬한 개인적인 역사책이다.

『재조번방지』에서 신경은 자신의 필묵으로 중국과 조선의 문헌에서 관련된 사료와 시문을 뽑아 임진왜란의 역사를 아주 생생하게 묘사하고 기록하였다. 특히 왜군의 조선 침략과 파괴, 그리고 명나라가 조선을 구원하고 지원한 내용을 상세하게 기록하였다. 그의 기록에서는 왜구倭寇에 맞서 싸운 중국과 조선의 명장을 그리는 과정에서 자신의 감정을 녹여냈다.

이 책은 나중에 『기분지寄憤志』로 이름을 바꾸었고, 일본 동양문고에 소장된 필사본의 책 표지에는 『화은기분華隱寄憤』이라는 이름이 적혀 있다.

『재조번방지』의 판본은 대체로 아래와 같다.

판본 1 - 1693년 榮川郡에서 목활자로 제작한 각본(〈그림 1〉 참조)

서울대학교 규장각 한국학연구원과 한국학중앙연구원 장서각에는 이 각본의 완본이 소장되어 있다. 규장각의 소장번호는 "奎4494-v.1-4"이고, 한국학중앙연구원의 소장번호는 "일산古6908-3"이다. 이 판본은 총 4권 / 4책으로 구성되었으며, 판본의 서지사항은 다음과 같다: 상하단변上下單邊, 좌우쌍변左右雙邊, 크기 23.3×15.7cm, 반쪽마다 10행이고 매 행에 한자 24자가 적혀 있으며, 상하화문어미上下花紋魚尾이다.

제1책의 표지에는 "당녕삼십년갑술윤사월장어사고當寧三十年甲戌閏四月藏於史庫"라는 장서기가 적혀 있고, 제4책의 권말에는 "숭정후 기축년崇禎後己丑年, 1649 해동포민海東逋民"이라는 제식題识과 "기사己亥, 1695"년에 신경의 장남 신이화가 지은 제식도 적혀 있다.

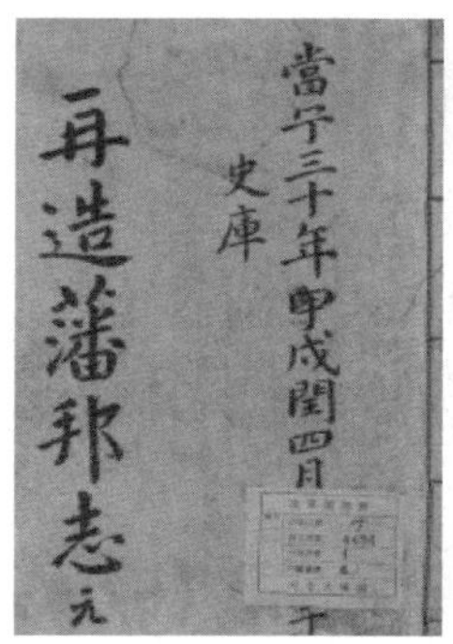

〈그림 1〉
1693년 榮川郡에서
목활자로 제작한 각본

〈그림 2〉
한국학 중앙연구원
장서각 소장 殘抄本

〈그림 3〉
일본 동양문고
소장본『華陰寄憤』

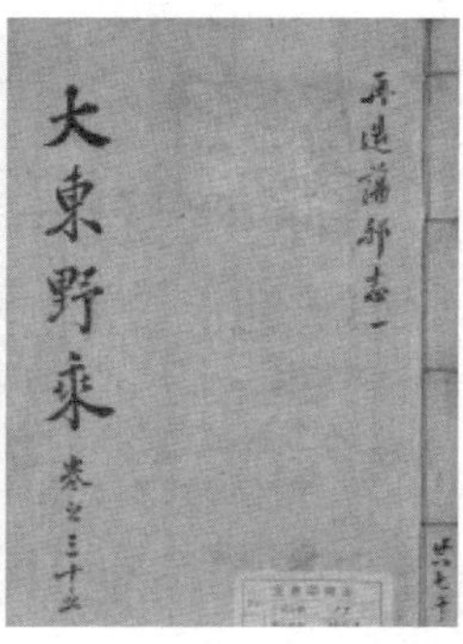

〈그림 4〉
『대동야승』수록본

판본 2 – 한국학 중앙연구원 장서각 소장 잔초본殘抄本(〈그림 2〉 참조)

이 판본은 총 3권, 2책으로 구성되어 있으며, 원래 모습은 '원형이정元亨利貞' 4책이었으나 지금은 권1元과 권3利만 남아 있고, 권2亨와 권4貞는 없어졌다. 장서번호는 K2-277이며 FM번호는 F35-1557이다. 이 판본은 필사본으로, 글자체가 매우 바르지만 필사자가 누구인지는 조사할 수 없다. 책 표지에 적혀있는 "임자壬子 7월 17일, 총무 김학식金鶴植, 사무 김홍면金洪冕, 재무 김종원金鍾元"라는 글자를 보면, 필사 연대는 1900년 이전일 가능성이 크다.

판본 3 – 일본 동양문고 소장본『화음기분華陰寄憤』(〈그림 3〉 참조)

이 판본은 책 표지에 '화음기분華陰寄憤'이라는 서명이 적혀 있으며, 필사본이고 필사자는 신분 불명이다. 이 판본은 완본으로 총 4권 / 4책으로 구성되어 있다. 계행界行이 없고 반쪽마다 총 8행이 있으며 매 행에 24자를 넘지 않는다. 본문에 대한 주석은 작은 글자로 2항으로 적혀 있다.

책 표지에 '화음기분華陰寄憤'이라는 책 이름이 적혀 있고, 책 안쪽에는 '소화昭和 16년1941 9월 1일, 시데하라 다이라幣原坦 의 값진 기증품殿惠貺'이라는 기증 기록이 남아 있으며, 표지의 뒤쪽에는 '정미丁未 7월 6일, 시데하라 박시呈幣原博士 기증, 히라이와 나이조타로平岩內藏太郎'이라는 기록이 있다. 이 기록을 통해 동양문고에 소장된 필사본은 시데하라 다이라가 소화 16년丁未, 1941 7월에 동양문고에 기증하고, 이를 9월에 기록한 사실을 알 수 있다.

이 필사본 제4권의 마지막에는 차례로 신경의 아들 신이화가 지은 발문과 '유산자酉山子'라는 호를 가진 이가 '만력기원萬曆紀元 제4 계사년癸巳 6월 상한上澣'에 지은 「기분지후서寄憤志後敍」라는 글, 그리고 익명佚名이 지은 「부록附錄」「遺事」, 「倡義」, 「殉節」 등 여러 편의 글이 모두 실려 있다.

판본 4 - 『대동야승』 수록본

『대동야승』에 수록된 『재조번방지』는 총 6권이 있는데 수록 상황은 아래와 같다.

	『재조번방지』의 권차(卷次)	『대동야승』의 권차(卷次)
1	『재조번방지』 권1	『대동야승』 권35
2	『재조번방지』 권2	『대동야승』 권36
3	『재조번방지』 권3	『대동야승』 권37
4	『재조번방지』 권4	『대동야승』 권38
5	『재조번방지』 권5	『대동야승』 권39
6	『재조번방지』 권6	『대동야승』 권40

『대동야승』에 수록된 『재조번방지』의 저자가 신령申靈으로 적혀 있으나, 이는 잘못된 정보이며 실제 저자는 신경이다. 조선고서간행회는 72권, 72책 분량의 『대동야승』을 13책으로 정리하여 출판하였고, 1971년 민족문화추진회는 이를 다시 번역하여 한국어 번역본 17책으로 출판하였다. 이 번역본에는 『재조번방지』도 포함되어 있다. 본 연구는 『대동야승』에 수록된 『재조번방지』를 바탕으로 한다.

판본 5 - 서울대학교 규장각 소장 언해본

이 판본은 1759년에 궁체로 필사된 것으로, 필사 당시 사용된 판본은 『재조번방지』奎4494이다. 장서번호는 '古4252.4-33-v.1-7'이고, MF번호는 84-16-118-B이다. 이 책은 총 7권, 7책으로 구성되며 크기는 26.3×15.5cm이다. 마지막에 '긔묘칠월초일필셔癸卯(1759) 七月初日 筆書'라는 기록이 있어 필사연도가 1759년임을 알 수 있다. 언해자와 필사자는 확인되지 않았으나, 궁체로 작성한 것을 보아 조선왕실에서 역관을 모아 번역 후 필사했을 가능성이 있다.

『재조번방지』에 수록된 한시는 주로 두 가지 유형이 있다. 하나는 신경이 『재조번방지』를 지을 때 다른 저작에서 뽑은 시이다. 예를 들면, 1693년의 목활자 각본과 동양문고 소장 필사본의 앞에 「조선재조번방지 인용서목」이라는 글이 실려 있는데, 여기서 신경이 활용한 책을 명확히 표기했다. 또 다른 유형은 신경이 직접 지은 시로, 모두 '유시위증有詩為證'이라는 4글자로 시작하며 총 31수가 있다.

『대동야승』에 수록된 『재조번방지』에는 6편이 빠져 있어 25편이 남아 있다. 시 문체로는 오언절구 5편, 칠언절구 9편, 오언율시 7편, 칠언율시 7편, 오언배율 1편으로 구성된다.

『재조번방지』에 삽입된 25편의 한시는 이 역사책에 농후한 서정성을 주입하고 문학성을 더해준다. 지금까지 전해진 판본으로는 1693년의 목활자 각본, 조선왕실 제작 언해 필사본, 『대동야승』에 수록된 판본, 그리고 1971년 현대 한국어 번역본이 있다. 이는 조선시대 『재조번방지』가 많은 독자들에게 환영받았음을 보여준다.

『재조번방지』는 임진왜란 연구에 있어 높은 사료적 가치를 가지고 있다. 하지만 한국학계와 중국학계에서 이 책에 대한 전문적인 연구 논문은 아직 없다. 이 책에 삽입된 한시에 대해서도 관심을 가진 사례는 없었다. 홍주세가 지은 「신처사묘지명」에서 신경의 문학 재능에 대해 '그는 시문을 작성하는 것에 전념하지 않았지만, 작성한 문장은 아주 좋다'라고 높이 평가했다. 이는 신경이 『재조번방지』 외에는 남은 작품이 없지만, 그가 높은 문재를 지닌 문인임을 보여준다. 『재조번방지』에 수록된 25편의 한시는 모두 신경이 스스로 작성한 것으로, 신경의 한시 창작을 연구하는데 중요한 자료일 뿐만 아니라, 신경의 임진왜란에 대한 인식을 연구하는 데도 좋은 자료라고 생각된다. 본 논문은 바로 『재조번방지』에 수록된 신경의 25편의 한시를 연구 대상으로 삼아 신경의 한시 창작과 그가 임진왜란에 대한 인식을 살펴볼 것이다.

2. 명나라의 은혜와 조선의 사대지성事大之誠에 대한 토로

1589년선조 22년에 유홍俞泓, 1524~1594, 윤근수尹根壽, 1537~1616 등이 주청사로 사신 임무를 완수하고 연경에서 조선으로 돌아왔다. 귀국하기 전에 명 신종이 대명회전을 하사했다. 『재조번방지』 권1에 따르면, "명 신종은 조선 주청사 윤근수, 유홍, 황정욱, 홍성민 등 19인에게 봉호를 내렸다…… '수충분성익모수기광국공신輸忠貢誠翼謨修紀光國功臣'이라는 호를 하사하였다." 이 기록은 『조선왕조실록』에도 동일하게 나타난다.

조선에 돌아온 후, 유홍은 명나라 주사 마유명이 지은 찬시와 자신의 시를 선조에게 보여주었고, 선조는 이에 화답하는 시와 서문을 지었으며, 신하들에게도 차운시를 작성하고 천자의 은덕을 칭송하라는 명을 내렸다. 신경은 임진왜란 승리를 기뻐하며, "우리 임금님은 왜구의 명나라 침략을 막을 수 있었으니, 대의를 천하에 펼쳤기 때문이다. 참으로 위대한 업적이다"라고 감탄하였다. 이 문장의 위에 '유시위증有詩為證'으로 시작하는 한시가 등장한다. 시구절은 아래와 같다.

仙李宗祊誣已湔	이 씨 종사의 오명이 이제 씻어졌으니
吾王功烈更無前	우리 왕의 공열 더함이 전에 없도다

固知帝德同天大	진실로 황제의 덕이 하늘과 같으니
東海遺氓祝萬年	동해의 백성이 만세를 부르도다

1, 2번째 구절은 변무사가 얻은 효과를 말하고, 3번째 구절은 명나라 황제가 조선에 준 은혜가 하늘보다 크다고 칭송하는 내용이다. 4번째 구절은 자신이 동해 유민의 한 명으로서 명나라가 오래도록 번영하기를 축복하는 마음을 나타낸다. 이 시는 2연으로 구성되었지만, 명나라에 대한 충성심이 시 구절에 가득 차 있다.

일본이 조선을 침략하기 전에 조선 왕실에게 조선 침략이 아닌 '길'을 희망한다는 명분을 내걸었다. 『재조번방지』에서 "현소玄蘇가 말하길 '일본은 중국에 조공을 하고 싶을 뿐인데 조선은 동의하지 않아 이 지경까지 왔다'"라고 기록되어 있다. 일본이 조선을 침략했을 때, 조선이 명나라에 보고할지 여부에 대해 조선 왕실 내부에서는 여러 의견이 있었다. 대사헌 윤두수와 병조판서 황정욱은 보고하는 것이 낫다고 했으나, 영의정 이산해는 반대하였다. 이산해는 "명나라가 우리 조선이 일본과 간통한다고 의심할 수 있으니 차라리 숨기는 것이 좋다"고 했다. 우의정 류성룡은 신중히 보고해야 한다고 주장했다. 결국 선조는 윤두수의 의견을 받아들여 성절사 김응남을 파견했다. 이에 대해 신경은 『재조번방지』에서 '유시위증有詩為證'으로 시작하는 한시로 평가하였다. 시 구절은 다음과 같다.

鰈域由來服聖訓	우리나라는 유래로 황제의 가르침을 따라
民彝物則與華同	백성의 풍속과 물산은 중국과 같았다
恩隆父子君臣際	은혜는 아버지와 아들, 군신 사이로 두터웠고
俗變衣冠禮樂中	풍속이 변한 것은 의관과 예악에 이르렀다
睿斷早從瑜肅計	지혜로운 결단은 일찍이 주유 노숙의 계책을 따랐고

義聲還樹魯齊風	의로운 소리는 다시 노나라와 제나라의 풍속을 세웠다
狡奴莫奮螳螂臂	교활한 왜구들아, 사마귀의 팔을 펴지 마라
漢室雄兵向海東	중국의 강한 군대가 바다 동쪽으로 향하니

위 시에서 '접역鰈域'은 조선을 지칭하는 말이고 '성훈聖訓'은 명나라 황제가 내린 훈시를 의미하는 것이다. 수련에는 조선이 옛날부터 중국에 사대를 봉행해왔고 명나라 황제가 내린 훈계를 잘 따르며 적극적으로 명나라의 제도를 배웠다는 것을 말하고, 함련에서는 부자와 군신으로 명나라와 조선의 관계를 비유하며 한걸음 더 나아가 조선이 명나라의 의관례악 제도를 학습하고 받아들인 영향을 설명한다. 경련에서는 『삼국지연의』에서 손권이 촉나라와 결맹하여 조조를 저항한 결단을 선조국왕이 사신을 보내 명나라에게 일본이 조선을 침략했다는 사실을 보고하라는 결단과 연결시켰다. 미련에서는 '당비당거螳螂擋車'라는 전고를 활용해 힘이 약한 당랑의 팔을 조선에 비유하고, 조선이 차를 막으려는 당랑처럼 주제넘게 굴지 말라고 선조에게 권유하였다. 하련 '한실웅병향해동漢室雄兵向海東'에는 명나라가 조선을 지원할 것을 기대하며, 여기서 '한실웅병漢室雄兵'은 바로 명나라 군사를 의미한다.

'유시위증有詩為證'으로 시작하는 이상의 두 편의 시를 보면 저자 신경은 직설적이거나 비유하는 방식으로 조선과 명나라의 관계에 대한 인식을 표현하였다. 시 구절에서 조선의 명나라에 대한 사대의 성심을 드러내고 있다.

김응남金應南이 선조의 명으로 명 신종에게 왜정倭情을 상주하기 위해 명나라에 들어갔다. 명신종은 황극전에서 큰 연회를 열었다. 『재조번방지』에서는 대량의 필묵을 통해 황극전皇極殿 연회의 풍성함과 호화로움을 묘사하였다. 이러한 묘사의 내용 다음에, 유시위증으로 시작하는 시 구절을 살펴보면 아래와 같다.

太液池邊曙色開	태액지 가에 먼동이 트니

祥雲瑞靄擁樓臺	상서러운 구름과 아지랑이 누대를 감싼다
侍臣緩步含香退	사신은 느린 걸음으로 향기를 머금고 물러나고
天馬驕嘶噴玉來	천마는 뽐내며 옥을 뿜으며 다가온다
丹詔忽頒分禦膳	천자의 조서 반포되어 어선을 베푸니
黃門催進擎仙杯	황문은 바삐 신선의 술잔 바치네
俾承聖澤沾東域	성상의 은택이 동쪽 나라까지 미치니
更喜宸心燭九垓	천자의 마음 촛불되어 온 천하를 비춤이 기쁘도다

시에는 황극전 안과 태액지 옆에서 열린 화려한 연회 장면을 묘사하고, 명나라 황실의 부귀영화를 생생하게 묘사하였다. 신경은 김응남이 명 신종이 베푼 연회에 참석한 것을 '성상의 은택이 동쪽 나라까지 미치게 한다'는 내용으로 서술하며, 명나라가 조선을 대하는 것을 천하를 밝게 비추는 촛불에 비유하여 감격하는 마음을 나타냈다.

3. 왜구에 대한 멸시와 왜구가 조선을 침략하는 것에 대한 분노

조선은 스스로를 소중화로 간주하고 일본을 도이島夷로 간주한다. 신경은 『재조번방지』에서 여러 번 이와 같은 생각을 토로하였다. 『재조번방지』에서는 긴 단락으로 일본의 지리, 행정구역, 역사, 민속 등을 자세히 소개하고, "다른 풍속은 남만과 비슷하다"고 생각하였다. 일본에 대한 소개가 끝난 후 '유시위증有詩為證'으로 시작하는 시 구절에서 이러한 일본에 대한 인식을 나타냈다.

國開滄海外	창해 밖에 나라를 여니
島壓六鼇頭	섬이 여섯 자라의 머리를 눌렀도다

悍習同秦俗　　사나운 습성은 진의 풍속 같고
殊音似雀啾　　말소리는 마치 새가 지저귀는 것 같다
忘生雙舞刀　　생명을 잊고 쌍검을 휘두르며
賈勇獨拕舟　　용맹을 자랑삼아 홀로 배를 젓는다
蠢爾雕題屬　　준동하는 저 조제의 족속이
還為父母讎　　도리어 부모의 원수가 되다니

수련에는 일본의 지리적 위치를 말하고, 함련에는 '한습悍習'이라는 두 글자로 일본인의 풍습과 성격을 개괄하며 일본인의 목소리를 새소리에 비유하였다. 경련에서는 함련을 바탕으로 일본인의 '한습'에 대해 더 자세히 소개하였다. 미련에서는 '조제雕題'라는 전고를 활용해 일본인을 멸시하는 태도를 드러냈다. 『예기·왕제禮記·王制』에는 "남쪽 사람들은 만蠻으로 불리고 조제교지雕題交趾, 그곳에 불에 태우지 않고 바로 먹는 자가 있다"고 기록되어 있다. 이 원문에 대해 정현은 "조문雕文이란 것은 인간의 피부에 조각하고 염료로 염색하는 것을 의미한다"고 주석하였다. 신경은 왜구를 조제하는 남만처럼 어리석은 존재로 여겼다. 신경의 시 구절에서 일본을 멸시하는 태도가 여러 곳에 드러난다. 또 하나의 예를 들면 아래와 같다.

猴精海外任跳梁　　후정이 해외에서 제멋대로 날뛰는데
狐假鴟張勢莫當　　호가치장하는 그 세력 감당키 어렵도다
欲向神州窺寶鼎　　중국을 향해 제위를 엿보고자 하니
誰將勁矢射天狼　　누가 강한 화살로 저 천랑성을 쏘아 맞히랴

『재조번방지』에는 조선 침략을 주도한 도요토미 히데요시에 대해 다음과 같은 기록이 있다. "히데요시는 원래 평씨의 노비였는데, 처음에 물고기를 판매하다가 술에 취해 나무 밑에서 잠들었다. 이때 관백 노부나가가 사냥을 하

다가 히데요시와 충돌하여 부하가 히데요시를 죽이려 했지만, 히데요시는 말을 잘하여 노부나가의 질문에 막힘없이 대답했다. 그 후 노부나가는 히데요시에게 이름을 지어주고 말을 먹이는 일을 맡겼다. 히데요시는 나무를 잘 타서 사람들은 그를 '후정猴精'이라 불렀다." 여기서 '후정猴精'은 도요토미 히데요시1537~1598를 지칭한다.

『재조번방지』에서 인용된 시 구절 앞에는 히데요시의 발자취와 번영의 역사가 소개된다. '호가치장세막당狐假鴟張勢莫當'이라는 표현은 히데요시가 차례로 관백과 평씨를 의지해 반대파를 제거하고 세력을 키워 남들이 막지 못하게 되었다는 것을 말한다. 세 번째 구절은 히데요시가 조선을 통해 명나라를 침략하려는 음모를 나타낸다. 이러한 분석을 보면, 신경은 '참새', '후정원숭이 괴물', '여우' 등의 동물 이름과 이미지를 빌려 일본을 비유했다. 다시 말해, 스스로 소중화로 생각하는 신경의 눈에는 일본이 문명 수준이 낮은 섬나라이고, 일본인은 후정, 여우, 새, 올빼미 같은 짐승으로 비유되었다. 시 구절에서 일본에 대한 경멸하는 태도가 가득하다.

일본이 조선을 침략해 조선 백성들이 살길을 잃고 나라가 강타당하자, 신경은 시 구절에서 분노하는 정서를 나타냈다. 왜구가 한양을 점령하자 왕실과 궁궐을 불태우고 도성에 있는 백성들을 살해하여 백골이 장장한 모습이 곳곳에 보였다. 『재조번방지』에는 "적이 처음 도성에 들어오자 궁궐을 불태웠다. 대장 평수가는 소삼팔랑小三八郎이라는 별명을 가졌는데 종묘를 그의 거주지로 삼았다. 밤에 귀물들이 나타나 종묘에 들어가는 왜구들이 갑자기 죽었다. 어떤 이는 조선의 종묘에 신령이 거주하니 오래 머무르면 위험하다고 권유했다. 수가秀嘉는 무서워서 소공주의 집지금의 남별궁으로 이사했고, 그 후에 종묘를 불태웠다"고 기록되어 있다. 이에 대해 신경은 '유시위증'으로 시작하는 한시에서 일본인의 행위를 비판했다.

堂堂寢廟	당당한 종묘에

豕蛇穴之　　돼지와 뱀이 구멍을 팠네
赫赫神京　　빛나는 서울에
禾黍生之　　벼와 기장이 자랐네
在天之靈　　하늘에 계신 혼령들이
監臨於玆　　여기에 굽어보시네
磔妖誅丑　　요망하고 추한 것들을 무찔러 죽이어
不留晷時　　시각을 멈추지 아니하였네
凶燄斯虐　　흉악한 놈들의 모진 불길이
爰焚爰爇　　이것을 태워 버렸네
痛結神人　　신명과 사람에게 통분함이 맺히어
為百世恥　　백세의 수치가 되었도다

시 구절에 따르면 저자는 역대 조종의 위패를 모시는 종묘가 이제 왜구에 의해 점령되고 훼손되었다는 것에 대해 분노를 표출하였다. 공경함과 두려워함을 모르고 마음대로 종묘를 점령한 왜구가 갑자기 죽은 것은 하늘에 있는 신령이 어두운 속에서 왜구를 징벌했기 때문이라고 신경은 생각한다. 조선인으로서 신경은 조종의 신묘가 왜구에 의해 점거된 것에 대해 수치스러운 감정을 나타냈다.

또한, 일본군이 충주에 들어오자 조선 왕실의 왕릉이 파괴되었다. 『재조번방지』에 따르면, "그때 (일본군이) 조선 8도에 가득찼다. 경기도에 있는 적들은 사방으로 나가 약탈하였다. 선릉과 정릉을 도굴하여 다른 자의 시체에 비단옷을 입히고 매장해 혼란스럽게 하였다. 국세가 떨어지니 화가 신령부터 인간까지 미치게 되었다." 이에 대해 신경은 참을 수 없는 분노를 느꼈다. '유시위증'으로 시작하는 한시에서 이를 묘사하였다.

國勢若綴旒　　국세가 위태하여

園陵禍乃纏	화가 왕릉에 미쳤네
堂堂三韓土	당당한 삼한의 국토가
盡化為腥羶	모두 오랑캐 냄새에 물들었네
蕭蕭松柏路	쓸쓸한 송백 길이요
慘慘齋宮邊	처참한 재궁 가이로다
千秋遺恨在	천추에 여한이 있으니
無路問蒼天	푸른 하늘에 믈을 길이 없구나

신경은 시 구절에서 '당당삼한토, 진화위성선堂堂三韓土, 盡化為腥羶'을 통해 예의의 나라 조선이 왜구에 의해 전복되고, 깨끗한 삼한 땅이 이제는 모두 비린 곳이 되어버린 것에 대해 가슴 아파하였다.

왜구가 조선반도에 들어오자 백성의 집과 궁궐을 불태우고 백성을 살해하며 재물을 약탈하는 등 온갖 나쁜 짓을 하였다. 『재조번방지』에서 왜구가 조선반도에서 저지른 악행을 적발하였을 뿐만 아니라 '유시위증'으로 시작하는 한시를 통해 마음속의 분노와 고통을 토로하였다. 예를 들어 신경은 『재조번방지』에서 다음과 같이 기술하였다. "왜구가 먹을 것이 없어서 동남 지역으로 나가 약탈하였다. 그들이 마음대로 백성의 재물을 빼앗고 토굴에 저장된 곡물을 모두 발굴하여 빼앗았다. 또한 가평과 포천 지역을 지나 춘천까지 도착하여 물건을 불태우거나 빼앗았다. 가토 기요마사는 천여 명의 일본 군사를 보내 끊임없이 약탈하였고, 경기도 주변의 모든 무덤이 다 파괴되었다. 그 모습이 아주 비참하였고, 마음이 경악할 정도였다." 왜구들이 조선 백성들이 토굴에 저장된 곡물을 빼앗았을 뿐만 아니라 심지어 무덤을 도굴하였는데, 이러한 폭행과 비참한 모습은 이루 다 열거할 수 없을 정도였다. 이에 대해 신경은 '유시위증'으로 시작하는 한시에서 다음과 같이 묘사하였다.

人煙千里莽蕭瑟	사람 살며 내는 연기 천리 간에 쓸쓸하고

鬼哭神怨夜燐靑	귀신 울음과 신령의 노함에 밤에는 도깨비 불 푸르다
浪說長纓堪系虜	긴 끈으로 오랑캐를 얽어 맨다고 부질없는 소리하지만
廓清誰複鎭滄溟	누가 다시 평정하고 저 바다를 편하게 하리

왜구가 침략한 후 백성들이 멀리 도망쳐 마을에서 취사 연기를 보지 못했다는 첫 번째 구절, 그리고 왜구가 무덤을 도굴하여 밤에 도깨비 불빛이 나타나고 죽은 조상들의 영혼이 불안정해졌다는 두 번째 구절을 담고 있다. 세 번째와 네 번째 구절에는 명나라 지원군의 힘을 비유하는 '긴 끈長纓'을 사용하여 명나라의 지원에 대한 기대감을 나타내고, 명나라 지원군이 왜구들을 쫓아내어 조선반도의 평화와 안녕을 다시 만들어주기를 바라는 마음을 표현하고 있다.

4. 조선 조정에 대신들과 군사들의 무능함에 대한 풍자

일본군이 조선을 침략했을 때, 조정의 대신들은 저항하는 계책을 내놓았으나 그들의 대책은 마치 소꿉놀이와 같았다. 신경은 『재조번방지』에서 조정의 대신들이 궁궐에서 일본군의 침략을 저항할 대책을 논의하는 장면을 묘사하였다.

그때 대신들이 궁궐에 모여서 적을 저항하는 대책을 논의했으나, 실질적인 대책이 없어서 둘러앉아 목소리만 높였다. 어떤 이는 "적이 칼과 총을 잘 쓰는데 우리 군사들은 단단한 갑옷이 없어서 막을 수 없다. 만약 우리 군사들이 두꺼운 쇠로 만든 갑옷을 입고 적의 진영에 들어가면 왜구가 찌를 수 없게 되어 우리가 이길 것이다"라고 했다. 이 말을 듣고 다른 대신들은 그 대책에 동의하며 무기 제조 장인들을 모아 밤낮으로 갑옷을 만들자고 했다. 하지만 어떤 이는 반대했다. "적과 전쟁할 때 가장 중요한 것은 신속히 대응하는 것이다. 우리 군사들이 만일 온몸에 두꺼운 갑옷을 입으면 그 무거움을 못 참을 것이다. 몸도 제대로 움직이지 못하는데 어찌 적을 죽일 수 있겠는가?" 결국 며칠 뒤에 이 대책들은 모두 포기되었다. 또한, 또 대간臺諫이 대신과 면대하여 계책을 말하겠다고 청하여 그 중 한 사람이 노기등등하게 대신들의 계책이 없는 것을 책하므로 무슨 꾀가 있는가 하고 물으니, 그 사람이 대답하기를, 왜 한강변에 높은 장막을 설치해 놓은 곳에서 왜구를 사격하지 않는가를 반문했다. 그러자 다른 이는 적의 조총은 왜 올라오지 못하겠냐고 반문했다. 이 말을 듣고 그는 묵묵히 나가버렸고, 듣던 자들은 모두 이를 우습게 여겼다. 묘당에서는 어떤 이는 앉아서 잠들고, 어떤 이는 손을 내저으며 냉소했고, 어떤 이는 남들과 격렬히 변론하고, 어떤 이는 눈살을 찌푸리며 울고 있었다. 그들의 행동은 어린아이와 같았다.[6]

이에 대해 신경은 『재조번방지』에서 '유시위증'으로 시작하는 한시로 이와 같이 묘사하고 평가하였다.

國事蒼黃日	나라일 황급할 제
疇能借箸籌	누가 황급한 계책을 세우겠는가
岩廊皆袖手	묘당에서 모두 손을 소매에 넣고 있으니
兒戲不足尤	아이들 장난이라 탓할 것도 없네

이상의 한시에서 신경은 한나라 때 장량이 유방에게 계책을 세우는 '차저借

6 時諸臣日聚闕下, 講備禦之策. 而計無所出, 環坐恇囊而已. 或建議曰 : 賊善用鎗刀, 而我無堅甲可以禦之, 故不能當. 以厚鐵為滿身長甲, 被入賊陣, 則無隙可刺, 而我可勝矣. 衆曰然 : 於是大聚工匠, 晝夜打造. 或以為不可曰 : 與賊交鋒, 雲合鳥散, 貴於捷疾, 既被滿身之厚甲, 其重不可勝. 身且不能運, 何望殺賊乎? 數日後亦罷. 又臺諫請見大臣言計, 其中一人盛氣斥大臣之無謀, 座上問有何策乎? 其人對曰 : 何不漢江邊多設高棚, 使賊不得上, 而俯射之耶?或曰 : 賊之鳥銃, 亦不能上耶?其人默然而退, 聞者傳以為笑. 廟堂之二, 或有坐睡低頭者, 或有袖手冷笑者, 或有鬩然辨爭者, 或有攢眉飲泣鎮倒失常者, 凡事有同群兒.

箸'라는 전고를 활용하였다. 마지막 두 구에서 조정 대신들이 대책을 내지 못하고 수수방관하는 무능한 모습을 생생하게 묘사하였다. 시 구절에서 대신들의 대책을 어린애 장난에 비유하며, 신경은 그들을 풍자하는 뜻을 명확히 나타냈다.

신립1546~1592이 계미년에 온성부사穩城府使로 있을 때 10여 명의 기마병을 보내어 포위된 종성을 구출하였다. 『재조번방지』에 따르면, "조정은 신립이 대장의 재능을 가졌다고 여겨 도병마절도사로 임명하였지만, 얼마 지나지 않아 자헌으로 승직되었다. 신립은 병조판서가 되기를 원했으나, 평소 기세등등하여 고집불통한 성격을 가졌다." 신립은 조괄이 진나라 군사를 경시하듯이 왜구와 싸울 때 무서워하지 않았다. 이일李鎰이 혼자서 군사를 이끌고 적을 저항할 때, 신립은 주동적으로 의병을 모아 대책을 세우겠다고 하였으나, 그를 따르는 의병은 한 명도 없었다. 유성룡은 중추부에서 신립이 모집에 응하는 자들을 보고 매우 분노하여 자신이 모은 의병을 신립에게 양보하였다. 군사를 이끌고 출발하기 전, 선조는 신립에게 적을 이길 자신이 있는지를 물었고, 신립은 자신만만하게 대답했으나 빈청에서 대신들과 만난 후 마음이 혼란스러웠고, 계단을 내려올 때 모자가 떨어졌다. 『재조번방지』에 따르면, "신립은 빈청에서 대신들과의 만남이 끝나고 계단을 내려오다가 모자가 갑자기 떨어져 사람들을 경악하게 하였다. 용인에 도착하여 전황을 보고하는 장계에 서명을 하지 않자, 사람들은 그가 마음속에 이미 혼란에 빠졌다고 의심하였다". 이에 대해 신경은 한시에서 다음과 같이 감회를 표하였다.

元戎寄國命	대장은 나라의 운명을 맡았는데
安危系於斯	편안하고 위태함이 이에 달렸네
齊以田單安	제나라는 전단으로서 편안하였고
趙以趙括危	조나라는 조괄로서 위태하였네
方寸若已亂	마음속이 만약 이미 어지러워졌다면

何能闖辟奇	어찌 기이한 전술을 내리오
嗟哉三韓域	슬프다 삼한의 지역에
生民為流屍	생민이 흐르는 송장이 되겠도다

미련에는 장수가 무능하여 삼한 백성들이 도탄에 빠진 것에 대한 걱정을 나타냈다.

26일, 신립이 충주에 도착하여 천 명의 군사를 이끌고 단월역에 도착하였다. 그는 이일과 변기를 선봉으로 임명하고 스스로 방비하라고 하였다. 김여물金汝岉은 신립에게 "적의 세력이 너무 커서 이길 수 없다. 조령은 하늘이 준 험고한 곳이니 거기서 방어하지 않으면 적이 점거할 것이다. 차라리 조령에 들어가 군사들이 골짜기에 매복하고 적이 골짜기에 들어올 때까지 기다리며, 골짜기 양쪽 높은 곳에서 일본군을 활로 공격하면 이길 수 있을 것이다. 만일 일본군의 공격을 막지 못하면 돌아와서 경성을 수비하는 것도 일종의 방법이다"라고 하였다. 안타깝게도 신립은 김여물의 건의를 받아들이지 않고 오히려 자신의 뜻대로 행동하다가 실패하였다. 『재조번방지』에 따르면 "신립은 김여물의 계책을 받아들이지 않고 험고한 곳을 포기하고 수비하지 않았다". 결국, 왜구가 도성에 가득 차게 되었다. 이에 대해 신경은 '유시위증'으로 시작하는 한시에서 신립을 엄격하게 비판하였다.

鳥道幹雲似劍門	조도가 구름에 닿아 검문과 같은데
緣崖攀木怵心魂	벼랑을 타고 나무를 휘어잡으매 마음이 떨리도다
將軍棄險無良策	장군이 험한 곳을 버리니 좋은 계책 없어
徒使諸人化鵠猿	다만 모든 사람으로 전사한 귀신이 되게 하였네

이상의 한시에서는 신립이 자신의 주장을 고집하고 김여물의 건의를 받아들이지 않아 험준한 곳을 포기하고 방어하지 않은 점을 비판하고 있다. 신립

은 적군을 광야로 유인하여 기마병을 보내 적군과 싸우게 했으나, 이로 인해 왜구가 조령을 넘어 도성에 들어오게 되어 도성의 방어가 실패했다는 것을 비판하였다.

왜구의 갑작스러운 침략에 대해 조선군은 매우 당황하고 혼란스러워하며 기세가 많이 떨어졌고, 일격에 견디지 못하는 모습을 보였다. 『재조번방지』에 따르면, "우리 군사들은 굴복하고 도망칠 뿐이었다. 적은 승리의 기세로 난도질을 하였고, 시와 광언은 적과 싸우다 죽었다. 그날 밤, 우리 군대는 괜히 놀라서 전투 의지를 잃었고, 다음날 아침 적이 산곡지대에서 기발을 내리자 조선군은 놀라서 흩어지고 적을 막지 못했다. 군사들의 식량과 군수 물품을 전부 적에게 남기고 도망쳤다. 양도에 총 만 명의 인구가 있었지만, 백 명의 왜구를 보고 혼비백산하여 흩어졌다. 이때부터 국가에 적을 저항하는 자가 없었고, 적의 기세는 더욱 높아졌다. 왜구는 조선 8도에 들어오는 것이 빈 마을에 들어가는 것처럼 쉬웠다". 이에 대해 신경은 '유시위증'으로 시작하는 한시에서 이와 같이 묘사하고 평가하였다.

陰風吹折大將旗	음풍이 대장기를 불어 꺾으니
數萬雄兵似草靡	수만의 많은 군사가 풀이 쓰러지듯 하였네
回首關西駐蹕處	관서의 행재소에 머리를 돌리니
空教志士淚雙垂	속절없이 지사로 하여금 두 줄기 눈물 흐르게 하네

조선은 비록 수만 명의 웅병이 있었지만, 왜구를 당하면 형세를 보고 궤주하였다. 신경은 이를 '초미草靡'라는 두 글자로 설명하며, 사기가 부진하여 눈물이 흐르게 했다고 한다.

5. 명나라와 조선 군사들의 용맹함과 취득한 공적에 대한 칭송

이상에 언급된 어린애 장난과 같은 대책을 내는 무능한 조정의 대신들, 자기 주장을 고집 피우고 이름만 있으나 실제 능력이 없는 신립과 같은 조선군의 장수들, 그리고 왜구를 두려워하여 보고 바로 도망치는 조선 사병들을 제외하면, 『재조번방지』에서 더욱 많이 기록되고 묘사된 것은 전쟁터에서 용맹하게 적과 싸우고 여러 번 전공을 세운 중국과 조선의 군사들이다.

1) 조선 군사들에 대한 칭송

김천일金千鎰은 『재조번방지』에 자주 등장하는 인물이며, 저자 신경이 힘써 부각하는 조선 장수이다. 왜구가 나주를 침범했을 때 김천일과 최경회崔慶會 등은 나주에서 의병을 이끌고 왜구에 저항했다. 김천일의 영향을 받아 고경명高敬命도 김천일을 이어 기병하였다. 김천일의 호소로 나주 및 주변 지역의 많은 사람들이 의병에 합류하여 김천일 부대와 함께했다. 김천일이 이끄는 의병은 왜구의 침략을 효과적으로 막았다. 『재조번방지』에는 "김천일은 여러 장수와 400척의 전선을 이끌고 강을 건너 양화도楊花渡에서 적병과 싸울 기세를 보였다. 강가에 주둔하며 도성에 있는 적을 도전했으나 적은 감히 움직이지 못했다"고 기록되어 있다. 이에 대해 신경은 '유시위증'으로 시작하는 한시로 김천일을 칭송하였다.

烈烈倡義公	열열하다 창의공이여
忠憤貫白日	충의와 분노가 밝은 태양을 꿰었도다
糾合百千卒	여러 군졸을 규합하여
直趨虎豺窟	범과 이리의 소굴로 내달았도다
據險天塹在	험준한 곳에 의거하니 천연의 요새요

設柵貔貅列	목책을 가설하니 용맹한 군사가 들어섰도다
衆酋爭咋舌	적장들이 서로 혀을 깨물면서
一矢不敢發	화살 하나 감히 쓰지 못하도다

위 시에서 김천일이 의병을 모아 효과적으로 왜구의 침범을 막았다는 의거를 극찬하였다. 또한, 이순신이 노량 해전에서 일본군의 침략을 성공적으로 막았다. 신경은 『재조번방지』에서 이순신 장군을 칭찬하였다.

鯨鯢出沒海之央	흉적이 바다 가운데 출몰하는데
狂浪誰能一手障	그 사나움을 누가 한 손으로 막아내랴
灑泣登舟天亦怒	눈물을 뿌리며 배에 오르니 하늘 또한 노하는데
中流擊楫日無光	중류에서 노를 저으니 해도 빛을 감추었네
暫揮白羽三軍動	하얀 부채를 휘두르니 삼군이 출동하고
乍著金兜衆妖藏	금 투구를 쓰니 여러 요귀가 숨는구나
回首東韓飛將在	고개 돌리니 동한에 날랜 장수가 있어
雄名千古汗青芳	웅장한 이름은 천고에 빛나리

함련頷聯의 "잠휘백우삼군동暫揮白羽三軍動" 구절에서 이순신 장군을 『삼국연의』에서 등장하는 제갈량에 비유한다. 제갈량이 흰 깃털로 만든 부채를 휘두르며 안정되고 느긋하게 지휘하는 모습을 연상시킨다. 미련尾聯에는 이순신 장군을 "동한의 날랜 장수"로 격찬하며, 그의 영웅적인 업적이 후세에 길이 빛날 것이라고 믿는 내용을 담고 있다.

왜구와의 싸움에서 일부 승려들도 적극적으로 참여하였다. 이들 중 유정대사사명대사가 가장 유명하다. 『재조번방지』에 유정대사의 사적에 대해 다음과 같이 기록하였다.

이때 유정대사는 표훈사表訓寺에서 생도들에게 경전을 강의하고 있었는데, 적병이 절에 들어오자 절의 다른 승려들은 모두 도망쳤지만 유정대사만 남아 있었다. 적군은 유정대사를 감히 핍박하지 못하고 합장하고 경례한 후 떠났다. 휴정이 지은 근왕교서勤王敎書와 격문檄文이 절에 도착하자 유정대사는 이를 불탁에 펴고 승려들을 불러 함께 읽었는데, 모두 눈물을 흘리며 도리를 깨달았다. 이후 절의 승려 700여 명을 모아 왕을 구하기 위해 서쪽으로 향했다. 평양에 도착했을 때 의병이 천 명에 달하였다. 도성의 동쪽에 주둔하며 지원군으로서 순안의 군대와 합류하였다.[7]

승려였던 유정대사는 왜구가 조선을 침략하자 불문에 머물지 않고 제자들을 설득하여 승병을 모아 평양으로 가 국왕을 구원하였다. 이에 대해 신경은 '유시위증'으로 시작하는 한시에서 유정대사를 극히 칭찬하였다.

邦家多難海波驚	국가는 다난하고 파도도 거센데
玉輦飄□鴨水營	옥련은 휩쓸려 압록강에 머물렀네
何處虬蜉能濟急	어느 곳의 군사가 위급함을 구제하겠으며
幾人忠義更同盟	충의로운 맹세 몇 사람이나 할 것인가
由來恩澤曾均被	지금껏 은택은 다같이 입었으니
却喜儒禪不異情	나라 생각은 유교 불교가 다를 수가 있으랴
請看香山靜老宿	묘향산 유정사를 보아라
戒刀揮處衲衣輕	계도 휘두르는 곳에 장삼 옷이 가볍도다

시에서 유정대사 등 승인의 충의를 높이 칭찬하였고 유정대사가 수련하는 선법은 충의사상이 녹아든 유선이라고 생각한다.

---

7 是時在表訓寺講徒, 賊兵入山中, 寺僧皆走, 惟政獨趺坐不動. 賊見之不敢逼, 或合掌致敬而去. 及勤王敎書休靜檄文至山中, 惟政乃展之佛卓上, 呼諸僧讀之, 流涕淋漓, 曉喩之. 悉起山中之僧七百餘人, 西赴勤王. 比至平壤, 衆千餘人. 屯城東, 與順安之軍, 作為聲援.

이순신을 제외하고 권율權慄, 1537~1599도 임진왜란 때 가장 유명하고 전공을 많이 쌓았던 조선의 장수이다. 권율은 적과 싸울 때 매우 용맹하였다. 『재조번방지』에 따르면, "권율은 검을 들고 장수들을 감독할 때마다 적군의 칼을 피하지 않고 함께 싸워 적을 이기지 못하게 하여 결국 패주하게 했다." 명나라 지원군이 조선에 도착한 후 권율은 명군과 적극적으로 협력하여 여러 차례 대첩을 치렀다. 그의 명성은 명군 경략 송응창에게도 알려졌으며, 송응창이 조선 국왕에게 보낸 자문에서 권율을 칭찬하였다. 병부상서 석성石星도 명 신종에게 올린 상소문에서 권율을 칭찬하며 그의 방어와 저항을 높이 평가하였다. 권율은 명나라 군사 중에서도 높은 명성을 가지고 있었으며, 『재조번방지』에 따르면 "천조명나라의 문무 관원들이 매번 권율의 이름을 듣고 '이분이 그전에 행주대첩을 이룩한 장군입니까?'라고 묻는다"고 기록되어 있다. 이에 대해 신경은 '유시위증'으로 시작하는 한시로 권율을 칭찬하였다.

巡察英名動海區	순찰사 훌륭한 이름 바다 지역을 진동하여
提兵直上壓王都	군사 이끌고 바로 올라와 왕도를 진압했네
橫戈壯氣能呑敵	창을 비껴 든 장한 기운은 적을 삼킬 수 있고
歃血雄心在殞軀	피를 마셔 맹세하는 영웅의 마음은 한 몸을 버리기로 하였다네
天書旣下三軍躍	황제의 글이 내려오니 삼군이 흥기하고
玉劍才頒列校趨	옥으로 장식된 검을 반포하자 모든 장졸도 나와 접하네
勳合旂常存社稷	큰 공훈 깃발 날려 사직을 보존하니
凌煙異日掛新圖	능연각에 뒷날 새 초상이 걸리겠네

시에서 권율의 장한 기상과 굳은 마음을 극히 찬양하고 나라를 구한 공적을 인정하면서, 그가 앞으로 당나라 때 능연각 24 공신처럼 조정의 표창을 받으리라 여겼다.

2) 명군에 대한 칭송

신경은 『재조번방지』에서 한시를 통해 용맹하게 작전하는 명나라 군사들을 많이 칭송하였다. 예를 들어, 명나라가 조선으로 보낸 제1차 지원군의 장수인 조승훈祖承訓, 명군 제독인 이여송李如松, 그리고 명군 전체의 형상에 대해 극찬하였다.

『재조번방지』에 따르면, 조승훈祖承訓에 대해 다음과 같이 기록되어 있다. "본 진영의 병마 5,000여 명을 보내고 부총병겸 우군도독부사를 맡은 조승훈이 그들을 이끌게 하고 유격장군 사유가 조승훈을 보좌하게 하였다. 조승훈의 호는 쌍천雙泉이고, 영원위 출신이며. 영원백 이성량의 가정 집정이다. 그는 용감하고 싸움을 잘해 쌓인 공훈으로 이 직위에 이르게 되었다. 또한 요동조병참장 곽몽정이 보병 500명을 이끌게 하고, 광녕 유격장군 왕수신이 마병 300명을 이끌게 하였고, 요동 유격장군 대조변이 마병 1,000여 명을 이끌게 하여 모두 조승훈이 통솔하게 하였고, 7월에 조선에 진입할 계획이었다." 조승훈은 명나라 제1차 지원군의 통솔자르 총 6,800명의 명나라 군사를 이끌고 조선에 들어왔으며, 이는 조선인들에게 희망을 보여주었다. 신경은 아래와 같은 한시에서 조승훈을 극히 칭찬하였다.

欃槍耀中天　참창이 중천에 빛나고
鯨鯢飜海浪　고래가 바다 물결을 뒤엎으니
箕服盡淪沒　기자의 나라가 다 함몰되네
黎元皆鎮僵　백성들이 모두 엎어지네
天王赫斯怒　천자가 발끈 노하시니
薊北征勇壯　계북에 용사를 블러모으고
赳赳祖將軍　웅장한 조정군은
左右佩虎韔　좌우에 칼집 활집을 찼네
鐵騎指玄菟　철기가 언도를 가리키고

羽書飛遼陽	우서가 요양에 날아들어
指日掃氛穢	날을 정하여 요망하고 더러운 것을 씻어
歡聲動海方	환호 소리가 바닷가에 진동하리

신경은 조승훈과 그가 이끄는 명군의 조선 지원을 '규규赳赳'란 두 글자로 묘사하며 그들의 장대한 기세를 표현하였다. 두 번째 구절을 통해 요동 조병 참장 곽몽정 등이 이끄는 군사가 마병과 보병으로 구성된 것을 설명하였다. 마지막 두 구절은 제1차 지원군이 조선인들에게 얼마나 큰 기대와 희망을 주었는지를 잘 나타낸다. 신경은 이러한 묘사를 통해 조승훈과 명군의 용맹함과 조선에 대한 기여를 극찬하였다.

이여송李如松은 임진왜란에서 제독을 맡았다. 『재조번방지』의 기록을 다르면 "전군도독부도독동지가태자소보前軍都督府都督同知加太子少保 이여송李如松을 흠차제독, 계요보정산동등처방해, 어왜군무총병관欽差提督, 薊遼保定山東等處防海, 禦倭軍務摠兵官으로 임명하고 3개 영장營將을 인솔하여 조선을 침범한 일본군을 공격하도록 한다." 신경은 아래와 같은 한시에서 이여송을 칭송하였다.

將軍一出電光飛	장군 한번 나오자 번개 빛 날으는데
白馬金鞍赤錦衣	흰 말 금 안장에 붉은 비단 옷이네
玉節高臨雲外逈	천자의 명을 받은 장수는 구름밖에 우뚝히 임하였고
天戈遙指日邊歸	천자의 군대가 저 멀리 해뜨는 곳을 가리키네
胸中韜畧無全敵	흉중의 병법에는 온전한 적이 없는데
帳下雄兵藉虎威	막하의 웅장한 군사는 호랑이 위엄 갖추었네
鴨綠江頭雷鼓震	압록강 머리에 북소리 진동하니
東人加額望旌旗	동쪽 사람들 이마에 손 얹고 깃발을 바라보구나

위 시에서 이여송을 신장으로 묘사하였다. 이여송이 번갯불처럼 찬란한 모

습으로 조선에 들어왔으며, 빨간 비단옷을 입고 황금 안장을 갖춘 백마를 타고 병부를 지니고 일본을 향한 창을 들고 있었다. 그의 마음속에는 남들이 상대하지 못할 대책이 있으며, 장막 안에는 호랑이 같은 위세를 가진 군사들이 가득했다. 미련尾聯의 출구出句에서는 북소리로 이여송이 이끄는 명나라 지원군의 기세를 과장하였고, 대구對句에서는 조선인들의 이여송의 명군 진입에 대한 기대를 나타냈다.

명나라 지원군 전체에 대해 신경은 한시에서 아래와 같이 묘사하였다.

羆虎先驅渡鴨江	곰과 호랑이 같은 장사들 압록강 건너오니
鯨鯢海若一時降	고래 도롱뇽 해약이 일시에 투항하리
皇恩浩蕩同天覆	황은은 넓기가 하늘과 같아
肉骨殘氓涕淚雙	육골이 쇠한 백성 두 눈에 눈물 흘리네

위 시에는 명나라 지원군을 곰과 호랑이에 비유하고 바다를 넘어 조선을 침략하는 왜구들을 고래와 도롱뇽 그리고 해신 해약海若에 비유하였다. 명군이 조선에 도착하자 왜구가 즉시 항복했다고 묘사하였다. 3~4구에는 천조天朝, 명나라에 대해 감읍하는 마음을 나타냈다.

6. 맺는 말

신경의 『재조번방지』는 일반적인 역사책과 달리 한시를 만히 삽입하였다. 이러한 한시는 두 가지로 분류할 수 있다. 하나는 조선시대 다른 문인의 문집에서 임진왜란에 관한 한시를 골라 초록한 것이고, 또 하나는 신경이 임진왜란 역사 사건을 기술하면서 직접 창작한 한시이다. 후자는 대부분 '유시위증'으로 시작한다. 『재조번방지』에 수록된 신경이 창작한 한시는 총 31편이 있는데, 그중 6편의 시 전문은 수록되지 않아 25편만 전문을 볼 수 있다.

신경은 이 25편의 한시에서 명나라가 조선을 구원한 은혜에 감격하고, 조선이 명나라에 대한 충성을 나타내었다. 또한 일본이 조선을 침략함으로써 초래된 조선의 붕괴와 백성들에게 닥친 고통과 슬픔에 대해 분노를 표현하였다. 그는 조선 조정의 대신들과 군사들의 무능함을 풍자하기도 하였으며, 일본군에 맞서 용감하게 싸우고 여러 번 큰 공적을 세운 중국과 조선 군사들을 뜨겁게 칭찬하였다.

중국 고대 통속소설에는 저자가 항상 '유시위증'으로 시작하는 시를 통해 소설에 등장한 인물이나 이야기의 생각을 나타낸다. 홍주세가 신경을 위해 지은 「묘지명」에서 "그는 식견이 많고 기억력이 아주 좋았고 전고는 심지어 소설까지 많이 알고 있었다"라고 하였는데, 이를 통해 신경이 고전소설에 대해 큰 관심을 가진 것을 알 수 있다. 『재조번방지』에도 여러 번 『삼국연의』의 인물과 줄거리를 언급하였는데, 이는 신경이 『삼국연의』 등 중국 고전소설을 잘 알고 있었다는 것을 입증한다. 신경이 『재조번방지』에 '유시위증'으로 시작하는 한시를 창작한 것은 중국 고대소설의 영향을 받아 역사책에 활용한 결과물이다. 이 한시는 농후한 서정의 색채를 가지고 있어 이 역사책의 문학성을 높였다.

『최척전』 연구

임명걸任明杰
중국해양대학교
한국어학과 교수

1. 들어가는 말

조위한趙緯韓, 1567~1649의 한문소설 「최척전崔陟傳」1621은 16세기 말~17세기 초 동아시아 세력충돌로 인해 실존인물인 최척과 옥영의 이산과 상봉을 다룬 드라마틱한 소설로 한국 소설 발전사에서 중요한 위상을 차지하고 있다. 따라서 「최척전崔陟傳」은 전란의 고통과 삶에 대한 환멸과 회의는 물론, 전란의 상흔傷痕 속에서도 삶의 희망을 고스란히 담고 있다.

「최척전」은 일국의 서사 공간을 넘어 동아시아를 넘나들면서 전란과 가족의 離合 문제를 다루고 있는데, 이는 여타의 전근대 서사에서 볼 수 없는 역동성과 성취를 보여준다. 비슷한 시기에 나온 실기류實記類나 애정 전기와 사뭇 다른 양상이다. 또한 「최척전」은 동아시아 전란의 과정에서 받은 동아시아 인민의 공통된 고통과 전란의 상흔을 치유하는 과정을 동아시아 인민들의 연대 속에서 서사를 전개함으로써, 전란의 고통과 상흔을 정면에서 문제 삼은 것은 물론,

전란에 맞선 인간의 굴하지 않는 의지도 함께 드러낸다. 특히 동아시아 여러 나라 사람들의 서로 도움으로 전란의 상흔을 극복하고 가족이 기적적으로 재회하는 과정은 동아시아 각국의 독자들에게 인기를 얻어내기에도 충분하다.

필자가 이 작품에 깊은 관심을 갖게 된 원인도 바로 일개국의 한계를 초월하여 새로운 더 낳은 미래적 삶의 공동체로서의 동아시아 공간을 다루었기 때문이다. 동아시아문학이란 결코 동아시아 각국에 존재했던 모든 문학의 총합이 아니라 근대 민족국가가 갖는 한계와 폐단을 극복하면서 결국 여러 사람들에게 보다 풍부하고 낳은 삶을 생각하게 하는 것이다. 문학의 보편적 가치도 이런 기능을 수행할 때 비로소 이루어 질 수 있다고 본다. 동아시아 각국의 문학은 물론 자기의 독특한 특수성이 존재하고 있음을 간과하자는 것이 아니다. 하지만 보편성과 특수성이 고정된 것이 아니라 끊임없이 길항하고 교섭하면서 조정되고 만들어지는 유동적인 것이다. 이런 점에서 동아시아 문학의 가능성은 동아시아 각국의 개별문학이 얼마나 더 풍부한 삶을 위한 전망을 열어두었는지를 비교하고 대조하면서, 또 스스로 타자화의 과정에서 새로운 보편적 문학가치를 제시하는 것을 목표로 하는 한에서 올바로 정립될 수 있을 것이다.

「최척전」은 한국 소설사에서 전기와 후기소설의 맥을 이어주는 대표적인 소설로서 지금까지 많은 연구가 되어 왔다.

이명선[1]이 처음으로 「최척전」을 학계에 소개한 이래 김기동,[2] 문선규,[3] 소재영[4] 등 선배 교수님들의 연구에 이어 지금까지 학위논문을 포함해 60여 편의 학술논문이 이루어진 것으로 보아도 「최척전」에 대한 연구가 광범하게 이루어졌음을 알 수 있다. 특히 작가와 작품을 중심으로 상세한 연구[5]가 이루어

1 이명선, 『조선문학사』, 조선문학사, 1948.
2 김기동, 『한국전기소설선』, 을유문화사, 1974.
3 문선규, 『한국문학사』, 정음사, 1976.
4 소재영, 「기우록고」, 『선봉 김성배박사 회갑기념논문집』, 형설출판사, 1977.
5 민영대, 「조위한과 최척전」, 아세아문화사, 1993.

졌고, 『어우야담』에 수록된 「홍도이야기」와의 비교연구,[6] 주인공 최척이 남원 선비로 실재인물이었음을 밝힌 연구[7]까지 있다.

이상 연구사를 종합해 보면 작가 작품[8]으로부터 내용, 구성, 인물형상, 이본, 한국어교육[9] 등 다방면에서 비교적 풍부한 연구가 이루어져 왔다. 하지만 동아시아 문학적 시각에 입각하여 작품을 재조명한 연구[10]는 아직 미흡하다는 점을 느껴 여기에 연구의 초점을 맞춰 보고자 한다.

2. 동아시아의 보편적 가치 체현으로서의 「최척전」

우선 전체적인 내용파악의 편리를 위해 「최척전」의 기본적인 서사구조를 살펴보면 다음과 같다.

① 활쏘기와 말타기에만 힘쓰던 최척은 부친 최숙의 권유에 따라 정상사에게 수학한다.

---

6 박일용, 「장르론적 관점에서 본 최척전 의 특징과 소설사적 위상」, 『고전문학연구』 5집, 고전문학연구회, 1990; 차유정, 「『최척전』의 소설적 특성 연구－「홍도이야기」와의 대비를 중심으로」, 경희대 석사논문, 2009; 홍성남, 「『최척전』 연구－「홍도」와의 대비를 중심으로」, 안동대 석사논문, 2006.

7 양승민, 「『최척전』의 창작동인과 소통과정」, 『고소설연구』 9집, 2000.

8 민영대, 「『최척전』 연구」, 경남대 박사논문, 1990.

9 모봉원, 「『최척전』에 형상화된 인간관계와 한국어 교육」, 건국대 석사논문, 2012.

10 진재교, 「월경과 서사－동아시아 서사체험과 이웃의 기억－최척전 독법의 한 사례」, 『한국한문학연구』 46호, 2010.
강동엽, 「『최척전』에 나타난 임진왜란과 동아시아」, 『어문논총』 41호, 2004.
김용기, 「17세기 동아시아 전란 체험과 다문화 양상 비교」, 『다문화콘텐츠연구』 22집, 2016.
김경미, 「동아시아적 시각에서 다시 읽는 『최척전』, 『김영철전』」, 『고전문학연구』 46집, 2013.
강동엽, 「『최척전』에 나타난 임진왜란과 동아시아」, 『동악어문집』 38집, 2001.
김용기, 「『최척전』의 동아시아 전란 디아스포라와 그 특징」, 『고전문학과 교육』 30집, 2015.
최지녀, 「한문소설 『崔陟傳』에 나타난 동아시아와 다문화」, 『한문교육연구』 55호, 2020.

② 정상사 집에 (임진난을 피해) 피난와 있던 옥영이 최척에게 쪽지를 보내 사랑을 고백하면서 최척과 옥영 사이에 편지가 오고 간다.

③ 옥영의 모친 심씨는 최척이 가난하다는 이유로 최척의 혼인을 거절하나, 옥영의 설득으로 혼인을 허락한다.

④ 혼인날은 잡았으나, 최척이 의병에 뽑혀 참전하는 바람에 혼인이 성사되지 못한다.

⑤ 옥영은 심씨가 부자인 양생의 구혼을 허락하자 자신의 목숨을 걸고 혼인을 거부한다.

⑥ 최척은 옥영의 소식을 듣고 그리움이 병이 되어 귀가 조치되어, 옥영과 혼인한다.

⑦ 결혼 후 만복사에 치성을 드려 부처의 현몽으로 아들 몽석을 낳는다.

⑧ 정유재란1597의 발발로 최척의 가족은 지리산 연곡으로 피난을 가고 최척이 양식을 구하러 간 사이 가족이 뿔뿔이 흩어진다.

⑨ 최척은 명나라 장수 여유문에게 의탁하여, 그를 따라 중국에 가서 살게 된다.

⑩ 최척의 아버지와 옥영의 어머니는 연곡사에서 손자 몽석을 만나 옛집으로 돌아온다.

⑪ 옥영은 돈우에게 포로로 잡혀 상선을 타고 밥 짓는 일을 하면서 해외무역을 동행한다.

⑫ 여유문이 최척에게 그의 동생과의 혼인을 제안하나, 최척은 가족의 생사를 염려하며 거절한다.

⑬ 여유문이 병으로 죽은 후 최척은 송우와 함께 상선을 타고 장사를 다닌다.

⑭ 경자년1600 4월 안남의 항구에서 최척과 옥영이 해우한다.

⑮ 최척과 옥영은 송우의 도움으로 중국 항주에 살면서, 둘째 아들 몽선을 낳는다.

⑯ 몽선은 17세 나이에 홍도정유재란 때 조선에 파병된 중국인 진위경의 딸와 혼인을 한다.

⑰ 후금의 명나라 침입으로 기미년1619에 최척이 명나라 군대의 서기로 차출되어 전쟁에 참여했다가 후금의 포로가 된다.

⑱ 최척은 포로 생활 중 큰 아들 몽석을 만나게 되고, 후금의 군사원래 조선 삭주 사람

부자의 도움으로 탈출해 조선으로 건너간다.

⑲ 귀향 중 최척이 등창이 심해져 목숨이 위태로웠으나, 진위경의 침술로 병을 고치고, 진위경이 사돈임을 확인하고 남원에서 함께 산다.

⑳ 옥영도 몽선과 홍도를 데리고 배를 타고 온갖 고생을 하면서 귀국한다.

㉑ 남원에서 최척과 옥영, 최숙과 심씨, 몽석과 몽선, 진위경과 홍도 등 모든 가족이 상봉하여 함께 산다.

위에서 간략하게 줄거리를 살펴본 것처럼 최척 일가족의 이산과 재상봉을 보여준 굴곡적이고 드라마틱한 구조를 갖고 있다. 일본과의 정유재란과 후금과의 사르후萨尔浒 전투로 인해 최척 일가족의 피눈물 나는 이산과 온갖 시련을 겪으면서 끝내 기적같은 만남을 이루어 내는 서사를 통해 조선의 일가족의 시련이 아니라 동시대 동아시아 인민들이 겪은 온갖 고난과 시련을 사실적으로 보여주고 있다. 또한 그 속에는 참혹한 전쟁으로 인한 고통과 상처를 치유하는 과정은 일개 국 안에서 이루어지는 것이 아니라 동아시아 여러 나라의 배경 속에서 이루어지면서 전쟁과 평화에 대해 다시 반성하게 해주고 동아시아 인민들이 바라는 올바른 삶이 어떤 것인지를 시사해 주고 있다.

1) 전쟁의 참혹상에 대한 역사적 경험

「최척전」 작품 속의 인물들의 삶은 누구든 막론하고 그 자체가 전쟁체험자이며 피해자라고 할 수 있다. 물론 직접 전쟁터로 된 한반도의 경우는 말그대로 생지옥이 따로 없다. 국토가 유린당하고 사회경제가 피폐해 질대로 피폐해졌다. 많은 사람들이 전쟁으로 인해 사상자가 생긴 것은 물론이거니와 포로가 되어 잡혀가 인간의 존엄이라고는 전혀 찾아보기 어려운 노예생활을 해야만 했다. 요행히 어렵게 전란을 피한 사람도 겨우 목숨을 부지했을 뿐 처참하기는 마찬가지다. 의지하고 살던 집도 전화에 타버리고 수많은 이산가족과 전쟁고아들을 남기게 되었다. 특히 당시 유교이념의 지배 속에서 힘없는 여성들은 순결을 지키기 위해 자살을 해야했고 불쌍한 어린이들은 아사餓死 또는 병사病死의 운명을 면치 못했다. 전반사회와 가족의 삶 전체를 재앙으로 몰아넣은 비참한 역사사실이기도 하다. 이것은 모든 전쟁이 갖고 있는 공통의 파괴성과 훼멸성이기도 하다. 21세기인 현재도 전쟁이 우리 곁을 멀리하지는 않고 있다. 러시아-우크라이나 전쟁도 그렇고, 요즘 한창 중인 이스라엘-팔레스티나 전쟁도 그렇다. 누가 옳고 누가 그른 잘잘못을 떠나 당지 인민들이 겪는 고통은 현대 통신과 미디어의 발달로 우리에게 리얼하게 보여주고 있다. 하지만 전쟁 쌍방의 고층은 국가이익과 민족이익을 명분으로 인민들의 희생을 아랑곳하지 않고 오히려 전쟁의 포화 속으로 몰아넣어 희생을 강요하고 있다.

그러나 16세기 말~17세기 초에 동아시아 국제전이라는 시대배경에서 직접전쟁의 경험자이기도 한 조위한의 「최척전」에서는 국가이념이나 입장에 입각한 서사가 아니라 시종일관 보통 인민의 삶을 통해 전쟁의 참상과 그로 인한 고통과 시련을 보여주는 것이 특징이다. 그러면서도 인간의 올바른 삶의 태도와 전쟁에 대한 반성, 평화에 대한 추구를 보여주고 있다.

우선 임진왜란과 정유재란으로 인해 한반도는 인간지옥이 되었다. 이 상황에 대해서는 부연을 덜하고 『난중잡록』의 기록 하나만을 보기로 하자.

> 팔도 가운데 호남의 겨우 목숨이 붙어 있는 데, 백성이 곤궁하기는 이 도가 더욱 심하여 굶어 죽은 송장이 들에 쌓였으며, 사람들이 서로 잡아먹고 온 천지가 황폐하여 쑥대가 들판을 뒤덮고 있으며, 남아 있던 백성들은 거의 다 죽게 되었다. (…중략…) 친근한 이 가운데 드러내 사람들의 말은 상관도 없이 제 마음대로 보고하여 공이 없는 자도 문득 높은 벼슬에 올라 있고, 구휼하라는 곡식을 제 것으로 만들고 (…중략…) 불쌍하다! 곡식을 보지 못한 우리 백성이 곡식을 먹는 자의 손에 죽었으니.[11]

11 조경남, 「난중잡록 3」, 『국역대동야승』 7권, 59쪽.

조선 팔도에서 곡창이라고 소문난 호남의 전후 처참한 상황을 그대로 보여주는 대목이다. 중국에 "굶주림에 허덕이는 사람이 사방에 가득차고 죽어 백골이 된 것이 산을 이룰 정도다餓殍千里, 白骨成山"란 말이 바로 그 관경을 리얼하게 반영했다고 본다. 사람이 사람을 잡아먹는 짐승보다 못한 극악의 경지로 내몰린 것이다. 온 나라가 황폐해 질대로 황폐해지고 토지가 쑥대밭으로 변해버린 전후의 복구건설은 지배층의 구호와 평민들의 피땀으로 이루어져야 했다. 이런 면에서 보면 결국은 백성들에게 희생을 강요하는 자국의 칼도 예리하기는 마찬가지라고 할 수 있다.

「최척전」에서도 이런 전쟁의 참상을 주인공의 실생활과 결부시켜 사실주의적으로 잘 표현해 보였다.

> 정유년1597 8월에 왜구가 남원을 함락하자 사람들이 모두 피난 가 숨었으며, 최척의 가족들도 지리산 연곡으로 피란을 갔다. 최척은 옥영에게 남장을 하게하고 (…중략…) 시체가 가득히 쌓여 있고 피가 흘로 내를 이루고 있었다.[12]
>
> 주인어른의 가족들은 모두 적병에게 끌려갔고, 저는 어린 몽석을 등에 업고 달아났으나 빨리 달릴 수가 없어 적병의 칼에 맞았습니다. 저는 땅에 넘어져 기절했다가 반나절 만에 깨어났는데 등에 업혔던 아이는 죽었는지 살았는지 알 수가 없습니다. 춘생은 말을 마치더니 이내 죽고 말았다.
>
> (…중략…)
>
> 산 속에 숨어 있다가 왜적들에게 여기까지 끌려 왔네.왜적들이 장정들만 묶어 배에 태워가고 늙은이와 다친 사람들만 이와 같이 남겨 두었네.[13]
>
> (…중략…)

12 至丁酉八月 賊陷南原 人皆逃竄 陟之一家 避于智異山燕谷 陟令玉英着男服, 但見積屍遍橫 流血成川.

13 主家皆爲賊兵所掠而去 吾負阿釋 不能移走 被引兵斫殺而去 吾僵地即死 半日而甦不知背上之兒生死去留 言訖而氣盡 不復生矣. 俺等隱於山中 為賊所驅及賊船 抽丁狀同載 推下罹鋒 老羸者如此.

위 기록들을 보더라도 전쟁이 최척과 당지 조선인들에게 얼마나 많은 고통과 상처를 주었는지를 알 수 있다. 왜구가 3일 동안 소탕한 연곡지역도 "시체가 사처에 엎어져 있고, 피가 흘러 내를 이루었다", 아내 옥영은 남장을 하게 했고, 아들 몽석을 업고 피란길에 오른 시녀 춘생도 칼에 찔려 죽었으며 많은 사람들이 포로로 잡혀갔음을 보여주는 대목이다. 이로 인해 최척은 헤어진 가족을 찾아 헤매나 끝내는 찾지 못하고 결국은 생을 포기하고자 자결을 시도한다. 전쟁으로 인해 온 가족을 잃었으니 죽고 싶은 마음도 당연한 것이라 하겠다. 전쟁은 이로 인해 죽은 사람도 불쌍하지만 겨우 살아남은 사람들에게도 마찬가지로 치유할 수 없는 고통과 상처를 안겨준다.

「최척전」에서 특기할만한 것은 그 피해자가 조선인만이 아니다. 국제전인 만큼 전쟁에 동원되어 전쟁을 수행한 중국과 일본의 군졸들도 마찬가지 이다. 요즘 인터넷에 도는 말로 표현하자면 "전쟁은 권력이 있는 사람이 발동하고, 있는 자가 돈을 대고, 없는 자는 자식을 내놓는다. 전쟁이 끝나면 권력이 있는 사람은 권력을 재분배하고, 돈을 댄 사람은 이익을 챙기고, 자식을 내놓은 사람은 자식의 무덤 앞에서 눈물만 흘리는 것"이다. 적군이건 아군이건 전쟁은 사상자를 내게 하고 그 사상자 본인과 가족에게는 영원히 치유하기 어려운 상처가 되는 것이다. 전쟁을 수행하다 사망되었다고 가정했을 경우, 그 또한 한 어머니의 아들, 한 아내의 남편, 그리고 한 자녀의 아버지일지도 모른다.

「최척전」에서는 바로 이런 시선으로 전쟁의 피해를 조선이란 일국을 넘어 참전했던 중국사람과 일본사람까지 서사의 폭을 넓혔다. 우선 작품에 나타난 중국 명나라 사람인 오총병과 여유문, 그리고 탈영하여 숨어지내야만 했던 진위경, 그리고 진위경의 딸이자 최척의 둘째 며느리 홍도가 있다. 그 밖에도 적군이라고 할 수 있는 늙은 일본병사 돈우頓于 등이 그렇다. 우선 일본병사 돈우의 경우를 보기로 하자.

돈우는 늙은 왜인으로 본래 살생을 좋아하지 않았다. 부처님을 섬겨 자비로웠으며 장사를 생업으로 하였으나, 배를 잘 다루었기 때문에 왜장 고니시 유키나가小西行長가 뱃사공의 우두머리로 삼아 데려왔던 것이다.[14]

이상에서 보이다시피 왜병 돈우는 나이도 많고 독실한 불교도로서 살생을 좋아하지 않는 선량한 일본인으로 형상화 되어있다. 배로 장사를 하며 살아가는 보통상인인지라 배와 뱃길에 익숙했을 것이 분명하다. 또한 이런 원인으로 일본의 조선 정벌에 강제 징용되어 본의와 상관없이 직접 전쟁터로 내몰리게 된 것이다. 이는 적진의 일원으로 직접 전쟁에 가담한 왜병마저도 전쟁의 희생자임은 마찬가지라는 논리로 된다.

중국인이며 최척의 둘째 며느리 홍도도 마찬가지이다. 그는 돌도 채 되지 않았을 때 아버지 진위경이 명나라 원군으로 차출되어 돌아오지 않았기 때문에 어머니와 함께 이모집에 얹혀 살아야하는 불쌍한 신세가 되었다. 어머니마저 죽게 되자 완전 고아가 된 셈이다. 이는 전쟁이 직간접적으로 얼마나 많은 억울한 사람을 조성시키는지를 보여준다.

「최척전」은 1621년에 씌여진 한문소설로서 임진왜란과 사르후전투심하전투를 배경으로 최척 일가의 이산과 상봉을 다루고 있지만 작가의 독특한 시각으로 전쟁을 대하는 태도가 동시기 여타의 소설과는 사뭇 다른 서사라고 할 수 있다. 이는 21세기를 사는 우리 동아시아인들에게 전쟁에 대해 다시 반성해 보게끔 하는 훌륭한 동아시아 소설작품으로 지금도 시대적, 현실적 의미를 갖는다고 할 수 있다.

2) 국경을 초월한 동아시아 인민들의 연대 형성

동아시아 연대는 국적과 국경을 넘어 인민들이 자유평등의 기초위에서 서로 도와주면서 함께 보다 낳은 삶을 지향해 가는 것이라고 간단하게 설명할

14 頓于老倭, 本不殺生, 慈悲念佛, 以商販為業, 細御舟楫, 以為舡主而來.

수 있다. 이는 동아시아뿐만 아니라 전세계 인민들의 보편적인 가치추구라고도 할 수 있다. 이런 의미에서 「최척전」은 우리에게 어떻게 동아시아 사람들이 과연 어떻게 살아야 올바른 삶인지를 시사해 주고 있어 경이롭기까지 하다.

우선 「최척전」에서는 국제혼인다문화가정의 문제를 다루고 있다. 「최척전」에서는 이런 국제결혼 사례가 둘이나 나타난다. 최척의 둘째 아들 몽선과 진위경의 딸 홍도의 혼인이 바로 대표적이다.

최척과 옥영이 각각 중국과 일본에서 떠나 안남베트남에서 기적적인 상봉을 이룩하고 주변사람들의 도움으로 항주로 와서 살게 되어 둘째 아들 몽선을 낳게 된다. 몽선이 17살이 되어 혼사를 논하면서 현숙한 여자를 얻기를 바라나 주변의 중국 사람들은 그들이 이민족이고 풍습도 다르다는 이유로 혼인을 퍽 달가워하지 않는 것도 자연스러운 것이다. 그런데도 이웃집 진씨 가문에 홍도라는 처녀가 있었고 태어나 한 살도 되기 전에 아버지 진위경은 유총병을 따라 명나라 지원군으로 조선에 왔지만 돌아오지 않았다. 홍도가 자라서는 어머니마저 여이고 이모姨母 집에 얹혀 살면서 얼굴을 보지 못한 아버지가 이국땅에서 돌아간 것을 항상 불쌍하게 여기고 거기에 가서 아버지의 넋을 불러 제사라도 지내 드리는 것이 소원이었다. 그렇지만 여자의 몸이라 어떻게 할 대책을 내놓지 못하고 있었다. 그런 와중에 최 씨네 집에서 아들의 혼사를 논한다는 말을 듣고 자진해서 이모에게 최 씨네 집에 시집을 가겠다고 자진해 나선다. 이모도 홍도의 뜻을 알기에 적극적으로 주선을 했고 최척집안도 그 사연을 알고 기특하다고 여겨 며느리로 맞이한다.[15]

홍도나 최척의 가족 모두 전쟁의 피해자로서 파산된 가정에서 온갖 고생을 겪어야만 했다. 최척 또한 중국의 여러 친구들을 사귀면서 중국 땅에서 20년을 넘게 살아왔기 때문에 배타적이라기보다는 오히려 홍도의 자초지종을 알고 그녀의 뜻을 높이 사 흔쾌히 며느리로 받아들인다. 모두 상처받은 인물들

15 及聞夢仙求婦婚, 議於其姨曰 : "願得爲崔家之婦, 而冀一至於東國也." 其姨素知其志, 卽詣陟, 語其故. 陟與其妻歎曰 : "女而如是, 其志可嘉." 遂娶而爲婦.

로서 서로 동병상련의 신세라 더욱 이해하고 적극적으로 배려해 주는 데서 이루어진 다문화가정이라고 할 수 있다. 여기서는 물론 홍도의 자신의 중국행 목적도 있긴 하지만 그보다 자신의 혼인을 자기 스스로 결정하고자 하는 근대적인 혼인관도 보이고 있어 흥미로운 것이다. 최척의 아내 옥영도 마찬가지로 자신의 혼인을 자신이 주도하고 성취하는 강인하고 슬기로운 여성으로 형상화되고 있다.[16] 결혼 후에도 조선에 가기위해 시어머니 옥영이 뱃길로 조선에 가자고 할 때 적극적인 지지를 보이고 조선말과 일본말을 배우는 것을 보면 다문화 가정에 합격된 훌륭한 며느리 형상으로 묘사되고 있다.

또 하나의 국제가정은 바로 홍도의 아버지 진위경과 대구의 조선여인과의 혼인이다. 물론 작품에서는 최척 일가의 이산과 상봉이라는 주선을 서사의 맥락으로 삼았기 때문에 보다 상세한 내용은 다루지 않고 있지만 당시 귀국을 하지 못한 명나라 유민들의 생활을 간접적으로 시사해 주고 있다. 이에 상관된 자료는 좀 더 찾아 볼 필요가 있지만 당시 한반도에 적지 않은 다문화가정이 있었을 가능성이 높다.

이 국제결혼은 당시 법적으로 합법성 여부를 떠나 국경과 민족을 초월하여 동아시아 인민들의 자연스럽게 이루어낸 유대의 가장 전형적인 결과물이라고 할 수 있다. 21세기에 들어 국제혼인, 다문화가정은 이미 그리 낯설거나 특이한 사례가 아니다. 동아시아 한·중·일 삼국은 물론이고 동남아에 이르기까지 보다 많은 다문화가정이 나타날 것은 이미 추세로 되었다. 따라서 일국적인 시각이나 배타적인 태도를 바꿔 열린 시선과 태도로 받아들이고 포용하는 자세가 필요하다. 이런 시각에서 「최척전」은 동아시아 인민들의 자연스럽게 이루어내야 할 유대를 400여 년 전에 이미 본보기를 보여주고 있다고 말할 수 있다.

또 하나는 동아시아 인민들의 국경을 초월한 유대형성은 국적과 관계없이

16 이에 대해서는 이미 기존연구들이 적지 않아 상술을 피한다.

따뜻한 인간애를 기초로 서로 돕고 의지하며 살아가는 따뜻한 인물들을 다양하게 형상화하여 보여주고 있다.

「최척전」의 서사는 최척과 옥영의 이산과 상봉을 주선으로 하고 있지만 그들의 상봉을 도운 것은 바로 국경을 넘는 동아시아 인민들의 따뜻한 인간애로 이루어진다. 물론 남녀 주인공의 주체적인 적극적 노력도 간과해서는 안 되지만 개인의 노력으로 해결할 수 없는 어려움에 부딪쳤을 때 주변에서 따스한 손길을 내밀어 도와주는 인간미 넘치는 동아시아 인민들이 있었기 때문이다. 「최척전」은 전반 내용을 보면 이름을 밝혀져 있는 절대 대부분의 인물들은 모두 친절하고 적극적인 인물들이민환 제외이라고 할 수 있다.[17] 선과 악이 분명하게 갈리는 권선징악을 표방하는 고전소설들과는 완판 다른 서사의 특징을 띠고 있는 것이 「최척전」의 또 다른 특징 중의 하나이다.

제일 먼저 경유재란 때 온 가족을 잃고 오갈 때 없는 신세가 되어 삶을 포기하고자 했던 최척에게 도움을 준 것은 중국 절강 사람 여유문이다. 명나라 지원군으로 파견되어 온 외국인 신분이지만 전쟁으로 온 가족을 잃게된 최척의 딱한 사정을 보고는 적극적으로 도와 나선다.

> 나는 오총병의 천총千摠인 여유문余有文이라오. 집은 절강성浙江省 요흥부姚興府에 있고, 내 비록 가난하지만 내 힘으로 먹고 살만 하다오. 인생은 서로 마음을 알아주는 사람을 만나는 것이 귀한 것이니, 뜻에 맞으면 자기 마음대로 가고 머물 따름이지 멀고 가까운 것을 논하지 않는 법이라오. 내 이미 집안일에 연연하지 않는데, 하필 구석진 땅에 머물며 한 군데만 고수하며 옹색하게 살 필요가 무어 있겠소?[18]

---

17 李民寏은 유일한 악인 형상으로 나타난다. 사르후전투 실패 때 명나라 군사 喬遊擊이 군사 십여 명을 조선지원군 姜弘立의 부대로 도망쳐 와 죽음을 면하고자 조선 옷을 청했을 때 허락했으나 李民寏이 자기들이 연루될까봐 반대해 나서 옷을 빼앗고 포박해 후금의 진영에 넘겨주었다.

18 吾是吳摠兵之千摠余有文也. 家在浙江姚興府, 雖貧, 足以自食. 人生貴相知心, 遊食適意, 無論遠近. 爾既無家累之戀, 何必塊守一方, 蹴蹴靡所聘乎.

여기서 여유문은 명나라에서 파견되어온 장수이며 중국 사람이다. 여유문의 자기소개에서 알 수 있듯이 엄청난 부자여서 충분한 여력이 있어 최척을 돕는 것도 아니고 진심으로 사람을 사귀고 마음이 통하고 뜻이 맞으면 국적과 민족을 떠나 형제처럼 사귀는 넓은 흉금과 호방한 성격의 소유자라고 할 수 있다. 최척은 결국 여유문의 도움으로 명나라 부대에서 머물게 되고 그 와중에 여유문도 최척의 인품과 재능을 알게 됨으로서 침식을 같이하며 군부대의 장부를 맡길 수 있는 믿음직한 친구가 된다. 결국은 최척의 신분을 감춰줘 중국으로 데리고 가 형제처럼 함께 살게 되었고, 자기 누이동생을 결혼대상으로 소개시켜 주기까지 한다. 물론 결혼은 최척이 가족이 생사도 모르고 있는 형편에서 혼자 안일하게 결혼까지 하며 살 수는 없다며 견결히 반대해 이루어지지는 못했지만 최척과 여유문의 국경을 넘는 국제적 우정은 현대를 살고 있는 우리에게도 본보기가 된다.

그 다음으로 최척과 절친한 친구는 여유문이 병으로 돌아간 다음 실의 끝에 산에 들어가 신선의 도를 배우고자 할 때 적극적으로 만류한 친한 친구 송우를 꼽을 수 있다.

성격이 소탈한 송우는 상인으로서 배를 타고 산천을 구경하며 여생을 즐기자고 최척을 타일러 자기 상단에 가입시킨 것이다. 그래서 경자년1600에 송우와 함께 상선을 타고 안남에 해외무역을 하러 갔다가 일본에서 온 상선에 옥영이 있음을 확인하고 헤어진 지 4년 만에 기적적인 상봉을 하게 된다. 여유문과 송우는 모두 중국인이지만 최척이 가장 괴롭고 힘들어 방황할 때 아무런 대가나 바램이 없이 도움을 주었던 고마운 사람들이라고 할 수 있다. 특히 최척이 옥영과 안남에서 상봉한 후 그 자초지종을 알고는 일본인 돈우에게 백금 세 덩이를 주면서 옥영의 몸값을 주고자 나선다. 이처럼 송우는 상인임에도 불구하고 이에 밝거나 간사함이 전혀 없는 소탈하고 의리 넘치는 따뜻한 품성을 가진 인물로 최척과는 친형제 같은 존재이다. 이렇게 만리타국인 안남에서 최척과 옥영이 만나 항주로 돌아왔을 때 그 사연을 알게 된 이웃들이 모두 달려 나와 축하해주고 비단과 금은을 내놓았다는 내용은 단순히 중국의 몇몇 거론된 인물뿐만이 아니라 이웃 모두가 최척 부부에게 따뜻하게 대해 준 것을 말해 준다. 이처럼 최척은 중국에서 살아가는 조선 유민에 불과하지만 주변사람들의 도움으로 살림을 마련하여 정착해 살 수 있었다. 여기에는 조정이나 관아의 어떤 관여나 지시 따위가 없이 순수한 인민들의 스스로 이루어낸 사이좋은 이웃관계라고 할 수 있다.

최척이 조선을 떠나 활동한 무대가 중국이었기에 중국인들로부터 많은 도움과 배려를 받았다면 옥영의 경우는 일본에 포로로 잡혀가 낭고사나고야 출신인 돈우에게 잡혀 남자의 신분으로 배에서 밥을 짓는 일을 하면서 돈우의 상선을 따라 중국 절강과 복건, 류구와 안남을 오가며 살았던 것이다. 처음 포로가 되었을 때 여러 번 자살을 시도했으나 돈우와 주변의 사람들이 막아 이루어지지 못했다. 돈우는 그의 영특함을 알아보고 오히려 화려한 옷을 꺼내 주고 일본 이름沙于까지 지어주면서 옥영의 포로 신분을 감춰주었다. 자기 집으로 데려와서는 식구들과 한 가족처럼 지낸 것이다. 돈우는 옥영이 안남에서 최척과 만나서야 여자인 것을 알게 되고 오히려 그들의 상봉을 기뻐하고 옥영에게 돈까지 주면서 잘 살기를 바란다.

(학천鶴川, 宋佑의 호이 돈우에게 백금 3정白金 三錠으로 옥영의 몸값을 치르고 돌아가기를 청하였다) 돈우가 발끈하며 말하였다. "내가 이 사람을 얻음이 지금까지 4년인데, 그 바르고 성실함을 좋아하여 나에게서 나온 것과 같이 보았으며 자는 것과 먹는 것이 일찍이 조금도 떨어지지 않았는데 끝내 부인임을 알지 못하였다. 지금 눈으로 이 일을 보니 천지의 귀신도 오히려 장차 감동할 것이니 내가 비록 고집스럽고 어리석으나 목석木石과는 다르니 어찌 재물을 차마하여 이를 벌이로 삼겠는가?" 바로 전대 속에서 10량의 은을 꺼내어 전별금을 주고 말하였다. "같이 지낸지 4년인데 하루아침에 이별하니 근심되고 경황없는 마음이라 비록 마음에서 끊어지는 듯하나, 우여곡절 끝에 짝을 거듭 만나니 이는 세상에 없는 일이라, 내가 만약 그것을 막는다면

하늘이 반드시 죽일 것이다. 잘 떠나시게 사우沙于여! 조심하시게! 조심하시게!" 옥영이 손을 들어 사례하며 말하였다. "주인 영감님의 보호와 도움을 힘입어 죽지 않을 수 있었고 마침내 남편을 만났으니 은혜를 받은 것이 많습니다. 하물며 이 좋은 돈까지 주시니 무엇으로 보답하여 갚겠습니까?" 최척 또한 두어 번 감사인사를 하고 옥영을 이끌고 돌아가 그 배에서 함께 지냈다.[19]

위에서 일본사람 돈우가 직접 말한 것과 같이 4년 동안 친자식처럼 대해주고 영특함을 좋아해서 항상 곁에 따라다니게 했던 것이다. 그리고 옥영과의 헤어짐에 대해 못내 안타까운 심정을 보이면서도 이역만리에서 상봉하게 된 것은 기적이라고 축복해 준다. 이별할 대도 자기가 지어준 일본이름을 부르면 부디 몸조심하며 잘 살기를 신신당부한다. 특히 안남의 부둣가에서 최척과 옥영이 만나 서로 부둥켜안고 우는 관경을 보고 중국과 일본 양국의 뱃사람들이 모두 처음에는 친척인지 친구인지를 몰라 어리둥절해 있다가 부부임을 알고 혀를 차며 감탄해마지 않는다. 다들 언어가 다르고 문화가 다른 사람들이지만 어렵게 만난 조선인 부부의 사견에 다 같이 감동을 받고 내심 기뻐하며 "하늘이 돕고 신령이 도운 것이며 이런 경우는 예로부터 드문 일"이라고 경탄한다. 여기서 보이는 일본 사람들도 중국인도 아무런 차이도 없다. 이웃의 고난을 자기의 곤란처럼 생각하고 이웃의 기쁨을 자기의 기쁨처럼 생각하는 마음 따뜻한 사람들도 형상화된 것이라고 할 수 있다.[20]

---

19 頓于怫然曰 : "我得此人, 四年于玆, 愛其端慤 視司己出, 寢息未嘗少離, 而終不知婦人也. 今而目覩此事, 天地鬼神猶且感動. 我雖頑蠢, 異於木石, 何忍貨此而爲食乎?" 便於橐中出十兩銀, 贐之曰 : "同居四載, 一朝而別, 怊悵之懷, 雖切於中, 而重逢配耦於萬死之餘, 此人世所無之事. 我若阻之, 天必殛之. 好去沙于! 珍重珍重!"玉英擧手謝曰 : " 賴主翁保護, 得不死, 卒遇良人, 受惠多矣. 矧此嘉貺, 何以報塞?" 陟亦再三稱謝. 携玉英歸寓其船.

20 누르하치가 1616년에 후금이란 나라를 세우고 황제를 자칭하자 명나라 만력황제가 45만에 달하는 군사를 동원해(실제로는 12만) 대대적인 요동정벌을 시작했던 것이다. 군사병력이나 무기로 보아 누르하치의 군사력(총병력 약 6만)은 상대적으로 우월하다고 할 수 없었다. 하지만 楊鎬의 전략적 착오로 병력을 4갈래로 나누어 진격을 했다. 努爾哈赤는 "憑爾幾路來, 我衹一路去"의 전략으로 우세병력으로 각각 격파하는 전술을 써 명나라 군대를 섬멸했던 것

마지막으로 사르후전투에 참여했을 때 후금나중에 청으로 국호를 고침의 군관의 형상에 대해서 보기로 하자. 만력 47년1619 봄에 닷새 동안 이루어진 전투는 필자가 태어난 고향 요녕성遼寧省 무순시撫順市에서 벌어진 일이다. 현재는 이미 대화방大伙房 저수지 건설로 인해 물밑에 잠겨 유적지 답사도 불가능하게 되었지만, 이 전투는 누루하치의 후금이 중국 동북에서 자기 세력을 확고하게 만든 전환점이라고 할 수 있다.

이 전투에 최척과 몽석 부자간이 모두 참여하게 된다. 최척은 중국에서 여유문을 통해 전부터 알고 있던 총병오세영의 부하 교유격을 따라 이 전투에 참여했다가 포로가 되었는데 조선인이기 때문에 죽음을 면하고, 몽석도 지원군신분으로 강홍립의 부대를 따라 왔다가 포로가 된다. 부자가 포로영 안에서 상봉을 해서 부둥켜안고 우는 것을 목격한 후금의 감독하는 관리가 그것을 보고 불쌍히 여겨 몰래 빼내 도망을 치게 했던 것이다.

> 늙은 오랑캐가 말하였다. "두려워 말라! 나 또한 평안북도 삭주朔州 지방의 병사였다. 부사府使의 포악하고 가렴주구하는 것이 너무 괴로워 온 집안이 오랑캐땅에 들어와 산지가 이미 10년이다. 오랑캐 사람들은 본성이 바르고 또한 가렴주구도 없었다. 사람의 인생이 아침 이슬과 같으니 어찌 벼슬아치의 채찍질에 시달리며 움츠리며 고향에 살 이유가 어디 있겠나? 누르하치는 나에게 80명의 정예병을 주어 조선 사람을 감독하여 달아나지 못하게 감독하라고 했다. 지금 너희의 말을 들으니 매우 기이한 일이라, 내 비록 누르하치에게 질책을 당하더라도 어찌 차마 보내주지 않을 수 있겠는가?" 다음날 늙은 오랑캐는 자기 아들을 시켜 건량을 넉넉히 주면서

이다. 이로 인해 명은 점점 동북에서의 지배권을 잃게 된다. 이때 조선에서는 광해군이 강홍립을 지휘관으로 조선병사를 거느리고 명나라 지원군으로 참전을 하게 했는데 상황을 보아서 명나라가 이기면 싸우고 질 것 같으면 실력을 보존해 오라고 명령을 했던 것이다. 결국 유정의 부대를 따라 뒷전에 서서 따라 가다가 실패한 것을 보고 항복을 하여 조선군 대부분을 살아서 돌아오게 했다.

샛길을 가리켜주게 하고 최척부자를 달아나게 하였다.[21]

여기서 특이한 것은 이 늙은 '오랑캐'의 신분이다. 현재는 후금 사람이면서 80여 명의 정예군을 거느리는 하급 장교이기도 하다. 하지만 노인의 자술에서 알 수 있듯이 원래는 조선인으로 삭주에서 병사로 있다가 부사의 학정에 못 견뎌 온 가족을 데리고 압록강을 건너 오랑캐로 불리는 건주 여진 땅에 정착했던 것이다. 연행록에서도 자주 나타나듯이 조선의 유민들이 살길을 찾아 중국으로 건너가 정착한 경우를 찾을 수 있듯이 이런 저런 사연으로 고국을 등지고 이국땅으로 살길을 찾아 떠난 사람도 있다고 보아야 한다. 이 늙은 '오랑캐'군인은 지금의 말로 말하자면 한국계 후금만주사람인 것이다. 또한 최척 부자의 탈출을 도와준 것은 늙은 오랑캐 혼자만이 아니라 그의 아들까지 동원되고 있다. 건량을 준비하고 샛길로 빠져나가도록 인도해 준 것도 늙은 '오랑캐'의 아들이라고 보아야 한다. 이 후금의 부자는 비록 원래는 조선 사람으로 동포이기도 하나 현실의 입장에서 볼 때 엄연히 진영이 다른 적의 신분이기도 하다. 하지만 20여 년 만에 기적적으로 만난 부자를 불쌍히 여겨 자신에게 닥칠 위험을 무릅쓰고 아들까지 동원해 적극적으로 도와 나선다. "가정맹어호苛政猛於虎"란 말처럼 조선 땅에서 관리들의 학정으로 고생하다가 다른 나라로 떠난 사람이라면 조선에 대한 이미지가 좋을 리가 없겠지만 위험을 무릅쓰고 도와주는 행동은 착한 마음속에 인간애가 넘쳤기 때문이다.

이처럼 「최척전」에서는 동시대에서 여타의 소설작품에서 찾아보기 어려운 동아시아 인민들이 스스로 이루어낸 유대와 국경을 넘는 우정과 인간에 대한 따뜻한 정을 보여주고 있다. 이는 전쟁을 직접 겪으면서 딸과 어머니, 부인을 차례로 잃고 제수의 순절을 직접 목도한 조위한의 손에서 창작되었다고 믿기

---

21 老胡曰 : "無怖! 我亦朔州土兵也. 以府使侵虐無厭, 不勝其苦, 擧家入胡, 已經十年. 胡人性直, 且無苛政. 人生如朝露, 何必局束於棰楚鄕乎. 老酋使我領八十精兵, 管押本國人, 以備逃逋. 今聞爾輩之言, 大是異事, 我雖得責於老酋, 安得忍心而不送乎?" 明日, 備給餱糧, 使其子指送間路.

어려울 정도로 전반 전쟁에 대한 이성적인 반성과 동아시아 인민들에게 올바른 삶의 방향은 어떤 것인지에 확고한 인식을 가지고 있었기 때문에 가능했다고 본다.

3. 맺는 말

이상 「최척전」을 동아시아문학이라는 시각으로 간략하게 분석을 시도해 보았다. 「최척전」은 주인공 최척과 옥영의 정유재란과 사르후전투라는 동아시아 전쟁의 시대배경 속에서 이산과 기이한 상봉을 다룬 서사이다. 따라서 동아시아라는 방대한 서사공간 속에 한반도는 물론 국경을 넘어 중국, 일본, 베트남, 후금을 무대로 많은 당시 동아시아 각국의 인물들을 등장시켜 형상화하고 있다.

「최척전」에서 시종 사실주의적인 창작방법을 위주로 하면서 휴머니즘 사상을 바탕으로 동아시아인들이 전쟁이 가져다주는 파괴성과 민간인에게 끼치는 영향을 리얼하게 보여주고 있다. 이는 동아시아사람들이 전쟁과 평화에 대해 깊은 반성과 사고를 갖게 한다. 또한 작품 속에 나타나는 동아시아인들 사이에 자연스럽게 유대를 형성해 형제처럼, 한 가족 식구처럼, 또는 친구처럼 서로 돕고 의지하며 살아가는 모습을 통해 21세기를 살아가는 우리들에게 동아시아의 일원으로서 국제적인 시야를 가지고 포용성을 자지고 올바른 삶을 살 수 있도록 방향을 제시해 주고 있다. 이는 현재 근대 국민국가 또는 민족국가라는 체재 속에서 동아시아 각국이 문학연구도 내셔널리즘의 이데올로기의 울타리 속에서 자기 민족의 문학을 연구하고 타자에 비해서 얼마나 우수하고 찬란한 정신적 유산과 문학을 창작했는지에 대해서 탐구해 온 것도 사실이다. 하지만 향후 자국의 문학적 특수성과 동아시아문학의 보편성과 가능성을 동시에 주목하면서 새로운 문학적 가치를 제시하는 것도 보다 의미가 있다고 생각된다.

필자의 개인적 기대라면 소설 「최척전」도 하루 빨리 영화나 드라마로 재창작 되어 작품이 내포하고 있는 진정한 의미와 가치 추구를 동아시아인들은 물론, 더 나아가 전 세계에 알려지기를 바란다.

조선 후기 전란을 기억하는 몇 가지 방식

전란 소재 야담의 양상에 주목하여

정환국鄭煥局
동국대학교
국어국문문예창작학부 교수

필자는 임병양란을 소재로 한 조선 후기 전란 서사를 몇 가지 기억의 층위로 나누어 그 성격을 밝히되, 이를 비판적인 시각에서 접근하고자 하였다. 대상은 그동안 많이 논급됐던 중편소설류와 본격적인 논의가 없었던 야담 단편이다. 사실 양자의 전란 소재는 적지 않은 상관성을 가지며 각각의 서사 성격에 맞게 구현된 바 있다. 따라서 이번 논의는 상대적으로 관심이 부족했던 야담 쪽 전란 서사의 면모와 성격을 규명하는 데 많은 지면을 할애하였다. 그리고 중편소설류도 기존의 견해와는 다른 입장에서 바라보고자 하였다. 곧 기억의 시간적 층위에 따라 개인의 체험, 영웅을 통한 국가주의의 고양, 눈물샘을 자극하는 조선식 휴머니즘의 구현 등으로 구분하여 그 층위에 따른 전란의 기억 양상과 한계를 짚었다. 이런 중편소설과 비슷한 소재나 화소를 공유하는 야담의 양란 서사는 크게 생환담, 피화담, 충절담으로 나눌 수 있었다. 해당 유형은 각각의 이야기에 따라 서사적 욕망도 갈린다. 또한 같은 유형이라도 반영된 시대에 따라 변화 국면이 적지 않았다. 그러나 야담은 단편문학으로, 일개인에게 집중하는 서사 양식인바 해당 전란 서사는 체험 주체가 '어떻게 살아남느냐'에 초점이 놓인다. 그리고 전란은 불가피한 운명이라는 점을 부각하는 데 주력한다. 이는 중편소설의 응전과 극복의 서사와는 다른 층위라 하겠다. 그럼에도 살아남은 자의 기억 서사라는 점에서는 크게 다르지 않다. 거기엔 전란의 폭력성이 고발되지도 않을뿐더러 국가의 책임은 잊히거나 면죄부를 받는다. 더구나 조선 후기 전란의 극복과 그 서사는 자칫 민중적인 욕망으로 위장되곤 한다. 따라서 조선 후기 전란 서사는 전란 자체의 폭력성을 고발하는 쪽이 아니라 왕조사회가 유지되기 위한 당위성으로 이용된 혐의가 짙다. 물론 전란 서사는 응전, 위로, 반전反戰 등 여러 방향을 취할 수 있다. 그런데 최소한 조선 후기 전란 서사에서 '반전'의 메시지를 찾을 수 있는 작품은 없다.

1. 전란의 기억과 서사

임진·병자 양란은 당대의 충격은 물론 조선 후기사회에도 적지 않은 상흔을 남겼다. 이에 대한 서사적 대응 (또는 반영)은 조선 후기 전쟁 서사의 원천이 되었다. 지금의 드라마 역할을 했던 수많은 중국 배경의 가문소설과 군담류, 그리고 여성영웅소설까지도 그 뿌리는 임병양란에 두고 있다. 그것은 패배, 또는 치욕의 기억을 응전과 극복의 서사로 재구성한 결과물이었다. 이처럼 치명적인 상처와 굴욕적인 패배의 기억을 응전과 극복으로 탈바꿈하는 방식은 전쟁 서사의 일반적인 방향이었다. 어쩌면 패배한 전쟁을 정신적인 승리를 통해 집단의 트라우마를 치유하는 방편이기도 했다.

외상성 신경증, 즉 트라우마trauma의 원래 뜻은 육체가 받은 상처를 가리켰다. 그러다가 20세기 전쟁, 특히 제1차 세계대전을 통과하면서 물리적인 상처에 정신적인 쇼크가 더해진 의미가 되었다. 불행하게도 인간사에서 전란은 끊임없었고, 앞으로도 이어질 비극인 만큼 그것이 개인적이든 집단적이든 우리는 트라우마를 겪어야 할 운명이다. 그런데 트라우마를 겪는 회로는 기억이다. 기억은 무의식에 의식이 더해진 신체적 정신적 반응이다. 그렇기에 같은 사건을 두고도 현재의 조건과 과거를 대하는 태도에 따라, 또 시간성에 따라 달라지기 마련이다. 더구나 집단적 광기이자 개인 삶의 총체성을 뒤흔드는 전란의 경우 그 압도하는 충격 앞에 개인의 기억을 넘어 집단의 기억까지 송두리째 훼손되고 곡해될 여지가 크다. 이런 기억이 서사를 만나면 또 다른 욕망이 작동하는 법이다. 그 욕망은 트라우마를 조정하거나 극복하려 든다.

한편 개인의 기억이란 것도 원래 온전한 객관성을 담보할 수 없다. 특히 체험한 사건의 무게와 정도에 따라 주관성의 강도는 달라진다. 감당불급의 전란이라면 더 그럴 터다. 그러나 피화被禍의 정도에 따라 기억의 층위는 나뉘어지기 마련이다. 이와 함께 전란의 기억은 직접 체험한 개인에게서 시간이 흐를수록 집단의 기억으로 넘어가게 된다. 이 과정에서 저마다 다를 법한 개인의 체험과 기억, 그리고 트라우마는 흐릿해지고 몇 가지 선택된 경향성이 집단화되어 전쟁 서사를 구성한다. 그러니 후대의 전쟁 서사는 해당 전란을 올곧이 반영할 수 없는 운명이다. 전후戰後 전쟁 서사의 치명적인 약점은 또 있다. 이른바 전쟁 서사는 살아남은 자의 기억을 통해 구축된 결과물이다. 전란 속에서 무고하게 고통받다가 죽어간 이들의 체험과 기억은 좀체 되살려지지 않는다. 사정이 이러다 보니 전후의 살아남은 자의 기억은 근본적으로 전쟁의 폭력성을 재현할 수 없다. 그러기에 지금도 전쟁 서사는 영웅 만들기나 국가주의에 입각한 휴머니즘으로 채색되기 일쑤다.[1]

이런 영웅 만들기나 국가주의, 또는 휴머니즘은 사실 온전한 기억의 산물이라고도 할 수 없다. 그것은 서사의 서술 주체가 기억의 회로를 포장한, 일종

---

1 오카 마리(岡眞理)는 전쟁 서사로 유명한 〈쉰들러 리스트〉나 〈라이언 일병 구하기〉 같은 영화를 두고 '살아난 자의 서사'로 규정하고, 숭고한 휴머니즘이나 국가주의를 고양하는 데 집중되어 있음을 문제 삼는다.(김병구 역, 『기억・서사』, 소명출판, 2004, 88~98면)

의 집단적 최면과 다름이 없다고 하겠다. 그런데 우리는 전란 속에 피어난 인간애나 국가주의에 의한 승리와 마주하면 모종의 집단적 유대와 정신적 카타르시스를 맛본다. 하지만 이것이 과연 무참하게 죽어갔거나 씻을 수 없는 고통을 반복하는, 저 무수한 트라우마와 싸우고 있는 피화자들을 대변하는가? 그렇지 않다. 그렇다면 후대의 전쟁 서사는 과연 누구를 위한 것인가? 나아가 그것은 반전反戰의 서사인가, 극복의 서사인가? 그것도 아니면 역사에서 되풀이될 수밖에 없는, 그래서 다시 반복될 전란에 대한 위로의 서사인가? 요컨대 전쟁 서사는 그 무게만큼 비판적인 시각에서 논란할 필요가 있다.

이 글은 이런 문제의식 아래 조선 후기 전쟁 서사에 대한 반성적 접근을 시도한 것이다. 이를 위해 임병양란을 배경으로 한 전란 서사를 통시적으로 살펴보고자 한다. 이 전란 서사의 두 축은 중편소설(주로 국문소설)과 야담이라 할 수 있다. 중편소설은 그동안 『임진록』, 『박씨전』을 중심으로 많은 논의가 이루어졌다. 그러나 야담의 전란 소재 이야기들은 상대적으로 논급이 매우 소략한 편이다. 일부 특정 이야기를 가지고 언급한 사례는 있으나 전체적인 흐름을 조망한 가운데 전반적인 성격을 밝힌 연구는 아예 없는 셈이다. 그런데 양자는 상당한 친연성을 가지고 후대의 여러 요소와 결합하면서 변주를 거듭했다. 이 기억과 서사의 층위는 임병양란에 대한 후대의 인식이자 전쟁문학의 성과와 한계를 잘 보여준다. 여기서는 양자의 관계성과 서사적 층위를 유념하면서, 특히 야담의 전란 기억과 그 문제를 짚어보는데 초점을 맞추기로 한다.

2. 임병양란 소재 중편소설의 추이와 기억의 층위

조선 왕조의 대표적인 정치·사회 격변은 정쟁과 전란이었다. 양자는 혼란의 안과 밖을 구성한다. 흥미로운 점은 양자가 일정한 시차를 두고 지그재그

식으로 일어났다는 사실이다. 16세기 벽두부터 본격화한 사화는 중엽까지 이어졌다가 동서 분당으로 귀결되었으며, 뒤미처 왜란이 발발하였다. 17세기로 들어와서 정쟁은 인조반정으로 전환기를 맞았고, 그로부터 얼마 지나지 않아 조선사회는 호란을 겪었다. 그리고 17세기 후반으로 접어들어 다시 환국換局으로 몸살을 앓았다. 요컨대 16, 17세기는 정쟁과 전란으로 점철된 시기였다.

그런데 양자의 충격파는 각기 달랐다. 즉 전란은 주로 민인에게 막대한 피해를 줬다면, 정쟁은 상대적으로 사대부층에 심대한 타격을 주었다. 그에 따른 기억의 주체와 트라우마의 양상도 다를 터다.[2] 이런 조건 때문인지 양자의 문학적 반영이나 그 성과도 결이 나뉘었다. 이를테면 『사씨남정기』나 『창선감의록』이 정쟁의 산물이라면, 『임진록』과 『박씨전』은 전란의 결과물이었다. 전자가 자기 당파의 정당성을 설파하기 위한 욕망이 작동하고 있다면, 후자는 몇몇 영웅들의 활약을 내세워 국난을 극복하려는 의도가 엿보인다. 그럼에도 이 시기 돋보이는 소재는 단연 전란이었다. 잘 알려져 있듯이 조선 왕조에서 16세기 말 17세기 중반 무렵까지 이어진 왜란과 호란은 문학의 향방을 틀어버렸다. 양자는 당대의 직접적인 체험뿐만 아니라 후대에도 끊임없이 소환되면서 전란 서사의 층위를 구성하였다.

이런 전란의 첫 번째 기억은 개인이 실제 체험한 실기류에서 시작되었다. 유진柳袗, 1582~1635의 『임진녹』과 정양鄭瀁, 1600~1668의 「강도피화기사江都被禍記事」 같은 작품이 대표적이다. 전자는 저자가 11세 때 피란한 체험을 적은 실기로, 기록의 시점은 만년인 53세 때다. 체험과 기록의 시간적 거리는 40년이 넘는다. 반면 후자는 호란 때 강화도로 피신했던 저자가 피화 직후에 남긴 기록이라서 기억의 거리가 퍽 짧다.[3] 이 기록의 시점과 의도에 따른 두 작품의 성격

2 이 점은 조선 후기 야담에 적절하게 반영되어 있는바, 두 가지 서사의 양상이 흥미진진하다. 이에 대해서는 따로 논의가 필요하다.

3 「강도피화기사」는 병자년(1636)에 겪은 참화를 3년 뒤인 기묘년(1639)에 기록하였다. ("崇禎己卯(1639)之十二月下瀚, 書以記之, 以爲子姪輩不與賊共天之意云爾."(『抱翁集』 권5)

도 같고 다름이 있다. 『임진녹』은 '그날을 떠올리면 몸서리가 쳐진다'라는 언급이 보이는 등 과거를 회상하는 형식이다. 여기에는 당연히 기억의 조정이 이루어졌을 터다. 상대적으로 「강도피화기사」는 피화의 현장이 실감 나게 그려져 있어서 기억의 조정은 덜한 편이다.

이런 실기류 저작에 이어 두 전란을 온몸으로 체험한 한문소설이 등장하였다. 대표적으로 「최척전崔陟傳」과 「김영철전金英哲傳」을 들 수 있다. 본격적인 양란 소재 소설로, 개인과 가족이 전란 속에 부침한다는 점에서 한국 가족 서사의 출발점이기도 하다. 전자는 완벽하게 복원된 가족을 통해 역으로 이런 현실은 불가능하다는 점을 환기해 주며, 후자는 불가항력의 고난을 뚫고 귀환한 김영철을 통해서 현실을 받아들이기 힘들게 한다. 따라서 전자는 믿고자 하는 현실을 환상적으로 그린 반면, 후자는 현실로 믿어야 하나 받아들일 수 없어 환상으로밖에 치부할 수 없게 한다.[4] 어쨌든 두 작품은 주인공이 극적으로 생환한 데 초점이 놓인다.

그런데 이들의 생환에는 국가가 전혀 개입하지 않거니와 아예 상정되지도 않는다.[5] 전란으로 붕괴된 세계에서 개인과 가족은 오롯이 스스로 살아 돌아와야 했다. 이 과정에서 '돈우頓于'나 '아라나阿羅那' 등 적국의 인물이나 국적을 초월한 주변 조력자들의 연대가 눈에 띈다. 「최척전」은 불가의 힘까지 빌린다. 그러나 이런 힘에 기댈 수 없었던 김영철은 귀환 이후에도 이국 땅에 남겨두고 온 가족에 대한 그리움으로 눈물 흘려야 했고, 끝나지 않은 전란에 몸살을 앓아야 했다. 요컨대 전란 직후의 서사는 국가의 부재 속에 살아 돌아온 자의 체험과 그 현실을 기억하고자 했다. 비록 일정한 무리수 — 특히 「최척전」 — 가 있긴 하나 주인공들의 생환에 전란의 폭력성이 어른거리고 있다.

---

4 정환국, 「두 번의 전란과 두 가지 귀향의 서사」, 『일본학연구』 53, 단국대 일본학연구소, 2018, 111면.

5 「김영철전」의 경우 작품 후반부에 국가가 개입하는데, 난데없는 세금 납부 독촉으로 주인공을 더 궁지로 몰아넣는다. 오히려 국가는 주인공의 생환에 방해 요소일 뿐이다.

이런 두 전란에 대한 체험과 기억은 일정한 시간을 지나면서 집단적 기억의 산물로 재탄생하였다. 대표적인 작품이 『임진록』과 『박씨전』이다. 이제 표기 문자도 한문에서 국문으로 바뀌었다. 두 작품의 성립 시기를 특정할 수 없으나, 17세기 중엽 이후 18세기까지 잡힌다. 잘 알려져 있듯이 두 작품 모두 영웅적인 인물을 등장시켜 전란의 극복 과정을 담았다. 특히 『임진록』은 왜병을 물리친 데 그치지 않고 적국으로 원정하여 항복까지 받아낸다는 화소가 들어있는 만큼, '완전한 극복'의 메시지를 담고 있다. 그리고 서사의 뼈대는 남성 영웅들의 활약이다. 이들의 활약으로 조선사회는 태평 시절을 호가하는 것으로 작품은 마무리된다.[6]

이에 비해 『박씨전』의 분위기는 조금 다르다. 먼저 국가의 재건에 여성 영웅 박 씨를 내세웠다. 그리고 병자호란을 시운과 국운에 따른 불가피한 전란으로 기억하고자 한다.[7] 이는 호란이 일방적인 강화로 끝났던 역사적 사실에 기반할 터다.[8] 그럼에도 주인공 박 씨는 치욕 속에서도 조선의 자존심을 지킨 '항복하지 않은 인물'이었다. 오히려 그녀는 천하를 호령하던 용골대龍骨大를 무릎 꿇리면서 일시나마 나라의 울분을 풀었으며, 오랑캐를 물러가게 함으로써 사회의 안정을 되찾아 조선 신민들은 다시 제자리로 돌아올 수 있었다.[9]

---

6 그 한 예다. 『임진록』(경판본). "이후로 국가 태평하여 다시 변환이 없더라."(소재영·장경남 역주, 『임진록』, 민족문화연구원, 1993, 265면)

7 이런 전제는 작품 곳곳에서 보인다. 하나의 사례이다. 『박씨전』. "오호라, 국운이 불행해 모월모일에 호병이 달려들어 도성을 습격함에 짐은 남한산성으로 피난했으나, 호국의 십만 대병이 들어와 호장의 호통 한 마디에 어쩔 수 없이 강화를 했으니 어찌 슬프지 않겠는가?"(이상구 역, 『박씨전·금방울전』, 문학동네, 2018, 100면)

8 실제 왜란과 호란을 대하는 서사의 태도는 다르다. 이는 전란 가사도 비슷한 양상이다. 이재준은 왜란 가사가 상대방을 절대부정의 배타적 직단으로 관념화한 반면, 호란 가사는 상대의 실제적인 힘을 용인하면서 구성원들의 선택과 판단을 요청한다고 후대 전란 가사의 성격을 밝힌 바 있다.(「전란가사에 나타난 두 가지 세계인식」, 『온지논총』 44, 온지학회, 2015)

9 심지어 포로가 되어 청나라에 끌려가는 민인들에게도 너무 서러워하지 말라고 다독인다. 『박씨전』. "그 말을 듣고 박씨가 계화를 불러 잡혀가는 사람들을 위로하며 말했다. '이것은 다 인간의 고락이니 너무 서러워하지 마시오. 가 있으면 몇 년 안에 세자와 부인을 다 모셔올 사람이 있으니, 너무 염려 말고 부디 편안히 가소서.'"(앞의 책, 98면)

그런데 주목해야 할 점은 따로 있다. 두 작품에 등장하는 구국의 영웅들은 국왕과 긴밀하게 조응하는 속에서 국난 극복의 선봉에 선다는 점이 그렇다. 장수와 승장들이 조선 땅에서 왜병을 몰아낼 때나 일본으로 쳐들어가 항복을 받을 때도 조선 국왕은 이를 치하해 마지않는다. 그리고 박씨의 활약에 국왕은 눈물로 칭송을 아끼지 않는다. 반면 두 작품에서 민인이나 개인은 보이지 않는다.[10] 또 한 가지 눈여겨볼 장치는 전란의 책임을 소인小人에게 전가하고 있다는 점이다. 일본 원정을 떠났다가 변심한 『임진록』의 강홍립이 그러하며, 적을 도왔다는 죄목을 붙인 『박씨전』의 김자점金自點이 그렇다. 심지어 이들은 나라의 역적이라며 백성들의 공격 대상으로 지정되기도 하였다.[11] 결과적으로 이들 희생양을 통해 국왕 이하 신료들은 면죄부를 받았다.[12]

요컨대 두 작품은 국난을 이겨내고 왕조가 재건된 점을 부각하기 위한 극복의 서사라 하겠다. 여기에 개인이든 집단이든 트라우마의 흔적은 잘 찾아지지 않는다. 그런데 이런 유형의 전란 서사를 민중적, 또는 민중 욕망의 산물이라고 보는 견해가 그동안 지배적이었다. 특히나 『임진록』의 일본 원정을 가지고 더 그렇게 본다. 하지만 이것이 어찌 민중들의 전란 극복의 욕망이라고

10 물론 『박씨전』의 경우 국왕이 박씨를 치하하면서 "네가 불명한 탓에 수만 년이 지나도 씻지 못할 치욕을 당했으니, 이 모든 것이 과인의 허물이로다. 누구를 원망하고 누구를 탓하겠는가?"(앞의 책, 101면)라고 하여 자신의 책임을 언급하는데, 사실 이것도 형식적인 언사에 지나지 않는다.

11 『박씨전』. "(전략)이처럼 나라가 망하게 된 것은 하늘이 정한 운명 때문이기도 하지만, 만고소인 김자점(金自點)이 적을 도와 망하게 되었으니 어찌 슬프지 않겠는가? 장안의 모든 백성이 지점의 고기를 먹기 원하더라."(같은 책, 90면) 이본 중에는 김자점을 처형하는 과정이 그려지기도 했다.(서혜은, 「〈박씨전〉 이본 계열의 양상과 상관관계」, 『고전문학연구』 34, 한국고전문학회, 2008)

12 한편 정길수는 한문본 계열의 분석을 통해 『임진록』이 재조지은에 입각한 체제 유지를 위한 보수적 시각에서 왜곡된 형태로 기억되고 있음을 논증한 바 있다.(「전쟁의 기억과 〈임진록〉―〈임진록〉 '역사 계열' 한문본을 중심으로」, 『국문학연구』 29, 국문학회, 2014) 이를 이어 국도본 한문본과 한글본이 당대의 담론을 각각 달리 반영하여 전자가 재조지은과 숭명의식을, 후자가 중화 계승의식과 조선중화주의를 반영한 시기적인 편차를 보인다는 논의까지 있었다.(장경남, 「〈임진록〉에 반영된 당대의 담론―국립중앙도서관 소장 한문본과 한글본을 중심으로」, 『고소설연구』 53, 한국고소설학회, 2022)

할 수 있을까? 이야말로 국왕을 비롯한 상층 지배 집단의 원상 복귀를 염원하는 지배 논리에 다름 아니다. 동시에 민인의 소요를 무마하기 위한 제스처로 보이기도 한다. 이럼으로써 두 전란의 기억 서사는 일단락된 듯하다.

그런데 또 다른 기억의 층위가 감지되는 두 작품이 있다. 앞서 논의했던 『임진록』과 『박씨전』보다 더 후대의 작품으로 판단되는 「남윤전」과 「유록柳綠의 한恨」일명 「유록전」이다.[13] 「남윤전」은 왜란을 소재로 남녀의 이별과 포로, 생환을 덧칠한 작품이다. 그리고 「유록전」은 병자호란 때의 여성 포로의 수난을 그리고 있다.[14] 따라서 두 작품 모두 포로와 생환이라는 구도를 취하고 있다. 이 점은 앞의 「최척전」·「김영철전」과 궤를 같이한다. 또한 주인공의 생환에 국가는 전혀 도움을 주지 못한다. 그러니 두 작품은 개인의 전란 체험으로 회귀한 인상이다. 다만 주인공 일행이 대부분 환상적인 인물들이다. 마치 역사에서 드러난 전선戰線에 비현실적인 인물들을 배치해 놓은 듯한 인상이다.

이중 「남윤전」은 큰 틀은 『임진록』을 빌렸으되, 포로가 된 남윤과 그를 기다리는 기녀 옥경선, 그리고 일본국 공주와의 결연 등 남녀 관계 서사로 완전히 탈바꿈하였다. 흥미로운 점은 남윤이 잡혀간 일본은 여전히 원수국이자 야만의 땅이지만, 천상에서 적강한 선녀공주가 주재하는 공간이다. 포로가 된 주인공의 생환을 위해 일본국에 미리 첩자를 풀어놓은 격이다. 뿐만 아니라 그녀는 일반 왜인과는 달리 유가 이념의 실천자이기도 하다. 일본국 공주와의 결연과 연대에 유가 이데올로기가 작동하고 있는 셈이다.[15] 아무튼 포로였던 남윤이 우여곡절 끝에 귀환함으로써 단란한 가정을 회복한다는 게 작품의 골자이다. 이 점은 「최척전」의 구도와 일맥상통한다.

---

13 「남윤전」의 경우 야담과도 연결되는 작품으로, 여러 가지 정황으로 보아 18세기 후반 이후 창작된 것으로 판단된다. 그리고 「유록전」은 전란 직후 창작됐다는 주장도 있으나 터무니없는 소리다. 전반부에 남녀주인공이 가곡창(歌曲唱)을 하는 장면들이 나오는데, 가곡창의 등장은 최소한 18세기 중엽 이후이기 때문이다.

14 최근의 관련 연구로 박양리, 「병자호란 피로 여성 트라우마의 서사적 대응과 그 의미」(『여성학연구』 27(3), 여성학회, 2017)가 있다.

15 곧 전쟁의 상처를 유가 이념을 통한 정신 승리의 산물로 봐도 무방할 듯하다.

한편 호란을 배경으로 한 「유록전」은 문장재사 정몽세鄭夢世와 풍류가인 유록柳綠의 결연과 이별, 그리고 해후를 그린 작품이다. 이 작품의 전반부, 특히 서두 부분은 「운영전雲英傳」의 구도를 차용한 흔적이 보이거니와 기본적으로 재자와 가인의 결연담에 해당한다. 「운영전」이 궁녀와 선비의 사랑이라면, 「유록전」은 한양 기녀와 재야 선비의 결연이라는 인물 구성이 다를 뿐이다. 그런데 어느 순간 호란이 터지면서 두 사람은 헤어지게 되었고, 유록은 포로가 된다. 그녀는 끌려가는 도중에 두 번이나 자결을 시도한다. 이런 그녀의 정절 지키기는 정경세와 해후하는 원동력이 되었다. 그리고 호란과 여성 포로, 언뜻 환향녀가 연상되지만 분명 그녀는 절개를 잃지 않았다는 점에서, 그리고 조선 땅을 벗어나지 않았다는 점에서 예의 여성 포로와는 성격이 다르다.[16]

이렇게 두 작품은 각각 전란을 배경으로 하여 한쪽은 남성 사대부의 생환을, 한쪽은 여성 포로의 귀환을 다루고 있다. 이런 차이에도 불구하고 두 작품은 이상할 정도로 비슷한 구도와 의도가 보인다. 먼저 '옥경선'과 '유록'이라는 기녀가 눈에 띈다. 유록은 작품의 여주인공이거니와 옥경선도 남윤의 정실부인 이 씨李氏와 함께 포로가 되어 일본으로 잡혀간 남윤을 그리워하며 정절을 지키는 작품의 주요 인물이다. 유록은 그야말로 정절의 화신인 양 죽음을 불사한다. 더구나 자결하려는 즈음에는 왜란 때의 의기義妓였던 계월향桂月香이 꿈에 나타나 그녀의 정렬을 부추긴다.[17] 또한 유록이 강물에 투신했을 때 구해 준 암자의 여승마저도 그녀의 정절과 생환에 뜻을 같이한다.[18]

---

16 이런 환향녀로서의 경계, 또는 기억의 주체에 의해 왜곡, 변형된 환향녀 서사를 다룬 사례로는 이명현, 「환향녀 서사의 존재 양상과 의미」(『동아시아고대학』 60, 동아시아고대학회, 2020)를 참조할 만하다.

17 「유록의 한」(국립중앙도서관본), 53~55면. "그 미인(美人)이 이에 말을펴 ᄀᆞᆯ오ᄃᆡ 졉(妾)은 다른 사ᄅᆞᆷ이 아니라 평양청루즁(平壤靑樓中)에 잇던 계월향(桂月香)이러니 쳡이 죽은후 평안일도(平安一道) 사ᄅᆞᆷ이 쳡을 위(爲)ᄒᆞ야 왕왕(往往)히 ᄉᆞ당(祠堂)을 세워 쳡의 원혼(冤魂)을 위(慰)로ᄒᆞᆷ으로 이곳에도 ᄯᅩᄒᆞᆫ 수간뎐각(數間殿閣)에 향회(香火)를 긋치지 아니ᄒᆞᆷ애 유유혼령(悠悠魂靈)이 왕ᄅᆡ무정(往來無定)ᄒᆞ더니 오ᄂᆞᆯ 마ᄎᆞᆷ 그ᄃᆡ의 위ᄐᆡ(危殆)ᄒᆞᆷ을 알고 구(救)코져 ᄒᆞ야 청(請)ᄒᆞᆷ이니 바라건대 그ᄃᆡᄂᆞᆫ 나의 적은 정셩을 허물치 말지어다 ᄒᆞ거ᄂᆞᆯ."

18 암자의 여승에 의해 구원되는 이런 부분에 주목하여 이 작품이 『사씨남정기』의 틀을 이용했

이런 양상은 「남윤전」도 비슷하다. 부인 이 씨, 그리고 옥경선은 물론 일본국 공주마저도 모두 적강한 선녀들로,[19] 이들은 천상에선 서로 시기하는 사이였으나 옥황상제에 의해 인간 세상으로 내침을 당한 뒤로는 한 몸이 되어 남윤의 귀환에 기여한다. 요컨대 두 작품은 여성의 정절과 연대가 귀환의 징검다리였다.

한편 두 작품 모두 남녀 관계의 강화와 선취仙趣로 전란의 상처를 보듬게 한다. 남윤과 옥경선, 그리고 일본국 공주와는 그 만남이 지기知己 추구이다. 이는 정경세와 유록의 만남도 마찬가지다.[20] 이미 전기소설에서 구현된 지기 추구는 단순한 남녀 사랑의 관계를 넘어선, 서로 믿고 의지하는 관계이다. 이는 전란의 파고를 넘는 데 매우 긴요한 요소로 작동한다. 아울러 남녀주인공들은 모두 천상에서 적강한 인물로 상정된 데다 작품 전반에 걸쳐 선취가 가득하다는 점도 두 작품의 공통점이다.[21] 기실 적강 화소는 「운영전」 이래 후대의 소설에 와서 일반화된 유형이다. 그러나 이 소재가 전란 소설에 활용됐을 때는 상황이 달라진다. 그것은 개인이 극복할 수 없는 불가항력의 전란을 벗

다고 보기도 한다. (서신혜, 「〈사씨남정기〉 서술기법의 전변으로서의 〈유록전〉」, 『온지논총』 46, 온지학회, 2016)

19 「남윤전」. "선녀가 명을 받들어 남윤을 인도하여 섬돌 아래에 세우고 옥황상제의 명을 전하기를, '추성으로 말미암아 세 선녀가 투기하여 남방의 재변이 매우 심하기로 인간 세상에 적강시켰으니 (…중략…) 남윤이 놀라 돌아보니 하나는 일본국 공주요, 하나는 함경도 함흥부 옥경선이요, 하나는 잘아는 얼굴이로되 옷고름에 혈서를 찼으니 반드시 이 씨 석랑이었다."(박용식 역주, 『금방울전 / 김원전 / 남윤전 / 당태종전 / 이화전 / 최랑전』, 민족문화연구소, 1995, 229면)

20 「유록의 한」, 25면. "비록 가무연셕(歌舞宴席)에 참예(參預)ᄒᆞ옴은 잇샤오나 ᄒᆞᆫ번도 허신(許身)ᄒᆞᆫ 곳은 업ᄉᆞᆸ고 지긔(知己)를 맛나기를 원(願)ᄒᆞᄋᆞᆸ더니 하늘이 어엿비 넉이시고 신명(神明)이 도으샤 상공(相公)을 뵈오니 쳡(妾)이 금셕슈ᄉᆞ(今夕雖死) ㅣ 나 무ᄒᆞᆫ(無恨)이로소이다."

21 이미 「남윤전」의 선취는 확인되거니와 「유록의 한」도 이런 예에서 확인된다. "계낭(桂娘)이 위로왈 졍군(鄭君)은 전ᄉᆡᆼ(前生)에 옥뎨향안전(玉帝香案前)에 근시(近侍)하던 션관(仙官)이오 그듸는 셔왕모(西王母)의 시녀(侍女) ㅣ 러니 요지반도연(瑤池蟠桃宴)에 졍군(鄭君)이 졍예(參與)ᄒᆞ려왓다가 그듸를 보고 잠간(暫間) 희롱(戱弄)ᄒᆞᆫ 죄(罪)로 인간(人間)에 적강(謫降)ᄒᆞ엿스니 비록 일시(一時) ᄋᆡᆨ운(厄運)이 잇ᄉᆞ나 수년(數年)을 지내면 다시 서로 맛나 가연(佳緣)을 니어 평ᄉᆡᆼ화락(平生和樂)ᄒᆞ리니 어이 옥보방신(玉寶芳身)을 가바야이 어복(魚腹)에 장(葬)ᄒᆞ야 텬명(天命)을 거역(拒逆)ᄒᆞ리오."(앞의 책, 54면)

어나기 위한 것일 수도, 아니면 선계 인물이어야만 극복할 수 있다는 메시지로 읽힌다.

마지막으로 두 작품 모두 지나칠 정도로 감정의 유로가 잦다는 점도 공통적이다. 주인공이나 주변 인물들은 걸핏하면 무너지고 아파하고 눈물을 흘린다.[22] 심지어 작품 전개에 별다른 영향을 미치지 않는 국왕마저도 여차하면 오열하기 바쁘다.[23] 그러면서 그 슬픈 정경을 '어찌 말로 다 기록하겠는가'라든가, '차마 보지 못하겠다'는 표현을 반복한다. 결과적으로 이들 작품은 전란을, 눈물샘을 자극하는 사건으로 기억한다. 그리고 이를 남녀주인공의 견결하고 고매한 관계를 통해 극복한다는 감성팔이식 조선의 휴머니즘이라 할 만하다. 이 과정에서 특히 여성의 정절이나 희생을 강요한다. 문제는 여성들의 반응이다. 그녀들의 정절에의 의지는 전란이라는 충격을 넘어서 있다. 병자호란 당시 포로로 끌려갔다가 돌아온 여성들, 이들은 훼절이라는 이념의 폭력 앞에 온전히 돌아올 수 없었다. 이것이 전란이 여성에게 가져다준 폭력이자 무게이다. 그러나 두 작품은 이런 현실을 무시하고 이쪽으로 선회하였다. 이것이 전란을 기억하는 또 하나의 방식이었다.

3. 야담의 전란 수용과 몇 가지 유형

조선 후기 단편 서사 양식인 야담문학이 태동하는 계기가 된 것도 전란이었다. 원래 야담은 기존의 일화 중심의 필기문학의 전통에서 성립하였다. 명

22 「유록의 한」, 74~75면. "(전략)믄득 류파(劉婆) ㅣ 밧그로셔 드러오다가 참의의 말숨소릐를 듯고 급(急)히 랑문(房門)을 열고 쒸여들며 참의의 소매를 븟들고 실셩통곡(失聲痛哭)ᄒᆞ거늘 참의 쏘ᄒᆞᆫ 눈물ᄂᆞ리옴을 씨돗지 못ᄒᆞ며 도홍(桃紅)도 울기를 마지 아니ᄒᆞ더라."

23 「남윤전」. "상이 다 듣고 나서 불쌍히 여기시어 눈물이 용포에 떨어지니 좌우 여러 신하가 누가 아니 비감하리요? 상이 전에 왜란을 만나 의주로 분찬하던 일과 백성이 많이 이산한 일을 말씀하시고, 남두성의 일을 생각하고 소리내어 오열하다가……."(앞의 책, 251면)

확하게 갈리는 것은 아니지만 사대부들의 자기 정체성을 확립하는 데 이바지했던 필기문학이 자기 역할을 다한 즈음, 그 대체 양식으로 출범한 것이 야담이다. 그런데 필기와 야담의 가장 큰 차이점은 서사의 진전에 있었다. 그 출발을 대체로 17세기 초반 유몽인柳夢寅, 1559~1623의 『어우야담於于野談』으로 본다.[24] 실제 『어우야담』은 각각의 이야기가 대단히 불균질하면서도 그 가운데 서사적 진전을 이룬 작품도 있다. 그리고 르포 형식이든 꾸민 서사 형식이든 다른 어느 야담집보다도 왜란의 흔적이 짙다. 왜란이 아니었다면 이 책의 성립 자체가 어려웠다고 해도 과언이 아니다. 그리고 서사적 진전이 양호한 작품 중에는 전란과 관련된 일화가 적지 않다. 이런 점에서 한국 야담문학은 16, 17세기 동아시아 전란이 중요한 자양분이 되었음은 분명하다.

『어우야담』에 이어 18세기 초엽에 나온 『천예록天倪錄』과 『매옹한록梅翁閑錄』은 공교롭게도 호란을 배경으로 한 이야기가 실렸다. 그러다가 18세기 중엽 이후 등장한 야담집에는 다시 호란보다는 왜란을 배경으로 한 작품이 많아졌다. 동시에 새로운 요소가 개입하면서 이야기의 적층이 일어났다. 그리고 이런 적층은 『동패락송東稗洛誦』과 『청구야담』에 집약되기에 이른다. 특히 『동패락송』의 전란 소재 이야기가 흥미로운데 해당 편수는 10편 내외지만 다양한 층위의 이야기가 혼재한다. 한편 『청구야담』은 일부는 『동패락송』 등의 이야기를 전재하면서도 예언담 등의 또 다른 유형이 추가되어, 전란 소재 이야기의 전변 과정을 추적하기에 제격이다. 그리고 조선 후기 야담의 재집결인 『동야휘집』에 오면 숱한 야담의 화소가 개입된 장편의 전란 이야기가 구성되는데, 뒤에서 살펴볼 「남국접선아모귀南國接仙娥謀歸」 등이 그것이다.

그런데 야담의 전란 서사 중에는 앞서 거론한 중편소설에 보이는 요소와 거의 일치하거나 비슷한 흐름을 보여주는 경우가 많다. 심지어 소재나 화소가 시계열에 따라 엇비슷한 궤적을 보여준다. 몇 가지 사례를 들어둔다. 『천

24 전반적인 상황에 대해서는 신상필, 「필기의 서사화 양상에 관한 연구—『용재총화』와 『어우야담』을 중심으로」(성균관대 박사논문, 2004) 참조.

예록』의 제15화와 제16화는 호란 때 주변이 온통 도륙되는 상황에서 어느 무사와 선비만 화를 입지 않았다는 이야기이다. 그리고 제9화는 토정 이지함이 관동의 어촌에서 해일의 피해를 모면한 이야기이다. 이 두 가지 유형이 결합된 형태가 『임진록』의 화소로 들어 있다. 왜장 평의지 일행이 강원도로 진격했을 때 삼척 땅만 병화를 면한 화소가 그렇다.[25] 또 『동패락송』의 제18화는 임진왜란 때 평양 전투에서 승리한 이여송이 딴마음을 품자, 한 촌로가 나타나 제압하는 이야기인데, 이는 『임진록』의 한 화소로 들어있기도 하다.[26] 『박씨전』과 야담과의 관련성도 적지 않다. 박씨의 여선女仙으로서의 면모나 야담에 자주 등장하는 충신 임경업과 역적, 또는 앞에서 거론한 소인의 아이콘 김자점 같은 인물형은 야담의 단골 소재이기도 하다.

이런 예가 구체적인 소재나 모티프의 유사성이라면, 전체 구도가 엇비슷한 사례도 있다. 『동야휘집』의 「남국접선아모귀」는 「남윤전」과 서사 구도가 비슷하다는 점은 이미 알려진 사실이며, 『기설奇說』의 「정씨기우기鄭氏奇遇記」는 「유록전」과 전체적인 틀을 공유한다. 이외에도 의기義妓 논개나 음우의 화신 관운장, 그리고 조선 장수 등의 활약상은 물론 전란과 선취가 결합한 이야기 형태도 양자가 공유하는 지점이다. 또한 전란 시대 여성의 비상한 모습도 야담과 중편소설은 상당 부분 겹친다.

그렇다면 양자 사이의 영향 관계가 상정될 성싶다. 만약 야담 쪽에서 일방적으로 수용했다면 그 의미가 퇴색될 수 있기 때문이다. 그러나 현재로서는 그 선후를 밝히기는 쉽지 않다. 이를테면 야담의 소재가 확인되는 『임진록』은 이본도 많거니와 그에 따라 정확한 성립 시기를 확정할 수 없을 만큼 편폭이

25 『임진록』(경판본). "차설. 평의지가 강원도로 향할새 제장더러 왈 (…중략…) 토정이 칼을 놓고 대매(大罵) 왈, '내 너를 죽일 것이로되 이 또한 천수라. 너같은 것 죽여 무익하니 다만 내두(來頭)에 삼척 근처에 왔다가는 편갑(片甲)도 남지 못하리라' 하고, 놓은 연고로 이때 삼척이 홀로 병화를 면하니라."(앞의 책, 57~59면)

26 국립중앙도서관본 『임진록』에 들어있다. 이여송이 조선의 산천 혈맥을 끊고 다니자, 노인이 나타나 자기 자식들을 통해 깨우치고 을러 본국으로 돌아가게 한다. 구도는 물론 디테일까지 거의 같다.(같은 책, 434~349면)

아주 큰 작품이다. 더구나 이 책의 구성이 여러 소재들을 짜깁기한 경향이 강한 만큼, 『천예록』이나 『동패락송』의 전란 화소가 『임진록』의 특정 이본의 화소로 활용되었을 가능성마저 없지 않다. 그러나 그 역방향도 상정해야 한다. 왜냐하면 야담 쪽에서도 하나의 소재가 계속 가지를 치기 때문이다. 대체로는 18세기 이후 전란 소재는 양자가 서로 주고받으며 각각의 유형에 맞게 활용하지 않았나 싶다.

한편, 중편소설에는 구현되지 않고 야담 쪽에서만 활성화된 지점도 적지 않다. 앞으로 다룰 예언담이나 충절담이 그렇고, 생환담도 독자적인 형태가 없지 않다. 그리고 개별 이야기는 몇 가지 새로운 요소들이 개입되면서 야담 자체의 변주를 거듭했다. 곧 야담의 전란 서사는 자체의 전승에 기반한 자기 색채도 분명하다.

1) 생환담

『어우야담』의 '홍도紅桃 이야기'와 '유해劉海 이야기'는 왜란으로 타국을 떠돌던 이들의 극적인 생환을 다룬 작품이다. 특히 홍도의 이야기는 「최척전」과 같은 소재와 내용으로 잘 알려져 있다.[27] 전란 직후의 산물인 만큼 이들의 이야기는 어느 정도 실재한 사적을 바탕에 깔고 있다. 유해의 사적도 역사에 남아있는 사례다. 『광해군일기』에 의하면, 그는 실제 명군 장수 유정劉綎 막하에 있던 조선인으로, 가족을 애타게 만나고자 하였으나 상봉하지 못하고 돌아간 것으로 나와 있다.[28] 작품에서는 이를 바탕으로 약간의 변개가 이루어졌다. 곧 고향인 진주로 내려가 부친과 형제를 상봉했으며, 그가 명나라에서 부침하던 동안 일본에 포로로 끌려가 있던 나머지 가족들은 쇄환사에 의해 조선으로 돌아온 서사가 첨가되었다. 그리고 유해는 가족과 재이별하여 명군으

27 전란 소재 생환담의 출발 작품인데, 이 이야기와 「최척전」의 선후 관계도 아직껏 명확하게 규명된 바 없다. 그러나 정황상 아무래도 '홍도 이야기'가 먼저 채록되었을 것이다.

28 정환국, 앞의 글, 2018, 93~94면.

로 복귀, 전사한다는 비극적인 결구까지 더해졌다.[29] 이러다 보니 그의 생환은 반쪽짜리였고, 홍도 이야기와도 결이 나뉘게 되었다.

그렇다면 호란 쪽의 생환담은 어떤 경로를 거쳐 성립되었을까? 『매옹한록』에는 상권 제86~88화 세 편이 호란 때 포로가 된 이들을 다루고 있다. 이 가운데 하권 제86화와 하권 제87화는 부부의 피로담이다. 그런데 아내는 끝내 돌아오지 못하고 남편만 생환한다. 두 여인 모두 정절을 잃은 '돌아올 수 없는 환향녀'였다. 그래서 한쪽은 남편을 속전贖錢하여 생환시켰으나, 남편은 은혜를 저버리는 '부심인負心人'이 되고, 또 한쪽은 자결로서 남편을 탈출시킨다.[30] 어쨌거나 두 이야기는 부인의 희생으로 남편이 생환한 사례다. 이에 비해 제88화는 원래 인연이 없던 양민 사내와 양반가 처녀가 포로가 되었다가 함께 탈출한 이야기이다. 그런데 양반가 처녀는 탈출 과정에서 이 사내와 몸을 접촉했다는 이유로 그의 아내가 되어야 했다.[31] 이 또한 여성의 정절과 무관하지 않다.[32] 이렇게 세 이야기는 호란 때 역사적 논란이 되었던 여성 포로와 정절, 그리고 희생의 이미지를 몇 가지 방식으로 구현하였다.

이런 호란시대의 부부 이야기는 후대의 야담에서도 다루어졌다. 그런데 완전히 틀어서 해피엔딩으로 탈바꿈하였다. 『기설』의 「정씨기우기」는 신혼 첫날밤 새벽에 호란이 터져 부부가 이별했다가 해후하는 여정을 담았다. 앞서

29 『어우야담』 제29화. "父子痛哭而別, 聞者無不下淚. 歸與縱征虜戰死."(정환국 책임교열, 『교감표점 정본 한국야담전집』 1, 보고사, 2025, 47면. 이하 인용의 경우 책명과 면수만 표기하기로 함)

30 『매옹한록』 下, 제86화. "其人以其財, 娶妻買家, 善居生, 而終不贖來, 可謂負心人云."(『교감표점 정본 한국야담전집』 2, 282면) 下, 제87화. "翌朝, 其妻自剄於園中所分之處, 馬大驚, 以爲朝鮮人來, 發卒搜索, 三日乃止, 其人始出去云."(같은 책, 283면)

31 『매옹한록』 下, 제88화. "遂解其女, 背負而逃, 隱身林藪而得活. 其女以爲, '我雖士族, 旣被汝救而得活, 且我以身托汝背而行, 肥(肌)肉相接, 義不可他適.' 遂爲其妻, 偕老而終身, 口不言其氏族居住云."(앞의 책, 284면)

32 이 점은 이미 이종필, 「'전란 가족서사'의 여성 형상화 양상과 그 의미－병자전쟁 배경의 야담을 중심으로」(『한문학논집』 46, 근역한문학회, 2017)에서 어느 정도 확인되었으며, 일정한 변모의 정황도 논급되었다.

다룬 『매옹한록』에서는 돌아올 수 없었던 여인이 주요 소재였다면, 여기서는 포로가 되었던 남편 정생鄭生이 우여곡절 끝에 생환하는데 초점이 놓인다. 그것도 대략 50년이란 세월의 무게를 서로 감당한다. 이 과정에서 보이는 비현실적인 요소가 눈에 거슬린다. 정생은 중원 땅에서 여차저차 벼슬을 하여 이부상서까지 오르는가 하면, 조선에 남겨진 부인은 독수공방에 눈물 흘리면서도 자식을 평안감사로 키워낸다. 그리고 마침내 정생은 걸해乞骸하여 본국으로 돌아오고, 아들 감사 앞에서 가족은 상봉한다. 다만 신혼 첫날밤에 헤어진 부부가 50년 뒤에 상봉하다 보니 서로의 확인 절차가 필요했다. 작품은 이 해후의 과정에 상당한 지면을 할애했다. 마지막은 한평생 남편을 기다리던 부인의 주체할 수 없는 눈물로 마무리된다.[33]

한편, 왜란 관련 생환담은 『어우야담』 이후 18세기 『동패락송』에 와서 새로운 형태로 거듭났다. 이번에는 세 형제의 운명을 다루었다. 제43화 '세 형제 이야기'는 전란 통에 두 형은 죽고 막내만 살아남아 일본으로 끌려간다. 그의 피로와 생환은 언뜻 '홍도 이야기'가 연상되나 지난한 귀환의 과정과 가족 상봉 등의 면모에서는 차이가 난다. 특히 가족 상봉 과정은 「정씨기우기」와 흡사하다. 아마도 어느 한쪽에서 이 수법을 빌어온 듯하다. 아무튼 여기서도 '기우奇遇'를 연발한다.[34] 그런데 이 작품이 이전 시기 생환담과 다른 지점은 따로 있다. 바로 풍수 소재가 서두에 배치된 점이 그렇다. 전란이 터지기 전 부친의 유언에 따라 아무개에게 부탁하여 장지를 잡았는데, 이 장지는 막내만 복을 받는 터였다.[35] 실제 막내는 이 풍수에 따라 발복하였다.[36] 원래 풍수담, 또

---

33 「鄭氏奇遇記」, 『奇說』(규장각소장). "內衙侍婢甚怪之, 詳達於大夫人, 大夫人驚怪焉, 卽召巡相, 詰而問之, 秘不肯言, 但相對含淚耳. (…중략…) 巡相不得已, 備述厥由, 大夫人驚且胸塞, 但相對悲咽."

34 『동패락송』 제43화. "大夫人聽未訖, 撤簾突出, 直前抱僧, 宛轉大哭, 曰 : '此是吾夫, 此是吾夫! 千明萬白, 天乎天乎! 奇遇奇遇!'"(『교감표점 정본 한국야담전집』 3, 218면)

35 위의 글. "喪人曰 : '前頭禍福何如?' 李曰 : '初年禍在所不避, 伯哀似不久矣.' 俄又曰 : '仲亦然矣, 季則最吉矣!'"(앞의 책, 216면)

36 앞의 글. "李之擇地, 果神異矣."(같은 책, 218면)

는 풍수 소재는 치부나 기타 발복을 염원하는 차원에서 야담에 적지 않게 구현된 바 있다. 그러나 이런 소재가 등장하기 시작한 시점은 비교적 늦은 편이다. 18세기 중반 이후, 특히 『동패락송』에서 본격적으로 활용되었다. 그러니 이 이야기는 18세기 이후 왜란을 풍수 모티프를 활용하여 기억하는 새로운 서사 유형이라 하겠다.

이런 생환담으로 가장 편폭이 긴 작품은 『동야휘집』의 「남국접선아모귀」 일명 '愼希復 이야기'이다. 이야기는 네 명의 술 도둑과 정승 사이의 풍류 미담으로 시작한다. 사실 이 풍류담 자체로도 이미 독립된 작품이 존재한다.[37] 그러나 여기서는 본 이야기의 서두에 해당하는 화소일 뿐이다. 여기에 전란과 포로, 탈출과 표류, 외국 여인과의 로맨스, 그리고 귀환과 가족 상봉까지 숱한 화소를 담고 있다. 요컨대 야담의 전란 서사로는 최대의 편폭을 자랑한다. 한편 이미 언급했듯이 이 이야기는 국문소설 「남윤전」과 구도가 거의 같다. 하지만 차이도 적지 않다. 무엇보다 주인공이 체류한 장소가 각각 일본과 오키나와로 다르다. 일본국과 오키나와는 같은 권역이지만 이 공간지리적 차이는 매우 크다. 「남윤전」의 일본국 공주는 천상 선녀가 적강한 예이고, '신희복 이야기'의 오키나와 공주는 환상적인 로맨스를 위한 유구국 인물이다. 여기에 신희복은 일본에서 탈출하여 귀환하던 중에 다시 바다에서 표류하여 오키나와로 불시착한 것이다. 당시 오키나와는 일본 본토는 엄연히 분리된 권역이자, 표해록이나 표류담의 루트 안에 들어 있었다. 따라서 '신희복 이야기'는 후대의 표류 소재가 보태지면서 그 안에 신희복과 오키나와 공주와의 연애담을 집어넣은 사례다.[38] 따라서 생환하는 루트도 예의 표류자들이 돌아온 길을 경유한다.[39] 그러니 오로지 남윤의 귀환을 위해 일본국 공주를 설정한 「남윤전」

37 『청구야담』 권10 제1화 「偸隣醞四儒詠詩」가 그렇다.

38 정환국, 「한국 고전해양문학의 정위(正位)와 기대지평」, 『한국문학연구』 68, 한국문학연구소, 2022, 31~33면.

39 『동야휘집』 권14 제3화, 「南國接仙娥謀歸」. "遂各揮淚而別, 因命侍娥, 導生出閤, 乘騾馳到使船, 共載之中國. (…중략…) 生悽愴久之, 轉至北京, 因東使回隨還本國. 計其所經程, 途歷五

과는 거리가 상당해졌다.

2) 피화담

앞에서 토정 이지함에 의해 강원도 삼척 땅이 병화를 입지 않았다는 『임진록』의 화소가 『천예록』의 이야기와 연결되어 있다고 했다. 해당하는 제15화와 제16화는 무명의 무사와 선비가 호란의 한복판에서 무사無事한 이야기이다. 제15화의 무사는 청군淸軍에 의해 섬 전체가 화마에 휩싸여 살아남은 이가 없는 중에도 방 안에 누운 채 아무 일 없다는 듯이 병화를 모면한다. 그런데 그는 그저 평범해 보이는 강화도의 장교였다. 그런 그가 이런 비범한 능력을 발휘했다니 놀랍다. 다만 그는 천 조각으로 나비를 만드는 마술[40] 부리는 이였다. 곧 마술사가 병화를 모면한 사례이다.

제16화는 파화의 과정이 더 극적이다. 도성의 한 백성이 호란으로 생사의 기로에 서 있었다. 그런데 우연히 한 선비가 길가에 쳐놓은 장막으로 피신한 끝에 무사할 수 있었다. 나중에 한 생존자를 통해 들은 이야기는 놀랍다. 선비가 쳐놓은 장막이 밖에서 보면 '높이 솟은 성가퀴에 험준한 해자가 둘러쳐진 요새였다'는 것이다. 또 다른 마술 같은 일이 일어난 것이다. 그러나 이런 재주를 부린 선비는 끝내 정체를 드러내지 않고 사라진다. 작자마저도 이들의 존재가 궁금했던지 논란을 거친다. 그리고 이들을 '이인異人'이라 규정한다. 결국 '두 사람은 비법을 지녔으면서도 밖으로 드러내지 않고 있다가 난리를 만나서야 본색을 드러낸 존재'로 보았다.[41]

이런 피화담은 『동패락송』에 오면 좀 더 구체적인 인물의 이적으로 거듭난

國, 並水陸六萬餘里, 星霜近三十年也."(『교감표점 정본 한국야담전집』 8, 632면)

40 『천예록』 제15화, 「一島魚肉臥家中」. "武人卽就其妻縫衣樫器中, 取其衆色錦段綿布, 小小裁餘, 握在手中, 微於口中, 作呪而散擲空中, 蝴蝶紛紜滿房, 五色燦爛. 其色各以裁餘本色而成, 翩翩飛舞, 眩轉難測."(『교감표점 정본 한국야담전집』 2, 45면)

41 『천예록』 제16화, 「萬騎蹂躪坐路上」. "評曰 (…중략…) 斯二子者, 內秘不示, 而終能遇亂自衛, 其亦猶賢乎?"(앞의 책, 46면)

다. 한 재상집의 치숙癡叔이란 인물이 있었다. 그는 평소 영리하지도 않고 말씨도 어눌하여 주변에서 업신여김을 당한다. 그런 그가 승려로 위장한 일본 첩자를 여지없이 굴복시켜 자신의 거처와 주변 지역까지 왜란의 피해가 없게 했다는 내용이다.[42] 이 이야기는 후대에 계보를 형성하여 『청구야담』 등에 전재되는데, 이 치숙의 존재가 서애 유성룡의 숙부이며, 피화지는 안동 일대로 구체화 된다.[43] 그러나 이 유거사柳居士도 역사에 알려진 인물은 아니다. 어쨌거나 그가 일본 첩자를 꾸짖을 때, '조선이 병란을 당하는 것은 천운에 관계되는지라 어쩔 수 없지만 내 고장만큼은 유린당하는 꼴을 보지 않겠다'[44]고 한 발화는 의미심장하다.

한편 『동패락송』에는 이와 같은 맥락이기는 하나 소재가 다른 작품이 눈길을 끈다. 이여송과 어느 촌로의 이야기이다. 앞서 『임진록』에도 이 화소가 들어있다고 했거니와, 여기서는 임진왜란이 일단락된 뒤를 다루고 있다. 문제는 평양성 전투에서 승리한 이여송이 철수하지 않고 딴마음을 품은 데 있었다.[45] 그런 이여송 앞에 나타난 검은 소를 탄 노인, 그는 천하의 이여송을 검술로 위협하고 이치로 설복시켜 단번에 굴복시킨다. 도대체 이 노인의 정체는 뭔가. 작품 안에서는 '깊은 산에 은거하고 있으면서도 이여송의 야욕을 꿰뚫어 보는 존재'[46]라는 정보만 제공해 줄 뿐이다. 이처럼 한 개인이나 특정 지

42 『동패락송』 제17화. "故當壬辰搶攘之時, 癡叔所居一境, 晏然無警云."(앞의 책, 161면)

43 『청구야담』 권8 제26화. 「劫倭僧柳居士明識」.

44 『동패락송』 제17화. "癡叔曰 : '我國兵禍之迫來者, 旣關大運, 吾於一國大運, 亦難容力, 而至於所居鄕, 則吾優可以全之, 汝國兵躡吾土一步地, 則必無一介生還者.'"(앞의 책, 161면)

45 『동패락송』 제18화. "壬辰之亂後, 天將李提督如松, 旣奏平壤之捷, 留觀浿上, 喜其山川之美, 暗懷剪除我國, 而自爲王以鎭之意."(같은 책, 161면)

46 『동패락송』 제18화. "(전략)我雖跧伏深山, 而猶能揣知將軍之意."(같은 책, 162면) 참고로 조선 원정군의 수장이었던 이여송에 대한 야담의 기억은 양면적이다. 여기처럼 조선에 야욕을 드러내는 부정적인 존재로 기억하는가 하면, 왜란을 극복한 영웅으로도 기억되었다. 유성룡과 의기투합하여 청석골에서 일본 검객을 처단하는 이야기가 그렇다.(『청구야담』 권8 제28화, 「靑石洞天將鬪劍客」) 이런 이여송에 대한 양면의 기억은 흥미로운데, 부정적인 이미지가 만들어진 이유가 불분명하다. 아마도 원병의 수장으로서 왜병과 화의하려 했다는 의혹이 한몫을 했을 것이며, 그가 조선 유민의 후손이었다는 점도 묘한 애증의 관계를 상정하는 데 일

역의 화를 모면한다는 유형의 피화담은 주로 무명의 비범한 재주를 지닌 이인들의 활약에 기반하고 있다. 전란을 역사에 드러나지 않는 인물들의 비상한 면모로 벗어나거나 극복하는 형식이라 하겠다.

이런 피화담은 지인지감과 예언을 통해 새로운 가지를 쳤다. 요컨대 병란을 예측하고 미리 피신하는 내용이다. 이 유형은 비교적 늦게 형성된 것으로 판단되는데, 『청구야담』에 해당 이야기들이 집중된 편이다. 대표적으로 권2 제21화 '현명한 며느리 이야기'와 권2 제28화 '피가皮家 사위 이야기'를 들 수 있다. 뒤 작품은 선조대에 붕당의 폐해를 예견했던 동고東皐 이준경李浚慶, 1499~1572과 겸인 피가의 남다른 유대가 서사의 맥이자 동력이다. 한편 동고는 자기 집안과 피가 식구들을 건사할 만한 능력을 지닌 이를 피가의 사위로 맞게 한다. 사위는 그 뜻을 받들어 외딴곳에 무릉도원을 건설, 식구들이 모두 무사할 수 있었다. 살아남은 식구들은 이 모두가 동고의 선견지명이었음을 알고 감격한다.[47] 제21화는 피가 사위의 역할을 한 집안의 며느리가 담당한다는 내용이다. 그리고 동고의 역할은 어느 과객過客이 대신한다. 이 과객은 영남 어느 선비 집안의 묘지부터 재취와 득남, 그리고 현명한 며느리까지 주선해 주었고, 결과적으로 며느리의 선견지명으로 선비 집안은 무사할 수 있었다.[48]

이 외에도 『청구야담』에는 어떤 선비가 출타했다가 이인을 만나 전란의 예언을 듣고 미리 피신하여 병화를 모면했다는 이야기가 둘 있다.[49] 이 가운데 제14화가 주목된다. 한양 선비가 함경도를 다녀오던 중 산속에서 별세계로

조하지 않았나 싶다.

47 『청구야담』 권2 제28화 「李東皐爲傔擇佳郞」. "東皐子與皮傔聞之, 始恍然大覺, 益知大監之有神眼遠識矣."(『교감표점 정본 한국야담전집』 7, 124면)

48 『청구야담』 권2 제21화 「避禍亂賢婦異識」. "其舅姑久居山中, 不勝鬱紆有懷土之意, 新婦請與登山, 山外有彭輷之聲. 其舅姑驚問曰 : '此何聲也?' 新婦曰 : '世有干戈, 倭賊彌滿八路, 今戰于某邑, 故有此聲也.' 其舅曰 : '吾洞則如何?' 曰 : '吾之所居家, 已爲火燬, 一洞人或逃或死, 近境盡爲魚肉矣.' 其舅曰 : '然則汝先知其有亂, 見機而入此中耶?' 新婦曰 : '雖微物, 皆知天機, 避風雨, 可以人而不知乎?'"(앞의 책, 110~111면)

49 『청구야담』 권8 제14화 「覘天星深峽逢異人」과 제17화 「坐草堂三老禳星」.

인도되고, 그곳 주인 노인에게서 머지않아 병란이 닥칠 것이라는 예언을 접한다. 노인의 예언대로 곧 호란이 터졌고, 선비는 노인이 알려준 피난처로 피신하여 화를 모면한다. 주목할 점은 노인의 거처다. 다름아닌 선계仙界이다.[50] 피화의 서사에 선계까지 동원되는 장면이다. 그런데 이런 선계의 도움은 이미 『천예록』의 '가평 유생 이야기'에서 나온 바 있다. 이 작품은 선계 체험 야담으로는 수작에 꼽힌다. 유생이 유장한 선계를 체험하고 그 자신 선화仙化를 경험하는 등 신선담의 신경지를 개척한 보기 드문 사례이기도 하다. 그런데 이 작품도 후반부에 전란을 개입시켜 선계피화담으로써의 면모를 유감없이 발휘하였다. 곧 속세→선계→복귀→선계로 이어지면서 방점은 '유생의 피화'에 찍힌다. 이 또한 전란을 미리 알아차린 선계의 조처에 의한 것이었다.[51] 이렇게 피화담은 선계와 접속하면서 또 다른 층위를 구성하였다.

3) 충절담

전란 시대에 활약한 충신·열사들의 이야기는 여러 야담집에 흩어져 있다. 이는 조선 후기 전란 시기 인물을 다룬 인물전의 양상과도 비슷하다. 따라서 그 양상은 따로 논의하지 않아도 될 듯하다. 다만 일반 인물전과는 다른 양상, 또는 다른 지점에 착목한 이야기는 살펴볼 필요가 있다.

먼저 눈에 띄는 이야기는 '이경류李慶流 이야기'와 '제말諸沫 이야기'이다. 이경류 서사는 처음 『동패락송』에 실리고, 『청구야담』에 와서는 내용이 좀 더 부연되는 등 그 기이성으로 인해 나름의 계보를 형성한 작품이다.[52] 임진왜란

---

50 『청구야담』 권8 제14화 「覘天星深峽逢異人」. "行尋人烟, 忽見大石, 中開若石門然, 有大川自其中流出, 菁葉時時隨流而下. 其人曰:'此間必有人居, 除非武陵桃源, 必是天台隱居也!' (…중략…) 尋至一處, 有人家數百戶居焉. 山高谷深, 塵埃不到, 村居瀟灑, 政是別世界也."(앞의 책, 420면)

51 『천예록』 제2화 「關東路遭雨登仙」. "忽一日, 仙翁之使者到家, 携生二兒子而至, 傳仙翁及仙妻之書, 其辭大意以爲, '明年人世大亂, 將作汝所居之地人將魚肉, 故玆送使者, 汝隨此使者, 擧家入來云云.' (…중략…) 其明年丙子大亂, 果作生之村里殆盡死亡焉."(앞의 책, 25~26면)

52 이강옥, 「야담집에서의 이경류 이야기의 전개와 그 의미」, 『한국문학논총』 61, 한국문학회,

때 형을 대신해 종사관으로 참전한 이경류가 전사한 뒤 혼령으로 나타나 평소처럼 부인과 함께 지내고, 아들의 과거 합격에 감격하는가 하면, 모친의 병환까지 낫게 했다는 게 골자이다.[53] 그런데 혼령의 성격이 애매하다. 딱히 원혼도 아니고 그렇다고 마냥 순수하지도 않다. 겉으로는 죽어서도 이생에서의 못다 한 부부간의 애정이나 자식에 대한 사랑, 그리고 부모에 대한 효도까지 완수한다는 취지로 읽힌다. 그러나 자신의 제사에 제수가 정결하지 못한 것을 두고 하인을 매질하게 하는 화소[54]까지 있는 걸 보면 뭔가 죽음에 대한 아쉬움이 커 보인다. 혼령으로나마 자신의 충절을 보상받고 싶은 욕망이 자리하고 있다. 그러니 그의 혼령의 현시는 인정투쟁의 단면으로 이해된다.

이런 인정투쟁의 양상으로는 『학산한언』의 '제말 이야기'가 더 흡입력이 있다. 왜란 시기에 성주 목사로 전공을 세웠던 제말諸沫, ?~1592이 후대에 혼령으로 나타나 자신의 전공과 죽음을 잊지 말아 달라고 청원하는 내용이다.[55] 그의 혼령과 마주한 이는 성주 출신의 선비 정석유鄭錫儒, 1689~1756이다. 혼령은 전란 때 혈성을 바쳤으나 역사의 기록에 남겨지지 않아 후대에 자신을 알아주는 이가 없다며 정석유에게 하소연한다.[56] 그러면서 '나를 잊지 말라願無忘'를 외친다.[57] 이 외침은 간절하다. 공교롭게도 이 이야기가 성립되고 얼마 지

2012.

53 작품에서 언급됐다시피 그의 이야기는 陶菴 李縡(1680~1746)의 「從事官李公墓碣」(『陶菴集』 권31)에 의거했음을 짐작할 수 있으나, 혼령 서사 부분은 새로 꾸몄다. 즉 묘갈에는 이 부분이 "公歿後四十餘年, 精魄不泯, 凡有憂慶, 家人往往如見如聞."(『한국문집총간』 195, 139면)으로만 나온다.

54 『청구야담』 권7 제5화 「投三橘空中現靈」. "宗家行祀時, 餠有人毛之入者, 罷祀後聞之, 則外舍有呼奴之聲, 家人怪而聽之, 則出自舍廊. 奴子承命而入, 則使捉致蒸餠婢子, 分付曰 : '神道忌人毛髮, 汝何不察? 汝罪可撻!' 仍命撻楚."(앞의 책, 353~354면)

55 이 이야기의 서사화 과정에 대해서는 정출헌, 「야담의 구연 현장과 서사잡록으로의 전환–임진왜란 평민의병 諸沫의 일화를 중심으로」(『한문학보』 46, 우리한문학회, 2022)가 참조된다.

56 『학산한언』 제68화. "其歷海矸營鼎津, 迎敵寡敵, 衆弱除强, 其所獲斬摧破者, 亦足以暴於後世. 然其時, 文檄泯沒, 國史不傳, 後人不復知. (…중략…) 夫大丈夫不能殲盡賊奴, 圖像麟閣, 名不傳於青史, 志未暴於後世, 雖死而歷百千萬世, 此寃其可旣乎?"(『교감표점 정본 한국야담전집』 3, 98면)

나지 않아 국가 차원에서 그에 대한 추증 사업이 이루어졌다.[58] 어쨌거나 작품에서 그의 인정투쟁은 전란 때의 전몰 열사를 어떻게 기억해야 하는가를 잘 보여준다.

충절담의 또 다른 경향으로 용장들의 활약에 부인의 내조를 서사의 동력으로 삼는 경우를 들 수 있다. 『동패락송』에는 왜란 때 손꼽히는 장수였던 정기룡鄭起龍, 1562~1622과 문신이면서 의병장이었던 김천일金千鎰, 1537~1593의 사적을 다룬 이야기가 있다. '정기룡 이야기'는 역사 속 양반 집안의 출신인 정기룡을 진주의 관노官奴로 분장시켰다. 이 이야기의 초점은 그가 전주의 수리首吏 딸과 혼인하는 과정에 모아져 있다. 수리의 딸은 심부름을 온 정기룡을 보고 단번에 비범한 인물임을 알아본다. 그리고 집안의 반대에도 불구하고 자신의 의지로서 그의 아내가 된다. 결국 정기룡의 전공은 모두 아내의 권면과 전세 파악에 힘입은 것으로 이야기는 끝이 난다.[59]

한편 김천일 이야기는 '김천일의 아내 이야기'라야 할 만큼 부인의 비중이 압도적이다. 그녀는 몸이 크고 뜻이 화통한 여성으로, 시집온 뒤로 집안일을 전혀 하지 않는다.[60] 이런 설정은 비범한 인물들이 보이는 야담의 레토릭이기도 하다. 서서히 능력을 드러내기 시작한 그녀는 김천일과 시아버지를 조종하여 주변 사람들에게 적선하고, 철바가지鐵匏를 잔뜩 준비한다. 이는 전란이 일어나기 전 그녀의 준비 과정이었다. 마침내 전란이 터지자 적선한 이들을 의병으로 불러 모으고, 철바가지를 짊어지게 하여 위세를 보이게 한다. 이

---

57 같은 작품. "答曰 : '願無忘, 願無忘! 當有知者.' 已而, 曰 : '我去矣.' 行數步, 復曰 : '願無忘, 願無忘!' 忽不見, 鄭君極異之."(같은 책, 99면)

58 제말에 대한 추증 사업은 정조대에 이루어져 성주 忠烈祠에 배향되었으며, 1795년에는 임란 때 공을 세운 그의 조카 諸弘祿을 포함시켜 『漆原諸氏雙忠錄』이라는 간행물이 나왔다.

59 『동패락송』 제22화. "未幾, 遇壬辰難, 起龍聞變起舞, 妻曰 : '君志則壯矣, 立功之基, 勤王爲先, 遠向京師, 可也.' (…중략…) 妻曰 : '晉州未免要衝, 錦山旣經義兵破陣, 必無重被兵之慮, 請移我姑婦避兵於錦山.' 起龍從之, 而更赴戰陣, 前後効勞不少."(앞의 책, 166~167면)

60 『동패락송』 제46화. "金倡義使千鎰夫人, 不知誰氏, 而身長大意豁達, 而于歸以後, 高枕而臥, 全無所事."(같은 책, 221면)

위장 전략으로 적들은 자중지란에 빠졌고 김천일의 창의는 대성공을 거두었다.[61] 이 모든 과정에서 정작 김천일의 역할은 미미하다. 그는 아내의 계획에 따라 수동적으로 움직일 뿐이다. 이러고 보면 정기룡과 김천일의 아내는 역시 비범한 인물에 속한다. 승리한 서사에도 야담은 여전히 비범한 존재의 역할을 강조한 셈이다.

4. 응전과 연대를 넘어선, 또 다른 극복의 서사

앞에서 야담과 소재, 또는 화소의 유사성을 보여주는 중편소설들은 성립의 편차에 따라 기억의 층위가 달라지고 있음을 확인한 바 있다. 그런데 야담의 전란 서사는 크게 세 가지 유형으로 나뉘면서 유사성을 넘어서 다른 층위를 구성하였다. 피화담이나 충절담 쪽은 아예 중편소설에 보이지 않는 내용들이고, 생환담의 경우도 일부 같은 유형을 공유하기는 하나 그 지향점은 달라졌다. 그렇다고 중편소설처럼 세 가지 유형의 성립 시점의 순차성이 명료하게 구분되는 것은 아니다. 생환담이나 피화담은 애초 해당 야담집이 구성될 때부터 등장하였고, 충절담만이 상대적으로 뒤 시기에 성립된 정황이 확인될 뿐이다. 오히려 후대 야담집으로 갈수록 풍수나 예언, 표류 등의 새로운 모티프가 개입하면서 같은 유형 사이의 변개가 일어났다. 이런 요소들의 개입은 아마도 후대의 당대적 욕망이 전란 서사에 투영된, 말하자면 전란이 당대의 욕망을 드러내기 위한 도구나 장치로도 활용되었음을 짐작케 한다. 이는 후대에 와서 전란 소재가 다양한 용도로 변화를 거듭했음을 의미한다.

중편소설과 야담의 이러한 차이는 기본적으로 서사의 편폭과 기억의 방향

61 앞의 글, "夫人使義兵, 每人以長竹竿, 掛漆圓匏, 以荷於肩, 見倭佯敗歸時, 置鐵圓匏于路. 倭兵逐北, 至鐵圓匏所在處, 試擧之而重難動, 倭乃驚. (…중략…) 義兵因此累交鋒, 而不取敗. 金之倡義始末, 多夫人之所助云."(같은 책, 222~223면)

이 다른 데 있다. 야담은 단편이기에 주로 특정 개인을 통해 사건을 집약해서 보여주는 서사의 하위 장르이다. 당연히 전란도 특정한 인물로 재현되며, 이는 곧 해당 인물을 통해 전란을 기억한다는 의미이다. 야담의 이런 특징은 단점이자 장점이기도 하다. 전란의 전체적인 양상을 확인하기 어려운 대신 전란 속에 던져진 개인의 문제에 집중할 수 있다. 그렇기에 중편소설처럼 인물 간의 연대를 통한 국가주의를 표방하거나 눈물샘을 자극하는 조선식 휴머니즘을 구현하기에는 적당하지 않다. 요컨대 야담의 전란 서사는 생환한 인물이든 병화를 모면한 인물이든 충절을 바친 인물이든 특정 개인의 운명을 추적하기에 제격이다.

이런 개인의 운명은 앞에서 살펴봤듯이 정해진 운수에 따르거나 비범함의 여하에 따라 결정된다. 이런 경향은 후대 야담집으로 갈수록 강화되는 형국이다. 『어우야담』이나 『매옹한록』의 생환, 또는 피화 서사는 그래도 전란 속에서 누군가가 경험했을 법한 현실을 다룬 듯하다. 여기에는 유해처럼 온전한 귀환이 이루어지지 않은 경우도, 남편이 부인의 희생으로 살아 돌아온 예도 있다. 그런데 『천예록』부터 기이한 인물들이 등장하여 전란의 피화를 비현실적인 국면으로 돌리기 시작했다. 마술을 부리는 장교나 보자기로 요새를 만든 선비 같은 이인이 그렇다. 이인의 출현으로 이후 전란의 극복 양상은 크게 두 가지로 갈린다.

그 하나는 주인공의 정해진 운수에 따르는 방식이다.[62] 여기에 풍수나 관상 등의 화소가 개입하면서 나름 서사의 설득력을 제고하려 든다. 또 하나는 이인이 개입하는 방식이다. 이때 이인으로 등장하는 인물은 주로 재야의 묻힌 무명의 존재가 많다. 치숙이나 촌로는 물론 과객 등 실로 다양하다. 심지어 공훈을 세우는 데 결정적인 기여를 한 정기룡과 김천일의 아내도 이런 이인의

62 『동패락송』의 '세 형제 이야기'는 물론, 『동야휘집』의 '신희복 이야기'의 신희복도 애초 살아날 운명이었다. (『동야휘집』 권14 제3화, 「南國接仙娥謀歸」. "愼童繼書曰 : '帶醉還山月欲低.' (…중략…) '帶醉還山', 雖有中年流離之厄, 而終當榮達, 至於老夫之位." 앞의 책, 628~629면)

범주에 든다. 이처럼 개인의 피화와 전란의 극복에 이름 없는 이인들의 활약을 끼워 넣은 점은 야담 전란 서사의 특징적인 국면 가운데 하나다. 여기에는 국가가 해야 할 역할을 대신한다는 취지가 들어있다. 따라서 야담의 전란 서사에도 '국가는 없다'이다.

이렇기에 전란에 부닥뜨린 개인은 오롯이 스스로 감당해야 했다. 요컨대 야담은 개인의 운명을 저울질하는 척도로 전란을 기억한 셈이다. 그런데 이런 야담의 서사 인식의 기저에는 전란을 시운에 따른 불가피한 사건으로 본다는 것이다. 시운에 따른 전란의 불가피성을 상정하는 순간, 국가의 부재는 면죄부를 받기 마련이다. 대신 운명론적인 세계관이 자리한다. 풍수나 관상, 예언 같은 화소도 이런 운명론적인 세계관 속에서 작동하고 있다. 이런 때문인지 야담의 전란 서사에는 의외로 적에 대한 적개심이 잘 드러나지 않는다. 이와 관련하여 흥미로운 두 작품이 있다. 『학산한언』의 '왜승 이야기'와 『잡기고담雜記古談』의 「검기劍技」는 검술을 다룬 이야기이다. 그런데 한쪽은 금강산에서 수도하는 왜승을, 다른 한쪽은 전란 때 포로로 끌려갔다가 일본 검술을 익혀 귀환한 종실의 자제를 조명하였다. 왜승과 종실의 자제는 각각 조선의 재야 고수와 일본 장수에게 검술을 익혔다. 그리고 두 사람 모두 스승에 대한 은혜를 잊지 않고 그 뜻을 간직하고자 한다.[63] 마치 원수의 나라가 두 사람의 검술을 통해 하나로 이어지는 모양새다. 심지어 『잡기고담』의 작자 임매任邁, 1711~1779는 「검기」의 평에서 일본 검술에 관한 관심을 드러내며, 이 기예가 종실 자제 이후 전승되지 않은 점을 안타까워하기까지 한다.[64] 이미 조선 후기 사회에서 일본 검술은 하나의 문화적 기호를 획득한 것처럼 보인다.

---

63 『학산한언』 제49화. "每想吾師才智之高, 義氣之深, 情意之篤, 愛惜無窮, 至痛在心. 是以, 當師忌日, 哀痛之情, 輒不自抑, 久而不衰."(앞의 책, 70면) 『잡기고담』 上, 제7화 「劍技」. "常念將倭全活之德, 數十年養育之恩, 常以所予雙劍, 貼身佩持, 以寓戀戀不忘之意."(같은 책, 307~308면)

64 『잡기고담』 제7화, 「劍技」. "余曾於軍營, 見技擊之比試倭劍者, 虎躍而前, 鼠伏而퇴, 或倒或起, 左右旋轉, 亦頗可見. 獨未見其有可以駭神慄魄者, 意此特其法之糟糠而惜乎! 此公子得此藝, 而傳授無人, 絶使廣陵散絶響, 可歎也哉!"(같은 책, 309면)

이렇게 전란을 나라의 시운과 개인의 운수로 돌리고 나면 결국 선택의 여지는 하나뿐이다. 어떻게든 살아남은 일이다. 바로 여기에 야담의 서사는 총력을 기울였다. 이는 중편소설에서 확인했던 응전과 연대의 면모와는 확실히 다르다. 말하자면 전란을 운명적인 관점에서 바라보고 개인의 차원에서 극복하고자 하는 욕망이 뚜렷하다. 아무튼 이 또한 극복의 서사라는 점은 분명하다. 이처럼 조선 후기 전란 서사의 기억에는 개인의 운명에 초점을 맞춘 야담의 층위까지 더해진다. 그런데 이 또한 살아남은 서사라는 점은 중편소설과 다르지 않다. 오히려 더 철저해졌다. 온전히 살아 돌아온 자, 살아남은 자에 초점이 맞춰있기에 그렇다. 이 행운아들은 개인의 운수이든 이인의 도움이든, 심지어 선계의 조종이든 어떤 식으로든 전란을 극복하였다.

이런 극복의 서사는 그 자체로 함정이 도사려 있다. 구원된 존재들을 통해 정작 전쟁의 폭력성은 은폐되기 십상이기 때문이다. 그럼으로써 전란은 일어나서는 안 될 파국이라는 걸 말해주지 않는다. 그것은 또 다른 전쟁에 대한 예비일 뿐이다.[65] 오카 마리는 전쟁 서사에서 욕망의 함정을 이렇게 지적한다. 해당 서사의 심층에 있어서 서사가 부인하고 있는 것은 '사건', 즉 전쟁의 폭력성 자체라는 것이다.[66] 마찬가지로 조선 후기 전란 서사의 욕망은 구원된 존재들로 하여금 전쟁의 폭력성을 무화시켜 버렸다. 이런 극복의 서사는 결코 반전의 메시지를 던져줄 수 없다. 이 점이 조선 후기 전란 서사의 한계이다. 이런 흐름에서 볼 때 전란의 육체적 정신적 고통을 철저하게 경험치로 보여준 「김영철전」이야말로 새삼 재음미해야 할 전란 서사이다.

---

65 전란 이후 서사에 仙道와 仙境이 자리하고, 피난처로 十勝地가 부각된 점은 이를 웅변한다. 앞서 선계로 피신하여 살아남은 이야기를 접했거니와, 南師古가 지정했다고 하는 십승지는 바로 '난리를 만나면 몸을 숨기기 좋은 곳'이었다.(『청구야담』 권6 제4화, 「南師古東國選十勝」. "此皆當亂保身之地, 赫巖所記, 蓋其選者也. (…중략…) 東方山川, 多深阻, 當亂藏隱之處, 奚止於此? 若以郡邑論之, 如江陵·三陟·蔚珍·平海等地, 未嘗經兵禍, 庇仁·藍浦, 亦不見兵."(같은 책, 264~266면) 이는 또 다른 전란을 예비하는 방편이기도 했다.

66 오카 마리, 앞의 책, 95면.

고려 대 송·원 외교문서 중의 전쟁 표현

장령옥張玲玉
호남사범대학교
중문학과 박사후

고려는 약 500년 동안 복잡한 외교환경에 처했기 때문에 주변 나라와 주고받은 외교문서 중 전쟁 관련 내용이 많다. 전쟁 관련 외교문서 중 또한 대 송·원 문서가 특히 주목할 만하다. 고려와 송 사이에 직접적 전쟁이 없어서 전쟁 관련 외교문서도 대부분 국제 형세를 표현하는 내용이다. 고려와 원 사이에 거의 30년 동안의 전쟁이 있을 뿐간 아니라 몇 차례의 강화도 있고, 전후 약 백 년 동안의 간섭기도 있었다. 따라서 고려 대 몽골 / 원元의 외교문서도 더 복잡하고 전쟁 관련 문서도 더 많다.

이 글은 고려 대 송·원 전쟁 관련 외교문서를 정리하고, 이러한 외교문서들 중 전쟁을 어떻게 표현했는지를 고찰하였다. 고려 대 송 외교문서는 대부분 표문이고 전쟁 관련 내용도 복잡한 국제 형세를 표현한 것이다 많기 때문에 개괄적이고 추상적인 표현을 많이 사용하였음을 확인된다. 고려 대 원 외교문서 중 전쟁 상황을 전달할 때 기술적인 표현을 고문 산체로 표현한 경우가 더 많고, 전후의 참상을 묘사할 때 또한 장면화 한 표현을 많이 사용하였다.

1. 들어가는 말

고려高麗, 918~1392는 약 500년 동안 복잡한 국제 환경에 처하였다. 고려 건국 초에 중국은 혼란한 오대五代 시기907~979가 아직 끝나지 않았다. 960년 북송北宋이 건국한 후에도 동아시아의 국제 환경이 안정되지 않았다. 북송은 북쪽의 소수민족 정권인 금金나라 및 요遼나라와 대치했을 뿐만 아니라, 고려도 금나라 및 요나라 사이에 크고 작은 충돌들이 있었다. 1127년에 정강靖康의 난이 발생한 후에 북송이 멸망되고 남송南宋이 건립되었다. 동아시아는 다시 격변한 시기로 들어갔다. 몽골이 일어난 후 고려는 몽골과의 전쟁을 겪고, 전쟁이 끝난 다음에 또한 약 백 년의 원 간섭기元干涉期에 들어갔다. 그러나 원나라가 안정된 국제 질서를 오래 유지하지도 못하고, 동아시아는 다시 혼란한 상황에 처하게 되었다. 이라한 혼란한 국제 형세는 명明나라1368~1644가 건국하기까지 계속하였다.

고려는 이러한 혼란한 국제 형세 아래 북·남송, 금, 요, 몽골 / 원 등 나라와 모두 외교관계를 유지하였다. 따라서 고려는 송, 금, 요, 몽골 등 나라 사이의 외교문서도 많이 남았다. 그 중 또한 중국 중원지역을 차지한 송과 원 사이의 외교문서가 상대적으로 더 많이 보존되었다. 국제 형세의 혼란함과 국제 전쟁 때문에 고려 대 송·몽골 / 원의 외교문서 중에는 전쟁에 관한 내용도 많다고 할 수 있다.

외교문서는 정치적·외교적 역할이 더 강한 실용문이지만 한문산문 중의 한 종류로서 문학성도 있기 마련이다. 전쟁을 표현하는 내용은 고려시기 외교문서의 중요한 과제로서 또한 주목할 만하다고 할 수 있다. 그러나 지금까지 고려시기의 외교문서에 대한 연구는 주로 역사학에 집중되어 있고, 문학 측면으로 외교문서의 구성, 서술방식 등을 분석한 연구는 거의 없다.

따라서 필자는 본고에서 먼저 역사학의 선행연구를 바탕으로 하여 고려 대 송·원 외교문서 중의 전쟁 관련 내용을 정리할 것이다.[1] 그리고 전쟁 관련 외

---

1 고려시기 외교문서의 정리는 주로 盧啓鉉 著, 金榮國 譯, 『高麗外交史』, 延邊大學出版社, 2002와 정동훈, 「고려시대 외교문서 연구」, 서울대 박사논문, 2016을 참고하였다.

교문서를 다시 국제 형세를 표현하는 내용, 구체적 전쟁 과정을 표현하는 내용, 전후의 참상을 표현하는 내용 등 세 가지로 나누어 이러한 문서들에서 전쟁을 어떻게 표현하는지를 살펴볼 것이다.

2. 전쟁 배경 아래의 고려 대 송·원 외교문서

1) 복잡한 국제 형세 아래의 대 송 외교문서

송나라의 300여 년 동안 중원中原 지역에 복잡한 환경에 처하였다. 송나라의 북쪽에 요나라契丹와 금나라女眞가 있고 서북쪽에 서하西夏, 黨項가 있었다. 송나라는 주변 나라와 전쟁이 있고, 고려도 거란과 여러 충돌이 있었다. 따라서 고려와 송나라의 사신 왕래는 그렇게 순조롭지도 않았다. 북송 때 고려 국왕은 송의 책봉도 받고 의례적인 사신 왕래도 있었지만, 남송 때에 국제 환경이 더 복잡해져서 거의 백 년 동안 사신 왕래가 단절되기도 하였다. 이러한 복잡한 외교 환경 때문에 고려와 송 사이에 전쟁이나 충돌이 없었는데도, 외교 문서에 혼란한 국제 형세나 전쟁과 관련이 있는 내용이 담기는 것도 필연적이다.

고려 대 송의 외교문서 중 전쟁과 관련이 있는 부분을 정리하면 다음과 같다.

〈표 1〉 고려 대 송 외교문서

번호	제목	출처	작가	배경	시간
1	本國入宋起居表	『동인지문사륙』 2-1	주저	고려는 민관시랑 곽원을 송으로 파견하여 방물을 바치고 계란의 침입함을 아뢨음.	고려 현종 6년(1015) 11월
2	進奉表	『동인지문사륙』 2-2	주저	위와 같음.	위와 같음
3	熙宁二年, 其国礼宾省移牒福建转运使罗拯云	『송사』 「열전」 권246		고려는 사신을 파견하여 외교관계를 회복하는 뜻을 전달했음.	송 희령 2년(1069)

번호	제목	출처	작가	배경	시간
4	謝密進廻儀表	『동인지문사륙』 2-15	강척	송은 사신을 파견하여 금나라의 침입을 알리고 고려의 도움을 요청했음.	고려 인종 4년(1126) 7월
5	回詔諭表	『동인지문사륙』 2-16	김부의	위와 같음.	위와 같음
6	回津發使臣入金表	『동인지문사륙』 2-18	김부의	송은 사신을 펴견하여 고려의 기을 빌리고 휘종과 흠종을 구한다고 요청했음.	인종 6년(1128) 6월
7	告不津發使臣入金表	『동인지문사륙』 2-19	김부일	위와 같음.	위와 같음
8	回詔諭表	『동인지문사륙』 2-20	김부일	송은 사신 왕정중을 파견하여 외교관계를 단절하는 뜻을 전달했음.	인종 8년(1130) 4월
9	乙亥 吳敦禮還, 王附奏	『고려사』 권16		묘청의 난에 대해 송은 고려에게 군사 원조가 필요한지를 물었는데, 고려는 송의 도움을 거절했음.	인종 13년(1135) 9월

고려와 송 사이의 외교문서는 『고려사』와 『송사』에 기록되지만 그 중 몇 마디의 말만 기록하고 완전한 글로 볼 수 없는 내용도 많다. 현존하는 고려 대 송의 전쟁 관련 외교문서 중 완전한 글로 볼 수 있는 것은 위의 표와 같다. 여기의 문서들이 대개 몇 사건을 중심으로 한 것이다.

현종顯宗 5년1014에 고려와 거란의 제3차 전쟁이 폭발하였다. 1015년에 현종은 사신으로 민관시랑民官侍郎 곽원郭元을 파견하여 송과 같이 거란을 대항하는 것을 요청하였다.[2] 표에 있는 1번과 2번 글은 바로 이와 관련한 문서이다. 글의 제목만 보면 의례적인 문서인 것 같지만, 이번 사신 파견의 배경과 글의

2 『高麗史』 권4, 顯宗 6년 11월, "遣民官侍郎郭元如宋, 獻方物, 仍告契丹連歲來侵."

실제 내용을 고려하면 전쟁 관련 외교문서로 볼 수 있다.

3번 문서는 『宋史』에서 나온 것이다. 1069년송 熙寧 2년, 고려 文宗 23년에 고려는 중국 천주泉州 상인 황신黃愼을 통해 예빈성의 첩牒을 보내 송 신종에게 국교 재개하려는 의도를 전달하였다.[3] 그 이전에 고려와 북송은 거의 40년 동안 정식 외교가 중단한 상태이다. 이 첩어는 고려의 외교 재개 의도를 표현할 뿐만 아니라 외교 중단의 원인, 혼란한 국제 형세 등에 관한 내용도 담겨 있다.

고려와 송이 국교를 재개한 후로부터 북송 말년까지 고려와 송 사이에 사신 왕래는 상대적으로 안정하고 외교문서도 대부분 의례적인 것이다. 1126년송 정강 원년, 고려 인종 4년에 송 흠종欽宗이 즉위하였다. 1126년 7월에 흠종이 각문지후 후장侯章을 파견하여 금나라 군대가 송을 침입하는 사실과 고려의 군사 협력을 요청하는 뜻을 전달하였다.[4] 표에 있는 4번과 5번 문서는 인종이 송 흠종을 답한 표문이다.

1127년 북송이 멸망하고 송 고종이 즉위하여 남송을 건립하였다. 1128년에 송 고종은 형부상서 양응성楊應誠을 사신으로 파견하고 고려 인종에게 길을 빌려서 휘종과 흠종을 구출하려는 뜻을 전달하였다.[5] 〈표 1〉에 있는 6번과 7번 글은 이 사건과 관련된 문서이다. 그러나 양은성은 고려의 거절에 대해 불만이 있어서 6번 문서를 받지 않았다. 그 뒤에 인종은 다시 윤언이尹彦頤를 사신으로 파견하여 같은 뜻을 표현하는 7번 문서를 전달하였다.[6]

---

3 『宋史』 권487, 外國3 高麗 熙寧 2년, "其國禮賓省移牒福建轉運使羅拯云, '……今以公狀附眞·萬西還, 俟得報音, 即備禮朝貢.'"

4 『고려사』 권15, 仁宗 4년 7월, "侯章在館又致書於王曰, '章等來時, 奉皇帝聖旨 …… 事不獲已, 待以秋涼, 必興師討伐. 乘此之時, 本國安可坐視? 若將兵境上, 共爲掃除, 是結無窮之好耶. 因玆成功, 別遣使人前來.'"

5 『고려사』 권15, 인종 6년 6월, "迎詔于壽昌宮. 詔曰, '數遇中微, 變生外圉, 肆朕纘紹 方圖敉寧. 惟三韓之舊邦, 實累世之與國, 嚮煩信使, 來效充庭, 乃緣艱虞, 久緩報聘. 想亦量其多故, 當不替於素懷. 玆奉大金之尺書, 特馳一介之行李, 航海越境, 良有溷煩, 救灾恤民, 必加軫助. 聊將薄物, 不逮彝儀. 今差楊應誠·韓衍等, 充國信使·副, 兼賜國信禮物·衣帶·金鍍銀器·雜色匹段·散馬等物.'"

6 『고려사』 권15, 인종 6년 8월, "遣禮部侍郎尹彦頤如宋, 上表曰, '天地之仁, 各令萬物以咸遂,

〈표 2〉 교려 대 몽골 / 원 외교문서

번호	제목	출처	작가	배경	시간
1	蒙古兵馬元帥幕送酒果書	『동국이상국집』 28-1	이규보	몽골은 고려에게 군량을 도와줌을 요청했음.	고종 5년 (1218) 12월
2	謝蒙古皇帝表	『동국이상국집』 28-3	이규보	공골은 거란을 토벌하고 승리했음.	고종 5년
3	蒙古行李齎去上皇帝表	『동국이상국집』 28-5	이규보	몽골과 강화할 때의 외교문서.	고종 18년 (1231) 12월
4	國衙行答蒙古書	『동국이상국집』 28-6	이규보	몽골의 2차 침입 때의 외교문서	고종 19년 (1232) 2월
5	同前答兒巨元帥狀	『동국이상국집』 28-7	이규보	위와 같음.	위와 같음
6	淮安公答同前元帥狀	『동국이상국집』 28-8	이규보	위와 같음.	위와 같음
7	送某官狀	『동국이상국집』 28-13	이규보	위와 같음.	위와 같음
8	送蒙古國元帥書	『동국이상국집』 28-9	이규보	위와 같음.	고종 19년 3월
9	送撒里打官人書	『동국이상국집』 28-10	이규보	위와 같음.	고종 19년 4월
10	答河西元帥書	『동국이상국집』 28-11	이규보	위와 같음.	고종 19년 5월
11	淮安公答河西元帥書	『동국이상국집』 28-12	이규보	위와 같음.	위와 같음
12	答蒙古官人書	『동국이상국집』 28-14	이규보	위와 같음.	고종 19년 9월
13	答沙打官人書	『동국이상국집』 28-15	이규보	위와 같음.	고종 19년 11월
14	上都皇帝起居表	『동국이상국집』 28-16	이규보	위와 같음.	위와 같음
15	陳情表	『동국이상국집』 28-17	이규보	위와 같음.	위와 같음
16	同前狀	『동국이상국집』 28-18	이규보	위와 같음.	위와 같음
17	答沙打里書	『동국이상국집』 28-20	이규보	위와 같음.	위와 같음
18	答蒙古大官人書	『동국이상국집』 28-22	이규보	위와 같음.	고종 19년 12월

번호	제목	출처	작가	배경	시간
19	送蒙古大官人書	『동국이상국집』 28-21	이규보	위와 같음.	위와 같음
20	蒙古皇帝上起居表	『동국이상국집』 28-27	이규보	강화할 때의 외교문서.	고종 25년 (1238) 12월
21	送唐古官人書	『동국이상국집』 28-28	이규보	위와 같음.	위와 같음
22	送晉卿丞相書	『동국이상국집』 28-29	이규보	위와 같음.	위와 같음
23	送晉卿承相書	『동국이상국집』 28-19	이규보	위와 같음.	고종 26년 (1239) 12월
24	與中山稱海兩官人書	『동문선』 61-27	김창	위와 같음.	고종 27년 (1240) 4월
25	答唐古官人書	『동문선』 62-1	박훤 (朴暄)	위와 같음.	위와 같음
26	與吳悅官人書	『동문선』 62-2	이장용	위와 같음.	고종 27년 3월
27	告奏表	『동문선』 40-11	김구	고려는 몽골과 강화하고 세자를 몽골로 파견했음.	고종 46년 (1259) 4월
28	別紙告由表	『지포집』 2-26	김구	원나라가 역참을 설치해라는 요구를 거절했음.	원종 4년 (1263) 4월
29	詔責兵船陳情表	『지포집』 2-38	김구	원나라가 일본을 징벌할 때 고려에게 병선을 파견함을 요구했음.	원종 9년 (1268) 4월
30	陳情表	『지포집』 2-40	김구	원나라가 군사 협력을 요구했음.	원종 9년 6월
31	平紅賊後陳情表	『동문선』 40-32	이색	원나라가 홍건적을 평정했음.	공민왕 12년 (1363) 3월
32	賀平海盖賊表	『고려사』 권40		원나라가 해주와 개주의 홍건적을 평정했음.	위와 같음

인종 8년1130에 사신 왕정중은 고려 임금에게 사신 왕래를 중단하려는 의도를 전달하였다. 인종은 표에 있는 8번 문서로 고종 황제에게 답하였다. 이 글은 주로 국제 형세가 혼란하기 때문에 할 수 없이 송나라의 요청을 동의한다는 뜻을 표현하였다. 표에 있는 제9번 문서는 『고려사』에서 나온 것이다.

帝王之道, 不責衆人之所難……'"

인종 13년1135에 고려에서 묘청의 난이 발생하였다. 같은 해에 남송에서 오돈례吳敦禮를 보내고 고려에게 군사 협력이 필요한지를 물었다. 인종은 송의 군사 협력을 거절하고 9번 문서를 보냈다.

2) 몽골 침입과 강화 과정 중의 외교문서

송나라와의 관계에 비해 고려와 몽골의 관계는 더 복잡하다. 고려와 몽골 사이에 거의 30년 동안의 전쟁이 있을 뿐만 아니라 몇 차례의 강화도 있고, 전후 약 100년1259~1356 동안의 간섭기도 있었다. 따라서 고려 대 몽골 / 원의 외교문서도 더 복잡하다. 고려 임금이 몽골 황제에게 보낸 표表도 있고, 몽골 군대를 통솔한 원수나 황실 구성원들에게 보낸 서書도 많다. 고려가 몽골에게 보낸 외교문서 중 전쟁 관련 내용이 있는 글도 상대적으로 더 많다. 이러한 문서들을 표로 정리하면 다음과 같다.

고려를 침입한 거란 유족을 공격하겠다는 이유로 고종 5년1218에 몽골 군대는 고려에 들어갔다. 같은 해 12월에 몽골 군대는 물자가 보족하기 때문에 고려의 원조를 요청하였다.[7] 고종은 〈표 2〉에 있는 1번 문서를 보내어 몽골의 요구에 동의하였다. 2번 문서는 고종이 보낸 몽골 군대의 전승을 축하하는 표문이다. 1번과 2번 문서, 그리고 고종 재위 기간 동안의 대부분 대 몽골 외교문서는 이규보1168~1241의 『동국이상국집』에 수록되어 있다.

고종 11년1224에 몽골 사신이 귀국하는 길에서 살해를 당하였다. 몽골은 고려가 사신을 죽였다고 주장하였다. 그 뒤에 몇 년 간에 몽골 태조가 붕했기 때문에 몽골은 이 일을 방치하였다. 몽골 태종이 즉위한 후인 고종 18년1231에 몽골 장군 살리타撒禮塔가 사신의 피해를 핑계로 군대를 이끌고 고려에 들어갔다. 같은 해 12월에 고종은 사신을 파견하여 몽골과 강화를 시도하였다. 3번 글은 이 시기의 문서이다.

7 『고려사』 권103, 「열전16」, 「趙沖傳」, "遣通事趙仲祥, 與我德州進士任慶和, 來牒元帥府曰, '皇帝以契丹兵逃在爾國, 于今三年, 未能掃滅故, 遣兵討之. 爾國惟資糧是助, 無致欠闕.'"

1232년에 고종은 수도를 개경에서 강화도로 옮기고 몽골과 항쟁하기를 결심하였다. 이 해 8월에 몽골은 강화천도를 핑계로 2차 침입을 하였다. 표에 있는 4~19번 글은 모두 이 시기의 외교문서이다. 고종 19년1232에서 46년1259까지의 거의 30년 동안에 몽골 군대는 크게 7차례 고려를 침입하였다. 전쟁 기간에도 몇 번 강화를 했는데, 20~26번 글은 바로 전쟁 전기의 강화와 관련된 문서들이다. 여기의 문서들을 보면 알 수 있듯이 대몽 항쟁기의 외교문서는 몽골 황제에게 보낸 表도 있지만 양이 더 많은 것은 군대를 통솔한 장수들에게 보낸 書이다.

고종 45년1248에 고려와 몽골의 전쟁은 마지막 단계에 들어갔다. 다음 해1249에 당시의 세자 왕전王倎, 元宗은 친히 몽골에 조공하러 갔고, 몽골과 고려는 강화를 하였다. 표에 있는 27번 글은 당시 세자가 몽골에 가져간 문서이다.

원종이 즉위한 후 고려와 몽골의 외교 관계는 상대적으로 안정된 시기로 들어갔다. 고려는 매년 하정사賀正使와 하성절사賀聖節使를 몽골로 보냈다. 이 시기의 외교문서는 주로 김구1211~1278의 『지포집』에서 수록되어 있는데, 대부분은 하정사와 하성절사가 가져간 의례적인 표문이다. 원종 4년1263에 몽골은 고려에게 역참을 설립하기, 군량을 제공하기 등을 요구하였다. 원종은 몰골의 요구에 대해 일부분만 동의하였다. 표에 있는 28번 글은 원종이 거절한 이유를 설명하는 문서이다. 28번, 29번과 30번 문서는 주로 전후의 비참한 상황을 묘사한 내용이 담겨 있다. 고려는 몽골과 강화 이후로 약 백 년의 원간섭기에 들어갔다. 지금 각 문집에 실려 있는 이 시기의 외교문서도 대부분 의례적인 문서이다.

공민왕 8년1359에 중원 지역의 홍건군紅巾軍은 압록강을 건너고 고려를 침입하였다. 공민왕 11년1362에 고려는 홍건군이 점령한 땅을 회복하였다. 표에 있는 마지막 두 글은 모두 홍건군을 평정한 후 몽골에 조공할 때 가져간 문서이다.

3. 고려 대 송원 외교문서 중의 전쟁 표현

2절에서 살펴본 것을 통해 알 수 있듯이 고려 대 송·원의 전쟁 관련 외교문서는 크게 세 가지로 나눌 수 있다. 첫째는 당시 동아시아의 혼란한 국제 형세에 관한 내용이다. 이러한 내용은 주로 고려 대 송의 외교문서에 담겨 있다. 둘째는 전쟁의 과정이나 전쟁 중의 사건을 구체적으로 서술한 것이고, 셋째는 전후의 비참한 상황과 전쟁의 기억을 표현한 것이다. 이 두 가지는 고려 대 몽골 / 원의 외교문서에 많이 나타난다. 따라서 본 장에서는 이 세 가지 측면으로 고려 대 송·원 외교문서 중의 전쟁 표현을 구체적으로 고찰할 것이다.

1) 전쟁과 충돌 아래의 국제 형세의 추상화

고려 임금의 명의로 송이나 몽골 황제에게 보낸 국서는 대부분 表이다. 표문은 윗사람에게 보낸 문체로서 보통 변려체로 지어진다. 변려문은 한문 산문 중의 특별한 형식으로 대우, 운율, 고사 등 다양한 수사법을 많이 사용한다. 변려문은 이런 특징 때문에 서사에 적합한 문체라고 할 수 없다. 따라서 고려가 송나라나 몽골에 보낸 외교문서, 특히 표문으로 쓰인 외교문서는 전쟁 중의 사건을 일일이 해명해야 하는 것이 아니라면 보통 개괄적이고 추상적 문장으로 전쟁이나 국제 형세를 표현한다. 고려가 송나라에 보낸 외교문서에는 이러한 예시를 많이 찾을 수 있다.

지난 번 이웃 도적이 와서 군사로 위협하여 자제되는 의식을 시행하게 하고 남의 뜻을 빼앗을 줄 어찌 생각이나 하였겠습니까. 사세가 부득이하여, 어쩔 수 없어 예는 편의를 따랐던 것이며, 오고가는 데 있어서 비록 화풍에 가로막혔으나, 시종 한화를 잊지 않았습니다. 눈이 빠지도록 속절없이 하늘을 쳐다보았으나 자못 해에 다가갈 수 없는 것과 같았습니다. 중국의 문명에는 실로 흠모하지만, 북방의 풍교에 삼킬까 걱정이었던 것이었습니다. 그러던 중에 액운이 차츰 풀리고 하늘이 복을 내

리어, 과연 북방과 사귐을 끊고 거듭 성조에 정성을 드리게 되었습니다.[8]

위의 인용문은 2절 〈표 1〉 중 2번 문서의 일부분이다. 이 글은 『동인지문사륙』 권2에 수록되어 있고, 고려 현종 대 사신 곽원이 송나라에 갈 때 가져간 주저?~1024가 지은 「진봉표」이다. 1015년현종 6년에 거란과의 군사 충돌 때문에 현종은 송에 사신을 보내고 방물을 바치는 동시에 송 진종에게 공동으로 거란과 대항하려는 의도도 전달하였다. 이 표문에서는 고려의 실제 의도를 직설적으로 말하지는 않았지만, 모호한 표현만으로 이번 사신 파견의 목적을 은밀히 제시하였다.

위의 인용문은 주로 북쪽에 있는 거란 때문에 고려와 송은 정상적인 사신 왕래를 유지하지 못했다는 뜻을 표현하였다. 인용문에서 먼저 고려가 매년 조공하지 못했다는 것은 거란의 위협이 있기 때문이라고 설명하였다. 이어서 "한화를 잊지 않았다不忘於漢化"는 말로 송나라와의 우호 관계를 잊지 않았음을 강조하였다. 송나라를 태양으로 비유하고 고려는 해를 흠모하지만 다가가지 못했다고도 하였다. 그러나 거란의 침입을 두려워했기 때문에 이제야 가란과 철저히 절교하고 송나라에 종공하게 되었다고 고려의 상황을 다시 설명하였다.

이 인용문에는 고려와 거란의 대치를 언급했지만 자세히 서술하지는 않았다. "이웃 도적이 와서 군사로 위협했다", "고래처럼 집어삼켰다" 등 말로만 개괄적으로 거란의 무력 위협을 표현하였다. 다시 말하면 당시 고려와 거란의 관계, 고려와 송의 관계, 내지 동아시아의 형세를 묘사할 때 개괄적이고 또한 추상적인 언어를 사용한 경향이 보인다.

8 『동인지문사륙』 권2, 「進奉表」, "豈謂頃因隣敵, 來耀兵威, 抑陳爲子之儀, 强有奪人之志. 事非獲已, 禮且從宜, 往來雖隔於華風, 終始不忘於漢化. 空極瞻天之目, 殊無就日之期, 中夏文明, 斯實同於蟻慕, 北方風教, 蓋恐迫於鯨吞. 顧厄運以旣周, 感彼蒼之垂祐. 果絶交於朔野, 薦納款於聖朝."

돌이켜 생각하건대, 저희 번국이 진작 성교에 감화되어 멀리 조상 때로부터 극진한 은혜를 받아왔고, 후대에 와서도 더욱 안으로 향하기를 도모하여 왔더니, 문득 변방에 길이 막혀 드디어 춘추의 조공이 지연되었습니다. 하물며 그동안 황실에 어려움이 많아서 어가가 멀리 가셨다 하니, 더욱 놀라나 자세한 사유를 알 수 없고, 솟구쳐 훌쩍 날 길이 없어 행재에 문안을 못 드렸음이 서글픕니다. 재난을 나누고 환난을 구하여 마땅히 적개의 충성을 바쳐야 하겠는데, 힘이 약하고 재주가 박하여 근왕의 공효를 펼 수 없었습니다. 걱정과 황공함이 갈수록 지극함은 신명이 굽어보아 아실 겁니다. 대개 신이 번국의 왕위를 이은 뒤로부터 마침 액운을 만나, 재해와 흉년이 겹쳐 이르러 인사가 시들었고, 안으로 역신이 흉악하게도 발호하는 변이 있었고, 밖으로 강국이 엿보는 흔단이 있었습니다. 처음 난국을 수습하자 겸하여 이웃과 강화하였으니, 이것을 공이라 할 수는 없으나 일이 생기지 않은 것만 다행입니다. 신으로서도 온 나라의 힘을 다하여 본조의 교명을 받들고, 작은 힘을 다하여 누대의 은총을 보답할 줄 모름이 아니나, 형세가 실로 딱하여 일을 그대로 수행하기 어렵습니다.[9]

위의 내용은 『동인지문사륙』 권2에 실린 김부의1079~1136의 「회진발사신입금표」이고 〈표 1〉의 6번 문서이다. 원문 중의 전쟁에 연관된 부분만 인용하였다. 1127년 정강의 변 이후 송 고종이 즉위하였다. 당시 동아시아의 국제 형세가 격변하고 있는 상태에 처하였다. 1128년에 송나라의 사신이 고려에 가서 고려의 길을 빌려 송 휘종과 흠종을 구출하는 것을 청구하였다. 고려 인종은 송 고종의 요구를 동의하지 않았다.

9 『동인지문사륙」 권2, 「回津發使臣入金表」, "蓋念遐藩, 素陶聲教, 遠自祖先之世, 亟叨恩禮之加, 延及後侗, 益圖內面. 忽聞邊鄙之爲梗, 遂致春秋之後倫, 而況帝室多艱, 鑾輿遠狩, 但增驚駭, 罔識端倪, 悵無路以奮飛, 阻問安於行在. 分災救患, 當輸敵愾之忠, 綿力薄才, 莫展勤王之效, 憂兢滋劇, 神明所監. 緣臣謬纘孫謀, 適丁厄會, 災荒荐至, 人物凋殘, 內逼逆臣跋扈之兇, 外虞强國覘伺之釁, 方初平難, 兼講和隣, 匪曰爲功, 幸無生事. 非不知擧弊邑以奔本朝之敎命, 盡微勞以答累代之寵靈, 勢有未便, 事難自遂."

위의 인용문은 주로 당시 동아시아 복잡하고 격변하는 국제 형세와 고려가 송의 요구를 거절해야 했다는 원인을 제시하였다. 인용문에서 먼저 고려가 송나라와 밀접한 관계를 가조하고, 안정되지 않은 변방 형세 때문에 매년 송나라에 조공하지 못했다는 것도 설명하였다. 이어서 정강의 변을 알게 된 후의 인종의 초급한 심정도 표현하였다. 고려가 힘이 약하기 때문에 송나라에게 도움을 제공하지 못한 것도 해명하였다. 인종이 즉위한 다음에 흉년이 겹쳤을 뿐만 아니라 안으로 이자겸의 난이 발생하고 밖으로 고려를 엿보는 이웃 나라도 있었다.

인용문에서 동아시아의 격변과 송 휘종과 흠종이 거란의 포로가 되고 송나라 조정이 남도한 것을 말할 때도 아주 간단한 "황실에 어려움이 많아서 어가가 멀리 가셨다帝室多艱, 鑾輿遠狩"라는 여덟 글자만 사용하였다. 극히 간결하고도 개괄적인 표현이다. 그리고 당시 고려의 내우외환을 설명할 때도 몇 마디 문장만 사용하였다. 이 문서를 받을 송나라 조정도 당시의 국제 형세를 충분히 알고 있기 때문에 복잡하고 자세한 설명이 없어도 이 글은 외교문서로서 고려 임금의 뜻을 전달하는 역할을 충분히 할 수 있다.

아래 김부일1071~1132의 「고불진발사신입금표」 중의 내용도 마찬가지로 개관적이고 추상적인 표현을 사용하였다.

> 대개 저 금나라가 저희 나라의 압록강과 연접되어 있어, 그들이 이에 중국을 어지럽히는 위세를 타서 또 이웃나라를 해할 뜻을 품고 항상 첩자를 두어 틈을 기다리고 있는데, 만일 상국에 길을 빌려주었다는 말을 들으면 반드시 시기를 기다렸다는 듯이 말썽을 일으킬 것입니다. 그리되면 군사를 일으켜 문책함이 두렵고, 혹 답례한다는 명목으로 가기를 청하면, 이 길목에 있는 저희 나라로서 어떻게 거절할 수 있습니까. 저쪽은 수가 많고 우리는 적은 병력으로 다투기 어렵거니와, 입술이 없으면 이가 시리다 하니, 또 어쩌면 그것이 복되지 않을 수도 있습니다. 그러니 이는 어찌 오늘에만 팔을 걷고 분개할 뿐이겠습니까. 후일의 후회가 되기를 또한 두

려워합니다. 이러한 딱한 사정 때문에 부득이 함이요, 결코 오만함이 아닙니다.[10]

이 글은 앞의 김부의의 「회진발사신입금표」와 같은 뜻을 표현하고, 고려 사신 윤언이가 송나라에 가져간 문서이다. 위의 인용문도 고려가 송나라의 요구를 거절한 이유를 설명하였다. 거란은 송을 침입했을 뿐만 아니라 또한 고려를 엿보고 있었다. 고려가 송나라의 요구에 동의하면 거란은 이를 핑계로 고려를 공격할 가능성도 있었다. 인용문에서 고려가 송의 요구를 동의하면 발생할 수 있는 상황을 설명할 때도 추상적인 "오늘에 팔을 걷고 분개할 것今日之扼腕"과 "후일에 배꼽을 물고 후회할 것他時之噬臍"과 같은 표현을 사용하였다. 그러나 고려의 안과 밖의 형세를 구체적으로 언급하지 않았는데도, 이 표문은 사정을 설명할 때 논리성이 강해서 고려시기 외교문서 중의 대표적인 글이라고 할 수 있다.[11]

고려가 송나라에 보낸 표문뿐만 아니라 몽골에 보낸 표문도 전쟁의 과정을 꼭 구체적으로 설명해야 하지 않으면 보통 이러한 개괄적이고 추상적 표현을 사용한다. 다음의 이규보의 「사몽골황제표」는 바로 이런 예이다.

이 작은 나라가 죄도 없이 오랫동안 강한 도적의 침략을 받았는데, 성명께서 때맞추어 특별히 신병을 보내어 쓸어 주시니, 덕과 위엄의 미치는 바에 병들고 곤하던 것이 함께 살아난 듯합니다. 엎드려 생각하건대, 신은 기자의 나라를 대대로 이

---

10 『동인지문사륙』 권2, 「告不津發使臣入金表」, "蓋彼金國, 接我鴨濱, 旣乘猾夏之威, 又有害隣之意, 常令密諜, 以待釁端. 如聞杖節之假途, 卽必應時而生事. 或揚兵可畏於加責, 或復禮爲名以請行, 在此路衝, 將何辭拒. 彼衆我寡, 旣難可與爭鋒, 唇亡齒寒, 又焉知其非福. 豈徒今日之扼腕, 恐有他時之噬臍. 職此多艱, 理非自慢."

11 『파한집』 권중, "樞府金富儀, 侍中文烈公弟也, 竝以文章功業顯…… 及徽宗末年, 金人陷汴京, 虜二帝北旋. 康王襲寶位, 遣使人楊應誠來聘, 請假途往問二帝行在所, 而朝議牢執不許. 命公作表以答之, '天地之仁, 各令萬物以咸遂, 帝王之德, 不責衆人之所難.' 又云, '彼衆我寡, 旣難可以與爭, 脣亡齒寒, 又焉知其非福.' 又云, '率諸侯而尊周王, 非敢期齊晉之古事, 任厥土而作禹貢, 庶勿失靑徐之舊儀.'" 이인로가 『파한집』에서 이 글을 높이 평가했지만, 이 글의 작자는 김부일이 아니라 김부의로 기록하였다.

었는데 원래 거란의 땅에 인접되었습니다. 일찍이 우리에게 원수질 일도 없는데 이제 까닭 없이 군사를 일으키어, 국경에 쳐들어와 인물을 크게 살해하였습니다. 벌의 독이 더욱 심하여 범같은 군사로도 제거할 수 없었는데, 황제께서 의는 이웃을 구제하는 데 두텁고 인은 소국을 돌보는 데 깊으시어, 매처럼 날치는 군사를 보내어 개미처럼 모인 무리들을 평정하심에 위왕은 스스로 성중에서 죽고 남은 종자들은 모두 휘하에 항복하였습니다. 많은 생명이 다시 살아나고 온 나라가 환호했습니다. 신은 감히 성수의 무강함을 빌어 만분의 일이나마 보답하고, 신하의 직분에 복종하여 두 가지의 마음을 두지 않겠습니다.[12]

1218년에 몽골 군대가 고려를 침입한 거란 유족을 이긴 다음에 고려 고종은 이 표문으로 몽골 황제태조에게 감사하는 뜻을 전달하였다. 이 표문의 시작 부분에는 먼저 몽골 군대가 거란을 내좇아 고려를 크게 도왔다는 뜻을 총괄적으로 표현하였다. 이어서 거란 유족이 이유도 없이 고려를 침략하고 고려는 거란을 몰아낸 힘이 없었다는 것을 서술하였다. 이러한 표현으로 몽골 태조의 깊은 은혜도 강조하였다. 마지막으로 다시 몽골에 대한 감사하는 뜻을 표출하였다.

이 글도 마찬가지로 전쟁의 구체적인 과정에 대한 묘사가 없고, 주로 개괄적인 표현을 사용하였다. 예를 들어 거란의 침략을 '강한 도적의 침략強寇之侵凌'으로 표현하고, 몽골의 출병을 '천신의 군대를 내려 쓸어버렸다遣神兵而汎掃'로 과장하게 표현하였다. 그리고 비유 등 수사법을 통해 글의 기세를 돋우기도 하였다. 거란 유족을 '벌의 독蜂毒', '개미처럼 모인 무리蟻聚之徒'로, 몽골 군대를 '범 같은 군사虎旅', '매처럼 날치는 군사鷹揚之衆'로 비유한 것은 바로 이런 예이다.

고려 대 송·몽골 / 원의 외교문서에서 전쟁이나 충돌을 표현할 때 개괄적이

12 『동국이상국집』 권28, 「謝蒙古皇帝表」, "小邦無罪, 久罹強寇之侵凌, 大聖應期, 特遣神兵而汎掃. 恩靈所及, 疲瘵同蘇. 伏念世承箕子之封, 地攝契丹之壤. 曾未有與我釋憾之故, 柰今擧如此無名之兵. 闌入封疆, 大殘人物. 顧蜂毒之尙甚, 出虎旅以莫除. 豈謂皇帝陛下義篤恤隣, 仁深字小, 勅降鷹揚之衆, 克平蟻聚之徒. 僞王自斃於城中, 餘黨悉降於鉞下. 函生再活, 擧國讙呼. 臣敢不祝天壽之無疆, 少酬萬一, 迷臣職而嚮內, 罔有二三."

고 추상적인 문장을 많이 사용한 이유 중의 하나는 변려문체가 대우, 운율, 고사를 많이 사용하는 한문 산문 형식이기 때문이다. 그리고 황제에게 보낸 표문들에는 대부분 전쟁 중 발생한 일을 구체적으로 서술할 필요도 없어서 간략하고 개괄적이며 추상적인 표현은 이러한 문서의 용도에 더 적합하기도 한다.

2) 전쟁 과정의 기술적 표현

외교문서에서 국제 형세를 표현할 때 개괄적이고 추상적인 표현을 주로 사용한다면 전쟁의 과정에서 관련 사정을 문서를 통해 또 어떻게 전달했을까? 대몽항쟁기의 고려 대 몽골 외교문서는 몽골 황제에게 보낸 표문이 있을 뿐만 아니라 더 많은 것은 전장에서 군대를 통솔한 장군이나 원수에게 보낸 편지書이다. 또한 전장의 원수에게 보낸 서에서는 전쟁에 관한 구체적인 사정을 토론할 때도 많다. 이럴 때 직설적 방식으로 사정을 사실대로 기술한 것은 개괄적이고 추상적 표현보다 더 적당하다. 그리고 문체로서의 서는 보통 고문산체古文 散體로 지어지기 때문에 이러한 기술적 표현과 더 적합하기도 한다. 아래 고려 임금의 명의로 몽골 원수에게 보낸 서를 통해 전쟁 중의 사정을 어떻게 기술되었는지를 살펴볼 것이다.

> 그러나 다만 전에 온 거란과 중국인 등을 돌려보내는 일은, 본래 사람이 많지 않았거니와 그 죄가 벌써 죽였어야 마땅하되 저의 차마 그럴 수 없는 마음 때문에 서울에 유치시켜 두었습니다. 그런데 해마다 기근이 들고 질병이 돌아 죽은 자가 반이 넘고, 혹 그 가운데 여러 번 탈출하는 자가 있어서 그들을 잡아 섬으로 보내었는데 또한 거의 굶어 죽고 몇 명 남지 않았습니다. 그런데 이제 대국에서 들어왔다는 소문을 듣고는 망령되이 본국의 병마로 생각하여 달아날 것을 꾀하여 죄를 덧붙였고, 저의 먹여 살려 준 은혜를 배반하기에 그냥둘 수 없어 모두 죽여 버렸습니다.[13]

---

13 『동국이상국집』 권28, 「國銜行答蒙古書」, "但前來契丹漢兒等廻送事, 本不多人耳, 其罪早合誅夷. 以予不忍之心, 留置京師. 因年年飢饉疾疫, 物故者過半, 或其中屢有逋逸者, 捕送海島,

위의 인용문은 이규보의 「국함행답몽골서」의 일부분인데, 주로 전후 거란족과 한족 포로에 관한 일을 기술하였다. 이 글을 통해 알 수 있듯이 전후에 가란족과 한족의 포로는 대부분 고려 개경에 체류되었다. 그러나 흉년과 질병 때문에 고려에 남긴 포로들은 대부분 죽었다. 도망을 시도한 포로도 있는데 이들을 섬으로 유배시켰는데 거의 모두 굶어죽었다. 남은 거란 포로들은 몽골의 군대가 고려에 온 것을 들어서 거란 군대로 착각하고 몽골 군대에 달아가려고 했는데, 고려 군대에 잡혀 죽였다.

인용문은 몽골 원수에게 보낸 서에서 나온 것이기 때문에 고문 산체로 지어진 것이다. 또한 가란 포로가 고려에 남긴 것부터 마지막으로 고려 군대에 의해 잡히고 죽인 것까지 모두 시간순서대로 일일이 기술하기도 하였다. 그리고 인용문에서 수사나 다른 수식도 없어서 사정을 설명할 때 대체로 사실대로 서술하였다. 사정을 제대로 전달하는 것은 이 글을 창작된 주요 목적임을 알 수 있다. 전쟁 과정 중에 몽골 원수에게 문서를 보낼 때 바로 이러한 기술적인 표현이 필요한 것이 추측될 수 있다.

다음의 이규보의 「답몽골관인서」도 비슷하게 기술적 표현을 선택하였다.

우리나라가 귀국과 더불어 친밀하게 지나온 지가 오래 되었는데, 지난번에 송입장宋立章이란 자가 와 말하기를 '상국이 장차 군대를 들어 우리나라를 정벌할 것이다.'고 하므로, 그 말에 믿을 만한 것이 있어, 백성들은 이 말을 듣고 놀라 기가 죽어서 절반이나 황급히 도망하므로 성읍이 거의 비게 되었습니다. 대저 우레가 한번 떨치면 온 천하가 함께 놀라는 것이니, 이러므로 저도 또한 두려움이 없지 않습니다. 또 생각건대 얼마 안 남은 백성이 만약 하루아침에 쓸어버린 듯이 도망하게 된다면, 아마도 해마다 공물을 바치며 길이 대국을 섬기지 못하게 될까 염려되기에, 많지 않은 남은 사람들과 이 독기어린 낮고 습한 땅에 들어가 구차하게 살기를 구

亦皆飢死. 唯有些小餘類, 今聞大國之入境, 妄意其本國兵馬, 謀欲逃去依附. 其辜負我豢養之恩, 在所不忍, 已皆誅戮."

할 뿐이었습니다. 어찌 다른 마음이 있었겠습니까?[14]

위의 인용문은 「답몽골관인서」 중 고려가 몽골에게 강화도로 천도한 이유를 변명한 부분이다. 인용문의 앞부분은 사실을 진술한 것이고 뒷부분은 몽골에게 천도 이유를 설명한 것이다. 인용문에서 먼저 송입장이 몽골에서 귀국한 다음에 몽골 군대가 다시 고려를 침입할 것이라는 소문을 가져왔기 때문에 백성들은 대부분 도망갔다고 서술하였다. 이어서 천도한 원인을 설명할 때 수도를 강화도로 옮긴 것은 백성이 모두 도망가면 공물을 제대로 바치지 못하기를 걱정정하기 때문이라고 강조하였다. 인용문의 앞부분에서 사실을 진술할 때 앞의 「국함행답몽골서」와 마찬가지로 직설하게 사정을 진술하기만 하였다. 뒷부분에서 변명할 때 천도가 몽골에게 유익한 점이 있다는 것으로 몽골 원수의 이해를 얻으려고 하였다.

인용문에서 사정을 서술할 때 대체로 기술적인 표현을 선택했지만, 고려의 곤란한 사정을 묘사할 때 또한 몽골 원수의 동정심을 일으킬 수 있는 언어를 사용하였다. 예를 들어 "놀라 기가 죽었다驚駭褫氣"라는 말로 몽골군의 침입을 들은 백성의 상태를 표현하고, 고려의 수도를 형용할 때 "거의 비게 되었다幾空"이라는 말을 사용하며, 강화도의 환경을 묘사할 때 "독기어린 낮고 습한 땅瘴毒卑濕之地"이라는 말을 사용하였다. 이러한 문장들은 작자가 사실을 전달하는 동시에 몽골 원수의 이해를 얻으려는 의도도 있어서 사용한 것이다.

그리고 두 번째 온 사신에게 화살을 맞게 한 일은, 전에 가불애哥不愛가 상국의 옷차림으로 가장하고 여러 번 변경을 침범하매 오랜 뒤에야 그가 상국인이 아님을 알

14 『동국이상국집』 권28, 「答蒙古官人書」, "我國與上朝通好久矣, 頃有宋立章者來言, 上國將擧大兵, 來征弊邑, 其言有不可不信者. 百姓聞之, 驚駭褫氣, 過半逃閃, 城邑爲之幾空, 蓋雷霆一震, 天下同驚. 以是予亦不能無懼, 又慮些小遺民, 若一旦掃地皆逋, 則恐不得歲輸貢賦, 以永事大國. 因與不多殘口, 入瘴毒卑濕之地, 以求苟活耳, 寧有他心耶?"

았는데, 금년 봄에 또 이러한 사람들을 만나 바야흐로 그를 축출하였더니, 이윽고 사람들은 보이지 않고 버려둔 털옷, 갓, 안마를 주운 일이 있으니, 백관을 썼었기에 그가 가불애가 아닌 줄 알았으나 오히려 의심하여 현관에게 간직하게 하고, 장차 대국에서 오는 사람을 기다려 그 진위를 변별코자 하던 바, 이제 이것을 모두 상국의 군대에게 부쳐 보냈으니, 다른 뜻이 없었음은 여기에서 알 수 있을 것입니다. 또 아토阿土 등을 결박했던 일은, 처음에 화친을 맺었던 대국이 까닭없이 소국에 폭력을 가하리라고는 뜻하지 않고, 도적의 내침으로 추측하여 군사를 내어 바야흐로 싸우려 하였는데, 문득 두 사람이 저희에게 달려들어 오므로 어리석은 군사들이 깊이 캐묻지 않고 평주平州로 포송하니, 평주 사람들은 그가 도망칠까 염려하여 약간의 차꼬를 하고 조정에 알렸는데, 조정에서 통역을 보내 살펴본 바, 그 말이 과연 상국과 같은지라, 그런 뒤에 차꼬를 풀고 위문하며 옷과 물자를 선사하고 통역을 딸려 보낸 것이니, 처음에는 비록 불명한 소치라 하더라도 그 실상인즉 용서를 받을 만합니다.[15]

위의 인용문은 1231년에 사신이 몽골에게 자져간 「몽골행리재거상황제표」 중의 일부분인데, 주로 몽골 사신 저고여著古與가 살해를 당한 일과 이번의 사신 아토가 고려 군대에게 결박된 일에 대한 해명이 담겨 있다. 「몽골행리재거상황제표」는 표문이지만 글의 시작 부분과 마지막 부분 외의 모두 고문 산체이다. 인용문에서 두 사건에 대해 일일이 설명했는데, 앞의 두 건 인용문과 마찬가지로 시간순서대로 사건 과정을 기술하고 수식이 없이 사정을 그대로만 기록하였다. 고려는 저고여를 살해한 사람은 금나라 장군 가불애라고 주장하고, 아토를 결박한 것은 처음에 그가 몽골 사신인 줄 몰랐기 때문이라

15 『동국이상국집』 권28, 「蒙古行李齎去上皇帝表」, "其再來人使着箭事, 前此哥不愛僞作上國服様, 屢犯邊鄙, 邊民久乃覺其非. 今春又値如此人等, 方驅逐之. 俄不見人物, 唯拾所棄毛衣帛冠鞍馬等事. 以帛冠之故, 雖知其僞, 尙疑之. 藏置縣官, 將俟大國來人, 辨其眞贗. 今以此悉付上國大軍, 則無他之意, 於此可知也. 又阿土等縛紐事, 初不意結親之大國, 乃無故加暴於小邦. 擬寇賊之來侵, 出軍師而方戰. 忽有二人突入我軍, 癡軍士不甚考問, 捕送平州. 平州人恐其逋逸, 略加鎖杻, 申覆朝廷. 朝廷遣譯察視, 以其語頗類上國, 然後解械慰訊, 兼贐衣物, 隨譯前去. 則初雖不明所致, 其實亦可恕之."

고 설명하였다.

『보한집』에서 이규보의 표문이 대부분 변려문이지만, 몽골 황제에게 보낸 표문만 산체가 들어있다고 하였다. 최자는 이에 대해 서정을 진술할 때 한두 마디로 설명할 수 없기 때문이라고 주장하였다.[16] 이는 바로 전쟁 과정 중의 외교문서에서 구체적이고 기술적인 표현을 많이 사용하는 원인이라고 생각한다.

3) 전후 고난과 전쟁 기억의 장면화

고려는 40여 년의 대몽항쟁기가 끝난 후 약 100년의 원간섭기를 지냈다. 이 150년의 역사 기간에 고려가 몽골 / 원에 보낸 외교문서의 양이 많다고 할 수 있다. 대몽항쟁기의 외교문서는 전쟁 과정에 관한 문서가 대부분이지만, 강화에 관한 문서도 있었다. 강화하는 과정 중의 문서는 전후에 고려 백성의 고난을 언급하는 내용도 없지는 않다. 그리고 1259년에 몽골과 정식적으로 강화할 때와 원간섭기에 들어간 이후에도 의례적인 문서가 있을 뿐만 아니라, 고려가 몽골의 무리한 요구를 거절하고 거절한 이유를 진술하는 문서도 많다. 이러한 문서 중에도 전후 고려의 비참한 상황을 묘사하는 내용이 담겨 있다.

아래 이규보가 짓고 몽골 황제에게 보낸 「진정표陳情表」를 통해 전쟁의 참상을 어떻게 묘사했는지를 살펴볼 것이다.

> 조령에 언급하신 군대를 더 내어 만노의 토벌을 도우라하신 일은, 작은 나라가 구석진 땅에 사는 워낙 작은 나라로, 하물며 군대가 지난 뒤에 남은 백성이 몇 사람이나 되겠습니까? 살아있는 자도 아직 피폐의 몸들이요, 더구나 기아와 역병으로 죽은 자가 무수하니, 도저히 천신의 군대天兵를 도울 만한 힘이 없습니다. 황제의 명령이 엄함을 어기매 죄는 비록 도망할 수 없으나 실정은 또한 용서받을 만합니다.[17]

16 『補閑集』 卷下, "文順公以逸氣豪才, 驅文辭必弘長. 至於牋表, 必約辭短章, 不愆簾律. 比者蒙古帝, 詔責我國, 條條意曲. 公爲表, 不可以一二章敍答, 故間或散其辭, 而簾律尙存."

17 『동국이상국집』 권28, 「陳情表」, "其詔旨所及添助軍兵, 征討萬奴事. 緊僻土是居弊邑, 本惟小

인용문은 주로 고려가 몽골의 만노東眞 토벌을 돕지 못하는 이유를 간단하게 설명하였다. 이 이유는 바로 몽골 군대가 지나간 후에 고려 백성들이 아직 회복되지 않았기 때문이다. 인용문에서 "남은 백성遺民", "피폐의 몸瘡痍之餘", "기아와 역병으로 죽은 자因飢疫而斃" 등 간단한 묘사로 전후 고려의 비참한 장면을 제시하였다. 참상을 묘사하기를 통해 몽골의 동정을 얻으려고 하였다.

이 글과 같은 시기의 문서에도 전후 백성의 고난을 묘사한 내용이 남겨 있다. 예를 들어 위의 「진정표」와 함께 몽골 황제에게 보낸 문서狀도 있다. 이 문서에는 "상하가 모두 떨고 놀라지 않는 자가 없었으며, 도망하는 자 또한 반이 넘었다. 그리하여 도망간 빈집과 퇴락한 가옥이 잇달아 생겨 무성한 풀만 남았다擧上下無不震悸, 其逃之者又過半矣. 逋戶殘廬, 歷歷相望. 鞠爲茂草"라고[18] 하였다. "殘廬", "茂草" 등 말을 통해 몽골 군대가 지나간 후 비참한 장면을 눈앞에 있는 것처럼 생동하게 묘사하였다. 이러한 장면의 묘사를 통해 몽골 황제가 고려의 거절을 이해해주는 결과를 얻으려고 하였다. 그리고 이규보의 「몽골황제상기거표蒙古皇帝上起居表」에도 "백성들이 붙어 살 땅이 없고 농사를 제때에 거둘 수 없게 되었다. 돌아보건대 잡초만 우거진 이 땅에 무슨 소출이 있겠는가. 오직 띠풀로 싼 공물도 바칠 수 없었다民無地著, 農不時收. 顧玆茂草之場, 有何所出, 惟是苞茅之貢, 無奈未供"라는[19] 말로 고려는 백성이 가난하여 공부를 제대로 바치지 못한 뜻을 설명하였다. 이 문장도 마찬가지로 전후의 참상을 밭이 잡초만 자라는 땅이 되었다는 것으로 백성 생활의 참상을 표현하였다.

전후 강화기와 원간섭기에 고려가 문서를 통해 몽골의 무리한 요구를 거절할 때도 마찬가지로 비참한 장면을 묘사하기를 통해 몽골 황제의 이해를 얻으려고 하였다. 아래 김구가 지은 「별지고유표」는 바로 이런 예이다.

國, 況大軍所過, 遺民能有幾人, 在者尙瘡痍之餘, 加之因飢疫而斃, 故莫助天兵之用, 無奈違帝命之嚴, 罪雖莫逃, 情亦可恕."

18 『동국이상국집』 권28, 「同前狀」.

19 『동국이상국집』 권28, 「蒙古皇帝上起居表」.

다만 유민들이 처음으로 지극한 어짐에 젖어서 무성한 숲 속에서 짐승과 함께 지내다가 겨우 모여, 보잘것없는 초막 밑에 있음은 마치 강고기가 수레바퀴 자국의 물에서 서로 숨쉬는 것과 같습니다. 만약 이때를 당해서 장차 그 수효를 올린다면, 저 어리석은 백성은 일찍이 화난을 겪었기로 법제에 어두워서 의구심만 쌓일까 걱정이니, 후히 정념을 돌리어 서서히 살피시기를 바라고, 안정된 마음을 갖게 하여 성사하도록 했으면 좋겠습니다. 더구나 군사를 동원하고 군량을 수송하는 등 일은 난리가 지나간 뒤에 흉년과 질병이 서로 겹치어, 인구의 보존된 건이 백에 두서넛도 못 되고 토지의 수확도 열에 여덟 아홉은 없어졌으니, 노인과 소아도 오히려 조달하지 못하는데 어떻게 군대의 체모를 조력할 수 있으며, 아침저녁 밥도 먹기 어려운데 어떻게 천리 밖에 보낼 양식을 감당하겠습니까?[20]

원종 4년1263에 몽골은 고려에게 역참을 설립하고 군사 협력을 제공하는 요구를 제기하였다. 원종은 사신을 보내고 몽골의 요구를 모두 만족할 수 없다는 뜻을 전달하였다. 위의 인용문은 바로 몽골의 요구를 만족하지 못한 이유를 진술하는 표문의 일부분이다. 인용문에서 전쟁 때문에 고난을 겪은 백성을 "무성한 숲 속에서 짐승과 함께 지내다"와 같은 말로 형용하였다. 비유 등 수사법으로 백성들이 전쟁 때문에 살 곳까지 잃어버린 것을 형상화하였다. 전후의 비참한 장면을 묘사할 때 "인구의 보존된 건이 백에 두서넛도 못 되고 토지의 수확도 열에 여덟 아홉은 없어졌다"라고 하였다. 이러한 묘사를 통해 다시 몽골 황제에게 고려 전후의 참상을 강조하였다.

20 『지포집』 권2, 「別紙告由表」, "但緣遺噍, 初沐至仁. 蓊然茂草之間, 與野獸爭家而始集, 蕞爾編蓬之下, 猶江魚處涸而相濡. 若當此時, 將籍其數, 顧惟蚩氓之嘗經患難, 恐昧法制而益積驚疑. 冀回厚眷以徐觀, 俾有寧心而允濟. 抑又出師輸糧等事, 干戈以後, 飢饉相仍, 民口之存者百不一二, 土毛之斂者十無八九. 旄倪猶乏於調發, 何以助六師之容, 晨夕尙艱於饔飧, 詎能堪千里之餉."

4. 맺는 말

이상으로 고려 대 송·원 외교문서 중의 전쟁 표현을 살펴보았다. 논의를 정리 요약하는 것으로 결론을 대신하그자 한다.

고려 대 송 외교문서 중 전쟁에 관한 내용이 담긴 글은 9편이 있고, 대 원 외교문서 중 32편이 있다. 대 송 외교문서는 전쟁을 언급할 때 국제 형세를 개괄적이고 추상적으로 표현하는 것이 대부분이다. 대 원 외교문서는 또한 전쟁 과정 중의 구체적 사정을 서술하는 것과 전후 고려의 참상을 표현하는 것으로 나눌 수 있다. 전쟁 과정 중의 그체적 사정을 서술할 때 주로 일을 사실대로 상세하게 기술하였다. 전후의 참상을 묘사할 때 백성들이 가난하게 생활한 장면을 생생하게 표현하는 것이 대부분이다.

전쟁 예지담과 예지서

장유승張裕昇
성균관대학교
한문학과 조교수

1. 들어가는 말

전쟁은 예측 가능한가? 정보 기술이 발달한 오늘날에도 전쟁을 예측하기는 어렵다. 전쟁의 가능성은 얼마든지 제기할 수 있으나, 정확한 개전 여부와 발발 시점을 예측하는 것은 불가능에 가깝다. 만약 예측 가능하다면 그때는 전쟁이 임박하여 대비하기 이미 늦었을 것이다.

전근대사회에서는 외국의 정보를 입수하기 어려웠다. 공식 사신 교류를 제외하면 소문을 통해 들려오는 외국의 동향, 국경 지대에서 관측되는 상황 정도가 고작이었다. 전쟁을 예측하고자 외국의 상황을 항상 주시하였으나 한계가 있었다. 전근대사회에서 전쟁은 천재지변과 마찬가지로 예측 불가의 영역이었다. 그럼에도 전쟁을 예측하고 대비할 필요가 있었다.

전쟁뿐만 아니라 전근대사회에서 모든 미래 예측의 준거는 경전과 역사였다. 경전과 역사에 나타나는 전쟁의 조짐은 다양하다. 어떠한 현상이 전쟁의 조짐인가? 다름아닌 천재지변이다. 천재지변은 자연의 이상현상이다. 전근대 사회에는 인간주로 통치자의 행위가 자연의 이상현상을 야기한다는 관념이 지배적이었다. 이 관념은 동중서董仲舒의 천인감응설天人感應說 이래 보편적이었다. 조선 지배층은 유교적 합리주의에 입각하여 초자연적 현상을 부정하였으나, 이 관념만큼은 부정할 수 없었다. 민간의 믿음은 더욱 강고했다. 그들은 알 수 없는 자연 현상의 원인을 현실 세계에서 찾고자 하였다.

조선에는 두 차례의 큰 전쟁이 있었다. 임진왜란1592과 병자호란1636이다. 임병양란으로 불리는 이 두 전쟁은 조선 전기와 후기를 가르는 분수령이었다. 전쟁으로 모든 것이 바뀌었으므로 전쟁 이전의 조선과 이후의 조선은 서로 다른 나라였다고 해도 과언이 아니다. 이처럼 큰 변화를 야기하였으므로 수많은 문학작품이 이 두 전쟁을 다루었다. 관련 설화와 민담도 풍부하다. 이 논문에서 우선 주목하고자 하는 것은 그중 전쟁 예지담이다.

2. 전쟁 예지담

전쟁 예지담은 조선시대 야담에 흔히 보이는 일화이다. 야담은 사실로 믿기 어려운 이야기도 배제하지 않으므로 야담에 예지담이 많은 것은 이상하지 않다. 야담의 예지담은 예고의 주체에 따라 두 가지 유형으로 나눌 수 있다. 첫째는 예고의 주체가 인간인 유형이다. 몇 가지 예시하면 다음과 같다.

① 남사고南師古는 명종조 사람이다. 강원도에 살았는데 풍수, 천문, 복서, 관상에 뛰어나 모두 전하지 않는 비결을 터득하여 말하면 반드시 맞았다. 명종 말년에 서울에 와서 판서 권극례權克禮와 친하게 지냈는데 이렇게 말한 적이 있다. "오래지 않아 조정의 당파가 나뉠 것이고, 또 오래지 않아 왜란이 있을 것이다. 만약 진년辰年에 일어나면 그래도 구할 수 있지만 사년巳年에 일어나면 구

할 수 없다."[1]

② 반정하던 날 공필자주 : 이항복(李恒福)이 승평昇平 김류(金瑬)과 연평延平 이귀(李貴)의 꿈에 나타나 말하기를,

"오늘 참으로 종묘사직을 위해 이 거사를 일으켰지만 앞으로 이보다 더 큰 일이 있을 것이니 나는 몹시 걱정이다. 공들은 힘쓰게나."

하였으니, 남한산성에서 항복한 일을 가리킨 것이다.[2]

③ 강서姜緖는 시사를 말할 때마다 개탄하며 탄식하기를,

"내가 천문과 인사를 보니 예로부터 이와 같은데도 어지러워지지 않은 적이 없다. 4, 5년이 지나지 않아 큰 화란이 일어날 것이다."

하고, 죽음을 앞두고 자제들을 돌아보며 말하기를,

"너희들은 슬퍼하지 말라. 병들어 죽는 것이 무엇이 슬프냐."

하였다. 이해 겨울 과연 정여립鄭汝立의 변이 일어났고, 임진년1592에 이르러 그의 말이 모두 징험되었다.[3]

④ 중봉重峰 趙憲은 천문에 정통했다. 신묘년1591 말에 항상 남쪽 오랑캐를 걱정하여 그간 상소를 올린 일이 한두 번이 아니었다. 임진년 초봄에 아내를 잃고 장사지내려 하는데 미처 구덩이를 덮지 않았을 때 갑자기 몹시 놀라며,

"천고성天鼓星이 움직였다. 평수길平秀吉이 필시 이미 군사를 일으켰을 것이다."

---

1 申欽, 「象村雜錄」, 『大東野乘』. "南師古者, 明廟朝人也. 家關東, 善風水天文卜筮相法, 俱得不傳之訣, 言發必中. 明廟末年, 來遊京洛, 與權判書克禮相厚. 嘗言曰 : '不久朝廷當分黨, 又不久當有倭變. 若起於辰年則猶可救, 起於巳年, 則不可救.'"

2 朴世采, 「記少時所聞」, 『南溪集』 卷57. "反正之日 公夢于昇平' 延平二公曰 : '今日固爲宗社有此擧, 然此後一事有大於是者, 吾甚憂之, 諸公勉旃.' 蓋指南漢出城也."

3 鄭經世, 「通政大夫行承政院左承旨姜公墓表」, 『愚伏集』 卷18. "語及時事, 輒慨然歎息曰 : '吾觀天時人事, 自古未有如此而不亂者. 不出四五年, 大禍作矣.' 臨歿, 顧子弟曰 : '爾輩無戚, 病死何戚?' 是冬果有汝立之變, 至壬辰則其言悉驗矣."

하고, 집안 사람들과 상에 따라온 친족들에게 말하기를,

"너희들은 각자 속히 돌아가 서둘러 피난을 도모하라. 나는 죽음으로 나라에 보답할 뿐이다."

하니, 들은 사람들이 별로 믿지 않다가 얼마 후에 적이 침입했다는 전갈을 받았다.[4]

⑤ 하루는 늙은 무인 박진귀朴震龜라는 사람이 왔는데 노협盧協의 척숙戚叔이었다. 노협이 어디서 오는 길이냐고 물었더니 그가 대답하였다.

"지금 기운이 좋지 않으니 오래지 않아 필시 전쟁이 일어날 것이다. 도성으로 들어가 보니 성 안에 살기가 가득하였다. 나라에서 강화도를 요새로 삼으므로 강화도에 가보았더니, 그곳에도 살기가 가득하기에 나는 나라가 반드시 망할 것이라 여겼다. 도성으로 돌아왔더니 수구문水口門에서 한 가닥 생기를 찾았는데, 남한산성에 도착하자 성 안이 온통 생기로 가득하였다. 또 서문에 생기가 있으니 나라는 망하지 않을 것이다. 나는 미처 못 보고 죽겠지만 너는 기억해 두어라."

병자년1636에 이르러 도성과 강화도는 모두 함락되었다. 성상이 수구문으로 나가서 남한산성을 지키다가 서문으로 나와 항복하였으니, 모두 그의 말대로였다. 기이하다.[5]

①에 등장하는 남사고1509~1571는 예지담으로 각종 야담에 흔히 등장하는 인물이다. 그가 예언한 사건은 임진왜란뿐만이 아니다. 선조宣祖와 광해군光海

4 鄭弘溟, 「畸翁漫筆」, 『大東野乘』. "重峰精於象緯, 辛卯歲末, 每以南寇爲憂, 前後章疏非一. 至於壬辰春初, 喪其內子, 將窆, 未及掩壙, 忽大驚怖曰 : '天鼓動矣, 平秀吉必已興師矣.' 謂其家人及隨喪親族 : '汝輩各速歸去, 亟謀避亂, 我則以死報國耳.' 聞者頗不信, 未幾, 賊報至矣."

5 成涉, 『筆苑散語』. "一日, 有一老武人朴震龜者來, 卽盧之戚叔也. 盧問叔從何來, 則答曰 : '時氣不佳, 非久必有兵禍, 入都城則殺氣滿城. 國家以江都爲保障, 故往見江都, 島中殺氣亦滿, 吾以爲國必亡. 還入都城, 自水口門尋一條生氣, 至南漢則城中全是生氣. 又有生氣在西門, 國其不亡矣, 吾則不及見而死, 君其記之.' 及丙子, 都城及江都全陷, 上從水口門出保南漢, 自西門下城, 一如其所言, 異哉!"

君의 즉위, 문정왕후文定王后의 승하, 동서분당, 조식曺植의 죽음을 예견했다는 일화도 전한다. 이밖에도 전국 각지에 남사고의 예지담이 전승되는 장소가 한둘이 아니다. 『상촌잡록象村雜錄』에 수록된 예지담은 수많은 남사고 일화의 하나에 불과하다. 남사고의 예지담은 지나칠 정도로 광범위하게 퍼져 있으므로 그 신빙성을 의심할 수밖에 없다.

②에 등장하는 이항복1556~1618은 임진왜란 때 선조를 의주까지 호종하고 명군과의 교섭을 담당하여 전란 극복에 일조한 인물이다. 호성일등공신에 녹훈된 사실이 이를 증명한다. 서인의 입장에 섰으므로 광해조에 정치적 탄압을 받고 유배지에서 죽었지만, 이후 인조반정으로 서인이 다시 집권하면서 대표적인 충신으로 자리매김했다. 『기재사초寄齋史草』의 일화는 그가 인조반정을 주도한 공신들의 꿈에 나타나 병자호란을 예고했다는 것인데, 사실로 믿기 어려운 일화다. 이 일화는 그가 임진왜란 극복의 주역이라는 사실과 충신의 이미지에서 만들어진 이야기로 보는 것이 타당하다.

③에 등장하는 강서1538~1589는 강직한 성격과 인물을 알아보는 감식안으로 유명했던 인물이다. 거짓으로 미친 척하였다는 기행으로도 유명했다. 남사고와 이항복의 이미지가 혼재하는 인물이라 하겠는데, 이러한 독특한 성격이 임진왜란을 예고했다는 일화를 만들어낸 것으로 보인다.

④에 등장하는 조헌1544~1592은 임진왜란 발발 직전 일본의 현소玄蘇가 사신으로 와서 길을 빌려달라고 요구했을 때, 포의 신분으로 현소를 참수하라고 요청한 인물이다. 그는 시종일관 일본에 적대적이었으며, 결국 임진왜란 때 의병장으로 순절했다. 이러한 생평의 사실에서 임진왜란을 예고했다는 일화가 만들어진 것으로 보인다.

⑤에 등장하는 박진귀라는 인물은 정체가 분명하지 않다. 무인이라는 사실만 알려져 있다. 『필원산어筆苑散語』에 나타나는 그는 남사고와 마찬가지로 술사적 면모가 강한 인물이다. 『필원산어』는 1780년 이후의 저작이며, 그의 일화가 실려 있는 다른 문헌들 역시 18~19세기의 저작이다. 따라서 박진귀 일

화 역시 후대에 만들어진 것이 분명하다.

이처럼 예고의 주체는 술사적 면모가 있는 인물이거나 명성과 업적이 높아 신뢰할 만한 인물이다. 예고의 주체가 인간인 예지담은 해당 인물의 위상과 성격에 의지하여 후대에 만들어진 일화로 보는 것이 타당하다.

둘째는 예고의 주체가 자연인 유형이다. 몇 가지 예시하면 다음과 같다.

① 1590년, 세상이 바뀐다는 소문이 돌아 도성 사람들이 향락에 빠지다.

—『기재사초寄齋史草』

② 1592년 4월 13일, 푸른 무지개가 선조를 따라다니다.

—『기재사초』

③ 1592년 3월, 건원릉健元陵에서 1개월간 한숨과 탄식 소리가 들리다.

—『백사집』

④ 1592년, 괴조가 금원에서 10여 일간 울다.

—『백사집』

이밖에도 임진왜란에 앞서 자연의 이상현상이 속출했다는 기록은 『동각잡기東閣雜記』에 가장 자세하다. 이 책은 1577년부터 1603년까지의 각종 기상이변 및 괴현상을 자세히 기록했다. 1577년 혜성이 3개월간 출현하였다. 1588년 한강이 6일 동안 붉었다. 1589년 일식과 월식이 있었고 사옹원의 시루가 저절로 울었다. 1590년 전라도에 대규모 서리가 내리고 서울에 큰비가 내렸으며 지진이 일어났다. 1591년 봄에 눈이 내리고 개미떼가 싸움을 벌였다. 강원도에 대규모 개미떼가 나타났다. 1592년 괴조가 금원에 나타나 10여 일간 울었다. 1595년 충주에서 서울까지 죽은 자라가 이어졌다. 이밖에 넘어진 나무가 저절로 일어서고 돌이 저절로 움직이는 이변이 있었다고 기록했다.

야담에 보이는 자연의 전쟁 예고는 평상시 좀처럼 일어나지 않는 기괴한 자연현상이 동시다발적으로 발생하는 방식으로 나타나는 것이 특징이다. 기괴한 자연현상은 항상 발생하는 현상은 아니지만 희귀한 현상도 아니므로, 동시다발적으로 발생하지 않으면 그것이 거대한 사건의 전조라는 것을 알기 어렵기 때문이다.

두 번째 유형 역시 첫 번째 유형과 마찬가지로 사실로 믿기 어렵다. 『기재사초』, 『백사집』, 『동각잡기』는 모두 임진왜란 이후의 기록이다. 전쟁 이후 민간에 떠도는 소문을 기록했거나, 견문이 과장 또는 와전된 것이라 보는 것이 타당하다. 흥미로운 것은 야담에 보이는 자연의 전쟁 예고가 국가의 공식 기록인 실록에 수용되었다는 점이다. 다음은 모두 『선조실록宣祖實錄』 25년1592 4월 30일의 기사이다.

① 괴조가 금원에서 며칠 동안 울었다. 알고보니 왜군이 상륙한 날부터 울기 시작했다.

② 1591년 죽은 자라가 대거 떠내려왔는데 전쟁의 징조였다.

③ 선조의 어좌에 청색 무지개가 나타나 선조를 따라다녔다.

④ 무학대사無學大師의 도참기圖讖記에 신립申砬의 패배와 도성의 함락을 예견한 대목이 있었다.

⑤ 동요가 유행하였는데, 명군의 참전과 선조의 파천을 예견한 것이었다.

『선조실록』의 기사는 당시의 사실을 기록한 것이 아니다. 『선조실록』은 1609년 7월 편찬에 착수하여 이듬해 10월 완성되었다. 임진왜란으로 유실된 사료가 많아 편찬 과정에서 민간의 기록을 대거 이용하였다고 알려져 있다. 앞서 언급한 『동각잡기』 역시 그중 하나다. 『선조실록』의 예지담이 야담의 그것과 유사한 이유는 이 때문이다. ①은 『백사집』 및 『동각잡기』, ②는 『동각잡기』, ③은 『기재사초』와 동일하다. 야담이 실록에 수용되었다는 증거다.

④와 ⑤는 예고의 주체가 인간이라는 점에서 첫 번째 유형에 가까운 듯하지만, 예고자의 특수성을 고려할 필요가 있다. 무학대사 역시 술사적 면모가

강한 인물이지만, 조선 태조를 도와 건국에 일조한 인물로서 아무리 합리주의적인 조선 문인이라도 부정하기 어려운 인물이었다. 동요를 통한 예지 일화 역시 임진왜란 뿐 아니라 다양한 사건과 연관되어 있다. 동요는 특정한 인물의 지시 또는 사주와는 무관하다. 어린이는 천진한 존재이며, 이들이 부르는 노래는 하늘의 뜻을 전달한다는 관념이 있었다. 따라서 동요를 통한 예지는 자연현상에 가깝다고 보는 것이 타당하다.

실록에 수록된 임진왜란 예지담이 야담에서 왔다는 사실은 『인조실록仁祖實錄』과의 대비를 통해서도 확인할 수 있다. 병자호란을 전후한 『인조실록』 기사에서 자연의 이상현상에 해당하는 것은 유성 기록 뿐이다. 후금後金의 침입 하루 전인 1636년 12월 7일에 "유성이 헌원성軒轅星 위에서 나와 천봉성天棓星 아래로 들어갔다."는 기사가 있고, 인조가 강화도로 피난하려다가 실패한 15일에 "유성이 진성軫星 아래에서 나와 손방巽方으로 들어갔다"는 기사가 있다. 인조가 남한산성에 들어간 16일 역시 "유성이 진성 아래에서 나와 손방으로 들어갔다" 하였다. 유독 병자호란 발발 시점에 유성 기사가 잦은 것은 연관성이 있다는 기록자의 판단에 따른 결과라고 볼 수도 있다. 그러나 실록의 유성 기록은 1년에 10회 이상으로 비교적 흔한 편이며, 반드시 어떤 조짐을 예시한다고 보기는 어렵다.

실록에 전쟁 예지담이 수록된 이유는 편찬 과정에서 민간 기록을 참조했기 때문이기도 하지만, 실록은 인간의 예언이나 자연의 예고 따위 비현실적 사건을 기록하지 않는다. 기상이변이나 괴현상이 발생하면 기록하지만, 그것이 어떤 사건의 조짐인지 단정하지 않는다. 실록의 예지담은 모종의 의도를 지니고 수록했다고 보는 것이 타당하다.

예지담은 사건 이후에 창작된 것으로 사실상 후일담에 가깝다. 예지담은 사건의 책임 소재를 가리거나 책임을 회피하기 위한 것으로 보아야 한다. 실록은 국가의 입장을 대변하며, 실록의 임진왜란 기록에서 가장 중요한 것은 전쟁의 책임이 국왕에게 돌아가는 결과를 막는 것이다. 실록이 야담의 예지담을 수용한 것은 전쟁이 피할 수 없는 운명이었다는 점을 강조하기 위한 의도로 보인다.

3. 전쟁 예지서

자연이 예고하는 것은 전쟁만이 아니다. 군주의 안위, 권신의 발호, 풍속의 변화, 농사의 풍흉, 가뭄과 홍수 등 다양한 현상을 예지한다. 그러므로 천문과 기상을 비롯한 자연현상에 각별한 관심을 기울였다. 조선은 천문 관측을 전담하는 관상감觀象監을 설치하고, 음양과陰陽科를 시행하여 전문 인력을 제도적으로 양성하였다. 관상감이 교육 및 시험에 활용한 책은 『보천가步天歌』, 『제가역상집諸家曆象集』, 『칠정산내편七政算內篇』 등이었으나 이 책들은 천문 현상에 대한 설명이 있을 뿐, 그것이 어떠한 사건의 조짐인지는 언급하지 않았다.

조선에서 천문 현상과 인간 현실을 처음으로 연결지은 전문서는 『천문유초天文類抄』이다. 이 책은 이순지李純之, ?~1465가 1449년경 편찬한 것으로, 『통지通志』에 수록된 당唐 왕희명王希明의 〈보천가〉를 바탕으로 각종 문헌을 참고하여 천문과 재이의 상관관계를 밝혔다. 이 책은 관상감 관원의 취재取才 과목으로 채택되었는데, 1545년 12월 12일, 천지지변이 거듭 발생하자 당시 영의정 윤인경尹仁鏡이 책의 해당 부분을 부표付標하여 올린 점으로 미루어, 실제로 천재지변의 응보를 확인하는 용도로 사용된 것으로 보인다.[6] 『천문유초』는 조선 전기에 가장 널리 쓰인 예지서이다.

『천문유초』는 상하 2권으로 구성되어 있다. 상권은 이십팔수二十八宿와 삼원三垣의 위치와 구성을 주로 설명하였다. 그 변화에 따른 증험도 기록되어 있으나 자세하지 않다. 무엇보다 상권이 천문학의 영역에 머무른다면, 하권은 천

6 『明宗實錄』 卽位年 12月 12日. "仁鏡以晉書及文獻通考' 天文類聚, 付標入內."

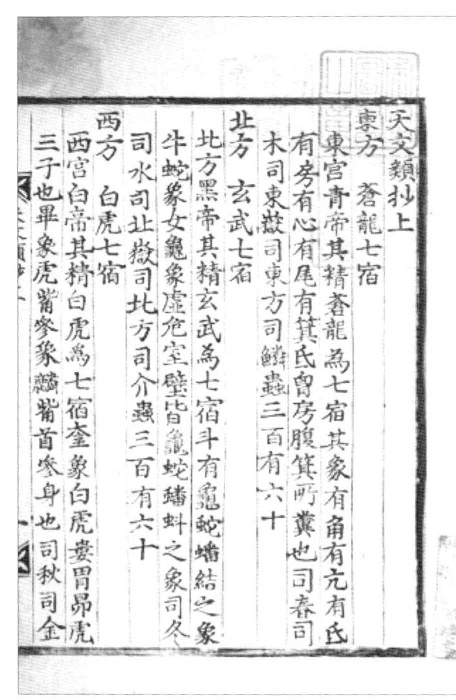
天文類抄上
東方　蒼龍七宿
東宮青帝其精蒼龍爲七宿其象有角有亢有氐
有房有心有尾有箕氐胷房腹箕所糞也司春司
木司東嶽司東方司鱗蟲三百有六十
北方　玄武七宿
北方黑帝其精玄武爲七宿斗有龜蛇蟠結之象
牛蛇象女龜象虛危室壁皆龜蛇蟠虯之象司冬
司水司北嶽司北方司介蟲三百有六十
西方　白虎七宿
西宮白帝其精白虎爲七宿奎象白虎婁胃昴虎
三子也畢象虎觜參象麟觜首參身也司秋司金

〈그림 1〉『천문유초』, 국립중앙도서관 소장본

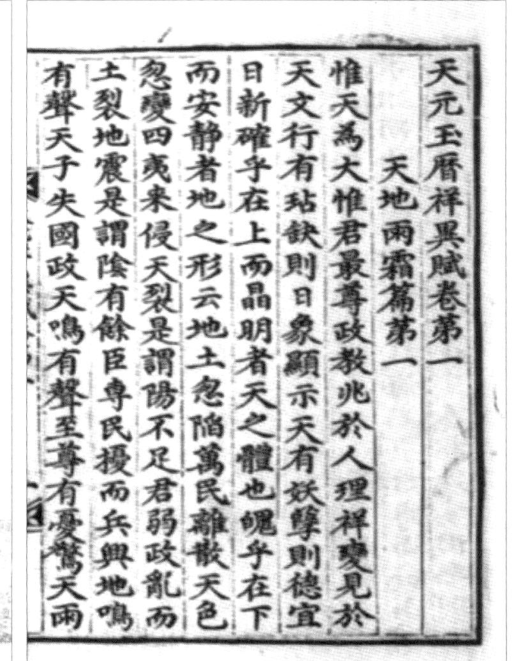
天元玉曆祥異賦卷第一
天地雨霜篇第一
惟天爲大惟君最尊政敎兆於人理祥變見於
天文行有玷缺則日象顯示天有妖孼則德宜
日新確乎在上而晶明者天之體也隗乎在下
而安靜者地之形云地土忽陷萬民離散天色
忽變四夷來侵天裂是謂陽不足君弱政亂而
土裂地震是謂陰有餘臣專民援而兵興地鳴
有聲天子失國政天鳴有聲至尊有憂驚天雨

〈그림 2〉『어제천원옥력상이부』, 서울대 규장각 소장본

문학과 기상학의 영역을 아우르고 있다. 하권은 천지天地, 일월日月, 성신星辰, 기氣, 풍風, 운雲, 우雨, 설雪, 노露, 상霜, 신霰, 포雹, 뇌雷 등 다양한 자연현상이 인사의 변화로 어떻게 연결되는지 중점을 두고 설명하였다. 일례로 일식과 월식에 해당하는 부분은 다음과 같다.

① 일식은 음陰이 양陽을 침범하는 것이니 신하가 군주를 가리는 형상이다. 나라가 망하고, 군주가 죽고, 홍수가 일어난다. 일식이 일어나면 대신大臣에게 근심이 생기고 신하가 군주를 배반하며 전쟁이 일어난다. 일식이 일어나고 별이 나타나면 군주가 죽고 천하가 분열되니, 왕자王者는 덕을 닦아 재앙을 없애야 한다.[7]

7 『天文類抄』 卷下. "日食陰侵陽, 臣掩君之象, 有亡國有死君有大水, 食既則大臣憂臣叛主兵起, 日食見星有殺君天下分裂, 王者修德以禳之."

② 월식이 달의 위에서 시작하면 군주가 도를 잃은 것이고, 옆에서 시작하면 재상이 명령을 잃은 것이고, 아래에서 시작하면 장군이 군율을 잃은 것이다. 월식이 다하면 군주에게 근심이 있고, 또 그 나라의 귀인이 죽는다고 한다. 달에 까끄라기가 생기면 아래에 모반하는 신하가 있고, 꼬리가 생기면 제후가 권력을 독점한다.[8]

이처럼 『천문유초』는 천문 및 기상이변의 원인과 결과를 구체적으로 설명하였다. 다만 그 설명 역시 소략하고, 출처를 밝히지 않아 신빙성도 부족하다. 무엇보다 그림이 없고 설명 뿐이라 직관적으로 이해하기 어렵다. 실제로 『천문유초』는 조선 후기에 와서는 좀처럼 사용하지 않은 것으로 보인다.

조선 후기에 『천문유초』를 대신한 것이 『어제천원옥력상이부御製天元玉曆祥異賦』이다. 이 책은 명대明代에 편찬된 중국서이다. '어제'라고 하였으나 어제가 아니라 어제서문御製序文이 있다는 것이고, 저자는 알 수 없다. 『명실록明實錄』에 따르면 인종仁宗이 이 책을 입수한 뒤 간행을 명하고 어제 서문을 지었다고 한다.[9] 어제 서문은 『명실록』 및 『어제천원옥력상이부』에 모두 실려 있다.

하늘에 있으면 오행五行이고, 사람에게 있으면 오사五事이다. 오사를 수양하면 복의 징조가 호응하고, 수양하지 못하면 화의 징조가 호응하니, 하늘과 사람이 감응하는 기미가 신묘하다. 하늘은 군주에게 어질어 항상 변고를 보여 경계한다. 군주는 반드시 하늘이 보인 경계를 공경하여 항상 두려워하고 반성하는 정성이 있어야 하니 소홀히 할 수 없다. 이 책은 하늘과 사람 사이를 자세히 밝혔다. 짐이 하늘의 순서를 계승하였으니 하늘을 공경하며 모든 행동을 삼가고 일정하게 한다. 팔다리 같

8 『天文類抄』 卷下. "月食從上始則君失道, 從旁始爲相失令, 從下始爲將失法. 月食盡大人憂, 又曰其國貴人死. 月生齒則下有叛臣, 生足則侯族專政."

9 "賜三公及六部尚書天元玉曆異賦, 上初得此書, 以示侍臣曰 : '天道人事, 未嘗判為二途, 有動於此, 必應於彼, 朕少侍, 太祖每徵以慎修敬天, 朕未嘗敢怠, 此書言簡理當, 左右輔臣, 亦宜知之.' 遂命印刊. 上親製序."

은 대신들은 나라와 화복을 함께 한다. 지금 각기 하사하니, 비단 길흉의 기미에 통달하게 하려는 것만이 아니라 섭리에 도움이 될 것이다.

홍희洪熙 원년1425 1월 15일[10]

자연의 이상현상은 군주에 대한 하늘의 경계이니, 군주는 하늘의 경계를 공경하며 두려워하고 반성해야 한다고 하였다. 이 책으로 인사의 길흉을 판단 가능하며, 통치에 도움이 된다고 하였다. 전통적 천인감응설에 바탕한 설명이다. 이 책의 내용 역시 천인감응설에 바탕하고 있다. 자연의 이상현상은 전쟁, 기근, 자연재해 등의 조짐이라는 것이다.

『어제천원옥력상이부』는 천지天地, 일日, 월月, 성星, 운雲, 기氣, 풍風 등의 自然현상을 바탕으로 미래를 예측한 책이다. 예시하면 다음과 같다.

① 하늘의 색깔이 갑자기 변하는 현상의 조짐

주문공朱文公이 말했다. "하늘이 색깔이 갑자기 변하면 사방 이민족이 쳐들어온다."

『송사宋史』「천문지天文志」에 말했다. "하늘이 색깔이 갑자기 변하는 것을 이상 현상이라고 말하니, 사방 이민족이 쳐들어온다."

『홍범전洪範傳』에 말했다. "맑고 밝은 것은 하늘의 본체이다. 하늘이 색깔이 갑자기 변하는 것을 이상 현상이라고 말한다."[11]

② 일식이 생기고 땅이 흔들리며 몹시 추운 현상의 조짐

10 明 仁宗, 『御製天元玉曆祥異賦』, 〈序〉. "在天爲五行, 在人爲五事, 五事修則休徵應, 失則咎徵應, 天人感應之機神矣. 惟天心仁愛人君, 常示變以警之, 惟人君必敬天於所示警, 皆有惕厲修省之誠, 未常忽也. 此編明於天人之際審矣. 朕嗣承天序, 祇若天道動靜云, 愼恒諸此, 股肱大臣, 與國同休戚相均, 今各以賜之, 非惟使達夫吉凶之機, 亦庶幾其燮理之助云. 洪熙元年正月十五日."

11 『御製天元玉曆祥異賦』, 〈天色忽變占〉. "朱文公曰 : '天色忽變, 四夷來侵.' 宋志曰 : '天色忽變, 是謂異常, 四夷來侵也.' 洪範傳曰 : '淸明者, 天之體也, 天色忽變, 是謂異常.'

주문공이 말했다. "일식이 생기고 몹시 추우면 이민족 군대가 온다."

『송사』「천문지」에 말했다. "일식이 생기고 땅이 흔들리며 색깔이 흐리고 추우면 공후가 전횡한다. 몹시 추우면 이민족 군대가 움직인다."[12]

위와 같이 이 책은 자연 현상이 어떤 사건의 조짐인지 각종 문헌을 근거로 설명하는 방식으로 구성되어 있다. 주희朱熹, 경방京房, 이고李固 등 여러 인물의 발언과 『한서漢書』, 『후한서後漢書』 등의 정사正史 및 『지경地鏡』, 『천문록天文錄』, 『개원점開元占』, 『을사점乙巳占』, 『고금점古今占』 등의 문헌을 인용하여 근거를 제시했다. 특히 주희의 발언을 자주 인용하였는데, 주자학이 지배적이었던 조선사회에서 이 책의 내용은 설득력 있게 보였을 것이다. 그러나 애당초 비과학적 내용인데다 인용된 부분의 출처도 불분명하다. 해당 문헌을 찾아봐도 보이지 않는다.

이 책은 이본이 다양하고 구성도 각기 다른데, 이 점은 후술한다. 조선의 문헌에서 이 책이 처음 언급되는 시기는 1685년이다.

『천원옥력天元玉曆』의 책은 하늘과 땅, 해와 달, 바람과 구름, 별 등의 재앙과 상서가 모두 실려 있다. 비록 『관상완점觀象玩占』과는 달라 시대의 멀고 가까운 차이가 있지만, 똑같이 관상감에 비치하지 않을 수 없다. 이제 1건을 내리니, 구입하여 오거나 잘 베껴 써서 보관해 두라.[13]

숙종肅宗 행장行狀에 수록된 숙종의 하교이다. 국왕의 행장에는 중요한 사실만 기록한다. 『천원옥력』은 『어제천원옥력상이부』를 말한다. 이 책이 행장에

12 『御製天元玉曆祥異賦』, 〈日蝕有地動大寒占〉. "朱文公曰 : '蝕而大寒, 則夷狄兵至.' 宋志曰 : '日蝕地動, 色昧而寒, 公侯專恣, 大寒夷狄兵動.'

13 『肅宗實錄』「行狀」. "敎曰 : '天元玉曆書, 於天地日月風雲星辰之災祥, 無不備載. 雖與觀象玩占有異, 有年代遠近之異, 不可不一體備置於雲臺. 今下一件, 或貿來或繕寫藏置."

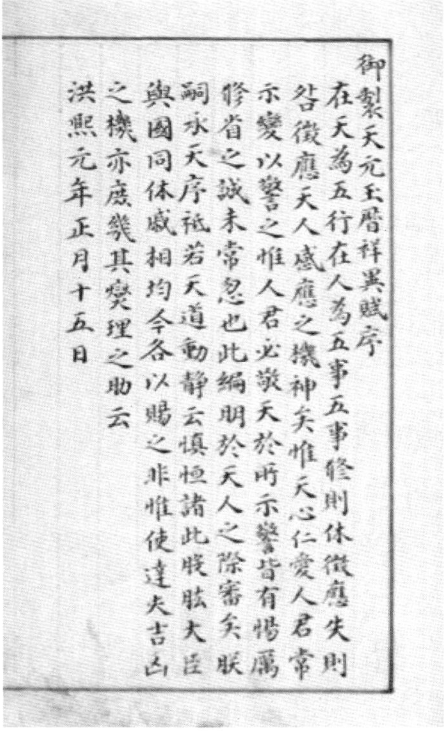

御製天元玉曆祥異賦序
在天為五行在人為五事五事修則休徵應失則
咎徵應天人感應之機神矣惟天心仁愛人君常
示變以警之惟人君必敬天於所示警皆有惕厲
修省之誠未常忽也此編明於天人之際審矣朕
嗣承天序祗若天道動靜云慎恒諸此股肱大臣
與國同休戚相均今各以賜之非惟使達夫吉凶
之機亦庶幾其燮理之助云
洪熙元年正月十五日

〈그림 3〉『어제천원옥력상이부』, 일본 동양문고 소장본

언급되었다는 것은 중요한 의미가 있다. 이어서 가뭄이 들자 궁녀를 내보내고 기우제를 지냈다는 기록이 있으니, 이 책을 언급한 것은 천재지변에 대응하는 숙종의 태도를 칭송하려는 의도로 보인다. 숙종이 이 책을 열람했다는 사실은 『열성어제列聖御製』에 수록된 〈천원옥력서天元玉曆序〉에서도 알 수 있다.

살펴보건대 『천원옥력』은 점치는 책으로 하늘과 사람의 사이를 밝히고 길흉의 기미를 살피는 것이다. 상하 2단으로 나뉘어지며, 상단에는 화복의 형상을 그림으로 그리고, 하단에는 화복의 호응을 썼다. 다만 바람은 잡을 수 없어 글만 있고 그림이 없다.

예전에 논하건대, 군주의 직분은 하늘을 섬기는 것이 가장 중대하다. 그러므로 『서경書經』「요전堯典」에 '하늘을 공경한다' 하였다. 화복의 징조는 모두 사람의 일에서 비롯된다. 그러므로 『서경』「홍범洪範」에 '(군주가) 엄숙하면 제때 비가 내린다', '조리가 있으면 제때 날이 갠다', '지혜로우면 제때 날이 따뜻해진다', '헤아리면 제때 날이 추워진다', '성스러우면 제때 바람이 분다' 하였다. 또 '제멋대로면 항상 비가 내린다', '참람하면 항상 날이 갠다', '게으르면 항상 덥다', '성급하면 항상 춥다', '몽매하면 항상 바람이 분다' 하였으니, 경계하고 삼갈 바를 몰라서야 되겠는가.

아, 환하게 아래를 비추는 것은 하늘이며, 사심 없이 아래를 비추는 것도 하늘이다. 상서는 잘 다스려지는 나라에 많으나 믿고서 소홀히 하면 망하기도 한다. 이변은 쇠퇴하고 어지러운 세상에 많으나 두려워하고 반성하면 흥하기도 한다. 하늘이 무슨 말을 하겠는가. 하늘이 무슨 말을 하겠는가. 그러나 감응하는 이치는 뚜렷하여 어긋나지 않는다. 여기서 상서와 이변이 하늘의 상벌이라는 것을 알 수 있다.

하늘이 군주를 아끼는 뜻은 봄에 낳고 가을에 죽이는 가운데 항상 있으니, 군주가 어떻게 해야 하늘의 마음을 얻겠는가. 반복하여 생각하다가 경자敬字 하나를 얻었다. 경이란 하나에 집중하여 다른 곳으로 가지 않는다는 말이다. 만약 유념하고 공경하여 한결같은 마음으로 항상 상제上帝가 네 앞에 있는 것처럼 여긴다면 음양을 조화하려 하지 않아도 조화될 것이다. 그렇지 않고 재해가 나타나면 두려워하고 재해가 사라지면 소홀히 한다면, 하늘을 공경히 섬기는 것이 아니다. 이 책을 보는 사람이 이 사실을 안다면 절반은 넘은 것이다.

을해년1695 겨울[14]

이 글은 1695년에 지은 것이다. 처음 이 책을 언급한 때부터 10년 뒤이니, 이 책에 대한 숙종의 꾸준한 관심을 알 수 있다. 이밖에 1701년 관상감에서 이 책의 모사를 마치고 숙종에게 반납하였다는 기록이 있고,[15] 1723년에는 관상감 관원 허원許遠이 북경에 갔다가 이 책을 구입해오자, 관상감 관원 3인이 사적으로 간행하였으며, 경종景宗에게도 1부를 바쳤다.[16]

---

14 肅宗, 『列聖御製』 卷14, 「天元玉曆序」. "按天元玉曆, 卽亦玩占之類, 而明天人之際, 審吉凶之機者也. 分爲上下兩端, 而上端圖休咎之形, 下端書休咎之應, 獨風難摸捉, 有書無圖焉. 蓋嘗論之, 人君之職, 莫大乎事天, 故書之堯典曰, 欽若昊天, 休咎之徵皆由乎人事, 故書之洪範曰, 曰肅時雨, 若曰乂時暘, 若曰哲時燠, 若曰謀時寒, 若曰聖時風, 若又曰曰狂恒雨, 若曰僭恒暘, 若曰豫恒燠, 若曰急恒寒, 若曰蒙恒風, 若可不知所以戒愼哉. 嗚呼, 以大明臨下者天也, 以無私臨下者亦天也. 祥多於治平之國, 而恃而忽者, 或底乎亡, 異衆於衰亂之世, 而懼而反者, 或底乎興, 天何言哉, 天何言哉. 而其應感之理, 昭昭不爽, 於是乎見祥異卽天之賞罰, 而仁愛之意, 未嘗不在於春生秋殺之中也. 爲人辟者, 若何以克享天心乎, 反覆紬繹, 得一敬字, 曰敬者主一無適之謂也, 苟能克念克敬, 一心對越, 恒若上帝之臨汝, 則陰陽不期調而自調矣. 不然而災至則懼, 災消則忽, 非所以以敬事天也. 觀是書者, 知此則思過半矣. 歲在乙亥冬."

15 『承政院日記』 肅宗 27年 8月 13日. "前日內下天元玉曆, 今纔摸寫, 故還入之意, 敢啓."

16 『承政院日記』 景宗 3年 9月 4日. "本監官員許遠, 赴北京時, 貿來天元玉曆賦, 成於大明仁宗皇帝朝, 有御製序文. 本監官員三人, 以私力刊出, 將留置本監, 旣置本監, 則宜經睿覽. 且前者司譯院, 以私刊冊子封進, 今此天元玉曆賦, 亦依此例封進, 何如?"

경종에 이어 즉위한 영조英祖도 이 책을 활용했다. 1747년, 영조는 이 책의 서문을 썼다.

하늘과 사람 사이는 아득하지만 감응하는 이치는 그림자나 메아리처럼 빠르다. 상商 고종高宗이 덕을 닦자 불길한 뽕나무가 말라죽었고, 송宋 경공景公이 선한 말을 하자 형혹성熒惑星이 물러났으니 거울삼지 않을 수 있으며, 경계하지 않을 수 있겠는가. 그러므로 『천문유취天文類聚』, 『천문대성天文大成』이 있고 그림과 책이 있어 사람들이 열람하여 거울삼고 경계하게 하였다. 이 책으로 말하자면 그림을 오색으로 칠하여 그 형상이 더욱 자세하니, 한 번 펼쳐보면 위태롭고 두렵다. 내가 어릴 적 이미 보았는데, 이번에 관상감의 보고로 인해 가져다 살펴보았다. 첫장에는 명나라 인종 황제의 어제서문이 있고, 다음 장에는 우리 숙종의 어제서문이 있다. 연월을 살펴보니 한창 두려운 가운데 서글픈 마음이 교차한다.

아, 군주가 두려워할 것은 하늘 만한 것이 없다. 예로부터 이 도리를 알면 잘 다스렸고, 이 도리를 모르면 어지러워졌다. 길조와 흉조가 역사에 뚜렷하니, 그 대략은 어제 서문에 모두 실려 있다. 지금 내가 어찌 감히 덧붙이겠는가. 그중에 경자敬字는 이 책의 강령이다. 공경해야 자신을 수양할 수 있고, 공경해야 하늘을 섬길 수 있으니, 경자가 어찌 중대하지 않겠는가.

오늘 이 책을 어디서 가져왔는가. 동궁이다. 이 책은 옛날 동궁에 하사하여 오늘까지 전해진 것이다. 예전에 하사하신 성상의 뜻이 깊으니, 오늘 계승하기로 마음먹었다. 아, 동궁은 이 책을 보면서 재미로 여기지 말고 그림마다 두려워하고 글마다 두려워하여 항상 나라가 망할 것처럼 경계한다면, 10권의 옥력이 영원히 유익할 것이다. 힘쓸지어다.

정묘년1747 2월 손 모아 절하고 삼가 쓰다[17]

---

17 英祖, 『列聖御製』 卷34, 「天元玉曆後序」. “天人之際, 雖杳焉, 感應之理, 若影響. 商宗修德, 祥桑枯, 宋景言善, 熒惑徙, 可不鑑哉, 可不戒哉. 故有天文類聚, 有天文大成, 有圖有書, 令人覽而鑑戒, 至於此書, 則於其圖塡以五彩, 尤詳其象, 一番開展, 惕然而懍, 悚然而懼. 予自幼時, 已得

영조가 열람한 본은 인종의 서문 뒤에 숙종의 서문이 수록되어 있었다. 후술하겠지만 일본 동양문고 소장본과 동일한 구성이다. 영조와 숙종이 연달아 서문을 썼다는 것은 이 책을 왕실에서 긴요하게 참고했다는 증거이다. 실제로 영조는 1729년 성변星變이 나타나자 이 책을 보고 병란을 우려했고,[18] 1747년 백홍관일白虹貫日 현상이 나타나자 이 책을 살펴보고 어떠한 징조인지 알아보게 했다.[19]

숙종과 영조가 이 책에 유난히 관심을 보인 또다른 이유는 명 인종의 어제 서문이 실려 있기 때문이다. 숙종과 영조는 대명의리론對明義理論을 주도했다. 숙종은 명 의종毅宗을 제향하는 만동묘萬東廟를 건립하였으며, 영조는 의종의 어필 '비례부동非禮不動'을 열람하고 어게를 남겼다. 명 황제의 유물을 적극 수집한 것도 이 시기이다. 이러한 상황에서 명 인종의 어제 서문이 실려 있는 『어제천원옥력상이부』에 각별한 의미를 부여한 것도 당연하다.

중국본 『어제천원옥력상이부』는 3종으로 나눌 수 있다. 첫째는 부賦의 원문만 수록한 것, 둘째는 부의 원문에 주석을 부기한 것, 셋째는 둘째에 도판을 추가한 것이다. 조선본은 첫째와 셋째 뿐인데, 첫째는 목판본이다. 권두에 인종의 어제 서문이 있고, 7권 2책 55편으로 구성되어 있다. 부의 본문 뿐, 주석도 도판도 없다. 중국본 첫째 유형과 같다. 1723년경 관상감 관원이 간행

覽矣. 今因雲觀之報, 有考取覽上, 篇首張有皇明仁宗皇帝御製序文, 次張又有我聖考御製序文, 而奉覽年月, 方切懍惕之中, 愴懷交中. 噫, 人君所敬畏, 莫若天, 而自古知此道者治, 不知此道者亂, 休徵咎徵, 往牒斑斑, 而其大略, 御製序文中具載, 于今小子, 焉敢架疊, 而其中敬之字, 卽此書之綱領, 敬然後能以修身, 敬然後可以事天, 敬之一字, 豈不重且大乎. 今日取此書於何處, 卽銅闈也, 是書昔年賜春邸, 以傳于今日, 昔年之賜, 聖意深長, 今日之作心在繼述, 於戲, 元良覽此, 而勿以爲玩, 圖圖而懍然, 書書而惕然, 常存苞桑之戒, 則十卷玉曆, 將有益於百世, 其宜勉旃, 其宜勉旃. 歲在强圉單閼仲春之日拜手敬題."

18 『承政院日記』 英祖 5年 5月 10日. "數昨星變之後, 披閱天元寶曆, 考見營頭星圖, 則其尾如箒, 而今此星變, 其尾如拳云, 有不可知者矣. 天元寶曆以爲, 夜落則爲天鼓星而有聲, 晝見則爲營頭星而屬之兵象云. 今此星變, 若非營頭星而爲他星, 則尤豈非可疑者乎?"

19 『英祖實錄』 23年 2月 16日. "政院以白虹貫月奏, 時東朝進號期日不遠, 且象緯家以爲月者, 后妃之象也, 上聞甚驚憂, 命取天元玉曆, 考其占象, 仍命明日賓對, 坐而待朝."

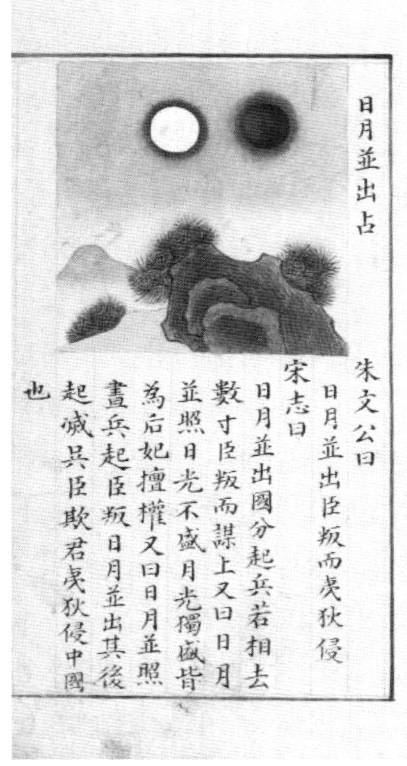

日月並出占

朱文公曰
日月並出臣叛而夷狄侵

宋志曰
日月並出國分起兵若相去數寸臣叛而謀上又曰日月並照日光不盛月光獨盛皆為后妃擅權又曰日月並照晝兵起臣叛日月並出其後起滅兵臣欺君夷狄侵中國也

〈그림 4〉『어제천원옥력상이부』, 「천지(天地)」, 〈일월병출점(日月並出占)〉

齒足俱見占

朱文公曰
齒足俱見兵敗而將軍死

宋志曰
雲間日影屬地者為足赤者有舉兵白敗將破軍日有齒足其下叛

春秋感精符曰
夷狄並侵戰兵用將則垂牙舉足

〈그림 5〉『어제천원옥력상이부』, 「천지」, 〈치족구현점(齒足俱見占)〉

했다는 책으로 추정된다. 셋째는 필사본으로, 완질은 10책이다. 완질은 세 곳에 소장되어 있다.

① 서울대 규장각古1430-7, 필사본 10책, 인종 서문

② 고려대 만송문고만송貴319, 필사본 10책, 인종 서문

③ 일본 동양문고VII-3-147 필사본 10책, 인종, 숙종 서문

이밖에 서울대 규장각 필사본 1책46장, 연세대 도서관 필사본 1책93장, 1851년 필사, 전남대 도서관 필사본 4책, 종로도서관 필사본 2책 등이 전한다. 이중 숙종의 서문이 있는 것은 동양문고본이 유일하다. 따라서 동양문고본을 선본

으로 보는 것이 타당하나, 이본 모두 상당한 공력을 들여 제작한 도판이 실려 있어 가치가 높다. 이 점은 한두 권만 전하는 낙질도 마찬가지다. 동양문고본을 기준으로 도판은 무려 834건에 달한다.<그림 4, 5>

그러나 숙종과 영조의 열렬한 관심과 달리, 이후로는 이 책에 대한 언급이 드물다. 1852년까지 내각에 소장되어 있었던 사실은 확인되나,[20] 기상이변을 만나 이 책을 열람한 기록은 보이지 않는다. 민간의 기록에서도 거의 보이지 않는다. 목판본은 열람하였을 가능성이 있지만, 대량의 도판이 수록된 필사본은 모두 궁중 소장본이었던 것으로 보인다. 이러한 책은 민간에서 전사하기 어렵거니와, 『어제천원옥력상이부』의 내용을 함부로 민간에 보일 수 없었기 때문이기도 하다.

4. 맺는 말

전쟁은 천재지변과 마찬가지로 예측 불가의 영역이다. 그러나 전쟁을 예측할 수 있다는 믿음은 굳건하였으며, 예측하기 위한 노력도 계속되었다. 조선 후기 야담에는 임진왜란과 병자호란을 예고했다는 수많은 예지담이 전한다. 이것은 사실이 아니라 후대에 만들어진 이야기로 보는 것이 타당하다.

예지담에서 예고의 주체는 인간과 자연 두 가지다. 인간이 예고의 주체인 예지담은 특정한 인물이 전쟁을 예고했다는 내용으로, 예고자의 생평과 성격에 바탕하여 만들어진 것이다. 자연이 예고의 주체인 예지담은 자연의 이상현상이 동시다발적으로 나타났다는 내용으로, 전쟁 이후 떠도는 소문을 기록했거나, 견문이 과장 또는 와전된 것으로 추정된다. 예지담은 민간의 소문에

20 『承政院日記』 哲宗 3年 6月 7日. "上曰 : '天元玉曆者何書也?' 堉曰 : '此書, 臣未之見, 而蓋是占風雨吉凶之書也. 劃爲兩格, 上圖休咎之形, 下記休咎之應, 風則無形, 故不圖矣. 曆爲授時之書, 而此係占時之事, 故謂之玉曆也. 未知今爲內閣所藏, 而外間則似無見之者矣.'

서 시작되어 야담서를 거쳐 실록에 수용되어 국가의 공식 기록으로 남았다. 전쟁은 국왕이 잘못한 결과가 아니라 피할 수 없는 운명이었다는 점을 강조하려는 의도로 보인다.

실록에 수록된 예지담은 대부분 자연이 예고의 주체이며, 인간이 예고의 주체인 사례는 드물다. 술수와 술사의 존재를 인정하지 않는 유교적 합리주의 때문에 인간의 예고는 당시 사회에서 받아들여지지 않았다. 하지만 자연의 예고는 신빙성이 있다고 보았다. 자연 현상이 인간의 행위를 반영한다는 천인감응설은 유교사회의 보편적 관념이었기 때문이다.

조선은 천인감응설에 바탕하여 자연 현상을 바탕으로 미래를 예측하는 『천문유초』와 『어제천원옥력상이부』 등의 예지서를 공식적으로 수용했다. 이 책들은 자연 현상의 변화를 통해 인간사회의 변화를 예측하는 비과학적 내용으로 가득차 있다. 그러나 권위 있는 인물의 발언, 역사, 각종 문헌에 근거하여 당시로서는 상당한 신뢰를 받았다. 왕실이 예지서를 잡서, 술수로 배척하지 않고 수용한 또 하나의 이유이다.

제2부

한·중·일 전쟁의 기억과 소환 방식

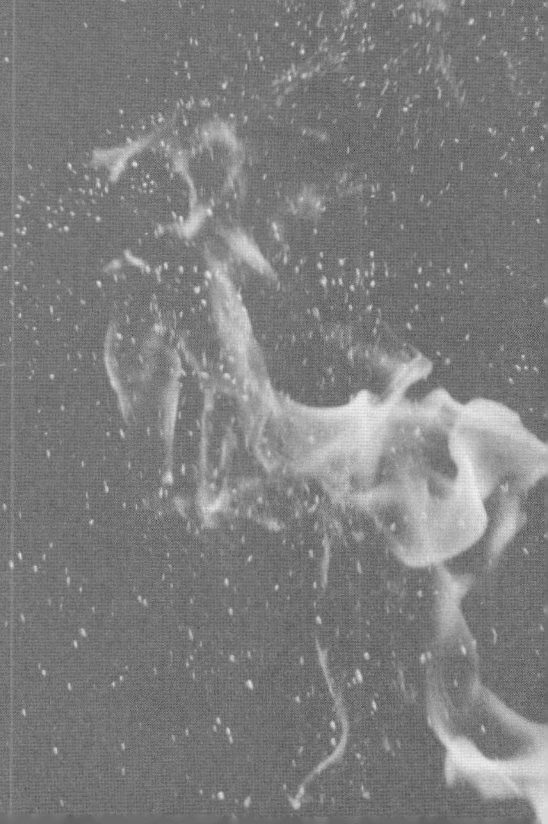

하나의 전쟁, 세 개의 시선[1]

임진왜란을 바라보는
한·중·일 세 나라의 시선

윤재환尹載煥
단국대학교
국어국문학과 교수

1. 들어가는 말

동아시아의 중심을 형성하고 있는 한국·중국·일본 세 나라는 과거부터 현재까지 수없이 많은 부분에서 서로 대립하고 경쟁하거나 선린우호를 바탕에 둔 교류를 통해 각자를 성장 발전시키고 지켜왔다. 서로의 문화를 주고받으면서 자기 나라의 문화를 발전시켰고, 문물의 교역을 통해 경제를 발전시켜 왔기 때문에 세 나라의 관계는 단순히 지정학적인 주변국 또는 인접국의 관계를 넘어선다. 그런 만큼 동아시아의 세 나라는 역사적으로 풍부한 공동의 경험을 가진다. 그러나 그 공동의 경험이 반드시 서로에게 긍정적으로 나타나기만 한 것은 아니다. 치열하고 기나긴 전쟁을 통해 상대에게 상처를 주기도 하고, 힘의 우위를 앞세워 지배와 예속의 관계를 형성하기도 하였다. 하지만 그와 같은 대립 속에서도 동아시아의 세 나라는 끝내 각자의 주체성을 지키면서 발전해 왔다. 그렇기 때문에 한국·중국·일본 세 나라는 사안에 따라

뗄 수 없이 가까우면서도 함께 할 수 없는 한 없이 먼 사이가 되기도 한다.

동아시아 세 나라 사이의 공동 기억과 경험 중에서 서로에게 가장 큰 상처를 입힌 것은 전쟁이다. 세 나라 사이의 전쟁은 대체로 세 나라 중 어느 한 나라의 세력이 상대적으로 위축되거나 팽창되었을 때 일어났는데, 근대 이전 세 나라 사이의 전쟁 중에서 세 나라를 동시에 뒤흔든 가장 큰 전쟁은 임진왜란이다. 세 나라 각각의 입장에서 본다면 임진왜란보다 더 큰 전쟁이 없지 않겠지만, 세 나라를 아울러 보면 그 전쟁은 임진왜란이 될 수밖에 없다. 그것은 우선 세 나라가 모두 전쟁의 한 축을 형성하였기 때문이다. 임진왜란은 1592년부터 1598년까지 2차례에 걸쳐 일본이 조선한국을 침략하면서 일어난 전쟁이었지만, 이 전쟁에서 중국이 조선을 돕기 위해 군대를 파견하면서 중국 역시 조선·일본과 함께 임진왜란의 한 축이 될 수밖에 없었다. 다음은 세 나라가 임진왜란 이후 맞이한 변화 때문이다. 임진왜란 이후 조선은 심각한 정치·경제·사회적 혼란을 겪었고, 일본은 새로운 막부의 탄생이라는 변화를 맞이했으며, 중국은 명나라와 청나라의 교체라는 새로운 시대를 열었다.

동아시아의 세 나라가 모두 임진왜란의 한 축이었고, 임진왜란 이후 다 같이 거대한 변화에 직면했다는 점에서 정도의 차이는 있을지라도 임진왜란이 세 나라에 미친 영향을 부정할 수 없다. 또 그런 만큼 임진왜란이 세 나라의 공동 기억과 체험으로 존재한다는 것도 분명하다. 그런데 임진왜란을 바라보는 세 나라의 시선은 같지 않다. 전쟁의 원인에서부터 결과와 영향에 이르기까지 모든 부분에서 어긋나는 지점이 보인다. 이런 현상은 임진왜란이라는 세 나라의 중첩된 역사적 사실이 아직까지 객관적으로 규명되지 못하고 있음을 말해주는 것이다. 물론 아무리 역사적 사실이 객관적인 실체이고 그렇기 때문에 그 존재를 인정할 수밖에 없다고 하더라도, 존재하는 객관적 사실에 대한 이해와 평가까지 모두 같을 수는 없다. 따라서 세 나라 사이의 어긋난 시선은 당연한 것이고, 또 그렇기 때문에 다름을 인정해야 하며, 이렇게 다양한 시선을 통해 임진왜란이라는 객관적 사실의 실체적 진실에 다가설 수 있다고 할 수 있다. 하지만 그 어긋난 시선이 실체적 진실의 규명이라는 가면 아래 이루어지는 자의적 해석을 위한 변명이라면, 어긋난 시선은 실체적 진실을 가리는 의도적 왜곡 이상의 의미를 가질 수 없다.

더욱이 임진왜란의 영향은 세 나라의 전근대에서 끝나지 않고 현재까지 이어지고 있다. 그것은 세 나라의 관계에서 임진왜란이 서로를 바라보는 시선의 근저根底를 형성하여, 현재 일어나는 다양한 분쟁의 기본 자질로 기능하는 경우가 적지 않기 때문이다. 그렇기 때문에 임진왜란의 영향은 과거를 넘어 현재까지 이어지고 있는 것이다. 그렇다면 임진왜란이라는 역사적 사실의 실체적 진실에 대한 세 나라의 공통된 견해를 찾는 것은 세 나라의 과거를 위해서가 아니라 현재 더 나아가 미래의 우호적 관계를 만들기 위한 출발이 될 수 있다.

이 글은 이 지점에서 기획된 것이다. 이 글은 임진왜란에 대해 세 나라에서 공인할 수 있는 공통된 견해를 찾기 위한 작업의 첫 번째 단계로, 임진왜란을 바라보는 세 나라의 시선에 어떤 차이가 있는지 그리고 그 시선이 문학작품에 어떻게 표상되었는지 살펴보고자 한 것이다. 이를 위해 이 글에서는 17~18세기 한국과 중국, 일본 세 나라의 한시를 통해 임진왜란을 바라보는 세 나라의 시선을 살펴보고자 한다.

이 글에서 임진왜란을 바라보는 시선을 문학작품 특히 한시를 통해 살펴보고자 하는 것은, 문학이 지닌 다양한 기능 중 현실 참여와 비판 그리고 교육과 효용의 기능에 주목한 것이고, 문학작품 중에서도 한시를 주된 검토의 대상으로 하는 것은 당시 세 나라에서 공통적으로 창작하고 공유했던 문학 양식이 한시였기 때문이다. 또 17~18세기라는 시기를 대상으로 하는 것은 이 시기가 임진왜란의 직접적인 영향에서 벗어나 새롭게 도약하는 시기로, 이 시기에 와서 임진왜란을 반성적으로 성찰하게 되어 이후 현재까지 임진왜란을 인식하는 토대를 형성했다고 생각하기 때문이다. 이 글이 임진왜란과 임진왜란의 문학적 표상에 관심 가진 사람들에게 조금이라도 도움이 될 수 있기를 기대한다.

2. 한·중·일 세 나라의 임진왜란 연구 현황

서론에서 이미 언급한 것처럼 임진왜란은 근대 이전 한국·중국·일본 세 나라 사이의 공동 기억과 체험 중에서 서로에게 가장 큰 상흔을 남긴 세 나라에 중첩된 역사적 사건이지만, 임진왜란을 바라보는 세 나라의 시선은 상당한 지점에서 엇갈린다. 그 엇갈리는 시선은 여러 부분에서 확인할 수 있지만, 가장 쉽게 찾을 수 있는 것이 임진왜란을 지칭하는 세 나라의 명칭 차이이다.

한국에서는 1592년 임진년에 일어난 전쟁이라는 의미에서 임진전쟁壬辰戰爭이라고 하거나 임진년에 왜구일본에 의해 일어난 난리라는 의미에서 임진란壬辰亂 또는 임진왜란壬辰倭亂이라고 한다. 또 당시 일본에서 1592년 이후 1597년 정유년에 또 한 번 조선을 침략했기 때문에 1597년 이후의 전란을 정유재란丁酉再亂이라고 하여 임진왜란과 구분하기도 한다. 이 외에도 1592년과 1597년의 간지를 따서 임진왜란을 임정지란壬丁之亂이라고 하거나 간지의 임진壬辰이 상징하는 동물이 용이어서 용사지란龍蛇之亂이라고 하기도 한다. 이 외에도 임진왜적壬辰之倭賊, 임진왜구壬辰倭寇, 임란壬亂이라고 하기도 하는데, 보편적으로 임진왜란이라는 용어를 가장 많이 사용한다. 그런데 이 명칭들에 사용된 왜倭와 난亂의 의미를 고려해 보면 이런 명칭들은 임진왜란을 국가간의 전쟁이 아니라 '왜'라는 특정 집단에 의해 일어난 난리 혹은 반란으로 규정하는 것으로, 전쟁을 일으킨 일본을 비난하는 의식을 담은 것이다.

이와 달리 일본에서는 보편적인 명칭이 보이지 않는다. 임진왜란 당시에는 고려진高麗陣이나 조선진朝鮮陣 또는 당인리唐入り라고 불렀다. 이 명칭 중 당인리는 중국인을 말하는 것이고 고려진과 조선진에 사용된 진陣은 전쟁의 장소를 말한다. 따라서 이 세 명칭은 임진왜란이 명나라를 치는 전쟁으로, 명나라를 치러 가기 위해 조선에서 전쟁을 벌였다는 의미이다. 임진왜란 이후 에도 시대에는 삼한정벌三韓征伐이나 정한征韓이라는 명칭을 가장 많이 사용했고, 이후 1910년경에 와서는 조선역朝鮮役이라고 하다가 현대에 와서는 조선출병朝

鮮出兵 또는 당시 일본 천황의 연호를 따서 임진년의 전쟁을 문록의 역文禄の役, 정유년의 전쟁을 경장의 역慶長の役이라고 구분하거나 두 번의 전쟁을 합해 문록·경장의 역文禄·慶長の役이라고 하였는데, 최근에는 조선침략朝鮮侵略 또는 수길秀吉의 조선침략 또는 대륙침공大陸侵攻이라고도 한다.

명칭의 차이는 중국에서도 볼 수 있다. 중국에서는 임진왜란을 임진왜화壬辰倭禍 또는 당시 명나라 황제의 연호를 따서 만력조선지역萬曆朝鮮之役이나 만력조선전쟁萬曆朝鮮戰爭 혹은 이를 줄인 만력지역萬曆之役 또는 조선지역朝鮮之役이라고 하였는데, 이후 만력동정萬曆東征, 동정어왜원조東征御倭援朝, 명대중일전쟁明代中日戰爭 등으로 지칭하다가, 최근에 와서는 당시 중국이 조선을 도와 일본과 싸웠다는 의미에서 항왜원조抗倭援朝 또는 항일원조抗日援朝라고도 하고 임진전쟁壬辰戰爭이라고도 한다.

이렇게 임진왜란을 지칭하는 세 나라의 명칭과 그 명칭의 변화를 살펴보면 아직까지 임진왜란은 세 나라에서 공통적으로 지칭하는 명칭이 없을 뿐만 아니라 세 나라 각각에서도 명칭이 통일되지 않고 있음을 알 수 있다. 이런 상황은 현재까지 임진왜란에 대한 세 나라의 공통된 견해가 형성되지 않았음을 의미한다. 그런 점에서 임진왜란에 대해 세 나라에서 공인할 수 있는 공통된 견해를 찾고자 하는 작업의 첫 번째 단계에 해당하는 이 글에서는 가장 먼저 그간 이루어져 온 세 나라의 임진왜란 관련 연구를 개괄해 보도록 한다.

한국의 임진왜란 연구는 국난 극복의 관점에서 시작되었다. 20세기 초반 신채호申采浩와 최남선崔南善에 의해 시작된 임진왜란 연구[1)]는 영웅주의적인 역사관과 민족주의적인 역사관[2)]을 바탕에 두고 있어 임진왜란에 대한 객관적인 접근보다 전쟁에서의 영웅적인 인물과 사건을 밝히고 일본을 비난하며, 임진왜란을 통해 이루어진 한국과 일본의 문화적 변화에 주목한 것이 대부분이었다. 이후 1940년대를 넘어서면서 임진왜란이 "풍신수길豊臣秀吉이 일본을 통일한 후 전국시대戰國時代를 거치면서 형성된 제후諸侯들의 강력한 무력을 해외로 방출시켜, 국내의 통일과 안전을 도모하고 신흥 세력을 억제하기 위해 일으킨 전쟁"[3]으로 규정되면서 한국의 임진왜란 연구는 전쟁의 과정에 집중되었는데, 이 시기 형성된 임진왜란의 발생 원인에 대한 이해가 아직까지 그대로 이어지고 있다. 물론 2000년대를 넘어서면서 임진왜란의 원인에 대한 연구는 풍신수길이 세운 정권의 구조적인 문제에 의한 것이라는 관점[4]과 16세기 동북아시아의 경제 변화와 그 변화의 흐름 속에서 일어난 것이라는 관점[5] 그리고 동북아시아의 체제 변혁의 과정에서 일어난 것이라는 관점[6]이 나왔지만, 아직까지 풍신수길에 의해 일어난 전쟁이라는 인식이 임진왜란의 발생 원인에 대한 한국의 기본 관점이다.

전쟁의 과정에 대한 연구는 정부의 주도 아래 시작되었지만,[7] 다양한 분야로 연구의 대상이 확대되었다. 전쟁의 과정에 대한 연구는 의병 활동을 중심으로 하면서[8] 임진왜란의 전반적인 전투 양상,[9] 관병官兵의 전투,[10] 지역적인 항전 활동,[11] 수군水軍과 수군의 전과,[12] 군량이나 무기와 같은 군수품[13] 등을 다루고 있어 내용과 성격을 하나로 규정하기 어렵다. 하지만 연구의 중심에 의병을 두고 있다는 것은 임진왜란을 바라보는 한국의 시선이 중국이나 일본과 다름을 보여주는 것이다.

이후 한국의 임진왜란 연구는 왜성倭城 문제,[14] 반란 문제,[15] 항왜降倭 문제,[16] 피로인被擄人 문제[17] 등으로 확대되면서, 임진왜란의 사회적 영향에 주목하는 연구와 임진왜란의 결과를 반성적으로 재검토하는 연구로 확장되었다. 이 중 임진왜란의 결과에 대한 반성적 재검토는 지상군의 전투에서는 조선이 패배했지만, 수군의 전투에서는 승리했다는 것에서 결과적으로 임진왜란은 조선이 승리한 전쟁이었다는[18] 것으로 전쟁의 결과에 대한 인식의 전환을 시도한 것이다.

일본의 임진왜란 연구는 한국보다 빠른 19세기 후반에 들어서면서 시작되는데, 이 시기의 임진왜란 연구[19]는 대체로 민족주의적인 시각에서 이루어졌다. 이 시기 일본에서는 풍신수길의 조선 침략을 정당화하는 국수주의적이고 영웅주의적인 역사관을 바탕으로 임진왜란의 배경과 과정을 이해하려고 했

관한 연구는 임진왜란 발생 당시 한국과 일본의 내부 상황에서 임진왜란의 발생 원인을 찾는 연구[34]와 동아시아적인 관점에서 임진왜란의 원인을 찾는 연구[35]로 나눌 수 있는데, 이 두 경향의 연구는 한국과 일본의 연구와 그다지 큰 변별점이 보이지 않는다.

임진왜란의 과정에 관한 연구는 조선의 파병 요청과 명나라의 파병,[36] 강화교섭,[37] 개별 전투,[38] 임진왜란 관련 집단과 개인 및 지역,[39] 문화 교류,[40] 외교 및 국제관계[41] 등을 주제로 한 연구가 진행되었는데, 이 중 구체적인 전투에 관한 연구 결과가 상대적으로 부족한 면이 있지만 대부분의 연구 영역에서 모두 상당한 성과를 산출했다. 임진왜란 이후의 연구는 임진왜란의 영향과 시사점 등에 대한 연구를 중심으로 하는데,[42] 이 역시 적지 않은 결과물이 이루어졌다.

이 외에도 임진왜란 관련 문학연구와 문헌 연구가 이루어졌는데, 문학연구[43]의 경우 임진왜란을 대상으로 하는 한국의 문학작품을 직접 분석하거나 중국의 문학작품과 비교하는 연구가 중심이 되고, 문헌 연구[44]의 경우 문헌에 대한 소개와 고증, 문헌 간의 영향 관계 추적과 가치 검토가 중심이 되는데, 적지 않은 성과가 있지만 이 연구를 역사학 분야의 연구와 비교해 볼 때 상대적으로 소략한 편이다.

이렇게 근대 이후 최근까지 한국과 중국, 일본 세 나라의 임진왜란 관련 연구와 성과들을 살펴보면 다양한 연구가 이루어졌지만, 그 연구가 근대 이전 형성된 임진왜란에 대한 인식과 현재 자국의 상황을 바탕으로 하고 있어 각기 다른 시각으로 진행되었음을 알 수 있다. 한국과 일본의 연구가 대부분의 연구 주제에서 대비되는 결론을 도출하는 것이나 중국의 연구가 세부적인 부분에 대해 고려하지 못하는 경향을 보이는 것 모두 연구의 기본 시각이 자국의 상황에서 각자의 시선으로 임진왜란을 바라본 결과라 생각된다. 따라서 이 문제를 해결하기 위해서는 임진왜란을 동아시아 역사의 연속된 흐름 속에서 일어난 역사적 사건으로 규정하여 한 나라의 관점이 아니라 개별 국가를 넘어서는 동아시아의 관점에서 바라보는 열린 시선이 필요하다.

3. 남겨진 기억 그리고 문학적 표상

현재 한국과 중국, 일본의 연구자들이 임진왜란을 바라보는 각자의 시선이 지닌 편향성을 교정하기 위해 폭넓은 사료와 문헌 자료를 바탕으로 임진왜란에 접근하고 있지만, 여전히 시선의 쏠림 현상을 완전히 극복하지 못하고 있다. 이와 같은 현상은 아직까지 세 나라에서 전통적으로 형성되어 온 임진왜란에 대한 시선, 임진왜란에 대한 인식을 벗어나지 못하기 때문이다. 그렇다면 임진왜란 이후 세 나라에서 전통적으로 형성된 임진왜란에 대한 기억과 인식이 어떤 것인지를 알아볼 필요가 있다.

임진왜란을 대하는 한국의 시선은 기본적으로 임진왜란 기간 중인 1593년 선조가 신하들에게 한 "풍신수길이 죽는다 하더라도 일본은 곧 우리나라와 영원히 끝나지 않을 원수이다"[45]라는 말이나, 임진왜란이 끝난 얼마 뒤인 1604년 임진왜란의 공신을 봉하는 교지에 대해 사신史臣이 한 "국가가 임진년의 왜변을 만나 종묘사직이 전복되고 임금이 파천했으며 원과 능이 화를 입었고 백성들이 해독을 입었으니, 말하기에도 참혹한 일이다"[46]라는 말에서 찾을 수 있다. 즉 한국에서는 임진왜란을 풍신수길이 이끄는 왜구의 한국 침략으로, 이 침략으로 인해 한국은 참혹한 화를 당했으며, 이로 인해 왜구 즉 일본과는 영원히 함께 할 수 없다고 인식했다. 이런 인식은 조정 대신들뿐만 아니라 임진왜란 이후 사대부를 포함한 당시 모든 한국인의 일반적인 인식이었다.

> 삼경을 잃고 두 능이 도굴당하고 팔도가 폐허가 되었으며 오묘에 신주가 없게 되었고, 백성과 재물을 모조리 남쪽으로 싣고 가서 공사간에 뿔뿔이 흩어져 어느 곳이나 텅 비어버렸으니 이런 병화의 처참한 양상은 역사가 기록된 이후로 듣지도

보지도 못한 것이다. 남조 송나라 문제의 시대에도 이처럼 심하지는 않았다. (…중략…) 대체로 왜인은 우리나라와 한 하늘 아래에서 같이 살 수 없는 자들이다. 그들을 우리 군사로 물리친 것이 아니라 명나라의 힘으로 물리쳤으니, 그들을 물리친 것은 요행이지 우리의 무력으로 한 것이 아니다. 그때 마침 수길이 죽었으니, 만약 죽지 않았더라면 그들이 물러갔을지 알기 어려운 것이다. 그러니 수길이 죽은 것은 다행 중 다행이다. 그런데 우리나라는 요행에만 젖어 여전히 군사 정책을 버려두고 무력을 강구하지 않아 바라보면 임진년 이전보다 더 게을러졌으니 나는 무엇 때문인지 모르겠다.[47]

인용한 글은 신흠申欽; 1566~1628의 「비왜설備倭說」 중 일부이다. 신흠의 「비왜설」은 임진왜란 이후 신흠이 왜인의 방비에 대해 논한 글인데, 이 글에서 확인할 수 있는 신흠의 인식은 크게 세 가지로 정리할 수 있다. 첫째는 왜인과 조선인은 한 하늘 아래 같이 살 수 없는 원수라는 것이다. 둘째는 임진왜란의 병화를 극복할 수 있었던 것은 명나라의 도움 때문이라는 것이다. 마지막 셋째는 임진왜란과 같은 병화를 겪고서도 아직도 조선에서는 정신을 차리지 못하고 군사적 대비에 관심을 두지 않고 있다는 것이다. 이 세 가지 중 앞의 두 가지는 임진왜란 때부터 이 시기까지 이어져 온 보편적인 인식과 같은 것이고, 마지막 세 번째는 그 당시의 자기반성으로, 임진왜란 이후의 조선 지식인 계층에서 쉽게 확인할 수 있는 인식이다.

우리 조선에 이르러 무로 대하고 인으로써 회유하자 섬 오랑캐가 사모하여 복종해서 우리에게 공급을 의지하고 토산물을 가지고 조공하는 자들이 이어졌다. 그러다가 임진년의 변란에 그들이 명나라를 침범하려 하므로 조정에서 그 죄를 성토하여 물리치고 그들과 교통하지 않았는데 뒤에 원씨가 평씨를 멸하고 우리에게 화친을 청하므로 때때로 사신의 행차가 있었다. 그러나 삼천 리 강산의 묵은 수치를 씻지 못하고 두 능의 소나무와 잣나무가 아직도 깊은 원통함을 머금었다.[48]

이 글은 남용익南龍翼, 1628~1692의 『부상록扶桑錄』에 쓴 이경석李景奭, 1595~1671의 서문 중 일부이다. 남용익의 『부상록』은 1655년 남용익이 종사관으로 일본에 다녀온 뒤에 쓴 사행 일기인데, 이 책에는 이경석 이외에 송시열宋時烈의 서문도 같이 붙어 있다. 인용한 부분을 보면 이경석이 인식하고 있었던 임진왜란 역시 이전까지와 별반 차이가 없음을 알 수 있다. 이경석이 임진왜란에 대해 "그들이 명나라를 침범하려 하므로 조정에서 그 죄를 성토하여 물리치고 그들과 교통하지 않았다"라고 하고 인용한 마지막 부분에서 다시 "삼천 리 강산의 묵은 수치를 씻지 못하고 두 능의 소나무와 잣나무가 아직도 깊은 원통함을 머금었다"라고 했는데, 이 두 문장을 합해보면 임진왜란 때 일본이 명나라를 친다는 명목으로 조선에 쳐들어와 조선에서 이를 물리쳤지만, 지금까지 임진왜란 때 일본에게 당한 수치를 씻지 못하고 원통해한다는 것이다. 즉 임진왜란은 일본의 침략전쟁이고, 그 침략전쟁의 원통함이 사라지지 않고 있다는 것이다. 또 이경석이 '그 죄를 성토하여 물리치고'라고 한 것으로 볼 때, 이 시기 조선에서는 임진왜란을 조선이 일본을 물리친 전쟁, 조선이 승리한 전쟁으로 인식하고 있었다는 것을 알 수 있다.

> 군이 본 우리나라의 문집이 어떤 사람이 저술한 것인지 알지 못하겠습니다. 그러나 이것은 다 임진란 뒤에 간행된 글들입니다. 평수길은 우리나라의 철천지 원수이니 종묘사직의 치욕과 백성들이 피를 흘린 것은 참으로 만세에 없었던 변입니다. 우리나라의 신하와 백성으로서 누가 그의 고기를 찢어서 먹고자 하지 않겠습니까. 이 때문에 위로 사대부로부터 아래로 천한 사람에 이르기까지 (일본에 대해) 노와 적이라는 말을 함부로 하고 글로 나타낸 것이 진실로 당연히 그와 같은 것입니다.[49)]

이 글은 신유한申維翰, 1681~1752의 『해유록海遊錄』 3권에 부기되어 있는 「문견잡록聞見雜錄」의 일부이다. 『해유록』은 1719년 신유한이 통신사의 제술관으로 일본에 다녀오면서 기록한 3권의 견문록인데, 「문견잡록」은 3권의 뒤에 붙어 있다. 인용한 부분은 신유한이 일본인 우삼동雨森東과 이야기를 나눌 때 우삼동이 조선의 책에서 일본을 왜적倭賊이나 만추蠻酋라고 하며 멸시한다고 하자 이에 대해 답한 것이다. 신유한의 답은 임진왜란으로 조선이 크나큰 피해를 보았기 때문에 조선 사람들 중에서 임진왜란의 수괴인 풍신수길을 원수로 여기지 않는 사람이 없고, 또 그러니 일본을 노奴나 적賊이라고 하는 것이 당연하다는 것이다. 신유한의 말에 따르면 이 시기까지 임진왜란을 일본의 침략에 의해 일어난 전쟁으로, 또 그 전쟁을 치욕으로 바라보는 전통적인 인식에 어떤 변화도 없다는 것을 알 수 있다. 그래서인지 임진왜란 이후 이 시기까지 임진왜란을 기억하는 한시 역시 그와 같은 인식을 그대로 보여준다.

曾把三韓作一家	삼한을 한집처럼 사랑하셨는데도
百年灰劫恨無涯	백 년 뒤에 재앙 닥쳐 한이 끝없으니
孤臣匹馬陵前路	외로운 신하 한 필 말로 능 앞길 지나며
淚濕冬青滿樹花	동청 나무 가득 핀 꽃에 눈물 젖네.[50]

이 시는 권필權韠, 1569~1612의 「두 능을 지나며 느꺼움이 있어過二陵有感」라는 시로, 권필이 임진왜란 이후 조선 성종成宗의 능인 선릉宣陵과 중종中宗의 능인 정릉靖陵을 지나며 일어난 감회를 읊은 시이다. 선릉과 정릉은 봉은사奉恩寺 옆에 있는데 임진왜란 때 왜군에게 도굴되어 두 임금의 시신을 제대로 보존할 수 없었다. 시는 임진왜란의 전란에서 임금의 능을 지키지 못해 시신마저 온전히 보존하지 못한 사실에 대한 통한의 감정을 담고 있다.

권필은 시의 두 번째 구에서 임진왜란을 '백년회겁百年灰劫'이라고 했는데, 이 말은 성종의 운명 이후 100년쯤 뒤에 임진왜란이 일어났고, 그 재앙이 회겁에 해당할 정도라는 것이다. 회겁은 불교에서 말하는 겁회劫灰와 같은 것인데, 겁회는 우주가 생성되어 존속하는 기간인 겁이 다하여 우주가 멸망할 때 하늘과 땅을 태우는 세찬 불길을 말한다. 임진왜란의 재앙이 그 정도로 엄청났다는 것이다. 마지막 구절의 동청은 중국에서 당각唐珏이라는 사람이 송나라 황제들의 도굴 당한 유골을 정리하여 묻은 뒤 표시를 위해 그 위에 심은 나무를 말한다. 따라서 마지막 구는 두 임금의 유해遺骸를 확인할 수 없는 상황이라는 것과 유해의 위치도 정확하지 않은 곳에 서 있는 동청 나무에서 나라를 사랑했던 두 임금의 마음처럼 흐드러지게 피어 있는 꽃을 보면서 통한의 눈물을 흘린다는 것이다.

97 嗟兒來我前　　아 아들아, 내 앞으로 오너라
98 我說壬辰亂　　내가 임진년의 난리를 이야기해 주마
99 白刃蔽海來　　흰 칼날이 바다를 뒤덮으며 몰려와
100 流血變淸漢　　흐르는 피에 푸른 하늘빛이 바뀌었고
101 君王在草莽　　임금께서는 초야에 머무는 처지가 되었으며
102 餘民鳥獸散　　남은 백성들은 새 짐승처럼 흩어졌지
103 我是弓弩手　　나는 궁노를 쏘는 병사로서
104 失伍亦逃竄　　대오를 잃고 도망쳤는데
105 不意漢天子　　뜻밖에 명나라 천자가
106 急難如建瓴　　신속하게 이 난리를 구제하여
107 熸賊平壤城　　평양성에서 적을 섬멸해
108 活我萬生靈　　우리나라 만백성을 살려주었고
109 鏖戰素沙郊　　소사교에서 혈투를 벌여
110 宗廟除狐兔　　종묘에서 오랑캐 제거하였으니
111 嗷嗷數千里　　슬피 울부짖던 수천 리 땅이
112 如槁霑霈澍　　가뭄에 단비를 맞은 듯하여
113 至今父子保　　지금까지 아비 자식 보전하니
114 其恩難計數　　그 은혜는 헤아리기 어렵구나
115 汝言錦州城　　네가 말한 금주성은

116 無乃漢家戍　　명나라의 변방이 아니겠느냐
117 忘德旣不可　　덕을 잊는 것도 안 될 일인데
118 射天何忍諸　　어찌 차마 하늘을 쏘겠나[51]

이 시는 조경趙絅, 1586~1669의 「원정 나간 이웃 아이가 돌아오다隣歸征戍兒行」라는 126구의 장편 5언고시이다. 이 글에서는 이 중 임진왜란과 관계되는 부분만을 발췌하였는데, 이 시는 1640년 청나라가 명나라의 금주위錦州衛를 치기 위해 조선에 지원병을 요구했던 일을 배경으로 한다. 시에서 확인되는 조경의 인식은 세 가지인데, 첫째는 참혹한 임진왜란의 기억이다. 조경의 생몰년대로 보았을 때 그 기억은 체험의 기억일 수도 있지만, 전해진 기억일 수도 있는데 조경은 임진왜란을 흰 칼날이 바다를 뒤덮고 흐르는 피에 하늘빛이 바뀌며 임금이 부평초처럼 초야를 떠돌고 백성들이 짐승처럼 사방으로 흩어졌던 난리로 기억하고 있다. 둘째는 그와 같은 조선을 구해준 명나라의 은혜이다. 조경은 명나라의 도움으로 우리나라 백성들이 살아났고 종묘의 오랑캐가 제거되어 가뭄에 단비를 맞은 듯 지금까지 아비와 자식을 보전할 수 있어서 그 은혜를 헤아리기 어렵다고 여겼다. 셋째는 명나라의 은혜에 대한 보답이다. 조경은 우리나라가 그런 은혜를 입었기 때문에 아무리 청나라의 강압이 있다고 하더라도 명나라의 은혜를 저버리고 명나라를 치려는 청나라를 도울 수 없다고 했다.

孤墳在朝陽　외로운 무덤 산 동쪽에 있어
云是古人葬　옛사람이 묻힌 곳이라는데
馬鬣猶不改　봉분도 아직까지 정리 안 된 채
秋柏秖自壯　가을 잣나무만 홀로 우뚝하네
吾聞萬曆世　내 듣건대 만력 시절에
八年勞諸將　팔 년 동안 고생한 여러 장졸들

或由巴蜀來　어떤 이는 파촉에서 왔고
或自荊楚倡　어떤 이는 형초에서 일어났는데
野戰不死兵　야전에서 칼날에 죽지 않으면
海防必死瘴　바다 지키다 반드시 장독으로 죽었지만
遺骸未得歸　그 유해가 돌아가지 못하고
瘞此青谿嶂　여기 푸른 계곡 봉우리에 묻혔다지
寒食誰來祭　한식날 누가 와서 제사 지내 주나
風雨滿冢上　비바람만이 무덤 위에 가득할텐데
石羊不可見　돌로 만든 양은 보이지도 않고
樵童但悽愴　초동만 오가니 서글프구나[52)]

이 시는 황경원黃景源, 1709~1787의 「시골집田廬」이라는 8수의 연작시 중 6번째 수이다. 황경원의 생몰년대로 볼 때 그의 임진왜란 인식은 그에게 전해진 기억을 바탕으로 형성된 것이다. 이 시는 황경원이 시골집 주변에 있는, 이름 없는 임진왜란 참전 명나라 병사들의 무덤을 보고 일어난 감개를 읊은 시이다. 이 시는 황경원이 산 동쪽에 있는 우뚝한 잣나무 아래 황폐한 무덤이 임진왜란에 참전했던 명나라 병사들의 무덤이라는 것을 알게 되면서 시작된다. 무덤의 존재를 인식하면서 황경원은 자신이 들었던, 임진왜란 당시 명나라 각지에서 조선으로 온 병사들이 팔 년의 전쟁 기간 동안 칼날 아래 혹은 풍토병으로 조선에서 죽어 고향으로 돌아가지 못하고 이 땅에 묻혔다는 이야기를 떠올린다. 이런 상황에서 그의 눈에 드는 무덤은 초라하기 그지없다. 한식이 되어도 누구 한 사람 찾아와 제사 지내주지 않는 비바람 가득한 스산한 무덤이다. 돌로 만든 양은 보이지도 않는다는 것은 귀인의 무덤처럼 석물을 세워 잘 꾸미지 않았다는 말이지만, 그 이면에는 진晉나라의 황초평黃初平이 돌로 만든 양을 살아나게 했던 것처럼 무덤에 누워있는 이들을 되살리려고 해도 어떻게 해볼 수 없다는 안타까운 마음을 담고 있다.

梅窩遺錄儘堪尊	매와께서 남긴 글 참으로 존경스러우니
罵賊捐軀想毅魂	적 꾸짖으며 목숨 버린 충의의 혼을 떠올리네
叔侄兩城心報國	삼촌 조카 두 성에서 마음 다해 나라에 보답했고
夫妻雙節血留冤	부부가 함께한 절의가 혈서에 원한으로 남았으니
風聲遠矣垂千古	명성은 멀리 전해져 천고에 드리웠고
忠烈森然萃一門	충렬은 무성하여 한 가문에 모여서
樹得綱常貤贈厚	강상을 세워서 두터이 직책을 내리니
聖朝恩典泣雲孫	성조의 은전이 후손을 울리네[53]

이 시는 윤기尹愭, 1741~1826의 「매와 송공의 『순절록』을 두고 쓰다題梅窩宋公殉節錄」라는 시이다. 이 시는 1593년 당진 현감으로 진주성 전투에서 순절한 송제宋悌의 후손 송계필宋啓弼이 송제의 순절을 기록한 글을 가지고 와서 윤기에게 시를 청해 써 준 것이다. 시에서 삼촌 조카 두 사람이 나라에 보답했다는 것은 송제의 조카 송덕일宋德馹이 부령 부사로 있으면서 여진女眞의 침입을 격파하여 경상좌도 병마절도사에 임명되었지만, 부임하기 전에 여진 잔당의 습격을 받아 전사한 것을 말하는 것이다. 또 부부가 함께한 절의는 임진왜란의 진주성 전투에서 송제가 죽자 그의 부인 능성 구씨綾城具氏가 아들을 남편의 형에게 맡긴 뒤 혈서를 쓰고 스스로 목숨을 끊은 일을 말한다. 이 시를 보면 윤기에게 임진왜란은 조선이 겪었던 수많은 전란의 하나일 뿐이다. 그렇다면 그는 임진왜란을 조선이 겪었던 무수한 전쟁의 하나로만 기억할 수도 있지만, 그의 기억에서 임진왜란은 그 많았던 전쟁들과는 다른 층위에 놓여 있다. 시의 대상이 된 송제가 자신의 목숨을 버려야만 했을 뿐만 아니라 그의 아내까지 따라서 목숨을 버려야만 했던, 이전까지 조선에서 일어났던 다른 어떤 전쟁과도 비교되지 않는 참혹한 전쟁이다.

지금까지 살펴본 이 몇 수의 시만을 가지고 단언하기는 어렵지만, 임진왜란이 끝난 뒤에도 조선에서 임진왜란의 기억은 사라지지 않았다고 보인다. 오히려 시간이 지나면 지날수록 조선에서 임진왜란은 결코 잊을 수 없고 용서할 수 없는 참혹한 경험으로 기억의 외피를 굳혀갔다. 물론 임진왜란의 참혹함이야 조선에서 결코 잊어서는 안 되는, 잊을 수 없는 기억이지만, 이 참혹한 기억이 경험의 실체에서 멀어지면서도 퇴색되지 않고 오히려 또 다른 내용을 덧씌우면서 더욱 참혹한 기억으로 되살아났고, 이런 과정이 반복되면서 임진왜란은 조선 사람들에게 결코 지울 수 없는 상처로 뇌리에 깊이 뿌리 박혀갔다고 생각된다.

그런데 일본에서 임진왜란을 바라보는 인식은 조선과 완전히 다른 양상을 보인다. 아래의 인용문 중 첫 번째는 1695년 일본의 패원익헌貝原益軒, 1630~1714이 당시 일본에서 간행된 유성룡의 『징비록懲毖錄』에 서문으로 쓴 글의 일부이고, 두 번째는 중정죽산中井竹山, 1730~1804이 덕천가강德川家康을 중심으로 덕천 가문의 사적을 기록하여 만든 『일사逸史』의 일부이다.

> 이전 풍신수길이 조선을 친 것은 탐병貪兵·교병驕兵·분병忿兵이라고 할 만한 것이니 의병義兵이 아니다. 또 부득이하여서 친 것이 아니니 전쟁을 좋아한다고 할 만하다. 이것은 하늘이 미워하는 것이니 그가 끝내 망한 것은 진실로 당연한 것이다. (그러나) 조선 사람들이 연약하고 속히 패하여 와해되고 무너진 것은 교양에만 매달려 평소 지키는 것이 없어 방어하는 것이 잘못되어서이다. 그러므로 대항하는 병사를 쓸 수 없었으니 이것은 전쟁을 망각한 것이라고 할 만하다.[54)]

> 일사씨는 말한다. 풍신수길이 평화로운 시기가 도래했을 때 휴식하는 것이 옳다는 것을 알지 못하고 공명에 더욱 마음이 속박되어 병력을 기울여 전쟁을 일삼아서 상처 입은 백성들을 해외로 내몰아 해독이 천하에 흐르게 하고 재앙을 다른 나라에 더하여 그가 죽을 때까지 다시 편안한 해가 없었으니, 한때 난리를 평정했던 공이 쓸어버린 듯 없어졌다. 아아. 귀신과 사람이 함께 노하여 마침내 엎어지고 망하는 재앙이 이루어졌다.[55)]

위의 두 인용문에서 이들이 인식하고 있는 임진왜란이 완전히 같은 것이라고 할 수는 없지만, 이들의 논지는 풍신수길에 대한 비판에서 일치한다. 임진왜란을 일으킨 풍신수길의 행위가 전쟁과 공명을 좋아해서이든 아니면 풍신수길의 전쟁으로 인해 일본 백성들이 고통받아서이든 이들의 풍신수길에 대한 비판은 동일한 궤에 놓여 있다. 그렇기 때문에 풍신수길이 망한 것은 당연한 것이고, 이 때문에 풍신수길이 일본을 통일했던 공까지 사라져버렸다고 했다. 다만 패원익헌이 풍신수길에 대한 비판과 함께 조선의 방비와 대응에 대해서도 같이 비판한 것은 눈여겨볼 만 하다.

하지만 다음의 인용문을 보면 일본의 임진왜란 인식이 바뀌고 있음을 알 수 있다. 아래에 인용한 첫 번째 글은 적생조래荻生徂徠, 1666~1728의 문집인 『조래집徂徠集』에 있는 「수족씨부자시권서水足氏父子詩卷序」의 일부이고, 두 번째 글은 1671년 살마번薩摩藩에서 임진왜란을 정리하려고 만든 『정한록征韓錄』의 일부이다.

> 비肥 땅에 고려문이 있는데, 풍신수길이 조선을 치러 갈 때 비肥 땅의 가등씨加藤氏가 장군이 되었으니 날래고 용맹하여 공이 가장 드러났다. 조선 사람들이 지금도 오히려 아이가 울면 겁을 주어 귀장鬼將이 온다고 하면 아이는 이내 흐느끼다가 울음을 그치니 그는 나찰이나 야차같이 사람을 씹어 먹는 것에 비유된다. 위엄과 무력이 사람을 두려워 엎드리게 하는 것을 알만 하니, 그가 돌아올 때 무너뜨린 성문을 가지고 돌아와 표시해서 경관京觀으로 삼았다.[56]

> 옛날 신공황후가 신라를 정벌하고 난 이래 고구려, 백제가 모두 우리 조정에 대해 신하로서 따랐다. 때문에 삼한에서 조공하러 오는 배가 끊이지 않았다. (…중략…) 천정 연간 풍신수길豊臣秀吉이 60여 주를 통일하고 여세를 몰아 삼한을 무찔러 죽이고 중화를 떨게 하였다. 문록文祿 임진년에서 경장慶長 무술년에 이르기까지 우리 여러 장수들이 조선 팔도에 들어가 명나라 군대와 싸움을 벌여, 승리의 공을 세

우고 참획斬獲의 용맹을 드높인 자가 적지 않았다.[57)]

위의 인용문을 보면 임진왜란을 바라보는 일본의 시선이 앞의 두 인용문과 많은 부분에서 달라져 있음을 알 수 있다. 첫 번째 인용문은 1719년 통신사의 제술관으로 일본에 간 신유한과 수족병산水足屛山, 1671~1732, 수족박천水足博泉, 1707~1732 부자가 나눈 필담집의 서문으로 적생조래가 쓴 글의 앞부분인데, 이 글에서 강조된 일본 장수의 무용담과 그에 대한 조선인의 반응을 보자면 임진왜란 당시 일본 장수의 무위武威에 대한 강한 자부심이 느껴진다. 더욱이 임진왜란을 일으킨 풍신수길에 대한 비판은 보이지도 않는다. 이런 모습은 두 번째 인용문에서 더욱 확실하게 드러나는데, 두 번째 인용문에서는 풍신수길의 조선 침략을 연원이 있는 역사적인 행위의 하나로 간주하고 있다. 특히 이 글에서는 풍신수길이 조선을 침략하여 중국까지 흔들었다고 했다. 이런 표현은 임진왜란을 일으킨 풍신수길의 목적이 조선에 있는 것이 아니라 중국에 있었는데, 조선이 길을 비키지 않았기 때문에 조선과 전쟁할 수밖에 없었던 것이고, 이때 일본이 조선을 친 것은 신공황후의 삼한정벌과 같은 것이라는 말이다. 이 말은 임진왜란이 역사의 흐름에서 일어날 수밖에 없었던 필연적인 사건이고 그렇기 때문에 전쟁의 책임은 일본에게 있는 것이 아니라 방비하지 못한 조선에 있는 것이고, 그래서 임진왜란은 전혀 문제될 것 없는 전쟁이라는 것이다.

이렇게 보면 임진왜란이 끝난 얼마 뒤 스스로를 소극적 가해자로 간주했던 일본의 임진왜란 인식이 불과 얼마 지나지 않아 스스로를 불가피한 전쟁의 당사자로 여기는 인식으로 바뀌었음을 알 수 있다. 또 조선이 겪었던 병란을 조선 스스로 자초한 것으로, 역사적으로 일어날 수밖에 없는 어쩔 수 없었던 사건으로 간주하고 있음을 알 수 있다. 그래서인지 임진왜란을 두고 창작된 일본의 한시에서도 그와 같은 모습을 확인할 수 있다.

嘗徵苞茅航鴨綠　　일찍이 공물이 압록강으로 들지 않아
華兵失利內帑殫　　중국 군대 이익 잃고 곳간은 다 비었으며
三都瓦解拒無策　　삼도가 와해되어 막을 방법 전혀 없고
八道土崩敵更難　　팔도가 무너져 대적하기 더 어려웠는데
馬背慣聞金角警　　말 등에서 익숙히 들은 쇠 피리 소리 놀랍고
刀瘢恐著鐵衣寒　　칼자국 두렵게 생겨 쇠 갑옷은 시리지만
羽柴基業今何在　　풍신수길 기업이 지금 어디에 있나
却看箕封國尙安　　기자 봉한 나라 보니 아직까지 편안하네[58)]

이 시는 패원익헌과 비슷한 시기에 『징비록』에 관한 글을 썼던 이등동애伊藤東涯, 1670~1736의 「복헌사종이 나에게 『징비록』을 빌리면서 좋은 시를 보내와서 마침내 화답하여 사례한다復軒詞宗, 從予借懲毖錄, 頃寄瑤音, 卒和謝之」는 시이다. 이 시는 당시 일본의 산전복헌山田復軒, 1666~1693이 이등동애에게 유성룡의 『징비록』을 빌리면서 시를 보내와서 그에 답하여 쓴 시이다. 『징비록』을 빌리며 써준 시에 답하는 시이니 시의 내용이 임진왜란을 대상으로 하는 것은 당연하다고 할 수 있는데, 이 시의 내용은 크게 두 단락으로 나누어진다.

시의 첫 번째 단락은 수련과 함련으로, 수련에서는 임진왜란 이전 명나라에서 폐지한 감합勘合무역을 말했는데, 이로 인해 명나라 군대가 이익을 잃었고 나라의 곳간도 다 비었다고 했다. 이어 함련에서는 임진왜란 당시 조선의 상황을 말했다. 삼도가 와해되고 팔도가 무너져도 막을 방법도 대적할 수도 없었다는 것이다. 첫 번째 단락인 수련과 함련에서는 임진왜란 당시 아무런 힘을 쓰지 못했던 중국과 조선의 상황에 대해 언급한 것이다.

두 번째 단락인 경련과 미련은 일본에 대한 것이다. 경련에서는 수많은 전쟁을 겪어 전쟁에 익숙한 일본군의 모습에 대해 설명하고, 이어 미련에서는 그렇지만 지금 그 많은 전쟁의 주역이었던 풍신수길은 어디에 있냐고 했다. 미련의 마지막 구에서 기자가 봉한 나라가 아직까지 편안하다고 한 것은 임진

왜란 중 풍신수길이 죽었고, 전쟁 이후 얼마 지나지 않아 아들마저 죽어 대가 끊어지고 막부가 바뀐 것에 비해 조선의 상황은 큰 변화가 없었다는 것이다.

이 시를 보면 앞서 살펴본 인용문에서 패원익헌이 했던 말과 비슷하게 이등동애 역시 풍신수길과 그가 일으킨 임진왜란을 비판하고 있음을 알 수 있다. 그런데 그의 논지는 풍신수길에 대한 비판에서 더 이상 나아가지 않는다. 전쟁에서 피해를 입은 세 나라 국민들의 삶에 대해서는 어떤 언급도 없다. 오히려 이 시의 수련과 함련을 볼 때 그가 임진왜란 당시 조선과 중국의 피해는 조선의 방비 부족과 중국의 세력 약화에 의한 어쩔 수 없었던 일이라고 여겼던 것이 아닌가 하는 생각까지 가지게 된다.

行臺軍令肅　부대에는 군령이 엄숙하고
元帥簡盡新　원수는 간략해도 새 계책을 다했으며
明主勞宵旰　밝은 임금이 밤낮으로 고생하니
韓兵委壒塵　조선의 병사들 먼지 속에 버려지네
參謀唯釋侶　참모로는 승려가 있을 뿐이고
成敗一行人　성패는 행인에게 달려 있으니
我有繞朝策　나에게 요조의 채찍 있는데
日東何媿秦　일본이 어째서 진나라에 부끄럽겠나[59]

이 시는 앞서 살펴본 두 번째 인용문을 쓴 중정죽산의 「정한행 득인자征韓行得人字」라는 시이다. 앞의 인용문에서 그는 풍신수길을 비판하고, 풍신수길의 행위 때문에 그 스스로가 망한 것은 당연할 뿐만 아니라 일본을 통일했던 공까지 사라져 버렸다고 했는데, 이 시를 보면 앞서 인용문에서 했던 그의 이야기가 무엇을 의미하는지 고민하게 된다. 이 시 역시 두 단락으로 나눠지는데, 첫 번째 단락에 해당하는 수련과 함련은 조선을 침략한 일본군의 모습을 이야기한 것이다. 군령이 엄숙하고, 간략하지만 모든 계책을 다 만들어 실행하는 원수와 군사들을 위해 밤낮으로 애쓰는 임금이 있는 일본을 조선이 감당할 수 없는 것은 당연하다. 그래서 함련의 둘째 구에서 그는 조선의 병사들이 먼지 속에 버려졌다고 했다.

두 번째 단락은 경련과 미련인데, 경련은 인력도 능력도 없는 조선의 상황을 말한다. 참모라고는 승려들뿐이고, 일을 이루고 실패하는 것은 행인으로 표현된 명나라의 사신에게 달려 있는 것이 조선의 상황이다. 그런데 일본은 이와 달랐다. 일본에는 요조繞朝의 채찍이 있다고 했다. 요조의 채찍은 진晉나라의 사회士會가 진秦나라로 망명 가 있다가 진晉나라로 돌아갈 때 진秦나라의 요조가 사회에게 준 채찍을 말하는데, 진秦나라에서 진晉나라, 즉 상대방의 계책을 다 알고 있다는 뜻이다. 이 말은 진晉나라의 계책을 진秦나라에서 훤히 알고 있듯이 조선과 명나라의 계책을 일본이 훤히 다 알고 있었다는 의미이다. 그래서 그는 일본이 진晉나라의 계척을 다 알고 있었던 진秦나라에 부끄러울 것이 없다고 한 것이다.

이 시를 보면 중정죽산이 풍신수길을 비판하고 그가 임진왜란을 일으킨 것을 비난한 것은 임진왜란 때문이 아니라 단순히 풍신수길을 비판하기 위해서가 아니었던가 하는 생각을 하게 된다. 그것은 그가 풍신수길을 몰아내고 새로운 막부를 성립한 덕천가강 가문의 사람이었고, 그가 쓴 『일사』 역시 덕천가강을 중심으로 덕천 가문의 사적을 기록하기 위한 책이었기 때문이다. 이런 추정을 인정한다면 중정죽산의 임진왜란 비판은 임진왜란을 비판하기 위한 것이 아니라 풍신수길을 비판하기 위한 수단이 될 뿐이다.

中國威靈海外傳	중국의 신령한 위엄이 해외에 전해졌으니
三韓朝貢幾經年	삼한의 조공이 몇 년이나 되었나
非有神兵西出震	신병이 서쪽 가서 떨치지 않았다면
誰令帝力四方宣	그 누가 천황의 힘을 사방에 떨쳤겠나
太閤雄圖悵已矣	태합의 웅대한 꿈 서글퍼라 끝났는데

肥州遺物空依然	비주의 유물만 부질없이 옛날 그대로니
當塗若使斯人在	이 길에 이 같은 사람 있게 했다면
邊塞只應高枕眠	변방에서도 지금은 높이 베개 베고 자겠지[60]

이 시는 등전동호藤田東湖, 1806~1855의 「삼사원이 귀장군의 유물을 보고 감회가 있어 지은 시에 화답하다和杉士元觀鬼將軍遺物有感作 二首」라는 두 수의 시 중 두 번째 수이다. 이 시를 보면 임진왜란에 대한 인식이나 풍신수길에 대한 평가가 이전과 완전히 달라졌음을 알 수 있다. 이 시에서 등전동호는 중국의 위엄에 조선이 수없는 시간 동안 조공을 바쳐왔는데, 신병인 일본군이 조선으로 쳐들어가 임진왜란을 일으켰기 때문에 중국 중심의 세계관을 부수고 일본 천황의 힘을 사방에 떨칠 수 있었다고 했다. 그는 풍신수길이 일으킨 임진왜란이 웅대한 꿈에 의한 것이었고, 이 꿈이 이루어지지 못한 것이 서글프다고 했다. 그러면서 임진왜란 당시 귀장군鬼將軍으로 불렸던 가등청정加藤淸正의 유물이 옛날 그대로 비주肥州에 남아있다고 했는데, 이 말은 임진왜란 당시의 영광을 재현해 보고 싶다는 의미를 담은 것이다. 그래서 그는 그때 그 사람들이 지금 일본에 있다면 변방에서도 높이 베게 베고 잘 수 있을 것이라고 한 것이다.

이 시의 서문에 "아 조선을 정벌한 일이 지금 거의 이백 년이 되었는데, 병력의 강약과 사기의 용맹함과 두려움은 군자가 진실로 차마 말하지 못하는 것이 있다. 비록 그러나 만약 윗자리에 있는 사람이 풍신수길처럼 앞에서 이끈다면 사원처럼 걸출하게 뛰어난 장부로 충과 의와 용이 감히 천성에서 나온 사람이 양이洋夷를 몰아내고 요사한 기운을 쓸어버릴 것이다"[61]라는 내용이 있는데, 그렇다면 이 시는 서구 세력의 압력에 대항하기 위해 임진왜란에서 용맹을 떨쳤던 일본의 장수와 같은 사람을 찾고자 하여 쓴 시라고 볼 수 있다. 그래서인지 이 시에서 풍신수길이나 임진왜란은 비난의 대상이 아니라 칭송의 대상이 되었고, 풍신수길의 지시에 따라 임진왜란에서 사나움을 떨쳤던 일본 장수들까지 칭송하는 뜻을 담았다.

猿面眼閃閃　원숭이 같은 얼굴에 눈빛은 번쩍번쩍
叱咤捲雲塵　꾸짖는 소리는 구름 먼지 말아 올리고
雄心狹六合　웅대한 마음은 천지를 좁게 여겨
絶海遣萬軍　바다 저 끝으로 수많은 군사 보네
鷄林爲震動　계림 모두 진동하고
八道亂紛紛　팔도 온통 어지러웠으니
勿徒譏驕貪　교만하고 탐욕스러웠을 뿐이라고 나무라지 마라
餘威尙殷殷　남은 위엄이 아직까지 은은하기만 하니[62]

이 시는 뇌산양賴山陽, 1780~1832의 시를 모아 1830년 간행한 『일본악부日本樂府』에 수록되어 있는 「풍신씨豊臣氏」라는 시이다. 『일본악부』에는 이 시 외에도 임진왜란의 조선에 관한 시로 「삼한래三韓來」와 「벽제역碧蹄驛」이 있다. 이 시를 보면 일본에서 생각하는 임진왜란은 자신들이 쳐들어간 전쟁이고, 그 전쟁이 일어난 이유는 천하를 통일하겠다는 풍신수길의 웅대한 마음에 의한 것이며, 그래서 마침 조선에서 전쟁을 하게 되었을 뿐이라는 것이다. 그러니 풍신수길을 교만하다거나 탐욕스럽다고 욕해서는 안 된다는 것이다. 오히려 풍신수길은 아직까지 위엄을 떨치는 위대한 인물이라는 것이다.

임진왜란에 관한 한국의 시에 대해 이야기하면서 이미 언급한 것처럼 이 글에서 살펴본 몇 편의 글, 몇 수의 시만으로 이 시기 일본의 임진왜란에 대한 인식을 확정한다는 것은 대단히 무모한 것이다. 그러나 지금까지 살펴본 글과 시를 보면 일본의 임진왜란 인식이 점차 바뀌어 갔음을 알 수 있다. 즉 풍신수길과 풍신수길에 의한 임진왜란의 비판에서 임진왜란의 인정과 수용으로 바뀌더니 얼마 지나지 않아 임진왜란의 불가피함 강조로, 그리고 더 나아가 풍신수길에 대한 찬양과 임진왜란의 무용武勇 과시로 바뀌었다. 이런 변화에 당시 일본이 서구의 압력 아래 놓여 있었다는 일본의 상황이 적지 않은 영향을 미친 것은 분명해 보이지만, 임진왜란 이후 일본에서 나온 글들을 보

면 그와 같은 상황이 없었다고 하더라도 일본의 임진왜란 인식이 이렇게 바뀌는 것은 시간 문제였다고 생각된다.

이제 마지막으로 임진왜란을 바라보는 중국의 인식을 살펴보아야 하는데, 한국이나 일본과 달리 중국에서 임진왜란을 어떻게 인식했는지 확인하기는 쉽지 않다. 그것은 중국에서 임진왜란을 바라본 인식이나 시선을 살펴볼 수 있는 자료가 거의 보이지 않을 뿐만 아니라, 그나마 살펴볼 수 있는 자료도 대부분이 공적인 기록물에 해당하기 때문이다. 이와 같은 현상은 중국이 임진왜란에 군대를 파병하여 전쟁의 당사자 중 하나가 되었지만, 중국의 입장에서 임진왜란은 중국에 직접적인 영향을 미치는 중요한 사건이 아니었기 때문이라 생각된다. 특히 중국에서 임진왜란에 군대를 파병한 이유가 임진왜란의 직접적인 영향이 중국에 미치는 것을 방지하기 위해서였다는 점에서, 이런 현상은 오히려 당연하다고도 할 수 있다. 따라서 이 글에서는 임진왜란에 대한 중국의 인식을 확인하기 위한 자료로 명나라의 역사 기록을 이용하도록 하는데, 그 중에서도 임진왜란 당시 명나라의 황제였던 신종의 실록인 『신종실록』을 중심으로 한다. 또 임진왜란을 바라보는 명나라의 시선은 전쟁의 경과에 따라 계속 변해갔지만, 세 나라의 관계와 임진왜란의 진행 과정으로 보았을 때 가장 중요한 일이 참전의 결정이라고 생각하여 이 부분을 집중적으로 살펴보도록 한다.

임진왜란이 일어났을 때 중국에서는 이 전쟁을 일본의 조선 침략으로 규정했다. 다만 그 침략이 어떤 의미가 있는 것이냐에 대해서는 적지 않은 논란이 있었다. 임진왜란 초기 명나라에서는 일본의 조선 침략이 일본과 조선의 모의에 의한 것이라는 생각까지 하고 있었다. 그래서 임진왜란이 일어난 뒤 선조의 지원 요청에 중국에서는 가장 먼저 조선과 일본의 연계 여부에 대해 확인했다.[63] 하지만 일본의 조선 침략이 일본의 독자적인 행위라는 것을 확인한 이후에도 명나라에서는 명나라 군대의 조선 출병에 대해 상당한 논란을 계속했다.

영하의 오랑캐들은 애초에 큰 뜻이 없어 뇌물만 탐했으니 왜적이라고 또 무엇을 할 수 있기에 서둘러 군사를 모아 다 사용하겠습니까. 단지 군사를 모을 줄만 알고 한 집에 군사 한 사람을 더하면 부자 형제가 괴로움을 이길 수 없다는 것은 모르는 것이고, 단지 관리를 파견할 줄만 알고 한 곳에 관리 한 사람을 더하면 오가고 응대하는 것에 번거로움을 이길 수 없다는 것을 모르는 것입니다. 지금 군대를 모집한다고 하더라도 평소 훈련 시킨 병사가 어디에 있습니까. 지금 관리를 더한다면 평소에 세워둔 관리는 무엇을 합니까. 신이 생각하기에 영하의 군사 수만 명만 군량을 제공할 수 있고, 계진·창평·보정의 군사만으로 왜적을 방비할 수 있으니, 군사를 더 모아 다 채울 필요는 없습니다.[64)]

병부에서는 중국의 왜적 방어가 문안 뜰에서 이루어져야 한다고 합니다. 그러나 변방이 중국의 문안 뜰이며 사방의 오랑캐들은 울타리일 뿐입니다. 사방 오랑캐를 지킨다는 말은 들었지만, 사방 오랑캐를 위해 지킨다는 말은 듣지 못햇습니다. 조선이 비록 충순하다고 하지만, 그러나 전쟁이 일어나면 위로하고 군대를 요청하면 가서 도와주고 포로를 바치면 상을 내리는 것이 속국을 대하는 전부입니다. 소문만 듣고 도망쳐서 나라를 버려 남에게 주어 그래서 스스로 무너졌으니, 우리가 하고자 하는 것이 갈대 하나로 막고자 하는 것입니까. 왜적은 오랑캐보다 약하지 않습니다. 오랑캐에게 있어서는 대군을 보내기 전에 달래고자 하지만 왜적에게 있어서는 여러 번의 승리 뒤에야 섬멸할 수 있습니다.[65)]

위의 인용문은 당시 명나라 군대의 조선 파병을 반대한 대표적인 논의다. 두 이야기의 관점이 다르기는 하지만 조선에 파병할 수 없다는 것은 같다. 첫 번째 인용문은 이과급사중 이여화李汝華의 이야기인데, 그는 당시 명나라의 재정과 군대의 훈련이라는 현실적인 문제를 이유로 파병에 반대했다. 또 왜적이 중국에 처들어온다고 하더라도 요동과 하북 지역의 군대만으로 충분히 막을 수 있으니 대규모 군대의 모집과 동원은 필요없다고 했다.

두 번째 인용문은 병과급사중 허홍강許弘綱의 이야기이다. 그는 중화주의 세계관에서 중국과 주변의 관계를 근거로 파병을 반대했다. 그는 중국을 둘러싼 주변국은 중국의 울타리일 뿐이니 이들을 위해 군대를 파병한다는 것은 도리에 맞지 않다고 했다. 여기에 더해 그는 조선이 스스로 무너진 상황에서 조선을 돕는다는 것은 갈대 하나로 왜적을 막고자 하는 것이기 때문에 애초에 불가능하며, 왜적의 힘이 강하기 때문에 중국에서도 이들을 격파하기 위해서는 여러 번의 전투를 거쳐야 한다고 했다.

> 왜적의 우두머리가 조선을 얻지 못하면 조선의 서남쪽에 연화비가 있고 여러 섬들이 떨어져 있어서, 육로로 요동의 왼쪽 땅을 엿보지 못할 뿐만 아니라 또 수로로 천진을 침범할 수 없습니다. 만약 왜적의 우두머리가 조선을 점거한다면 수도의 한강, 개성의 임진강, 평양의 대동강 등 곳곳이 바다로 통할 수 있어 직접 畿輔 지역에 도달할 수 있으니, 압록강을 건너 遼陽으로 달려갈 필요가 없습니다. 그러므로 중국을 편안하게 하고자 한다면 반드시 조선을 지켜야 합니다.[66)]

> 스스로를 굳게 하고자 하는 계책은 먼저 要害敵中한 곳을 택하는 것이니, 이 때문에 근본을 세워서 싸울만하면 진격하고 지킬만하면 물러나는 것이 모든 것을 온전하게 하는 계책의 처음이 되는 것입니다. (…중략…) 조선의 형세에서 전라도와 경상도 두 도가 가장 중요하니 경상도는 문호요 전라도는 장부입니다. 이곳은 왜적들이 반드시 쟁취하려는 곳이고 우리들이 반드시 지켜야 하는 곳이니 왜적들이 만약 전라도를 점거하면 멀리는 서해 일대가, 가까이는 진도와 제주가 모두 왜적의 소굴이 되어 이리저리 통하지 않는 곳이 없어 곧 바람을 타고 하루 이틀이면 압록강에 이를 것이니 개성과 평양을 굳게 지킬 수 없습니다.[67)]

위에서 인용한 첫 번째 글은 1592년 임진왜란 당시 상보사경 조숭선趙崇善의 이야기이고, 두 번째 글은 1597년 정유재란 때 태학사 장위張位와 심일관

沈一貫의 이야기이다. 두 이야기가 개진된 시기와 상황이 다르지만, 이 두 이야기의 논리는 동일하다. 앞서 살펴본 인용문에서는 명나라의 제정과 군대의 훈련이라는 현실적인 문제 그리고 중화주의 세계관을 근거로 조선 파병을 반대했다면, 여기서 인용한 글은 조선 파병이 조선을 위한 것이 아니라 명나라를 지키기 위한 것이라는 논리이다. 즉 일본이 조선을 점거하면 명나라 역시 언제 일본의 침략을 당할지 모른다는 것이다.

이렇게 순망치한脣亡齒寒의 논리에 근거하여 조선 파병을 주장했지만, 명나라의 파병은 쉽게 이루어지지 않았다. 당시 명나라가 영하의 역寧夏之役에 진력하고 있어서 군사력을 두 곳으로 나누기 쉽지 않았기 때문이다. 따라서 이 시기 명나라는 조선에 파병하는 대신 혹시 모를 왜적의 침입을 방비하기 위해 해안 지역과 수도의 방어를 강화했고, 1592년 10월이 되어서야 본격적인 파병이 이루어졌다. 1592년 4월 일본의 조선 침략 이후 조선의 파병 요청은 5월 12일 임진강 방어선이 무너지면서 시작되었고, 내부內附 요청이 6월 16일 동양정佟養正을 통해 요동에 전달되었다. 이 사이 명나라에서는 일본의 조선 침략과 조선의 대응에 대해 수많은 논의가 있었고, 9월 2일 명나라 황제의 칙사인 행인사 행인行人司行人 설번薛藩이 원병을 보낸다는 황제의 칙서[68]를 가지고 왔지만, 이 해 10월 병부상서 석성石星이 직접 참전 의사를 밝힌 이후 본격적인 파병이 이루어졌다. 당시 명나라에서는 일본군의 진격이 예상보다 빨라 조만간 압록강까지 진출하여 명나라를 침략할 가능성이 커졌다는 위기의식을 가졌다.

이렇게 본다면 임진왜란 당시 명나라의 파병을 여러 가지 이유로 설명할 수 있지만 가장 본질적인 이유는 명나라 스스로의 안위를 위해서라고 할 수 있고, 이런 인식이 당대 임진왜란을 바라보았던 중국의 시선을 그대로 보여주는 것이라고 할 수 있다. 그래서인지 이 시기 중국에서 혹은 그 후대 중국에서 임진왜란을 대상으로 창작한 문학작품을 찾기 쉽지 않다. 이는 기본적으로 필자의 능력 부족에 의한 것이라 생각되지만, 임진왜란 당시 명나라에서 창작된 작품이나 이후 청나라에서 임진왜란에 대해 언급한 문학작품 특히 한시를 찾을 수 없었다. 따라서 이 장에서는 임진왜란 당시 조선에 온 명나라 장수가 창작한 작품을 대상으로 논의를 진행하도록 한다.

임진왜란 당시 명나라에서 조선으로 출병한 장수는 상당하고, 그들이 조선에서 적지 않은 작품을 창작했으리라고 생각되지만, 현재 남아 전하는 작품은 얼마 되지 않는다. 대표적인 작품은 1649년 신경申炅이 저술하고 1693년 간행된 것으로 보이는 야사서野史書인 『재조번방지再造藩邦志』의 2권에 수록되어 있는 이여송李如松의 한시 2수와 『신안현지新安縣誌』의 영보정永保亭 항목에 수록된 흠차유격장군欽差遊擊將軍 절강무림浙江武林 장양상張良相의 영보정 연작시 4수와 가상賈祥의 시 1수이다. 이 글에서는 이여송의 2수, 장양상과 가상의 시 각각 1수씩을 살펴본다.

提兵星夜渡江干	군사 이끌고 밤새워 압록강 건넌 것은
爲說三韓國未安	삼한이 편치 못하다는 말 때문인데
明主日懸旌節報	밝은 임금 날마다 군사 소식 기다려
微臣夜釋酒杯歡	신하들 밤에도 술잔 들지 못하네
春來殺氣心猶壯	봄 들어 섬뜩한 기운에도 마음 외려 굳건하니
此去妖氛骨已寒	이번에 요귀를 물리치면 뼛골 먼저 싸늘하겠지
談笑敢言非勝算	감히 승산 없다고 이야기하겠는가
夢中常憶跨征鞍	꿈속에서도 언제나 출정 말 탈 생각 하는데[69]

無意圖功利	공리를 도모하는 뜻 없이
專心學道禪	도와 선을 배우는 데 전심하였는데
今聞王事急	이제 나라 일 급하다는 말을 듣고서
摠攝下山巓	총섭이 산에서 내려오셨네[70]

畫閣飛山半	고운 누각 산허리를 날 듯하여
憑虛眺遠情	허공에 기대 깊은 정취 살펴보니
雲開樵徑出	구름 걷혀 나무하는 길 드러나고
水落磧沙明	물이 빠져 모래펄 드러나는데
旗影聯霞色	깃발 그림자는 노을빛과 이어지고
鉦歌雜浪聲	군가 소리 물소리와 섞여 드니
天河兵甲洗	은하수로 갑옷 병기 다 씻고
藉手報朝廷	그런 뒤에 조정에 알리고 싶네[71]

杖鉞臨江閣	부월 잡고 강가 누각 나서서
憑欄興浩然	난간 기대니 호연지기 일어나는데
千峯凝晩翠	봉우리마다 늦 푸름이 엉겨있고
萬壑淨秋煙	골짜기마다 가을 안개 깨끗하며
畫閣吹霜月	고운 누각에는 시린 달빛이 비춰들고
樓船泛海天	전선은 바다인지 하늘인지 떠 있어
銀河如咫尺	은하수 바로 지척 같으니
誰復羡張騫	누가 다시 張騫을 부러워하겠나[72]

네 수의 시는 순서대로 이여송의 시 2수, 장양상과 가상의 시 각 1수이다. 이 4수의 시에서 뒤에 있는 장양상과 가상의 시는 『신안현지』의 영보정 항목 아래에 수록되어 있는 시여서인지, 시를 통해 전쟁의 분위기를 전혀 느낄 수 없다. 군중에서 느끼는 여유로움과 한적함, 그리고 장군의 기개 정도가 시를 통해 확인할 수 있는 정서의 전부이다. 따라서 이 두 수의 시에 대해서는 이 글에서 소개 이상의 다른 언급은 피하도록 한다.

앞의 시 두 수는 모두 이여송이 지은 것으로 알려져 있는데, 당시 조선에서 많은 사람들이 알고 있었던 시가 아닌가 생각된다. 첫 번째 시는 이여송이 조선으로 출병하여 접반사接伴使 유성룡이 중강中江에 나가 이여송을 맞이했는데, 이때 이여송이 유성룡의 부채에 써 준 시라고 하고, 두 번째 시는 이여송이 승병을 이끌고 자신을 맞이하러 온 승병장 휴정休靜에게 써 준 시라고 한다.

두 수의 시에 드러난 이여송의 정서는 조금 다른데, 첫 번째 시에 드러난 정서를 순서대로 정리해 보면 전란에 빠진 조선을 속히 구제하고자 하는 자신의 의지, 명나라 군대를 기다려 노심초사하는 선조와 신하, 힘들고 어려운 상황에서도 반드시 전쟁에서 이기겠다는 마음, 전쟁을 대비하고 훈련되어 있어 반드시 승리할 것이라는 자신감이 된다. 즉 이여송의 이 시가 전쟁에 임하는 장수의 기개와 반드시 승리하겠다는 의지를 담고 있어 전쟁에 나서는 장수의 시로 볼 때 부족함이 없다고 할 수 있지만, 이 시를 통해 임진왜란을 바라보는 이여송의 인식을 확인하기는 어렵다. 이런 상황은 두 번째 시에서 더욱 분명하게 확인할 수 있다. 그것은 두 번째 시가 임진왜란 시기에 이여송이 승병장 휴정에게 써 준 시인 것은 분명하지만, 이 시는 임진왜란에 관한 것이 아니라 휴정의 충심과 덕을 높이는 시이기 때문이다. 따라서 이 시를 통해 임진왜란을 대하는 인식이나 임진왜란의 문학적 표상을 이야기한다는 것은 불가능하다.

이렇게 임진왜란 당시 중국의 상황과 임진왜란 시기 창작된 임진왜란 관련 중국의 시를 살펴보면 한국이나 일본과 다른 모습이 보이는데, 이는 중국이 임진왜란의 당사자이면서도 임진왜란을 자신의 전쟁으로 여기지 않았다는 것을 의미한다. 중국에서 임진왜란에 참전한 것이 조선을 위해서가 아니라 임진왜란의 병화가 중국으로 번지는 것을 막기 위한 것이었고, 임진왜란에 참전한 중국의 장수들도 임진왜란을 중국이 겪어 왔던 수많은 전쟁의 하나로 생각했다. 따라서 중국의 입장에서 임진왜란은 다른 전쟁과 어떤 차이도 없는 그냥 그런 전쟁의 하나였을 뿐이다. 그렇기 때문에 임진왜란 이후 중국에서 임진왜란을 대상으로 한 특별한 어떤 논의가 이루어지지도, 문학작품이 만들어질 수도, 만들어질 이유도 없었다고 생각된다.

4. 엇갈린 시선, 갈라진 인식

기본적으로 분쟁은 상대를 가지는 행위이다. 따라서 분쟁을 이해하기 위해서는 분쟁의 당사자들 각각이 분쟁을 어떻게 인식하고 있는지를 파악해야 한다. 이런 특징은 분쟁의 가장 극단적인 경우인 전쟁을 이해하고자 할 경우 더욱더 필수적인 과정이다. 동아시아 전근대사회에서 한국·중국·일본은 임진왜란이라는 전쟁을 같이 겪었다. 그런데 세 나라는 임진왜란을 각기 다른 시선으로 바라보았다. 임진왜란을 철저하게 전쟁이라는 관점에서 바라보았던 일본과 전쟁이 아니라 일방적인 침략으로 간주했던 조선, 일본과 조선 사이의 전쟁으로 규정했던 중국이 임진왜란을 동일한 시선으로 바라본다는 것은 애초에 불가능한 일이다. 따라서 임진왜란에 대한 세 나라의 시선이 다르고, 임진왜란을 규정하는 인식이 다른 것 역시 당연하다.

임진왜란이 역사적으로 실재하는 사건이었고, 일본의 조선 침략으로 일어난 전쟁이었다는 임진왜란의 기본 개념을 부정하는 사람은 없을 것이다. 하지만 한국과 중국, 일본 세 나라의 임진왜란에 대한 인식을 살펴보면 비록 이 개념을 인정하고 있다고 하더라도 이 개념에 대한 이해와 해명에서 차이를 보인다. 세 나라의 임진왜란에 대한 이해를 살펴보면 세 나라 사이에서 한국과 중국의 시선이 비교적 유사한 경향을 보인다는 점에서 세 나라의 인식에서 일본이 이질적인 편이다.

일본의 경우 임진왜란을 나라 사이의 전쟁으로 인식한다. 일본의 입장에서 임진왜란이 전쟁이고, 전쟁이 국가 상호간에 행해지는 조직적인 무력투쟁을 의미한다면 모든 전쟁은 침략일 수밖에 없고, 그렇다면 임진왜란을 침략전쟁이라고 하는 것은 전쟁을 이해하지 못하는 것이 된다. 또 전쟁이 목적의 해결을 위한 불가피한 선택으로 야기되는 것이라면, 조선에서 전쟁을 선택하지 않을 수 있도록 했다면 임진왜란이 일어나지 않을 수 있었다고 여긴다. 이런 관점에서 보자면 임진왜란은 세계사에 존재하는 수많은 전쟁의 하나로 전쟁의 과정에서 일어난 무수한 피해와 참혹한 일들은 부수적인 피해일 뿐이고, 일본의 임진왜란 주역들은 비난받아야 할 이유가 없다. 이들이 도의적인, 도덕적인 부분에서 어떤 비난의 여지가 있다고 하더라도 더 큰 비난의 대상은 조선 스스로가 되어야 한다. 그것은 당시 조선이 전쟁을 막을 수 있었다면, 또는 막지 못해 전쟁이 일어났더라도 스스로를 지킬 수 있는 힘과 능력이 있었다면 일본이 전쟁을 일으키지 못했을 것이고, 설사 전쟁이 일어났더라도 조선이 그때의 피해를 겪지 않았을 것이기 때문이다.

조선의 경우 일본과 완전히 다른 방향에서 임진왜란을 바라본다. 조선에서는 임진왜란 이전 일본이 조선에게 해 왔던 행위와 요구를 수용할 수 없었다. 그래서 조선에서는 일본의 요구를 무시하고 대응하지 않았는데, 어느날 갑자기 수많은 군대를 동원한 침략이 일어났다. 그 전쟁에서 조선은 일방적인 피해를 입었고, 침략자인 일본은 전쟁이라고 할 수 있는 군대와 군대의 대립과 투쟁, 전투를 넘어서 민간인을 대상으로 한 무수한 만행을 저질렀다. 이런 행위를 부수적인 피해로 인정한다는 것은 인류의 보편 가치를 훼손하는 것이다. 그렇기 때문에 임진왜란이라는 만행을 저지른 일본을 용서할 수 없다는 것이다. 비록 당시 조선의 전쟁 대비가 소홀했고, 스스로를 지킬 힘이 부족했다고 하더라도 일본의 침략이 없었다면 임진왜란은 결코 일어나지 않았을 것이라고 여긴다.

중국의 경우 임진왜란을 일본의 조선 침략으로 일어난 전쟁으로 인식했다. 따라서 중국에서는 임진왜란에 직접 뛰어들 이유가 없었다. 하지만 당시 중국의 입장에서는 임진왜란을 그대로 두고 볼 수도 없었다. 그 이유는 크게 두 가지라 생각되는데, 첫째는 임진왜란을 일으킨 일본의 최종적인 목적이 조선에 있는 것이 아니라 중국에 있었다는 것이다. 일본의 조선 침략은 시작부터 명나라 정벌을 염두에 둔 것이었다. 실질적으로 일본이 그럴 수 있는 능력이 있든 아니든 만약 조선이 무너지면 일본은 그 즉시 중국으로 침략의 야욕을 드러낼 것이기 때문에 전쟁의 혼란이 조선에서 그치게 하기 위해서는 조선을 도와 일본을 저지해야 했다. 둘째는 당시 중국이 지니고 있었던 중화주의 세계관 때문이었다. 당시 중국은 중국 주변의 국가와 엄격한 화이관華夷觀에 입각한 질서를 유지하고 있었다. 그 관점에서 보자면 조선이나 일본은 모두 이夷가 되어 두 나라의 분쟁에 중국이 나설 이유가 없지만, 보다 중국에 순종적이었던 조선의 화난을 구제하지 않는다면 그간 중국이 유지해 왔던 중화주의 세계관은 균열될 수밖에 없었다. 그래서 중국은 임진왜란에 참전하여 조선을 도울 수밖에 없었지만, 중국의 피해를 최소화하고 최대한 빠른 시간에 전쟁이 종식될 수 있도록 일본과의 강화講和에 주력했다.

당시 조선에서 중국의 이런 의도를 인식하고 있었기 때문에 조선에서는 일본의 조선 침략이 조선을 탐해서가 아니라 중국을 정벌하기 위한 것이라는 사실과 부모와 자식의 관계에 있는 조선과 중국의 입장에서 자식이 어려움에 처하면 부모가 도와주는 것이 당연한 일이듯 조선을 도와주는 것이 중국이 당연한 도리라는 그간 유지되어왔던 중화주의적인 세계관과 질서를 명분으로 중국의 참전을 촉구했고, 일본과의 강화를 적극적으로 반대했다.

조선의 인식을 문화주의와 도덕주의에 입각한 것이고, 일본의 인식을 힘의 논리와 제국주의 논리에 입각한 것이며, 중국의 인식을 이익 논리와 외교·문화의 논리에 입각한 것으로 보든 아니면 조선의 인식을 피해자의 논리, 일본의 인식을 가해자의 논리, 중국의 인식을 중간자의 논리에 의한 것으로 보든, 그것이 어떤 것이든 세 나라의 임진왜란에 대한 인식은 임진왜란이라는 전쟁이 일어났다는 존재하는 역사적 사실을 제외한 어떤 부분에서도 완전한 일치점을 찾기 어렵다. 임진왜란이라는 하나의 역사적 사건에 대한 세 나라의 엇갈린 시선이 임진왜란에 대해 결코 합할 수 없는 갈라진 인식을 만들어 낸 것이다.

5. 맺는 말

어떤 전쟁이든 전쟁은 무력을 수반한 충돌이고, 그렇기 때문에 최종적인 수단이 된다. 전쟁이 최종적인 수단이라는 것은 전쟁이 그 자체로 목적이 되지 않는다는 것과 전쟁의 목적이 사전에 달성된다면 전쟁은 일어나지 않는다는 것을 의미한다. 하지만 세계사를 돌이켜보면 피할 수 있었다고 생각되는 대부분의 전쟁을 피하지 못했다. 그 이유가 일방적인 또는 과도한 요구에 의해 한쪽의 지나친 희생이 강제되기 때문이었든, 아니면 이길 수 있다는 자신감이나 역량에 의한 또는 주체하지 못하는 욕구에 의한 것이었든 세계사에서 전쟁은 언제나 있었고 지금도 진행되고 있다.

전쟁사의 관점에서 보자면 임진왜란은 일본에 의해 야기된, 1592년부터 1598년까지 7년 동안 조선에서 일어난 전쟁일 뿐이다. 2024년을 기준으로 보자면 임진왜란은 이미 400년도 훨씬 넘은 시기에 있었던 과거의 역사이다. 그만한 시간이 지났다면 임진왜란의 기억은 이제 퇴색하여 빛바랜 과거의 상흔으로 남아있을 만도 하다. 하지만 전쟁의 당사자였던 한국·중국·일본 세 나라에서 임진왜란은 과거의 기억으로만 머물러 있지 않다. 오히려 시간이 지날수록 새로운 기억이 보태지고, 시대적 상황이 더해지면서 늘 새로운 그리고 결코 잊어서는 안 되는, 기억을 넘은 신념으로 전이된다.

모든 전쟁에는 가해자와 피해자가 있기 마련인데, 임진왜란은 최초 가해자가 일본, 피해자가 조선이었던 것이 분명하지만, 전쟁이 진행되면서 모두가 피해자로 바뀌어버렸다. 조선이 임진왜란으로 엄청난 피해를 입었고 이후 기나긴 혼란을 맞이했으며, 일본의 막부가 교체되었고, 중국의 왕조가 바뀌었다는 것은 모두가 피해자였다는 것을 의미한다. 그런데 이 전쟁에서 어느 나라도 스스로를 승자나 패자로 인정하지 않는다. 특히 일본의 경우 전쟁의 목적을 달성하지 못하고 돌아서야 했고, 조선의 경우 침략을 막아냈지만 형언할 수 없는 피해를 입었고, 중국의 경우 대규모 파병을 통해 조선을 도와 일본을 물리쳤지만 이후 나라가 혼란에 빠져 결국 왕조가 바뀌었다는 점에서 어느 나라의 승리로 보더라도 그 승리는 온전한 것이 아니라 오히려 패배에 가까운 것이라 볼 수 있지만, 어느 나라에서도 스스로를 패자로 인식하지 않는다.

이러한 인식이 생기게 된 것은 임진왜란을 하나의 단일한 역사적 사건으로 바라보기보다 동아시아 역사의 연속된 흐름 안에서 일어난 일련의 분쟁을 이끄는 계기적 사건으로 인식하기 때문에 그런 것이라 보인다. 임진왜란에 대한 일본의 인식 변화를 보면 이런 생각이 더 커지는데, 그것은 일본에서 임진왜란 이후 일어났던 임진왜란에 대한 반성이 얼마 지나지 않아 닥쳐온 서구의 증대하는 압력과 그 압력을 극복하기 위한 제국주의적인 팽창을 위해 임진왜란에 대한 인식이 부정에서 긍정으로 바뀌었다고 보이기 때문이다. 일본의 이런 인식 변화는 현재의 상황을 돌파하기 위한 근거를 과거의 역사적 사실에서 찾은 것이고 그것이 임진왜란이 되었다고 보인다. 한국에서도 임진왜란으로 겪었던 수많은 피해가 극복되고 전란의 기억이 퇴색해 갈 무렵 새롭게 닥쳐온 일본 제국주의의 압력이 과거에 겪었던 임진왜란의 기억을 다시 끄집어내서 고통과 피해를 강조하고 일본을 적대시하며 결코 믿을 수 없는, 같이 할 수 없는 나라로 여기도록 한 것이다. 이런 점은 중국 역시 마찬가지였다고 할 수 있다.

그렇다면 임진왜란에 대한 세 나라의 인식은 결코 하나로 정리될 수 없고, 그렇기 때문에 분리된 세 나라의 인식은 그것대로 인정할 수밖에 없다. 하지만 그렇게 하기는 곤란하다. 그것은 임진왜란에 대한 인식이 세 나라가 서로를 바라보는 인식의 기저를 형성하여 현재에 영향을 미치기 때문이다. 지금 와서 임진왜란을 바라보는 세 나라의 시선에 주목하는 것 역시 과거 사실에 대한 규명 그 자체를 위해서가 아니라 과거 사실에 대한 규명을 바탕으로 세 나라의 현재 관계를 우호적으로 이끌기 위해서이다.

하지만 지금 이 글에서 그 방법에 대해 구체적으로 언급하기는 쉽지 않다.

이미 400년을 훨씬 넘은 과거의 전쟁이고, 그 전쟁 이후로도 수많은 사건들이 덧씌워지면서 세 나라 각각의 시각이 너무나 확고해졌기 때문이다. 그렇기 때문에 임진왜란에 대한 공통된 인식을 찾는 것은 또 다른 지난한 과정을 거쳐야 할 것으로 보인다. 다만 이 글을 통해 한 가지 제안하자면, 임진왜란이 세 나라의 공동 경험이라는 사실을 인정하여, 임진왜란에 대한 세 나라 각각의 이해와 논리를 내세우고 강변하기 전에, 세 나라 모두가 인정할 수 있는 역사적 사실들의 객관적인 존재가 먼저 규명되어야 한다는 것이다. 그리고 이렇게 임진왜란의 전개 과정 전반에 대한 규명이 이루어진 뒤, 전쟁의 당사자들이 모두 동의할 수 있는 공동의 분석과 이해가 진행되어야 한다는 것이다.

이런 제안이 얼마나 현실성 있는 것이고 실현 가능한 것인지는 단언하기 어렵지만, 현재의 상황이 지속되는 것은 한국과 중국, 일본 세 나라의 현재와 미래를 위해 결코 바람직한 것이라고 할 수 없다. 이를 위해 임진왜란, 또 동아시아 세 나라의 관계에 대해 관심 가진 많은 사람들의 적극적인 도움이 있기를 기대한다.

1) 申采浩, 『丹齋 申采浩 全集』, 丹齋申采浩全集編纂委員會, 1997; 崔南善, 『壬辰亂』, 東明社, 1931.

2) 손진태, 『國史大要』, 을유문화사, 1949.

3) 「임진왜란」, 『한국민족문화대백과사전』, https://100.daum.net/encyclopedia/view/14XXE00 47674

4) 韓沽劤, 「壬辰亂 原因에 關한 檢討－豊臣秀吉의 전쟁 도발 원인에 대하여」, 『역사학보』 1, 1962; 박수철, 「15·16세기 일본의 전국시대와 도요토미 정권」, 『전쟁과 동북아의 국제질서』, 일조각, 2006.

5) 정두희·이경순, 『임진왜란 동아시아 삼국전쟁』, 휴머니스트, 2007; 이태진, 「16세기 동아시아의 역사적 상황과 문화」, 『한국사회사연구』, 지식산업사, 1986; 한명기, 「교류와 전쟁」, 『새로운 한국사 길잡이』 상, 2008.

6) 손승철, 『조선전기 한일관계사 연구』, 경인문화사, 1997; 김동철, 『한국사』 22, 국사편찬위원회, 1997.

7) 이형석, 『임진왜란사 상·중·하』, 임진전란사 간행위원회, 1976; 이현수, 「제4장 조선 후기 외침과 국방체제」, 『한국군사사』, 경인문화사, 2012.

8) 崔永禧, 「壬辰丁酉亂 時 沿海民의 動態」, 『史叢』 2, 1957; 金潤坤, 「壬辰亂 勃發 直前의 地方郡縣 實態」, 『柳洪烈博士 華甲紀念史學論叢』, 1971; 崔永禧, 『壬辰倭亂 中의 社會動態』, 韓國硏究院, 1975; 李炯錫, 『壬辰倭亂史 上·中·下』, 임진전란사 간행위원회 1976; 허선도, 「鶴峰 金先生과 壬辰義兵運動」, 『鶴峰全集』, 국역 학봉전집 간행위원회, 1976; 李章熙, 『郭再祐硏究』, 양영각, 1983; 許善道, 「壬辰倭亂의 克服과 嶺右義兵－그 戰略的 意義를 中心으로」, 『晉州文化』 4, 1983; 李泰鎭, 「壬辰倭亂 극복의 社會的 動力－士林의 義兵活動의 基底를 중심으로」, 『韓國史學』 5, 1983; 趙湲來, 『壬亂義兵將 金千鎰硏究』, 학문사, 1985; 李泰鎭, 「16세기 沿海地域의 堰田開發－勳臣政治의 經濟的 背景 일단」, 『韓國社會史硏究』, 지식산업사, 1986; 鄭震英, 「壬亂前後 尙州地方 士族의 動向」, 『民族文化論叢』 8, 1987; 尹用出, 「壬辰倭亂 時期 軍役制의 動搖와 改編」, 『釜大史學』 13, 1989; 金錫禧, 「郭再祐의 起兵과 社會的 基盤」, 『忘憂堂 郭再祐 硏究』 2, 忘憂堂紀念事業會, 1989; 金錫禧·金康植, 「壬辰倭亂의 義兵運動에 關한 一考」, 『부산사학』 23, 1992; 이석린, 『임란 의병장 중봉 조헌 연구』, 신구문화사, 1993; 조원래, 「壬辰倭亂과 綾州義兵」, 『綾州牧의 歷史와 文化』, 목포대 박물관·화순군, 1998; 노영구, 「임진왜란 초기 경상우도 의병의 성립과 활동 영역－金沔 의병부대를 중심으로」, 『역사와 현실』 64, 2007; 고려대 한국사연구소 편, 『임진의병의 역사적 의의와 현재적 가치』, 선인, 2009.

9) 국방부 전사편찬위원회, 『임진왜란사』, 1987; 강성문, 「임진왜란 초기 육전과 방어전술 연구」, 한국학중앙연구원 박사논문, 2006.

10) 김경숙, 「임진왜란 초기 지방관의 守土活動－善山府使 丁景達 형제의 활동을 중심으로」, 『조선시대사학보』 65, 2013.

11) 국립진주박물관, 『임진왜란과 진주성 전투』, 국립진주박물관, 2010.

12) 최석남, 『한국수군사연구』, 명양사, 1964; 최석남, 『한국수군활동사』, 명양사, 1965; 金在瑾, 「板屋船考」, 『한국사론』 3, 1976; 허선도, 「壬辰倭亂論에 있어서 이충무공의 승첩－그 전략적 전술적 의의를 중심으로」, 『한국학논총』 3, 1980; 이민웅, 『임진왜란 해전사』, 청어람미디어, 2004; 제장명, 「정유재란 시기 해전과 조선 수군 운용」, 부산대 박사논문, 2014.

13) 유승주, 「조선 후기 군수광공업의 발전－조총 문제를 중심으로」, 『사학지』 3, 1969; 金在瑾, 『朝鮮王朝軍船研究』, 일조각, 1977; 金鎔坤, 「朝鮮後期 軍糧米의 確保와 運送－宣祖~顯宗 年間을 中心으로」, 『韓國史論』 9, 1981; 박재광, 「임진왜란기 조선군의 화약병기에 대한 일고찰」, 『군사』 30, 1995; 박재광, 「임진왜란기 朝·明·日 삼국의 무기체계와 교류－火藥 兵器를 중심으로」, 『軍史』 51, 2004; 하우봉, 「임란 직후 조선 문화가 일본에 미친 영향」, 『임진왜란과 동아시아 세계의 변동』, 경인문화사, 2010; 김강식, 『문화교섭으로 본 임진왜란』, 선인, 2014.

14) 부산대 韓日文化研究所, 『慶南의 倭城址』, 1961; 유재춘, 『近世 韓日城郭의 比較 研究』, 국학자료원, 1999; 나동욱, 「남해안지역 왜성의 竪石垣에 관한 연구」, 『靑村論叢』 9, 2008; 나동욱, 「임진·정유재란 전후의 조선성과 일본성의 상호이용에 관하여」, 『박물관연구논집』 13, 2009; 나동욱, 「부산 왜성에 대한 고찰」, 『博物館研究論集』 19, 2013.

15) 李章熙, 「壬辰倭亂 中 民間叛亂에 대하여」, 『鄕土서울』 32, 1968; 朴容淑, 「李夢鶴亂에 대한 考察」, 『朝鮮後期 社會史 研究』, 늘함께, 1984.

16) 이장희, 「임란시 투항왜병」, 『한국사연구』 6, 1971; 최장근, 「근세 일본의 조선 침략과 영토확장」, 『한국사연구』 10, 1973; 김재덕, 『사야가 일대기－조국을 바꾼 사람들』, 대일, 1994; 김문자, 「임란시 항왜 문제」, 『임진왜란과 한일관계』, 경인문화사, 2005; KBS 역사스페셜, 「임진왜란 비사, 일본군과 싸운 일본군」, 『역사스페셜』 6, 효형출판, 2003; 한문종, 『조선 전기 향화 수직 왜인 연구』, 국학자료원, 2005; 제장명, 「임진왜란 시기 降倭의 留置와 활용」, 『역사와 세계』 32, 2007.

17) 신일철, 「임란 때 잡혀간 조선 도공들－陶祖 李參平을 찾아보고」, 『문학사상』 10월호, 1976; 김태준, 「고려의 자손들과 임란의 陶磁문화」, 『임진난과 조선 문화의 東漸』, 한국연구원, 1977; 김옥희, 「임란 때 납치된 조선 여인들의 일본에서의 순교와 신앙생활」, 『사학연구』 36, 1983; 이원순, 「壬辰·丁酉 倭亂 時의 朝鮮 俘虜 奴隷 問題; 倭亂 性格 一貌」, 『邊太燮博士 華甲紀念史學論叢』, 삼영사, 1985; 黃溟江, 『壬辰倭亂과 實記文學』, 一志社, 1992; 李採衍, 『임진왜란 피로 실기문학 연구』, 박이정, 1994; 김문자, 「16~17세기 朝日 관계에 있어서 被虜人 귀환」, 『상명사학』 8·9, 2003; 민덕기, 「임진왜란에 납치된 조선인의 귀환과 잔류로의 길」, 『한일관계사연구』 20, 2004; 한문종, 「임진왜란시의 降倭將 金忠善과 『慕夏堂文集』」, 『한일관계사연구』 24, 2006.

18) 許善道,「壬辰倭亂史論」,『임진왜란의 재조명』, 국사편찬위원회, 1992, 189~193쪽.

19) 北豊山人,『文禄慶長の朝鮮役』, 博聞社, 1894; 池内宏,『文禄慶長の役』, 南滿洲鐵道株式會社 歷史照査室, 1914; 服部弘,『通俗日本精史』, 帝國軍人會, 1916; 池內宏,『朝鮮の役』, 参謀本部, 1924; 德富猪一郎,『近世日本國民史』, 民友社, 1935; 中村榮孝,「文禄慶長の役」,『大日本全史』 3, 三教書院, 1939.

20) 北島万次,『豊臣政權の對外認識と朝鮮侵略役』, 校倉書房, 1990.

21) 辻善之助,「豊臣政權の支那朝鮮征伐の原因」,『海外交通史話』190, 東亞堂書房, 1917.

22) 鈴木良一,「秀吉の朝鮮征伐」,『歴史學研究』155, 1952; 岩澤愿彦,「秀吉の唐入りに關する文書」,『日本歷史』163, 1962; 田中健夫,「朝鮮の役の分析視覺について」,『九州史學』33·34, 1966.

23) 岸本美緒,『東アジアの'近世'』, 山川出版社, 1998.

24) 木下眞弘,『豊太合征外新史』, 青山堂, 1893; 池內宏,『文禄慶長の役』, 南滿洲鐵道株式會社 歷史照査室, 1914; 參謀本部,『日本戰史 朝鮮役』, 偕行社, 1924; 池內宏,『文祿慶長の役』「別編 第一」, 東洋文庫, 1936.

25) 中村榮孝,『日鮮關係史の研究』(中), 吉川弘文館, 1969; 北島万次,『朝鮮日々記·高麗日記-秀吉の朝鮮侵略とその歷史的告發』, 株式會社そしえて, 1982.

26) 有馬成甫,『朝鮮役水軍史』, 空と海社, 1942; 三鬼清一郎,「朝鮮役における軍役体系について」,『史學雜誌』75-2, 1966.

27) 旗田巍,『朝鮮史』, 岩波書店, 1951; 貫井正之,「豊臣秀吉の朝鮮侵略戰爭における朝鮮人民の動向について-特に朝鮮義兵を中心にして」,『朝鮮史研究會論文集』1, 1983; 貫井正之,「壬辰倭亂における義兵活動と民衆反亂」,『朝鮮史研究會論文集』16, 1989; 貫井正之,「'壬辰倭亂'初期における朝鮮人民の活動について」,『朝鮮研究月報』23, 1963; 貫井正之,『豊臣政權の海外侵略と朝鮮義兵研究』, 1996; 矢澤康祐,「'壬辰倭亂'と朝鮮民衆のたたかい」,『人文學報』118, 1977; 仲尾宏·曹永祿 編,『朝鮮義僧將松雲大師と德川家康』, 明石書店, 2002.

28) 新城常三,「朝鮮役に於ける水運の諸問題」,『交通文化』20, 1942; 三鬼清一郎,「朝鮮役における軍役體系について」『史學雜誌』75-2, 1966; 中村質,「朝鮮の役と九州」,『九州史學』33·34, 1966; 北島万次,「豊臣政權の軍役體系と島津氏」,『幕藩制國家成立過程の研究』, 吉川弘文館, 1978; 吉岡新一,「文祿·慶長の役における火器についての研究」,『朝鮮學報』108, 1983; 宇田川武久,「壬辰·丁酉の倭亂と李朝の兵器」,『國立歷史民俗博物館研究報告』17, 1988.

29) 幣原坦,「壬辰丁酉倭亂および戰後の日朝交涉おけるの活動に關する考察」,『歷史地理』10-1, 1904.

30) 中村榮孝,「朝鮮役の投降倭將金忠善-その文集と傳記の成立」,『日鮮關係史の研究』(中), 吉川弘文館, 1969; 內藤雋輔,「壬辰丁酉役における謂ゆる'降倭'について」,『文祿·慶長役における被擄人の研究』, 東京大學出版會, 1976; 歷史群像シリ-ズ 35,「朝鮮の土となった朝投降武將'降倭'」, 東京, 1993; 北島万次,『豊臣秀吉の朝鮮侵略』, 吉川弘文館, 1995; 貫井正之,「降倭論」,『豊

臣政權の海外侵略と朝鮮義兵研究』, 青木書店, 1996; 仲尾宏, 「壬辰倭亂と降倭-沙也可」, 『朝鮮通信使と壬辰倭亂－日朝關係史論』, 明石書店, 2000; 北島万次, 『壬辰倭亂と秀吉·島津·李舜臣』, 校倉書房, 2002.

31) 山口正之, 「朝鮮における被虜人の行方」, 『靑丘學叢』 8, 1932; 內藤雋輔, 『文祿慶長の役における被擄人の研究』, 東京大學出版部, 1976; 鶴園裕, 『日本近世初期における渡來朝鮮人研究, 1990年 科學研究報告書』, 1991. 米谷均, 「近世日朝關係における戰爭俘虜の送還」, 『歷史評論』 595, 1999; 仲尾宏, 「壬辰·丁酉倭亂の朝鮮人とその被虜定住·歸國」, 『朝鮮通信社と壬辰倭亂』, 明石書店, 2000; 米谷均, 「17세기 日·朝 관계에서의 피로인의 송환－惟政의 在日 쇄환 활동을 중심으로」, 『사명당 유정』, 지식산업사, 2000.

32) 平井鏗次郎, 「文祿役の我が工芸に及ばせる影響」, 『弘安文祿征戰偉績』, 史學會, 1905; 德富猪一郎, 「壬辰の役と朝鮮文化の移入及び其の感化」, 『積翠先生華甲壽記念論纂』, 積翠先生華甲壽記念會, 1943; 北島万次, 「李朝の燒きものと薩摩の燒きもの－壬辰倭亂と薩摩の陶工をめぐって」, 『歷史評論』 595, 1999; 米谷均, 「近世日本關係における戰爭捕虜の送還」, 『歷史評論』 592, 1999.

33) 柳樹人, 「"壬辰倭亂"和中朝人民的抗戰」, 『曆史教學』, 曆史教學社, 1952; 張萬鈞, 「明朝兩次出兵援朝抗日」, 『學術論壇』, 廣西社會科學院, 1981; 柳樹人, 「壬辰抗倭戰爭」, 『延邊曆史研究』 第2輯, 延邊曆史研究所, 1987; 王志遠, 「明朝的援朝抗日戰爭」, 『曆史教學』, 曆史教學社, 1993; 薑龍範·劉子敏, 『明代中朝關系史』, 黑龍江朝鮮民族出版社, 1999; 張習孔, 「四百年前的抗倭援朝戰爭」, 『文史知識』, 中華書局有限公司, 2000; 楊通方, 「明朝與朝鮮的壬辰衛國戰爭」, 『當代韓國』, 社會科學文獻出版社, 2001; 樊樹志, 「萬曆年間的朝鮮戰爭」, 『復旦學報』, 復旦大學, 2003; 範中義·仝晰綱, 『明代倭寇史略』, 中華書局, 2004; 劉子敏·苗威, 『明代抗倭援朝戰爭』, 香港亞洲出版社, 2006; 王小甫, 『中韓關系史』, 社會科學文獻出版社, 2014; 周一良, 『明代援朝抗倭戰爭』, 人民出版社, 2017.

34) 方詩銘, 「十六世紀李如松在朝鮮進行的抗日援朝戰鬥」, 『曆史教學』, 曆史教學社, 1951; 李光濤, 『朝鮮壬辰倭禍研究』, 中央研究院曆史語言研究所, 1972; 王家驊, 「略論豐臣秀吉侵朝戰爭的原因」, 『日本研究』, 遼寧大學日本研究所, 1985; 宗惠玉·金榮國, 「也論豐臣秀吉侵朝戰爭的原因」, 『東疆學刊』, 延邊大學, 1993; 劉子敏·苗威, 『明代抗倭援朝戰爭』, 香港亞洲出版社, 2006; 王臻, 「朝鮮壬辰戰爭諸問題再探討」, 『求索』, 湖南省社會科學院, 2016; 王煜焜, 『萬曆援朝與十六世紀末的東亞世界』, 上海大學出版社, 2019.

35) 吳緝華, 「十六世紀東北亞大戰前中日朝三國的情勢及沖突」, 『國立政治大學曆史學報』, 國立政治大學, 1984; 朱亞非·陳福廣, 「萬曆援朝戰爭起因再探討」, 『山東青年政治學院學報』, 山東青年政治學院, 2012.

36) 李光濤, 『朝鮮壬辰倭禍研究』, 中央研究院曆史語言研究所, 1972; 陳尚勝, 『中韓交流三千年』, 北京 中華書局, 1997; 萬明, 「萬曆援朝之戰與明後期政治態勢」, 『中國史研究』, 中國社會科學院曆史研究所, 2001; 孫衛國, 「論事大主義與朝鮮王朝對明關系」, 『南開學報』, 南開大學, 2002; 張顯淸·林金樹,『明代政治史』, 廣西師範大學出版社, 2003; 南炳文·湯綱,『明史』, 上海人民出版社, 2003; 劉寶全,『壬辰倭亂時期朝明關系史研究』, 民族出版社, 2005; 武曉燕,「明朝出兵援朝抗倭與朝鮮使者鄭昆壽」,『內蒙古師範大學學報』, 2005; 劉寶全,『壬辰倭亂時期朝明關系史研究』, 民族出版社, 2005; 關慶凡,「論明末援朝抗倭之得失」,『黑龍江史志』, 當代黑龍江研究所, 2008; 陳尚勝,「字小與國家利益」,『社會科學輯刊』, 遼寧省社會科學院, 2008; 陳志剛,「明朝在朝鮮之役前後的軍事情報活動論析」,『學習與探索』, 黑龍江省社會科學院, 2011; 劉曉東,「"扶危字小"與萬曆出兵朝鮮」,『讀書』, 生活 讀書 新知 三聯書店, 2012; 韓東育,「"壬辰倭亂"與明廷的"朝鮮保全"」,『讀書』, 生活 讀書 新知 三聯書店, 2012; 朱聲敏,「明神宗與援朝抗倭戰爭」,『文史天地』, 貴州省政協辦公廳, 2013; 刁書仁,「壬辰戰爭中日本"假道入明"與朝鮮的應對」,『外國問題研究』, 東北師範大學, 2017; 解祥偉,「壬辰戰爭初期朝鮮國王內附問題考議」,『史學集刊』, 吉林大學, 2017.

37) 李光濤,『萬曆二十三年封日本國王豐臣秀吉考』, 中央研究院語言研究所, 1967; 鄭樑生,『明代中日關系研究』, 文史哲出版社, 1985; 張慶洲,「抗倭援朝戰爭中的明日和談內幕」,『遼寧大學學報』, 遼寧大學, 1989; 朱亞非,『明代中外關系史研究』, 濟南出版社, 1993; 朱亞非,「明代援朝戰爭和議問題新探」,『中國史研究』, 中國社會科學院曆史研究所, 1995; 陳文壽,「朝鮮禪僧惟政與壬辰戰爭及戰後議和」,『韓國學論文集』, 北京大學韓國學研究中心, 2007; 陳尚勝,「壬辰戰爭之際明朝與朝鮮對日外交的比較」,『韓國研究論叢』, 複旦大學韓國研究中心, 2008; 朱法武,「壬辰戰爭中朝鮮對中日議和立場探析」,『社會科學輯刊』, 遼寧省社會科學院, 2010; 石少穎,「試論"壬辰倭亂"中明朝與朝鮮對日本"封貢"問題的交涉」,『許昌學院學報』, 許昌學院, 2010; 鄭潔西,「十六世紀末的東亞和平構建」,『韓國研究論叢』, 複旦大學韓國研究中心, 2012; 楊海英,「毛國科使日考」,『明史研究論叢』, 中國社會科學院曆史研究所明史研究室, 2014; 範敬如,「明朝首輔趙志皋與萬曆明日和議」,『齊魯師範學院學報』, 齊魯師範學院, 2018; 王煜焜,『萬曆援朝與十六世紀末的東亞世界』, 上海大學出版社, 2019.

38) 文廷海,「明代碧蹄館之役及中日和談考實」,『四川師範學院學報』, 四川師範學院, 2001; 陳尚勝,「論丁酉戰爭爆發後的明軍戰略與南原之戰」,『安徽史學』, 安徽省社會科學院, 2017; 解祥偉,「萬曆援朝戰爭初期祖承訓平壤之戰考述」,『暨南史學』, 暨南大學中外關系研究所, 2018.

39) 王崇武,「李如松東征考」,『中央研究院曆史語言研究所集刊』, 中央研究院曆史語言研究所, 1947; 李光濤,「朝鮮壬辰倭亂中之平壤戰役與南海戰役」,『中央研究院曆史語言研究所集刊』, 中央研究院曆史語言研究所, 1948; 李光濤,「朝鮮壬辰倭禍與李如松之東征」,『中央研究院曆史語言研究所集刊』, 中央研究院曆史語言研究所, 1950; 李光濤,「記李如松留於東國朝鮮之後裔」,『史語研究所集刊』, 中央研究院史語研究所, 1956; 劉永智,「朝鮮壬辰衛國戰爭中的義兵鬥爭」,『學術研究叢刊』, 吉林省社會科學院, 1980; 彭秀樞,「西南少數民族人民在明代抗倭戰爭中的曆史功績」,『貴州民族研究』, 貴州省民族研究院, 1981; 孫與常,「明萬曆年間遼東人民的抗倭援朝鬥爭」,『社會科學輯刊』, 遼寧省社會科學院, 1985; 盛巽昌,「李舜臣和朝鮮壬辰衛國戰爭」,『航海』, 上海市航海學會, 1990; 宗惠玉·孫玉梅,「淺論柳成龍在禦倭戰爭中的濟民措施及其愛國主義思想」,『延邊大學學報』, 延邊大學, 1990; 宗惠玉,「爲李如松軍殺朝鮮人以冒軍功辨」,『東疆學刊』, 延邊大學, 1991;

宗惠玉,「李如松與援朝禦倭戰爭」, 北華大學學報, 北華大學, 1992; 周曉紅,「貢獻突出的抗倭援朝將領宋應昌」,『社會科學輯刊』, 遼寧省社會科學院, 1992; 南炳文,「宋應昌的軍事思想」,『明史研究』, 中國明史學會, 1992; 高敬洙,「論朝鮮壬辰衛國戰爭中的義兵鬥爭」,『朝鮮韓國學論叢』 5, 延吉:延邊大學出版社, 1997; 範中義·王兆春 외,『中國軍事通史(明代 下)』, 軍事科學出版社, 2005; 武曉燕,「明朝出兵援朝抗倭與朝鮮使者鄭昆壽」,『內蒙古師範大學學報』, 內蒙古師範大學, 2005; 陳尚勝,「壬辰戰爭之際明朝與朝鮮對日外交的比較」,『韓國研究論叢』, 複旦大學韓國研究中心, 2008; 楊理連,「天津在明朝抗倭援朝戰爭中的作用分析」,『鄖陽師範高等專科學校學報』, 鄖陽師範高等專科學校, 2008; 鄭潔西,「萬曆朝鮮之役明軍中的外國兵」,『登州與海上絲綢之路』, 人民出版社, 2009; 王亮,「明人援朝之"碧蹄館戰役"淺析」,『語文學刊』, 內蒙古師範大學, 2010; 張萬東,「明代石砫土兵援朝戰爭辨析」,『黑龍江史志』, 當代黑龍江研究所, 2012; 楊海英·任幸芳,「朝鮮王朝軍隊的中國訓練師」,『中國史研究』, 中國社會科學院曆史研究所, 2013; 陳文壽,「壬辰戰爭朝鮮被擄人與戰後朝日議和複交」,『韓國學論文集』, 北京大學韓國學研究中心, 2013; 趙樹國,「援朝禦倭戰爭期間宋應昌對中國北部海防建設的貢獻」,『山東青年政治學院學報』, 山東青年政治學院, 2013; 魏志江,「論柳成龍懲毖錄的史料價值」,『社會科學戰線』, 吉林省社會科學院, 2013; 鄭潔西,「沈惟敬毒殺豐臣秀吉逸聞考」,『學術研究』, 廣東省社會科學界聯合會, 2013; 韓東育,「豐臣秀吉的征伐計劃」,『國家人文曆史』, 人民日報社, 2013; 董興華,「從"壬辰倭亂"看明代山東的戰略地位」,『科教導刊』, 湖北省科學技術協會, 2013; 藺永堅,「萬曆朝鮮戰爭第一階段(1592~1593)的明軍」,『明史研究論叢』, 中國社會科學院曆史研究所明史研究室, 2014; 楊海英,『域外長城』, 上海人民出版社, 2014; 龔劍鋒·高文龍,「試論戚繼光與義烏兵的招募和征戰」,『明史研究』, 中國明史學會, 2014; 孫衛國,「李如松之東征及其後裔流寓朝鮮考」,『人文雜志』, 陝西省社會科學院, 2014; 劉永連·趙靜,「1601年朝鮮漢城明軍逃兵之亂」,『東疆學刊』, 延邊大學, 2014; 孫衛國,「李如松之東征及其後裔流寓朝鮮考」,『人文雜志』, 陝西省社會科學, 2014; 劉永連·段玉芳,「萬曆援朝抗倭戰爭明軍兵力考」,『朝鮮·韓國曆史研究』, 中國朝鮮史研究會, 2016; 楊海英,「萬曆援朝戰爭中的南兵」,『軍事曆史』, 軍事科學院軍事曆史研究部, 2016; 張金奎,「萬曆援朝戰爭初期的內部紛爭」,『求是學刊』, 黑龍江大學, 2016; 孫衛國,「萬曆援朝戰爭初期明經略宋應昌之東征及其對東征曆史的書寫」,『史學月刊,』 河南大學, 2016; 劉永連·段玉芳「萬曆援朝抗倭戰爭明軍兵力考」,『朝鮮·韓國曆史研究』, 中國朝鮮史研究會, 2016; 文鍾哲,「東援朝鮮功垂青史」,『遼東學院學報』, 遼東學院, 2016; 孫衛國,「萬曆援朝戰爭初期明經略宋應昌之東征及其對東征曆史的書寫」,『史學月刊』, 河南大學, 2016; 鄭潔西,「沈惟敬的籍貫家世, 生卒年日及其早年經曆」,『寧波大學學報』, 寧波大學, 2016; 劉曉東,「"山東糧"與明代抗倭援朝」,『東嶽論叢』, 山東社會科學院, 2016; 萬明,「朝堂與戰事之間」,『煙台大學學報』, 煙台大學, 2017; 楊海英,「明清易代之際的張應種及其家族」,『軍事曆史』, 軍事科學院軍事曆史研究部, 2017; 鄭潔西·陳曙鵬,「沈惟敬初入日營交涉事考」, 寧波大學學報, 寧波大學, 2017; 馬沖·趙毅,「戚家軍戰力發展研究」,『遼寧師範大學學報』, 遼寧師範大學, 2018; 王臻,「朝鮮壬辰戰爭中明朝經略宋應昌的活動探析」,『東疆學刊』, 延邊大學, 2018; 金洪培·李長龍,「壬辰倭亂時期朝鮮名將權慄的軍事活動述略」,『延邊大學學報』, 延邊

大學, 2018; 張建立,「試析豐臣秀吉的海權意識及其影響」,『北京社會科學』, 北京市社會科學院, 2019.

40) 牟元珪,「明淸時期中國移民朝鮮半島考」,『韓國硏究論叢』, 複旦大學韓國硏究中心, 1998; 祁慶富·權純姬,「關於明代吳明濟朝鮮詩選的新發現」,『當代韓國』, 社會科學文獻出版社, 1998; 趙建民,「文祿·慶長之役與朝鮮文化的傳播」,『復旦學報』, 復旦大學, 1998; 楊玉,「朝鮮才女許蘭雪軒的詩作及其在中國的流傳」,『煙台大學學報』, 煙台大學, 1999; 柳斌,「明萬曆援朝抗倭與韓國之浙籍華人」,『浙江檔案』, 浙江省檔案局, 2003; 金洪培,「壬辰倭亂與朝鮮朱子學的東漸」,『東疆學刊』, 延邊大學, 2004; 王秋華,「明萬曆援朝將士與韓國姓氏」,『中國邊疆史地硏究』, 中國社會科學院中國邊疆硏究所, 2004; 黃有福,「明朝文化交流與朝鮮詩選」,『韓國學硏究論叢第』 2輯, 遼寧民族出版社, 2005; 黃有福,「朝鮮詩選編輯出版背景硏究」,『民族硏究文集』, 中央民族大學出版社, 2006; 林堅,「朝鮮半島的中國移民曆史考察」,『延邊大學學報』, 延邊大學, 2009; 孫衛國,「朝鮮王朝關於廟創建本末與關王崇拜之演變」,『東疆學刊』, 延邊大學, 2010; 俞士玲,「記憶的文本」,『南京大學學報』, 南京大學, 2012; 祁山,「紀效新書傳入朝鮮半島的背景及影響」,『山東青年政治學院學報』, 山東青年政治學院, 2013; 韓玲·沈勝求,「朝鮮時期武廟的性質和關王廟的變遷」,『溫州大學學報』, 溫州大學, 2016; 師倩,「一位被俘入倭的朝鮮人與明代福建官員學人之交往爲中心」,『海交史硏究』, 中國海外交通史硏究會, 2016; 杜慧月,「以"小華"觀"中華"」,『古代文明』, 東北師範大學世界古典文明史硏究所, 2016; 陳尚勝,「理學在朝鮮的傳播及其影響」,『文史知識』, 中華書局有限公司, 1995; 李兆曦,「試論壬辰倭亂中中朝文化的交流」,『卷宗』, 四川省興川戰略促進中心, 2016; 孫衛國,「紀效新書與朝鮮王朝軍制改革」,『南開學報』, 南開大學, 2018; 劉永連,「區域和民間視域下中朝儒學文化的一次深度交流」,『暨南學報』, 暨南大學, 2018.

41) 於曉光,「"以夷制夷"與"以倭攻胡"」,『濰坊學院學報』, 濰坊學院, 2006; 劉寶全,「明晩期中國和朝鮮的相互認識:以丁應泰和李廷龜的辯論爲中心」,『韓國學論文集』, 北京大學韓國學硏究中心, 2011; 王翔宇,「"萬曆援朝"的東亞國際關系透視」,『日本硏究』, 遼寧大學日本硏究所, 2012; 黃修志,「萬曆朝鮮之役後期的中朝黨爭與外交」,『韓國硏究論叢』, 複旦大學韓國硏究中心, 2013; 孫衛國·解祥偉,「明抗倭援朝戰爭初期中朝宗藩間之"信任危機"及其根源」,『古代文明』, 東北師範大學世界古典文明史硏究所, 2017; 張曉明,「晩明東北亞變局中的建州女眞」,『鞍山師範學院學報』, 鞍山師範學院, 2018; 解祥偉,「變禮」,『域外漢籍硏究集刊』, 中華書局, 2018.

42) 宗惠玉,「論豐臣秀吉發動侵朝戰爭給朝鮮帶來的嚴重影響」,『一九九三年海峽兩岸學術討論會明史論集』, 吉林文史出版社, 1993; 金榮國·宗惠玉,「豐臣秀吉發動侵朝戰爭給日本帶來了什麼」,『延邊黨校學報』, 延邊黨校, 1994; 陳尚勝,「論壬辰援朝禦倭戰爭對晩明海交政策的影響」,『通訊』, 1994; 趙建民,「文祿·慶長之役與朝鮮文化的傳播」,『複旦學報』, 1998; 金洪培,「壬辰倭亂與朝鮮朱子學的東漸」,『東疆學刊』, 延邊大學, 2004; 孫衛國,『大明旗號與小中華意識』, 北京:商務印書館, 2007; 金洪培·黃文日,「萬曆朝鮮役及其對東亞政治格局的影響」,『東疆學刊』, 延邊大學, 2007; 關慶凡,「論明末援朝抗倭之得失」,『黑龍江史志』, 當代黑龍江硏究所, 2008; 黃尊嚴·顏廷宏,「試論壬辰戰爭對明朝的消極影響」,『煙台大學學報』, 煙台大學, 2009; 顏廷宏,「試論壬辰戰爭對東亞國際關系的影響」, 『聊城大學學報』, 聊城大學, 2010; 董興華, 「從"壬辰倭亂"看16世紀的東亞國際格局」, 『史志學刊』, 山西省地方志辦公室, 2013; 元朋, 「晚明與晚清中國對日戰爭之比較」, 『河南工業大學學報』, 河南工業大學, 2014; 楊海英, 「從壬辰戰爭到甲午戰爭回望500年的啟示」, 『雪蓮』, 青海省西寧市文學藝術界聯合會, 2014; 李霈, 「明後期壬辰戰爭影響考辨」, 『卷宗』, 四川省興川戰略促進中心, 2017.

43) 韋旭升, 『抗倭演義壬辰錄及其研究』, 北嶽文藝出版社, 1989; 靳大成, 「東域學手記(一)」, 『韓國學論文集』, 北京大學韓國學研究中心, 2005; 金美蘭, 「朝鮮朝時期戰爭小說中的異國形象研究」, 『青年文學家』, 黑龍江文學藝術界聯合會, 2011; 崔昌笋·趙穎秋, 「多元化曆史認識下的民族英雄」, 『當代外國文學』, 南京大學外國文學研究所, 2013; 孫遜, 「朝鮮"倭亂"小說的曆史蘊涵與當代價值」, 『文學評論』, 中國社會科學院文學研究所, 2015; 王金霞, 「朝鮮朝中期"壬辰倭亂"素材夢遊錄小說的主題意蘊」, 『遼東學院學報』, 遼東學院, 2015; 葛兆光, 「在"一國史"與"東亞史"之間」, 『中國文化研究』, 北京語言大學, 2016; 孫衛國, 「東亞視野下明代抗倭援朝戰爭研究」, 『2016年中國朝鮮史研究會學術年會論文集』, 中國朝鮮史研究會, 2016; 韓國漢文小說集成編委會, 『壬辰錄:萬曆朝鮮半島的抗日傳奇』, 上海古籍出版社, 2016; 鄧大情, 「韓國漢文小說記聞叢話中的中國元素」, 『延邊大學學報』, 延邊大學, 2016; 萬晴川, 「中朝日三國明清小說戲曲中的"壬辰倭亂"」, 『文學遺產』, 中國社會科學院文學研究所, 2017; 馬東峰, 「朝鮮權韠「周生傳」的文化詮釋」, 『延邊大學學報』, 延邊大學, 2017; 韓梅, 「朝鮮文學中的李如松形象考」, 『東亞評論』, 山東大學, 2018; 曹昊, 「朝鮮漢文小說「周生傳」的地理空間研究」, 『新餘學院學報』, 新餘學院, 2019.

44) 劉昌潤, 「隱峰野史別錄敘錄」, 『文獻』, 國家圖書館, 1984; 孫衛國, 「丁應泰彈劾事件與明清史籍之建構」, 『南開學報』, 南開大學, 2012; 魏志江, 「論柳成龍懲毖錄的史料價值」, 『社會科學戰線』, 吉林省社會科學院, 2013; 劉永連, 「韓國曆代文集叢書中的壬辰戰爭史料」, 『東北史地』, 吉林省社會科學院, 2013; 鄭潔西·楊向艷, 「日藏孤本刑部奏議及其史料價值」, 『學術研究』, 廣東省社會科學界聯合會, 2015; 孫衛國, 「萬曆援朝戰爭初期明經略宋應昌之東征及其對東征曆史的書寫」, 『史學月刊』, 河南大學, 2016; 蘇循波, 「張廷玉明史列傳"壬辰戰爭"敘事研究」, 『第十七屆明史國際學術研討會暨紀念明定陵發掘六十周年國際學術研討會論文集』, 2016; 馬越, 「「明史·朝鮮傳」勘誤一則」, 『中國典籍與文化』, 教育部全國高等院校古籍整理研究工作委員會, 2018; 杜慧月, 「東國史略」的版本及其流傳」, 『文獻』, 國家圖書館, 2018; 秦麗, 「朝鮮宣廟中興志考論」, 『域外漢籍研究集刊』, 中華書局, 2018; 孫衛國, 「清官修明史對萬曆朝鮮之役的曆史書寫」, 曆史研究, 中國社會科學雜志社, 2018; 孫衛國, 「鄭應泰明史紀事本末對萬曆朝鮮之役的曆史書寫」, 『史學集刊』, 吉林大學, 2019.

45) 『宣祖實錄』, 선조 26년 10월 22일 임인 1번째 기사, "假使秀吉死, 日本乃我國, 與天地無窮之讎."

46) 『宣祖實錄』, 선조 37년 6월 25일 갑진 7번째 기사, "國家值壬辰之變, 宗社顚覆, 乘輿播遷, 禍及園陵, 毒被生靈, 所可道也, 言之慘也."

47) 申欽, 「備倭說」, 『象村先生集』 권34, "遂致三京失守, 兩陵被掘, 八路丘墟, 五廟無主, 士女玉帛, 皆輦而南, 公私蕩析, 所在赤立, 兵火之慘, 自有載籍所未覩聞也. 雖宋之元嘉, 不如是甚也. (…중략…) 夫倭之於我國, 不共一天者也. 退之不以我兵, 以天朝則其退之者幸也, 非武也. 其時適秀吉

死爾, 苟不死則其退亦難知也, 卽其死, 幸而又幸也. 而我國顧玩於幸, 而仍隳其武, 武之不講, 視壬辰以前加怠矣, 余未知何故也."

48) 李景奭, 「序」, 『扶桑錄』, "至我朝, 臨之以武, 懷之以仁, 島夷嚮附, 仰給於我, 執壤納款者相屬. 龍蛇之變, 自絶于天, 朝廷聲罪斥之, 不與之通矣, 暨源滅平而請成, 時有報聘之行. 而千里山河, 未雪宿恥, 二陵松柏, 尙含深痛."

49) 申維翰, 「聞見雜錄」, 『海遊錄』 권3, "君所見我國文集, 未知何人所著. 然此皆壬辰亂後刊行之文也. 平秀吉爲我國通天之讎, 宗社之恥辱, 生靈之血肉, 實萬世所無之變. 爲我國臣民, 誰不欲臠而食之. 所以上自薦紳, 下至廝隷, 奴之賊之, 語無顧藉. 發於文章者, 固當如此."

50) 權韠, 「過二陵有感」, 『石洲集』 권7.

51) 趙絅, 「隣歸征戍兒行」, 『龍洲遺稿』 권5.

52) 黃景源, 「田廬 八首」 중 6, 『江漢集』 권1,

53) 尹愭, 「題梅窩宋公殉節錄」, 『無名子集詩稿』 책3.

54) 貝原益軒, 「序文」, 『懲毖錄(和刻本 元祿8年版)』, "曩昔豊臣氏之伐朝鮮也, 可謂貪兵兼驕與忿, 不可爲義兵. 又非不得已而用之, 所謂好戰者也. 是天道之所惡, 其終亡者固其所也. 韓人之脆弱而速敗瓦解土崩者, 繇敎養無素守, 禦失道. 故不能用應兵, 是所謂忘戰者也."

55) 中井竹山, 『逸史』 권7, "逸史氏曰, 有豊臣氏當韃橐之日, 不知休息之誼, 益錮心於功名, 窮兵黷武, 驅瘡痍之民於海外, 毒流天下, 禍加殊域, 歿其世, 無復寧歲, 一時戡定之勳, 蕩然掃地. 宜乎, 神人俱怒, 竟成覆亡之殃焉. 微我大君, 天下之亂, 何時而息. 自古賢明之君將興, 暴君必先爲之歐, 於乎天也矣."

56) 荻生徂徠, 「水足氏父子詩卷序」, 『徂徠集』 권9 "肥有高麗門, 蓋當豊王之征三韓, 肥之先侯, 有加藤氏者, 爲冠軍, 驍勇功最著. 高麗人至今猶以怖兒啼曰, 鬼將來也, 兒迺泣而不啼, 其比諸羅刹夜叉噉人類. 威武所懾伏可知已, 及其歸也, 以所屠陷城門歸, 表以爲京觀."

57) 北川鉄三校註, 「征韓録」, 『島津史料集』, 人物往来社, 1966, 138쪽. "昔神功皇后の新羅を征してより以来, 高麗・百済とともの悉く我が朝に臣従ス. 故に国史三韓の入貢を載せて, 世よ絶えず. (…중략…) 天正の際, 豊臣秀吉六十余州を一統して, 余威の大なる, 三韓を鏖殺し, 中華を震動す. 文禄壬辰より慶長戊戌に至るまで, 我が諸将軍を八道に行り, 大明に会戦し, 攻勝の功を立て, 斬護の勇を励ます者, 多からずと為さず."

58) 伊藤東涯, 「復軒詞宗, 從予借懲毖錄, 頃寄瑤音, 辛和謝之」, 『紹述先生文集』 권24.

59) 中井積善, 「征韓行得人字」, 『奠陰集』 권2.(中井竹山이 성년 후에 中井積善으로 개명하였다.)

60) 藤田彪(藤田東湖), 「和杉士元觀鬼將軍遺物有感作 二首」 중 제2수, 『東湖遺稿 詩部』

61) 藤田彪(藤田東湖), 「和杉士元觀鬼將軍遺物有感作 二首 序」, 『東湖遺稿 詩部』, "嗚呼征韓之役, 距今僅二百餘年, 而兵力之强弱, 士氣之勇怯, 君子固有不忍言者焉, 雖然, 苟在上之人, 有如豊太閤者爲之倡, 則如士元, 魁然偉丈夫, 而忠義用敢出于天性者, 方其驅洋掃妖氛也."

62) 賴山陽, 「豊臣氏」, 『日本樂府』

63) 『宣祖實錄』, 선조 25년 6월 18일 5번째 기사, "遼東巡按御史李時孶, 遣指揮宋國臣齎咨來, 其咨有曰, 爾國謀爲不軌. 又曰, 八道觀察使, 何無一言之及於賊. 八道郡縣, 何無一人之倡大義. 何日陷

某道, 何日陷某州, 某人死於賊, 某人附於賊, 賊將幾人, 軍幾萬. 天朝自有開山大砲大將軍砲神火鏢鎗, 猛將精兵, 霧列雲馳, 倭兵百萬, 不足數也. 況文武智略之士, 足以灼見奸謀, 逆節凶萌, 雖有蘇張軼雎之徒, 復生於世, 安得窺天朝淺深乎. 上覽咨悚然曰, 此蓋疑我與賊同謀, 而爲此恐動之言, 以試其對也."

64) 『神宗顯皇帝實錄』, 萬曆二十年 七月 二日, "寧賊原無大志, 諸虜暫貪賊賄, 即倭奴亦何能為, 而汲汲募兵, 盡可用否. 止知募兵, 不知一家添一兵, 則父子兄弟不勝苦, 止知遣官, 不知一處添一官, 則往來供應, 不勝煩. 今日召兵, 平日所養之兵何在, 今日添官, 平日所設之官何為. 臣謂寧夏兵数萬, 止當足餉, 薊鎮昌保兵, 可備倭, 召募不必取盈."

65) 『神宗顯皇帝實錄』, 萬曆二十年 七月 三日, "該部謂中國禦倭, 當于門庭. 夫邊鄙中國門庭也, 四夷則籬輔耳. 聞守在四夷, 不聞為四夷守. 朝鮮雖忠順, 然被兵則慰諭, 請兵則赴援, 獻俘則頒賞, 盡所以待屬國矣. 望風逃竄, 棄國授人, 渠自土崩, 我欲一葦障之乎. 夫倭未弱于虜也. 在虜則欲撫之大軍之前, 在倭則欲殲之累勝之後."

66) 『神宗顯皇帝實錄』, 萬曆二十二年 四月 二十五日, "蓋倭酋不得朝鮮, 則朝鮮西南有蓮化飛, 蓋諸島限隔, 非但不能陸窺遼左, 亦不能水犯天津. 若倭酋據有朝鮮, 則王京之漢陽江, 開城之臨津江, 平壤之大同江, 處處可以通海, 直達畿輔, 不必渡鴨, 綠走遼陽也. 是故欲安中國, 必守朝鮮."

67) 『神宗顯皇帝實錄』, 萬曆二十五年 二月 十四日, "欲為自固之謀, 先擇要害適中處, 所以立根基, 使進可以戰, 退可以守, 始為萬全之計. (…중략…) 小邦形勢, 全慶二道為重, 慶尚門戶全羅府蔵也. 斯倭所必爭, 我所必守, 倭若據全羅, 則遠之西海一帶, 近之珍島濟州, 皆為窟穴, 縱横無所不通, 便風一二日, 抵鴨綠, 即開城平壤不足為固."

68) 『宣祖實錄』, 선조 25년 9월 2일 1번째 기사, "皇帝勑諭朝鮮國王. 爾國, 世守東藩, 素效恭順, 衣冠文物, 素稱樂土. 近聞倭奴猖獗, 大肆侵淩, 攻陷王城, 掠占平壤, 生民塗炭, 遠近騷然, 國王西避海濱, 奔越草莽. 念玆淪蕩, 朕心惻然. 昨傳告急聲息, 已勑邊臣發兵救援. 今特差行人司行人薛藩, 特諭爾國王. 當念爾祖宗世傳基業, 何忍一朝輕棄. 亟宜雪恥除兇, 力圖匡復. 更當傳諭該國文武臣民, 各堅報主之心, 大奮復讎之義. 朕今專遣文武大臣二員, 統率遼陽各鎭精兵十萬, 往助討賊, 與該國兵馬, 前後夾攻, 務期勦滅兇殘, 俾無遺類. 朕主天明命, 君主華夷, 方今萬國咸寧, 四溟安靜, 蠢玆小醜, 輒敢横行. 復勑東南邊海諸鎭, 竝宣諭琉球暹羅等國, 集兵數十萬, 同征日本, 直擣巢穴, 務令鯨鯢授首, 海波晏然. 爵賞茂典, 朕何愛焉. 夫恢復先世土宇, 是爲大孝, 急救君父患難, 是爲至忠. 該國君臣, 素知禮義, 必能仰體朕心, 光復舊物, 俾國王還都, 仍保宗廟社稷, 長守藩屛, 庶慰朕恤遠字小之意."

69) 申炅, 『再造藩邦志』 권2. 이 시와 똑같은 시가 『西厓集』의 「西厓先生 年譜」 제1권, 萬曆 20년조와 宋翼弼의 『龜峯集』 2권 「次唐大將李如松韻」에 原韻詩로 수록되어 있는데, 『구봉집』에 수록된 시와는 글자의 출입이 있다.

70) 申炅, 『再造藩邦志』 권2.

71) 張良相, 「永保亭」 4수 중 제1수, 『新安縣誌』.

72) 賈祥, 「永保亭」, 『新安縣誌』.

기억의 각인 및 재구성

명·청 문학 속 '임진왜란' 인물 형상

만청천萬晴川
양주대학교
중문학과 교수

오화吳花 역
양주대학교
평생교육대 강사

명나라문학에서 형상화된 '임진왜란' 인물들은 주로 사건의 참여자와 경험자였으며 작가는 이들 인물에 대한 묘사를 통해 역사적 기억을 새기고자 했다. 그러나 당쟁과 지역 갈등, 문무 갈등 등 요인의 침투로 인해 관련 역사적 인물을 묘사할 때 큰 이견을 보였다. 청나라 때 중·일 양국이 단절된 상태인데다 시간이 흐르고 상황이 변하면서 '임진왜란'에 대한 사람들의 기억은 점차 희미해졌다. 따라서 그 서사가 점차 역사적 기억을 구축하는 것으로 발전하고 역사와 현실이 뒤섞이면서 문학적 허구 인물이 주도를 차지하기 시작했다. 작가는 이 역사를 빌어 유민遺民의 애국적 감정을 토로하거나 사인士人들이 공을 세우고 업적을 쌓으려는 꿈을 표현했다.

1592년 일본 관백關白, 일본 고대의 관직명으로 대장군을 가리킴 도요토미 히데요시는 조선침략전쟁을 발동하여 조선을 경유하여 중국을 점령하고 '대동아제국'을 건립하려고 시도했다. 조선 국왕 이연李昖의 간청으로 명나라 조정은 조선에 출병하여 참전하였고 중국과 조선 군대가 연합하여 7년에 걸쳐 드디어 일본군을 조선에서 몰아냈다. 이 전쟁에 대해 참전 3국의 호칭은 서로 다른데 명나라에서는 '동정어왜원조东征御倭援朝', 조선에서는 '임진·정유왜란壬辰·丁酉倭乱', 일본에서는 '분로쿠·게이초文禄·慶長의 원정'으로 불렀다. 원조援朝전쟁은 영하의 역宁夏之役, 파주의 역播州之役와 함께 '만력3대정'으로 불리며 참전 3국의 정치·경제·군사·문화 및 역사의 흐름에 심원한 영향을 미쳤다. '임진왜란'은 오랫동안 관련 국가의 문학과 예술 창작의 인기 소재였고, 시대의 변천에 따라 서로 다른 의미를 부여했다. 이러한 문학작품은 서로 다른 나라와 민족의 '임진왜란'에 대한 역사적 기억, 상상과 재구성, 전쟁에 대한 각기 다른 인식과 국민성을 보여주며 일정 정도 문학예술 번영의 추동력 중 하나가 되었다는 점에서 매우 가치가 있는 논제이다. 그러나 현재 중국 학계의 '임진왜란'에 대한 연구는 주로 사학 분야에 집중되어 있으며 문학 쪽의 연구는 상대적으로 부족한 편이다. 따라서 본고에서는 명·청 문학에서 나타난 '임진왜란' 속 인물 형상화에 대해 논의하고자 한다.

1. 도요토미 히데요시豊臣秀吉

임진왜란이 발발하자 도요토미 히데요시의 신상에 대한 사람들의 궁금증이 커졌지만 정보 전달이 제한된 관계로 그의 신상에 대한 서술에는 진위가 뒤섞여 있다. 만력 20년1592 2월 28일, 주균왕朱均旺은 조정에 일본에 체류 중인 명나라 사람 허의許儀가 전한 기밀 사항을 보고하면서 다음과 같이 말했다. "지금의 관백關白, 도요토미 히데요시은 민가民家의 종으로, 땔나무를 하러 가다가 당시 관백이었던 오다 노부나가織田信長를 만났다. 좌우의 사람들이 그를 죽이려고 하였으나 관백은 그를 풀어주고 임용하였다. 관백은 그를 선두에 세워 이웃나라에 많이 출정하게 했는데 그는 적을 죽이고 공을 세웠다. 관백이 기뻐하며 기노시타木下라는 성과 토오키치지로十吉次郎라는 이름을 하사했다. 그는 항상 아부하며 관백을 모셨고 번마다 출정해서 승리했다. 관백은 그를 대장군 겸 상시相事로 봉했고 또 하시비羽柴라는 성과 시츠마에執前라는 이름을 하사했다. 이듬해 그는 관백을 죽이고 관백의 아들을 쫓아낸 뒤 스스로 주제넘게 관백으로 봉했다."[1] 한편 도요토미 히데요시의 중국인설은 치사致仕 예부상서禮部尚書 장한張瀚의 『송창몽어松窗夢語』에서 가장 일찍 확인할 수 있는데 근래에 중국인 관백關白 평수길平秀吉이라는 자가 왜국에 들어가 왕위를 훔치고 군대를 파견해 조선을 침공했다고 전해진다.[2] 행문行文을 보면, 장한의 기록은 명나라가 출병하여 조선을 지원하기 전에 있었다. 호주부湖州府 추관推官 사조제謝肇淛의 『오잡조五雜組』 권4 「지부이地部二」에는 "최근에 왜구 두목 관백과 같은 자들도 오월吳越지역 생원生員으로 여러 번 과거시험에서 낙방하고 해외로 나갔다"[3]라고 기록되어 있다. 남경南京 형부우시랑刑部右侍郎 사걸謝傑의 『건대왜찬虔台倭纂』 하권 「금왜기今倭記」는 이런 견해를 부정하였다.

어떤 이는 (히데요시를) 중국인이이라고 하는데 이는 아니다. 호사가들은 흔히 해변의 불량소년들이 일본에 가는 것을 보고 오랑캐를 멀리서 보고도 관백이라고 했다. 오吳 지역강소성 남부와 절강성 북부 지역에서는 오인吳人, 절浙 지역양자강 중하류 남쪽 지역에서는 절인浙人, 민閩 지역복건성 동남쪽 지역에서는 민인閩人이라고 하는데 증거가 없다. 내가 알기로 히데요시는 처음에는 보잘것없는 사람으로 높은 나무에 오를 수 있었기에 원숭이 요괴로 불렸다. 땔나무를 하다가 길에서 왕을 만났는데 취하여 좌우를 피하지 못했다. 왕이 그를 죽이려 할 때 뛰어난 말솜씨로 면제를 받았고 왕의 부하로 들어갔다.[4]

1 侯繼高, 『全浙兵制』 第2卷附錄, 『近報倭警·萬曆二十年二月二十八日朱均旺竇到許儀後陳機密事情』, 『四庫全書存目叢書·子部』 第31冊, 濟南 : 齊魯書社, 1995, 182~183면.

2 張瀚, 『松窗夢語』 권3, 『東倭紀』, 北京 : 中華書局, 1985, 60면.

3 謝肇淛, 『五雜組』, 北京 : 中華書局, 1959, 117면

4 謝傑, 『虔台倭纂』, 『北京圖書館古籍珍本叢刊』 第10冊, 北京 : 書目文獻出版社, 1991, 310면.

명나라 때 해금海禁을 엄격히 실시하여 연해 일대의 백성들이 생존하기 쉽지 않았다. 이에 적지 않은 젊은이들이 위험을 무릅쓰고 항해하여 다른 나라에 가서 생계를 유지하거나 혹은 밀무역에 참여하거나 해적이 되었다. 따라서 도요토미 히데요시가 과거시험에서 낙방한 오인吳人, 월인越人 혹은 민인閩人 서생이었다는 속설이 있다. 『경대왜찬虔臺倭纂』은 만력 23년1595 3월에 처음 간행되었는데, 이 시기는 명나라에서 조선을 원조하고 일본을 방어하는 전쟁의 첫 단계가 막 끝난 시기로 명나라 군대의 출전出戰이 불리한 때였다. 얼마 지나지 않아 나온 오정烏程 주국정朱國禎의 필기筆記소설 『용당소품湧幢小品』 권30 『왜관왜도倭官倭島』에는 다음과 같이 기록되어 있다.

> 관백은 왜구의 관호官號로 중국의 병부상서 같은 것이다. 평수길平秀吉은 처음에는 생선을 팔았는데 술에 취해 나무 밑에 누워 있었다. 다른 추장 노부나가信長가 당시 관백이었는데 사냥을 나갔다가 평수길을 만나 갈등이 생겨 그를 죽이려 했다. 평수길은 말재주가 좋아 기이한 사람을 만난 적이 있다고 거짓말하여 이를 모면했다. 이후 명을 받고 말을 기르게 되었으며 목하인木下人으로 불렸다. 또 평수길은 높은 나무에 오르는데 능해 원숭이 요괴로 불렸다. 노부나가가 점차 그를 등용하였으며 도합 20여개 주를 빼앗았다. 후에 노부나가가 가기시阿奇支에게 죽임을 당한 후 평수길이 가기시를 토벌하고 평정했으며 그 자리를 차지했다. 병술년丙戌年에 국정을 움켜잡고 66개 주를 모두 병합하였다. 왕 야마시로군山城君은 나약하고 무위無爲하였다. 임신壬辰년에 고려를 격파하고 덴쇼天正 20년을 분로쿠文祿 원년으로 개명하여 대각왕大閣王을 자칭하고, 양육하던 자손 시치로七郎을 관백으로 봉했다.[5]

비록 그 중에는 여전히 약간의 전설적인 요소가 남아 있기는 하지만 도요토미 히데요시의 면모는 점차 분명해지고 있는데 청나라 때 수정한 『명사明

5 朱國禎, 『湧幢小品』 권30, 上海古籍出版社, 2012, 604면.

史』는 기본적으로 주국정朱國禎의 견해를 채택하고 있다. 그러나 청나라 초기 사학자 담천談遷은 『국개國榷』에서 히데요시를 '전주인노全州人奴 또는 운자계雲子溪 육씨陸氏'라고 불렀고, 가정嘉靖 말년에 "일본으로 망명"하여 일본 왕의 은총을 받았으며 최종적으로 왕위를 찬탈하였다고 하였다.[6] 이로부터 당시 전설이 얼마나 큰 영향을 미쳤는지 알 수 있다. 이 견해는 조선에서도 널리 유전되었는데 예를 들어 한문본 『임진록壬辰錄』에서도 첫머리에 평수길의 내력을 소개하면서 다음과 같이 말했다. "대명 가정嘉靖 연간에 왜구가 강남江南에서 항주杭州에 이르러 항주 사람 박세평樸世平이 전란 중에 죽었다. 그의 아내 진씨陳氏는 자색이 뛰어나 세상에 널리 알려졌으며 이로 말미암아 모함을 받고 살마도殺馬島에 들어갔으며 세평의 아내가 되었다. 진씨는 세평이 살아있을 적에 이미 임신한 상태였고 몸을 풀 때 황룡이 가슴을 움켜쥐는 꿈을 꾸고 놀라 깨 보니 기이한 향기가 방안에 가득하고 누런 구름이 자욱하였는데 결국 아들을 낳았다. 아이는 골격이 기준하고 용의 얼굴에 용안호구龍顔虎口, 원비호함猿臂虎頷을 갖춘 천하의 귀인상貴人像이었다. 이름을 수길秀吉이라 하였으며 박씨의 후예이다." 도요토미 히데요시의 출생과 경력은 더 소설적인 경향을 지니게 되었다.

원황袁黄이 창작한 문언전기소설 『참교기斩蛟记』는 히데요시를 최초로 문학 형상화한 작품이다. 원황은 만력 20년1592에 병부직방주사兵部職方主事로 동정东征에 참가하여 군영찬화軍營贊畫를 지냈다. 『참교기』에서는 히데요시가 만력萬历 계사癸巳년 정월 7일인 1593년에 사망했다고 했지만 역사상의 도요토미 히데요시는 1598년 8월 18일에 사망했다. 그해 정월 팔일에는 경략經略 송응창宋應昌, 제독提督 이여송李如松이 평양 수복전을 벌여 승리했다. 27일, 이여송이 이끄는 친병들은 벽제관碧蹄馆에서 왜군과 조우전을 벌였다. 이여송은 무사히 포위를 뚫었지만 적지 않은 정예군을 잃었고, 이후 양측이 모두 철수하

6 談遷, 『國榷』 권75, 中華書局, 1958, 4651면.

여 대치 상태에 들어갔다. 원황은 3월에 파직당하고 5월 18일에 고향으로 돌아왔다. 이 소설은 아마 파직당하기 전에 쓴 것으로 보인다. 소설에서는 진晉나라 때 허진군許真君이 교룡을 칼로 베었는데 새끼 교룡이 어미 교룡의 배에서 빠져나와 일본으로 도망쳤으며 천이백 년 후, 평수길平秀吉, 중국인들은 도요토미 히데요시가 평씨인 줄 알고 평수길이라 불렀다로 변했다고 했다. 평수길은 일본 66개 주를 무력으로 정복한 후, 20여만 대군을 이끌고 조선을 침공하였으며 길을 빌어 명나라를 공격하려 했다. 명나라 조정에서는 송응창宋應昌 등에게 군대를 이끌고 조선을 지원하게 했다. 교룡 요괴는 거위를 먹기 좋아했기 때문에, 원황의 선사仙師는 제자 정동진程洞真을 파견해 원황을 방문하고 돈을 요구해 거위 3,600마리를 사려 했고, 사형師兄 허도원許道源이 동아東阿에서 기다리고 있다고 말했다. 원황은 저금 200여 냥을 다 내어 주었다. 정동진은 동아로 보낼 거위 1,100마리를 사서 바닷가로 운반하였다. 조사祖師는 또 사형師兄 장영張英을 보내 바다를 건너 동쪽으로 가서 거위 떼를 일본 섬으로 몰아 관백이 나타나도록 유도했다. 조사祖師는 황석공黃石公, 서무공徐茂公, 구장춘丘長春 및 허도원, 장영 두 사형과 함께 왔다. 황석공이 부적을 써서 관백이 정체를 드러내자 참살하였고 왜구는 부득이하게 퇴각하였다. 가정嘉靖 때, 남쪽 지방 민간에서는 허진군許真君이 교룡을 참수한 이야기가 널리 전해졌다. 동곡董穀의 『벽리잡존碧裏雜存』에서는 영왕寧王 주신호朱宸濠가 교룡의 환생이라고 하였다. 또 일본은 섬나라여서 평수길은 교룡 요괴로 상상화되었다. 원황의 출생지인 저장浙江성 자선嘉善과 본관 장쑤江蘇성 우장吳江은 가정嘉靖 때 왜적에게 참혹하게 유린당한 적이 있기에 침략자에 대한 증오를 평수길平秀吉의 추한 이미지에 담았다. 도교 사상의 영향을 많이 받은 원황은 환상적인 예술형식을 빌어 하루빨리 적의 우두머리를 섬멸하고 전쟁을 끝내려는 소망을 표현했다.

『참교기』는 관백의 "간사한 계략"과 옛 관백을 모살하는 대목을 다음과 같이 묘사했다. "그 형상은 큰 종과 같고 붉은 머리카락이 얼굴을 덮고 얼굴은 누렇고 추했다. 두 눈은 노랗고 눈빛이 미약했으며 때로는 밝고 때로는 어두웠다. 칼을 휘두르자 그의 머리가 떨어지고 몸이 수면 위로 떠올랐는데 길이는 수백 장丈에 달했고 뱀의 모양을 하고 물고기 비늘이 있었으며 온통 더러운 기운으로 가득 찼다. 안개처럼 희고 지척에서도 사람의 피부색을 분간할 수 없었는데 얼마 지나지 않아 곧 개었다." 흥미로운 것은 풍몽룡의 『고금담개·미사부古今譚概·微詞部』 중 「장백기張伯起」라는 글에서 희곡가 장봉익張鳳翼이 그린 관백의 모습이 『참교기』와 같다는 점이다.

> 소주 왕 씨의 하인 오일랑吳一郎은 부유하고 방종하였으며 돈으로 벼슬을 얻었다. 4인 가마를 타고 친척집에 간 적이 있는데 장백기는 그를 아주 싫어했다. 당시 관백에 관한 경보가 울리자 오일랑에게 "요즘 관보를 읽었는데 관백은 이미 체포되었습니다"라고 말했다. 오가 흔쾌히 물었다. 장 씨는 "관백은 원래 괴물로 키가 몇 장이고 허리가 백 아름이나 됩니다. 그의 머리를 자르니 무게는 수백 근이고 토막낸 후에야 들어 올릴 수 있었습니다". 오 씨가 "이런 일이 있단 말입니까?"고 하자 장 씨는 "코 하나만 해도 네 사람이 들어야 겨우 들 수 있습니다"라고 했다. 오일랑은 잔치가 끝날 때까지 기다리지 않고 돌아갔다. 그후 사람들이 그를 코끝이라고 불렀다.[7]

역사 기록의 오류와 문학적 상상 기법의 채택은 정보 전송 경로의 제한을 받을 뿐만 아니라 침략자에 대한 당시 사람들의 혐오감을 반영했다. 요컨대 도요토미 히데요시에 대한 서사를 보면 사서에서는 역사적 복원을 중시하는 반면 문학에서는 작가의 강렬한 애증 감정을 주입하였다. 하지만 피와 살로 풍만한 도요토미 히데요시의 이미지를 생동감 있게 부각하지 못한 점이 아쉽다. 이런 감정은 청나라 건륭제 때 장편소설 『야수폭언野叟曝言』에서 더욱 과장되게 강조되었는데, 작가 하경거夏敬渠의 고향인 강음江陰은 가정嘉靖 연간에 왜구의 침범을 많이 받았기 때문에 소설에서는 명나라 중국의 왜환倭患과 조선

7 馮夢龍, 『古今譚概』, 欒保群點校, 中華書局 , 2007, 399면.

의 '임진왜란'을 한데 엮어냈다. 목수木秀, 吉秀는 야심만만하여 명나라 조정을 배신한 왕 그리고 권감權監과 결탁하여 성화成化 왕조를 전복하고 중국을 차지하려 하였다. 그는 말에 신용이 없고, 패전 후 석방되어 귀국하였으나 여전히 회개할 생각을 하지 않았으며 왕을 유폐하고 군대를 일으켜 중국 복건福建, 절강浙江 연해를 공격하였다. 그와 그의 아내 관길寬吉은 모두 탐욕스럽고 음탕한 사람으로 그의 아내는 사신과 간통했다. 결국 정왜대장군征倭大將軍 문룡文龍이 병사를 통솔하여 토벌하고 목수는 붙잡혀 북경의 능지凌遲에 끌려가 처형되었다. 문룡은 일본 본토에 진격하여 군기를 바로잡고, 한 사람이라도 함부로 죽이지 않고 물건 하나라도 함부로 가져가는 것을 허락하지 않아 일본 백성들이 연도에 서서 환영하였다. 요컨대 소설에서는 도요토미 히데요시에 대해 만화식으로 과장되게 형상화하였는데 명나라 유민遺民 진침陳枕의 『수호후전水滸後傳』에 나오는 평길수平吉秀의 형상만이 비교적 입체감이 있었다. 그는 "8척의 키에 남보다 뛰어나게 용맹하고" 또 "지혜가 많고 지략이 풍부하였지만" 야심만만만하고 포악하며 간교하다. 중국 고대 소설에서 부정적인 인물의 이미지는 보편적으로 정형화되는 경향이 있기 때문에, 진침의 창작 기법은 중요한 문학사적 가치가 있다.

2. 심유경沈惟敬

심유경은 그 당시는 물론 후세에 와서도 논란이 많은 인물이었다. 그가 주도한 강화講和가 실패하고 본인도 문책을 당하고 죽게 되자 당시 그에 대한 조정과 재야의 평가는 대체로 부정적이었다. 『명실록明實錄』에는 "유경은 시정 무뢰배로 행위가 충직하고 믿음직하고 청렴한 사람이 아니며 의지할 수 있는 사람이 아니다"라고[8] 기재되어 있다. 또 여명가呂鳴珂의 『특신영정공의의좌양왜소特伸盈廷公議以佐攘倭疏』에서는 "심유경은 악당으로 취할 이익이 있으면 다가

가고 급한 일이 있으면 달아난다"고[9] 했다. 심지어 그를 매국노라고 하며 "심유경은 악당 무뢰한으로 오랫동안 왜장과 내통했다"고[10] 기록했다. 호응린胡應麟의 필기筆記소설 『갑을잉언甲乙剩言』 중의 「심유경沈惟敬」은 심유경이 병부상서兵部尙書 석성石星과 사귀게 된 경위를 기록하고 있다. 심유경의 이웃 심가왕沈嘉王은 물장수였는데 어린 시절 왜구에게 노략당해 일본으로 건너갔다가 18년 만에 중국으로 도망쳐 왔다. 유경은 그를 통해 일본에 관한 일부 상황을 전해 들었다. 마침 병부상서 석성이 동정東征을 지휘하고 석성의 애첩의 아버지 원씨가 유경과 친하게 지내 석성에게 유경을 추천하였다. 석성은 유경을 불러서 이야기하고 크게 기뻐하며 드디어 왕에게 아뢰어 유격장군遊擊將軍으로 임명하고 사신으로 일본에 가게 했다.[11] 호응린보다 연배가 조금 낮은 심덕부沈德符는 『만력야획편萬曆野獲編』에서 이보다 더 자세한 기록을 찾아볼 수 있다.

심유경은 절강浙江 평호平湖인이고, 본래는 명망 높은 가문의 친족이었다. 소년 시절에 종군하였다가 갑인甲寅 왜구 사건을 목격하게 되었다. 그 후 가세가 궁핍해지자 경사京師로 갔다. 단약을 만들기 좋아했고 방사·무뢰배들과 함께 어울렸다. 석사마石司馬 애첩의 아버지 원袁씨도 단약을 만드는 것을 좋아했기에 심유경과 사이가 좋았다. 온주溫州 사람 심가왕沈嘉旺은 일본에서 도망을 온 사람으로 심유경을 모셨다. 어떤 사람은 심가왕이 장주漳洲 사람으로 실제로 일본에 항복했으며 일본에서 붙잡혔다가 탈옥하였는데 심유경이 이를 알고 이름을 바꿔주었다고 한다. 하지만 아무도 진상을 분명히 밝히지 못했다. 심가왕은 왜구의 일에 대해 잘 알고 있었고 또 관백은 다른 뜻이 없다며 중국에 조공하려고 했지만 조선에 의해 저지당하자 거병했다고 했다. 편지의 내용은 전에 말하던 것과 같았고 편지를 석사마에게 전했다.

8 『明神宗實錄』 권294, 中央研究院曆史語言所校印, 1962, 5419면.

9 吳亮, 『萬曆疏鈔』 권43, "史部·東倭類", 『四庫禁毁書叢刊』第60冊, 北京出版社, 1997, 57면.

10 『明神宗實錄』 권308, 위의 책, 1962, 5749면.

11 胡應麟, 『甲乙剩言』, 『筆記小說大觀』 四編第6冊, 新興書局有限公司, 1977, 3681면.

당시 유경은 이미 칠십이 다 되어가고 있었는데 수염이 길고 체격이 우람지고 신수가 훤했다. 석사마가 매우 기뻐하여 신기삼영유격장군神機三營遊擊將軍으로 봉했고, 심가왕沈嘉旺도 지휘를 맡았으며 같은 부류의 십여 명을 부하로 두고 일본으로 들어갔다. 석사마는 봉공封貢에 관한 일을 그들에게 맡겼다. 간언을 올리는 사람이 많았지만 석사마는 전혀 동요하지 않았다. 심유경이 부산에 머무른 지 일 년 남짓이 되었을 때 조정에서 제사制使 두 사람을 파견하여 책봉하게 하고 또 유경을 선유사宣諭使로 봉했으며 그들은 함께 바다를 건넜다. 임회臨淮 사람 이소후李小侯가 도망치자 조정에서는 부사副使 양방형楊方亨을 정사正使로 임명했고 유경은 부사副使가 되었다. 바다를 건너 산성주山城州로 가서 책봉을 대충 끝냈다. 왜구 중 조선에 남아 있는 자들이 끝까지 떠나지 않았고 조공을 바치는 일도 성사되지 않았다. 석사마는 군주의 명을 어기고 왜구에게 아첨했다는 죄로 감옥에 들어갔다. 심유경은 독부督府 형사마邢司馬에게 체포되어 경성으로 끌려가 참수당하고 아내는 공신의 노복이 되었다. 유경은 아들이 없었고 아내는 남기南妓 진담여陳淡如로 젊었을 때 유명했지만 그때는 이미 늙었다. 심유경이 살해된 후 부대는 뿔뿔이 흩어지고 진담여와 심가왕은 그 행방을 알 수 없었다.[12]

위의 기록에 따르면 심유경은 명문세가의 자제였는데 후에 가세가 몰락하였다. 유경은 가정嘉靖 때 종군하여 왜에 항거하였는데 단약을 만드는 것을 좋아하였으며 병부상서兵部尙書 석성石星에게 빌붙어 유격장군遊擊將軍의 관직으로 분쟁 조정에 참여하였다. 『만력야획편萬曆野獲編』에서는 심유경沈惟敬의 종군에 관해 자세히 밝히지 않았는데 『천계평호현지·심곤전天啟平湖縣志·沈坤傳』의 기록을 통해 보충해 볼 수 있다.

가정嘉靖 연간에 심곤沈坤은 집집마다 부역에 나가게 하고 백미를 징수했다. 흉년

12 沈德符, 『萬曆野獲編』 권17, 中華書局, 2004, 440면.

에 굶어죽는 사람이 가득하자 심곤은 재산을 탕진해가며 백미를 거두어들여 굶주린 백성들의 허기를 채워주었다. 관에서 나무라자 대응할 방도가 없어서 죄를 받고 투옥되었다. 왜적들이 무호鵡湖에 도착하자 총독總督 호공胡公은 용감한 병사들을 모집했는데 심곤의 이름을 듣고 옥에서 구출해 부하로 받아들였다. 심곤이 이야기하는 것들은 무척 호공의 마음에 들었다. 어느 날, 왜구와 왕강경王江涇에서 교전할 때 아군이 패하고 호공도 포위되었다. 심곤의 아들 유경은 약관의 나이로 혼자 말을 타고 포위를 뚫고 호공을 구출했다. 호공은 심곤을 더욱더 중히 여기게 되었다. 천종千總의 직위를 받고 삼천 명의 병사를 거느리게 된 부자는 계교를 꾸며 군영의 장교들을 위문하는 것처럼 가장했다. 약주를 가득 싣고 손에 공문을 들고 왜군의 군영을 거쳐 지나가다가 왜구가 쫓아오자 심곤 부자는 배를 버리고 강을 건너 도망갔다. 왜구는 술을 얻어 기뻐하며 다투어 마셨는데 죽은 자가 부지기수였다.[13]

조선 문인 신흠申欽의 『천조조사장신선후거래성명. 기자심신지경자天朝詔使將臣先後去來姓名. 記自壬辰至庚子』 중에도 심유경이 "정탐하여 수많은 왜구를 독살했다"고 기록되어 있다.[14] 이로부터 알 수 있는바 심유경의 아버지 심곤沈坤은 책임감이 강하고 호방한 사람인데 가산을 탕진해 가면서까지 또 자의로 관미를 사용하여 이재민을 구제하다가 투옥되었다. 호종헌胡宗憲은 그를 옥에서 구출하여 막하에 남겨두었다. 왕강경王江涇 전투에서 심유경이 단기필마로 호종헌을 구출하였고 부자는 독주로 적을 섬멸해 큰 공을 세웠으나, 이 공로는 총독 호종헌의 명의로 기록되었다. 제갈원성諸葛元聲의 『양조평양록兩朝平攘錄』 권4 「일본상日本上」에서는 또 심유경沈惟敬의 봉공封貢을 다음과 같이 기록하였다.

석사마는 심유경의 사설邪說에 현혹되었고 또 왜구의 진영에 사신을 보내 봉공封

13 程楷·楊儁卿, 『天啟平湖縣志』 권19, 『外志·叢記·沈坤』, 上海圖書館藏, 1627(天啟七年).
14 申欽, 『象村稿』 권39, 韓國古典綜合數據庫, 『韓國文集叢刊』 第72冊, 27면.

貢에 대해 의논했다. 유경은 공문을 받들고 경략經略을 요양遼陽에서 알현하였다. 응창은 그에게 "왜구가 봉공을 청함에 있어서 공손하게 조정에 청해야지 어찌 감히 조선을 정벌하고 청하는 것인가? 나는 명을 받들고 왜구를 토벌하는 것이니 전쟁이 있다는 것만 아네. 자네가 왜구를 만나러 가니 봉공을 청하는 자에게 마땅히 조선을 돌려주고 모든 군대가 부산釜山에 철퇴해서 명을 들어야 하며 신하가 되길 상주하라고 전하게. 나도 청을 올리겠네. 지금 평양平壤 퇴병을 논하는 것은 시간을 얻자는 계책이며 언젠가는 전쟁이 있을 거네. 자네는 머리를 조심하고 긴장을 늦추면 안 되네." 유경은 순종하며 물러갔다. 응창은 계교를 꾸며 왜구를 스스로 패하게 했다 ……유경을 왜군 진영에서 만났고 처음 의견을 견지했다. 응창은 "적이 멸망한 지 며칠도 안 됐는데 어찌 감히 거짓말로 나를 속이려 하느냐?"라고 노발대발했다. 명을 내려 묶어 매고 백 대를 치라고 했으며 그를 죽이려고 했다. 제독提督과 찬화贊畵는 유경과 석사마가 파견한 것으로 그를 죽이면 오히려 불화를 야기하고 정세에 불리하기에 애써 청을 들어 죽이지 않았다. 제독을 파견해 그를 병영에 구금했고 16일에 강을 건널 것을 맹세했으며 군율 32조를 반포하여 군기를 정돈했다.[15]

제갈원성諸葛元聲의 세부묘사는 생동감이 넘치고 소설과 비슷한 부분이 있다. 하지만 그의 자료는 2차 자료로 그 진실성에 의문이 든다.

이로부터 심유경의 무뢰한, 악당, 매국노의 모습은 당시 사회 전반에 걸쳐 폭넓은 공감대를 형성했고 당시 소설과 희곡에 정착되었음을 알 수 있다.

만력萬歷 연간의 이응정李應征은 『부산기사釜山紀事』에서 심유경의 화담和谈에 대해 시를 지어 노래했는데 거기에서 그를 한나라의 중행설中行说에 비유하였다. 중행설은 원래 궁중의 내시였는데, 한문제汉文帝 때 흉노와 화친하면서 수행원으로 공주를 사막까지 호송했다고 한다. 한나라 조정에 복수하기 위해 흉노에 의탁하여 선우單于를 위해 계책을 세웠다. 시의 말미에 '신조정慎朝

15 諸葛元聲, 『兩朝平攘錄』, 『中國野史集成』 第27冊, 巴蜀書社, 1993, 61면.

廷'이라고 건의했는데 조정에 심유경沈惟敬을 지지하는 자가 있었음을 말해준다. 한편 대략 천계天启 연간에 책으로 만들어졌으며 사명산四明山 환계어부环溪渔父라는 필명으로 편찬한 전기 『연낭기蓮囊記』는 심유경을 매국노로 형상화했다. 이 극은 현재 전해오는 판본이 없지만 동강董康의 줄거리 소개를 통해 우리는 그 대체적인 내용을 알 수 있다. 서가徐嘉와 문병文娉은 혼약한 사이로 한번은 서가가 술에 취해 심유경沈惟敬의 노여움을 사게 되었고 유경은 원한을 품고 떠났다. 일본 관백 평수길이 조선을 침공하자 병부상서兵部尚書 석성石星이 서가를 항왜抗倭 총수로 천거하였다. 통역 심유경은 이 기회를 틈타 서가와 문병의 좋은 인연을 파괴하려고 석성에게 미인 문병을 관백에게 바치면 관백이 파병할 수 있다고 건의하였고, 석성은 그 말에 혹했다. 소식을 들은 서가는 급히 군대를 이끌고 평수길과 싸워 크게 이기고 심유경을 붙잡아 문병을 구했다. 결국 석성은 옥중에서 죽고 심유경은 참수되었으며 서가는 정해후靖海侯에 봉해지고 명을 받들어 결혼하였다. 동강은 극에서 서가는 구양겸顾养谦을 가리키고, 참모 양원은 찬화 원황袁黄을 가리킬 수 있다고 생각했다. 그러나 "양겸도 수길을 크게 이기지 못했고, 석성도 자신을 보존하지 못했으니 모두 꾸며낸 것이며 사실이 아니다."[16] 심유경은 강화講和할 때 히데요시에게 방물方物을 바치고 임금을 속였으며 나라를 욕되게 했다. 또 사리사욕과 복수심을 품고 개인적인 원한을 국익보다 앞세웠다. 명말 소설 「도올한평檮杌閑評」에는 심유경을 언급한 곳이 두 군데 있다. 제12회에서 부여옥傅如玉은 남편 위충현魏忠賢과 소인 전이경田爾耕과의 교제에 분개하여 위충현을 욕하며 말했다. "당신은 정말 짐승이지 사람이 아닙니다. 당신이 짐승 같은 전 씨 놈을 따라다니면 절대 좋은 일을 할 수 없을 겁니다. 그 짐승 같은 놈은 경사에서 석병부石兵部, 석성을 가리킴, 심유경과 함께 해외 세력과 결탁하여 매국하였는데 심유경 일가가 생명을 잃었고, 석병부마저 그의 손에 죽어서야 이곳으로 도망쳐 온 것

16 董康, 『曲海總目提要』 권12, 人民文學出版社, 2014, 585면.

입니다." 한편 제24회에서는 전이경田爾耕과 심유경이 서로 결탁한 내용을 서술했다. "그는 심유경과 함께 악행을 저질렀는데 심유경이 일을 망치고 그는 밖으로 도망쳤다." 다시 말해 전이경과 석성, 심유경은 "해외 세력과 결탁하여 매국하고" 이후 책임을 회피하였으며 석성과 심유경을 희생시켰다. 이렇게 되어 심유경에게는 환관의 도당과 결탁한 대죄가 하나 더 추가됐다.

이응정李應征・호응린胡應麟・심덕부沈德符와 사명산四明山 환계어부環溪漁父는 모두 절인浙人 출신이지만, 당시 소주蘇州 사람들 중에서는 다른 목소리도 있었다. 전겸익錢謙益의 『동정이사록東征二士錄』과 「안찰공소공묘지명按察公蕭公墓志銘」에서는 모두 심유경에 대한 동정을 표하였다. 『동정이사록東征二士錄』에서는 원조援朝 부대가 출발할 때, 원황袁黃이 산음山陰 사람 풍중영馮仲纓과 오강吳江 사람 김상金相을 수하에 두었다고 적고 있다. 먼저 "석사마가 파견한 변사辯士 심유경 등 세 사람이 왜군의 진영에 들어가 그 요령을 얻어 행장行長이 군대를 철수하고 봉공封貢을 의논하게 허락했다." 하지만 중영仲纓은 이여송李如松이 "총애를 믿고 오만하며" 강화講和를 꺼렸다고 하면서 "그는 필히 유경을 속이고 봉공 시기를 빌어 평양을 습격할 것이다. 평양을 습격해서 이기지 못하면 싸움에서 패할 것이고, 습격해서 이기면 봉공에 실패할 것이다."라고 했다. 이여송이 점령한 평양은 공성空城이었다. 행장行長은 자진 철수했고 명군은 조선인을 죽이고 승리를 알렸다. 벽제관 패배 후 이여송은 물러날 의사가 생겼고 명군은 일본군과 대치 단계에 들어섰다. 송응창은 풍중영馮中纓과 김상을 시켜 가토 기요마사加藤清正와 담판을 벌였다. 풍중영은 세 치 혀로 기요마사를 퇴군시켰다. 김상은 왜군 90여 명을 죽이고 왜장 한 명을 사로잡아 돌아왔다. 전쟁 후 귀국한 두 사람은 공적을 논하지 못하고 북경에서 생애를 마쳤다.[17] 『안찰공소공묘지명按察公蕭公墓志銘』에는 "만력 연간에 동사東師에 대해 오랫동안 결단을 내리지 못하자 조정 안팎에서 분노해 전쟁을 주장하며 봉공封貢과

17 錢謙益, 『牧齋初學集』 권25, 上海古籍出版社, 1985, 806~809면.

강화講和를 막으려 했다. 석사마가 파견한 변사 심유경은 왜의 요령을 파악었다. 아군의 노장은 교만하고 싸우는 데 뜻이 없었다. 겉으로는 유경을 죽이고 사마와 가까이 하려 했고 또 몰래 유경을 보내 왜구와 강화하려고 했다"라고 적혀 있다. 마지막에 "아! 유경은 반드시 죽는 것이구나. 왜구가 물러가지 않으면 물론 죽고 왜구가 물러가도 죽는다. 왜구가 물러가더라도 사람들이 유경 때문인 것을 알면 더욱 빨리 죽는다"라고 탄식하며 말했다.[18] 원황은 병부상서 석성, 경략 송응창과 모두 친분이 두터웠다.「별석사마別石司馬」에서 제1수는 석성을 용에 비유하고 자신은 용을 따르는 바람이라고 하였다. 그리고 제3수는 자신의 재능을 알아주고 발탁해준 백락 석성에게 감사하는 내용을 담고 있다.[19]『상송경략서上宋經略書』에서는 송응창에게 "제독提督이 조선인의 머리를 베고 심지어 아군의 머리를 베어서 왜놈으로 가장했다고 길가에 소문이 분분하다"라고 밀고하였다. 후에 두 사람이 사직한 후 그는 송응창을 방문하여 "6월의 서리가 다시 날까 봐 두렵다"[20]고 주의를 주었다. 그는 처음에는 전쟁을 반대했다.『상병부석상서서上兵部石尚書書』에서 그는 일본군이 강하다고 하면서 쉽게 개전開戰할 수 없는 여덟 가지 이유를 들었다.[21] 전쟁이 시작된 후 그는 일본군 장령과 도요토미 히데요시 사이 관계를 이간시킬 것을 주장하였다. 예를 들어『여제경양서與諸敬陽書』에서는 "사리 분별이 밝고 지혜를 갖춘 사람을 구해 기회를 틈타 이간질을 하면 반드시 내분이 생긴다. 하지만 무신들이 분수를 모르고 공을 탐내 앞 다투어 전진할 것이 두렵다"고 하였다.[22]『여견복서與見濮書』에서는 "심유경이 왜에 대해 한 말을 다 믿을 수는 없지만 모두 빈말인 것도 아니다. 여식기酈食其의 책론을 널리 시행한다면 한신의 공은 없었을 것이다. 왜구는 교활하여 계교로 취해야지 힘으로 이기기는 어렵다"라

18 錢謙益, 위의 책, 권56, 1388면.

19 袁黃,『袁了凡文集』第十一冊,『兩行齋集』권8, 線裝書局, 2013, 1237면.

20 袁黃, 위의 책, 권8, 1285면.

21 袁黃, 앞의 책, 권9, 1303~1305면.

22 袁黃, 앞의 책, 권10, 1383면.

고 하면서 호종헌이 이간책으로 왜구를 성공적으로 토벌한 것을 예로 들었다.[23] 이로부터 알 수 있는 바 당시 석성·송응창·원황·심유경의 전략방침은 대체로 같았고 그들은 주화파와 주전파 사이에 있었는데 심유경이 나중에 희생양이 되었다.

전겸익錢謙益은 원황袁黃의 아들과 정응태丁應泰의 아들이 각각 소장하고 있는 아버지의 친서親書에서 자료를 얻었다고 주장했다. 그러나 정제시鄭潔西·천상성陳尙勝·순웨이귀孫衛國 등 학자들의 말처럼 전겸익錢謙益의 기술이 사실을 외면한 부분은 심유경沈惟敬과 양호楊鎬 사건을 빌미로 심일관沈一貫을 비롯한 절당浙黨을 타격하려는 의도에서 나온 것이다. 남북 지주 집단의 모순은 명나라에 일관되었고 명나라 말기 절당浙黨과 동림당東林黨은 물과 불처럼 서로 대립했다. 그들은 서로 다른 정치적 관점과 이익 수호 측면에서 조선 지원 전쟁과 심유경에 대해 확연히 다른 평가를 내렸고, 이로 인해 역사서 기재에 영향을 미쳤다. 개전을 전후해 명나라 조정 내부에는 '주화파'와 '주전파' 두 파벌이 존재했다. 주화파는 조지고趙志皐를, 주전파는 심일관沈一貫·장위張位를 필두로 한다. 봉공封貢과 전쟁의 성패를 놓고 논쟁을 벌이던 두 파벌의 모순은 정응태丁應泰가 양호楊鎬를 탄핵했을 때 폭발했다. 조지고는 오인吳人 신시행申時行이 내각에 천거한 사람으로, 태자 책립과 광업세 취소 등에 대한 그의 표현으로 보아 그의 사상은 동림당東林黨에 편향되어 있었다. 정응태는 조지고의 문하생으로 전쟁이 끝난 뒤 동정東征 장병들을 모함했는데 그들이 금을 뇌물로 바쳐 화의했다고 했다. 형개邢玠는 이를 위해 정응태丁應泰와 격론을 벌여 그를 '화당和黨'이라 부르고 정응태의 배후 세력이 '남인南人'임을 폭로했다. 심덕부는 정응태가 "재주가 있고 일을 맡을수 있다"고 인정하면서도 "동정東征을 한 여러 문무 관원을 폄훼하여 형개 이하는 한 명도 면할 수 없었다"라고 상소하여 동정 장병들의 전공을 말살하고 후에 탐오하여 관직을 파면당한 일을 비

23 袁黃, 앞의 책, 권10, 1384면.

판했다.[24] 전겸익錢謙益은 동림東林당 당수로 당연히 정응태를 믿으려고 했을 것이다. 『갑을잉언甲乙剩言』의 「조상국趙相國」에는 호응린이 같은 난계인蘭溪人 조지고趙志皐를 병문안했다고 적고 있다.

> 조상국趙相國은 동사東事로 걱정하고 슬퍼했으며 스무날 동안이나 일어나지 못할 때도 있어 내가 병문안을 갔다. 마침 왕생王生, 의원 이생李生이 함께 앉아 있었는데 조상국이 왕생에게 물었다. "나의 원한은 언제 떠날 것이오?" 그리고 이생에게는 "나의 고황은 언제 몸에서 떨어지는 것이오?"라고 물었다. 내가 웃으면서 대답했다. "석상사가 경성을 떠나면 원한이 떠날 것이고 심유격沈遊擊의 머리가 떨어지면 고황이 몸에서 떨어지는 것입니다." 상국이 아무 말도 하지 않았다.[25]

조지고는 봉공封公에 찬성했다는 이유로 탄핵당해 집에서 와병 중이었다. 석성은 후에 기만죄로 하옥되어 사형을 논하게 되었고 심유경沈惟敬은 처형되었으나 조지고趙志皐는 처벌받지 않았다. 이로부터 알 수 있는바 조선 지원 전쟁에 대한 명나라의 평가는 여전히 미해결 안건으로 남아 있었고, 청나라 사람들의 사서와 문학은 이에 대해 계속 관심을 기울여갔다. 예를 들어, 송낙宋犖의 『균랑우필筠廊偶筆』 권하에서는 양호楊鎬를 "전공이 탁월하다. 참소를 받고 파직당해 고향에 돌아가자 조선인들이 그를 그리워하여 사당을 짓고 비석을 세웠으며 시를 지어 그의 사적을 노래했다. 나라의 사대부들이 한목소리로 그를 칭송하며 그의 억울함을 호소했다"라고 했다.[26] 그의 감정은 양호에게 치우쳐 있었다. 그러나 성풍盛楓의 『가화정헌록嘉禾征獻錄』 권40 「심유경沈惟敬」에서는 심유경을 동정하는 입장에서 심유경이 조선 사신과 함께 책봉을 받으러 가는 틈을 타 이여송李如松이 습격을 가하였다고 기술했다. 그리하여

---

24 沈德符, 앞의 책, 권17, 436면.

25 胡應麟, 앞의 책, 3629면.

26 宋犖, 『筠廊偶筆』 卷下, 『清代筆記小說大觀』(一), 上海古籍出版社, 1999, 34면.

평양을 수복하고 "통솔하는 요병遼兵들이 조선인들의 머리를 베어 공적을 바쳤다"고 서술했다. 심유경은 이여송이 봉공封貢을 망치고 투항하는 자를 죽였다고 비난하였고 여송은 이를 몹시 미워하였다. 얼마 후 여송이 벽제관碧蹄館에서 대패하고 남원南原에서도 패하였다. 이때 상숙常熟 소응궁蕭應宮은 산동山東안찰사로 조선의 군무를 감독하고, 유경으로 하여금 관백에게 편지를 쓰도록 명했다. 며칠이 지나지 않아 왜구가 퇴각하고 유경을 탄핵하는 자가 점점 많아졌다. 소응궁은 유경을 보호하려고 했으나 실패하고 유경은 드디어 사형에 처해지게 되었다. 후에 동사東事 가 평정된후 어떤 사람들은 "유경에게는 당연히 죄가 없다. 희종熹宗대에 이르러도 여전히 이렇게 말하는 사람이 있었다"고 하였다. 이를 통해 지방지地方志가 지역의 입장에 서서 심유경을 위해 변호하였음을 알 수 있다.

3. 송응창宋應昌

송응창宋應昌은 동정東征의 총수로서 출정 초 가흥嘉興 사람 이응정李應征이 「문왕사동원조선聞王師東援朝鮮」을 지어 배웅하였는데 나라의 군대가 왜구를 소탕하고 왜구의 본거지인 쓰시마 섬에 곧장 쳐들어가기를 기대했다. 후에 송응창이 사직하고 집에 있을 때 호주湖州 사람 모곤茅坤은 그에게 시를시제는「倭寇之寇朝鮮也, 天子命少司馬宋桐崗公提兵經略, 振旅還朝, 予賦鮫人歌一首, 以附古者凱歌之末雲」 증정하고 송응창의 동정 전공과 공을 세우고 은퇴하는 데 대해 긍정하고 칭찬했다. 송응창은 본래 조지고가 발탁한 자인데 그의 입장은 주전과 주화 사이에서 우유부단했다. 따라서 동림을 동정하는 문인들의 필치로 송응창은 희화화되었다. 웅명우熊明遇의 『일본日本』에서는 송응창을 조선 원조 전쟁에서 돈 700만을 낭비하고도 "그 요령을 얻지 못하고 수많은 병사와 군마가 죽고 조선인들이 또 용병에 애를 먹었다. 지금까지 '왜소병참지요倭梳兵欃之謠'라는 노래가 전해지고 있는데 다행히 평수길平秀吉이 병사하고 왜군이 철군하여 조선도 점차 보장을 받았다"라고[27] 비판했다. 심덕부는 송응창宋應昌을 "장군의 위망은 없고 큰소리치기 좋아한다"고[28] 비웃었다. 또 도술사를 믿고 도깨비로 왜구를 쫓으며 심지어 적초積草를 태우고 연기를 피워 왜노倭奴를 방어하라고 명을 내렸다고 했다.[29] 청나라 초 담천談遷은 '국각國榷'에 다음과 같이 적었다. "응창應昌은 계획과 책략이 부족하다. 그는 산동을 관할하면서 등래登萊를 순찰할 때 닭 수만 마리를 거두어 들였는데 왜군의 배에 닭을 던지면 왜군들은 바로 설 수 없을 것이라고 했다. 또한 요양遼陽에서 방사 심군沈君의 말만 믿고 몇 길 되는 보루를 쌓고 올라서서 '3일 후에 십만 천병이 내려와 왜구를 멸망시킬 것이다"라고[30] 하였다. 하지만 강서江西 사람 황여형黃汝亨은 송응창의 행장行狀을 쓰며 송응창에 대해 긍정적인 평가를 많이 내렸다. 그는 송응창이 일찍이 국경 지역의 형세에 대해 관심이 많고 장군의 재능을 가지고 있다고 했다. 조승훈祖承訓 지원군이 전멸된 후 "조정이 불안하고 떠들썩했으며 제대로 된 계획을 내놓지 못했다. 조정에서는 상을 내걸었는데 조선을 회복할 수 있는 능력을 갖춘 자에게는 은 만 냥을 주고 백작伯爵을 봉하고 세습世襲한다고 했다. 조정의 신하들은 두려워 다리를 떨고 아무 말도 못했다." 이런 상황에서 송응창이 선뜻 나섰다. 그는 부임한 후 군기를 밝히고 주도면밀하게 배치하였는데 사람들이 모두 손을 움츠리고 탄복하며 말했다. "송공은 군대를 거느림에 있어서 질서가 있고 여유가 있으며 규모가 크고 허술하지 않으니 진짜 경략經略이다." 그 중에서 심유경의 화의를 저지하는 대목의 서술과 『양조평양록兩朝平攘錄』의 기록은 대체로 비슷하다. 석성이 군대를 철수하고 화의하려고 하면 응창은 극력 논쟁했기에 그럴 수가 없었다. 또 오랫동안 고생하였기에 마음

27 熊明遇, 『文直行書詩文·文選卷十三』, 清順治十七年熊人霖刻本.
28 沈德符, 앞의 책, 권17, 441면.
29 沈德符, 앞의 책, 『補遺』 권4, 912면.
30 談遷, 앞의 책, 권76, 4689면.

속으로 울분이 치밀어 뇌졸증으로 쓰러졌고 결국 사직을 청했다. 「행장」에서도 응창이 무술로 퇴병한 일을 언급하며 "당시 우리 군대는 적고 적은 많아 군심이 흉흉했다. 응창은 신속하게 대응하여 신병부술神兵符術을 연마할 수 있는 사람을 모집하기도 했는데 사람들은 이를 알고 웃으면서 무고하고 허망한 걸로 여겼다. 공은 '일단 시험해 보고 이를 빌어 아군을 안정시킨다'고 하였다. 공이 비밀리에 제조한 불화살, 화염이 있는 불, 독이 있는 불 등은 모두 훌륭했다. 장병들이 시험해보니 신기한 효과가 있어 군심이 안정되기 시작했다.[31] 필자는 이 주장이 비교적 합리적이라고 생각한다. 주술로 적을 쫓는 것은 권모술수일 수 있고, 그를 비웃는 사람들은 내막을 알지 못할 수도 있다. 송무징宋懋澄의 『구약집九籥集』 중 「동사야기東師野記」라는 글에는 다음과 같은 내용이 적혀 있다. 만력 21년1593 여름, 명나라 군에 역병이 발생하여 전마가 많이 죽었다. 평양에 주둔한 송응창은 심유경을 일본군 군영에 파견해 의공議貢하는 척하였지만 실은 암암리에 조정에 증병을 요청하였다. 신종神宗은 유정劉綎에게 5천 명을 거느리고 여송如松과 연합하여 적을 견제하도록 명했다. 5월에 일본군은 왕경王京에서 퇴각하고 여섯 무리의 병마가 부산으로 돌아갔다. 6월에 일본군은 강화조약을 의심하고 진주晉州를 다시 약탈했다. 송응창은 이여송을 보내 지원하게 하고, 심유경에게 명해 일본군의 계약 위반을 책망하게 했다. 또 부산으로 퇴각하면 일본에 포상하겠다고 속였다. 왜구는 결국 고려 세자와 그 포로를 돌려주고 서생포西生浦로 퇴각했다. 명나라 군대는 물자와 식량이 보급되지 않아 화의하려고 했는데 조정 신하들의 논쟁이 치열하여 송응창은 일가 식구 백 명의 목숨을 담보로 오랑캐의 봉공封貢이 후환이 없을 것이라고 했다.[32] 이 글은 만력 21년1593 8월 후, 12월 전에 지어진 것일 수 있다. 송무징은 화정華亭 사람으로 절조와 의협심이 있는 사람으로 자처하니 거짓말이 없는 것이 마땅하다. 그의 말에 의하면 심유경의 화의는 송응창의 지시를 받

31 黃汝亨, 『寓林集』 권17, 沈乃文-『明別集叢刊』 第四輯 第59冊, 黃山書社, 2016~2018, 497면.
32 陳子龍, 『皇明經世文編』, 中華書局, 1962, 5539면.

은 것이지만, 송응창은 단지 연극을 할 뿐 적을 현혹시키는 책략에 지나지 않았다. 이 견해는 비교적 실제에 부합되는 것으로 송응창은 조지고의 천거로 공공연히 그와 맞설 가능성은 별로 없다. 심유경은 유기游記 관직일 뿐이며 단독으로 화의할 권리가 없었다.

상술한 인물 외에도 왜구에 대항한 문신文臣이나 무장武將을 칭송한 문학작품들이 또 있다. 하씨의 전기 『대도기大刀記』는 이미 소실된 작품이고, 기표가祁彪佳의 『곡품曲品』에서는 "오랑캐를 평정하고 왜구를 정벌한 유정劉綎 장군의 공적이 탁월하여 그가 훗날 요양遼陽 삼로 전역에서 죽은 일을 아는 사람들은 모두 애석해 했다. 이것으로 그의 전적을 서술하고 장군의 아들인 유길劉佶이 왜구를 대패시킨 것으로 마무리하였다"라고[33] 했다. 유정은 명나라 말기 명장으로 120근이나 되는 큰 칼을 사용하여 즉시 나는 듯이 움직였다. 그는 두 차례 조선에 갔는데 '임진왜란' 때 부총병副總兵으로 천병川兵 5천 명을 이끌고 조선에 들어갔고 '정유왜란' 때 다시 총병으로 군대를 거느리고 조선에 갔다. 조선 『선조실록宣祖實錄』에는 "중국과 조선의 장수들 중 유정은 용맹하고 용병에 뛰어난 제1인자"라고[34] 기록되어 있다. 이 희곡에서 왜구에 대항하는 것은 단지 유정의 영웅적 사적事績 중의 하나일 뿐이다. 몽춘원주인蒙春園主人의 『입명설立命說』은 원황을 주인공으로 하여 왜구 대항 경력에 대해 언급하고 있으며 현재 남은 것은 낙질본이지만, 『곡해총목제요曲海總目提要』의 소개에서 그 줄거리를 조금 알 수 있다. 동강董康은 이에 대해 다음과 같이 말했다. "이 전쟁에는 큰 공로가 없었지만 극에서는 어쩔 수 없이 약간 과장될 수밖에 없다. 극에서 여송은 왜구를 강에서 대파하고 원황은 조령鳥嶺에서 지원에 나섰다. 유정은 조령에서 왜구에게 대패하고 원황도 추격을 받았다. 모두 원황을 위해 겉치레를 하는 것이다. 유정의 시녀도 군장을 하고 여장수와 함께 조령에서 적을

33 中國戲曲研究院編, 『中國古典戲曲論著集成』 第六集, 祁彪佳, 『遠山堂曲品·能品』 中著錄, 中國戲劇出版社, 1959, 73면.

34 『宣祖實錄』 권40, 學習院東洋文化研究所, 昭和二十八-四十年(1953~1965)版, 602면.

추격했다고 하는데 역사에는 기록되지 않았지만 이렇게 전해진다. 송응창은 병부상서로 승진하였으며 원황은 도를 닦고 황자엄黃子儼은 진사가 되었다. 송응창은 상주를 올려 부친이 연로하여 함께 돌아올 수 있기를 청했으며 결국 함께 경사에 돌아와 일 처리하는 것을 허락받았다. 황자엄은 예부주사禮部主事에 임명되었다. 황자엄은 천계天啟 5년에 진사에 합격했는데 이때까지 거의 삼십 년이 흘렀다. 심히 황당하다."[35] 극중 원황 부자의 조선 원조에 대한 전적은 상당히 과장되고 허구적이다. 원황은 군대 통솔에 엄격했지만 심학心學을 신봉하고 정주리학程朱理學을 반대하여 주자학을 신봉하는 조선 선비들에게 미움을 샀다. 또한 원황도 공을 빼앗은 혐의가 있는데 풍중영馮仲纓을 파견하여 조선인에게서 일본군의 수급을 달라고 한 적이 있다. 이로 인해 당시 조선 선비 신흠申欽은 「명나라 사신 내왕 시간과 성명. 임신년부터 경자년까지의 기록天朝詔使將臣先後去來姓名. 記自壬辰至庚子」에서 "삼가 중조 사대부의 수치라고 생각한다"라고[36] 적었다. 원황은 일찍이 이여송이 조선인의 수급을 베어 공을 가로챈다고 무고하였으므로 이여송은 하늘에 대고 맹세할 수밖에 없었고, 결국 상주문을 되찾아 유황상劉黃裳·원황 등의 공로를 더해서야 비로소 그만두었다.

위의 인물들은 모두 임진왜란을 직접 경험한 인물들로 청나라 말기에 이르러 소설·희곡에는 완전히 허구적인 '임진왜란' 문학인물이 등장하기 시작했다. 예를 들어, 주매숙朱梅叔의 『매우집埋憂集』 권4 「철아鐵兒」에서는 이우義烏의 고척목소顧尺木小가 재능과 무예가 뛰어나다고 알려져 있으며, 서위徐渭의 천거로 호종헌胡宗憲의 휘하에 들어가 왜구를 정벌하면서 3년 동안 돌아오지 않았다고 했다. 그의 아내 용씨龍氏는 혼자 살면서 여름밤을 시원하게 보내기 위해 쇠기둥을 안고 임신하여 철 덩어리를 낳았다. 눈썹과 눈, 사지와 몸통이 모두 갖추어져 있었지만 움직이지 않고 울지 않아 노파에게 제방 아래에 버리라

35 董康, 앞의 책, 권12, 794면.

36 申欽, 앞의 책, 269면.

고 명령했다. 때마침 이곳을 지나던 광서 군관 진대강陳大綱이 데리고 가서 입양하여 자기 자식처럼 돌보면서 이름을 철아鐵兒라고 지었다. 철아는 어려서부터 강직하고 용맹했으며 아버지의 풍채와 성격을 닮았고 순박하고 인정이 두터웠다. 성장한 후에는 호협하고 친구 사귀기를 즐겼다. 글을 모른다고 비웃는 자가 있으니 예전 습성을 버리고 스승을 모셨다. 후에 유정劉綎의 휘하에 들어가 양응룡楊應龍을 정벌하고 공을 세워 영녕참장永寧參將으로 임명되었다. 얼마 지나지 않아 조선에서 다시 작전을 펼치니, 철아가 직접 지휘하여 해도海道에서 왕경王京을 곧바로 공격했다. 조선에 이르니 왜구는 이미 왕경을 버리고 떠났고 또 도요토미 히데요시가 죽었다는 소식을 듣고 도망을 갔다. 진린陳璘은 부장副將 등자룡鄧子龍과 함께 전함을 거느리고 300명의 무리를 섬멸하라고 명령하니 왜놈들은 을산乙山으로 도망쳤다. 그런데 절벽이 깊고 길이 험해 장병들은 감히 앞으로 나가지 못했다. 철아는 객교인客敎人과 함께 결사대원 백 명을 이끌고 밤을 틈타 동굴을 에워쌌다. 왜놈들은 높은 곳에 의거해 수비를 펼쳤다. 철아가 먼저 오르고 백여 명이 계속 쳐들어가니 왜놈들 중에 벗어난 사람이 한 명도 없었다. 동굴 속을 뒤져보니 재물이 산처럼 쌓여 있었고 다른 한 곳에는 많은 부녀자들이 묶여져 있었는데 풀고 보내주다가 우연히 이곳에 붙잡혀 온 어머니를 만났다. 철아는 조선에서 이룩한 공으로 도독동지都督同知의 직위를 하사받고 산해관 총병山海關總兵으로 임명되었다. 철아는 극구 사양하고 관직을 사임하고자 했으나 허락받지 못했다. 철아는 관직을 그만두고 집으로 돌아와 어머니를 봉양했다. 작자 미상의 『철궁연鐵弓緣』 역시 근거가 없이 가공한 문장인데 다음과 같은 내용을 담고 있다. 기주冀州 총병 기비룡祁飛龍의 아들 계신啟新이 서향瑞香과 채하彩霞를 차지하려고 하다가 성공하지 못하자 관백과 내통하여 서향의 아버지인 광진匡鎮을 모함했다. 제독 웅상熊祥은 광충匡忠과 황보강皇甫剛을 좌우 선봉으로 명하여 왜구를 섬멸하고 관백을 죽였다. 마지막에 여러 사람들이 작록을 봉하고 연인도 사랑의 결실을 맺었다. 동강은 극중 기비룡이 일본으로 건너가 화의하던 중에 도망친 정사이종성李宗城을 가리키는 것 같고, 웅상은 양호楊鎬를 빗대어 말하며, 광진은 원황袁黃을 가리킨다고 보았다.[37] 이런 문학작품의 등장은 청나라의 '임진왜란' 문학 서사가 새로운 단계에 들어섰으며 역사의 틀에서 벗어나 문학적 허구로 나아가고 있음을 보여준다.

4. 명청 '임진왜란' 문학 서사의 변천

원·명 이래 중국과 조선 두 나라는 끊임없이 왜구의 침략을 받아온 공통의 역사적 경험을 가지고 있다. 중국에서는 가정 연간에 왜구의 피해가 가장 심했다. 왜구가 도처에 불을 지르고 사람을 죽이고 노략질하여 풍요로운 동남 해안이 참혹하게 유린당했고 사방 천리가 피폐해졌다. 명 왕조는 막대한 대가를 치렀는데 가정 44년1665에 와서야 왜구를 완전히 섬멸하였다. '임진왜란'이 발발한 시기는 '가정왜란嘉靖倭亂'이 지난 지 30년도 안 되었기에 중국 사람들은 이 참혹한 고난을 여전히 생생히 기억하고 있었으며 조선 사람들의 고난을 몸소 체험하듯이 공감했다. "조선 사람은 사망자가 매우 많다. 각 섬의 오랑캐들은 천 명이 가면 백 명이 돌아오고, 백 명이 가면 열 명이 돌아오고, 집집마다 울음소리가 들리고 사람마다 분노한다 ……(왜인들은) 민간 부녀자를 약탈해 집에 가두고 노골적으로 음란한 짓을 하니 절도라는 것이 없었다."[38] 따라서 문학작품에서는 공격의 화살을 조선 침략의 원흉인 도요토미 히데요시에게 겨누고 이를 희화화해 침략자에 대한 작가의 증오심을 표현하였다. 또 일부 산문에서는 '임진왜란'의 과정을 기술하는 것을 위주로 하였는데 예를 들어 송무징宋懋澄의 『동사야기東師野記』에서는 '임진왜란'의 발발, 명나라 조정의 출병 구원, 평양 수복 등의 과정부터 봉공封貢과 종전에 이르기까

37 董康, 앞의 책, 권39, 1779면.

38 謝傑, 앞의 책, 313면

지 서술하고 있다. 장대복張大複의 『동정헌획기東征獻獲記』·『동정헌포기東征獻俘記』 두 편의 글에서는 전쟁이 끝나고 장병들이 개선하면서 장대복이 두 아들과 함께 경성에서 포로를 바치는 광경을 직접 목격했다고 기술하고 있다. 『동정헌획기』는 명나라 군대가 노획한 전리품을 기술하고 있다. "천자는 금오金吾 무사들에게 명해 포로를 묶게 하고 노획한 갑옷·투구·깃발·무기 등 전리품을 장안 거리에 진열하여 관리와 백성들이 구경하게 했다." 그때 구경꾼이 거리가 막힐 정도로 많았다. "작은 수레 두 대를 보았는데 포구가 마치 큰 그릇과 같았고, 포신이 곧고 튼튼하며 표면이 매끄러웠다. 구리 혹은 철로 만든 것이며 번쩍번쩍 눈부시게 빛났는데 이것이 바로 불랑기佛郎機 대포였다. 정말 멋진 무기였다. 깃발의 행렬은 길 양쪽에 세워져 있었고, 모두 간단한 도안이 그려져 있었다. 채색으로 병, 고리, 꽃, 장신구 등을 그렸고 길이가 서로 다르다. 깃대는 빨간색이며 깃발의 폭은 좁았다. 어떤 것은 좌륜左輪이라고 적고 또 어떤 것은 우륜右輪이라고 적고 어떤 것은 '대방광불화엄경大方廣佛華嚴經' 글자를 적었는데 글자체는 해서체이며 이상한 서체는 없었다. 둥글부채처럼 생겼지만 둥글부채보다 큰 것도 있었는데, 화사한 닭 깃털이 있고 아래쪽에 방울이 달려 있어 방울소리가 났다. 어떤 사람들은 이것을 포로의 깃발이라고 말했다. 만약 그렇다면 깃발의 좌우 각각 대여섯 대 수레에 실려 있는 것은 모두 동총·조총·연석총이다." 노획한 각종 무기와 장비를 전시해 제국의 위엄을 보여주었다.[39] 『관동정헌부觀東征獻俘』에서는 포로를 바치는 내용을 적고 있다. "헌납 7일째 되던 날, 천자가 성루에 올라 포로를 받고 서시西市에 보내 참수하게 했다. 포로를 모두 결박하고 붉은 옷을 입은 관리들이 말을 타고 나는 듯이 달려 사저로 돌아갔다. 위병들이 방패를 들고 장안문 밖에 서 있고 길옆에 구경꾼들이 가득 몰려 있었다. 사람들은 멀리서 지켜보았는데 먼지가 일고 비린내 나는 바람이 불면 포로들의 혼백은 장안문을 나갈 것이다……포

39 黃宗羲, 『明文海』, 中華書局, 1987, 3613면.

로들은 모두 빨간 옷을 입고 피곤하고 졸린 모습으로 걸어갔다. 한 나졸이 포로들을 향해 삿대질하며 '네놈들은 어찌하여 일찍 죽지 않고 조정의 많은 병마와 전곡錢穀을 낭비하고 또 내 아내와 아이를 온전케 하지 못하였느냐?' 말을 마치고 눈물을 줄줄 흘렸다."[40] 포로와 매국노를 처단하는 모습을 적고 나졸의 눈물겨운 호소를 통해 침략자의 죄행을 폭로하였으며 "횡포한 자들을 제거하고 선량한 사람을 평안하게 하는 대의大義, 나라와 민족을 진흥시키고 이어가는 인덕誅暴之義, 興繼之仁"을[41] 구현했다. 만력 27년 윤사월 병술에 조정에서 반포한 「평왜조平倭詔」에서는 더 분명하게 말했다. 평정수平正秀 등 전범을 천하에 전하여 "중국의 덕망과 위세를 널리 알린다". 이는 "우리나라는 어진 은혜가 망극하고 공순한 자에게 어려움이 있으면 반드시 구원할 것이다. 의리와 위풍이 분발하니 소란을 피우는 하찮은 것들은 강하다고 해도 반드시 죽일" 것임을 보여주며 제국의 신성불가침의 의지와 왜구에 대한 멸시를 구현하고 있다.

요컨대 명나라문학에서 '임진왜란'의 서술자 중에는 원황袁黃과 같은 사건의 경험자가 있을 뿐만 아니라 사건을 세심하게 주시한 사람도 있었다. 이 역사적 사건에 대한 그들의 체험과 인식은 "역사에 대한 감각적 측면과 밀접한 관련이 있는 것은 경험이 사람의 모든 감정을 담고 있다는 점이며 우리가 실제 경험과 가까워질수록 사람들의 감정 생활, 즉 사람을 슬프게 하고 분노하게 하고 긴장하게 하고 짜증나게 하는 일 및 사람들의 우려, 증오, 희망과 걱정의 지위를 두드러지게 한다"는 것이다.[42]

그들이 글을 쓴 목적은 기억을 새기는 것이다. 이들은 당쟁, 지역 등 요인의 영향으로 사건의 본질, 왜구에 대한 태도는 일치했지만 '임진왜란'의 중요한 역사적 인물을 부각하는 데 있어서 큰 차이를 보였다.

40 黃宗羲, 위의 책, 3613면.

41 『明神宗實錄』 권329.

42 柯文, 『曆史三調－作爲事件, 經曆和神話的義和團』, 杜繼東譯, 江蘇人民出版社, 2000, 47면.

천계天啟 연간 나부산객羅浮散客의 『천주교天湊巧』 제3회 「곡운선曲雲仙」은 송응창을 양호楊鎬로 잘못 썼을 정도로 원조援朝 역사에 익숙하지 않다. 더욱이 청나라 때는 중·일 양국이 모두 폐관 쇄국했기에 두 나라는 거의 교류가 단절된 상태였고, 시간이 지나면서 청나라의 '임진왜란' 기억이 차차 희미해지게 되었다. 따라서 '임진왜란'의 문학서사가 점차 기억의 각인에서 기억의 구축으로 바뀌었고 부여하는 의미도 변하기 시작하였다. 과장과 허구의 예술 기법을 많이 사용하였고 인물 형상도 전기의 역사적 인물에서 문학 허구 인물로 바뀌었다. 예를 들어 명나라 유민遺民 진침陳枕의 『수호후전水滸後傳』은 '임진왜란'의 서사를 빌어 민족 감정을 표현하고 있다. 이 소설에서는 시암暹羅, 태국의 옛 이름 정승 공도共濤가 국왕을 시해하고 찬위하자 이준李俊은 군사를 일으켜 죄를 묻고 간신을 제거하고 시암 왕을 자처했다. 청예도靑霓島 도장 철라한원鐵羅漢原은 공도共濤와 결탁하여 못된 짓을 하고 이준의 단속에 불복하고 일본의 군사를 빌어 복수하려 했다. 일본도 오래전부터 시암을 병탄할 마음이 있었는지라 왜왕은 관백 평수길에게 만 명의 군사를 보내 통솔하게 하였다. 마지막에 공손승公孫勝은 왜놈들이 섬에서 자라 추위를 많이 탄다는 약점을 잡고 도술을 부려 가을에 폭설이 내리게 하여 관백과 왜병들은 모두 산 채로 얼어 죽었다. 이 '브리지 플롯'은 비록 허구이지만 근거가 전혀 없는 것은 아니다. 예를 들어 경략經略 송응창宋應昌은 여러 통의 서신과 상소문에서 '왜노가 추위를 두려워하는' 특성에 맞게 왜구를 섬멸할 계획을 세워야 한다고 건의했다.[43] 『명사明史』 중 『소언전蕭彦傳』·『시암전暹羅傳』 및 조선 『선조실록宣祖實錄』 등의 문헌에 따르면, 명나라 조정에서도 시암에 군사를 빌려줄 생각이 있었다. 또 조선에 파병된 명나라 군사 중에 확실히 여러 나라 병사가 있었다. 조선 선조 26년1593 4월 10일 병조판서 이항李恒은 유정劉綎의 부대를 방문한 뒤 선조宣祖에게 유정이 부대를 사열할 때 시암·도만都蠻·소서천축小西天竺·육

43 다음 내용을 참조하기 바람. 宋應昌, 『經略復國要編』 中, 『報石司馬書』(十二月初四), 『請加將領職銜疏』(十二月十二日)等文, 華文書局, 1968.

번六番·득릉국得楞國·묘자苗子·서번西番·삼새三塞·면국緬國·파주播州 등지에서 온 병사들이 무예 공연을 했다고 보고했다. 또 당시 조선을 경유해 중국을 침공하고 나아가 동남아를 장악하려는 도요토미 히데요시의 야심도 만천하에 드러났다. 『명사·일본전明史·日本傳』에는 도요토미 히데요시가 일본 66주 정복에 이어 "류큐琉球·루손呂宋·시암·프랑크佛郞機 등 여러 나라를 위협하여 모두 공물을 바쳤다"고 기록되어 있다. 덴쇼天正 15년1587 고후쿠지興福寺 승려 다몬엔 에이슌多聞院英俊은 그의 일기에서 일본의 도요토미 히데요시는 일본을 통일한 뒤 조선과 명나라 그리고 남만동남아시아과 천축天竺을 공격할 것이며 히데요시는 북경에 도읍을 정하고 스스로 천자가 되기로 결정하였다고 기록하였다.[44] 『수호후전水滸後傳』에서 왜구가 침범한 대상을 시암으로 대체한 것은 근거 없는 것이 아니며, 저자는 이 역사를 빌려 정성공鄭成功이 해외에 항청抗清 근거지를 건설하고 명나라를 회복하는 데 성공하기를 바라는 마음을 에둘러 표현하기도 했다. 『야수폭언野叟曝言』은 가정왜란의 기억과 '임진왜란'의 기억을 섞어 도요토미 히데요시의 조선 침략전쟁을 중국 동남해안에 대한 침략으로 개작했다.

요컨대 청나라 '임진왜란' 문학 서사가 점차 허황스럽게 변하게 된 것은 주로 현실적 요구에 의해 결정되었기 때문이다. 현실적 차원이 당시 사람들의 절박한 요구에 뿌리를 두고 사람들의 역사 인식 구축에 참여할 때 사람들의 역사적 시각에 영향을 줄 수 있다. 또 현실 요구에 부합하는 역사 자원만이 새롭게 주목받고 새로운 의미를 부여하여 현실 문제를 해결하는 힘이 될 수 있다. 청나라 작가들은 주로 '임진왜란' 서사를 통해 명나라 유민遺民의 은곡隱曲 정서와 사인士人들이 공을 세우고 업적을 쌓으려는 꿈을 표현했다.

44 樊樹志, 『萬曆年間的朝鮮戰爭』, 『復旦學報』, 2003(6), 96~102면 재인용.

귀방貴邦과 접이鰈夷

고가 세이리 부자의 한국에 대한 입장과 임진전쟁 담론

오류영吳留營
상하이사범대학교
중문학과 부교수

전근대 시기에 조선과 일본은 서로 이웃 국가로서 오랫동안 왕래하면서 때로는 전쟁을 진행하고 때로는 평화로운 관계를 유지했다. 일본 전국 시대 말기에 도요토미 히데요시豐臣秀吉가 거병하여 조선을 침공하여 그때까지 유지해 오던 조·일 관계를 전복시켰고 명나라까지 개입하게 되었다. 7년에 걸친 전쟁은 동아시아의 정치 분위기를 크게 바꾸어 놓았고 그 이후의 판도에도 큰 영향을 미쳤다. 전쟁지였던 조선은 이후 오랫동안 국력을 회복하지 못했고, 도요토미豐臣의 죽음과 더불어 그의 통치도 종식되어 일본은 에도 막부 시대로 접어들었다. 명나라는 병력과 재력이 밖에서 소모되는 동안 국내 민생은 피폐해졌고, 여진족이 점차 강대해져 앞뒤로 적과 대치해 있는 상황에서 개혁을 진행할 수밖에 없게 되었다. 전쟁의 시작과 끝은 모두 새로운 출발점이 되었다. 전쟁 이후 생겨난 도쿠가와 막부德川幕府는 국제적으로 인정을 받기 위해 조·일 관계를 다시 회복하려고 애를 썼다. 조선왕조는 흔쾌히 허락하고 국력을 회복하는 데 시간을 벌고자 했다. 그리하여 에도시대에는 양국의 왕래가 끊이지 않았고, 2백여 년 동안 평화로운 국면이 유지되었다. 이 기간에 조선에서는 12차례 사절단을 일본에 파견하였는데,[1] 현재 남아 있는 필담 자료와 창화시는 그 자체만으로도 매우 가치가 풍부한 보물이다. 물론 많은 요인이 이런 문헌의 신빙성에 영향을 미치기 때문에 보다 포괄적인 문헌 및 사료를 연구 범위에 포함시켜야 할 것이다.[2]

사신 교류를 통해 얻은 성과는 부정하기 힘든 것이지만, 교류 과정에는 갈등과 기싸움 역시 객관적이고 보편적으로 존재했다.[3] 반복적인 기싸움의 결과 조선은 '풍속은 교활하고 흉측하며鮮俗狡獰' '터무니없이 자만하다妄自尊大'는 평가를 받았고[4] 일본 역시 조선인들에게 '예의를 모르고 교활하여 극히 혐오스럽다非禮且狡猾, 萬萬痛惡'는 인상을 남기게 되었다. 물론 이런 평가의 이면에는 문화적 정통성에 대한 다툼이 있었다. 본고에서 주목한 1811년 조선 사절단의 일본행은 에도시대 조선의 마지막 통신사행이었다.[5] 이번 사행에서 양측은 분명히 예전의 교류에서 축적된 몇 가지 문제를 감지하고 피하려고 노력했다. 본고에서 주목한 것은 이 과정에서 반복해서 발생하고 가리려고 애써도 가려지지 않았던 갈등 양상이다. 현대 학자들은 이번 교류에서의 일부 갈등에 주목한 바 있다. "의례의 세부 사항에서 관례대로 사소한 다툼을 피할 수 없었지만 양국 사절이 선물을 무사히 주고 받고 국서를 교환했으니 아슬

1 처음 3회는 '回答兼刷還使'라고 칭하였는데 통신사로 통칭하는 학자들도 있으므로 본고에서는 '통신사'라는 호칭을 사용하였다.

2 張伯偉, 『東亞漢文學研究的方法與實踐』 第八章, 「東亞行紀"失實"問題初探」, 中華書局, 2017, 234~269면.

3 韓東, 「十八世紀朝日文人的"文會"與"文戰"」, 『北京社會科學』, 2017년 제6기; 張伯偉, 「"文和"與"文戰"－東亞詩賦外交的兩種模式」, 『中華文史論叢』, 2022년 제2기. 상기 논문들에서는 모두 갈등과 화합이 존재한 양상을 인식하고 있다.

4 松崎慊堂, 「接鮮紀事」, 王連旺, 『朝鮮通信使筆談文獻研究』, 上海交通大學出版社, 2018, 60면.

5 60여 년 이후, 다음 번 일본 사행 시 양국 관계, 나아가 동아시아 구도에는 이미 큰 변화가 일어났다. 일본은 메이지유신 수 년 뒤인 1875년 '운양호' 군함으로 조선에 침입하여 양국은 「강화조약」을 체결하였으며 조선은 식민지로 전락하기 시작했다. 1876년 일본 사신은 修信使로 개칭되었다.

아슬하긴 했지만 왕명을 모욕하지는 않은 셈이었다"[6]라는 주장이 그것이다. 하지만 필자는 비록 양측 사절이 사행 임무를 기본적으로 완성하긴 했지만 그 과정에 발생한 갈등은 무시할 수 없었던 것이며, 에도시대 후기 이후 이런 명암이 다른 위험이 점점 심해져 메이지 시기 양국 관계에 중대한 위기를 초래했다고 생각한다.

미야케 히데토시三宅英利 등 학자가 1811년의 통신사를 에도시대 통신사행의 쇠퇴기로 분류했다.[7] 통신사라는 역사적 현상의 흐름으로 볼 때 이 판단은 물론 정확하다. 1811년 이후 조선왕조와 일본 막부 정권은 모두 조선통신사의 역할이 축소되고 있다고 느꼈다.[8] 이런 결과를 초래한 원인을 추측하는 것은 매우 필요한 일이다. 시각을 바꾸어서 당시의 역사적 맥락으로 돌아가 통신사 제도가 존속하기 어렵게 된 원인을 규명하고, 통신사 제도가 쇠퇴하는 징후를 살펴볼 필요가 있다. 통신사가 수십 년간 정체돼 있었고, 제도가 쇠퇴한 것은 양국 관계의 경색을 반영하는 것일 뿐일까? 12차례의 통신사행을 통해 원만한 국제관계를 맺지 못했고 사행 과정의 일부 단편적인 사건들은 심지어 양국의 갈등을 증폭시켰다. 이는 통신사 제도 자체의 문제이다. 1764년이 중요한 전환점이었다면,[9] 양측의 인식이 뒤바뀐 1811년은 양측의 외교에서 내외적인 문제가 가장 많이 잠복하고 두드러졌던 한해였다. 고가 세이리古賀精里는 이번 교류의 주요 참여자 중 한 명으로, 그의 아들과 학생들도 직간접적으로 이번 행사에 참여하였다. 본고에서는 이들의 저술을 돌파구로 당시의

6 段志強, 「東槎錄解題」, 復旦大學文史硏究院 編, 『朝鮮通信使文獻選編』 第5冊, 復旦大學出版社, 2015, 290면.

7 三宅英利, 『近世アジアの日本と朝鮮半島』, 朝日新聞社, 1993; 文嬉眞, 『名古屋大學博士(學術)』 甲 第3982號, 1998.

8 徐冬日·金禹彤, 『朝鮮通信使眼中的日本形象—以「海行總載」為中心』, 人民出版社, 2018, 7면; 金文植, 「조선 후기 通信使行員의 對日認識」, 『대동문화연구』, 성균관대 대동문화연구원, 2002, 125~165면.

9 張伯偉는 1764년의 한일 수창과 필담을 한문학사에서의 변곡점으로 보았다. 이때를 기점으로 조선 나아가 중국에 대한 일본의 태도는 점차 경시로 변했다. 張伯偉, 「漢文學史上的1764年」, 『文學遺產』 2008年 第1期.

상황을 살펴보고자 한다.

1. 필담 풍격의 변화와 피하기 어려운 화제

1) '본 민족 중심'에서 비롯된 승부욕

1811년의 12번째 교빙[10]은 유일하게 대마도에서 열린 '타지에서 행한 빙례異地聘禮'이자 '연기된 빙례'였다. 이번 교류의 일상적이지 않은 점에 대해서는 학자들이 이미 연구했으므로 중복하여 서술하지 않겠다. 필자는 이번 사행 전에 양측이 이미 10여 년간 교섭을 거듭한 끝에 합의를 달성한 「통신사절목강정通信使節目講定」에 주목하고자 한다. 해당 서류에서는 "양국의 국서를 맞이하고 보내는 예절을 동일하게 할 것", "양국 사신의 접견례를 동일하게 할 것" 등을 강조했다. 대등하다는 것은 양국이 모두 중화로 자부하는 상황에서 특히 중요한 의미를 가진다. 특별히 강조하고 싶은 것은 "사행단 인원들을 각자 신칙하여 서로 쟁론하는 일이 없도록 했다"[11]는 것이다. 이는 예전에 여러 논쟁이 있었다는 것을 증명하는 동시에 이번 사행에서 교류 도중에 발생하는 분쟁을 방지하려는 노력을 엿볼 수 있다.

사실 무인이 아닌 문인들이 양국 관계를 주도한다는 사실 자체가 평화에 대한 기대를 기반으로 한 것이다. 위의 「절목강정」에서는 특별히 '문장과 서예에 능한 사람能文能書之人'의 지위를 언급하였다. 고가 세이리古賀精里는 쇼헤이코昌平黌의 교수로 '간세이 삼박사寬政三博士' 중의 한 명이었다. 1811년 대마도에서 사신 영접을 앞두고 '삼박사' 중 시바노 리쓰잔柴野栗山과 비토 지슈尾藤二州가 죽거나 병으로 은퇴했다. 그래서 고가 세이리는 대학두大學頭를 보좌해서 학정을 처리하는 유관으로서 학계의 거물급이었기 때문에 대학두인 하야

10 1811년은 신미년이므로, 본고에서는 이번 교빙을 '辛未交聘'으로 칭한다.

11 柳相弼, 『東槎錄』, 『朝鮮通信使文獻選編』 第5冊, 293면.

시 줏사이林述斎,はやし じゅっさい를 대동하여 사신을 영접하는 적임자가 되었다. 큰 중임을 맡은 고가 세이리는 문하의 제자들과 함께 진지하게 역사 문헌을 살피고 응대의 방법을 확정하였는데 현재 보존되어 있는 『한방쇄기韓聘瑣記』 두 책이 바로 그가 큰 정력을 쏟은 결과물이다. 이 책에서 고가 세이리와 그의 제자들은 양국의 공적, 사적 서신 왕래, 필담 용어 등을 자세히 고찰하고 미리 문답 내용을 만들어 예에 맞고 잘못이 없게 하려고 했다.

교빙이 끝난 뒤에 고가 세이리는 또 양측의 필담, 수창 내용을 한 권으로 묶고 제목을 『대례여조對禮餘藻』라고 하였다. 2년 뒤 고가 세이리의 3남인 고가 도안古賀侗庵[12]이 발문을 써서 도쿠가와 시대 이래 한국 사신을 영접하던 일본 접반사들의 승부욕을 크게 비판하였다.

> 국초 이래 조선 사신 접반사들이 남긴 글들이 모두 있어 자세하게 볼 수 있다. 아라이 하쿠세키와 오규 소라이 문하의 여러 사람들의 글을 여기에서 볼 수 있다. 나는 일찍이 펼쳐서 읽어본 적 있는데 늘 승부욕이 안에서 들끓어서 밖으로 넘치는 것이 한스러웠다. 우리의 강한 것으로 그들의 약한 것을 모욕하거나 우리의 큰 것으로 그들의 작은 것을 멸시하고 우리의 화려한 문사로 그들의 부족한 재능을 압박했다. 그래서 하찮은 오랑캐들이 마음을 굽혀서 따르려고 하지 않고 툭하면 불손한 언사를 내뱉고 소란을 피우기를 그치지 않은 것이다. 손님과 주인이 서로 읍양揖讓하는 예의가 땅에 떨어지니 그것이 국격을 고욕되게 하고 밖의 오랑캐들에게 비웃음을 사는 것이 어떠하였겠는가?[13]

12 古賀煜(1788~1847). 자는 季曄이고 호는 侗庵이며 古賀精里의 셋째 아들이고 古賀穀堂의 동생이다.

13 古賀侗庵, 『侗庵初集』 卷九, 「對禮餘藻跋」, 宮內廳書陵部藏寫本, "國初以來, 接伴韓使者, 遺文具存, 歷歷可睹. 源君美及徠門諸子, 由此其選也. 煜間嘗翻而閱之, 每恨其好勝之心, 炎於中而溢於外. 或以我之強, 侮彼之弱, 以我之大, 蔑彼之小, 以我之麗藻曼辭, 淩暴彼之枯腸短才. 是以幺麼夷人, 不肯降心以從, 動以不肖之語相加, 賓主揖讓之禮掃地, 其辱國體, 貽笑外夷何如也." 아래 같은 판본일 경우 따로 주석을 달지 않았다.

이 말은 이번 빙례에 참여한 아라이 하쿠세키新井白石와 오규 소라이荻生徂徠 문하의 제자들을 모두 비판의 대상으로 삼고 있다. 고가 도안은 그들이 양국 교류의 장에서 강한 것을 믿고 약자를 억누르려는 행태에 대해 좋지 않게 보았고 심지어 사문斯文의 지위를 떨어뜨리고 국격을 실추시키는 행위라고 질책했다. 아라이 하쿠세키와 조선 사신들 사이의 대담으로 이루어진 『좌간필어』와 『강관필담』이 아직 남아 있기 때문에 고가 도안의 말이 사실이라는 것을 확인할 수 있다. 『강관필담』에서 조선통신사 조태억은 청나라 시대에 전 세계가 좌임왼쪽 여밈 복식을 따르는데, 오직 조선만이 관복을 바꾸지 않았다는 점을 자랑스럽게 생각했다. 그러나 아라이 하쿠세키는 "조선의 복식은 다만 명나라 시대를 따른 것일 뿐, 주나라 예법과는 상당히 차이가 있다"고 찬물을 끼얹었다. 더 나아가 도발적으로 조선과 류큐가 청나라 제도에 따라 변발變發과 개복易服을 하지 않은 것은 어쩌면 "우리 동방의 신령 덕분일지도 모른다"[14]고 주장했다. 조선(과 류큐)이 일본의 보호를 받았기에 청나라의 복식 개혁을 면할 수 있었다는 것이다. 조선 사신은 이에 응답하지 않고 화제를 돌렸다. 아라이 하쿠세키이 통신사의 예의 의례를 개정하는 데 주도적인 역할을 했다는 점을 결합해 보면, 공식적인 의례 개정 조항이든 조선 사신과의 사적 대화에서든 아라이 하쿠세키는 일본의 '문화적 우월성'을 강화하려는 의도를 선명하게 드러내고 있으며, 일본이 모든 나라보다 우월하다는 '자민족 중심주의' 의식을 확고히 하고 있어서 강한 정치적 의미를 내포하고 있다는 것을 알 수 있다.[15] 이러한 태도는 일본 문인들에게 "국가대사를 욕되게 하지 않은 것"이어서 사방 나라에 사절로 가서 외교를 할 수 있다는 포부를 실현한 것처럼 보였다. 하지만 국제적 교류 장에서의 이런 자민족 중심주의는 (평등과 호혜가 아닌) 상대방에게 부정적인 이미지를 남겼으며, 실제로는 "국가 대사"에 손해를 끼쳐 양국 관계에 부정적인 영향을 미쳤다.

14 新井白石・(朝鮮)趙泰億 等, 『坐間筆語(附『江關筆談』)』, 江戶刊本.

15 于泳・林範武, 「江戶"正德"年間朝鮮來聘儀禮修訂策略解讀」, 『歷史教學問題』, 2017(6).

이러한 폐단을 인식한 고가 도안古賀侗庵은 『대례여조발對禮餘藻跋』에서 정반대의 사례를 대비시키며 부친의 처신이 귀중하였음을 강조하였다. 그는 이렇게 말했다.

> 부친께서는 이 점을 헤아려, 조선 사신을 맞이함에 있어 스스로를 삼가고 감히 업신여기려 하지 않았다. 이 편을 살펴보면 허풍과 과장이 전혀 없고 화려함을 과시하거나 다툼을 부추기는 표현도 없다. 그러므로 조선 측도 감복하고 기뻐하며 흠모하였고, 감히 불손하게 대하지 않았다. 조정의 위엄은 과시하지 않아도 스스로 높아지고, 양국의 우호는 조약 없이도 더욱 견고해진다.[16]

고가 도안이 말한 사신을 맞이하는 태도는 맹자의 "사람을 사랑하는 자는 사람들이 항상 그를 사랑하고, 사람을 존경하는 자는 사람들이 항상 그를 존경한다"는 사상을 잘 실천한 예라 할 수 있다. 그러나 만약 정말 그렇게 했다면, 조일 관계는 평화로웠을 것이다. 현실은 더욱 복잡미묘한 바, 조선과 일본의 관계는 화친과 전쟁, 친근함과 거리감이 얽혀 있었다. 그렇다면 고가 세이리 부자의 이러한 주장과 태도는 실제로 시행되었을까?

2) 덮으려 할수록 떠오르는 주제

고가 세이리 부자는 아라이 하쿠세키 등의 대조선 전략이 모범이 될 수 없다고 판단하고, 새로운 방식을 모색하려 했다. 고가 세이리 부자가 보기에 조선 군민에게 큰 상처를 남긴 임진전쟁은 당연히 피해야 할 주제로, 일본이 강하고 조선이 약하다는 인식을 드러내서 어렵게 이루어진 평화로운 분위기를

16 古賀侗庵, 『侗庵初集』 卷九, 「對禮餘藻跋」, "國初以來,接伴韓使者, 遺文具存, 歷歷可睹. 源君美及徠門諸子, 由此其選也, 煜間嘗翻而閱之, 每恨其好勝之心, 炎於中而溢於外, 或以我之強, 侮彼之弱, 以我之大, 蔑彼之小, 以我之麗藻曼辭, 淩暴彼之枯腸短才. 是以幺麿夷人, 不肯降心以從, 動以不肖之語相加, 紛呶弗已, 賓主揖讓之禮掃地, 其辱國體, 貽笑外夷何如也."

파괴하지 말아야 했다. 하지만 사실 임진전쟁은 민감한 주제이지만 피하기 어려운 것이었다. 일본에 잡혀 온 조선인 포로들과 잇달아 도착한 조선 통신사들은 객관적으로 일본사회에 임진전쟁에 관한 기억을 끊임없이 불러일으켰다.[17] 이미 정덕正德 원년1711 제8차 통신사가 일본에 파견되었을 때, 일본의 나가하마조濱城 출신의 무신 오미 마사카즈尾見正數가 이 화제를 먼저 꺼냈었다. 그는 이렇게 말했다. "만력 연간에 도요토미 히데요시가 대명을 엿보았고, 그 길을 귀국貴國에 의지했으나 결국 대명과 교류를 트지 못했습니다. 대청大清에 이르러서도 통하지 못했고, 다만 해마다 상선이 히젠주 나가사키에 와서 무역할 뿐입니다."[18] 이 말로만 보면 오미 마사카즈는 의도적으로 도발하려고 한 것이 아니라 오히려 약간의 죄책감을 표현하고 있는 것처럼 보인다. 그는 조선을 '귀국'이라 부르며 예의를 지켰고, 중원 왕조를 '대명', '대청'이라 칭하여 다른 사람들에 비해 겸손하고 공손한 태도를 보였기 때문에 조선인들이 받아들이기 쉬웠다. 하지만 그럼에도 불구하고, 조선 제술관 동곽 이현東郭李礥은 다음과 같이 응답했다. "우리나라는 일본과 오래 전부터 교류를 해왔습니다. 임진년의 변고는 예상치 못한 일이었고, 참으로 통탄할 일입니다! 그러나 이후 교류와 수교가 다시 이전과 같이 회복되었으니, 성의를 가지고 교류한다면 두 나라의 행운이 아니겠습니까?" 동곽의 말에는 질책하는 의미가 없지 않다. 조선은 오랜 기간 일본과 잘 지냈고 전혀 방비를 하지 않았는데 갑작스러운 공격을 받았으니 침통한 마음일 수밖에 없었다. 그러나 동곽은 통신사였고, 또 백 년 전의 일이었기 때문에 다시 화제를 다시 현실로 돌려 당시의 교류와 수교 관계를 소중히 여길 것을 촉구했다. 비록 조선이 침략을 받아 임진전쟁에서 더 큰 손해를 보았지만, 두 나라의 휴전과 화해, 성실한 교류가

17 한국의 崔官 역시 임진전쟁은 에도시대 일본인들에게 잊을 수 없는 기억이었다고 했다. 崔官, 金錦善·魏大海 譯, 『壬辰倭亂—四百年前的朝鮮戰爭』, 中國社會科學出版社, 2013, 67면.

18 林煒 編, 『通航一覽』 卷百十 『筆談唱和等』(正德度), 國書刊行會, 大正二年(1913), 295면, "萬曆中豐臣秀吉窺於大明, 路依於貴國, 終與大明不相和. 雖至大清未通, 唯每歲商舶至肥前州長崎而互市耳."

두 나라의 행운이라는 점을 강조했다. 이는 겉으로 보기에는 평범하지만 매우 의미심장한 말이다. 과거에 공격을 받았던 경험이 있었기에 조선 사신들은 "항상 일본의 무력 도발을 사전에 차단하려고 했다."[19] 물론 이는 사절단이 교섭하고 수호修好를 할 때 마땅히 갖춰야 할 마음가짐이다.

만약 임진전쟁에 대한 이야기가 여기서 끝났다면, 양측 사신은 체면을 잃지 않았을 것이다. 그러나 오미 마사카즈는 여전히 할 말이 남아 있었는지, 계속해서 이렇게 말했다. "귀국에서 편찬한 『경국대전經國大典』, 『해동제국기海東諸國記』, 『동국통감東國通鑒』 등에 수록된 일본에 관한 내용들은 잘못 전해진 것이 적지 않습니다. 『징비록懲毖錄』, 『평양록平壤錄』 등은 또 일부 사실이 빠져 있는데 이런 내용은 모두 『태각가보太閤家譜』, 『충신실록豐臣實錄』, 『경원기慶元記』, 『조선정벌기朝鮮征伐記』, 『서봉금안西峰今按』 등 책에서 자세하게 다루고 있습니다." 화제가 여전히 임진전쟁이라는 주제에서 벗어나지 않았고, 마치 소중한 것들을 하나하나 열거하듯이 하여 이 전쟁에 대한 집착을 드러내는 것처럼 보인다. 뿐만 아니라 조선 사서의 임진전쟁, 특히 일본에 대한 부분에 대한 기록들이 누락되거나 사실과 다른 부분이 있다는 주장은 이미 가치관과 정치적 입장에 대한 논의에까지 미친 것이다. 동곽은 이 말을 듣고 나서 겉으로는 별다른 감정을 드러내지 않았다. 그러나 백 년 후에 쓰인 『한빙쇄기』에서 일본 문인들은 이것에 대해 적절하지 않다고 느꼈다. 『한빙쇄기』는 위에 언급된 필담의 내용을 인용하면서 날카롭게 비판했다.

오미 마사카즈의 의도를 자세히 살펴보면, 마치 도요토미 히데요시의 조선 정벌을 자랑하고 싶은 것처럼 보인다. 임진년의 일은 명분 없는 군대가 폭력을 휘두른 전쟁으로, 우리에게 결코 자랑스러운 일이 아니다. 지금 통신사가 온 것은 우호적인 만남을 위해서인데, 그들은 손님이고 우리는 주인인 만큼, 마땅히 예의로 대우해

19 徐冬日·金禹彤,「朝鮮通信使眼中的日本形象—以『海行總載』為中心」, 23면.

야지 그들이 금기시하는 화제를 꺼낼 이유가 있었겠는가? 게다가 당시 양국의 전쟁에 관한 기록은 우리 일은 우리 책에 자세히 나와 있고, 그들의 일은 그들의 책에 자세히 나와 있어 각자 장단점이 있는 만큼 일괄적으로 단정할 수 없다. 더구나 『징비록』과 『평양록』 두 책은 모두 그들의 실록이니, 무엇을 근거로 버릴 수 있겠는가? 반면 우리나라의 관련 전적들은 극히 드물고 누락된 부분도 많으니, 오히려 우리의 부족함을 드러낼 뿐이다.[20]

이 글은 고가 세이리의 제자인 히구치 미쓰히로樋口光大가 쓴 것으로 보인다. 글에서 보인 예의를 갖추어 상대를 대하고, 금기된 주제에 대해 언급을 피해야 한다는 관점은 스승인 고가 세이리의 입장과 깊이 일치한다고 볼 수 있다. 글에서는 히구치 미쓰히로가 일으킨 임진전쟁을 무분별한 군사 행동이자 명분 없는 전쟁으로 보면서 그것을 자랑스럽게 여기는 것은 잘못이라고 보고 있다. 또한 『징비록』과 『평양록』이 조선 측에서 작성한 임진전쟁에 대한 실록임을 인정하고 충분히 긍정하여 보기 드물게 식견 있는 사람의 냉정하고 객관적인 태도를 잘 보여주고 있다. 이에 비하면 오미 마사카즈가 일본 측의 임진전쟁 관련 사서들을 열거하는 모습은 스스로를 지나치게 과대평가한 것으로 보인다. 이런 배경에는 더 깊은 이유가 있다. 임진전쟁 당시 조선 측 문인, 특히 중상층 문인들이 처음부터 끝까지 집필에 참여한 『징비록』 등 문헌은 일본에 전해져 많은 지식인들의 인정을 받았다. 반면, 임진전쟁 과정에서 일본문인들의 수행은 상대적으로 부족했으며 전쟁 이후에도 몇몇 군담 이야기가 나오기는 했지만 하층 문인들이 쓴 '조상 덕을 찬양하는頌祖德' 식의 미화된 작품들이 대부분이었고 날로 더 과장되었기에 신뢰할 만한 자료라고 할 수 있는 문헌은 거의 없었다. 히구치 미쓰히로는 고가 세이리 문하의 수준 높은 제자로서 이 문제에 대해 당연히 잘 알고 있었던 것이다.

20 『韓聘瑣記』 乾冊 「擬問」, 宮內廳書陵部藏江戶寫本, "熟察正數之意, 似以豐王征韓之事欲誇彼者也. 夫壬辰之役, 無名之師, 暴師黷武, 非我美事. 今聘使之至, 為好會也, 彼賓我主, 宜待之以

2. 고가 세이리의 표리부동과 양면적 글쓰기

『한빙쇄기』는 고가 세이리가 직접 주도했거나 혹은 제자들에게 편찬을 지시한 것이다. 이 책의 첫 권 서문에서 고가 세이리는 책의 서술 배경을 다음과 같이 설명하고 있다. "조선인들은 필담에서 수십 가지 질문을 던지는데, 우리가 후지산에 대해 이야기하면 그들은 금강산으로 맞서며, 우리가 국토의 크기를 물으면 그들은 2만 리라고 자랑하니, 이는 마치 어린아이들의 숨바꼭질과도 같다. 우리나라 학자들 대부분이 이 틀에 빠졌고, 아라이 하쿠세키가 특히 심하다. 나는 한가할 때 그들의 말 중 사람을 미혹할 만한 것을 들어, 구사바 하이센草場佩川과 히구치 미쓰히로 두 제자로 하여금 이를 반박하게 했다. 이는 감히 선배들을 비판하려는 것이 아니라 '과거의 일을 잊지 않고 미래의 스승으로 삼는다'는 말처럼 옛 실수를 되풀이하지 않으려는 것이다."[21] 이 내용을 보면, 고가 세이리는 조선인들의 사람을 현혹시키는 말을 깨끗이 정리하겠다는 의도가 있었던 것 같다. 하지만 앞서 언급한 대로, 이 책에서는 '자국의 선배들을 비판할捃摭本國前輩' 때도 전혀 사정을 두지 않았다. 하지만 어떻든 간에, 고가 세이리가 주장한 새로운 외교 방식에 근거한다면, 임진전쟁은 금기시된 주제로 더 이상 거론되지 않을 것 같았다.

하지만 실제 상황은 달랐다. 고가 세이리의 모순된 태도는 우선 임진전쟁을 언급하는 것을 피해야 한다고 주장하면서도 계속해서 이 주제를 다룬다는 점에서 명확히 드러난다. 『한빙쇄기』에는 사실 임진전쟁에 관한 내용이 포함되어 있다. 특히 예상 질의응답 부분에서 조선 사신의 입장으로 "막하에서 도요토미 히데요시 씨를 멸망시킨 것은 백성을 위해 흉악하고 잔인한 폭군을

敬禮, 豈以彼所諱之事播揚之乎? 且當時兩邦交戰之事蹟, 我事詳於我書, 彼事詳於彼書, 一得一失, 未可概論. 況『懲毖』,『平壤』二錄皆彼中實錄, 何遽可廢棄乎? 而所擧我邦典籍, 寥寥晨星, 掛一漏百, 祖足示陋耳."

21 『韓聘瑣記』乾冊 卷首「精里識語」.

제거한 일이며 겸하여 우리 동방 소중화東華에 대한 복수를 한 것도 같은데 지금 그 성씨가 아직도 남아 있습니까?"라고 묻고 여러 가지 답을 만들어 놓았는데 문화, 사회, 정치제도, 외교 등 여러 방면의 내용이 포함되어 있다. 임진전쟁이라는 화제가 피할 수 없는 것이었으므로 적극적으로 이 화제에 관한 질문을 예상하고 답안을 만들어 두어 필요시 대응할 수 있게 한 것이다. 해당 문제에 대한 대답은 다음과 같다.

> 도요토미 히데요시는 무력으로 국민을 잔혹하게 다스려서 하늘의 노여움과 백성의 원망을 샀습니다. 막부가 군사적 조치를 취한 것은 하늘의 뜻과 인심이 따르는 것이라 어쩔 수 없는 일이었습니다. 만약 귀국의 복수를 위한 것이냐고 한다면, 그런 일은 절대 없었습니다. 무왕이 주를 정벌한 것은 제후들을 위한 복수가 아니었고, 한고조가 폭정을 일삼은 진秦을 처벌한 것도 6국을 위한 복수가 아니었는데 어찌 열조烈祖가 귀국을 위해 복수한 것이겠습니까? 도요토미 히데요시가 조선을 침략하지 않았다면 열조가 그를 정벌한 것이 명분도 의리도 없는 것이라고 할 수 있겠습니까? 고대의 성왕들은 주범을 처벌하고 나머지 협력자들을 용서했습니다. 부모와 자식, 형제간의 죄가 서로 미치지 않았습니다. 열조께서는 이러한 뜻을 이해하고 도요토미 히데요시의 후손을 멸하지 않았으며, 열후로 봉해서 오늘날까지 남아 있습니다.[22]

흥미로운 것은 답변에서 도요토미 히데요시를 멸망시킨 것이 조선에 대한 복수를 위한 것이 아니라고 명확히 부정하면서도, 도요토미 히데요시의 조선 침략이라는 죄를 근거로 삼았기 때문에 도쿠가와 이에야스德川氏가 도요코미

22 『韓聘瑣記』乾冊「擬答」, "豐臣氏窮兵黷武, 殘害萬姓, 天怒人怨. 幕府雖用干戈, 其實天命人心之所歸, 有不可得而辭者. 若夫為貴邦報讐, 則絕無之事. 武王伐紂, 非為九侯報讐; 漢高誅暴秦, 非為六國報讐, 若謂烈祖為貴邦報讐乎? 令豐臣氏無侵韓之舉, 則烈祖為征討, 無名無義也, 可乎? 古之聖王, 誅其首惡而宥其脅從, 父子兄弟罪不相及, 烈祖能體是意, 故不絕豐臣氏後, 封為列侯, 至今見在."

를 정벌한 것이 명분이 있게 되었다는 것을 긍정했다는 점이다. 또 무왕이 주紂를 정벌한 것과 한 고조가 진나라를 멸한 예를 들었는데 그 의도는 '백성을 위해 잔혹한 자를 제압하고 폭군을 처벌하다爲民克殘誅暴'는 것이 근본적인 의도였다는 점을 강조하기 위해서이다. 이로써 도요토미 히데요시의 무력 사용은 부당한 행동이며, 그를 주살한 것은 하늘의 뜻과 민심에 순응한 것이라고 하였다. 하지만 이것만으로 부족했던지 답변에서는 더 나아가 도쿠가와씨의 보귀한 점은 선악을 분명하게 가린 것이며 주모자와 따르는 자를 구분하며 도요토미 히데요시의 후손들을 후하게 대한 것이 바로 명확한 증거라고 말하고 있다. 이 두 가지는 모두 도쿠가와씨의 정의롭고 인자한 군주로서의 빛나는 이미지를 구축하는 데 기여하고 있다. 그러나 실제 사서에 근거하면 1615년 오사카 여름의 전투에서 도쿠가와의 군대가 성을 공략했을 때 도요토미 히데요시의 아들 히데요리秀賴는 핍박에 의해 자살했고 히데요리의 아들은 참수를 당했으며, 딸은 핍박에 의해 출가를 하여 도요토미 히데요시의 직계 후손은 남지 않았다. "열후로 봉했다封爲列侯"는 것은 실제로는 도쿠가와 막부의 대변인인 고가 세이리 및 그 제자들이 거짓으로 만들어낸 "인정仁政"에 불과하다.

또 하나 강조할 것은 임진전쟁은 양국에서 반복하여 이야기하는 주제임에도 불구하고 필자가 보기에 쇄한사刷還使 이후 조선 사신은 일본인들과 필담을 할 때 먼저 이 전쟁을 언급하지는 않았던 것 같다. 조선 사신이 작성한 사행록, 일기, 자국에서의 창화 등에서 임진전쟁이 언급되는 경우는 역사적 회상을 위한 경우가 많았다. 그러나 『한쇄빙기』에서 설정된 질의응답은 조선 사절이 먼저 임진전쟁에 대해 질문하는 것으로, 사실 일상적인 상황이 아니다. 이는 조선 사신이 이 문제를 논의하고자 했다기 보다는 고가 세이리가 이 화제에 대해 특정한 틀을 제시하고자 했음을 의미한다. 이는 시종 도쿠가와 막부의 정당성을 주장하는 데 중점을 둔 것으로 조선 사신과 임진전쟁의 승패 및 양측 문헌의 다소에 대해 논의하려고 한 것이 아니다.

『한빙쇄기』의 예상 대담에서 나타난 임진전쟁에 관한 화제는 다만 조선 사신의 발언을 통해 제기된 것에 불과하지만 1811년 양국 문인 간의 실제 필담에서 고가 세이리가 임진전쟁을 직접 언급한 것은 그의 모순된 태도를 여실히 드러낸다. 「유월입일일객관필어六月廿一日客館筆語」에서 그는 "강화 이전講和前"의 일을 언급하며 포로로 잡혀온 홍호연洪浩然의 이야기를 꺼낸다. 그는 "『홍호연가전洪浩然家傳』은 저의 처남의 선조에 관한 글인데, 그는 귀국에서 온 분입니다. 지금 천재일우의 기회를 맞아 여러 현자와 만남을 갖게 되었는데, 저의 누이가 사신에게 서문을 요청할 것을 간곡히 부탁하였습니다. 강화 전의 일에 관련되는 것이라 당돌한 감이 있어서 죄송스럽지만 자신의 출신을 잊지 않는 뜻을 차마 거절하기 어려워 일단 부탁드립니다"[23]라고 하였다. 조선의 정사 서기 김선신金善臣과 천문학에 대해 이야기하던 중 고가 세이리는 갑작스럽게 이 주제로 전환하여, 자신의 여동생 대신 조선 사신에게 『홍호연가전』의 서문을 요청한다. 홍호연은 임진전쟁 시 일본에 포로로 잡혀 온 조선인으로, 그의 후손이 고가 세이리 가문과 인척 관계를 맺었기 때문에 이 요청을 하게 된 것이다. 김선신은 "임진년의 일은 차마 입에 담기 어렵습니다. 지금 이 이야기를 들으니 저도 눈물이 흐릅니다"라고 응답했다. 비록 고가 세이리가 자신이 당돌하다고 말하기는 했지만 김선신은 여전히 임진전쟁에 대해 차마 언급하기를 꺼렸고, 이 일을 듣자 이미 슬픔을 느꼈다. 이를 통해서도 이 전쟁이 조선인들에게 남긴 상처가 얼마나 크고 깊은지 잘 알 수 있다.

고가 세이리가 다시 한번 미안하다는 뜻을 표시한 후, 김선신은 다음과 같이 답변했다. "현재 『홍호연전』을 보니 임진년의 일을 언급하고 있습니다. 당시 우리 나라의 하서 김인후의 자손이 포로로 잡혀 귀국에 들어가 정착하고 다시 돌아오지 않았는데 하서河西라는 성을 사용하였고 후손이 번창했다고

---

23 古賀精里 외, 『對禮餘藻』上, 早稻田大學圖書館藏寫本, "『洪浩然家傳』, 是敝妹夫之先, 出貴國者. 以今千載一遇接見諸賢, 故敝妹苦懇使求序跋. 其事涉講和前, 恐不免唐突之罪. 其不忘所自出之意, 則難峻拒, 姑以謀從違." 같은 판본일 경우 뒤에서 주를 달지 않는다.

합니다. 그 일족은 우리 나라에 있으므로 이번 서신을 부탁하여 그 실상을 알게 되었습니다. 지금 두 나라 간에 의심이 없으므로 이 일은 기피할 바가 못 됩니다. 그러나 귀국의 여러 현자에게 물어보았더니 모두들 듣지 못했다고 대답하더이다." 김선신은 고가 세이리가 여동생을 위해 『홍호연전』의 서문을 요청한 일에 대해 별로 관심이 없었던 것으로 보인다. 하지만 그는 임진전쟁의 주제를 받아들여, 다른 포로의 이야기를 끌어내며 대화를 이어갔다. 김린후는 주자학을 숭상하여 '동국 18현' 중 한 명으로 꼽히는 사람이다. 금린후의 고향인 울산은 조선 동남 해안에 위치하여 일본과 바다를 사이에 두고 마주하고 있는데 임진전쟁에서 심각한 피해를 입었다. 1811년 일본에 파견된 통신사단은 임진전쟁에서 흩어진 김인후 집안의 자손에 대해 여러 경로를 통해 조사하였으나, 실질적인 정보를 얻지 못한 것으로 보인다. 일본에서 하서씨는 유명하지만, 일본인들은 이를 '듣지 못했다'는 답변을 하여, 조선인들은 그들이 "성의가 없다"라고 여겼다.

김선신과 제술관 태화太華 이현상李顯相은 고가 세이리와 필담을 진행하기 전인 5월 24일, 위여재威如齋 미야케 구니三宅邦와 필담을 진행했다. 이번 필담에서 이현상은 이렇게 물었다. "우리나라 서산西山 김인후가 도학을 밝히어 사문에 큰 공로가 있었는데 그의 후손이 귀국에 많이 살면서 서산을 성으로 삼고 있습니다. 생각건대 그대는 박식한 분이라 필시 그 전말을 아실 것이니 알려 주시기 바랍니다"[24]라고 했다. 이현상이 유학자에 관한 대화를 나누던 중에 유학의 대가인 김린후의 후손에 대한 소식을 묻는 것은 자연스러운 일이었다. 그러나 미야케 기쓰엔三宅邦에게 있어 포로 문제는 민감한 사안이었기 때문에 그는 "서산에 관한 일은 제가 그 시말을 잘 알지 못하니 타일 알아봐야 할 것 같습니다"라고 대답했다. 이 필담 내용은 다음해 간행된 『계림정맹鷄林情盟』에 수록되었는데 이 말 뒤에 "인후는 파주播州에 거주하며, 후지와라

24 三宅橘園 纂輯,『鷄林情盟』, 文化九年刊本, "我國金西山麟厚闡明道之學, 大有功於斯文, 子孫多在貴國, 以西山為姓云, 想者威如博識者, 必知其顛末, 請為余示之."

세이카藤惺窩의 스승이다. 그러나 이테이안以酊菴에서 본국의 사안에 대해서는 크고 작은 일을 물론하고 모두 말하지 말라고 주의를 주었기에 그가 묻는 모든 것에 답하지 않았다"[25]라고 자주를 달아 자신이 대답을 할 수 없었던 사정을 밝혔다. 6월에 김선신과 이현상 등이 고가 세이리와 대화할 때 김선신은 그가 임진전쟁과 포로 문제를 먼저 제기한 것에 대해 "정직한 사람誠實人"으로 평가하며, 김린후 후손에 대한 정보를 얻을 수 있기를 기대했다. 고가 세이리는 다음과 같이 답변했다.

> 포로들이 몇 차례 송환되었으나, 그들 중 상당수는 여전히 일본에 남아 있었습니다. 제 인척 중에 홍씨가 있으며, 제가 아는 문인 중에는 고려씨高麗氏와 고본씨高本氏, 고려와 일본의 한자를 합하여 만든 성씨가 있습니다. 그 외의 사람들도 이루 셀 수 없습니다. 그러나 이 사안은 제약이 있어 공개적으로 조사할 수 없습니다. 왜냐하면, 경장과 원화 연간 송환 시 남은 자가 없었어야 했기 때문입니다. 따라서 이 말도 외부에 이야기하면 안 됩니다. 제약을 위반하는 경우에는 죄를 피할 수 없으니 불태워 주시기 바랍니다. (이때 청산清山이 필담한 종이를 찢어내어 불에 던질 것처럼 하였다. 그러나 아마 김하서金河西에게 전했을 것이다)[26]

여기에서 고가 세이리는 상당히 솔직하게 경장慶長, 원화元和 연간 동안의 몇 차례 송환에도 불구하고, 일본에 체류 중인 조선 포로들이 여전히 많다는 점을 지적하고 있다. 김린후와 홍호연 등의 후손이 바로 명백한 증거였다. 하지만 고가 세이리는 김씨 후손을 찾는데 도움을 줄 수 없고 심지어 공개적으

25 三宅橘園 纂輯, 『雞林情盟』, "麟厚來居播州, 為藤惺窩師. 然酊庵戒余, 本邦事實無小大, 勿言, 是以彼所問一切不具答."

26 古賀精里 외, 『對禮餘藻』, 「六月廿一日客館筆語」, "俘虜人刷還數次, 而其人留而不去甚眾. 若余姻親有洪氏, 所識文人有高麗氏, 有高本氏(合高麗日本以為姓), 其他指不遑摟. 然事有系禁條者, 不可公然尋訪. 何也? 慶元刷還宜無復遺餘. 故也, 是語亦不可為外人說. 礙條有罪, 請以畀炎. (至是清山截取問答紙片, 納諸褚, 若將投火者, 然恐將以此復金河西也)"

로 알아볼 수도 없었는데 그 이유는 "제약이 있어 죄를 피할 수 없"기 때문이었다. 이는 에도 막부와 각 번이 실제로 조선 포로들에 대한 조사와 송환에 제한을 가했음을 의미한다. 이로 인해 임진전쟁 이후 도쿠카와 막부가 먼저 조선과의 외교 재개와 포로 송환을 적극적으로 추진한 "진정성"의 실제 면모가 드러났다. 따라서 고가 세이리는 이 말을 외부에 전달하지 말라고 강조하여, 금기사항을 위반하는 것을 피하려고 했다. 물론 포로 송환은 복잡한 문제이기 때문에 게이초慶長, 겐나元和 연간의 쇄환사들은 조선 포로들이 귀국을 원치 않는 상황에 부딪친 적도 있다.[27] 이는 통신사가 처리하기 어려운 문제였고 심지어 조선왕조의 국력의 한계로 인해 초래된 것이기도 했다. 도요토미 히데요시한테 책임을 요구할 수 없고 또 도쿠가와씨를 질책할 수도 없었으므로 김선신은 더 이상 물어보지 않고 좀 가벼운 화제로 전환한다. 그는 "도요토미 히데요시가 과연 원숭이의 자식입니까?"라고 물었다. 이 문제는 거의 저주와 욕설에 가깝고 또 의미가 없었으나 고가 세이리는 다만 그런 것 같다고 대답했을 뿐이다. 두 사람은 임진전쟁에 관한 화제를 돌려 서법에 관한 이야기를 시작한다.

고가 세이리와 그의 제자들은 조선 사신 접견 중 임진전쟁 문제를 언급하는 것을 반대했지만, 자신이 스스로 이 주제에 대해 언급했는데 이는 말과 행동이 일치하지 않고 앞뒤가 맞지 않는 듯 보인다. 이 행동이 단순히 그의 여동생의 서문 요청을 만족시키기 위한 것이었을까? 고가 세이리의 장남 곡당穀堂 고가 도우古賀燾의 「송홍제사소창서送洪弟使小倉敘」를 통해 이 의문을 풀 수 있다. 고가 세이리의 매부, 즉 홍호연의 후손 홍안상洪安常은 자식이 없었기 때문에 고가 세이리는 둘째 아들을 홍 씨에게 양자로 보냈다. 그가 바로 회경晦卿 홍위洪煒인데 1811년 조선 사신을 맞이할 때 그도 함께 갔다. 고가 도우는 이 즈

27 포로 쇄환사 문제에 관한 논의는 다음 자료들 참조. 陳文壽, 「壬辰戰爭朝鮮被擄人與戰後朝日議和復交」, 『韓國學論文集』, 2013, 40~58면; 徐凡, 「故國殘夢—壬辰倭亂後的俘虜刷還與道德困境」, 『東亞文化間的比賽—朝鮮赴日通信使文獻的意義』, 中華書局, 2019, 140~151면.

음에 쓴 「송홍제사소창서送洪弟使小倉敘」에서 이렇게 말했다.

> 부친께서 대마도에서 조선 사신과 수창하고 교류하며, 예악과 문장에서 가족 이야기까지 하지 않은 것이 없었다. 홍씨의 이야기를 그들에게 전하면 그들은 반드시 놀라고 기뻐할 것이며, 돌아가면 반드시 그 나라에서 미담으로 전할 것이다. 조선에 홍씨 성이 얼마나 되고 홍호연의 계통이 있는지 모르겠지만 만약 있다면 그들의 선조가 전쟁에서 죽지 않고 군주를 위해 목숨을 바친 것에 감동하여 그것을 조선의 자랑으로 여길 것이다.[28]

그가 도古賀燾가 말한 영광스러운 가족 이야기는 홍호연이 전쟁에서 죽지 않고 군주를 위해 목숨을 바친 것을 말하는 것으로 고가 세이리와 그 문생들의 저술에서 반복하여 언급된다. 간단히 말하자면, 홍호연은 노후에 고국으로 돌아가기를 요청하여 번주 나베시마 가쓰시게鍋島勝茂의 승인을 받았다. 그러나 홍호연이 당진항唐津港에 도착했을 때, 번주는 마음을 바꾸어 그를 되돌리도록 하였기에 홍호연은 귀국의 꿈을 접게 되었다. 이후 번주가 사망하자, 홍호연은 자살하여 그를 위해 목숨을 바쳤다. 이로 인해 홍호연은 충신의 전형이 되었으며 그의 후손들은 세대에 걸쳐 봉록을 받게 되었다. 고가 세이리의 「홍호연전」은 번주가 홍호연을 구원하고 배양하며 두텁게 대했다는 것을 극력 강조했지만 "우리 일봉공日峰公이 군사를 이끌고 지나간 곳은 백성들이 모두 도망가서 천리 길에 인적이 없었다"[29]라고 하여 전쟁의 참혹함을 볼 수 있다. 홍호연은 임종 시 '인忍'자를 써서 자손들에게 전하였는데 어찌 포로의

---

28 古賀穀堂, 『穀堂遺稿抄』 卷二, 「送洪弟使小倉敘」, 天保甲辰(1844)清風堂刻本, "家君之在對州, 與韓客唱和往復, 自禮樂文章至家族故事, 莫不包羅陳列也. 於是以洪氏之事語諸彼人, 彼必虢然驚躍然喜, 及其歸, 必喧傳彼邦以為美譚. 夫朝鮮洪姓, 不知其幾, 庸詎識今無有浩然之系統者乎, 或有之, 則聞其先之不死兵而喜聞其先之殉君而感, 是朝鮮之榮也."

29 古賀精里, 『精里全書』 卷十三, 「洪浩然傳」, 國立公文書館藏寫本, "我日峰公引軍略地, 民皆波迸, 千里無人煙."

피눈물로 쓴 것이 아니었겠는가? 그러나 이런 부분은 모두 간략하게 다루어졌다. 고가 세이리는 「좌가번홍공사조찬병서佐嘉藩洪君寫照贊並序」에서 마찬가지로 사신詞臣의 필치로 다음과 같이 서술하고 있다. "공이 슬하에서 사랑을 받은 것이 의심할 바 없이 한무제가 김일제金日磾를 대하던 것과 그 도량이 같았다. 호연이 충성을 다하여 몸을 바쳤으니, 어찌 투후秺侯보다 못하겠는가?"[30] 그는 한무제가 흉노의 왕자 김일제를 예우했던 사례에 비하면서 "군신 간의 상호 존중과 충효의 아름다움"을 극찬하고 있다. 이는 그야말로 인간의 정서를 무시하고 시비를 전도한 것이다.

고가 세이리가 자랑스럽게 여기서 사람들과 만날 때마다 이야기한 홍호연의 이야기가 실제로 조선 사신의 공감을 얻어 정치적 목적을 달성할 수 있었을까? 실제로 일본에서는 이에 호응하는 사람들이 적지 않았는데 다이쇼大正, 쇼와昭和시대를 살았던 마츠다 코우松田甲는 다음과 같이 말했다. "당시 홍호연에 대한 고가 세이리의 이야기는 말할 필요도 없이 그들 일행에게 기이한 인연으로 느껴졌을 것이라고 믿는다."[31] 일본과 한국이 이미 합병된 상태에서 당연히 공개적인 반박의 소리를 들을 수 없었다. 우리가 알 수 있는 것은 앞에서 언급한 필담에서 조선 사신 김선신이 "어찌 차마 말할 수 있겠습니까?"라고 한 것과 눈물을 흘렸다는 사실뿐이다. 조선 사신이 귀국 후 이 일을 자발적으로 선전했는지에 대해서는 김선신의 『청산도유록淸山島遊錄』 및 관련 저술에서 홍씨의 일본에서의 "공훈"이 미담으로 여겨졌다는 기록을 전혀 찾아볼 수 없다. 홍호연은 조선으로 돌아갈 수 없었던 데다가 에도시대의 무사 신분 세습제 때문에 자신을 진정한 무사의 모습으로 만들 수밖에 없었다. 귀족들이 가장 중시하고 필요로 하는 "충성"을 보여주기 위해 할복하여 군주에게 목숨

30 古賀精里, 『精里全書』 卷十七, 「佐嘉藩洪君寫照贊並序」, "公熏沐之加諸膝下而不疑, 與漢武之遇金日磾同其偉度. 浩然竭忠致身, 亦豈遽減秺侯哉?"

31 松田甲, 『日鮮史話』 第2編, 朝鮮總督府, 大正 十五年(1926), 29면, "當時精里の談が浩然の事に及びしは言ふまでもあるまい, 思ふに彼れ等一行も必す奇縁に感じたものと信ずる."

을 바침으로써 자신의 생명을 희생하여 자식들의 미래를 보장했다. 이런 희생정신은 비극적이며 심지어 참혹하다. 조선 포로였던 그는 결국 일본사회의 윤리에 "부합"되게 행동함으로써 충신의 대표적 인물이 되었으며 나아가 외국인 "귀화"의 전형으로 여겨졌고 그의 고통과 억울함은 간과되었다. 이는 도요토미 히데요시와 나베시마 가쓰시게의 강압적인 논리와 일치한 것이다.

앞서 언급된 『한빙쇄기』에서 고가 세이리와 그의 제자들은 도요토미 히데요시의 조선 침략을 무분별한 군사 행동이자 하늘의 분노를 산 행위라고 했는데 이는 진심일까 아니면 양국 간의 외교적 장에서 취한 일시적인 태도였을까?

고가 세이리의 저술 중에는 임진전쟁에 대해 언급한 부분이 상당히 많은데 일반적인 '정한론자'들이 스스로 정의로움을 자처하는 것과 달리, 그는 '정征'이 아닌 '벌伐'이라는 단어를 많이 사용했다. 「제화위귀천유나題畫為貴田維那」에서는 "도요토미 히데요시가 조선을 정벌하였다豊臣氏伐韓"[32]라고 했고 「호연홍군유열갈浩然洪君遺烈碣」에서도 "도요토미 히데요시 조선을 정벌하였다豊臣氏之伐朝鮮也"[33]라고 표현하였다. 「징비록 후懲毖錄後」에서는 조선이 매우 작은 나라라는 말로부터 시작해서 조선이 진·한 이후 중국의 영토에서 벗어나 속국이 되어 왔다고 하면서 중中·조朝 간의 특수한 관계를 인정하고 있다. 이러한 문맥에서 고가 세이리가 '정한征韓'이 아닌 '벌한伐韓'이라고 표현한 것은 논리적으로 타당해 보인다. 하지만 고가 세이리가 조선 침략 전쟁을 반대하는 입장이었을까? 그는 이어서 다음과 같이 서술한다.

> 이 시기는 명나라의 멸망이 얼마 남지 않은 때였다. 도요토미 히데요시가 조선을 공격하여 명나라를 정복하려 했던 것은 특히 좋지 않은 전략이었다. 만약 우리가 힘을 길러 전력을 다듬고 조금 더 기다렸다면, 명나라 내부의 농민 반란과 만주

---

32 古賀精里, 『精里全書』 卷四, 國立公文書館藏寫本.

33 古賀精里, 『精里全書』 卷二十, 國立公文書館藏寫本.

의 외부 침입이 겹치는 시기를 노릴 수 있었을 것이다. 그랬다면 우리 군대는 요동이 아니라 오회吳會, 현재의 상하이 부근로 출병하여 먼저 금릉金陵, 현재의 난징과 양회兩淮, 양쯔강과 회수 사이의 지역를 점령하고, 명나라가 내외로 피폐해질 때까지 기다렸다가 어부지리를 노렸을 것이다. 그렇게 했다면 중원을 손쉽게 차지할 수 있었을 것이고, 그러면 조선도 자연히 우리 손에 들어오게 되었을 것이다.[34]

여기서 놀랍게도 고가 세이리가 조선 침략 자체를 반대한 것이 아니라, 도요토미 히데요시가 일으킨 임진전쟁이 적절한 시기와 지리적 이점을 갖추지 못했다는 점을 문제 삼고 있다는 사실을 알 수 있다. 고가 세이리는 나아가 자신의 견해를 제시하는데, 병력을 기르고 힘을 비축하여 명나라 말기의 농민 반란과 후금의 팔기군이 관문을 두드리는 때를 기다려 강남을 공격하고 명나라가 내외로 피폐해진 틈을 타 중원을 차지하면 조선은 공격하지 않아도 자연스럽게 복속될 것이라고 한다. 이를 통해 고가 세이리는 평화주의자가 아니라 다만 도요토미 히데요시보다 더 높은 전략적 식견이 있다고 자부하는 전쟁 지지자일 뿐이라는 것을 알 수 있다.

물론, 고가 세이리는 국내외 역사 전적에 정통하였으므로 광적인 전쟁광은 아니었다. 그는 임진전쟁에서 일본 측이 적절한 시기와 지리적 이점이라는 측면에서 부족했음을 인식하고 있었으나, 대륙을 삼키려면 명·청 교체기까지 기다린다고 해도 적절한 시기와 지리적 이점을 얻지 못할 것이라는 점을 인정하였다. 그 시기에도 도요토미 히데요시는 여전히 내우외환의 곤경을 벗어나기 어려울 것이며 인심을 얻는 쪽에서도 우세가 없다는 것이다. 고가 세이리는 다음과 같이 솔직하게 이야기하고 있다. "당시 도요토미 히데요시의 재앙은 내부에서 싹텄고, 헛되이 먼 곳을 도모하려 했으니 이는 하늘이 그

34 古賀精里, 『精里全書』 卷十八, 「『懲毖錄』後」, "是時去明亡不遠, 豐臣氏之造攻自韓, 欲以取明, 尤為非策. 若使我養威蓄銳, 少遲, 應流賊內訌' 滿虜外侵之機, 我之出師, 不於遼左, 而於吳會, 先取金陵' 兩淮之地, 待彼內外相弊, 徐起而收鷸蚌之利, 則中原可席捲而有之, 朝鮮焉往."

의 목숨을 빼앗아 간 것이 아니겠는가. 설령 도요토미 히데요시가 10여 년 더 살았다 해도, 양국의 형세를 제대로 파악하지 못하고 만 리 밖 해외에 군대를 주둔시켜 우리의 피로한 군대로 만주의 한창 기세높은 창끝에 맞서게 되었다면, 요동이나 오, 회 모두에서 전혀 승산이 없었을 것이다. 이를 통해 보건대, 양국의 화해가 초래한 불협화음조차도 수많은 백성에게는 하늘의 도움이었을 것이다."[35] 임진전쟁 후반, 일본군은 명·조선 연합군의 저지에 막혀 조선 동남 해안에 장기적으로 묶여 있었고 진전을 이루기 어려웠는데 이러한 상황에서 당시 한창 기염을 토하던 만주의 팔기군과 맞서 싸운다면 더욱 승산이 없었을 것이다. 만약 명·청 교체기 당시의 중국 침략 가설이 성립되었다면, 일본군은 더 큰 참패를 겪었을 것이다.

고가 세이리는 아라이 하쿠세키新井白石 등 선배들이 조선 사신과 우열을 다투었던 점을 비판하며, 예의를 갖추어 대해야 한다고 주장했다. 그러나 사적인 서신에서는 "일찍이 이전에 통신사가 왔을 때, 우리 학자들이 지나치게 극진히 모셨기에 거의 그들에게 아첨하고 모욕을 당할 뻔했다고 탄식했다"[36]고 말했다. 양국 문인의 필담 자리에서, 고가 세이리는 조선 사신 앞에서 임진전쟁을 언급하는 것이 적절하지 않다는 것을 인식하면서도 스스로 임진전쟁 주제를 꺼냈다. 도요토미 히데요시의 조선 침략을 강하게 비판하면서도, 사적인 저술에서는 조선과 중국에 대한 침략 전략을 개선하려는 시도를 보였다. 대마도로 향하기 전, 고가 세이리는 친구와의 창화시에서, "서쪽으로 나가 접이鰈夷를 맞이할 준비를 하다,"[37]라고 표현하며 조선을 '접이'로 지칭했다. 반면, 조선 사신과의 필담에서는 예의를 갖추어 "귀국貴國" 또는 "귀방貴邦"으로

35 古賀精里, 『精里全書』 卷十八, 「『懲毖錄』後」, ""當是之時, 豐臣氏之禍伏蕭牆之內, 而徒務遠略, 豈非天奪之魄乎. 即使豐臣氏不死十餘年, 不審彼此之勢, 而頓師於萬里之海外, 以我惰歸之兵, 犯滿虜勃興之鋒, 則遼左吳會皆無幸矣. 由此言之, 則和好之齟齬, 亦我百萬生靈之天助也."

36 古賀精里, 『精里全書』 卷十, 「答玉潤和尚」, "嘗竊歎先是聘使之來, 邦儒陪奉太過, 幾乎啟寵納侮."

37 古賀精里, 『精里全書』 卷四, 「辛未閏二月復原樓分韻」, "西征將接鰈夷來."

표현을 바꿨다. 이와 같은 표리부동하고 겉과 속이 상반되는 모습을 보면 고가 세이리의 조선에 대한 태도는 매우 종잡을 수 없어 보인다.

주목할 만한 점은, 신미년 통신사를 맞이한 이후 고가 세이리가 조선 사신이 사람을 통해 전달한 시문을 받았을 때 별로 기뻐하지 않았고 창화를 하고 싶어 했으나 하지 못했다는 사실이다. 그는 벗에게 보낸 서신에서 이렇게 말했다. "조선 사신이 한때의 만남에 깊이 감동하여 이토록 마음을 표현했으니, 답하지 않을 수 없게 되었습니다. 그러나 법령이 엄격하여 한 글자도 답할 수 없으니, 이는 그대가 이미 아시는 바와 같이 입이 겨울의 매미 같고 일이 마음과 어긋나는 것이니 어찌 세상사의 결함 중 하나가 아니겠습니까?"[38] 많은 책을 읽고 뛰어난 지식을 가진 문인으로서의 고가 세이리는 조선인과의 시문 교류를 기대했으나, 엄격한 법령으로 인해 외국인과의 사적인 소통이 금지되어 이를 실천할 수 없었다. 유학관으로서의 고가 세이리는 분명 외국과의 문화적 교류 능력을 갖추고 있었지만, 바로 그 신분 때문에 막부의 정책에 구속되어 외국과 자유롭게 교류할 수 있는 정치적 권한을 가질 수 없었다. 이러한 "일과 마음이 어긋남"을 인식하는 것은 앞서 언급한 표리부동의 모순된 심리를 이해하는 데 도움이 된다.

3. 고가 도안古賀侗庵의 대국大國 심리와 정한征韓 콤플렉스

1) 고가 도안 형제와 신미년의 교빙

1811년 대마도에서 이루어진 교빙에서 고가 세이리는 에도 쇼헤이코의 유관儒官 신분으로 참여했으며, 그의 차남 고가 휘古賀煒, 곧 洪煒도 함께 참여할 수 있었다. 그러나 장남 곡당穀堂 고가 도우古賀燾와 3남 도안侗庵 고가욱古賀煜은

38 古賀精里, 『精里全書』 卷十, 「答願海師」, "韓客拳拳於一時之晤對, 致意如此, 是不容不酬酢者. 然令甲森嚴, 不得答一字, 是尊者所悉, 口如寒蟬, 事與心違, 豈非世界缺陷之一端耶."

행사에 참석하지 못했다. 그 이유에 대해 고가 세이리는 벗에게 보낸 서신에서 다음과 같이 언급했다. "욱煜은 올해 봄에 시험을 통해 유원儒員으로 임명되었으나, 나이가 어리고 학문이 부족합니다. 이번 대마도의 일은 엄숙한 일이어서 제주와 제가 모두 가므로 학원의 여러 업무는 시원試員들이 억지로 책임지게 할 수밖에 없으므로 데려가는 것은 적절치 않다고 청을 드렸습니다. 도우燾는 법을 잘 알고 있으므로 데리고 가서 도움을 받으려고 했으나 봄부터 업무에 시달려 관직의 일이 가장 바빠 그를 여기로 데려오는 것은 불가능합니다. 이미 이렇듯 두 아들의 행보는 아비가 마음대로 할 수 없게 되었습니다."[39] 장남 고가 도우는 번에서의 직무로 인해 업무가 바빴고, 3남 고가 욱古賀煜은 하야시 줏사이 대학두大學頭와 고가 세이리古賀精里의 대마도 파견 시 유원 신분으로 학원 업무를 관리하고 있었기에, 두 사람 모두 조선 사신을 맞이하는 행사에 참여할 수는 없었지만, 이 일에 큰 관심을 가지고 있었다. 고가 도우古賀燾는 「송홍제사소창서送洪弟使小倉敘」에서 이와 관련된 내용을 언급했으며, 「송석천목란서送石川木蘭序」에서는 번주를 따라 대마도로 향하는 석천목란石川木蘭을 배웅하며 "조선인이 보고 반드시 이 사람이 성와惺窩의 뒤를 잇는 해외의 군자이로다"[40]라고 기대했다. 구사바 하이센草場佩川은 고가 세이리를 따라 조선 사신 맞이 의례를 관람하게 되었는데 고가 도우의 송별시에서는 "그대 듣지 못했는가? 신후神后의 조선 정벌에 조선이 개처럼 되었고, 다시 원숭이 왕이 휩쓸었다. 통교하고 동맹을 맺은 지 200년, 여전히 문장에서 호걸이 부족함을 아쉬워한다. 공적을 세워 먼 곳에서 빛날 때가 바로 지금이니, 구사바여 가서 힘쓸지어다"[41]라고 하였다. 시에서는 신후神后와 도요토미 히데요

39 古賀精里, 『精里全書』 卷十, 「答石川木蘭」, "煜兒今春叨恩試儒員, 年少學淺. 方此竦惕對島之差, 祭酒及僕皆發, 則學院諸務不得不使試員輩黽勉擔當, 則帶行固不宜請. 如燾兒則藩法森嚴, 求其侍奉, 既難於叢口, 且渠自春間被驅使, 吏職闒冗旁午, 最不可舍彼而趨此. 業已如此, 則二兒行止不由乃翁."

40 古賀燾, 『穀堂遺稿鈔』 卷二, 「送石川木蘭序」, 天保甲辰(1844)刊本, "韓人觀者必曰此惺窩之後海外君子人也."

41 古賀燾, 『穀堂遺稿鈔』 卷六, 「送草棣芳東上, 時棣芳將從家君赴對州觀聘韓之儀」, "爾不聞神后

시의 두 번의 조선 침략을 언급하면서도 결국 통교와 동맹을 맺은 지점에서 끝을 맺으며, 구사바 하이센이 '문장으로 싸워' 공을 세우기를 격려했다. 동생 홍휘에게 보내는 송별시에서는 "이미 호랑이 굴에서 공명을 얻기로 했으니, 글로써 계림을 빛내라"[42]라고 하며 동일한 기대를 담아 격려하였다.

형에 비해 고가 도안은 1811년의 통신사 교빙에 대해 더욱 높은 관심을 보였는데 특히 임진전쟁에 관한 그의 글은 더욱 주목을 요한다. 벗에게 보낸 답신과 벗을 배웅하는 서문에서 그는 대마도의 교빙 의례에 참여하지 못한 이유를 다음과 같이 언급했다. "아버님이 대마도에 가셨다가 9월 초에 일을 마치고 돌아오셨고, 여전히 건강하시니 걱정할 것이 없습니다. 또한 제게 함께 하지 않았냐고 물어보셨는데, 이와 같은 행차는 이역에 왕명을 전하고 명예롭게 돌아오는 것이라 저인들 어찌 가고 싶지 않았겠습니까? 그러나 학원을 지킬 사람이 없었기에 아버님이 저를 데려가기를 원치 않으셨고, 저도 아버님의 뜻을 거스르고 싶지 않았기에 감히 무리하게 요청하지 않았습니다."[43] "저는 관직이 있는 몸이라 사신단文旆을 따라 서쪽으로 가지 못하고, 명산과 명천을 탐방하지 못함을 깊이 한스럽게 여깁니다.[44] 이로부터 고가 도안이 대마도에 가서 교빙 의례에 참여해 자신의 재능을 발휘하기를 기대했음을 알 수 있다. 그러나 학원을 지킬 사람이 없었기에 어쩔 수 없이 참여하지 못했다. 또한 『동암문집侗庵文集』에는 「의여조선정사서擬與朝鮮正使書」, 「의여조선기실서擬與朝鮮記室書」, 「의여한사서擬與韓使書」 등의 글이 수록되어 있어, 그가 비록 행

征韓韓如犬, 又遭猿王來席捲. 通好修盟二百年, 還憾文場少豪雋. 建勳絕域在此時, 行矣草生爾其勉."

42 古賀燾, 『穀堂遺稿鈔』 卷七, 「示洪弟晉城」, "已許功名探虎穴, 好將文翰映雞林."

43 古賀侗庵, 『侗庵初集』 卷八, 「答高尾子浩」, "家君赴對馬島, 菊月初吉竣事而歸, 豪健仍舊, 幸不掛念. 又蒙以僕行否見問, 此行也, 宣命殊域, 衣錦舊鄉, 僕豈不欲往, 顧以看守無人, 故家君不肯攜行. 僕亦不欲拂親意, 故不敢苦請."

44 古賀侗庵, 『侗庵初集』 卷五, 「送草棣芳序」, "予官守在身, 不得從文旆而西, 討探名山名川, 深以為恨."

사 현장에 직접 가지는 않았지만 많은 사후 작업에 참여했음을 알 수 있다.[45] 이 몇 편의 글에서 그는 조선을 칭송하는데 문사를 아끼지 않았는데 "귀국貴邦의 인문의 발달은 기자 시대로부터 시작되어 지금까지도 여전히 삼대의 풍습이 남아 있으며, 어진 이들이 배출되어 시대마다 인물이 끊이지 않는다", "귀국은 예의의 나라이다"[46] 등 표현에서 이를 엿볼 수 있다.

고가 도안古賀侗庵은 조선 사신 영접에 참여하고 싶어 했고, 그가 초안을 잡은 교류 서신에서도 매우 예의 바른 태도를 보였으나, 그의 언어 표현은 부친이나 형과 일치하지 않는 부분도 자주 발견된다. 「봉송가군왕대주접한사서奉送家君往對州接韓使序」에서는 "국초 이래 조선인들이 입공할 때마다 모두 동무東武에 도착하여 업무를 수행하였다"[47]라고 했다. 이는 그가 초안을 잡았던 교류 서신에서 양국이 평등하게 교류한다는 표현을 '조선인의 입공'으로 바꾼 것이다. 이 두 글은 사실 같은 시기에 작성된 것이지만, 독자에 따라 전혀 다른 성격의 단어를 사용한 것이다. 이런 사례는 여러 곳에서 발견된다. 신미년 교류의 다음 해인 1812년에 고가 도안은 『대례여조對禮餘藻』에 쓴 발문의 시작 부분에서도 이렇게 말한다. "우리 일본은 해동에 우뚝 서 있으며, 해안 맞은편에 열 개 이상의 나라가 있지만, 서쪽 땅을 제외하고 예의를 조금이라도 아는 나라로서 교류할 수 있는 곳은 오직 조선뿐이었기 때문에 게이초慶長·겐나元和 이후 그들의 입공을 허락했다."[48] 여기서 다시 '교빙交聘'이 아닌 '입공入貢'이라는 표현을 사용했다. 「의여조선정사서擬與朝鮮正使書」에서는 조선을 '삼대의 유풍을 지닌 예의의 나라'로 칭송했으나 이 글에서는 '조금 예의를 아는稍

45 日本國立國會圖書館藏 古賀侗庵의 『侗庵秘集』 寫本 「擬答韓使問」와 『韓聘瑣記』에는 겹치는 내용이 있는데, 이로부터 古賀侗庵 역시 『韓聘瑣記』의 편찬에 참여했으리라고 추정할 수 있다.

46 古賀侗庵, 『侗庵初集』 卷五, 「擬與朝鮮正使書」, "貴邦人文之開, 遠自箕子, 迄今靄然有三代流風, 俊賢輩出, 世不乏人." "貴國禮儀之邦."

47 古賀侗庵, 『侗庵初集』 卷五, 「奉送家君往對州接韓使序」, "國初以還, 韓人入貢, 皆抵東武將事."

48 古賀侗庵, 『侗庵初集』 卷九, 「對禮餘藻跋」, "我日域巍然峙立於海東, 對岸之國以十數, 除西土外, 其稍知禮儀而可與交使幣者, 獨有朝鮮而已, 是以慶 元而還, 許其入貢."

知禮儀" 나라로 격하시켰다. 「대례여조발對禮餘藻跋」의 말미에서 고가 도안은 더욱 당당하게 다음과 같이 말한다.

> 본국과 조선은 대소의 차이가 뚜렷하기 때문에 신하로 두어도 남음이 있다. 그러나 白石 이하 여러 사람들이 승부를 겨루려는 마음으로 대한 것은 적국으로 자처하여 스스로를 작고 비천하게 여긴 것이다. 지금 부친께서 겸손하게 처사하고 예로써 접대하여 그들로 하여금 대국의 위엄을 알고 감히 침범하지 못하게 하였으니 어찌 이전에 승부를 겨루려 했던 태도를 따를 필요가 있겠는가?[49]

이는 평등 교류의 입장을 완전히 포기하고 위에서 굽어보는 자세를 취한 것이다. 주목을 요하는 것은 고가 도안이 겸손하고 예의 바른 태도를 취하는 것은 단지 조선 측이 경외감을 느끼게 하려는 효과를 얻기 위한 것이라고 명확하게 이야기했다는 점이다. 그러나 그는 표면으로는 겸손한 척 하면서 속으로는 강한 입장을 유지해서는 사람의 마음을 얻을 수 없다는 것을 알지 못했다. 수년 후, 고가 도안은 다시 『대례여조』에 발문을 썼는데 이 글에서도 계속하여 대국으로 자처하는 마음을 드러냈다. 발문에서는 "조선이 경·원 연간에 입공한 이후로 공손하고 두려워하며 천자로 모시지 않으려는 마음을 조금도 갖지 못했다. 하지만 스스로 그 약함을 알지 못하고 간혹 진秦과 진晉의 사이처럼 여기면서 수창하고 문답할 때 강자처럼 구는 추태가 없지 않았다"[50]라고 하였다. 임진전쟁 이후 도쿠가와 막부가 먼저 양국 관계를 적극적으로 회복시키려고 한 역사적 사실을 무시하고 통신사가 일본에 간 것을 '사대事大'의 조공 행위로 간주하며, 두 나라가 평등한 관계임을 인정하지 않고 일본 중

---

49 古賀侗庵, 『侗庵初集』 卷九, 「對禮餘藻跋」, "本邦之於朝鮮, 大小懸絕, 臣畜之而有餘. 而白石以下諸子, 以好勝之心待之, 是以敵國自處也, 是自小而自卑也. 今也家君居之以謙, 接之以禮, 而彼自知大國之可畏, 不敢有侵軼, 則亦何苦而效從前好勝之為哉."

50 古賀侗庵, 『侗庵二集』 卷十四, 「書『對禮餘藻』後」, "韓人自慶′元修職貢以還, 夔夔事大, 不敢少萌不王之心. 然不自量其輕弱, 或以秦晉匹敵相視, 唱和′答問之際, 時露強項之態, 不無可醜."

심의 자부심을 드러낸 것을 볼 수 있다. 신미년 교빙 의례를 그림으로 그린 사람이 있었는데 고가 도안은 「서한인입공도후書韓人入貢圖後辛未」에 "조선이 경·원 이후 더욱 공손하게 사대를 하였다"라고 썼다.[51]

고가 도안이 지적한, 조선인이 필담 혹은 창화 시에 승부욕을 드러낸 것은 적지 않은 실제 사례가 있다. 하지만 이런 승부욕은 쌍방에 모두 있었는데 고가 도안은 조선인과 본국의 아라이 하쿠세키 등 사람들의 승부욕을 지적했지만 자신 또한 이런 병폐를 피할 수 없었다는 점에 주목해야 한다.

본인이 승부욕을 가지고 있으면서 타인의 승부욕을 비판한 것에는 현실적인 고려가 있었다. 고가 도안은 다음과 같이 기술하였다. "이번 사행은 여유롭고 화기애애하며 진심으로 우리에게 즐겁게 복종하여 마치 자식이 자애로운 부모를 대하는 것과 같았다. 남북으로 헤어져서 참성과 상성처럼 다시 만날 수 없게 된 뒤에도 여전히 미련이 남아 서신을 보내와 마음을 표현하여 글에 정이 넘쳤는데 실로 예전에 없었던 일이었다."[52] 신미년 교빙 이후에 조선 사신들은 고가 세이리에게 시문을 보내어 교류를 이어갔는데 고가 도안은 이를 부모에 대한 자식의 애착으로 해석하였으나 이 주장은 적절하지 않다. 심지어 고가 세이리 자신은 그런 분에 넘치는 생각을 가지고 있지 않았고 시문을 통해 벗과 교류할 수 있기를 바랐다. 고가 도안은 여기서 고가 세이리가 1811년 대마도에서 이루어진 교빙에서의 지위를 극력 부각시키고 조일 교류사에서의 전례없는 공신으로서의 이미지를 만들어 내려고 한 것이다. 동시에 그는 강력하게 대국의 위상을 부각시키며, 조선을 폄하하려 하였다.

51 古賀侗庵, 『侗庵初集』 卷八, 「書韓人入貢圖後」, "朝鮮慶 元而來, 事大愈謹."

52 古賀侗庵, 『侗庵二集』 卷十四, 「書『對禮餘藻』後」, "獨此行也, 從容和恰, 信心悅服於我, 如子弟之於慈父母. 迨南轅北帆參商闊別之後, 猶依戀不措, 達寄錦字, 自表丹心, 鄭重篤摯, 情溢於辭, 實從前所未曾也."

2) 고가 도안古賀侗庵이 쓴 임진 서사의 변천

고가 도안은 신미년의 교빙에 대해 면밀히 주목했을 뿐만 아니라, 임진전쟁에 대해서도 항상 마음에 두고 여러 해에 걸쳐 여러 번 전문적인 글을 써서 논의하였다. 일찍이 신미년 교빙 전인 1809년에 고가 도안은 「풍왕정한론豊王征韓論」을 썼다. 그 내용은 다음과 같다. "내가 보기에, 토요토미 왕의 조선 정벌은 진시황과 한무제와 비교할 만하다. 아아, 문록文祿 초기, 군웅이 겨우 평정되고 상처가 치유되지 않았으며 신음이 그치지 않은 상태에서 급히 서쪽으로 원정을 나갔으니 군민들이 견디지 못하고 원성이 쌓였다. 몸이 죽어 무덤이 마르기도 전에 나라가 이미 자기 나라가 아니게 되었으니, 그 계책도 어리석다. 그러나 지금까지 조선은 복종하고 진귀한 물건을 바치며, 서쪽 땅은 안정되어 다른 마음을 품지 않으니 어찌 이것이 조선을 정벌한 공로가 아니겠는가?"[53] 고가 도안은 군주를 세 가지 유형으로 나누었다. 그는 순舜과 우禹가 세상을 다스려 백 대에 걸쳐 모범이 된 것은 후세가 본받아야 한다고 보았다. 진시황과 한무제는 당시에는 국내에 큰 피해를 끼쳤으나 후세에는 유익했으며, 도요토미 히데요시의 조선 침략은 일본에 대한 공로가 진시황과 한무제에 비견될 수 있다고 평가했다. 도요토미 히데요시는 국내의 형세가 초보적으로 안정되고 사회 경제가 회복될 시기에 해외로 군대를 보냈으며, 결국 백성이 원망하고 국가는 멸망했는데 고가 도안은 이것을 '어리석다'고 보았지만 이 전쟁이 조선을 정복하고 중국을 위협하는 데 긍정적인 역할을 했다고 보았다. 이어 그는 많은 편폭을 할애하여 몽골이 일본을 침입할 때 호조 도키무네北條時宗가 몽골 사신을 참수하고, 명태조가 사신을 보내어 조공을 요구했을 때 가네요시 친왕怀良亲王이 답서를 보내 거절하자 명태조가 분노하기는 했

53 古賀侗庵, 『侗庵初集』 卷二, 「豐王征韓論」, "以吾觀之, 豐王之征韓, 亦秦皇漢武之儔耳. 嗚呼, 文祿之始, 群雄甫平, 瘡痍未療, 呻吟未已, 遽馳而西征, 士民弗堪, 怨叢乎一身. 身死墳土未幹, 國既非其國, 其為計也亦愚矣. 然至今鰈域帖服, 貢其琛幣, 西土惕息, 不敢有異心, 安知非征韓之功也."

지만 몽골이 일본 정벌에서 실패한 일을 생각하여 감히 군사를 움직이지 못했다는 것을 논증하였다. 이어 "현재 청나라의 군사력은 명나라보다 열 배 강하며, 먼 전략을 세우는 것은 몽골과 다르지 않지만 동방을 침략하려는 마음이 전혀 싹트지 않았으니 나는 이로써 풍신왕豐臣의 공이 크다는 것을 안다"[54] 라고 하였다. 고가 도안은 당시 청나라의 군사력이 명나라보다 훨씬 강한데도 일본에 군사를 보내지 않은 것으로부터 도요토미 히데요시의 임진전쟁의 심원한 영향력을 볼 수 있다고 보았다. 이 부분까지는 그래도 학자의 개인적인 견해로 볼 수 있다. 그러나 이어 갑자기 말투가 바뀌면서 이렇게 말한다.

> 조선 정벌이 국가에 얼마나 중대한 영향을 미쳤는가! 나는 여전히 평양을 처음 정복했을 때의 일을 아쉽게 생각한다. 삼한의 둥지가 이미 뒤집혔고 우리는 파죽지세였으니 실로 모든 군대가 힘을 합쳐 일심으로 진격하여 압록강을 넘어 요동까지 직접 들어갔다면 비록 서쪽 땅을 완전히 정복하지 못했더라도 삼한이 영원히 속국이 되었을 것이며 명나라와 청나라가 평화를 구걸하여 조공을 바쳤을 것이다. 그러나 어찌하겠는가? 평양을 이미 빼앗은 이후 여러 달 동안 지체하여 구원군이 강을 넘을 수 있도록 허용한 결과, 공격을 받게 되자 이미 얻은 땅을 다시 회복할 수 없게 되었다.[55]

앞부분의 주장이 그래도 방어의 차원이었다면 뒤에서는 공격으로 바뀌었다. 고가 도안은 도요토미 히데요시가 임진전쟁을 일으킨 공로를 인정하는 것을 넘어, 고니시 유키나가가 평양을 정복한 이후 힘을 합쳐 중국 요동으로

54 위의 글, "今清兵革之強, 十倍於明, 其務遠略, 不異於蒙古, 然而未始少萌侵寇之心, 吾於是乎, 見豐王之功大也."

55 古賀侗庵, 『侗庵初集』 卷二, 「豐王征韓論」, "征韓之舉, 其系國家輕重如何哉. 吾猶恨當行長之始克平壤也, 三韓巢窟既覆, 勢同破竹, 誠使諸軍並力一心進, 遮斷鴨綠江, 直入遼東, 則縱不能吞併西土, 猶足使三韓永為附庸, 明清乞和修貢, 如之何. 平壤既拔, 稽留曆月, 使救兵得過江, 一經催創, 所得之地, 終不可復."

진격해서 전선을 밖으로 확장시켰더라면 비록 중국을 완전히 정복하지 못하더라도 최소한 삼한을 병합할 수 있을 것이라고 주장하였다. 이로부터 고가 도안의 거대한 야망을 볼 수 있다. 이 주장에서는 성을 공격하고 땅을 정복하는 기쁨만 생각하고 백성의 고통은 이야기하지 않는 그의 면모가 드러난다. 동시에 고가 도안은 일개 서생으로서 실천적 가능성이 없는 이론적 논의에만 그쳤다는 것에서 주목해야 한다. 그의 주장은 매우 비현실적인데 고니시 유키나가가 평양을 점령한 이후 북쪽으로 계속 진군하지 않은 것은 하지 않은 것이 아니라 할 수 없었던 것이다. 고가 드안은 일본의 역량을 과대평가하고 명군의 실력을 과소평가하여 학자가 지녀야 할 냉정하고 객관적인 시각을 갖추었다고 볼 수 없다.

18년 뒤인 1827년에 고가 도안은 「풍태각정한론丰太阁征韩论」을 또 써서 옛일을 다시 끄집어냈다. 이 글의 주장은 「풍왕정한론丰王征韩论」과 기본적으로 같지만 논의가 보다 정밀해졌고 도요토미 히데요시의 실패 원인을 분석하고 대응 방안을 제시하고 있다. 그는 다음과 같이 주장하였다. "우리 군은 적의 상황을 전혀 파악하지 못하고, 단지 거짓 협박만 듣고 그것을 믿었으니 어찌 견문이 좁고 가소롭지 않겠는가? 이는 적의 지형과 병력에 대해 전혀 알지 못했기 때문이다."[56] 고가 도안은 임진전쟁에서 일본군이 조선에 침입한 뒤 늘 두려워서 나아가지 못했는데 그 이유가 명나라 군대가 십만 심지어 백만에 달한다는 거짓 정보에 겁을 먹었기 때문이며 실제로 조선에 들어간 명나라 군대는 십만에 지나지 않았다고 하였다. 당시 일본 측의 관병들은 산과 골짜기의 험준함, 지역의 면적, 도로의 길이와 형태, 장수와 병사들의 전투력에 대해 깊이 있는 이해가 없었기에 무리하게 진군하다가 패배하였다는 것이다. 이어서 가정嘉靖 연간에 왜적이 중국 동남 연안의 무뢰배들을 앞세워서 "수십 명이 천 리를 횡행하였"고, 청태조가 전쟁 전에 명나라에 사람을 보내어 풍토

56 古賀侗庵, 『侗庵三集』 卷九, 「豐太閣征韓論」, "我軍絕未悉敵情, 逖聽虛喝之言, 以為信然, 豈不黯陋可笑乎. 惟其茫不諳敵之地形兵勢也."

와 인심, 요새의 허실을 파악한 후 명군을 여러 번 무찔러 요동을 평정한 일 등 성공적인 사례를 제시하였다. 이로써 적을 알고 나를 알면 백 번 싸워도 위태롭지 않다는 것을 논증하였다. 이어 고가 도안은 화제를 다시 임진전쟁으로 돌려 이른바 상책을 제시하였다. 내용은 다음과 같다.

> 그 시점에서 상책으로는 귀화한 백성을 어루만지고 그들이 알고 있는 것을 물어서 지형과 병력을 마치 눈앞에 보듯이 낱낱이 파악하는 것이다. 다음에 두세 명의 뛰어난 장수를 임명하여 대군을 이끌고 적으로 하여금 인도하게 해서, 바람과 천둥처럼 빠르게 공격하고 적의 자원을 활용하여 압록강을 통제하면, 삼한은 병력을 들이지 않고도 굴복시키게 될 것이다. 더 깊숙이 진격하면 요동과 연경을 손쉽게 차지할 수 있을 것이다. 또는 바다를 건너 강남을 공격하여도 천하의 절반을 차지하여 손권孙权이나 유유刘裕처럼 앉아서 도모할 수 있게 될 것이다.[57]

고가 도안은 해안 지역의 왜적과 청태조가 적을 알고 자신을 알아서 승리를 거둔 사례를 열거한 후, 도요토미 히데요시도 이와 유사한 방법을 사용했으면 승리할 수 있었을 것이라고 일방적으로 믿었다. 실제로 조선 침략 당시 일본군은 "적으로 하여금 인도하게 하는" 전략을 전혀 생각하지 못했다. 하지만 일본 측은 조선의 활과 포를 만드는 기술자를 포로로 잡아 활용하여 일정한 성과를 올리기도 하였다. 그러나 불의의 전쟁에서 도의를 잃고 도움을 받지 못했으며 "적으로 적을 제어하는" 것에도 결국 한계가 있다. 특정 기술이나 전술만으로는 전쟁의 판도를 바꾸기 어려운 법이다. 위의 글에서 도가 도안이 도요토미 히데요시가 뜻을 이루지 못한 것을 깊이 아쉬워하고 있음을

57 古賀侗庵, 『侗庵三集』 卷九, 「豐太閤征韓論」, "斯時上計, 無如愛撫歸化之民, 具問其情, 地勢兵力, 焯乎在目前, 然後命二三良將, 提大軍以敵人為導, 風馳霆擊, 因糧於敵, 直扼鴨綠江, 則三韓不勞寸兵而服聽矣. 更益深入, 則遼東, 燕京唾手可收矣. 或且絕海而攻江南, 亦可以奪半壁天下, 而坐為孫權 劉裕矣."

알 수 있다. 그의 부친 고가 세이리는 대신 강남을 공격하는 전략을 제시했지만, 결국 화해가 최상의 방법이라는 것을 인정할 수밖에 없었다. 도가 도안이 바다를 건너 강남을 공격할 것을 다시 주장한 것은 몽골이 일본을 공격하였으나 패배한 교훈을 선택적으로 망각한 것이다.

1828년에 도가 도안은 「의간풍태각벌조선서擬諫豊太閣伐朝鮮書」를 썼다. 제목에서 '정'을 '벌'로 바꾼 것으로부터 그의 생각의 변화를 읽을 수 있다. 도가 도안은 먼저 도요토미 히데요시의 국내 통일 전쟁에서의 공로를 칭송한 후, 그가 발동한 조선 침략 전쟁에 대해 의문을 제기하였다. "명분이 없는 군대가 일을 성사하지 못하는 것으로는 출병보다 더한 것이 없습니다. 명분이 없는 데다가 정당하지도 않다면 약한 노비도 강한 적으로 변할 것입니다. 오늘날 조선 정벌이 과연 무엇을 명분으로 삼고 있으며, 군대의 정당성은 어디에 있는지 알지 못하겠습니다."[58] 도가 도안은 도요토미 히데요시의 조선 침략이 명분이 없다고 하였는데 조선이 공경하게 조공을 하지 않아서 정벌해야 한다는 주장에 대해 그는 천황의 위엄이 쇠하지고 내란이 끊이지 않는 상황에서 국내의 충심도 보장할 수 없으므로 외적을 공격하는 것은 어렵다고 지적하였다. 도가 도안은 또 "조선은 명나라와 밀접하게 의존하고 있으며, 조선은 비록 작지만 명나라의 경우는 상대적으로 큽니다. 명나라가 비록 정치가 허약하고 군사력이 쇠퇴했지만, 다시 지원을 요청하면 반드시 수십만 이상이 될 것이며, 조선이 국내의 군사까지 결집하면 백만에 이를 것입니다. 거기에 우리 군의 명분 없음에 분노할 것인데 적에 대한 원한을 품고 결속하여 우리의 공격에 대응한다면 어찌 쉽겠습니까?"[59]라고 하였다. 명나라와 조선의 연합군이 수십만에서 백만에 이를 것이며, 함께 원한을 품고 결속한다면 승산이 적

58 古賀侗庵, 『侗庵四集』 卷一, 「擬諫豊太閣伐朝鮮書」, "師出無名, 事故無成, 天下莫重且大於行師. 苟無名而不直, 弱虜立變為勁敵. 臣不知今日征韓之舉, 果何用為名, 師之直竟安在也."

59 위의 글, "韓與明輔車親依, 韓誠小, 而明則稍大 明雖主孱政秕, 武備頹弛, 卷土來援, 必不下數十萬, 加以韓闔邦之眾, 殆且百萬, 乃且憤我師之曲, 夫人懷敵愾之心, 勠力合謀以抗我, 豈易與哉."

다고 본 것이다. 여기서 조선과 명나라 군대의 숫자를 수십만으로 예상한 것은 위의 「풍태각정한론豐太閤征韓論」에서 명조의 지원군이 "십만밖에 되지 않았다"고 한 것과 비하면 매우 큰 차이가 있다. 도가 도안이 새로운 사료를 발견한 것일까? 글에서는 근거를 찾을 수 없으며 실상은 십만이라는 숫자가 사실에 부합된다. 「의간풍태각벌조선서擬諫豐太閤伐朝鮮書」에서 수십만보다 적지 않을 것이라고 한 것은 앞의 글과 모순되며 이 글의 주장은 조선을 침공하는 것을 그만두도록 설득하는 것이어서 앞의 정한론과 반대된다. 왜 이러한 상황에 이르게 되었는가?

도가 도안은 후속 문헌에서 다음과 같이 논의하였다. "신은 군사는 나아가지 못하고 재앙은 늘어나서 연안에 이로부터 많은 문제가 발생해 점점 더 혼란과 분열의 원인이 될까 두려워 깊이 우려하지 않을 수 없습니다. 지금은 활과 화살을 막 장만하기 시작했고 상처는 아직 완전히 치유되지 않았으며, 은혜가 널리 퍼지기 어렵습니다. 먼 곳에 원한을 품은 민중이 존재하며, 더군다나 태자豐臣秀賴로 추정의 덕이 아직 충분히 드러나지 않았기 때문에, 백성의 존경심이 부족합니다. 이러한 시점에서 서쪽으로 출병한 대군이 국내의 상황을 해결하지 못할 경우 간교한 인물들이 반란을 일으키고 왕위를 탐낼 가능성이 있으며, 폐하의 백세 이후에는 극도의 혼란이 불가피하게 될 것입니다."[60] 전국 시기에 전쟁히 빈번하였는데 혼노지의 변本能寺의 変으로부터 시작해도 이미 10년이 되어서 사회는 황폐해지고 민심은 안정되지 않았다. 더욱이 태자가 아직 국민의 인정을 받지 못하고 있으며, 대군이 외국으로 원정하면 내부의 간교한 자들이 난리를 일으키고 왕위를 탐내어서 통제하기 어렵게 될 것이다. 일본 전국시대 말기, 에도시대 초기의 역사적 상황을 이해하면 고가 도안의 깊은 생각을 알 수 있다. 고가 도안은 또 사료를 인용하여 진시황이 여섯

60 위의 글, "臣恐兵纏禍蔓, 海寓自此多事, 漸啟亂離之源, 可不深長慮哉. 方今弓矢始櫜, 瘡瘢未全療, 惠澤難遍. 而遐方間有懷怨之氓. 加旃太子懿德未彰聞, 臣民崇慕之情尚淺, 乘斯西師不解邦家扤陧之際, 奸雄必萌問鼎之意, 殿下百歲之後, 禍亂之酷, 將有不可勝言者."

나라를 정복한 후 국경을 확장하다가 진승, 오광의 봉기로 인해 결국 2세에 이르러 멸망하였고 수양제가 백만의 군대를 동원하여 고구려를 세 번이나 정벌한 결과 수나라가 단명하게 된 사례를 예로 들었다.

문장의 마지막 부분에서 고가 도안은 다시 한 번 권고하였다. "폐하께서 다시 한 번 깊이 고민하시고 먼 미래를 고려하시며, 백성의 고통을 가까이에서 살펴보셔서 다른 사람이 어부지리를 취하지 않도록 하시면 매우 다행이겠습니다."[61] 역사는 어부지리를 취한 이가 도쿠가와씨임을 입증하고 있다. 고가 도안이 이 문서를 작성할 당시, 20년 전에 비하면 일본의 국제적 상황과 국내 상황에는 매우 큰 변화가 일어났다. 이 시기에 후지타 유코큐藤田幽谷와 아이자와 세이시사이会泽正志斎 등 '미토학水戶學'의 문인과 지식인들은 존왕양이尊王攘夷를 강조하는 저술을 작성하였고,[62] 막부의 '존왕' 사상을 격발시켰다. 고가 도안은 다시 임진전쟁의 주제를 꺼내고, 조선의 불경함 때문에 침공해야 한다는 주장이 일어나자 내란과 외적의 우려의 원인을 '황제의 권위 쇠퇴'에서 찾았다. 이는 후지타 유코큐 및 그의 제자들이 제국의 도를 재건하려고 한 주장과 상통한다고 할 수 있다.

4. 맺는 말

전쟁태가 아닌 문화 교류의 장에서 국가적인 역량을 다투는 것은 본래 칭찬받아야 할 일이다. 무력 충돌에 비해 문화적 교전은 평화적인 영역에 속하며 심지어 전쟁을 방지하는 역할을 할 수 있다. 그러나 문장 겨루기가 전쟁을 유발하는 경우도 흔히 있다. 1811년 한일 교빙에서 고가 세이리를 대표로 하

61 위의 글, "願殿下加之十思, 遠貽孫謀, 近察士民之苦. 無使他人收鷸蚌之利, 則幸甚."

62 저술로는 會澤正志齋의 『新論』, 연구 논문으로는 朱坤容, 「幕末勤王思想對明治維新的影響—以水戶學為中心」(『世界歷史』, 2016年 第4期, 131~142면) 등이 있다.

는 문학과 서예에 능한 일본 인사들은 오랜 시간 지속된 임진전쟁이 본래 무거운 주제임을 인식하고 있었다. 또 두 나라의 생각에 차이가 있기 때문에 그것을 공개적으로 논의하는 것이 새로운 분쟁을 유발할 수 있다는 점을 고려하여, 일본과 한국 간의 필담에서 논의의 방향을 통제하려고 하였다. 그러나 고가 세이리는 조선 측의 감정을 고려하지 않고 먼저 임진전쟁을 화제로 꺼내 들었다. 이는 막부를 위해 공덕을 쌓는다는 이미지를 구축하기 위해서였던 것으로 보인다. 결과 그는 사전에 앞사람들의 승부욕에 대해 반성을 했음에도 불구하고 여전히 다른 방식으로 오만함을 드러냈다.

일부 학자들은 역지 빙례는 양국의 정치 중심지에서 멀리 떨어진 장소에서 많은 공적인 예식을 생략해서 양측이 더 평등하게 교류하게 되었고 정치적 의미가 약화되었으며 문화적 교류의 기능이 강화되었다고 주장한다. 그러나 앞서 논의한 바와 같이 순수한 문화 교류는 존재하지 않았고 정치적 요소가 지속적으로 개입하였으며 문인 간의 서면 논쟁에도 정치적 경쟁이 스며들어 있었다. 고가 세이리 부자의 관련된 행위들을 살펴보면, 이러한 힘의 균형이 깨지고 위험한 방향으로 발전하고 있음을 알 수 있다. 따라서 우리가 만약 미야케 히데토시의 관점을 다시 되돌아보면, '쇠토론'은 지나치게 낙관적인 견해였으며 한일 통신사 제도가 쇠퇴한 이면의 실질은 양국 관계의 변질 나아가서는 악화였다는 것을 알 수 있다.

고가 도안은 한국 사신을 영접하러 가고 싶어했고 막후에서 문서의 초안을 잡는 일에 참여했으며 글에서는 정중하게 예의를 갖췄다. 하지만 그는 개인의 저술에서 평등한 시각을 갖지 못하고 여러 차례 도요토미 히데요시의 임진전쟁에 대한 논평을 하였다. 그의 여러 글을 살펴보면, 임진전쟁을 지지하는 입장이었다가 전쟁 중 일본 측의 정보 부족 문제를 지적하는 데로, 마지막에는 한국 정벌을 반대하는 입장으로 선회한다. 이는 막부 말기 '정한론征韩论'과 "존왕양이론尊王攘夷论"이 엮여 있는 복잡한 상황을 반영하며, 문인들이 역사와 시국에 대해 새로운 인식을 갖게 되었음을 보여준다. 본 논문은 일본 문인, 특히 고가 세이리 부자의 저술을 중심으로 논의를 전개하였으나 여전히 미흡한 부분이 있다. 임진전쟁문학의 연구는 중국, 일본, 한국의 역사 문헌을 종합적으로 고려하여야 하며, 필자도 향후 이런 방향으로 연구를 진행할 예정이다.

전근대 한국의 전란戰亂 귀화인歸化人에 대한 문학적 형상화

권진옥權津鈺
단국대학교
국어국문학과 조교수

이 글은 전근대 한국에서 발생한 전란戰亂과 관련하여 타국에서 귀화歸化한 인물에 주목하고 이들을 문학작품에서 어떻게 형상화하는지를 살펴본 글이다. 귀화인을 문학적으로 형상화한 작품군을 전통 시대 한국의 문인 지식인이 남긴 개인 문집에서 확인하고, 활동한 시기 순서대로 이지란李之蘭, 시문용施文用, 전호겸田好謙의 사례를 고찰하였다.

첫 번째로 살펴본 인물은 이지란이고, 그를 형상화한 문학작품으로 황경원黃景源의 신도비를 살펴보았으며, 한시 작품에서 그를 소환하는 양상까지 아울러 고찰하였다. 황경원은 이지란의 삶에 있어서 진면목을 무용과 용퇴 두 가지 측면으로 강조하였다. 위의 사례가 이지란을 비지문의 묘주로서 인물을 문학적으로 형상화한 경우라면, 이외의 다른 문학 양식에서 그를 소환하는 경우도 있는데 그의 후손을 대상으로 할 경우, 북청 지역과 관련하여 그를 언급할 경우에 문학적으로 형상화하는 사례가 그것이다.

두 번째로 살펴본 인물은 시문용이고, 그를 형상화한 문학작품으로 홍직필

洪直弼의 유허비를 분석하였다. 홍직필은 명明나라 유민으로서 중화의 문화를 고수하자고 노력했던 시문용의 자세를 높이 평가하고 있다. 유허비를 작성한 홍직필이 비문의 말미에서 백세 뒤에도 시문용이 명나라의 처사라는 것을 알 수 있을 것이라 천명한 한 점은, 일본과 청淸나라 사이에 전란을 치르는 와중에도 중화의 문화와 문물을 지켰던 조선인 홍직필이 시문용과 같이 조선으로 귀화하여 중화인으로 자처하는 명나라 유민의 입장과 동일시하는 것으로 볼 수 있다.

세 번째로 살펴본 인물은 전호겸이고, 그를 형상화한 문학작품으로 최석정崔錫鼎의 묘갈명을 분석하였으며, 김원행金元行이 지은 광평 전씨廣平田氏 족보의 발문도 함께 고찰하였다. 최석정의 묘갈명은 묘도문자의 전형을 잘 갖추고 있고, 한 편의 묘도문자를 갈무리하는 명銘을 통해서 전호겸이 중국 사람이라는 사실을 강조하였다. 이는 조선의 영토에 조선으로 귀화한 중국 사람의 무덤이 존재하고 또 잘 보전되고 있음을 분명히 드러내려는 의도인 셈이다. 김원행은 광평 전씨 족보의 발문에서 귀화한 중국인으로서 지니게 되는 양가적인 감정, 즉 고국에 대한 상실감과 귀화한 나라에 대한 소속감을 정확하게 지적하고 있다.

1. 들어가는 말

이 글은 전근대 한국에서 발생한 전란戰亂과 관련하여 우리나라로 귀화歸化한 인물에 주목하고 이들을 문학작품에서 어떻게 형상화하는지를 살펴본 글이다.

전근대 타국에서 한국으로 귀화한 인물들이 상당히 많았는데, 이들을 일반적으로 귀화인歸化人 혹은 향화인向化人이라고 불렀다. 또한 이들이 귀화한 과정이나 계기는 이들의 숫자만큼이나 다양한데 대체로는 본국의 혼란한 정세로 인한 망명, 한국의 전쟁에 참전한 계기, 대외 활동 중의 표류와 정박 과정에서 귀화한 사례가 두드러진다. 특정한 귀화인에게는 국가적인 차원에서 본관과 성씨를 부여하고, 이와 같은 귀화인이 해당 성씨의 시조가 된 경우도 빈번하였다.

각종 사료나 설화를 통해 상고시대부터 이미 귀화한 인물들의 정보를 확인할 수 있고, 조선 시대에 이르기까지 수많은 귀화인에 대한 정보는 여러 종류의 정사正史와 야사野史, 국가 차원의 각종 문서, 개인의 문집, 설화집 등 다양한 기록물 속에 남아 있다. 이러한 풍부한 자료가 있기 때문에 전근대 귀화인에 대한 연구는 다양한 분야에서 주목을 받아 왔다.[1]

일찌감치 역사학 분야에서는 각종 사료와 공식 문서를 토대로 귀화인에 대한 전수 조사, 귀화인의 정착 과정, 귀화인에 대한 관리와 정책, 귀화인에 대한 인식 등을 연구하고 있는 실정이다.[2] 다만 고전문학이나 한문학 분야에서는 귀화인을 대상으로 한 연구가 최근에 와서 활발하게 진행되고 있다.[3]

1 귀화인에 대한 역사 및 문학 방면 연구사 개괄은 권진옥의 「전통 시대 우리나라 귀화인(歸化人)에 대한 기록 양상과 형상화 특징」(『어문논집』 98, 민족어문학회, 2023, 7~8면)을 참고하였음.

2 역사학 분야의 연구 성과들은 일일이 거론하기 힘들 정도로 산적해 있다. 그 가운데 2000년 이후에 기획 주제로 진행된 일련의 연구 성과들만 제시하면 다음과 같다. 『동양고전연구』 37(동양고전학회, 2009)에는 서근식의 「朝鮮時代 '向化'개념에 대한 硏究–『朝鮮王朝實錄』을 中心으로」, 원창애의 「향화인의 조선 정착 사례 연구–여진 향화인을 중심으로」, 임선빈의 「조선초기 歸化人의 賜鄕과 특징」, 이선희의 「吉尙事件을 통해 본 17세기 초 向化胡人 관리 실태와 한계–『向化人謄錄』을 중심으로」, 노혜경의 「英祖代 皇朝人 대한 인식」 등이 기획 논문으로 구성되어 있다.

3 고전시가 분야의 연구 성과로는 백순철의 「다문화적 관점에서의 고전시가 교육–김충선의 「모하당술회述懷」를 중심으로」(『한국어문교육』 28, 고려대 한국어문교육연구소, 2019), 조지형의 「麗末 鮮初 귀화인들의 시조 창작 양상과 그 의미」(『한국시가문화연구』 48, 한국시가문화학회, 2021)와 「위구르 출신 귀화인 偰長壽의 문예활동과 시가문학」(『민족문화』 58, 한국고전번역원, 2021) 등이 있다.
고전서사 분야의 연구 성과로는 서신혜의 「고전 서사 속 降倭의 형상화 양상에 대한 연구」(『동양고전연구』 37, 동양고전학회, 2009)가 있고, 한문학 분야의 연구 성과로는 유영봉의 「王朝交替期의 歸化詩人 偰遜과 偰長壽 父子」(『한문학보』 23, 우리한문학회, 2010), 서신혜의 「李奎象이 『幷世才彦錄』에 쓴 明人 기록의 등장 底邊」(『어문연구』 38, 한국어문교육연구

이른바 '디아스포라diaspora의 문학'으로서 천만리千萬里, 1543~?나 김충선金忠善, 1571~1642이 창작한 문학작품을 연구하는가 하면, '디아스포라에 대한 문학'으로서 전근대 한국의 문인 지식인들이 귀화인을 문학적으로 형상화한 작품들을 연구하기도 한다. 이 논문은 후자의 경우이고 또한 귀화인 가운데 전란과 관련한 인물에 주목하였다.

이 논문에서 주목하는 고전문학 자료는 전근대 문인 지식인이 남긴 개인 문집이고, 구체적으로는 이러한 문집 속에 문학적으로 형상화한 작품군을 연구 대상으로 삼고자 한다.

2. 전란과 관련한 귀화인에 대한 문학작품 개관

'한국고전번역원'에서는 이른바 '한국문집총간 편목색인'[4]이라는 검색 도구를 서비스하고 있고, 이를 고전문학 및 한문학 연구자들이 활용하고 있다. 이 검색 도구를 이용하면 귀화인만을 따로 추출하여 분류할 수 있고, 또한 해

회, 2010), 권진옥의 「전통 시대 우리나라 귀화인(歸化人)에 대한 기록 양상과 형상화 특징」(『어문논집』 98, 민족어문학회, 2023) 등이 있다.
한편 특정한 귀화인에 대한 문학연구는 다음과 같은데, 특히 康世爵에 대한 문학연구가 가장 많다. 박선희, 「문학화된 사야가(沙也可, 김충선)에 대한 고찰」, 고려대 석사논문, 2010; 박현규, 「『思庵實記』 千萬里 사적과 작품의 진위에 대한 고찰」, 『동아인문학』 53, 동아인문학회, 2020; 정일남, 「『열하일기(熱河日記) 도강록(渡江錄)』의 강세작(康世爵) 삽화와 『약천집(藥泉集)』의 「강세작전(康世爵傳)」의 비교」, 『한문학보』 12, 우리한문학회, 2005; 윤세순, 「17C 중국인 피난민 康世爵에 대한 문학적 형상화와 인식태도―〈강세작전〉과 〈강군세작묘지명〉을 중심으로」, 『고소설연구』 30, 한국고소설학회, 2010; 주영아, 「디아스포라에 대한 조선지식인의 문학적 수용 태도―명(明)나라 유민(遺民) 강세작(康世爵)의 실상을 중심으로」, 『동방학』 37, 한서대 동양고전연구소, 2017; 김묘정, 「명나라 유민 강세작(康世爵)을 기억하는 서사의 변이 양상 고찰―지식 전달 체계의 한 단면」, 『한국민족문화』 67, 부산대 한국민족문화연구소, 2018; 김은미, 「『열하일기』에 실린 강세작(康世爵) 서사의 의미」, 『한국민족문화』 84, 부산대 한국민족문화연구소, 2023.

4 '한국문집총간 편목색인'에 대한 설명은 권진옥 위의 글, 8면 각주 3을 참고하기 바람.

<table>
<tr><th>성명</th><th>기본 정보</th><th colspan="2">기록 양상</th><th>비고</th></tr>
<tr><td rowspan="2">李之蘭</td><td rowspan="2">1331~1402
(이칭) 佟豆蘭
(본관) 北靑
(자) 式馨
(시호) 襄烈
(봉호) 靑海伯</td><td>哀祭類</td><td>正祖, 「靑海伯李之蘭致祭文」(『弘齋全書』 권23)
金邁淳, 「靑海伯李之蘭廟賜祭文」(『臺山集』 권12)</td><td rowspan="2">중국인
對日戰亂</td></tr>
<tr><td>碑誌類</td><td>黃景源, 「輸忠奮義翊贊景運開國功臣輔國崇祿大夫門下侍中贊成事同判都評議司事兼判刑曹事判義興三軍府都節制使靑海伯襄烈李公神道碑銘」(『江漢集』 권13)</td></tr>
<tr><td>千萬里</td><td>1543~?
(본관) 潁陽
(자) 遠之
(호) 思菴
(봉호) 花山君</td><td>碑誌類</td><td>奇宇萬, 「皇明欽差北路總節使內衛鎭撫太淸殿守衛使兼總督五軍帥中司馬摠督將調兵運糧使朝鮮封花山君思菴千公神道碑銘」(『松沙集』 권24)</td><td>중국인
對日戰亂</td></tr>
<tr><td rowspan="2">金忠善</td><td rowspan="2">1571~1642
(이칭) 沙也可
(본관) 金海
(자) 善之
(호) 慕夏堂</td><td>傳狀類</td><td>成海應, 「金忠善」(『研經齋全集』 권56)
李義肅, 「金忠善傳」(『頤齋集』 권7)
金敬元, 「行錄」(『慕夏堂集』 권2)
未詳, 「龍蛇事實撫錄」(『慕夏堂集』 권2)
未詳, 「年譜」(『慕夏堂集』)</td><td rowspan="2">일본인
對日戰亂</td></tr>
<tr><td>碑誌類</td><td>金振鳴, 「墓誌」(『慕夏堂集』 권2)
兪泌, 「墓碣」(『慕夏堂集』 권2)</td></tr>
<tr><td rowspan="2">施文用</td><td rowspan="2">1572~1643
(본관) 浙江
(자) 宗祿</td><td>傳狀類</td><td>崔興璧, 「施都司傳」(『蠹窩集』 권15)</td><td rowspan="2">중국인
對日戰亂</td></tr>
<tr><td>碑誌類</td><td>洪直弼, 「皇明都司充東援中軍施公遺墟碑」(『梅山集』 권34)
李源祚, 「皇明都司中軍本朝贈嘉善大夫兵曹參判浙江施公墓碣銘」(『凝窩集』 권18)</td></tr>
<tr><td>朴延</td><td>16세기
(이칭) 胡吞萬,
朴淵朴燕</td><td>傳狀類</td><td>成海應, 「朴淵」(『研經齋全集』 권56)
尹行恁, 「朴延」(『碩齋稿』 권9)</td><td>네덜란드인
對淸戰亂</td></tr>
<tr><td>王美承</td><td>1602~1659
(본관) 東昌
(자) 繼伯</td><td>傳狀類</td><td>成海應, 「八姓傳」(『研經齋全集』 속집 책15)
金平默, 「九義士傳」(『重菴集』 권52)
宋秉璿, 「皇朝遺民傳」(『淵齋集』 권48)</td><td>중국인
對淸戰亂</td></tr>
<tr><td rowspan="3">康世爵</td><td rowspan="3">1602-1685
(본관) 荊州
(자) 子榮
(호) 楚冠堂</td><td>傳狀類</td><td>南九萬, 「康世爵傳」(『藥泉集』 권28)
朴世采, 「康世爵傳」(『西溪集』 권8)
李德懋, 「康世爵」(『靑莊館全書』 권47)
成海應, 「康世爵」(『研經齋全集』 권43)
尹行恁, 「康世爵」(『碩齋稿』 권9)</td><td rowspan="3">중국인
對淸戰亂</td></tr>
<tr><td>碑誌類</td><td>崔昌大, 「康君世爵墓誌銘」(『昆侖集』 권17)
洪直弼, 「楚冠堂康公遺墟碑」(『梅山集』 권34)</td></tr>
<tr><td>雜記類</td><td>成海應, 「康世爵避兵記」(『研經齋全集』 권40)</td></tr>
</table>

성명	기본 정보	기록 양상		비고
馮三仕	1607~1671 (본관) 臨朐 (자) 惟榮	傳狀類	李德懋, 「馮三仕」(『靑莊館全書』 권47) 成海應, 「馮三仕」(『研經齋全集』 권43) 成海應, 「八姓傳」(『研經齋全集』 속집 책15) 金平默, 「九義士傳」(『重菴集』 권52) 宋秉璿, 「皇朝遺民傳」(『淵齋集』 권48)	중국인 對淸戰亂
馮三仕	1607~1671 (본관) 臨朐 (자) 惟榮	傳狀類	李德懋, 「馮三仕」(『靑莊館全書』 권47) 成海應, 「馮三仕」(『研經齋全集』 권43) 成海應, 「八姓傳」(『研經齋全集』 속집 책15) 金平默, 「九義士傳」(『重菴集』 권52) 宋秉璿, 「皇朝遺民傳」(『淵齋集』 권48)	중국인 對淸戰亂
田好謙	1610~1686 (본관) 鷄澤 (자) 遜宇	傳狀類	李德懋, 「田好謙」(『靑莊館全書』 권47) 成海應, 「田好謙」(『研經齋全集』 권43) 尹行恁, 「田好謙」(『碩齋稿』 권9)	중국인 對淸戰亂
		碑誌類	朴世采, 「皇明鄕學生朝鮮國折衝將軍行龍驤衛副護軍田君墓誌銘」(『南溪集』 권79) 崔錫鼎, 「副護軍田公墓碣銘」(『明谷集』권23)	
黃功	1612~1677 (본관) 杭州 (자) 聖服	傳狀類	李德懋, 「黃功」(『靑莊館全書』 권47) 成海應, 「黃功」(『研經齋全集』 권43) 成海應, 「黃功」(『研經齋全集』 권56) 成海應, 「八姓傳」(『研經齋全集』 속집 책15) 尹行恁, 「黃功」(『碩齋稿』 권9) 金平默, 「九義士傳」(『重菴集』 권52) 宋秉璿, 「皇朝遺民傳」(『淵齋集』 권48)	중국인 對淸戰亂
楊福吉	1617~1675 (본관) 通州 (자) 祥甫	傳狀類	成海應, 「八姓傳」(『研經齋全集』 속집 책15) 金平默, 「九義士傳」(『重菴集』 권52) 宋秉璿, 「皇朝遺民傳」(『淵齋集』 권48)	중국인 對淸戰亂
裵三生	1621~1684 (본관) 大同 (자) 之重	傳狀類	李德懋, 「裵三生」(『靑莊館全書』 권47) 成海應, 「裵三生」(『研經齋全集』 권43) 成海應, 「八姓傳」(『研經齋全集』 속집 책15) 金平默, 「九義士傳」(『重菴集』 권52)	중국인 對淸戰亂
王文祥	1622~1688 (본관) 靑州 (자) 汝章	傳狀類	成海應, 「八姓傳」(『研經齋全集』 속집 책15) 金平默, 「九義士傳」(『重菴集』 권52) 宋秉璿, 「皇朝遺民傳」(『淵齋集』 권48)	중국인 對淸戰亂
王以文	1625~1699 (이칭) 王鳳崗 (본관) 濟南 (자) 岐陽	傳狀類	李德懋, 「王鳳崗」(『靑莊館全書』 권47) 成海應, 「王鳳崗」(『研經齋全集』 권43) 成海應, 「八姓傳」(『研經齋全集』 속집 책15) 金平默, 「九義士傳」(『重菴集』 권52) 宋秉璿, 「皇朝遺民傳」(『淵齋集』 권48)	중국인 對淸戰亂

성명	기본 정보	기록 양상		비고
柳溪山	1627~1658 (본관) 大同 (자) 許弄	傳狀類	成海應, 「八姓傳」(『硏經齋全集』 속집 책15) 金平默 「九義士傳」(『重菴集』 권52) 宋秉璿, 「皇朝遺民傳」(『淵齋集』 권48)	중국인 對淸戰亂
王俊業	17세기	傳狀類	李德懋, 「王俊業」(『靑莊館全書』 권47) 成海應, 「王俊業」(『硏經齋全集』 권43)	중국인 對淸戰亂
鄭先甲	17세기 (본관) 瑯琊 (자) 始仁	傳狀類	李德懋, 「鄭先甲」(『靑莊館全書』 권47) 成海應, 「鄭先甲」(『硏經齋全集』 권43) 成海應, 「八姓傳」(『硏經齋全集』 속집 책15) 金平默, 「九義士傳」(『重菴集』 권52) 宋秉璿, 「皇朝遺民傳」(『淵齋集』 권48)	중국인 對淸戰亂
		雜記類	吳載純, 「記鄭烈士事」(『醇庵集』 권9)	
崔回姐	17세기 (이칭) 張九簫 妻 崔氏 (본관) 壽光	傳狀類	李德懋, 「崔回姐」(『靑莊館全書』 권47) 成海應, 「崔回姐」(『硏經齋全集』 권43)	중국인 對淸戰亂
崔緊姐	17세기	傳狀類	李德懋, 「崔回姐」(『靑莊館全書』 권47)	중국인 對淸戰亂
崔柔姐	17세기	傳狀類	李德懋, 「崔回姐」(『靑莊館全書』 권47)	중국인 對淸戰亂
屈氏	17세기	傳狀類	成海應, 「屈氏」(『硏經齋全集』 권43)	중국인 對淸戰亂

당 귀화인을 대상으로 창작된 각종 문학작품들과 이것이 수록된 문집과 작가 정보를 확인할 수 있다.[5]

이러한 문학작품들에는 전기적傳記的 성격의 글로서 전傳・유사遺事・기사記事・행장行狀 등의 전장류傳狀類 및 잡기류雜記類, 신도비神道碑・묘지墓誌・묘표墓表 등의 비지류碑誌類, 애사哀詞・제문祭文・만시挽詩 등의 애제류哀祭類 및 한시漢詩가 포함된다. 편폭이나 밀도의 차이는 있겠지만, 대체로 이와 같은 문체들은 특정한 인물이 세상을 떠난 뒤 제3자가 망자를 문학적으로 형상화한 글이라 할 수 있다. 현재 서비스하고 있는 '한국문집총간 편목색인'을 활용하여 귀화인만을 따로 추출하여 정리하되, 조선에서 발생한 전란과 관련한 귀화인의 경우

5 '한국문집총간 편목색인'을 활용하여 귀화인 연구를 시도한 사례로 권진옥 위의 논문이 있다.

는 위와 같다. 귀화인의 생몰년이나 활동 시기가 빠른 순서부터 배열하였다.[6]

귀화인의 원래 국적은 중국, 일본, 네덜란드 등으로 나타난다. 또한 전란의 성격으로 보자면, 중국의 송원宋元 및 명청明清 교체기와 같은 중국 내부에서의 전란 과정, 한국에서의 임진왜란과 병자호란 전후 시기에 많은 귀화인이 분포되어 있음이 확인된다.

전란과 관련하여 귀화한 인물 가운데 가장 많은 기록 양상을 보이는 경우는 강세작康世爵, 1602~1685이다. 기존의 연구 성과 가운데 강세작을 대상으로 한 사례가 가장 많은 것도 이러한 이유에서 기인한 것이다. 특히 강세작을 비롯하여 전호겸田好謙, 1610~1686을 대상으로 한 경우에 남구만 계열의 소론 인사들, 예컨대 박세채, 최석정, 최창대 등이 전장류나 비지류 작품들을 많이 남긴 것이 흥미로운 사실이다.

한편 귀화인을 대상으로 다양한 양식의 기록을 남긴 작가들의 정보를 확인하면, 남구만이 가장 이른 시기의 작가이고 기우만奇宇萬, 1846~1916이 가장 늦은 시기의 작자가 된다. 그렇다면 이렇게 정리할 수 있다. 위의 표에 보이는 귀화인에 대한 기록물들은 모두 18세기 이후에 만들어진 것이고, 이 기록물이 개인 문집의 성격이라는 것을 감안하면 귀화인을 문학적으로 형상화한 작품들은 18세기 이후의 문인 지식인들에 의해 대거 창작된 것이다.[7]

---

6 권진옥 위의 글, 2장에서 8세기 南敏부터 18세기 李源에 이르기까지 귀화인을 전수 조사해서 도표로 제시하였는데, 이 가운데 우리나라에서 발생한 전란과 관련하여 귀화한 인물을 따로 추출한 것이다.

7 영조(英祖)와 정조(正祖) 연간에 명(明)나라 유민(遺民)에 대한 대대적인 조사, 관리와 정책, 국가적 차원의 문서화 등의 사업이 일어났고, 이러한 사업에 직간접적으로 참여했던 인물들 가운데 도표에 제시된 작가들도 포함되어 있다. 임금 주도 아래 국가적인 차원의 사업이 진행되는 분위기가 명나라 귀화인에 대한 관심과 인식을 그 이전 시기와는 차별되도록 만들었을 것이다. 또한 명나라 귀화인에 대한 관심과 인식은 자연스레 그 이전에 귀화했던 인물들에 대한 관심을 불러일으킬 수 있는 계기가 되었을 듯하다. 이와 관련한 설명은 권진옥 위의 논문, 14~15면을 참고하기 바람.

3. 전란과 관련한 귀화인에 대한 문학적 형상화

먼저 살펴볼 인물은 고려시대에 귀화했다가 조선 시대에 이 씨李氏 성과 청해青海를 본관으로 하사 받은 이지란李之蘭, 1331~1402이다. 그는 조선의 개국 공신으로 국내에서 발생한 전란이 계기가 되어 귀화한 경우는 아니지만, 귀화한 이후 일본·몽고·여진 등과 대전對戰한 각종 전란에서 활약한 무장이다.

이지란은 여진족女眞族 출신으로 북청北靑 青海에서 태어났고 원래의 이름은 퉁두란佟豆蘭이었다. 그의 증조부는 원나라에서, 부친은 여진에서 벼슬하였다. 그는 1371년공민왕 20에 자신의 부하들을 이끌고 고려에 귀화해서 살았는데, 이때 태조太祖 이성계李成桂, 1335~1408와 형제의 인연을 맺었다. 이후 조선 개국에 큰 공을 세워 일등 공신으로 청해군靑海君에 봉해졌고, 태조가 왕위에서 물러날 때 그도 함께 물러나 북청에서 은거하다가 세상을 떠났다. 평소 무예와 지략이 뛰어났기 때문에 고려 왕조 시절부터 일찌감치 이성계의 부장으로 전장을 누볐는데 그 가운데 큰 무공을 세운 전란이 일본과의 전쟁이었다. 강화도, 남원, 함흥 등지의 크고 작은 전쟁에 참전하여 그때마다 무예를 떨쳤는데, 황산대첩荒山大捷이 바로 남원에서의 전투였다.

> 공의 휘는 지란之蘭이요 자는 식형式馨으니 북청北靑 사람이다. 초명은 두란豆蘭이고 성은 동씨佟氏씨로 국조에 들어와 이 씨李氏 성을 하사받았다. 증조 부해浮海가 원元나라에 들어가 공을 세워 5천 호에 봉해졌다. 공의 아버지 아원雅遠에 이르러 여진女眞에서 벼슬하여 관직이 정서대장군征西大將軍에 이르렀다.[8]
>
> 아기발도阿其拔都는 나이 겨우 15세였는데, 용맹이 여러 장수들 중에서 으뜸이었

8 黃景源, 『江漢集』 권13, 「輸忠奮義翊贊景運開國功臣輔國崇祿大夫門下侍中贊成事同判都評議司事兼判刑曹事判義興三軍府都節制使靑海伯襄烈李公神道碑銘」. "公諱之蘭, 字式馨, 北靑人也. 初諱豆蘭, 姓佟氏, 入國朝, 賜姓李氏. 曾祖浮海入元, 以功封五千戶, 至公皇考諱雅遠, 仕女眞, 官至征西大將軍."

으므로 왜노倭奴들이 추대하여 상장군으로 삼았다. 강헌왕康獻王, 이성계이 공에게 그를 생포하라고 명하니, 공이 말하기를 "그를 죽이지 않으면 필시 사람을 다치게 할 것입니다" 하고 인하여 달려 나가 싸웠다. 아기발도는 갑옷을 겹으로 입고 있어서 목과 얼굴이 드러나지 않았다. 강헌왕이 공에게 이르기를 "내가 그 투구를 쏘아 맞출 테니 네가 그 얼굴을 쏘아 맞추어라. 그러면 아기발도를 단번에 죽일 수 있다" 하였다. 이윽고 강헌왕이 그 투구를 적중시켜 그를 말 아래로 떨어뜨리니 공이 화살을 쏘아 아기발도를 결국 죽였다. 이에 왜노들이 모두 크게 소리 내어 울며 무기를 버리고 달아났다.[9]

당시에 공이 용감하기가 북방에서 으뜸이었다. 몽고의 여러 부족들은 두려워하여 엎드렸고 왜노들도 도망쳐서 그 후 50년 동안은 감히 변경을 엿보지 못하였다. 그러므로 강헌왕의 좌명개국공신佐命開國功臣 중에서 공의 명성이 가장 훌륭하였다.[10]

위의 인용 글은 황경원黃景源, 1709~1787이 지은 신도비神道碑 가운데 일부분이다. 신도비는 여타 비지류 문체 가운데 가장 중량감이 있는 문체라고 할 수 있다. 신도비를 세울 수 있는 묘주의 신분이 종2품 이상이라는 점, 여타 비지류 문체보다 훨씬 편폭을 늘여서 대문자大文字로 작성해야 한다는 점, 비지류 문장의 규격화된 투식이 여타 문체보다 더 요구된다는 점 등이 작자로 하여금 필치를 엄정하고 장중하게 만든다.[11] 이지란을 대상으로 지은 황경원의 신도비 또한 분량이 매우 길고 필치가 엄정하다. 전체 글 가운데 가장 많은 분량을

9 黃景源, 『江漢集』 권13, 위의 글. "阿其拔都年僅十五, 勇冠諸酋, 倭奴推爲上將軍. 康獻命公生得之, 公曰, '不殺, 必傷人.' 因趣戰. 阿其拔都著重甲, 不見頸面. 康獻諭公曰, '我中其冑, 爾中其面. 阿其拔都, 可殪也.' 旣而康獻中其冑, 墜之馬下, 公乃射阿其拔都竟殺之. 於是倭奴皆大哭, 棄兵遁去."

10 黃景源, 『江漢集』 권13, 위의 글. "當是時, 公以勇敢雄朔方. 蒙古諸族皆慴伏, 倭奴亦遁五十年, 不敢窺邊. 故康獻佐命之臣, 公名最盛."

11 권진옥, 「陶菴 李縡 碑誌類 문장의 일고찰-신도비를 중심으로」, 『온지논총』 54, 온지학회, 2018, 75면.

차지하는 것은 역시 전란에서의 활약상이다. 이성계 휘하에서 일본·몽고·여진 등과의 전쟁에서 뛰어난 무예로 적군을 물리치는데, 특히 이성계를 목숨을 구한 일, 적장을 활로 쏘아 죽인 일이 구체적으로 묘사되어 있다. 첫 번째 인용 글은 이지란이 귀화인이라는 정보를 명시한 부분이고, 두 번째는 일본과의 전투에서 승리한 황산대첩을 서술한 부분, 세 번째는 무장으로의 위의와 명성을 적시한 부분이다.

한편 전란에서의 활약상 다음으로 많은 분량을 차지하기도 하고, 이 신도비의 작자인 황경원이 주목한 대목이라 할 수 있는 이지란의 출처관에 대한 서술이다. 이지란은 태조가 왕위에서 물러나자 자신도 북청으로 물러났는데, 이후에 태종太宗의 부름에도 나아가지 않았다.

> 공이 북방에서부터 강헌왕을 따라 장수들의 수장이 되어 백여 전의 전투를 치렀으니 북쪽으로는 몽고를 축출하였고 남쪽으로는 왜노를 꺾었으며 여진을 회유하여 땅을 천 리나 확장하였다. 그러면서 의리를 지켜 천자를 범하지 않았고 충신을 죽이지 않았으니 가히 어질다고 할 만하다. 그러나 출처와 거취에 있어서 그 뜻이 은미하였기 때문에 사람들이 그것을 알지 못하였다. 공정왕恭定王 태종이 승지를 보냈을 때 공은 승지가 온다는 것을 미리 듣고서 승려를 불러 삭도削刀를 가지고 기다리게 하였다. 승지가 들어와 유서諭書를 고하니, 공이 관대冠帶를 갖추어 절을 하고 유서를 받아서는 즉시 뜰에서 그 관대를 불태우고 머리카락을 자르고 오직 수염만 남겨 놓았다. 아아! 이름을 과연 숨길 수 있겠는가. 아마도 머리카락을 자르지 않으면 그 이름을 숨길 수 없었던 것인가. 백세가 지나 반드시 공의 뜻을 알아줄 사람이 있을 것이다.[12]

12 黃景源, 『江漢集』 권13, 위의 글. "公自朔方從康獻爲諸將首, 百餘戰, 北逐蒙古, 南挫倭奴, 懷柔女眞, 闢地千里, 能守義不犯天子, 不殺忠臣, 可謂賢矣. 然去就出處之際, 其志微, 人莫之識也. 當恭定之遣承旨也, 公預聞承旨之來, 招浮屠持刀以待. 及承旨入宣諭書, 公冠帶拜而受之, 卽庭中, 焚其冠帶, 因斷髮, 唯存其髯. 嗚呼! 名果可逃邪? 豈髮不斷, 不可以逃其名邪? 百世之下, 其必有知公之志者矣."

잦은 외적의 침입을 막고 강토를 확장한 공적과 함께 이지란의 주요한 행적으로 꼽은 일은 의리를 지켜 천자를 범하지 않고守義不犯天子 충신을 죽이지 않은不殺忠臣 일이다. 전자는 우왕禑王의 명으로 명明나라의 요동 지역을 공략하기 위해 출정한 이성계가 위화도威化島에 머물다가 천자의 나라를 침범할 수 없다는 이유로 결국 이지란과 함께 회군한 일을 가리키고, 후자는 태종 시절 정몽주鄭夢周, 1337~1392를 죽이자는 논의가 불거질 때 이지란은 그가 충신이기 때문에 죽일 수 없다고 하여 그 일에 가담하지 않은 것이다. 여기까지가 국가 차원에서 이지란의 공업이라고 한다면, 이어지는 서술은 이지란 개인 차원에서의 출처관에 대한 설명이다. 태종이 자신을 다시 조정에 초빙하려고 승지가 온다는 것을 미리 알고서 승려를 불러 삭도削刀를 가지고 기다리게 하였다. 승지가 들어와 태종의 유서諭書를 고하니, 그는 관대를 갖추어 절을 하고서는 부름에 응하지 않겠다는 뜻으로 즉시 뜰에서 자신의 관대를 불태우고 머리카락을 자르고 오직 수염만 남겨 놓았다. 죽을 때까지 다시는 출사하지 않겠다는 다짐인 것이고, 실제로 그 이후 북청에 은거하다가 세상을 떠났다. 국내외로 수십 년 동안 위용을 떨치고 조선을 개국한 공신으로 명성이 높았던 그가 만년에 과감하게 용퇴勇退한 행위를 이전의 공업에 못지않은 훌륭한 사적으로 인정하고 있는 것이다. 이는 이 신도비의 말미에 부기한 명銘에서도 재차 강조되고 있다. "공은 위대한 용맹함을 지녀 전투만 했을 뿐 아니라 저 높은 벼슬을 버렸으니 일찍이 바란 적도 없었네. 공정왕이 공을 가상히 여겨 공을 초야에서 부르려고 빛나는 조서를 보내니 시골 마을이 황송하게 여겼네. 공이 절하고 조서를 받고서는 조복을 불태우고 머리카락을 잘라 작록을 거절하였네. 북산은 우뚝 솟았고 황수는 넘실거리네. 아름답도다 공의 명철함이여, 훌륭한 명성이 길이 전해지리라.公有大勇, 匪直也戰. 舍彼朱芾, 曾莫之戀. 恭定嘉之, 徵公于野. 皇皇璽書, 竦動里社. 公拜受書, 乃焚朝服. 乃斷其髮, 乃絶爵祿. 北山巖巖, 潢水瀰瀰. 休矣明哲, 令聞永垂"

일반적으로 비지류에 부기된 명의 기능이 앞에 서술된 묘주의 일대기를 요약하되 가장 핵심적인 진면목만을 드러내는 것이므로, 이 글을 작성한 황경원의 입장에서 평가한 이지란의 진면목은 두용과 용퇴 두 가지 측면이라 할 수 있다.

위의 사례가 비지류 양식을 통해 이지란을 묘주로서 문학적으로 형상화한 경우라면, 이외의 다른 문학 양식에서 그를 소환하는 경우도 있다. 이지란의 후손을 대상으로 할 경우, 북청 지역과 관련하여 이지란을 언급할 경우에 문학적으로 형상화하는 사례가 그것이다.

襄烈勳高締構初　　양렬공의 공훈 개국한 초기에 높았고
後孫才力足儲胥　　후손들 재능은 변방 수비에 충분하였네[13]

三級浮屠俠骨香　　삼층의 불탑 속에 유골 향기 배어 있는데
邑人猶說李平章　　고을 사람들 지금도 이 평장사 말하네
一杯試酹階前土　　한 잔 술 섬돌 앞에 뿌린다면
應有英靈鎭朔荒　　영령께서 북방을 진무해 주리라[14]

위의 한시는 이의현李宜顯, 1669~1745의 「이판서만李判書挽」이고, 아래의 한시는 이식李植, 1584~1647의 「송북청정반자送北靑鄭半刺」이다. 전자는 이지란의 후손인 이유민李裕民, 1658~1728을 위해 쓴 만시挽詩의 도입 부분이고, 후자는 북청 판관으로 부임하는 정시망鄭時望, 1586~?을 전송하며 지은 전별시餞別詩의 세 번째 작품이다. 개국 공신이자 용장으로서의 명성, 그리고 후손들의 무공을 연이어 열거함으로써 이유민 집안의 연원과 유풍을 밝히고 있다. 실제로 임진왜란 중 백탑白塔에서 전사한 이희당李希唐, 1559~1594, 이괄李适을 토벌하다 저탄豬灘에서 전사한 이중로李重老, 1577~1624, 병자호란 때 학포鶴浦에서 전사한 이삼립李三立, ?~? 등은 이지란의 후손들이고, 이유민 또한 병조의 일은 관장한 바 있다.

13　李宜顯, 『陶谷集』 권3, 「李判書挽」.

14　李植, 『澤堂續集』 권4, 「送北靑鄭半刺」. 3首 가운데 3번째 작품.

이렇듯 후대에 이지란의 후손을 대상으로 문학작품이 창작될 때는 으레 이지란을 소환하기 마련이었다.

한편 북청 지역과 관련해서도 이지란이 자주 언급이 되었다. 위에 인용한 이식의 한시 작품에 부기된 소주小註에 "북청北靑에 개국 원훈인 이두란李豆蘭 이지란의 유골을 봉안한 석탑이 있는데 매우 신령스럽고 기이하다고 한다北靑有開國元勳李豆蘭遺骨石塔, 甚靈異云"라고 하였다. 정시망이 부임하는 북청에는 이 불탑이 있었고 아마 이것과 관련한 설화들이 전승되고 있었을 것이다. 그만큼 북청 지역에서 이지란의 위상은 수백 년이 지나도 전설 속 영웅의 모습으로 자리하고 있었던 것이고, 이곳에 부임하여 북방 수비를 관장하는 후대의 사람들에게 역시 북방의 안녕을 기원하는 상징적 존재였기 때문에 이식이 정시망으로 하여금 불탑 앞에 술을 바치며 북방의 안위를 부탁하라고 당부한 것이다.

다음으로 살펴볼 인물은 시문용施文用, 1572~1643이다. 그는 임진왜란 때 명나라의 원군으로 조선에 들어왔다가 귀화하여 성주星州에 그대로 머물러 살았던 인물이다. 전란 때의 공적으로 선조로부터 성주를 본관으로 하사 받고 중추부의 녹을 종신토록 받았다. 무예와 병법도 뛰어났지만 상수象數와 참위讖緯, 의학醫學과 복서卜筮 등에도 박식하였는데, 특히 풍수지리에 밝았다. 그래서 임진왜란으로 파괴된 궁궐들을 재건하기 위해 토목 공사를 벌일 때 관여한 일이 많았다. 이 과정에서 정인홍鄭仁弘, 1535~1623 및 승려이자 풍수지리가인 성지聖智와 얽히게 되고, 끝내는 인조반정 때 목숨을 겨우 부지하고 성주에서 은둔하다가 세상을 떠났다.[15] 그 이후 영조는 병조 참판으로 추증하고 정조는 그곳의 유지遺址를 표창하였다.

---

15 이 일련의 사건에 대해서는 實錄의 기록과 여타 기록에서 매우 큰 차이를 보인다. 『光海君日記』 광해군 15년 3월 14일 기사에는 施文用을 비롯한 聖智·金日龍 등이 숨어 있다가 잡혀서 참형을 당했다고 기록되어 있다. 그러나 여타 기록에는 모두 그의 억울한 사정을 감안하여 살려 두었다고 기록되어 있다. 예컨대 다음과 같은 기록이 있다. 李源祚, 『凝窩集』 권18, 「皇明都司中軍本朝贈嘉善大夫兵曹參判浙江施公墓碣銘」. "公嘗以堪輿言奏, 補闕後山脉, 光海二年創起新宮, 術僧誅而辭連公, 朝家察其寃勿問, 仍以樞府祿終."; 崔興璧, 『蠹窩集』 권15, 「施都司傳」. "及癸亥改玉, 妖僧誅而辭連公, 有爲公白其寃者, 公卒無事."

1832년순조 32 시문용의 7대손 시치박施致博이 성주에 있던 대명단大明壇을 중수하고, 2년 뒤에 유허에 재실을 짓고 '풍천風泉'이라는 편액을 걸었다. 또 유허비遺墟碑를 세우려고 했지만 이루지 못하고 세상을 떠나자 그의 아들 시정석施珽錫이 마침내 비석을 세우면서 홍직필洪直弼, 1776~1852에게 비문을 부탁하였으니, 이 글이 바로 「황명도사충동원중군시공유허비皇明都司充東援中軍施公遺墟碑」이다.

> 성주星州의 치소 동쪽으로 30리 대동방大洞坊 군성산君聖山은 명나라 도사로서 우리나라를 구원하는 병력에 충원된 절강浙江 시문용施文用 공의 유허이다. 예전 만력 임진년1592, 선조 25 왜노倭奴가 쳐들어오자 어가御駕가 서쪽 변방으로 파천하여 명나라에게 원병을 청하였는데, 당시 명나라 조정의 의론이 통일되지 않았다. 병부 시랑 시윤제施允濟 공이 관반 부사로서 병부 상서 석성石星 공을 힘껏 도와 천자에게 아뢰니 병력을 내어 구원하게 하였다. 정유년1597에 또 그의 아들 시문용을 보내어 행영 중군이 되게 해서 도독 마귀麻貴 공의 군중에 속하게 하였다. 공은 여러 해 동안 종군하면서 화살과 포석을 무릅쓰며 적진에 나아가 용맹을 떨쳐 수차례 뛰어난 공을 세웠다. 명나라 군대가 승리하고 돌아갈 적에 공은 병이 있어 돌아가지 못했는데, 평소에 말하기를 "동방은 오랫동안 무사할 것이다"라고 하더니 마침내 성주의 남쪽 법산방法山坊에 거주하였다.[16]

조선과 일본 사이의 전란 때 명나라 안에서 원병을 두고 찬반 논의가 있었고 원병을 최종 결정하는 데 힘쓴 이가 시문용의 부친 시윤제이다. 그리고 원군으로 직접 전쟁에 참여하여 여러 해 동안 종군하면서 화살과 포석을 무릅

16 洪直弼, 『梅山集』 권34, 「皇明都司充東援中軍施公遺墟碑」. "星州治東三十里大洞坊君聖山, 卽皇明都司充東援中軍浙江施公文用遺墟也. 始萬曆壬辰, 倭奴入寇, 乘輿播遷西陲, 請援于皇朝, 朝議不一. 兵部侍郎施公允濟, 以館伴副使力贊兵部尙書石公星達于天子, 出兵救之. 丁酉又送其子文用爲行營中軍, 隷都督麻公貴軍中. 公積歲從戎, 冒矢石臨陣賈勇, 屢樹奇功. 及天兵凱旋, 公有疾不克歸, 雅言'東方可久遠無事', 遂卜居于星州南法山坊."

쓰며 적진에 나아가 용맹을 떨쳐 수차례 뛰어난 공을 세운 이는 시문용이다. 이 두 부자는 한 사람은 명나라에 조정에서 또 한 사람은 조선의 전장에서 각기 조선이 맞닥뜨린 전란의 위기에 적극 대처하여 노력한 인물들이다. 일본과의 전쟁이 끝나고 명나라 원군이 귀국할 적에 시문용은 "동방은 오랫동안 무사할 것이다東方可久遠無事"라는 말과 함께 귀국하지 않고 그대로 성주星州에 머물러 살았다. 평소 참위설에 밝았던 그가 얼마 지나지 않아 명나라가 멸망할 것임을 알았던 것이다.

> 숭정 병자년1636, 인조 14 건주建州의 오랑캐가 동쪽으로 침략해 오니 천하의 일이 차마 말할 수 없는 점이 있었다. 공은 마침내 군성산 속에 은둔하여 그 골짜기를 '대명동大明洞'이라 이름하고 띠를 엮어 제단을 만든 다음 매월 초하루와 보름에 조복을 갖추고 분향하여 북쪽으로 네 번 절하였으며, 또 절강의 산수를 벽에 그려 놓고 아침저녁으로 바라보았다. 이를 통해 군주와 어버이에 대한 그리움을 하루도 마음속에서 잊지 않았음을 알 수 있다. 일찍이 『춘추』와 사서를 읽으면서 말하기를 "이 의리에 밝으면 어디에 간들 중화中華가 아니겠는가"라고 하였다. 어떤 이가 전쟁에 관한 일을 묻자, "나라를 떠난 사람이 알 바가 아니다"라고 하고 눈물을 삼키면서 스스로 가누지 못하였다. 그러나 일찍이 『병학기정兵學奇正』을 저술하여 흉중에 온축한 바를 펼쳐 내었고, 상수象數와 참위讖緯, 의학醫學과 복서卜筮에 밝아서 『감여지남堪輿指南』, 의학 및 복서 등에 관한 책을 남겼는데 일실되어 전하지 않으니 안타깝도다! 공은 융경 임신년1572 5월 5일에 태어나서 숭정 계미년1643에 세상을 떠나니 향년 72세였다.[17]

17 洪直弼, 『梅山集』 권34, 위의 글. "崇禎丙子, 建虜東搶, 天下事有不忍言者. 公遂遯于君聖山中, 號其洞曰大明, 結茅築壇, 每月朔望, 輒朝服焚香, 北首四拜, 又畫浙江山水于壁上, 昕夕寓目, 可見君親之戀, 未一日忘于懷也. 嘗讀春秋四子曰, '明乎斯義, 則何往而非中華也?' 或問戰陳之事, 則曰'非去國之人所知也', 仍飮泣不自勝. 然嘗著兵學奇正, 用攄胷中所蘊, 又晰象緯醫筮之學, 有堪輿指南醫卜等書, 佚不傳, 惜哉! 公生于隆慶壬申五月五日, 終于崇禎癸未, 壽七十二."

일본과의 전란으로 인해 조선은 수십 년 동안 국가의 재건에 몰두할 수밖에 없었고 이때 시문용이 많은 역할을 하였다. 그러나 이 일로 인해 인조반정 이후 목숨만 겨우 부지하였고 성주에서의 여생을 기약하였다. 그런데 마침 조선에서는 다시 청나라와의 전란이 발생하였고 시문용은 전란에 휩싸이기를 거부하고 명나라 유민을 자처하여 은둔의 길을 선택한다. 자신이 사는 골짜기를 '대명동大明洞'이라 이름하고 제단을 만들어 멸망해 가는 명나라를 위해 제사를 지내며 자신의 고향인 절강浙江의 산수를 벽에 그려 놓고 아침저녁으로 감상하는 등 고국과 고향을 늘 그리워하였다. "이 의리에 밝으면 어디에 간들 중화中華가 아니겠는가明乎斯義, 則何往而非中華也"라는 그의 다짐은 타국에 있더라도 심지어 고국이 멸망하더라도 이른바 춘추의리春秋義理를 잊지 않고 중화인中華人으로 살아가겠다는 의지인 것이다.

나는 일찍이 공의 충의와 절의를 사모하였다. 또 공이 중국으로 돌아가지 않은 것은 이천伊川의 피발被髮의 조짐을 보았던 것이니 이 덕분에 그 자손들이 좌임左衽을 면하게 된 것이다. 옛날에 월越나라가 장차 오吳나라를 멸망시키려고 할 적에 오 대부伍大夫, 오자서가 제齊나라에 사신으로 가서 자신의 아들을 부탁하였고, 금金나라가 장차 송宋나라를 멸망시키려고 할 적에 소요부邵堯夫, 소옹가 자신의 아들을 촉蜀 지방에 거주하게 하여 가족을 보전하였다. 지금 공이 한 일은 오 대부와 소요부 두 현인과 세대를 초월하여 일치한다. 만약 원래부터 미리 알 수 있는 지성至誠이 있어 상象을 관찰하고 점占을 살피는 오묘함을 다한 자가 아니라면, 또한 어떻게 여기에 참여할 수 있겠는가. 대략 그 본말을 서술하여 비석의 뒷면에 새기게 하노니, 백 세 뒤에도 공이 명나라의 처사라는 것을 알 수 있을 것이다.[18]

---

18 洪直弼, 『梅山集』 권34, 위의 글. "不佞嘗慕公忠義風節, 且不還中國, 有見於伊川被髮, 子孫賴以免於左衽. 昔越將沼吳, 伍大夫使於齊而屬其子, 金將夷宋, 邵堯夫居其子於蜀, 用保家族. 今公之爲, 與伍邵兩賢曠世一揆. 苟不固有前知之誠, 而極觀象玩占之妙者, 亦何以與此哉? 略敍其本末, 俾鐫于碑陰, 百世之下, 尙識其爲大明處士云爾."

이 유허비를 작성한 홍직필 역시 명나라 유민으로서 중화의 문화를 고수하자고 노력했던 시문용의 자세를 높이 평가하고 있다. 시문용이 세상을 떠난 뒤에도 그의 후손들은 그가 만들었던 제단에서 대대로 제사 지내며 그의 유지를 계승하였고, 7대손과 8대손에 이르러 대명단大明壇을 중수하고 유허비를 세우게 되었다. 이 유허비를 통해 백세 뒤에도 그가 명나라의 처사라는 것을 알 수 있도록 한 점은 후손들의 당연한 선조 현양이기도 하지만, 일본과 청나라 사이에 전란을 치르는 와중에도 중화의 문화와 문물을 지켰던 조선인-홍직필-이 시문용과 같이 조선으로 귀화하여 중화인으로 자처하는 명나라 유민의 입장과 동일시하는 것이라 할 수 있다.

끝으로 살펴볼 인물은 전호겸田好謙, 1610~1686으로 광평 전씨廣平田氏의 시조이다. 그는 중국의 광평부廣平府 출신으로 우연히 가도椵島에 있다가 이곳이 청나라에 의해 함락되자 겨우 목숨을 부지하였고 병자호란 이후에 조선에 귀화한 인물이다. 그가 세상을 떠난 이후 그를 위해 행장行狀이 찬술되고 이어서 묘지명墓誌銘과 묘갈명墓碣銘이 작성되었는데, 묘갈명을 최석정崔錫鼎, 1646~1715이 지었다.[19] 이 묘갈명은 묘주의 가계를 비롯한 기초 정보, 묘주의 특기할 만한 행적과 사건 서술, 묘주의 죽음과 무덤의 위치 설명으로 구성되어 있는데, 이것은 묘갈명과 같은 묘도문자의 전형적인 구성이라 할 수 있다. 다만 묘주가 귀화인이기 때문에 귀화하기 이전의 출신과 가계에 대한 정보가 제시되고, 귀화하는 과정과 귀화한 이후 삶의 궤적에 초점을 두고 있다. 이 글에 제시된 전호겸의 귀화 과정을 살펴보면, 그는 명나라와 청나라, 조선과 청나라 사이에서 벌어진 전란의 소용돌이 속에서 전전하다 결국 조선으로 귀화하였고 이후에 구굉具宏, 1577~1642으로 인해 무관의 삶을 살게 되었다.

이 글을 마무리하는 명銘은 다음과 같다. "백세가 지나 구릉과 계곡이 뒤바뀐다 해도 이 사람이 중국 사람임을 알아야 하니 무덤을 훼손하지 말지어

19 崔錫鼎, 『明谷集』 권23, 「副護軍田公墓碣銘」.

다.百世之下, 陵谷易位, 知其爲中國之人, 庶幾勿毁" 묘도문자의 영구성으로 인해 묘주의 사적도 영원할 것인데, 무엇보다도 중요한 사실은 묘주가 중국 사람이라는 것이다. 다시 말해 조선의 영토에, 조선으로 귀화한 중국 사람의 무덤이 존재하고 또 잘 보전되고 있음을 분명히 드러내려는 의도인 셈이다. '중국 사람'이라는 것은 출신지가 중국이라고 해서 성립되는 개념이 아니라 중국의 전통적인 문화와 예교를 지키는 경우에만 해당된다는 것이다. 진정한 의미의 중국 사람은 청나라에 살고 있는 사람들이 아니라 바로 조선에 귀화한 이들과 그 후손들이다. 조선의 영토에 묘도문자가 새겨진 비석을 남기고 중국의 문화적 정통성을 계승한 특별한 존재로서 귀화인을 형상화하는 행위는 결국 귀화인을 예우하는 자국민의 인간적인 면모와 중화의 정통을 지키는 자국 문화의 가치를 돋보이게 만드는 것이다.[20]

전호겸을 시조로 하는 광평 전씨의 족보가 1761년영조 37에 만들어졌는데, 여기에 대해 김원행金元行, 1702~1772이 지은 발문이 「광평전씨족보발廣平田氏族譜跋」이다. 여기에서도 위와 같은 의식이 보인다.

전씨田氏가 광평廣平을 떠나 우리나라로 귀화한 것은 천지가 뒤집어져 떠돌고 도망 다니다가 벌어진 일로 실낱처럼 간신히 끊어지지 않고 명맥을 유지하고 있을 뿐이니, 그 족보가 이렇게 소략한 것도 괴이할 것이 없다. 그렇긴 하지만 호군군護軍君 전호겸이 우리나라로 올 때 당시의 벼슬아치들 가운데 피비린내 나는 전쟁의 와중에 산산조각이 나고 멸절된 집안이 얼마나 많았던가. 다행히 화를 면한 자들도 오랑캐가 판치는 세상에 휩쓸려 오욕을 뒤집어쓴 채 구차히 보전하고 있을 뿐이다. 전씨는 비록 바다 건너 타국에서 외로이 살고 있는 처지이긴 하지만, 건너오던 날에 우리나라 사람들이 마치 친척이 나갔다 돌아온 것처럼 손을 잡아주고 위로해 주었으며, 건너와 오랜 시간이 지나서는 후손이 점차 번성하여 세시歲時에 의관을 차려입

20 崔錫鼎이 지은 銘에 대한 분석은 권진옥 위의 논문, 27면의 내용을 참고하였음.

> 고 선조를 제사하여 아직도 중화中華의 예의의 풍속을 잃지 않고 있다. 그리고 우리 열성列聖께서는 또 천조天朝의 오랜 문벌이라는 이유로 특별히 총애를 베풀어 대대로 수록收錄하여 마지않았고, 전씨 자손들도 자못 재능과 역량으로 자신을 드러내어 그 집안을 창성하게 하였으니, 대단하다고 하지 않을 수 있겠는가. 어찌됐든 호군군 이래로 이제 어느덧 4대 130여 년이 지나서야 족보가 비로소 만들어졌다. 이는 대개 이 이후로 전씨는 결국 더 이상 중국 사람이 되지 못한다는 것이니, 어찌 슬프지 않겠는가. 그러나 현재 오랑캐의 운세도 막바지에 이르러 천하에 큰일이 벌어진다면 군대를 출동하여 복수하는 것은 의당 틀림없이 우리나라가 될 터이니, 나는 창을 잡고 앞장서는 자가 반드시 이 족보에 이름 올린 사람들일 것이라 확신한다.[21]

청나라에 의해 명나라가 멸망되자 전호겸과 같은 사람들은 전란의 와중에 목숨을 잃고 집안이 멸절되기도 하고 혹은 전란을 피하여 명나라 유민으로 떠돌아다니다 주변국으로 귀화하기도 하고 혹은 청나라 치하에서 그대로 남아 있기도 하였다. 전란 중에 목숨을 잃은 경우가 아니라면 결국은 명나라 유민으로 주변국에 귀화하거나 청나라 사람으로 잔존하는 방식으로 목숨을 부지할 수밖에 없었다. 전호겸이 조선으로 귀화할 때까지의 행적을 살펴보면, 먼저 명나라와 청나라 사이의 전란에서 겨우 목숨을 부지하였다가 다시 조선과 청나라 사이 전란의 와중에 결국 조선으로 귀화를 선택하였다. 그렇다면 청나라에 그대로 귀속되어 잔존할 수도 있었던 그가 명나라 유민을 자처하여 조선으로 귀화한 동인은 무엇이었을까. 위의 인용 글에서 김원행은 청나라에

---

21 金元行, 『渼湖集』 권13, 「廣平田氏族譜跋」. "田氏之去廣平而歸于我, 出於天地翻覆流離逋播之餘而不絶廑如綫耳, 其譜之如是無怪哉? 雖然方護軍君之東也, 其同時簪纓之族, 崩奔殘滅於干戈腥羶之中者何限? 而其幸而免者, 且淪於椎髻左衽, 蒙汙辱苟全耳. 田氏雖孤寄海外, 而來之日, 東之人握手嗟勞, 如親戚之出而歸者, 其來而旣久, 則後承漸蕃, 歲時以衣冠祀其先人, 猶不失中華禮義之風. 而我列聖又以其天朝舊閥, 特加寵異, 世世收錄不倦, 田氏子孫, 亦頗以才力自見, 以昌其家, 可不謂之奇耶? 雖然自護軍君以下, 今已爲四世歷百三十餘年, 而譜始成. 蓋自此田氏終不能復爲中國之人矣, 豈不悲哉? 然今虜之運且窮矣, 天下有事, 其興師復讎, 宜必在吾東, 則吾知其執殳以爲之先者, 必此譜之人也."

귀속되는 것이 목숨을 '구차히 보전하는苟全' 것이라 안타까워했지만, 조선이라는 타국으로 귀화하여 힘들게 사는 것 역시 삶을 '구차히 보전하는' 것이기도 하다. 조선인들의 환대, 구굉이나 정재륜과 같은 조력자의 등장도 귀화한 이후의 상황이라 본다면, 결국 전호겸이 귀화를 결심하게 된 주요한 이유는 중화中華의 예의와 풍속을 잃지 않겠다는 의지가 아니었을까. 그러므로 최석정, 박세채 그리고 김원행도 전호겸의 이러한 의식을 강조하면서 문학적으로 형상화하였던 것이다.

아울러 김원행의 경우에는 귀화한 중국인으로서 지니게 되는 양가적인 감정, 즉 고국에 대한 상실감과 귀화한 나라에 대한 소속감을 정확하게 지적하고 있다. 전호겸이 귀화한 이래 100여 년이 지나 족보가 만들어짐으로써 그의 후손들 입장에서는 더 이상 귀화한 중국인이 아닌 명실상부 조선인이 된다는 점에서 일종의 상실감과 소속감이 동시에 발생할 터, 이러한 의식은 청나라에 대한 적개심으로 표출될 가능성이 농후하다. 이는 재조지은再造之恩을 품고 살았던 조선인이 명나라와 자국이 청나라에 굴복된 상황에서 느끼는 상실감이나 이로 인한 청나라에 대한 의식과 크게 다르지 않았을 것이다. 그렇기 때문에 김원행은 "현재 오랑캐의 운세도 막바지에 이르러 천하에 큰일이 벌어진다면 군대를 출동하여 복수하는 것은 의당 틀림없이 우리나라가 될 터이니, 나는 창을 잡고 앞장서는 자가 반드시 이 족보에 이름 올린 사람들일 것이라 확신한다今虜之運且窮矣, 天下有事, 其興師復讎, 宜必在吾東, 則吾知其執殳以爲之先者, 必此譜之人也"라는 언급으로 족보의 발문을 마무리하여 전호겸의 후손들에게 의미심장한 메시지를 남기고 있는 것이다.

4. 맺는 말

본론에서 전근대 한국에서 발생한 전란과 관련하여 타국에서 귀화한 인물에 주목하고 이들을 문학작품에서 어떻게 형상화하는지를 살펴보았다. 귀화인을 문학적으로 형상화한 작품군을 전통시대 한국의 문인 지식인이 남긴 개인 문집에서 확인하고, 활동한 시기 순서대로 이지란, 시문용, 전호겸의 사례를 고찰하였다.

'한국문집총간 편목색인'을 활용하여 귀화인만을 따로 추출하여 분류하되 한국의 전란과 관련한 인물을 정리하였고, 또한 해당 귀화인을 대상으로 창작된 각종 문학작품들과 이것이 수록된 문집과 작가 정보를 정리하여 표로 제시하였다. 이 표를 통해 확인된 주요한 사실은 다음과 같다. 중국의 송원 및 명청 교체기와 같은 중국 내부에서의 전란 과정, 한국에서의 임진왜란과 병자호란 전후 시기에 많은 귀화인이 분포되어 있다. 귀화인에 대한 기록물들이 모두 18세기 이후에 만들어진 것이고 이 기록물이 개인 문집의 성격이라는 것을 감안하면, 귀화인을 문학적으로 형상화한 작품들은 18세기 이후의 문인 지식인들에 의해 대거 창작되었다고 할 수 있다.

전란과 관련하여 귀화한 인물에 대한 문학연구는 해당 작품을 창작한 작가의 대타 인식 혹은 세계 인식을 살펴볼 수 있다. 3절에서 살펴본 작품들의 경우, 작가마다 귀화인 즉 타인에 대한 인식이나 태도가 다르고, 또한 그 타자가 외국인이라는 것은 대외 인식이나 세계 인식과도 무관하지 않다. 시문용이나 전호겸을 형상화한 경우, 청나라에 대한 자국의 문화적 우월성, 이들을 진정한 의미의 중국인이라고 명명하는 행위에서 자국 문화의 가치 천명과 숭명배청 의식을 확인할 수 있고 또 이를 통해 세계에 대한 인식을 엿볼 수 있다. 또한 명나라와 청나라, 조선과 청나라 사이의 전란 중에 귀화한 중국인에 대한 문학적 형상화에서 드러나는 청나라에 대한 배타적인 인식은, 이른바 존왕양이나 소중화를 기저로 하는 전근대 특히 18세기 이후 청나라에 대한 거부감을 직간접적으로 토로했던 일군의 문인 지식인들의 세계 인식임을 재차 확인할 수 있다.

이와 같은 상황을 고려하면서 이 글에서는 세 사람의 귀화인을 차례대로 고찰하였다. 첫 번째로 살펴본 인물은 이지란이고, 그를 형상화한 문학작품으로 황경원의 신도비를 살펴보았으며, 2절의 표에는 제시되어 있지 않지만 한시 작품에서 그를 소환하는 양상까지 아울러 고찰하였다. 황경원은 이지란의 삶에 있어서 진면목을 무용과 용퇴 두 가지 측면으로 강조하였다. 위의 사례가 이지란을 비지문의 묘주로서 인물을 문학적으로 형상화한 경우라면, 이외의 다른 문학 양식에서 그를 소환하는 경우도 있는데 그의 후손을 대상으로 할 경우, 북청 지역과 관련하여 그를 언급할 경우에 문학적으로 형상화하는 사례가 그것이다.

두 번째로 살펴본 인물은 시문용이고, 그를 형상화한 문학작품으로 홍직필의 유허비를 분석하였다. 홍직필은 명나라 유민으로서 중화의 문화를 고수하자고 노력했던 시문용의 자세를 높이 평가하고 있다. 유허비를 작성한 홍직필이 비문의 말미에서 백세 뒤에도 시문용이 명나라의 처사라는 것을 알 수 있을 것이라 천명한 한 점은, 일본과 청나라 사이에 전란을 치르는 와중에도 중화의 문화와 문물을 지켰던 조선인 홍직필이 시문용과 같이 조선으로 귀화하여 중화인으로 자처하는 명나라 유민의 입장과 동일시하는 것으로 볼 수 있다.

세 번째로 살펴본 인물은 전호겸이고, 그를 형상화한 문학작품으로 최석정의 묘갈명을 분석하였으며, 김원행이 지은 광평 전씨 족보의 발문도 함께 고찰하였다. 최석정의 묘갈명은 묘도문자의 전형을 잘 갖추고 있는데, 전호겸이 귀화인이기 때문에 귀화하기 이전의 출신과 가계에 대한 정보가 제시되고, 귀화하는 과정과 귀화한 이후 삶의 궤적에 초점을 두고 있다. 한 편의 묘도문자를 갈무리하는 명을 통해서 전호겸이 중국 사람이라는 사실을 강조하였다. 이는 조선의 영토에 조선으로 귀화한 중국 사람의 무덤이 존재하고 또 잘 보전되고 있음을 분명히 드러내려는 의도인 셈이다. 김원행은 광평 전씨 족보의 발문에서 귀화한 중국인으로서 지니게 되는 양가적인 감정, 즉 고국에 대한 상실감과 귀화한 나라에 대한 소속감을 정확하게 지적하고 있다. 전호겸이 귀화한 이래 100여 년이 지나 족보가 만들어짐으로써 그의 후손들 입장에서는 더 이상 귀화한 중국인이 아닌 명실상부 조선인이 된다는 점에서 일종의 상실감과 소속감이 동시에 발생할 터, 이러한 의식은 청나라에 대한 적개심으로 표출될 가능성이 농후하다. 이는 재조지은을 품고 살았던 조선인이 명나라와 자국이 청나라에 굴복된 상황에서 느끼는 상실감이나 이로 인한 청나라에 대한 의식과 크게 다르지 않았을 것이다.

고전서사 속 용골대 인물 형상화의 다기한 양상과 그 의미

엄태웅嚴泰雄
고려대학교
국어국문학과 교수

1. 들어가는 말

주지하듯 '재난'은 자연현상으로 인한 재해뿐만 아니라 인간에 의해 인위적으로 발생한 사건·사고까지 포괄한다. 후자에 해당하는 '전쟁'은 사람들을 생사生死와 같은 극단의 갈림길로 내몰며 극도의 긴장과 정신적 트라우마를 겪게 한다. 전쟁을 직접 경험한 사람들은 몸에는 물론이거니와 내면 깊은 곳에도 아물지 못할 상처를 갖게 되기 마련이다. 상처를 입은 사람들은 그 쓰라림을 견뎌내며 전쟁의 폭력성을 세상에 알리기도 하지만, 때로는 그 상처가 한 개인이 감당할 수 없을 만큼 커서 세상과의 소통조차 시도하지 못하기도 한다. 전쟁을 직접 경험한 누구에게나, 전쟁은 결코 벗어던질 수 없는 평생의 아픔인 것이다.

전쟁에 대한 경험은 다양한 경로를 통해 후세에 전승되면서 공동체의 기억으로 자리 잡게 된다. 한 개인에게도 경험과 기억 사이에는 적잖은 차이가 있기 마련이라는 사실을 통해 짐작할 수 있는 것처럼, 전쟁에 대한 기억이 다수의 사람을 거치며 사회적으로 공유될 경우에는 직접 경험한 내용과의 거리가 더 멀어질 가능성이 높다. 이러한 과정이 누적되면서 사람들은 전쟁의 상처에 대해 점차 무감각해지는가 하면, 그와 반대로 공동체가 공유하는 상징적 이미지를 통해 전쟁이 유발한 문제에 대해 강한 분노와 적대감을 드러내기도 한다. 한편 전쟁으로 인해 그어진 선악의 이분법적 구도를 넘어 전쟁의 기억에 자유로운 상상력을 덧붙여 새로운 이야기를 만들어내는 경우도 있다.

이렇듯 전쟁 이후 전쟁은, 전쟁을 기억으로 경험한 이들에 의해 다양한 방식으로 수용되고 재구성되면서, 사회적 갈등을 심화시키기도 하고 회복의 가능성을 모색하기도 한다. 선택된 것들은 기억이라는 이름으로 남고 배제된 것들은 망각이라는 이름으로 사라지는 한편 다양한 굴절을 겪기도 한다.

이 글은 전쟁 이후 전쟁에 대한 기억과 회복의 문제를, 병자호란의 중심에 있었던 청나라 장수 용골대龍骨大, 1596~1648의 형상화 양상을 통해 고찰하고자 한다. 병자호란이 비교적 짧게 끝나버렸음에도 사람들의 기억 속에 뚜렷하게 각인될 수 있었던 이유는 — 국가의 정체성을 흔든 굴욕적인 사건이 벌어졌기 때문이기도 했겠지만 — 상하를 막론하고 당시 조선인들이 입었던 물리적 피해의 잔흔이 깊고 컸기 때문이었을 것이다. 용골대는 이 전란의 주역이었다. 그의 악행은 인조가 삼배구고두례三拜九叩頭禮를 한 뒤에도 계속되었다. 소현세자를 비롯한 볼모들이 심양瀋陽에 머물던 때에도 그는 지속적으로 조선인들을 괴롭히고 착취하였다.[1] 조선인에게 그는 공포의 대상이었던 것이다.

그런데 흥미로운 사실은 서사문학 속에서 그가 늘 공포의 대상으로만 형상화된 것은 아니라는 점이다. 이미 잘 알려진 것처럼 「임장군전」이나 「박씨전」에서 용골대는 주인공의 영웅적 면모를 부각하는 데 활용된다. 역사적 사건

1 김기림, 「조선인의 청국 생활 – 소수자의 삶」, 『이화어문논집』 제34집, 이화어문학회, 2014, 37~62면. 소현세자 일행이 심양에 볼모로 잡혀 가 있는 동안 용골대로부터 어떤 피해를 겪었는지, 이 논문에서 상세히 다루고 있다.

을 서사의 무대에 가져오면서, 승리한 장수 용골대를 패배한 장수로 바꾸어 버렸다. 문학작품을 통해 상상적 설욕을 도모하였다는 그간의 평가에 동의하면서도, 무시무시한 존재였던 용골대를 정반대의 위상에 놓을 때에는 좀 더 복잡한 사정이 있었으리라는 추정을 해볼 수 있다.

실제로 용골대의 인물 형상은 단순히 승자에서 패자로 전환되는 경우만 있지 않았다. 용골대는 조선과 힘을 합쳐 공통의 적을 물리치는 협력자가 되기도 하며, 심지어 용골대가 '조선인'이 되기도 한다. 다채로움은 인물 형상에서만이 아니라, 용골대가 등장하는 서사문학의 여러 갈래를 통해서도 확인할 수 있다. 용골대는 경험적 서사라 할 수 있는 일기日記, 장계狀啓는 물론 허구적 서사에 해당하는 고전소설이나 설화의 여러 작품에까지 소환된다. 허구적 서사라고 한데 묶어 언급했지만, 용골대가 등장하는 이들 고전소설이나 설화의 스펙트럼은 실제 역사를 기반으로 한 것부터 허구적 요소가 큰 비중을 차지하는 것까지 매우 넓다. 이를 통해 전쟁 이후 서사문학 속 용골대에 대한 형상화는 단일한 특징으로 결론 내리기 어려운 것임을 알 수 있다.

이에 이 글은 한국 고전서사문학에 형상화된 용골대의 다기한 면모를 찾아 정리하는 것을 일차적 목적으로 한다. 그리고 그 다채로움을 몇 가지로 범주화하여 그 특징을 도출하고자 한다. 그 특징이 '재난 이후의 회복'이나 '재난 이후의 기억'의 측면에서 어떻게 해석될 수 있는 것인지에 대해서는 여전히 조심스럽다. 고찰한 자료를 통해 성글게나마 그 의미에 대해서 추단推斷해보도록 하겠다.

용골대가 서사문학에 반영되는 과정의 시간적 순서를 확정하기는 어렵다. 그러나 그 순서는 대체로 실제 역사에 가까운 모습에서 실제 역사와 거리를 둔 모습으로 변화되었을 가능성이 높다. 이에 이 글에서는 그 순서를 따라 용골대의 인물 형상이 어떻게 변화되었는지 살펴보고자 한다.

우선 2장에서는 실제 역사 속 용골대의 모습을 가장 많이 확인할 수 있는 경험적 서사부터 살펴보고자 한다. 경험적 서사에 해당하는 작품으로는 장계인 『심양장계』와 일기인 『병자록』을 다룰 것이다. 3장과 4장에서는 실제 용골대의 모습에서 상당 부분 벗어난 형상을 보여주는 허구적 서사를 다룰 것이다. 3장에서는 허구적 서사 중 먼저 소설에 주목한다. 용골대가 등장하는 「임장군전」, 「박씨전」, 「백학선전」, 「현수문전」, 「배시황전」 그리고 「인조대왕실기」를 다룰 예정이다. 4장에서는 허구적 서사 중 설화에 주목한다. 『동야휘집』, 『대동기문』, 『계압만록』 등 야담패설집과 『한국구비문학대계』, 『조선향토대백과』, 시지, 군지, 디지털문화대전성남, 철원, 『한국지명유래집』, 『서울지명사전』 등에 등장하는 용골대 관련 설화를 다룰 것이다. 지금까지 서사문학 속 용골대의 인물 형상에 주목한 연구는 없었다. 개별 작품과 관련한 기존 연구는 작품을 언급하면서 제시하도록 하겠다.

2. 장계와 일기 속 용골대 역사적 실상에 가까운 존재

당연한 얘기이지만, 역사적 실상에 비교적 가까운 경험적 서사에서 용골대는 실제 역사에서와 마찬가지로 두렵고 피하고 싶은 존재로 등장한다. 그런데 이들 서사는 피해자의 시선에서 피해자들을 주된 대상으로 삼아 지었기 때문에 가해자인 용골대가 서사의 전면에 부각되지 않는다.

용골대가 등장하는 경험적 서사로는 소현세자昭顯世子, 1612~1645가 쓴 보고서인 『심양장계瀋陽狀啓』와 나만갑羅萬甲, 1592~1642이 쓴 일기 『병자록丙子錄』을 들 수 있다. 두 기록에서 용골대의 인물 형상을 확인할 수 있는 장면은 손에 꼽는다. 그 장면들에서 용골대는 실제 역사 속 그 모습처럼 공포의 대상이다.

먼저 『심양장계』를 살펴보자. 『심양장계』는 소현세자 일행이 서울을 출발할 때인 1637년 2월 8일부터 1643년 12월 15일까지 인조에게 올렸던 장계이다. 임금에게 보고하는 공식적인 글인 만큼 청과 외교적으로 해결해야 할 문제가 중심이었으며, 그와 더불어 심양에서 일어난 사건, 생활 상황, 세자나

대군 이하 신하들의 동정 등의 내용도 들어 있다.[2] 조선의 입장에서 서술된 점은 고려해야 하지만, 그럼에도 당대의 실상에 부합하는 객관적인 성격의 글일 수밖에 없다. 아래와 같은 일화에 용골대가 등장한다.

용장군용골대이 정명수를 시켜 말하였습니다.

"용장군이 지금 나가야 하는데 마장군마부대의 집에서 죽은 말의 값을 받아달라고 간청하니 죽은 사람 집의 일이라 용장군도 이를 거절하지 못하고 할 수 없이 이렇게 부탁하는 것이오. 원가에서 40냥을 깎아서 받겠다고 하니 그 말을 들어주지 않을 수 없습니다."

그래서 80냥을 이곳의 돈으로 우선 주었습니다. 그 전에 갚은 70냥도 의주에서 받는 것은 전혀 근거가 없는 일이며 이 80냥도 의주에서 변방의 백성들에게 책임을 물어서 내도록 하기에는 어려운 일입니다.

또 용장군이 서쪽으로 나가게 되었기 때문에 여장을 마련하기 위해 말 1필과 공금으로 속량할 사람 하나를 팔고 싶어 하므로 말값 60냥과 공금으로 속량할 남자 한 사람에 110냥을 주었습니다.

(…중략…)

또 용장군이 떠나면서 정명수를 시켜 말하였습니다.

"또 공금으로 속량할 사람이 한 사람 있는데 그 값은 2백 냥으로 팔기를 원합니다."

그 값이 너무 비싸서 계속 타일렀더니,

"한 사람에 2백 냥이 너무 비싸다는 것을 모르지는 않습니다. 다만 용장군의 형이 죽어서 그 장례에 쓰려고 하는 것이니 조정에 보고를 올려서라도 부조해주는 것이 좋을 듯합니다"라고 했습니다.[3]

2 정하영, 정하영 외역, 「심양장계 해제」, 『심양장계－심양에서 온 편지』, 창비, 2008, 23면.

3 소현세자, 『심양장계(瀋陽狀啓)』, 경진년(1640) 6월 20일; 경성제국대학법문학부(京城帝國大學法文學部), 『심양장계(瀋陽狀啓)』, 1935, 218~220면(국립중앙도서관 소장); 정하영 외역, 앞의 책, 384~385면; 김기림, 앞의 글, 55~56면. 한문 원문은 지면 관계상 생략하였다.

소현세자 일행은 용골대를 비롯한 청인들의 경제적 압박이 심함을 지적하고 있다. 용골대는 끊임없이 조선인들에게 이러저러한 비용을 부담케 했는데, 대부분 그 사유가 매우 부당한 것이었고, 부담해야 하는 비용 또한 터무니없이 많았다는 내용이다. 그러나 심양에 있던 조선인들은 아무런 힘이 없었기 때문에 용골대 측의 이러한 요구에 그저 따를 수밖에 없었다.

『병자록』에서도 유사한 사례를 찾을 수 있다. 이 일기의 저자 나만갑은 남한산성에 고립되어 있던 동안 인조의 근측近側에서 관향사管餉使라는 직책을 맡으며 중요한 결정에 참여한 인물이다. 그런 그가 보고 들은 내용을 일기의 형식으로 적었으므로, 이 작품은 — 특정인의 시각에서 비롯한 것이기는 하지만 — 비교적 당시의 실상에 부합한다.

나만갑은 조선의 시점에서 기록을 남겼기 때문에, 이 작품은 당연하게도 남한산성에 머물던 조선 조정의 긴박한 상황이 중심을 이룬다. 청군은 조선의 상대자로서, 작품은 조선에 대한 청군의 태도 혹은 조선의 입장에 대한 청군의 반응 위주로 서술되어 있다. 그러다 보니 자연스레 용골대의 인물 형상을 직접적으로 부각한 장면도 찾기 어렵다. 그러나 아래와 같은 기록은 용골대가 어떤 인물이었으며, 나만갑을 비롯한 당시 조선인들이 용골대를 어떻게 바라보았는지 가늠해볼 수 있게 한다.

> 지난번 오랑캐 사신이 왔을 때, 영의정 홍서봉洪瑞鳳, 이조판서 이현영李顯英 등이 만상灣上에서 용호龍胡, 용골대를 위해 거들어만 주고, 한 가지 일도 변론하여 다툰 것이 없었다.
>
> 팔도의 수령 방백方伯들이 저네의 성내는 것만 피하려고, 죽을 뻔했다가 겨우 살아서 도망쳐 돌아온 우리나라 백성과 한인漢人 그리고 우리나라에 귀화하여 이미 자손들을 낳고 사는 사람들까지 진위도 가리지 않고 마구 많이만 보내서, 비국備局에 이르러 점검을 하는데, 부자 형제가 서로 붙잡고 울며 이별하기도 하고, 그냥 머물러 있는 사람이 손가락을 잘라 주기도 하여, 온 뜰에 흐르는 피가 낭자했다. 고금

천하에 어찌 이런 참혹한 일이 있을 수 있는가. 이 말을 듣고는 모두 콧마루가 시큰해졌다.

용골대는 그 세 가지 사람들을 몇 백 몇 천인지 알 수 없게 많이 얻었지만, 한없이 욕심을 내어 뒤따라 100명을 더 보내라고 하고, 그것을 문서로 만들어서 약속하자고 했다. 영의정, 이조판서와 원접사遠接使 이경증李景曾 등이 100명은 너무 많으니 찾아내는 대로 그때 그때 보내기로 약속하는 글을 써서 수결手決을 두었는데, 그 뒤에 저들이 늘 이것을 가지고 사람을 돌려보내라고 독촉을 하여, 훗날에 한없는 폐해를 당했다. 참으로 한심한 일이었다.[4]

청나라에서는 계속해서 향화인을 쇄환刷還하라는 요청을 하였는데, 이때 그 요청이 지나치고 방식이 막무가내여서 매우 참혹하다고 서술하고 있다. 그런데 용골대는 이에 한술 더 떠서 추가로 100명을 더 요구한다. 용골대는 청 황제의 신임을 바탕으로 조선과 관계된 일에 절대적 권한을 갖고 있었다. 용골대의 요청은 곧 법이나 마찬가지였으므로 일부러 향화인을 만들어서라도 그의 요구에 응답해야 했다. 이런 용골대의 모습이 당시 조선인들에게 어떻게 인식되었을지 충분히 짐작이 간다.

이렇듯 당시 조선인들이 직접 경험을 통해 기록한 용골대의 형상은 매우 부정적인 것이었음을 알 수 있다. 그는 조선에 대해 그가 지니고 있었던 막강한 영향력을 옳지 않은 방식으로 행사하였다. 사적 이득을 취하기 위해 조선인을 금전적으로 착취함은 물론 자국의 이익만을 생각해 억지로 실적을 부풀려 조선인을 압박하기도 했다. 조선인들이 이렇게 과도한 요구를 일삼은 용골대를 되도록 피하고 싶었을 것임은 분명하다. 그럼에도 그 과도한 요구를 거절하지 못한 것은 용골대가 청나라 사람이며 조선과의 외교에서 실권을 쥐고 있었던 관료였기 때문이다. 결국 용골대에 대한 조선인들의 인식은 그와

4 나만갑, 윤재영 역, 『병자록』, 명문당, 1987, 189~190면. 이 책은 『병자록』 이본 중 국립중앙도서관본을 대본으로 삼았다. 한문 원문은 지면 관계상 생략하였다.

청나라에 대한 두려움과 관련이 있다.

그런데 여기서 한 가지 짚고 넘어가야 할 것은, 위와 같은 직접 경험의 기록에서 용골대는 기록의 주된 대상이 아니었다는 점이다. 위 인용문이 용골대가 서사의 전면에 부각되는 몇 안 되는 대목이며 용골대가 서사의 주체로 등장하는 대목은 거의 없다는 사실에서, 『심양장계』나 『병자록』에는 용골대의 인물 형상을 파악할 수 있는 서사가 그리 많지 않음을 알 수 있다.

이는 앞서 언급한 것처럼 이들 문헌이 비교적 객관적인 기록이면서도 조선인의 관점을 바탕으로 서사화되었기 때문이다. 그런데 소설이나 설화와 같은 허구적 서사로 시선을 돌려보면 전혀 새로운 양상이 나타난다. 허구적 서사에서 용골대의 인물 형상은 실제 역사적 사건의 실상으로부터 점점 멀어지며, 그렇게 생겨난 빈자리를 허구적 내용이 대신하게 된다. 이때 그 허구적 내용은 경험적 서사 속 용골대의 면모, 즉 피하고 싶은 존재이자 두려운 존재로서의 면모가 더 강화되는 것이 아니다. 오히려 그와 정반대의 방향으로 그려질 뿐만 아니라 의외의 방향으로 확대되기도 한다. 그리고 허구적 서사에서는 용골대가 대체로 작품의 전면에 부각되며, 그 와중에 서사의 주체가 되어 일부 에피소드를 온전히 담당하기도 한다. 장을 달리하여 구체적으로 살펴보자.

3. 고전소설 속 용골대 통속적 영웅 서사의 악인으로 대상화된 존재

3절에서는 고전소설에 형상화된 용골대에 대해 살펴보겠다. 고전소설 중에서 용골대가 한 번이라도 등장하는 작품은 「인조대왕실기」, 「임장군전」, 「박씨전」, 「백학선전」, 「현수문전」, 「배시황전」 등 여섯 작품이다. 이 글에서는 그중 용골대가 매우 단편적으로 언급만 되는 「인조대왕실기」를 제외한 다섯 작품을 대상으로 논의를 전개하겠다.

다섯 작품은 고전소설이라는 장르 범주로 묶을 수 있지만, 역사적 사실에 기반한 작품부터 허구적 서사가 대부분인 작품까지 편폭이 넓다. 그래서인지 용골대의 인물 형상도 다채롭다. 용골대가 꼭 적대자로만 등장하지도 않아서, 용골대가 조선군과 협력 관계인 경우도 보인다. 또한 용골대 1인만 등장하는 작품이 있는가 하면 용골대의 형제들이나 용골대를 연상시키는 '○골대'와 같은 이름의 인물들이 다수 등장하기도 한다.

이렇듯 이들 작품 속 용골대의 인물 형상은 흥미로운 특징을 품고 있다. 그런데 더욱 관심을 끄는 것은 이러한 흥미로운 특징이 일정한 기준에 따라 몇몇 유형으로 분류될 수 있다는 점이다. 이를 일목요연하게 파악하기 위해 표로 정리하면 아래와 같다.

이 표에서 눈에 띄는 두 가지 특징이 있다. 「배시황전」이 다른 네 작품과 달리 용골대를 아군으로 설정하고 있다는 점이 그 하나이고, 「임장군전」을 제외한 나머지 작품들에는 용골대 혹은 용골대와 관련한 등장인물이 여럿 등장한다는 점이 다른 하나이다.

유형		작품명	주인공과의 관계	관련 등장인물	
1 유형	1-1 유형	「임장군전」	적군(적대자)	용골대 단독(1인)	
		「박씨전」	적군(적대자)	용골대 형제(2인)	⇩
	1-2 유형	「백학선전」	적군(적대자)	용골대 삼형제(3인)	⇩
		「현수문전」	적군(적대자)	'○골대' 8여 명	⇩
2유형		「배시황전」	아군(협력자)	용골대, 부골대	

이러한 특징적 사실을 토대로 이들 작품을 통해 발견할 수 있는 주요한 경향성을 언급하면 다음과 같다. 첫째, 2유형 속 용골대는 고전소설보다는 Ⅳ장에서 논할 설화와의 친연성이 더 강하다. 둘째, 1유형은 역사적 사실과 허구적 서사의 정도 차이에 따라 '1-1유형'과 '1-2'유형으로 나눌 수 있다. 셋째, 둘째와 같은 이유로 1유형은 한데 묶여 하나의 유형이 될 수 있으며 허구화의 정도에 따라 위 순서로「임장군전」-「박씨전」-「백학선전」-「현수문전」 병렬할 수 있다.

이 장에서는 1유형에 주목하겠다. 그리고 위 표에서 제시한 순서대로 살펴보겠다. 이를 통해 역사적 사실에 허구적 요소가 가미되면서 용골대의 인물 형상이 어떻게 달라지는지 파악할 수 있을 것이다. 더불어 용골대의 다채로운 인물 형상을 통해, '역사적 인물인 용골대가 통속적 서사 속 적대자로 대상화되는 양상'과 '서사의 허구화 정도'가 어떠한 상관관계를 지니는지 확인할 수 있을 것이다. 2유형은 이 장의 마지막에 언급하되, 다음 장4장과의 관련성을 바탕으로 논의를 전개해나가도록 하겠다.

1) 「임장군전」과 「박씨전」 역사적 인물에서 서사적 인물로

주지하듯 「임장군전」과 「박씨전」에는 역사적 사실과 거리가 먼 허구적인 내용이 등장한다. 그렇기는 해도 구조적으로 볼 때 이들 작품의 서사적 근간은 역사적 사실에 있다고 해야 할 것이다. 두 작품 모두 청나라가 병자호란에서 승리하고 왕대비와 세자 등을 볼모로 잡아가는 역사 속 실상이 작품에 그대로 전개되기 때문이다.

용골대는 두 작품에서 모두 이 사건을 주도하는 인물로 등장한다. 그가 교만한 인물로 형상화된다는 점은 장계나 일기와 같은 경험적 서사와 크게 다르지 않다. 고전소설이라 하더라도 역사적 사실에 부합하는 내용의 경우에는 용골대의 인물 형상 또한 역사적 사실에 가깝게 그려진 것이다. 다만 이때에는 용골대가 서사에서 크게 부각되지 못한다. 서사적 관점에서 보면 용골대에 대한 인물 형상이 이루어졌다기보다는 그저 사건을 소개하는 가운데 용골대가 언급되었다고 보는 것이 맞을 듯하다. 아래 인용문은 이를 잘 보여준다.

「임장군전」

룡골ᄃᆡ 송파장에 결진ᄒᆞ고 승젼고를 울니며 교만이 특심ᄒᆞ여 승젼비를 셰워 비양ᄒᆞ며, 왕ᄃᆡ비와 즁궁을 보ᄂᆡ고, 셰자 ᄃᆡ군은 잡아 북경으로 가려 ᄒᆞ더라.[5]

「박씨전」

각셜 국운이 불힝ᄒᆞ여 호젹이 강셩ᄒᆞ여 왕ᄃᆡ비와 셰ᄌᆞ 동군을 ᄉᆞ로잡고 국가 위ᄒᆞ미 다 ᄌᆞ졈의 도젹을 인도ᄒᆞ미니 엇지 졀통치 아니리요. 슬푸다 여러 날 도젹의게 에운 ᄇᆡ 되여 셰궁역진ᄒᆞ여 상이 도젹의게 강화ᄒᆞ시니 …… (용골대가) 회군하여 발힝홀ᄉᆡ 왕ᄃᆡ비와 셰자 동궁이며 장안미ᄉᆡᆨ을 다리고 가는지라.[6]

임경업과 박 씨 부인은 용골대도 넘볼 수 없는 절대적인 능력을 지니고 있음에도 왕대비와 세자 일행이 호국에 볼모로 잡혀가는 것을 그대로 지켜보기만 한다. 소설 속 병자호란은 여전히 역사적 사실이라는 큰 틀을 벗어나지 못하는 것이다.

그러나 차이도 확인할 수 있다. 이 대목에서 「박씨전」은 「임장군전」과 달리 허구적 상상력을 동원하여 역사적 사실의 울타리를 넘어서려 한다.

박 씨 계화로 위여 왈, "흥진비ᄅᆡ요 고진감ᄂᆡ라 ᄒᆞ니 이 다 쳔슈니 너무 셔러 말고 잘 가 잇스면 ᄉᆞᆷ년 후 호국의 드러가 다려올 ᄯᆡ 잇슬 거시니, 부ᄃᆡ 셰ᄌᆞ 동궁을 뫼셔 잘 잇다가 ᄯᆡ를 기ᄃᆞ리라."[7]

박 씨 부인은 일행에게 3년 후 호국에 들어가 데려올 것이니 때를 기다리라고 말한다. 왕대비와 세자 일행이 볼모로 잡혀가는 것을 막는, 역사적 실제를 넘어선 허구적 상상력은 작품에서 실현되지 않았다. 그러나 나중에라도 호국에 들어가 그들을 구출할 것을 약속함으로써 이 작품이 그저 역사적 결과에만 머무르려 하지 않았음을 알 수 있다. 실제 역사적 결과에 작가의 상상력을 덧

5 경경판 27장본 「님장군젼」. 김기현, 『박씨전, 임장군전, 배시황전』, 고려대 민족문화연구원, 1995, 246~249면(이하 「님장군젼」과 면수만 표기).

6 고려대 도서관 소장본 「박씨젼」. 김기현, 『박씨전, 임장군전, 배시황전』, 고려대 민족문화연구소, 1995, 206~213면(이하 「박씨젼」과 면수만 표기).

7 「박씨젼」, 214면.

대어 보려는 시도를 통해, 이 작품이 허구적 서사로 나아가고자 했음을 파악할 수 있는 것이다. 요컨대 두 작품은 역사적 사실에 기반한다는 점에서 공통적이며, 「임장군전」에 비해 「박씨전」은 상대적으로 그러한 역사적 사실로부터 벗어나려는 조짐이 눈에 띈다는 점에서 차이를 보인다. 흥미로운 것은 이러한 차이가 허구적 상상력이 주되게 발현된 곳에서 더욱 두드러진다는 점이다.

① 「임장군전」

두 작품은 역사적 사실에 기반하면서도, 한편으로는 허구적 상상력을 더하여 작품의 서사적 흥미를 유발하였다. 이는 대체로 주인공의 영웅적 면모를 강조하는 방식으로 구현되는데, 이에 따라 용골대의 인물 형상도 역사적 사실과 다른 모습을 띠게 된다. 그 과정에서 용골대의 서사적 비중이 커지고 인물 형상도 구체화된다. 두 작품은 이러한 변화의 방향을 공유하면서도, 변화의 정도에는 적지 않은 편차를 드러낸다.

먼저 「임장군전」의 경우를 살펴보자. 병자호란에서 승리한 용골대는 북경으로 돌아가는 길에 임경업을 만나게 된다. 이는 역사적 실상과는 거리가 먼 허구적 설정이다. 이를 통해 작품이 용골대를 어떻게 형상화하려고 했는지 그 단초를 파악할 수 있다.

> 호장이 샹혼낙담하여 십니를 물너 진을 치고 ᄑᆡ잔군을 모화 의논 왈, "경업은 용ᄆᆡᆼᄒᆞ니 쟝찻 엇지ᄒᆞ리오."
>
> ᄒᆞ더니 문득 ᄉᆡᆼ각ᄒᆞ되, '경업은 츙신이라. 이졔 죠션왕의 항셔와 젼교ᄒᆞᆫ 공문을 ᄂᆡ여 뵈면 반다시 귀슌ᄒᆞ리라.'
>
> 하고 진문에 나와 웨여 왈, "님장군은 나아와 죠션왕의 젼지를 바다보라."
>
> ᄒᆞ거ᄂᆞᆯ 경업이 의아ᄒᆞ여 ᄃᆡᄆᆡ 왈, "네 감히 날을 속이려 ᄒᆞᄂᆞᆫ다."
>
> 룡골ᄃᆡ 군ᄉᆞ로 ᄒᆞ여곰 문셔를 젼ᄒᆞ니, 경업이 문셔를 밧ᄌᆞ와 보고 앙쳔탄식ᄒᆞᄂᆞᆫ 지라. 호장 왈, "너희 국왕이 항복ᄒᆞ고 세ᄌᆞ ᄃᆡ군을 볼모로 잡아가거ᄂᆞᆯ 네 엇지 감히

왕명을 항거ᄒᆞ여 역신이 되고져 ᄒᆞᄂᆞ뇨."

ᄒᆞ고 만단기유ᄒᆞ거ᄂᆞᆯ 경업이 ᄯᅩᄒᆞᆫ 하교ᄅᆞᆯ 보앗ᄂᆞᆫ지라. 할일업셔 환도를 집에 곳고 호진에 통ᄒᆞ고 드러가 셰ᄌᆞ ᄃᆡ군을 뵈옵고 실셩 통곡ᄒᆞ니 셰ᄌᆞ ᄃᆡ군이 경업의 손을 잡고 유체 왈, "국운이 불힝ᄒᆞ여 이 지경에 이르럿거니와, 바라건ᄃᆡ 장군은 진심ᄒᆞ여 우리등을 구ᄒᆞ여 다시 부왕을 뵈옵게 ᄒᆞ라."[8]

용골대 일행이 북경으로 돌아가는 길에 임경업이 나타나 호장과 호병을 마구 죽여 전열이 흐트러지자, 용골대 측에서 임경업에게 조선왕의 문서를 보여주어 상황을 모면하게 된다는 내용이다. 물리력으로는 임경업을 당해내지 못하자 충신인 임경업 앞에 조선왕의 문서를 보여줌으로써 그를 무기력하게 만든 것이다. 이 장면은 임경업의 장수로서의 뛰어난 면모와 더불어 충신으로서의 면모를 강조하기 위해 설정된 것이다. 그런데 임경업의 그러한 면모를 부각하는 과정에서 자연스럽게 임경업의 적대자인 용골대는 난감한 상황을 모면하기 위해 꾀를 쓰는 비겁한 인물로 형상화되었다. 실제 역사에서 무시무시한 존재였던 용골대와는 전연 다른 모습이다.

주지하듯 이 작품은 허구적 내용을 가미하여 임경업의 영웅적 면모를 강조하였다. 역사 속 실제 인물인 주인공 임경업을 허구적으로 영웅화할 때에는, 주인공 중심의 영웅적 서사를 전개하기 위해 그에 반대되는 인물이 필요할 수밖에 없다. 영웅적 서사의 이와 같은 전형적 구도 속에서 주인공의 적대자인 용골대는 악인으로 '대상화'되면서 비영웅적 면모를 지닌 인물로 형상화된 것이다.

② 「박씨전」

「임장군전」은 그래도 역사적 사실에 부합하는 내용이 많은 편이다. 그래서

8 「님장군젼」, 252~253면.

주인공을 허구화하는 정도가 「박씨전」에 비해서 약하고, 용골대가 악인으로 대상화되는 정도도 그리 심하지는 않다.

그러나 「박씨전」에서는 허구적 내용의 이야기가 짧지 않다. 용골대와 박씨 부인이 대결을 벌이는 장면이 길게 등장하는데, 주지하듯 이는 역사적 사실이 아니다. 용골대의 동생 용율대와 박씨 부인의 시비 계화가 만나는 장면도 중요한 에피소드 중 하나로 작품에서 적지 않은 비중을 차지한다. 이 역시 순전히 허구적인 내용이다. 이렇듯 허구적인 이야기가 늘어나면서 용골대의 인물 형상에도 허구적 면모가 강화된다.

계홰 드른 쳬 아니코 ᄃᆡᄆᆡ 왈, "네 동ᄉᆡᆼ이 ᄂᆡ 칼의 죽엇시니 네 ᄯᅩᄒᆞᆫ 명이 ᄂᆡ 손의 달녓시니 엇지 가소롭지 아니리요."

용골ᄃᆡ 더욱 분긔등등ᄒᆞ여 군즁의 호령ᄒᆞ여, "일시의 활을 달여 ᄡᅩ라!"

ᄒᆞ니 ᄉᆞᆯ이 무슈ᄒᆞ되 감이 ᄒᆞᆫ ᄀᆡ도 범치 못ᄒᆞ는지라.

용골ᄃᆡ 아모리 분ᄒᆞᆫ들 엇지ᄒᆞ리요. 마음의 탄복ᄒᆞ고 조션 도원슈 김ᄌᆞ졈을 불너 왈, "너의 인제는 ᄂᆡ 나라의 신하라. ᄂᆡ 영을 엇지 어긔리요."

ᄌᆞ졈이 황공ᄃᆡ왈, "분부ᄃᆡ로 거ᄒᆡᆼᄒᆞ오리다."

용골ᄃᆡ 호령ᄒᆞ여 왈, "네 군ᄉᆞ를 모라 박부인과 계화를 ᄉᆡᆼ금ᄒᆞ여 드리라."

ᄒᆞ니, ᄌᆞ졈이 황겁ᄒᆞ여 방포일셩의 군ᄉᆞ를 모라 피화당을 에워ᄊᆞ니 문득 팔문이 변ᄒᆞ여 ᄇᆡᆨ여 길 함정이 되는지라.

골ᄃᆡ 그 변을 보고 조련이 파치 못헐 줄 알고 ᄒᆞᆫ ᄭᅬ를 ᄉᆡᆼ각ᄒᆞ여 군ᄉᆞ로 ᄒᆞ여곰 피화당 ᄉᆞ방 십니를 깁히 파고 화약 염초를 만이 붓고, 군ᄉᆞ로 하여곰 각각 불을 지르고, "너의 물이 아모리 쳔변만화지슐이 잇슨들 엇지ᄒᆞ리요."

ᄒᆞ고 군ᄉᆞ를 호령ᄒᆞ여 일시의 불을 노으니, 그 불이 화약 염초를 범ᄒᆞᄆᆡ 벽녁 갓튼 소ᄅᆡ ᄂᆞ며 장안 ᄉᆞᆷ십리의 화광이 츙천ᄒᆞ여 죽는 ᄌᆡ 무슈ᄒᆞ드니[9]

9 「박씨전」, 210~211면.

용골대는 동생 용율대의 원수를 갚고자 피화당에 가 박씨 부인과 계화를 공격하지만 그의 공격은 모두 무위에 그친다. 일시에 쏜 화살이 피화당에 하나도 범하지 못하자 용골대는 분하게 여기는 한편 두려움을 느낀다. 그래서 김자점을 시켜 박씨 부인과 계화를 사로잡으라고 명령하는 비겁한 방법을 쓰는데, 김자점 또한 황겁함을 느낀다. 용골대는 다시 꾀를 냈지만 역시나 수포로 돌아간다.

용골대는 「임장군전」에서와 마찬가지로, 자신의 역량이 상대방에게 미치지 않음을 깨닫는다. 그런데 「박씨전」에서는 그러한 깨달음이 보다 직접적으로 그리고 구체적으로 나온다. 용골대가 두려움을 느낀다는 표지들이 여러 번 등장하는 것이다. 「임장군전」에서 비영웅적이라고 했던 것보다 그 정도가 더 심한 편이다.

> 호장등이 ᄇᆡᆨᄇᆡ ᄉᆞ례ᄒᆞ고 용골ᄃᆡ 알외ᄃᆡ, "황공ᄒᆞ오나 쇼장의 ᄋᆞ오 머리를 쥬옵시면 덕ᄐᆡᆨ이 ᄐᆡᄉᆞᆫ 갓틀가 바라ᄂᆞ이다."
>
> 박씨 우시며 일변 ᄭᅮ지져 왈, "그는 못ᄒᆞ리로다. 옛날 조양ᄌᆞᄂᆞᆫ 지ᄇᆡᆨ의 머리를 칠ᄒᆞ여 슐잔을 만드러 진양셩의 분ᄒᆞ물 씨서 천츄만세의 유전ᄒᆞ엿스니 이제 우리는 너의 아오 머리를 칠ᄒᆞ여 강화셩의 분ᄒᆞ물 씨시리라."
>
> ᄒᆞᆫᄃᆡ 용골ᄃᆡ 이 말 ᄃᆞᆺ고 아모리 ᄃᆡ셩통곡헌들 엇지ᄒᆞ리요.[10]

용골대가 박씨 부인에게 아우 용율대의 시신을 거두어가도 되냐고 허락을 구할 때는 '황공'이라는 표현까지 사용한다. 박씨 부인은 이 요청에 용골대를 꾸짖고, 결국 용골대는 시신을 거두지 못한 채 대성통곡하며 돌아간다. 비굴함마저 느껴지는 이러한 장면을 통해, 「박씨전」에서는 허구적인 사건이 전면에 부각되면서 용골대의 인물 형상 또한 실제 역사와 많은 차이를 보이게 되

10 「박씨전」, 214~215면.

었음을 알 수 있다. 용골대가 악인으로 대상화된다는 점에서는 「임장군전」과 대동소이하지만, 「박씨전」은 그 정도가 더 심하다고 할 수 있는 것이다.

용골대가 악인으로 대상화되는 과정에서 주목해야 할 더 중요한 특징이 있다. 바로 용골대를 연상시키는, 비슷한 듯 다른 인물이 등장한다는 점이다. 앞서 인용문에서 등장한 용골대의 동생 용율대가 바로 그 인물이다. 이 인물은 작품의 서사적 흥미를 위해 허구적으로 창조된다. 이 글에서는 용율대와 같은 인물 유형을 '파생 인물'이라 칭하겠다.

악인으로 대상화된 용골대와 더불어 용골대로부터 파생된 또 다른 악인, 즉 파생 인물을 추가하여 선악 인물 간 갈등을 심화하고 서사적 위기감을 고조하게 되는 것이다. 갈등이 심화되고 위기가 고조되면, 주지하듯 악인으로부터 발원한 문제가 해결될 때에 느끼는 통쾌함도 더욱 커진다. 파생 인물이 작품 속에 등장하게 된 이유가 여기에 있다.

이는 「박씨전」이 역사적 사실에서 벗어나 허구적 경향성을 바탕으로 서사적 구도를 갖춰가려는 과정에 있었음을 말해주는 것이다. 그리고 같은 맥락에서 용골대의 인물 형상이 역사 속 인물에서 서사 속 인물로 변해가고 있음을 보여주는 것이다. 그래서일까? 작품 속에서 용율대는 허구적으로 설정된 환상적 공간인 '피화당'을 매개로 등장한다.

> 호장 용골ᄃᆡ 졔 아오 율ᄃᆡ로 ᄒᆞ여곰 "장안을 직희여 물ᄉᆡᆨ을 슈습ᄒᆞ라." ᄒᆞ고 군ᄉᆞ를 모라 남한산셩의 에워ᄊᆞ는지라.
>
> 용율ᄃᆡ 장안을 웅거ᄒᆞ여 물ᄉᆡᆨ을 츄심ᄒᆞ니 장안이 물 셜틋 ᄒᆞ니, ᄉᆞᆯ기를 도망ᄒᆞ여 쥭는 ᄉᆞᄅᆞᆷ이 무슈ᄒᆞ더라. 피화당의셔 피란ᄒᆞᆫ ᄉᆞᄅᆞᆷ들이 이 말을 듯고 도망코ᄌᆞ ᄒᆞ거늘
>
> (…중략…)
>
> 율ᄃᆡ 합장비례 왈, "귀ᄃᆡᆨ 부인의 뉘신지 아지 못ᄒᆞ거니와 덕분의 ᄉᆞᆯ녀쥬옵소셔."
>
> (…중략…)
>
> 율ᄃᆡ 그 말을 듯고 ᄃᆡ로ᄒᆞ여 칼을 드러 계화를 치랴 ᄒᆞ되 경각의 칼 든 팔이 심이

업셔 놀닐 길이 업는지라. 하릴업셔 하날을 우러러 탄식 왈, "ᄃᆡ장뷔 셰상의 ᄂᆞ셔 만니타국의 ᄃᆡ공을 바라고 왓다가 오날날 조고마ᄒᆞᆫ 계집의 손의 쥭을 쥴 엇지 알니요."

계홰 우셔 왈, "불상코 가련ᄒᆞ다. 셰상의 장부라 위명ᄒᆞ고 날 갓튼 녀ᄌᆞ를 당치 못ᄒᆞ느냐. 네 왕놈이 쳔의를 모르고 예의지국을 침범코ᄌᆞ ᄒᆞ여 너 갓튼 구상유취를 보ᄂᆡᆺ거니와 오날은 네 명이 ᄂᆡ 손의 달녓시니 밧비 목을 늘이여 ᄂᆡ 칼을 바드라."

ᄒᆞᆫᄃᆡ 율ᄃᆡ 앙쳔탄왈, "천수로다."

ᄒᆞ고 ᄌᆞ결ᄒᆞ니 계홰 율ᄃᆡ의 머리를 베여 문 밧게 다니 이윽고 풍운이 이러ᄂᆡ며 쳔지명랑ᄒᆞ드라.[11]

「박씨전」은 실제로 존재한 적 없는 인물인 용율대를 등장시켜 피화당의 위력을 경험하게 한다. 피화당이라는 허구적 공간이 용율대라는 허구적 존재로 인해 부각된다. 허구적 사건이나 대상을 역사 속 실제 인물과 연결하는 것보다는 새로운 허구적 인물과 결부시키는 것이 더 용이했을 것이다.

이 글은 '서사문학'에서 '용골대의 인물 형상'이 얼마나 다양하게 나타나는지 살피는 것이 목적이다. 이러한 관점에서 보자면 「박씨전」은 매우 인상적이다. 「임장군전」에서 그 단초가 감지되던 '통속적 서사 속 악인으로의 대상화'가 「박씨전」에서는 본격적으로 나타나기 때문이다. 허구화가 더 혹은 덜 진행되었다는 정도의 차이뿐만 아니라, '파생 인물'의 유무라는 차이가 존재하기에 이를 명확히 증명할 수 있다. 「박씨전」에서는 용골대가 실제 역사 속 인물 형상에서 벗어나 다른 모습을 보여줌은 물론 파생 인물이라 할 수 있는 용골대의 동생 용율대를 등장시킴으로써 용골대를 그야말로 서사적 인물로 간주하려는 의지가 확고해진 것이다.

흥미로운 특징은 「박씨전」으로 끝나지 않는다. 용골대가 등장하는 여타 고

11 「박씨전」, 204~207면.

전소설에서도 용골대의 파생 인물이 어김없이 등장하기 때문이다. 심지어 「박씨전」보다 더 많은 수의 파생 인물이 등장한다. 그리고 이들 작품은 「박씨전」에 비해 허구적 성격이 훨씬 강하다. 파생 인물의 등장이 작품의 허구화 정도와 긴밀한 상관관계를 맺고 있음을 추론해볼 수 있는 대목이다.

이 장의 모두에서 밝힌 것처럼, 「임장군전」과 「박씨전」은 기본적으로 역사적 사실을 근간으로 한 작품이다. 「박씨전」이 「임장군전」에 비해 좀 더 허구화되었다고는 하지만 이 작품 또한 여전히 역사적 서사로부터 완전히 자유로울 수 없다.

이에 비하면 다음 장에서 다루려는 「백학선전」과 「현수문전」은 역사적 사실과 거의 무관한 작품들이라 할 수 있는데, 이들 작품에서 용골대의 파생 인물은 더 많이 그리고 더 다양하게 등장한다. 이는 작품이 병자호란이라는 역사적 사건에서 벗어나 허구적 서사의 소재로서 일반적인 전쟁을 그 무대로 하며, 작품의 서사적 맥락에 따라 자유롭게 인물 형상을 만들어가는 모습을 보여주게 되었음을 의미한다고 할 수 있다. 그 구체적 양상을 살펴보도록 하자.

2) 「백학선전」과 「현수문전」 통속적 영웅 서사의 악인형 인물로

「백학선전」과 「현수문전」은 역사적 사실을 근간으로 한 「임장군전」, 「박씨전」과 달리 온전히 허구적 서사로 채워진 작품이다. 그래서일까. 이들 작품 속 용골대는 「임장군전」, 「박씨전」에서 부분적으로 나타났던, 역사적 사실에 기반한 인물 형상을 전혀 보여주지 않는다. 악인으로 대상화된 용골대의 인물 형상만이 등장한다. 또한 용골대의 파생 인물이 더 확대된 형태로 나타난다. 「백학선전」에는 '용골대 삼형제'가 등장하며, 「현수문전」에서는 용골대가 없는 대신 용골대와 비슷한 이름의 적장 8명이 등장한다. 차례로 살펴보자.

「백학선전」은 신표인 백학선을 매개로 결연을 약속한 유백로와 조은하가 이별 후 온갖 고초를 겪다가 다시 만나 행복을 누리는 내용이다. 작품에는 오랑캐 가달이 중원을 침범하는 상황이 등장한다. 이에 유백로가 대원수로 출전하였다가 적에게 잡히게 되는데, 뒤이어 조은하가 출전하여 가달을 물리친다. 이본마다 다소 차이는 있지만, 용골대 삼형제는 이 과정에서 등장한다. 조은하는 용골대 삼형제, 곽달해 팔형제, 호장 마대영 등을 물리친 뒤 가달왕을 사로잡고 옥에 갇힌 유백로를 구한다.

이 작품에서 용골대는 역사 속 인물로서의 모습을 전혀 보여주지 않는다. 용골대는 그저 악인으로 대상화된 존재일 뿐이다. 심지어 악인의 형상 중에서도 그 영향력이 가장 미미하다. 가달국의 여러 장수 중 가장 먼저 등장해서 별다른 접전 없이 조은하에게 패배하게 된다. 용골대 삼형제가 각각 활약하는 것이 아니라 '삼형제'라는 이름으로 한데 묶여 형상화된 것도 같은 맥락에서 이해될 수 있다. 「백학선전」 속 '용골대'는 이제 더 이상 병자호란의 주역이었던 청나라 장수의 이름을 지칭하는 고유명사로 기능하지 않는다. 고전소설에서 상투적으로 등장하는 악인의 형상일 뿐이다.

용골대가 상투적인 악인의 형상으로 등장하는 모습은 「현수문전」에 와서 극대화된다. 이 작품에는 정작 '용골대'라는 이름의 인물은 등장하지 않는다. 그 대신 누가 봐도 용골대를 염두에 두었다고 생각되는 용골대와 유사한 이름의 인물들이 등장한다. 용골대는 나오지 않고 왜 그와 비슷한 이름의 인물들만 나온 것일까? '용골대'가 소설 속에서 워낙 상투화되어서 용골대가 필수적으로 등장하는 것이 무의미해진 것은 아닐까 생각해볼 수 있다.

이본마다 차이는 있지만, 이 글에서 살펴본 경판75장본의 경우 무려 8명씩이나 된다. 이 작품에서 송나라의 주변 국가들은 중원을 노리며 송나라를 빈번하게 침입한다. 그리고 송나라 새 황제의 어리석음으로 인해 주변 국가들이 현수문이 다스리는 위나라를 침략하기도 한다. 그러다 보니 군담이 빈출하는데, 그 과정에서 용골대의 '골대'를 딴 이름의 장수들이 등장한다. 이본마다 그 이름에는 조금씩 차이가 있지만 '골대'로 끝난다는 점은 같다. 용골대의 '파생 인물'이 여럿 등장하는 것이다. 경판75장본을 중심으로 파생 인물과 관련된 주요 사건을 간략히 소개하겠다.

진나라는 중원을 침범하는 오랑캐 중 하나이다. 진나라의 장수로는 '우골대'와 '마골대', '호골대'가 있는데, 진왕은 스스로 대원수가 되어 우골대를 선봉장으로 마골대를 후군장으로 호골대를 중군장으로 삼아 정예병 10만을 징발하여 황성으로 진군한다. 이들은 현수문과의 대결에서 불과 몇 합에 혹은 큰 접전 없이 패하고 목숨을 잃게 된다.[12]

송나라의 새 황제는 위왕 현수문을 마뜩찮게 생각한다. 그래서 새 황제는 서번왕에게 위나라를 치라고 명령한다. 서번국에는 '진골대'와 '구골대'가 있다. 서번왕은 진골대로 선봉장을 삼고 구골대로 후군장을 삼고 정예병 10만을 징발하여 위나라로 가서 새 황제의 군대와 연합하지만, 현수문에게 크게 망신을 당하고 전쟁에서 패한다.[13]

---

12 우골대가 세 장수 중 마지막으로 목숨을 잃게 된다. 그와 관련된 일부 내용을 소개하면 다음과 같다.
ᄎᆞ시 진왕이 현슈문의게 일군이 ᄃᆡ패ᄒᆞ믈 분노ᄒᆞ여 우골ᄃᆡ로 선봉을 삼고 싸홈을 도도ᄂᆞ 위왕이 진문을 크게 열고 말긔 올ᄂᆞ ᄃᆡᄆᆡ 왈, "너의 무도ᄒᆞᆫ 오랑캐 엇지 날을 당ᄒᆞᆯ소냐? 쌜니 나와 ᄂᆡ 칼을 바드라."
ᄒᆞ고 마ᄌᆞ 싸와 삼십여 합의 승부ᄅᆞᆯ 결치 못ᄒᆞ더니 우골ᄃᆡ 긔운이 진ᄒᆞ고 군ᄆᆡ 곤뇌ᄒᆞᄆᆡ 군을 도로혀 본진으로 다ᄅᆞᄂᆞ거ᄂᆞᆯ 위왕이 급히 ᄯᆞᄅᆞ니 적진이 사곡으로 지ᄂᆞᄂᆞᆫ지라. 믄득 사곡으로좃ᄎᆞ 방포 소ᄅᆡ 나며 일시의 불이 니러ᄂᆞ고 사면의 함성이 물 ᄭᅳᆯ틋ᄒᆞ거ᄂᆞᆯ 적진이 황겁ᄒᆞ여 셔로 항오ᄅᆞᆯ 찰히지 못ᄒᆞ고 사산분궤ᄒᆞᄂᆞᆫ지라. 진왕이 우골ᄃᆡᄅᆞᆯ 붓들고 계양츈을 도ᄅᆞ보아 왈, "이ᄅᆞᆯ 장찻 엇지 ᄒᆞ리오. 사면의 화광이 츙텬ᄒᆞ고 복병이 ᄃᆡ발ᄒᆞ니 비록 날ᄀᆡ 이셔도 살기ᄅᆞᆯ 도모치 못ᄒᆞ리로다."
ᄒᆞ고 방성ᄃᆡ곡ᄒᆞ니 장졸이 다 넉슬 닐코 아모리 ᄒᆞᆯ 쥴 모로ᄂᆞᆫ지라. 위왕이 불 니러ᄂᆞ믈 보고 승승장구ᄒᆞ여 적진을 싀살ᄒᆞ고 자룡검을 드러 우골ᄃᆡ의 머리ᄅᆞᆯ 버혀 나리치니 진왕이 우골ᄃᆡ의 쥭ᄂᆞᆫ 양을 보고 ᄒᆞᄂᆞᆯ을 우러러 통곡 왈, "텬지망ᄋᆡ요 비젼지죄라."
「현수문전」(경판75장본). 신해진 역주, 『경판방각본 현수문전』, 보고사, 2021, 208~209면.

13 진골대와 구골대가 패하는 장면의 주요 내용은 다음과 같다.
화젼을 급히 쏘니 성즁의 화렴이 창텬ᄒᆞ여 모도 불빗치라. 적군이 견ᄃᆡ지 못ᄒᆞ여 화렴을 무릅쓰고 다ᄅᆞ나더니 ᄯᅩ 위왕의 진을 만나ᄆᆡ 정신을 차리지 못ᄒᆞ고 셔로 즛바라 쥭ᄂᆞᆫ ᄌᆡ 불가승쉬라. 진골ᄃᆡ 탄왈, "위왕은 만고영웅이라 인역으로 못ᄒᆞ리로다."
ᄒᆞ고 항복ᄒᆞ여 왈, "우리 왕이 굿ᄒᆞ여 싸호려 ᄒᆞ미 아니오 텬자의 시기미니 바ᄅᆞ건ᄃᆡ 위왕은 잔명을 살니소셔."
위왕 왈, "셔번이 과국과 본ᄃᆡ 친ᄒᆞ고 혐의 업기로 노와 보ᄂᆡ거니와, 차후는 아모리 텬자의 조셰 이시나 긔병ᄒᆞᆯ 의ᄉᆞᄅᆞᆯ 먹지 말나."
ᄒᆞ고 돌녀 보ᄂᆡ니라.

이 작품에서 중원에 가장 큰 위협을 주는 것은 흉노 북호北胡이다. 이들이 황성까지 쳐들어와서 결국 황제는 밤에 구리산으로 도망가고 그곳에 고립된다. 이때 북호의 장수는 '왕굴통'이다. 비록 '골대'를 따른 이름은 아니지만, 용골대라는 이름과 유사하다. 왕굴통은 엄청난 위력의 장수였지만 결국 현수문에 의해 불과 몇 차례의 승부로 죽게 된다. 황제가 구리산에 고립된 것이 병자호란 때 인조가 남한산성으로 피신한 상황을 연상시키기도 하지만, 이 상황은 고전소설에서 중원의 군주가 위기에 처할 때 볼 수 있는 통상적인 설정이라고 보는 것이 적합하다.[14]

마지막으로 '아골대'와 '신골대'이다. 이들은 여진국의 장수이다. 여진국도 역시 중원을 침범한다. 송나라는 위기를 맞지만 현수문에 의해 그 위기로부터 벗어난다. 현수문과 여진국 간의 군담은 비교적 긴 편이지만, 여진국 장수들이 현수문의 존재에 겁을 잔뜩 먹고 전쟁에서 패하는 것은 마찬가지이다.

용골대의 인물 형상을 고찰하는 이 글에서 「현수문전」이 흥미로운 이유는, 이 작품에서 무려 8명의 용골대 파생 인물이 등장했기 때문이다. 「현수문전」에서 용골대는 비슷한 이름의 인물 8명으로 등장하여 상투적 악인의 전형적

(…중략…)

구골ᄃᆡ 크게 놀나 아모리 ᄒᆞᆯ 쥴 모로더니 믄득 산상의셔 방포 소ᄅᆡ 나며 불이 ᄉᆞ면으로 니러나며 시석이 비오듯 ᄒᆞᄂᆞᆫ지라. 구골ᄃᆡ 앙천ᄃᆡ왈, "ᄂᆡ 엇지 이곳의 드러와 쥭을 쥴을 알니오." ᄒᆞ고 쥭기로써 화렴을 무릅쓰고 산문을 ᄂᆞ니 ᄯᅩ 좌우로좃차 함셩이 ᄃᆡ진ᄒᆞ고 쫏쳐오니 구골ᄃᆡ 능히 ᄃᆡ적지 못ᄒᆞ여 투고를 벗고 말긔 ᄂᆞ려 복지ᄒᆞ며 살기를 빌거ᄂᆞᆯ 위왕이 크게 ᄭᅮ짓고 즁곤 삼십을 쳐 ᄂᆡ치니 구골ᄃᆡ가 ᄇᆡᆨᄇᆡᄉᆞ례ᄒᆞ고 도ᄅᆞ가다가 인ᄒᆞ여 쥭으니, …….
「현수문전」(경판75장본). 신해진 역주, 앞의 책, 217~218면.

14 왕굴통과 관련한 주요 장면을 인용하면 다음과 같다.
굴통이 승셰ᄒᆞ여 물 미듯 드러오니 황졔 ᄃᆡ경실ᄉᆡᆨᄒᆞ여 성문을 구지 닷고 나지 아니니 굴통이 군을 ᄌᆡ촉ᄒᆞ여 황성을 겹으로 싸고 엄살ᄒᆞ니, 뉘 능히 당하리오.

(…중략…)

ᄎᆞ시 텬ᄌᆡ 적진의 싸이어스ᄆᆡ 양최 진ᄒᆞ여 시신이 만히 쥬려 쥭ᄂᆞᆫ지라. 샹이 앙텬탄식ᄒᆞ며 항코져 ᄒᆞ더니 믄득 틔글이 니러나며 ᄃᆡ진이 풍ᄀᆞᆺ치 모ᄅᆞ 와 굴통으로 싸호거ᄂᆞᆯ 샹이 성누의 올나 자시 보니 다란 이 아니오 곳 위왕 현슈문이라. 자룡검이 니ᄅᆞᄂᆞᆫ 곳의 장졸의 머리 츄풍낙엽 ᄀᆞᆺ더니 슈합이 못ᄒᆞ여 굴통의 ᄆᆞ리 마ᄒᆞ의 ᄂᆞ려지ᄂᆞᆫ지라.
「현수문전」(경판75장본). 신해진 역주, 앞의 책, 219~221면.

면모를 드러냈다. 이렇게 많은 수의 파생 인물을 등장시켰다는 점도 그러하지만, 그 인물들이 하나같이 주인공에 의해 무력하게 패배하고 만다는 점도 흥미롭다. 이 또한 상투적 악인의 전형적 면모이기 때문이다.

요컨대 「백학선전」, 「현수문전」에서 용골대는 역사적 인물로서의 존재감을 완벽히 벗어버리고 영웅 중심의 통속적 서사에서 악인의 대명사가 된다. 용골대 혼자가 아니라 용골대 형제, 용골대와 비슷한 이름의 여러 장수로 파생 인물을 만들어낸 설정 자체가 위와 같은 인물 형상의 변화가 있었기에 가능했을 것이다. 주지하듯 악인이 특정한 존재 한 명으로 초점화되지 않고 여러 명의 악인이 등장하여 그 관심이 분화될수록, 악인으로서의 개별적 위상은 낮아지며 선악의 대결 또한 패턴화되는 양상을 띠게 되기 때문이다. 허구적 상상력이 지배적인 이들 작품에서 용골대는 이제 서사적 존재로 완전히 변신하게 된다. 이런 작품에서 용골대에 대한 긴장감은 찾아보기 어렵게 되었다.

허구적 상상력이 지배적인 작품 속에서 용골대는 역사 속 인물의 면모와 정반대의 방향으로 그 인물이 형상화되었음을 확인하였다. 그리고 이는 역사적 사실을 기반으로 한, 앞선 두 작품「임장군전」, 「박씨전」과 좋은 대비를 이룬다. 결과적으로 용골대의 인물 형상은 역사적 사실의 자장 안에 있던 작품과 그 자장으로부터 멀리 떨어진 작품에서 다르게 이루어졌음을 확인하였다.

추정컨대 고전소설 속 용골대의 인물 형상은 큰 틀에서 이 두 축 사이에서 움직이지 않았을까 생각된다. 왜냐하면 마저 다뤄 볼 「배시황전」의 경우, 이들 네 작품과 결이 다소 다르며 오히려 설화와 유사한 면모가 확인되기 때문이다. 이에 「배시황전」은 이들 네 작품과의 동이同異와 더불어 설화와의 관련성을 바탕으로 살펴보고자 한다. 동시에 III장의 결론도 대신하고자 한다.

3) 「배시황전」 설화 속 용골대와 유사한 인물 형상

주지하듯 「배시황전」은 조선 군사가 청나라 군사와 연합하여 출전했던 '나선정벌'의 전말을 '배시황'이라는 허구적 주인공을 내세워 서사화한 작품이다.[15] 이 작품에 용골대가 등장하는데, 작품은 역사 속 실존 인물 용골대가 아니라 장수의 대명사로서 인식되는 용골대를 가져온 것으로 보아야 한다. 실제 역사에서 나선정벌과 용골대는 아무런 관련이 없기 때문이다. 따라서 서사문학에서 청나라 장수의 대명사가 되어 버린 용골대가 역으로 이 작품의 실제 역사적 사건에 부회附會되었다고 보아야 할 것이다.

이 작품은 용골대와 그 파생 인물의 측면에서 앞선 네 작품들과는 차이가 보인다. 첫 번째 차이는 앞선 네 작품과 달리 용골대가 주인공과 협력 관계에 있다는 점이다. 용골대는 청나라 원수로서 조선 군사와 연합하는 주체로 등장한다. 악인이 아니라 협력자로 등장했다는 사실이 매우 인상적이다.

선악의 벽이 사라지고 용골대는 주인공과 같은 편이 되었다. 더구나 시종일관 무뚝뚝한 면모를 보이던 용골대는 승전 이후 배시황을 자기 집으로 초대하고 가족을 소개하기까지 한다. 조선군에게도 적절히 사례한다. 연합군 초기에는 서로 의심과 갈등도 있었지만, 결국 용골대는 동지로서 자신의 인간적인 면모를 드러내게 된 것이다.

두 번째 차이는 첫 번째 차이와 일정한 관련을 맺고 있다. 능력과 태도의 측면인데, 용골대가 무기력한 모습을 보여준다는 점에서는 앞선 네 작품과 유사하지만 그가 다소 희화화된다는 점에서는 네 작품과 결을 달리한다. 그는 연합군의 총책임자로 등장하는데 무모한 작전으로 연전연패한다. 그의 언행이 희화화되기도 한다. 앞선 네 작품 속 포악하면서도 주인공에게는 무기력한 용골대의 서사적 형상과는 분명 다르다.

---

15 이 글에서는 국립중앙도서관 소장본 「빅시황전」(김기현, 『박씨전, 임장군전, 배시황전』, 고려대 민족문화연구소, 1995, 295~327면)을 참조하였다. 아울러 「배시황전」과 관련한 기존 연구로는 다음의 논문을 참조하였다. 권혁래, 「「빅시황전」 연구」, 『고소설연구』 제3집, 한국고소설학회, 1997, 209~246면; 송하준, 「「북정록」의 소설화 과정과 그 성취」, 『고소설연구』 제12집, 한국고소설학회, 2001, 323~353면; 김일환, 「북정(北征)의 기억」, 『한민족문화연구』 제66집, 한민족문화학회, 2019, 7~46면.

세 번째 차이는 — 표면적으로는 공통점으로 볼 수 있을 듯하나 — 용골대의 파생 인물로 청나라 부수副帥 '부골대'가 등장한다는 점이다. 파생 인물이 등장한다는 점은 앞선 작품들과 같지만, 형제 관계가 아니면서 원수와 부수 관계로 두 명의 인물이 등장하는 것은 달리 볼 필요가 있다. 이는 실제 역사 속 인물인 '용골대'와 '마부대'로부터 영향을 받았을 가능성이 있기 때문이다. 그렇다고 해서 이 작품 속 용골대와 마부대가 병자호란을 주도했던 실제 역사 속 모습을 하고 있다는 말은 아니다.

이 세 가지를 고려하면 「배시황전」 속 용골대와 파생 인물은 위 네 편의 고전소설 속 인물 형상, 즉 1-1유형도 1-2유형도 아닌 새로운 유형이라고 할 수 있다. 그렇다면 이 새로운 유형은 어떻게 해석해야 할까?

이 글에서는 이 유형의 특징이 4장에서 다룰 설화 속 용골대 및 파생 인물의 특징과 상당히 닮았다고 보았다. 설화 속 용골대는 고전소설 1유형과 달리 무조건적인 악인으로 등장하는 경우가 없다. 악인으로 등장하지 않을 뿐만 아니라 때로는 우리와 동질적인 존재로 형상화되기도 한다. 또한 주인공에 의해 무기력하게 패하는 존재가 아니라 능력이 다소 부족한 존재, 그렇기에 때로는 조선에 협력을 청하는 존재로 그려진다. 그뿐만이 아니다. 용골대 혼자 등장하는 경우도 있지만 용골대와 마부대, 즉 실제 역사에 함께 등장했던 인물들이 동시에 거론되는 경우도 있다.

이러한 점을 인정할 수 있다면, 「배시황전」은 매우 독특한 설정을 시도한 작품이라 할 수 있다. 나선정벌이라는 역사적 사건을 서사화하면서 이 사건과 관련이 없는 역사적 인물 용골대를 결합했기 때문이다. 그런데 이때 용골대의 인물 형상은 역사 속 그것이 아니라 서사문학 속, 특히 설화 속 그 모습과 닮아있다. 이 엉뚱한 조합은 실제 역사적 사실에 대한 왜곡된 이해를 낳았을 수 있다. 그러나 서사적 관점에서 그 오류는 그리 심각한 문제가 아니다. 오히려 이러한 엉뚱한 조합으로 인해 인물에 대한 새로운 이미지가 만들어지고, 그것이 새로운 서사의 동력으로 작용했을 가능성이 높기 때문이다.

지금까지 고전소설 속 용골대의 인물 형상에 대해 살펴보았다. 용골대 인물 형상의 스펙트럼이 매우 넓음을 확인할 수 있었다. 실제 역사 속 인물 형상을 전연 배제하지 못하면서도 허구적 서사 속 인물 형상의 가능성을 연 「임장군전」과 「박씨전」, 실제 역사 속 인물 형상으로부터 완벽히 탈피하여 통속적 영웅 서사의 전형적 악인으로 용골대를 대상화한 「백학선전」과 「현수문전」을 통해 용골대의 인물 형상이 역사와 허구를 넘나들며 자유롭게 만들어졌음을 확인하였다.

「배시황전」은 그 소재적 특수성으로 인해 다소 다른 방식의 이해가 필요했다. 더욱이 이 작품 속 용골대의 인물 형상은 설화와의 친연성이 매우 높아 보였다. 이에 「배시황전」은 역사를 기반으로 한 서사 작품에 설화에서 형상화된 용골대의 면모가 부회附會된 것으로 분석하였다. 중요한 것은 이 작품 또한 용골대의 인물 형상이 역사와 허구를 넘나들었음을 증명하고 있다는 사실이다.

4. 설화 속 용골대 인정받지 못하는 인물들을 대변하는 존재

3장에서는 고전소설에 나타난 용골대의 인물 형상에 대해 살폈다. 역사 속 실존 인물 용골대로부터 벗어나 허구적 서사의 전형적인 악인형 인물이 된 모습을 확인할 수 있었다. 4장에서는 설화에 나타난 용골대에 주목하였다. 설화 속 용골대도 고전소설과 마찬가지로 역사 속 실존 인물 용골대가 아닌, 작품 속에서 새롭게 형상화된 인물이라 할 수 있다. 그러나 고전소설 속 인물 형상과는 전혀 다른 맥락을 형성하고 있다.

우선 악인으로 대상화되지 않는다는 점을 꼽을 수 있다. 적대 관계에 있더라도 악한 인물로 형상화되지 않는 편이며, 선악의 도식이 무의미한 캐릭터로 존재하기도 한다. 심지어 용골대가 원래 조선인이었다는 설화도 있다. 이렇듯 고전소설 속 악인 형상과는 큰 차이를 보인다.

다음 특징으로는 — 조선의 설화이기 때문에 당연한 얘기일 수 있지만 — 용골대의 인물 형상은 대개 조선인과의 만남을 통해 구체화된다는 점을 지적할 수 있다. 용골대가 등장하는 설화에는 꼭 조선의 비범한 인물이 등장한다. 이 만남을 통해 용골대는 그 인물의 비범함을 경험하고 그것을 인정하는 모습을 보여준다.

설화에 등장하는 용골대의 이러한 특징은 무엇을 의미하는 것일까? 설화 속 용골대의 인물 형상을 '조선인의 비범함을 감지하는 존재'와 '비범한 조선인을 알아보고 함께하려는 존재'로 나누어 살펴보도록 하겠다.

1) 조선인의 비범함을 감지하는 존재

첫 번째 설화로 경기도 성남 지역에 전하는 '벽암대사와 용골대' 이야기를 들고자 한다. 벽암대사는 무과에 응시하여 장원급제한 인물로, 병자호란을 예견하여 불과 3년 만에 남한산성을 쌓는다. 용골대는 벽암대사가 장원급제할 때 그와 최종까지 겨룬 인물로 등장한다. 용골대가 조선을 염탐하기 위해 조선에 왔다가 무과에도 응시를 했던 것이다.

훗날 용골대는 병자호란이 일어났을 때 벽암대사와 치열한 전투를 벌이는 적장으로 다시 등장한다. 그런데 이때 용골대는 벽암대사가 전날 전투에서 자신을 살려준 것에 감사하며, 그 보답으로 오늘은 이만 물러간다는 편지를 남기고 약속한 싸움터에는 나타나지 않았다. 치열한 전투의 현장에서 조선 장수의 능력을 경험하고 그의 비범함을 감지한 것이다.[16]

다음으로 경상북도 의성군 신평면에는 '이인異人과 호장 용골대'라 이름 붙일 수 있는 설화를 언급하고자 한다. 이 이야기에는 신평면에 살며 비상한 재주를 보이고 글 읽기를 좋아하는 김복선이라는 인물이 등장한다. 김복선은 임진왜란 때 — 마치 피화당을 만든 박씨 부인을 연상시키는 — 신이한 능력

16 디지털성남문화대전. http://seongnam.grandculture.net/seongnam/toc/GC00100301 검색일 : 2021.8.10.

으로 왜군을 몰아낸다. 그리고 병자호란 때에는 용골대를 마주하게 된다.

용골대는 김복선을 상대하며 제대로 대응 한 번 하지 못하고 물러난다. 그러고는 부하들에게 그가 '조선의 유일한 지사이며 이인'이라고 설명한다. 만약 대적하였으면 우리 모두 목숨을 잃었을 것이기에 욕설을 듣고 헤어진 것만도 다행이라는 말도 덧붙인다. 역시나 이 설화에서도 용골대는 김복선이라는 조선인의 비범한 면모를 감지한다.[17]

다음은 '박엽朴燁과 용골대·마부대'와 관련한 설화이다.

(박엽은) 군읍郡邑을 다스림에 미쳐서는 위엄과 명령이 몹시 높아서 관청 일이 그 자리에서 결정되고, 광해군의 동서로서 관서백關西伯이 된 지 10년에 이 지역에 위엄을 떨쳤고, 북쪽 오랑캐도 또한 그를 두려워하여 감히 국경을 넘어오지 못하였다. 일찍이 막비幕裨를 불러 술과 안주를 주면서 말하기를,

"너는 이것을 가지고 중화 구현駒峴으로 가서 기다리고 있으면 반드시 두 사람의 건장한 사나이가 채찍질하며 말을 타고 지나갈 것이니, 내 말로 전하기를 '너희들이 우리나라에 왕래하는 것을 아무도 모르는 줄 알지만 나는 이미 알고 있다. 행역이 참으로 괴롭겠기로 술과 안주를 보내는 것이니 취하게 마시고 속히 돌아가도록 하라'고 하라."

하였다. 막비가 즉시 가서 기다리자 과연 두 사람이 지나므로 박엽의 말로 전하니 두 사람이 서로 돌아보면서 실색하여 말하기를,

"장군은 신인神人이로다. 우리가 어찌 감히 다시 오리오."

하고는 술을 마시고 사라지니 이들은 곧 용골대와 마부대로 몰래 우리나라에 잠입하여 허실을 정탐함이었는데 박엽만이 그 사실을 알았던 것이다.[18]

17 박영준 역, 「이인과 호장 용골대」, 『한국설화·전설대전집(韓國說話·傳說大全集)』, 대양사, 1978, 311~315면.

18 及治郡邑에 威令甚峻하야 官事立辦하고 以光海之同壻로 爲關西伯十年에 威振一路하고 北虜亦畏之하야 不敢越境이러라 嘗呼幕裨하야 給以酒肴曰 汝持此하고 往中和駒峴留待則必有二健夫執策而過者리니 以吾言으로 傳諭曰 汝輩之來往我國을 謂人莫之知而吾則已知之라 行

위 이야기는 염탐을 위해 조선으로 몰래 넘어오는 용골대와 마부대를 박엽만이 유일하게 알고 있었다는 내용이다. 박엽의 신이한 면모를 강조하는 것에 초점이 맞춰져 있어서 잘 드러나지는 않지만, 벽암대사와 김복선 설화에서 봤던 것처럼 용골대는 조선인 박엽의 비범함을 깨닫고 그의 면모에 흠칫 놀라게 된다.

이렇듯 용골대가 조선인의 비범한 면모를 감지하는 이야기는 왜 전승되었을까. 사실 위 설화들은 모두 주인공이 용골대가 아니라 조선인이다. 벽암대사, 김복선, 박엽의 비범한 면모를 드러내려는 목적의 이야기이다. 조선의 비범한 인물을 통해 조선에 대한 자부심을 드러내고자 한 것이다.

그래서 이들 설화에서 용골대가 어떻게 형상화되었는가를 고찰하기 위해서는 왜 용골대가 비범한 인물의 상대자로 소환되었을까 생각해볼 필요가 있다. 이 경우 역시나 가장 먼저 떠오르는 것은 용골대가 조선에 강한 인상을 남긴 청나라 장수라는 점이다. 이렇게 막강한 장수조차 인정할 정도로 주인공이 비범한 존재임을 강조하고 싶어서 용골대를 불러냈을 것이다.

따라서 조선인의 비범함을 감지하는 것까지만 이야기가 전개되는 설화에서는, 비록 이야기의 표면에는 잘 나타나지 않지만, 용골대에 대한 막연한 두려움이 전제되어 있었을 가능성이 높다. 용골대가 여전히 두려운 존재였다는 얘기가 된다. 이렇게 조선인의 비범함을 비유하기 위해 용골대가 활용되었기 때문에 이때 용골대는 이야기에서 능동적인 주체로 등장하지는 않는다. 마치 장계와 일기 혹은 역사적 사실에 기반한 고전소설에서 용골대의 인물 형상이 등장할 경우, 용골대가 서사의 주체로 부각되지 않았던 것과 같은 이치이다.

役良苦하리니 爲送酒肴하야 可一醉而速歸也하라 幕客이 卽往而待之하니 果有二人之過者어늘 以燁言으로 傳之하니 二人이 相顧失色曰 將軍은 神人也라 吾輩何敢更來리오 因飮酒而去하니 此는 卽龍骨大馬夫大潛來我國하야 爲探虛實而燁獨知之러라.『동야휘집(東野彙輯)』(강효석, 이민수 역,『대동기문(大東奇聞)』中, 명문당, 2000, 223면).

2) 조선인의 비범함을 알아보고 함께하려는 존재

앞서 살펴본, 조선인의 비범함을 '감지하기만' 하는 용골대는 서사에서 능동적인 모습을 보여주지 않았다. 그런데 비범함을 감지하는 것에서 나아가 그러한 조선인과 무언가를 함께하려는 모습으로 용골대가 등장하는 경우가 있다. 이런 사례가 '감지하기만' 하는 경우보다 더 많은 것을 보면, 2절에서 파악하는 용골대의 인물 형상이 설화에서 좀 더 보편적으로 받아들여지는 것이었다고 추정해볼 수 있을 것이다. 하나씩 살펴보자.

『계압만록』에는 이른바 '우풍헌 이야기'가 있는데, 이 이야기에 용골대가 등장한다. 우풍헌은 조선인으로, 비상한 능력을 가졌지만 숨기고 살다가 병자호란으로 나라가 위기에 처하자 남한산성에 가서 군사를 빌려 호병胡兵을 섬멸하려 한다. 이때 우풍헌을 본 금나라 왕이 자신의 휘하에 있는 장수 용골대에게 감히 자신의 앞을 당당히 지나가는 저 사람이 누구인지 묻는데, 용골대는 그가 신출귀몰의 재주를 가져서 금나라 군대에서는 당해낼 자가 없는 우풍헌이라는 인물이라고 대답한다. 용골대는 우풍헌이 군사를 얻으면 금나라 군대가 모두 패배할 것이라고 걱정하면서도, 조선에서는 인재를 등용하지 않기 때문에 우풍헌이 군사를 빌리지 못할 것이라 예상한다. 금나라 왕은 용골대에게 우풍헌이 돌아가는 길에 만날 수 있게 해달라고 부탁했고, 만나게 된다면 그를 설득해 장수로 삼겠다고 말한다. 남한산성에 들어간 우풍헌은 용골대의 예상대로 군사를 빌리지 못한다. 조선의 대신들은 하나같이 그가 허황된 말을 한다며 듣지 않았다. 우풍헌은 돌아오는 길에 금나라 왕을 만나게 되고, 금나라 왕은 그에게 금나라와 함께하자는 제안을 한다. 그러나 우풍헌은 거절한 뒤 진영을 나오고, 몇 걸음 뒤 사라진다.[19]

이 이야기에서 용골대는 조선인인 우풍헌을 청나라 장수로 삼고 싶어 한다. 그의 비범함을 알아보고 피아彼我를 떠나 그를 자신의 편으로 만들고 싶은

19 정명기 편, 「계압만록(鷄鴨漫錄)」, 『한국야담자료집성(韓國野談資料集成)』 8, 경인문화사, 1987, 234~236면.

것이다. 이러한 모습은 다른 설화에서도 찾아볼 수 있다.

계해1623년 삼월에 인조가 반정한 뒤, 박엽이 등불 아래 홀로 앉아 칼을 어루만지며 탄식하고 있는데 창밖에서 기침 소리가 들렸다.

엽이 물었다. "누구냐?"

"아무개올시다." / "무슨 일로 왔는고." / "공은 장차 어떤 계책을 세우시렵니까?"

"나에겐 정해둔 계책이 없으니 어디 자네에게 물어보세."

"상책과 중책과 하책이 있으니 청컨대 이 중에서 택하십시오."

"무엇이 상책인고."

"군사를 일으켜 스스로를 방어하고 북으로 금나라와 내통하십시오. 그러면 임진강 서쪽은 조정의 국토에서 떨어져 나올 것이며, 또 아래로 위타尉佗처럼 황제를 칭할 수 있을 것입니다."

"무엇이 중책인가."

"급히 병사 삼만 명을 동원하여 제가 그들을 거느리고 서울로 진격하게 하신다면 누가 이길지 알 수 없습니다."

"하책은 무엇인고."

"공은 대대로 나라의 녹을 받은 신하이니 순순히 나라의 명을 받드는 것이 가한 것입니다."

박엽이 한참을 깊이 생각하다가 한숨을 쉬고 탄식하며 말했다.

"나는 하책을 따르겠다."

그러자 그는, "그러면 저는 이제부터 종적을 감추겠습니다."

하고는 간 곳을 알지 못했다. 어떤 사람은 그가 용골대였다고도 말한다.[20]

---

20 癸亥三月에 仁祖反正後에 燁이 獨坐燭下하야 撫劒發嘆이러니 窓外에 有咳嗽聲이라 問 誰也오 對曰 某也로라 曰 胡爲而來오 曰 公이 將何以爲計오 曰 吾無定算하니 試問於汝하노라 對曰 有上中下策하니 請擇於斯하라 曰 何謂上策고 曰 擧兵自衛하고 北通金人則臨津以西는 非朝家之有也오 且下不失尉佗之計也니라 曰 何謂中策고 曰 急發兵三萬人하야 使吾將之하야 鼓行而東則勝敗를 未可知也니라 曰 何謂下策고 曰 公은 世祿之臣也라 順受國命이 可矣니라

어떤 이가 박엽에게 진지하게 제안을 한다. 상책, 중책, 하책을 하나씩 설명하고 그중 하나를 선택할 것을 요구한다. 이에 박엽은 하책을 선택하고 결국 죽음을 맞는다. 그런데 설화에서는 이 제안을 한 이가 용골대였을 것이라고 간접 화법을 통해 말해준다.

상책과 중책은 박엽이 신하로서의 도리를 저버려야만 하는 선택이었지만, 한편으로 박엽이 목숨을 건질 뿐 아니라 권력을 손에 넣을 수도 있는 선택이었다. 그런데 박엽이 상책과 중책을 택하지 않고 하책을 택하자 용골대는 종적을 감추게 된다. 이를 통해 용골대는 박엽이 상책과 중책 중 하나를 택하여 본인과 힘을 합치기를 바랐던 것이라 해석할 수 있다. 용골대가 능력과 절의를 모두 갖춘 박엽을 자기 편으로 끌어들이고 싶었던 것이다.

박엽과 용골대 사이의 일화는 여러 개가 있는데, 『한국구비문학대계』의 채록 기록 중에도 이처럼 용골대가 박엽에게 힘을 합쳐 거사를 도모해보자는 일화가 나온다. 더구나 이 채록에는 용골대와 마부대가 등장하며, 그들이 평양감사가 된 박엽의 수하에 들어온다는 이야기도 나온다.

채록 그 쪼끔 있더니 말바리 소바리가 닥치는데 그 금방 먹을 음식, 또 장차 먹을 음식, 돈이며 피륙이며 쌀이며 당최 굉장히 들어와요. 하구선 썩 들어와서 절을 하군,

"소인이 인제는 소원을 풀었입니다. 전부텀두……."

그게 누구냐 해면 용골대야. 야중에 청나라에 가가주군 우리나라에 선봉으로 나온 용골대 마부대 그 두 사람 중에 한 사람이란 말야.

"그 나두 참다 견디다 못해 할 수 없이 훼절을 했다. 하하하."

이렇게 농담을 했었어. 늘 간청해기를 베슬길에 나가라는 게야. 나가서,

"서방님이 대장이 되시구 소인이 선봉장이 된다며는 어느 나라는 못 치며 어느

燁이 沈吟良久에 喟然嘆曰 吾從下策하리라 ヨ 小的은 從此逝矣라하고 仍不知處하니 或傳此是龍骨大云이러라 『동야휘집(東野彙輯)』(강효석, 이민수 역, 앞의 책, 225~226면).

군사는 못 깨치겠읍니까. 그러니까 우리 큰일 좀 해보십시다."

"에이 안 된다 안 된다."

늘 그렇게 빽새우구 그 무슨 금전에 원조를 줘두 영 사절하구 받들 안 했어. 그러다가 그 부인이 흙 먹다가 우는 걸 보구 고만 할 수 없이 그 훼절을 한 게야.

그래 야중엔 펭양감사 가잖았오. 그 얼마 안가서. 박엽이가 평양감살 갔지.

갔는데 이제, 마부대 용골대가 다 거기 와서 수하에 심부름하구 이제 참 군사두 조련시키구 이렇게 됐어.[21]

용골대가 평양감사의 수하에 들어왔다는 이야기는 위 이야기 말고도 또 있다. 『한국구비문학대계』의 또 다른 채록 기록에 용골대가 평양감사의 비장으로 등장한다.[22] 이들 설화에서 용골대는 청나라 장수로 불리기는 하지만, 이미 그 정체성은 많이 희석되었다. 그보다는 조선의 비범한 인물과 함께하고자 하는 모습이 더욱 강조된다.

국적에 개의치 않고 비범한 인물을 알아보고 그와 함께하려는 용골대의 인물 형상이 만들어진 이유를 무엇이라고 추측해볼 수 있을까? 우풍헌과 박엽의 존재, 그리고 그들을 대하는 국가 권력의 태도를 통해 일말의 단서를 얻을 수 있다.

우풍헌은 세상을 주름잡을 능력과 재주를 지녔지만 숨기고 살았다. 용골대는 그가 군사를 모아 호병을 섬멸할까 두려워했다. 그러나 크게 걱정하지는 않았다. 조선이 인재를 등용할 리가 없다는 것을 잘 알고 있었기 때문이다. 박엽과의 일화 또한 같은 맥락에서 해석해볼 수 있다. 박엽은 분명 비범한 존재인데 국가 권력은 그를 제거하려 하고, 용골대는 그런 그가 죽기보다는 자신과

---

21 「박엽과 용골대」, 『한국구비문학대계』 4-3, 201~205쪽. 채록지 : 외암리, 채록자 : 서대석, 구연자 : 이용정.

22 「평양감사와 용골대」, 『한국구비문학대계』 1-7, 536~540면. 채록지 : 상방2리 고창, 채록자 : 성기열, 정기호, 구연자 : 신의하.

함께하기를 바라기 때문이다.

요컨대 용골대가 조선인의 비범함을 알아보고 그와 함께하자고 제안을 하는 모습에서, 하물며 적군 장수도 알아보는 인재를 우리의 국가 권력이 알아보지 못함을 지적하고 싶었던 것은 아닌가 하는 추측을 해볼 수 있다.

이러한 추측은 다음의 설화를 통해 더 확고해질 수 있다. 충남 서천 지역에는 용골대와 관련한 설화들이 적잖이 유통되었던 것으로 보인다.[23] 1990년대에 조사한 자료에 따르면 이곳에는 다섯 종 정도의 용골대 관련 설화가 존재한다. '월명산의 업동이 용골대 망골대', '용골대 망골대 장수가 고누 두던 바위', '중국으로 건너간 용골대 망골대', '용골대 망골대가 이 잡아 죽인 바위', '박씨 부인 도움으로 임경업과 싸움을 면한 용골대와 망골대' 등이 그것이다. 그중 '월명산의 업동이 용골대 망골대'의 주요 내용은 다음과 같다.

> 어느 땐가 새벽에 닭 우는 소리가 나서 나가봤더니 아기가 있어서 아기를 데려다 키웠는디. 아기가 커 가지고 장성해 가지고, 백제 땐가, 언젠가 무슨 벼슬을 달라고 한게, 하직이여, 제일 말단. 벼슬은 달라고 한게 거기 반대하고서, 그래 중국 가서 여기 한국을 쳐들어왔다고 했었다고 하는 용골대 망골댄가 하는 전설이 있었는디 자세히 모르겠어.
>
> 구술자 : 판교면 다사리 유연례(여, 49), 구술 시기 : 1997년

용골대인지 망골대인지는 확실하지 않지만, 그 인물이 원래 백제 때인가 이곳에 살았던 사람인데 능력에 맞는 대접을 받지 못해서 중국으로 건너가 조선에 쳐들어오게 되었다고 구술하고 있다. 이 설화에서는 용골대를 아예 우리나라 사람으로 상정하였다. 그리고 우리 사회가 이런 뛰어난 장수를 알아보지 못해 다른 나라로 떠나보냈다고 설명한다. 용골대의 국적을 떠나, 그

23 서천군, 『서천군지』 1, 서천군지편찬위원회, 2009, 557~584면. 이 자료는 서천군청 홈페이지를 통해서도 열람할 수 있다.

를 세상이 알아주지 않는 존재로 설정한 것이다.

인재를 알아보지 못하는 우리 사회의 모습은, 능력 있는 존재를 만나면 적극적으로 함께하려는 용골대의 모습과 대비된다. 이렇게 볼 때 이들 설화는 불평등한 현실을 직시한 향유자들이 능력 본위의 세상이 펼쳐지기를 바라는 마음에서 전승하였을 것이다. 이들 설화에서 용골대는 능력을 제대로 알아보는 긍정적인 인물로 형상화된다. 청나라 장수에 대한 분노와 적개심은 전혀 찾아볼 수 없다. 이러한 변화는 어떻게 가능했던 것일까?

이는 청나라와의 혹은 외부 세력과의 대결에서 능력 부족으로 처절하게 무릎을 꿇어야 했던 위정자들에 대한 원망이 그 출발점이었을 것이다. 그리하여 그 대결에서 승리했던 용골대에게 능력 본위의 가치를 중시하는 인물 형상을 부여하고, 그에 대해 호의적인 인식을 갖게 되었으리라고 본다. 그가 심지어 원래는 조선인이었다는 발언을 통해 이러한 해석에 보다 확신을 가질 수 있을 것이다.

이들 설화에서 용골대는 비교적 능동적인 모습을 보여준다. 그래서 앞서 '조선인의 비범함을 감지하기만 하는 용골대'와는 서사적 비중에서 차이를 드러낸다. 이에 따라 설화가 표출하고자 하는 문제의식에도 적극적으로 개입한다. 용골대는 우리에게 굴욕적 패배를 안긴 장수라는 역사적 사실에서 벗어나, 우리가 반성하고 배워야 하는 모습을 지닌 존재로 형상화된다.

지금까지 설화 속 용골대의 인물 형상에 대해 살펴보았다. 설화 또한 허구적 성격이 강한 서사인 만큼 역사 속 용골대의 인물 형상이 그대로 반영된 경우는 찾기 힘들었다. 설화에서 용골대는 허구적 상상력을 통해 새롭게 탄생한다. 다만 그 방향이 고전소설과는 다르다.

고전소설 속 용골대가 통속적 서사의 등장인물로 수렴된 반면, 설화 속 용골대는 단순히 서사적 역할과 의미로만 한정하기 어려운 모습을 보여준다. 설화 속에서 용골대는 늘 조선인과 비교의 대상이 되면서 자연스럽게 조선의 현실 문제와 연관을 맺게 된다. 용골대는 조선의 권력이 무능하고 시야가 좁아서 인재를 등용하지 못함을 지적하는 데 활용되었다. 그런데 그 지적은 문제를 직접 꼬집는 날 선 비판이 아니다. 장계나 일기와 같은 경험적 서사는 비참한 조선의 현실을 객관적으로 서술하여 비판하였다면, 설화는 허구적 상상력을 통해 재구성된 용골대의 인물 형상을 통해 우리의 현실을 풍자하였다.

이야기로서의 재미도 추구함은 물론 사회적 문제의식에 대한 통찰력 있는 풍자적 시선을 담아낸 것이다. 용골대는 이야기 속 비판적 시선의 중심에 있다. 비범한 조선인의 능력을 견주어 보기 위해 용골대가 등장한 것 같지만, 어쩌면 그와 반대로 용골대를 등장시키기 위해 비범한 조선인을 데려왔다는 생각이 들기도 한다. 설화 속 용골대의 인물 형상을 고찰해야 하는 이유가 여기에 있다.

5. 맺는 말

이 글은 병자호란의 청나라 주역이었던 용골대가 우리의 서사문학에 어떻게 기억되었는지 파악하기 위해 경험적 서사에 해당하는 장계와 일기, 허구적 서사에 해당하는 고전소설과 설화 등을 살펴보았다. 용골대라는 인물은 이들 서사문학에 두루 등장하였으며 다채로운 방식으로 형상화되었다.

장계, 일기와 같은 경험적 서사에서는 용골대가 역시나 역사적 실상에 가깝게 형상화되었음을 확인하였다. 이는 어찌 보면 너무나 당연한 귀결인데, 이와 더불어 주목할 만한 것이 있었다. 이 경우 용골대는 서사의 중심에 오기보다는 서사가 조선 중심으로 서술되면서 부분적으로만 포착되는 양상을 보였다.

허구적 서사 중 고전소설의 경우 용골대 인물 형상의 스펙트럼이 매우 넓었다. 그래서 이를 1유형과 2유형으로 나눴고, 1유형을 다시 1-1유형과 1-2

유형으로 나눴다. 2유형에 해당하는 「배시황전」은 작품에 담긴 용골대의 독특한 특성이 오히려 설화와 많이 닮아 있었다. 1유형에 해당하는 네 작품 속 용골대는 모두 큰 틀에서 통속적 영웅 서사의 악인으로 대상화되었다고 볼 수 있다. 그러나 좀 더 구체적으로 보면 1-1유형은 여전히 역사적 사실에 기반한 서사가 존재하는 편이고, 1-2유형은 역사적 사실로부터 완전히 탈피하여 통속적 영웅 서사의 전형적 악인형 인물이 정착된 편이라고 볼 수 있다. 이를 통해 용골대라는 역사적 인물이 고전소설 속에서 역사와 허구의 경계를 넘나들며 자유롭게 형상화되었음을 확인하였다.

허구적 서사 중 설화의 경우 용골대가 무조건 악인으로 형상화되기보다는, 조선인과의 일화를 통해 선악의 도식이 무의미한 캐릭터로 존재하기도 하고, 심지어 용골대가 원래 조선인이라는 설정도 등장한다. 그리고 비범한 조선인과의 만남을 통해 용골대가 조선에서 인정받지 못하는 조선인들을 대변하는 역할을 하고 있음을 알 수 있다. 이는 설화가 비참한 조선의 현실을 직설적으로 비판하기보다는 풍자의 방식을 통해 우회적으로 비판함으로써 오히려 심중한 문제의식을 드러낸 것으로 볼 수 있다. 그리고 이때 용골대는 비판적 시선의 중심에 있었다.

본론에서 언급하지 않은 몇몇 설화를 통해 느끼는 바, 설화로 용골대의 인물 형상을 만들어간 사람들은 용골대가 친근하면서도 합리적이고 소통 가능한 인물이라고 생각했던 것은 아닌가 싶다. 백두산을 넘어 몰래 조선에 들어오던 용골대가 아이들의 놀림을 받고 돌아간 이야기는 아이들의 비범함을 드러내는 측면도 있지만 용골대 마부대가 아이들의 놀림에도 겁을 먹는 친근한 존재라는 점을 보여주기도 하는 듯하다.[24] 또 다른 설화에서는 병자호란 때 용골대에게 잡혀간 부인을 찾아 먼 길을 찾아온 장 한림이라는 인물을 등장시킨다. 그 부인은 자신을 만나기 위해 죽음을 무릅쓰고 먼 길을 온 장 한림

24 「용골대 마골대를 물리친 아이들」, 『한국구비문학대계』 1집 7책, 917~918면. 채록지 : 황천리, 채록자 : 조동일, 장원철, 서영숙, 신은경, 이종주, 구연자 : 김재식.

을 잡아 가두는데, 용골대가 그런 부인을 끄짖으며 목을 치고 장 한림에게 사과하는 내용을 담고 있다.[25] 용골대는 자신의 잘못을 인정하고 타인의 고초를 이해하는 인물로 형상화된 것이다.

서사문학의 다양한 하위 장르들은 각기 나름대로 전쟁의 상처를 치유하는 방식을 선택하였다. 이 과정에서 병자호란의 주역이었던 용골대는 자주 등장할 수밖에 없었다. 어떤 경우에는 용골대가 준 상처를 직접적으로 드러냈고, 또 다른 경우에는 용골대라는 인물을 서사 속 한 인물 유형으로 대상화하였으며, 또 다른 한편으로는 용골대를 통해 우리의 부족한 면모와 잘못된 현실을 되돌아보았다. 재난과 전쟁 이후 그에 대한 기억이 상처를 입힌 존재에 의해 매우 다채롭게 재구성될 수 있음을 확인하였다. 앞으로 재난의 형상화라는 측면에서도 혹은 과거 기억의 재구성이라는 측면에서도, 우리가 아닌 타자에 대한 시선이 어떠했는지 살펴보는 것은 유의미한 작업이 되리라 생각한다.

25 「장한림과 용골대」, 『한국구비문학대계』 7-15, 401~406면. 채록지 : 노상동, 채록자 : 최정여, 박종섭, 임갑랑, 구연자 : 김호준.

은유·대응·재구

임병양란과 조선 후기의 '송망宋亡' 담론

전연田娟
중국해양대학교
한국어학과 부교수

1592년에 임진왜란, 1627년에 정묘호란, 1636년에 병자호란이 일어났다. 오랑캐라 멸시해 왔던 이민족에게 받은 잇따른 침략은 조선사회에 엄청난 피해와 크나큰 충격을 안겨주었다. 조선은 중화 질서에 편입되어 있던 동아시아 국가 중 가장 유교 문화를 잘 체화한 곳으로 오랫동안 문화적 우월의식에 입각한 자존의식을 지녔는데, 이것이 임병양란으로 파괴된 것이다. 이는 중원의 정통 왕조 중 가장 융성隆盛한 문화를 이루었으나 가장 약한 군사력을 지녔던 송宋나라가 결국 이민족에게 멸망당한 역사를 떠오르게 한다. 이런 배경 속에서 조선 지식인들은 임진왜란 발발 때부터 조선 후기 전시기를 걸쳐 송나라의 멸망에 큰 관심을 가졌고, 송나라를 빗대어 전쟁 대응 및 전후 재건에 대한 그들의 생각을 은유적으로 표현하면서 수많은 담론을 산출했다. 본문에서 이러한 양상을 조망해 보고자 한다.

1. '송망' 담론의 층위와 변천 전쟁과 화친, 중화와 이적

1) 전시戰時 전쟁 할까 화친 맺을까

임진왜란이 발발한 후 송망, 즉 남·북송의 멸망에 대한 역사적 기억은 곧바로 중국 역사에 정통한 조선 지식인들의 의식 세계로 소환되었다. 그들은 의식적 또는 무의식적으로 송나라의 역사 속에서 교훈과 힌트를 찾게 되었으며, 나아가 송에 빗대고 자국 현실에 대한 해석법과 대응책을 마련하고자 하였다. 전쟁기간 동안 송망 관련 역사에 대한 조선 지식인의 소환과 원용援用은 매우 빈번하고 광범위한데, 그 핵심은 '전쟁을 지속할 것인가 화친을 맺을 것인가'라는, 당시 조선이 직면하고 있던 가장 중요하고도 어려운 국가 전략 선택에 집중되어 있다.

前轍需懲宋　송나라의 전철을 경계해야 하는 바
和戎豈遠壽　오랑캐와 화의하면 어찌 길이 보존할 수 있을까[1]

위는 「문경성적걸화聞京城賊乞和」라는 시의 수련으로, 임진왜란 중 전시가 소강 상태에 접어들고, 화친에 대한 소문이 퍼지자 적극적으로 의병 활동에 나선 한 조선의 지식인이 비통해하며 쓴 것이다. 시인은 이적과의 화친을 송의 망국 원인으로 보고 이 역사적 비극을 전철로 삼아야 한다며 일본과의 화친을 강력히 반대하였다. 송망의 역사적 기억이 유령처럼 시국에 대한 조선 지식인의 해석과 판단에 스며든 것이다. 이러한 현상은 당시 지식인들 사이에서 매우 보편적으로 존재하였다. 그 논리는 당시의 여론을 반영한 곽재우 장군의 아래 글에서도 확인할 수 있다.

1　陳景文, 『剡湖集』 下之下, 「紀事」, 『韓國歷代文集叢書(527)』, 景仁文化社, 1993, 413면.

신은 들으니, 논하는 자의 말이, "옛날 宋 나라가 망한 것은 화친하자는 의논이 그르친 것이다. 그때 화의를 주장한 자는 진회秦檜·왕륜王倫의 무리이다. 그 죄가 하늘에 사무쳤으니 천년을 내려오면서 누군들 그의 머리털을 뽑아 죽이려 하지 않겠는가. 화의로써 송나라를 그르치지 않고 종택宗澤·악비岳飛의 무리가 그 마음과 힘을 펼 수 있었던들 송나라의 융성은 날짜를 정해 놓고 기다렸을 것이다. 오직 화의가 잘못임을 끝까지 깨닫지 못하였기 때문에 마침내 요과 금에게 멸망당하였으니, 어찌 슬프지 아니하랴. 지금의 왜적은 곧 송나라의 요·금이니 절대로 화친할 수 없음은 분명하다. 종묘사직이 망할지언정 이 적과는 화친할 수 없으며, 백성이 다 죽을지언정 이 적과는 화친할 수 없다. 이 적은 우리나라 백 대의 큰 원수이니 화의를 말하는 자는 곧 '송나라의 진회'이다"고 합니다.[2]

여론은 송의 멸망을 화친 탓으로 귀결하면서 악비 등의 무장을 종용하고 끝까지 저항했더라면 오랑캐에게 멸망한 비극을 면할 수 있었으리라 믿었다. 그리고 일본을 요과 금에, 조선을 송에 빗댐으로써 자연스럽게 화친해서 안 된다는 결론을 이끌어냈다. 또 이러한 맥락에서 화친을 주장하는 자를 악비를 죽인 원흉으로 지목된 남송 초 주화파의 대표 인물 '진회秦檜'로 지목하였다.

임진왜란이 지속되는 8년 동안 적지 않은 사람이 '진회'로 매도되었으며, 그 중에는 심지어 명나라 장수까지 포함되기도 하였다. 그 대표적인 예가 1953년 8월에 조선인 이융李肜이 명나라 원조제독 이여송援朝提督 李如松에게 보낸 편지에서 그를 진회라고 칭한 사건이다.

신은 일찍이 한양에서 적이 물러간 뒤에 제독이 적과 강화講和하기만 생각하고

---

2 郭再祐, 『忘憂集』 권1, 「兵使時棄官疏」, 『韓國文集叢刊(58)』, 民族文化推進會, 1990, 512면. "臣聞論者有云 : '在昔宋室之亡, 和議誤之也. 其時主張和議者, 如秦檜·王倫者, 罪通于天, 千載之下, 孰不欲擢髮而誅之? 如使宋不誤於和議, 而宗澤·岳飛之徒, 得展其心力, 則宋室之隆, 可立以待也. 惟其誤於和議, 而終始不悟, 故卒亡於遼·金, 豈不痛哉? 今之倭賊, 卽宋之遼·金也, 其不可和也, 決矣. 此賊, 乃國之大讎, 而百世之怨也. 其有言和者, 卽宋之秦檜也.'"

추격追擊에는 뜻이 없는 것을 보고서 안타까이 여기고 있었습니다. 그런데 제독이 항복한 왜놈을 강감江監에서 봉양하고 왜놈의 사신을 성중城中에 들이며, 진주성이 함락당하여 인심이 더욱 두려워하고 있는데도 제독은 강화를 주장할 뿐만 아니라 서환西還할 뜻마저 가진 것을 보고서는 분함을 견딜 수 없어 정문呈文할 계획을 했던 것입니다. 제독의 공덕이 망극하다는 것을 모르는 바는 아니지만 일부러 과격한 말을 하여 그를 감동시키고자 했던 것입니다. 제독을 진회에 비유한 것은 바로 제독의 뜻을 격동激動시키기 위함이었습니다.[3]

이여송을 당대의 '진회'라 욕한 까닭에 대한 이윰의 해명 내용으로, 일본과의 강화를 막기 위한 고육지책이었음을 강조하고 있다. 자칫 명나라와의 관계도 어긋날 수 있어 조선 조정을 공포에 떨게 하였던 이 사건은 이여송의 관용으로 마무리되면서 외교적 파장을 일으키는 데까지는 이르지 않았다. 이 사건에서 주목되는 것은 송에 빗대어 화의를 반대하는 것은 당시 조선에서 단순한 담론에 그치지 않고 조선의 시국에 실질적 영향을 미쳤다는 점이다. 특히 류성룡의 실각 사건은 송망의 은유隱喩가 권력 중심부의 노선 선택과 세력 다툼에까지 개입하고 있음을 확인케 해 준다.

임진왜란이 끝날 무렵 전시 군사 총지휘를 맡고 있던 류성룡이 '조선의 진회'로 매도되어 '강화오국講和誤國'의 뇌명을 씌고 실각하게 되었다.[4] 1598년 6월 경 명나라 대신 곡응태가 조선을 무고한 사건이 일어나자 선조가 변무하고자 류성룡을 명나라로 보내려고 했으나 류성룡이 이를 거절하면서 그는 탄핵을 많이 받게 되었다. 류성룡을 향한 탄핵은 점차 '강화오국'의 방향으로 흘러 그를 '조선의 진회'로 매도하기에까지 이르렀으며, 국왕인 선조가 직접 나

3 『선조실록』 권41, 선조 26년 8월 25일 조. "臣嘗悶漢陽賊退之後, 提督與賊講和, 無意追擊. 及其養降倭於江監, 入倭使於城中, 晋州城陷, 人心尤懼, 而提督不唯主和, 又有西還之志. 臣不自勝憤, 遽有呈文之計. 非不知功德之罔極, 而姑爲矯激之說以感之, 比提督於秦檜者, 激其志也."

4 이 사건의 과정과 영향에 대해, 김한신의 「1598년 유성룡 실각과 主和誤國論 인식 분석」(『역사와 담론』 95호, 호서사학회, 2020)을 참고하길 바란다.

서서 이 비유가 적절하지 않다고 부정해야 할 정도였다.[5] 『조선왕조실록』 등 관련 자료에서 류성룡을 진회에 비유한 것이 많이 확인되며, 류성룡은 이에 대한 반박을 시도하였으나 결국 실각하게 되었다. 임진왜란이 끝날 무렵에 일어난 이 사건의 영향은 단순히 류성룡 한 사람에 국한되지 않고, 종전 직후 정치 세력 재편과 척화 이데올로기 수립에도 중요한 영향을 미쳤다.

정묘호란과 병자호란 때 '전쟁과 화친'을 둘러싼 담론과 결정 또한 이러한 분위기의 연장선에서 이루어진 것이라 볼 수 있다. 정묘·병자 두 차례의 호란 기간에도 '조선의 진회'란 비유는 계속 누군가에게 사용되었으며, 남·북송의 멸망사는 중요한 논변 자원과 수단으로 주화·척화의 입장 공방에 깊숙이 개입했다.

1627년 2월 후금 사신 유해劉海가 화의 협의 때문에 조선 임금 인조의 피난처인 강화도로 왔다. 그러나 인조가 유해를 만나기 전날까지도 조전 조종에서 여전히 화의 여부를 둘러싸고 치열한 논쟁을 벌이고 있었다. 척화파인 윤황尹煌이 화의를 주장하는 이귀李貴를 비난하여 말하기를 "비록 진회가 화의를 주장했지만 분명 이귀보다는 못할 것이다"고 하였다. 이에 이귀가 "(그때) 악비과 종택이 능히 적을 물리칠 수 있었는데, 황도 능히 그렇게 할 수 있겠는가?"라고 반격했다.[6]

이귀의 지적처럼 도저히 '적을 물리칠破賊' 수 없는 궁지에 몰린 인조는 결국 화의를 결정하였다. 그러나 숭명배청의 명분으로 쿠데타를 일으켜 왕위에 오른 인조와 명나라의 '재조지은'을 저버리지 않으려는 신하들에게 이는 매우 굴욕적인 일이었으며, 여론에 역행하며 정권의 정통성까지 위협하는 어려운

5 『선조실록』 권115, 선조32년 7월 3일 조. "論柳成龍, 以主和二字, 爲執言之地, 至於比之於秦檜. 設使柳也主和, 豈秦檜之比哉? 秦檜陰受虜人之旨, 保全妻子, 潛來於宋, 所以爲金人謀, 力主和議, 殺岳飛等. 今柳也, 亦受倭賊之旨, 潛通陰謀, 保其妻子而主和耶? 是說足以服人心, 而定國是乎? 蓋其心悶宗社之將亡, 天朝旣令許和, 故權就此事, 而律之以直道, 則予亦不敢不謂之誤."

6 『인조실록』 권15, 인조 5년 2월 10일 조. "煌曰 : '秦檜雖主和, 必不如李貴矣.' 貴曰 : '岳飛·宗澤能破賊, 煌亦能之乎?'"

결정이 아닐 수 없었다. 화친 이후 후금에 인질로 잡혀있던 원창군을 호송하여 다시 조선을 방문한 유해 일행의 접대재신接待宰臣으로 임명된 이경직李景稷은 앞서 강화에 대한 의견을 올렸던 일로 심적 부담을 느끼고 '은밀히 금인을 도운 진회陰助金人之秦檜'의 혐의에서 탈피하고자 사임을 청하기까지 하였다.[7]

그 뒤 얼마나 되지 않아 병자호란이 발발하여 인조를 비롯한 조선 군신이 남한산성에 갇히게 되었다. 병자호란이 일어나기 직전 청에 대한 태도로 인해 '진회'로 지목되었던 최명길[8]을 필두로 한 주화파와 김상헌을 비롯한 척화파가 산성 안에서 또다시 화의 여부를 놓고 치열한 공방전을 벌였는데, 이러한 상황에서 북송을 멸망시킨 '정강의 난靖康의 亂'은 당시 현실에 가장 가까운 역사적 기억으로서 계속 소환되었다. 입장을 표방하는 것부터 세자를 인질로 내보내느냐 등의 구체적인 사안의 검토까지 정강 연간의 역사적 기억이 끊임없이 소환되어 척화파의 중요한 역사적 근거이자 논변 책략으로 사용되었다. 예컨대 김상헌은 인조 앞에서 최명길이 쓴 국서를 찢어버리면서 아래와 같이 말하였다.

> 정강의 일은……그때 여러 신하들 역시 "나가면 즉 천하백성을 보존하고 종묘사직을 지킬 수 있다"는 말을 했다. 그러나 정작 사막에 이르러서는 수도 변경汴京에서 죽지 않는 것을 후회했습니다. 그 지경에 이르게 된다면 전하께서 후회한다고 한들 무슨 소용이 있겠습니까?[9]

---

7 『인조실록』 권16, 인조 5년 5월 22일 조. "李景稷上疏辭接待宰臣之任曰 : 胡差將渡甲串之日, 臣請速許接, 講定盟約, 敢陳所懷. 苟非陰助金人之秦檜, 誰不知和議之不可乎? 誤國之罪, 尙在臣身, 而今又有接待胡差之命, 臣雖無狀, 亦有心腸, 豈不知羞愧乎? 請命鐫改, 以爲辱君·誤國者之戒."

8 『인조실록』 권33, 인조 14년 11월 8일 조. "古之主和議者, 莫如秦檜…… 夫以秦檜之所不敢爲者, 而鳴吉忍爲之, 非獨殿下之罪人, 乃秦檜之罪人也."

9 『인조실록』 권34, 인조 15년 1월 18일 조. "靖康之事……當時諸臣亦以'出見則保生靈, 安宗社'爲言, 而及至沙漠, 悔其不死於汴京. 到此地頭, 殿下雖悔, 曷追?"

북송 멸망 당시의 굴욕적이고 비참한 역사적 기억을 소환함으로써 죽을지언정 절대로 회의해서는 안 된다는 강경한 척화론적 주장을 재차 편 것이다.

정리하자면 임진왜란과 두 차례의 호란 기간의 송망 담론은 주로 '전쟁을 지속할 것인가 화의를 맺을 것인가'라는 현실적인 국가 전략 선택에 초점이 맞춰져 있었다. 남·북송의 망국사는 조선 지식인들에게 중요한 역사적 기억 자원으로 거듭 원용되어 당시의 군사 노선과 이념 논쟁에 입론 근거와 논변 책략이 되었다. '송 왕실은 화의로 인해 망한 것이다宋室亡於和議', '송의 진회宋之秦檜', '정강의 난' 등은 단순 담론의 차원을 넘어 조선의 실제 전쟁 전략 선택 및 정치 판국의 형성에 영향을 미쳤다.

2) 전후戰後 문화 정체성의 재구축

양난의 발발로 뜨거워진 송망에 대한 조선 지식인들의 관심은 전쟁의 종료 후에도 식지 않았다. 오히려 전란 이후 이 은유를 더욱 폭넓게 차용하여 보다 다양한 담론을 산출하였다. 이는 아래의 몇 가지 사실을 통해 확인할 수 있다.

먼저, 문학의 측면에서 보면 전란 후 조선 지식인들의 송나라의 애국문학에 대한 관심이 대폭 증가했다. 육유陸游[10]·진여의陳與義[11]·문천상文天祥[12] 등의 삶과 작품에 대한 관심과 재해석이 대표적인 예이다. 이민족과의 지속적인 충돌 및 참혹하고 쓰라린 망국의 한으로 인해 남송 때 문학의 가장 중요한 주제 중 하나로 '애국'이 자리 잡았고, 이에 따라 뛰어난 애국 작가와 작품들이 많이 나왔다. 이러한 문학은 전후의 조선 지식인들에게 강한 공감을 느끼게 하였으며, 곧 전란의 상처를 기억하고 표현하는 중요한 수단으로 자리잡

---

10 이에 대해 전연, 「조선 후기 육유 시 수용 연구」, 한국학중앙연구원 박사학위 논문, 2018년을 참고하기를 바란다.

11 鄭經世, 『愚伏集』 권13, 「答宋敬甫」, 『韓國文集叢刊(68)』, 民族文化推進會, 1991, 236면. "每讀老杜·簡齋詩, 一家漂泊之狀, 令人隕淚, 豈料今日親見此境界耶?"

12 이에 대해 전연, 「조선 문인의 문천상 인식과 『집두시』 수용」, 한국학중앙연구원 석사학위논문, 2013년을 참고하기를 바란다.

게 되었다. 다른 한편으로는 송을 소재로 한 문학 창작도 크게 증가했는데, 특히 송망에 대한 문학적 형상화가 주목된다.

白首窮廬老進士	백발의 노진사가 띳집에서
臥教兒子讀宋記	누운 채 아들로 하여금 송사를 읽게 하네
聽到靖康氣如山	듣다가 정강의 일에 크게 분노한 건
令人卻憶丙子事	사람으로 하여금 병자년의 일 떠올리게 했기 때문이네

童年扼腕志伊吾	어릴 적 손목 불끈 쥐고 이오에서 말 달릴 뜻을 다졌었는데
懨懨如今病且殂	지금 비실비실 앓아 죽어가고 있네
偶見宋史忽驚起	우연히 송사를 보다 퍼덕 일어난 것은
龍王廟下失驕胡[13]	용왕묘 아래서 교만한 오랑캐에게 대패해서라네

김창업의 「송사」라는 위 연작시에서 확인할 수 있듯이, 송의 멸망이 늘 양난에 대한 조선 지식인들의 기억과 슬픔을 불러일으킨다. 이처럼 임병양란을 계기로 하여 남·북송의 멸망과 관련된 인물이나 사건을 소재로 한 시가 많이 창작되었는데, 심지어 임진왜란의 기억을 투영하기 위해 건립부터 멸망하기까지의 완전한 남송 역사를 자세히 읊은 장편 영사시 「영남송사詠南宋史」가 등장할 정도였다.[14] 소설의 경우, 송은 명과 함께 조선 후기소설의 가장 중요한 시공간적 배경이 되었다. 주수민의 통계에 따르면, 한국 가문 소설의 39.70%가 송나라를 배경으로 하고 있다고 한다.[15] 악비·문천상·육수부 등 송나라 때의 실존 역사 인물들이 소설에 등장하는 경우 역시 매우 흔하다.

13 金昌業, 『老稼齋集』 권3, 「宋史」, 『韓國文集叢刊(175)』, 民族文化推進會, 1996, 62면.

14 陳景文, 『剡湖集』 下之下, 「詠南宋史」, 『韓國文集叢刊(527)』, 民族文化推進會, 1993, 386~407면.

15 주수민, 「朝鮮後期 家門小說의 時·空間 背景과 在位 皇帝」, 『어문연구』 48호, 어문연구학회, 2020, 88면.

송에 대한 조선 지식인들의 관심은 문학 외에도 다양한 방면으로 표출되었다. 첫째, 송대 충신에 대한 숭사崇祀가 이루어졌다. 북경에 있는 문승상사文丞相祠와 삼충사三忠祠는 조선의 연행 사신들이 반드시 방문하는 고정 노선이 되었고, 나아가 악비와 문천상을 영유의 와룡사臥龍祠에 배향시킴으로써 조선판의 삼충사를 만들기까지 하였다. 둘째, 『송사전宋史筌』·『송사제요宋史提要』·『송사촬요宋史撮要』·『송조사상절宋朝史詳節』·『송원화동사합편강목宋元華東史合編綱目』 등 다양한 관찬 또는 사찬 송대 사서가 쏟아져 나왔다.[16] 셋째, 조선으로 망명한 송나라 유민을 높이 인정하고[17] 또 일부 가문은 시조를 송나라 사람으로 소급했다.[18]

이렇듯 조선 후기에는 송과 송의 멸망에 대한 관심은 지대했다. 그렇다면 이러한 관심의 저변에 깔려있는 사유는 무엇이며, 또 무엇을 지향하고 있는가에 대한 의문이 생긴다. 아래에서는 조선 후기의 송망 담론의 주요 내용을 살펴보고 그 현실적 지향점을 밝히며 전후의 문화 심리와 이데올로기 재수립을 탐구해보고자 한다.

① 송나라는 왜 망했는가

양난 이후 송망을 둘러싼 각종 담론에서 공통으로 확인되는 문제의식은 두 가지다. '송나라가 왜 망했는가'라는 문제와 '송나라의 멸망을 어떻게 평가하고 서술해야 하는가' 라는 문제이다. 우선 송나라 멸망 원인에 관한 담론부터 살펴보도록 한다.

조선 지식인들은 주로 두 가지 측면에서 남·북송이 멸망한 이유를 설명했

16 孫衛國, 『大明旗號與小中華意識』, 商務印書館出版社, 2007, 253~254면.

17 예를 들어, 조선 후기 문인들이 송나라가 멸망하고 나서 고려로 망명해 온 것으로 알려진 정신보(鄭臣保)를 위해 여러 편의 전기를 지었고, 성해응은 그를 '기자 이후의 유일한 분이다' 고 높이 평가를 하였으며, 그를 시조로 받드는 서산 정씨는 그의 송나라 유민이라는 점을 매우 영광스럽게 생각하였다.

18 丁範祖, 『海左集』 권35, 「敎官任公行狀」, 『韓國文集叢刊(240)』, 民族文化推進會, 1999, 121면. "公姓任氏, 諱屹, 字卓爾, 號龍潭, 自始祖溫, 仕宋朝, 爲盛族."

는데, 첫째는 '천운天運'을 탓으로 돌린 것이었다. 아래의 시는 안중관安重觀이 송나라 말 원나라 초의 역사를 읽고 쓴 것이다.

英雄勝敗故多般	영웅이 이기고 지는 것은 본디 다단한 것
只爲天時有往還	천시가 왔다 갔다 하기 때문이네
信國何曾劉史下	문천상은 어찌 유병충·사천택만 못했는가
王郎正是達春間	왕보보는 설달·상옥춘과 백중지간이었지
當陽桃李榮華盛	햇볕 쨍쨍하면 복숭아와 자두가 무성하고 아름답고
不雨蛟龍變化艱	빗물 없이는 교룡도 용으로 변하기가 어려운 법
欲喚諸公談此事	여러 공들 불러 이 일 의논할까 했는데
無如寂寞一靑山[19]	적막한 청산 하나만 못하구나

그는 남송 말기과 원나라 건국기, 원나라 말기와 명나라 건국기 등 세력을 다투는 두 왕조의 흥망 과정에서 맞붙었던 주요 장수들은 실상 실력이 모두 비슷하다고 보았다. 그럼에도 불구하고 한족 정권과 몽골족 정권 사이에서 벌어진 두 차례의 전쟁은 전혀 다른 결과로 끝났다. 이에 시인은 송나라가 멸망한 원인을 군사력의 격차보다는 '천시왕환天时往还'으로 귀결하였다. 신민일申敏一은 「독송사후서讀宋史後敍在」에서 "천지가 생긴 이래 한번 다스려지고 한번 어지러운 것은 천수天數이다"[20]고 했고, 이구李榘는 「송망」에서 "흥망興亡의 운運과 생사生死의 수數는 빼앗을 수 없다"[21]고 하였다. 이들은 모두 송나라 멸망의 원인을 사람의 힘으로 좌우할 수 없는 운수로 돌리고 있으며, 실제로 이러한 인식은 당시 매우 보편적이었다.

그렇지만 이러한 천명과 운수를 원한 없이 순순히 받아들일 수는 없었다. 그

---

19 安重觀, 『悔窩集』 권1, 「讀宋元之際感書」, 『韓國文集叢刊(속65)』, 民族文化推進, 2008, 262면.
20 申敏一, 『化堂集』 권3, 「讀宋史後敍」, 『韓國文集叢刊(84)』, 民族文化推進會, 1992, 49면.
21 李榘, 『活齋集』 권6, 「宋亡」, 『韓國文集叢刊(속32)』, 韓國古典翻譯院, 2007, 528면.

들이 송나라의 멸망을 '천수'로 돌리면서 "한스럽게도 유독 하늘의 마음이 사람들과 같지 않으니 망망한 우주 속 슬픈 노래 한 곡조라네獨恠天心與人異, 茫茫宇宙一悲歌"[22]라고 탄식하거나 "천지는 너무나도 어질지 않구나天地不仁之甚耶"[23]라고 분노해 하곤 하였다. 또한 그들은 이렇게 송의 멸망에 따라 천심天心을 원망하는 한편으로, 송의 적인 금의 멸망 때문에 천심을 크게 찬양하기도 하였다.[24]

천명을 알고 있으면서도 '하늘과의 싸움'을 포기하지 않는 이들도 있었다. 끝까지 천제天帝와의 싸움을 표기하지 않은 문천상의 이야기를 쓴 「일사여천쟁一士與天爭」이라는 글은 그 대표적인 예이다. 천제가 송나라가 결국에 멸망하게 될 천명을 분명히 알려준 후에도 문천상은 아래와 같이 결코 항쟁을 포기하지 않겠다는 의지를 밝혔다.

> 우리 옥황상제여! 오랑캐가 중화를 어지럽히자 순 임금께서 훈계를 남기셨고 주공周公께서 융적戎狄을 응징한다는 가르침을 내려 주셨습니다. 이 꿈틀거리는 철목진鐵木眞이 비순沸脣처럼 틈을 엿보다가 흉수凶水의 야만적인 성질로 소와 양의 힘을 거리낌 없이 사용하여 우리 중국을 비린내로 더럽히고 우리 중국을 금수의 나라로 만드니 외로운 신하의 충의가 격렬하고 대의가 해와 달처럼 환히 걸렸습니다. 진실로 손에 침을 뱉고 용감히 의리를 부지해야 할 터인데, 어찌 불 꺼진 재는 다시 타지 못한다고 말하십니까. 조씨를 회복했던 저구杵臼의 뜻을 가다듬고 연나라를 보존한 악의樂毅의 뜻을 기약했습니다. "상제는 특별히 친한 사람이 없으며 덕이 있는 사람을 도와줄 뿐이다"라 하였으니 상제의 명은 사람이 부르는 것입니다. 혹 상도를 벗어난다면 어찌 그것을 천도天道라 하겠습니까. 상제께서 빠트리신다면 저는 건질 것이고 상제께서 망하게 한다면 저는 부흥시키리니, 상제와 저 중에 누가 지고 누가

22 洪世泰, 『柳下集』 권6, 「讀宋史文天祥事有感」, 『韓國文集叢刊(167)』, 民族文化推進會, 1996, 413면.

23 李榘, 『活齋集』 권6, 「宋亡」, 『韓國文集叢刊(속32)』, 韓國古典飜譯院, 2007, 528면.

24 陳景文, 『剡湖集』 下之下, 「詠南宋史」, 『韓國文集叢刊(527)』, 民族文化推進會, 1993, 398면.

이기겠습니까.[25]

물론 문천상의 항쟁은 실패로 끝났다. 그렇지만 저자는 이에 대해 "실패할 것을 알면서도 싸운다知其不勝而故爭之"는 문천상의 항쟁 정신을 극찬했다. 송나라의 멸망은 양난 참극의 은유로 차용된 바, 송의 멸망을 인간이 좌우할 수 없는 '천수'로 해석한 것은 어느 정도의 회피를 통해 자기 위안을 찾고 트라우마를 치유하려는 심리적 메커니즘이라 할 수 있다. 또한 천수라는 것을 알면서도 억제할 수 없는 슬픔에 빠져 불평하거나, 바꿀 수 없는 결과임을 알면서도 항쟁하려고 하는 것은 전쟁에 대한 트라우마의 직접 투사投射이자 카타르시스의 표출로 볼 수 있다.

양난 후 산출된 관련 담론에서 읽히는 송나라 멸망의 두 번째 원인은 '화친'이다. 이 점은 전쟁 중에 벌어졌던 '전쟁 또는 화친'의 논쟁과 일맥상통한 것이라 하겠다. 인간의 힘으로 좌우할 수 없는 천명과는 달리, 이는 사람의 힘이 닿는 범위이며, 특히 전후의 조선 정치 질서 재편과 국가 이념 수립 등 현실적인 문제와 직결되는 실질적 의미를 지니는 부분이다.

전쟁 기간 중 조정의 주류 여론과 현실 선택 사이에는 늘 괴리가 존재했다. 임진왜란 때 명과 일본 사이에서 벌어진 회의에 대해 조선은 묵인 내지 가담을 할 수밖에 없었고, 두 차례의 호란 또한 어쨌든 간에 화친을 맺음으로써 끝난 것이다. 하지만 이와 달리 여론의 장에서는 화의를 반대하는 것이 늘 주류였다. 전쟁이 끝나면서 조선은 더 이상 전쟁과 평화라는 현실적 선택에 직면할 필요가 없게 되었지만, 민족의 적개심과 정통성의 위기 속에서 시대적 여론은 여전히 척화를 바탕에 깔고 전개되었다. 정두경의 영사 연작시 「후억

25 柳夢寅, 『於于集·後集』 권6, 「一士與天爭賦」, 『韓國文集叢刊(63)』, 民族文化推進會, 1991, 600면. "越我玉皇上帝, 蠻夷猾夏, 帝舜垂戒, 戎狄是膺, 周公有訓. 蠢玆鐵木, 沸唇伺釁, 凶水草性, 肆牛羊力, 腥穢我神州, 禽獸我中國. 孤臣之忠憤激切, 大義昭揭乎日月. 苟唾手而扶義, 豈云死灰之不燃? 銳杵臼之復趙, 期樂毅之存燕. 惟帝無親, 惟德是輔. 惟帝有命, 惟人所召. 厥或靡常, 豈云天道? 帝如溺之, 我當拯之. 帝如亡之, 我當興之. 惟帝與我, 孰負孰勝."

석가後憶昔歌」는 이민족 정권과의 송의 화친 정책을 맹렬하게 비판한 것이 이러한 여론의 은유적 표출이다.

憶昔宋亡非異事　　생각건대 송 망한 건 이상한 일 아니거니
只是當年一和字　　그건 바로 그 당시의 화 자 한 자 때문이네
昨日金繒送歲幣　　어젠 금과 비단 실어 세폐로다 보내었고
今日山河割土地　　오늘은 또 산하 쪼개 되놈에게 바치었네
南北關防險天作　　남쪽 북쪽 관방 형세 하늘에서 주었거니
黃河洶湧水波惡　　황하의 물 넘실대어 물결 아주 사나웠네
有此不能御女眞　　이런 형세 가지고도 여진을 못 막았거니
胡雛亦笑秦無人[26]　　오랑캐들 역시 진에 사람 없다 비웃으리

그는 북송의 멸망을 '화 한 글자一和字'에 원인을 귀결했다. '송 왕실의 멸망은 화의의 탓宋室之亡, 和議誤之'이라는 인식은 양난 끝난 후에도 조선 지식인들 사이에서 일반적으로 가졌던 공식共識이었던 것이다. 이러한 인식은 과거에 대한 성찰이기도 하지만, 그보다 현실과 미래에 대한 조선 지식인의 생각에 대한 은유적 표현이라 하겠다.

한편, 조선 후기는 송과의 문화적 동질성 및 승계 관계를 강조하며 송을 전반적으로 칭송하던 시대적 분위기 속에서도 송 고종高宗에 대해서만큼은 부정 일변도였다.

稱名稱邑報金師　　신하와 속국되길 칭하여 금나라 군대에 알리고
還恐金王誓詔遲　　금왕의 조약서 늦게 올까봐 외려 걱정하는구나
淮水一邊唯宋土　　회수의 한 귀퉁이만이 송나라의 땅이거늘

26 鄭斗卿, 『東溟集』 권11, 「後憶昔歌」, 『韓國文集叢刊(100)』, 民族文化推進會, 1992, 503면.

不知陵寢付阿誰[27]	선대 능침은 누구에게 맡길지 모르겠구나

憶昔徽欽在沙漠	생각건대 휘종 흠종 사막 땅에 있을 적에
江左草昧當天造	강좌 지역 혼란함은 하늘에서 그런 거네
秦檜用事岳飛死	진회란 자 용사하여 악비 장군 죽었으니
嗚呼萬事更何道	아아 모든 일에 대해 다시 무얼 말하리오
精衛木石塡巨洋	정위 새는 목석으로 바다 메우려 했거니
嗟爾作計何不量	아아 계획함에 어쩜 그리도 못 헤아렸나
一鳥尙有報仇志	새조차도 원수 갚을 뜻을 품고 있었거니
每讀宋史令人傷[28]	송사 읽어 볼 때마다 나의 마음 상하누나

위의 첫 번째 시는 임진왜란 이후에 창작한 것으로, 송 고종이 중화의 주인으로서 문명의 자존심을 지키려는 것보다 오랑캐 금과의 굴욕적인 화의를 적극 추진하였음을 신랄하게 풍자하며 분통해하였다. 임진왜란 이후 중화와 이적의 대립 사상이 더욱 격화된 사상적 움직임을 보여준다. 두 번째 시는 송 고종이 '복수의 뜻報仇志'이 없음을 비판하고 애통해하였다. 병자호란 이후 창작된 작품으로 청나라에 대한 복수 갈망의 은유라 하겠으며, '복수설치'의 민족 정서적 욕구와 북벌론이 대세였던 시대 분위기를 반영하고 있다.

물론 북벌계획은 현실성의 결여로 17세기 말부터 사그라졌다. 그렇지만 그 이후에도 복수와 화의 질서 재건의 욕구는 계속되었다. 그래서 고종에 대해 한결같이 비판한 것이다. 명나라 때의 유정지劉定之라는 사람은 '고종은 어버이를 위해 뜻을 굽인 것이다爲親而屈'는 주장을 제기한 적이 있는데, 이에 대해 조선 후기 문인 이구李矩는 "고종은 당당한 중국의 군주로서 짐승 같은 오랑캐에게 신하라 청하고 봉해졌다니, 구차하게 게으름을 피우고 어리석으며 원수

27 陳景文, 『剡湖集』 下之下, 「詠南宋史」, 『韓國文集叢刊(527)』, 民族文化推進會, 1993, 392면.

28 鄭斗卿, 『東溟集』 권11, 「後憶昔歌」, 『韓國文集叢刊(100)』, 民族文化推進會, 1992, 503면.

를 잊고 의리를 저버리는 행동으로 온 세상 사람에게 인륜을 저버린 만고의 죄인이 되었다"[29]고 강경하게 반박했다. 그는 다른 글에서 "고종이 『호씨춘추』를 좋아한다고 하면서 춘추대의를 어겼다"[30]고 평하기도 하였고, 정조의 직접 주관 아래 편찬된 『송사전』이라는 역사서에서 또한 같은 태도를 보였다.[31] 『송사전』은 중국의 『송사』를 저본으로 산삭·수정한 것이다. 『송사』에서 고종을 매우 입체적으로 묘사하고 있고 또 '중흥中興의 군주'라는 평가를 해준 정도로 비교적 긍정적인 태도를 보인 것에 반해, 『송사전』에서 고종에 대한 묘사는 오로지 금과의 관계를 처리하는 일에 초점을 맞추고 있으며 또 이에 따라 중화를 회복시지 못한 주요 책임자로 맹비판을 하였다.

결국 송나라가 화친 때문에 망했다는 담론들은 양난 이후 조선사회에서 생겨난 양이攘夷를 주 내용으로 삼고 있는 춘추대의 사상에 비롯되는 동시에 그러한 사상의 형성과 강화에 일조하기도 한 바, 당시의 대청인식과 민족심리의 은유적 표출이라 하겠다.

② 송의 멸망을 어떻게 평가했는가

임병양란 후 산출된 송망 담론들에서 주목할 두 번째 문제는 송망에 대한 평가이다. 좀 더 자세히 말하자면 정강의 난, 송원 교체, 그리고 이와 관련된 여러 사실에 대한 가치 판단과 역사 서술의 문제이다.

성리학을 국시로 삼은 조선은 임병양란을 기점으로 이전 시기보다 더 송의 문화를 찬양하면서 가치를 부여하고자 하였다. 그러나 송 문화의 흠모자, 계

29 李渠, 『活齋集』 권6, 「以朱子綱目進講」, 『韓國文集叢刊(속32)』, 韓國古典翻譯院, 2007, 526면. "高宗以堂堂中國之君, 稱臣受封於犬羊之虜, 此蓋偸惰頑鈍, 負義忘讎, 天下萬古人倫之罪人也."

30 李渠, 『活齋集』 권6, 「以朱子綱目進講」, 『韓國文集叢刊(속32)』, 韓國古典翻譯院, 2007, 526면. "高宗愛『胡氏春秋』而實悖春秋之義."

31 정조 외편, 『宋史筌』 권5, 「高宗本紀」, 규장각 소장본. "高宗恭儉仁厚, 以之繼體守文則有餘, 撥亂反正則不足. 當其初立, 內相李綱, 外任宗澤, 天下之事宜無不可為者. 顧乃播遷窮僻, 坐失事機. 始惑於汪·黃, 終制於姦檜, 使趙鼎·張浚相繼竄斥, 岳飛父子竟死於大功垂成之日. 有志之士, 扼腕切齒, 而偷安忍恥, 以貽來世之譏. 悲夫! 是以君子不暇憫其遭時不幸, 而惡其志之媮且苟也."

승자, 내지 수호자로 자처하면서 송에 매우 호의적인 태도를 가지고 있었던 조선 후기 지식인이라도 송나라를 평가함에 있어서 군사적 실패와 이민족에게 멸망당한 역사적 사실을 완전히 외면할 수는 없었다. 조선 지식인들은 이러한 한계에 대해 송의 문화 우월성을 최대한 과시하는 전략으로 대응하고자 하였다. 이들은 먼저 나라가 망했을 때 송의 지식인들이 보인 높은 도덕성을 적극적으로 발견하고 찬양하면서 의미를 부여하고자 하였다.

> 아침에 도를 들으면 저녁에 죽어도 좋다. 육수부와 그가 모신 군주는 바로 그러하였다. 이것으로 내가 송나라의 배에 있었던 그 하루가 진나라와 수나라의 천하를 차지했던 수십 년보다 나음을 알았다.[32]

남송 멸망 직전 육수부는 훗날 송 말제宋 末帝로 불려진 조병趙昺을 황제로 옹립한 뒤 원나라 군대의 공격을 피해 남쪽 바닷가 일대를 떠돌아다니는 도중에도 날마다 어린 황제에게 「대학장구」를 강의했다고 전해진다. 육수부는 송나라의 마지막 주둔지인 애산厓山이 함락되자 배를 타고 도망가다가 조병을 업고 바다에 투신하였다. 위의 인용문에서는 『논어』의 "아침에 도를 들으면 저녁에 죽어도 괜찮다"라는 말을 인용하면서 유교에서 가장 중요시하는 도의 획득이라는 측면에서 육수부와 송 말제의 자결 행위에 대해 높은 도덕적, 문화적 함의를 부여하였다. 이들의 도덕성과 문화적 우월성을 강조함으로써 군사적 실패와 오랑캐로 여겼던 이민족에 멸망당한 굴욕을 해소하는 효과를 거두었다. 사절자死節者 수에 대한 강조 또한 같은 맥락과 취지다.

> ① 내가 일찍 남송의 역사를 읽었는데 양번襄樊의 함락부터 애산厓山에서 망국을 할 때까지의 7년 사이에서 충렬지사들이 의기를 떨쳐 오랑캐를 토벌하였는데

---

32 李檗,『活齋集』 권6,「舟中講大學章句」,『韓國文集叢刊(속32)』, 韓國古典翻譯院, 2007, 529면. "朝聞道夕死可. 秀夫君臣, 其有得於此. 吾知宋之一日舟中, 猶勝秦隋數十年天下矣."

전투에서 패하여 사절한 분들을 손꼽아 세어보았더니 무렵 백 여 명이나 된다. 오호, 많기도 하도다! 고금을 두루 살펴보면 비록 한나라와 당나라 때라도 배출한 인재가 많다고 하겠으나 전란에 임할 때 나타난 걸출한 순절자가 불과 한둘이다.[33]

② (정조가) 하교하시길 "남·북송 말기에 사절한 자가 명나라와 견주어 보면 어떠하오"라고 하였다.

(홍대용이) 대답하길, "북송에는 다만 시랑 이약수 한 사람이 있었고, 남송에는 문천상·육수부 등 대절大節이 있었으나, 명나라 말기의 많음에는 미치지 못합니다"라고 하였다.

하교하시길, "그렇긴 하지만 이 일은 서유신의 말이 진실로 이치가 있겠소. 서유신이 '남송 말기에는 일국이 한 배에 실려 있었으니, 한 배가 침몰하면서 한 나라가 사절하게 되었다.' 하였는데, 그 말이 어떠하오?" 라고 하였다.

대답하길 "그 말도 좋습니다. 그리고 충신이 나라를 붙들고 있었고 대세가 기울어질 때 임금과 신하가 함께 사직을 위해 죽은 것은 오직 송나라뿐입니다." 라고 하였다.[34]

위의 두 인용문은 모두 남송이 멸망할 때의 순국 행위에 대해 의미를 부여하고 있다. 인용문 ①에서 한나라·당나라의 비교를 통해 송의 순국자 수의 많음을 강조하고 있고, 인용문 ②에서는 '한 배의 순국은 온 국민의 순국이다',

33 申敏一, 『化堂集』 권3, 「讀宋史後敍」, 『韓國文集叢刊(84)』, 民族文化推進會, 1992, 49면. "余嘗讀南宋史, 自襄樊之陷, 迄于崖山之亡, 七年之間, 忠烈之士奮義討虜, 兵敗而死節者, 前後屈指百有餘人. 嗚呼多矣哉, 歷觀古今, 雖以漢唐之世, 培養人才可謂盛矣, 而考其臨亂之際, 表表死節者, 僅可一二數也."

34 洪大容, 『湛軒書』 권2, 「桂坊日記」, 『韓國文集叢刊(248)』, 民族文化推進會, 2000, 45면. "令曰 : '南北宋之末死節, 與大明何如?' 臣曰 : '北宋只有李侍郞一人, 南宋有文·陸等大節, 而不及明末之多也.' 令曰 : '雖然, 此事徐有臣之言, 誠有理.' 徐曰 : 南宋之末, 一國載在一船, 一船之沒, 一國之死節. 其言如何?" 臣曰 : '此言亦好. 且忠臣持國而大勢已去, 君臣同殉於社稷者, 惟宋而已.'"

'유일하게 군주와 신하가 같이 사직에 순결한 것이다'는 등 다소 주관적인 논리를 만들어내어 육수부가 송 말제를 업고 바다에 투신한 행동이 이민족 정권이 도저히 뒤따를 수 없는 차원의 도덕적·문화적 상징으로 과도하게 의미를 부여하고 있다. 이는 모두 앞서 살핀 예시와 마찬가지로 송나라의 군사적 실패에 따른 굴욕을 문화적 우월성의 과시로 해소, 전화하고자 한 것이다.

한편, 조선 후기 지식인들은 정통을 재정리함으로써 정강의 난과 송원 교체로 인한 역사 서술상의 난점을 해결하고자 하였다. 정통 왕조로서의 송의 멸망 시점을 정강의 난으로 봐야 하는가, 아니면 남송의 멸망으로 봐야 하는가? 남송의 멸망으로 본다고 한다면, 남송의 멸망은 송 공제宋 恭帝가 포로로 잡힐 때로 봐야 하는가, 아니면 조병이 바다로 투신한 시점으로 봐야 하는가? 그리고 북송과 남송을 전복시킨 이민족 정권인 금金과 원元의 성격을 어떻게 규정하고, 또 그들과의 관계를 어떻게 서술해야 하는가? 이러한 문제들은 송나라의 역사를 서술함에 있어 반드시 직면해야 할 문제들이며, 그 본질은 정통성 규정의 문제이다.

전통적인 정통론에 따르면 왕조의 정통은 아래 세 가지 요소를 갖춰야 한다. 첫째, 광대하고 통일된 영토를 가지고 있다. 둘째, 오덕종시설五德終始說과 음양오행설陰陽五行說에 입각한 역사 순환적 법칙을 따른다. 셋째, '덕성德性'을 지닌다. 그러나 실제로 이 세 가지 요소를 동시에 갖추기란 쉽지 않았다. 건국 때부터 이민족의 군사적 압박에 처해 있던 송나라 대의 유학자들은 한족의 문화적 우월성을 적극 강조하면서 종족주의적 색채가 감지되는 차별적 화이론을 강화했고, 심지어 양이攘夷를 존왕尊王의 주요 내용으로 규정하면서 전통적인 주왕양이설을 재해석하기도 하였다. 이와 동시에 이러한 새로운 화이관을 정통성의 재구성에 적용해 '양이'와 함께 덕성의 측면을 적극 확대·강조하고, 대신 영토 소유의 의미를 희석하고자 하였다.[35] 명나라 때에 이르면 지

35 楊念群, 「"天命"如何轉移－清朝"大一統"觀再詮釋」, 『清華大學學報(哲學社會科學版)』, 2020年 第6期, 22~22면.

식인들은 송나라 유학자들이 제시한 이 패턴을 따라 남송을 포함한 송나라의 정통성을 확보하게 되는데, 양난 이후 조선 또한 명나라가 만들어놓은 정통성 계보를 바탕으로 하여 새로운 계보를 만들고자 하였다.

앞에서 언급된 『송사전』은 송나라를 정통으로 삼은 바, 남송 말의 두 어린 황제 조하와 조병까지 모두 「본기」에 포함시킨 반면 이민족 요나라와 금나라의 군주들은 모두 「열전」에 배치하여 그들 정권의 정통성을 완전히 부정해 버렸다. 또한 송나라와 원나라, 그리고 고려 등의 역사를 다루고 있는 유중교柳重敎의 『송원화동사합편강목宋元華東史合編綱目』에서 송나라를 정통으로 삼는 대신 원나라를 정통에서 제외시켰다. 이 책은 당시 중국과 한반도 일대에 존재했던 정권들의 '통계統系'를 '정통正統', '열국列國', '찬적簒賊', '건국建國', '찬국僭國', '무통無統', '불성군不成君', '원방소국遠方小國' 등 8가지로 분류했다. 그 중 송나라의 역사를 두 부분으로 나눴는데, 건국 때부터 975년에 통일을 완성하기 이전까지는 '무통'으로 분류했고, 통일을 이뤄낼 때부터 조병이 투신할 때까지의 역사를 정통으로 분류시켰다. 이에 비해 원나라의 경우에는 남송을 멸망시켜 통일을 이룬 후의 역사를 두 부분으로 나눠, 앞의 75년을 '무통'으로, 뒤의 13년을 '열국'에 포함시켰다. 이러한 서술은 새로운 분류 방법을 적용함으로써 원나라의 정통성을 완전히 부정한 것이다. 서하西夏·금·요의 경우, 모두 '찬국'에 포함시켰다.

송의 건국 시점이 아닌 통일을 이룬 시점으로부터야 정통으로 인정하는 것을 보면, 유중교 또한 정통성을 가늠하는 기준을 세울 때 통일된 영토의 소유 여부를 완전히 무시하지는 않았음을 알 수 있다. 그러나 그보다 더욱 중요하게 적용한 판단 기준은 중화와 이적의 구별임이 분명하다. 그가 원나라가 '정통성을 가진 진짜 주인이 아니다'라는 이유로 원이 중원을 온전히 차지專據中國했던 시기마저 '정통'으로 분류하지 않은 것이 바로 그 증거이다.

원나라의 정통성 문제에 대해 조선 후기 지식인들은 명나라 및 조선 전기 지식인들보다 훨씬 강경하고 급진적인 태도를 보였다.

① 황조 명나라의 상노商輅와 만사동萬斯同 등 여러 사람이 천자의 명을 받아 『속자치통감강목』을 편찬할 때도, 전반적으로 주자의 범례를 따라 사용하였다. 단지 오랑캐인 원元이 간통干統한 것은 예전에 없었던 변고임에도 이 『속자치통감강목』에서 정통으로 처리한 것은 올바름을 얻지 못하였다.[36]

② 이적이 중국에 들어와 주인이 된 것은 진실로 천고의 큰 변고이니, 더욱 지극히 엄격하게 하지 않으면 안 되는데, 김우옹金宇顒이 지은 『송원강목宋元綱目』에는 송나라가 망한 뒤에 바로 원나라의 연호가 큰 글씨로 쓰여 있으니, 이는 천하를 통일했다 하여 원나라에게 정통을 돌린 것이다. 『춘추』에 오나라와 초나라가 왕을 참칭한 것을 삭제하여 왕을 칭하지 않은 예와 견줘 보면, 춘추대의에 위배됨이 심하다.[37]

①에서 유중교는 명나라 사람이 편찬한 『속자치동감강목续資治通鉴綱目』은 원나라에 대한 서술 부분이 '올바름을 얻지 못하였다不得其正'고 비판하고 있다. ②에서 이의현은 조선 전기 문인 김우옹金宇顒이 『송원강목宋元綱目』에서 원나라의 연호를 사용한 것에 대해 비판을 가하였는데, 이는 이의현이 연호의 사용을 원나라를 정통으로 인정하는 것으로 보았기 때문이다. 이렇듯 원나라에 대한 태도에서 조선 후기의 정통론과 화이론에 있어서의 역사적 변화와 당시 지식인들이 견지했던 급진적인 태도를 분명하게 알 수 있다.[38]

---

36 柳重敎, 『省齋集』 권31, 「講說雜稿」, 『韓國文集叢刊(324)』, 民族文化推進會, 2004, 123면. "皇朝商萬諸公, 承詔編『續綱目』, 大槩遵用此法. 惟胡元干統, 是前世所未有之變, 而處之既不得其正."

37 李宜顯, 『陶谷集』 권27, 「雲陽漫錄」, 『韓國文集叢刊(181)』, 民族文化推進會, 1996, 418면. "以夷狄入主中夏, 此誠千古大變, 尤不可不十分致嚴, 而金宇顒作『宋元綱目』, 乃於宋亡之後, 大書元年號, 以其混一天下, 歸之以正統也. 律以『春秋』吳·楚僭王削而不稱之例, 則其違背於大義甚矣."

38 사실상 명나라 때에는 원나라의 정통성에 대해서는 인정에서 부정으로의 변화가 있었다. 건국 초기에 명태조 주원장이 국가 차원에서 원나라의 정통성을 인정하였는데, 이후 이민족과의 변방 분쟁 및 이로 야기한 지식인들의 원나라 정통성에 대한 반대 등이 오랫동안 지속되었다가 1545년에 와서야 국가에서 원세조 쿠빌라이에 대한 제사를 종지하고 원나라의 정통

이러한 흐름은 문학에서도 잘 드러난다. 예컨대 송실 회복이란 숙원은 18세기 말~19세기 중엽에 창작된 것으로 추정된 한글소설 『운수지雲水志』에서 실현되었다.[39] 이 소설에서는 악비·문천상·육수부·한세충·사득방·이강·조정·진문룡·장세걸 등 8명의 송나라 충신의사들은 죽은 뒤 옥황상제의 도움으로 다시 원나라 천력天歷 연간에 적강하여 금나라와 원나라를 멸망시키고 송 황실의 후예를 황제로 세워 송의 중흥을 이룩하였다. 또, 신선이 된 다음에 다시 명나라로 적강한 송나라 충신 문천상을 주인공으로 삼고 있는 한문소설 「일락정기一樂亭記」에서도 원나라의 정통성을 인정하지 않았다.

요컨대 조선의 지식인들은 송의 문화적 우월성과 정통성을 내세움으로써 군사적 실패에 대응하고 그로 인한 심리적·사상적 충격과 흔들림을 극복하고자 하였다. 그들은 송나라에게 도통 소유권이 있음을 강조하고 이들의 행위를 주변 이민족들이 도저히 따라갈 수 없는 높은 도덕적 우월성에 기반한 것으로 평가하였다. 나아가 양이를 주요 내용이자 목표로 삼고 있는 춘추대의에 입각하여 송의 정통성을 강화하고자 하였다.

역사 담론은 현실의 메아리다. 조선 후기에 이처럼 송나라의 정통성 서술을 강화했던 것은 그들이 처한 상황에 대응하고자 했던 현실적 요구에서 비롯된 것이다. 임병양란은 오랫동안 소중화를 자처해 온 조선의 문화적·심리적 우월감을 거의 무너뜨리다시피 하였고, 숭명배청을 명분으로 한 쿠데타로 집권한 인조 정권의 정통성까지 위태롭게 했다. 이런 배경 속에서 조선은 소중화의 영광을 되찾고, 중원을 중심으로 한 중화 질서에서의 위상을 확보하며, 더 나아가 전통적으로 한족 정권만이 자격을 부여받았던 정통성의 계보에 편입되고자 하였다. 이를 위해서 한족 정권으로서 정통성 계보에 들어가

성을 국가와 민간 두 가지 차원에서 모두 부정을 당하게 되었다(이에 대해 琚小飛, 「賡續宋祚抑或紹承元統:明代的元統論爭及其嬗變」, 『暨南學報』 27집, 2023.12, 88~101면 참조). 그래도 그 부정의 철저함은 조선 후기만은 못하였다.

39 이 소설의 내용에 대해, 곽정식, 「새로 발굴한 고소설〈雲水誌〉연구」, 『한국문학논총』 46호, 한국문학회, 2007, 61~102면 참조.

있는 송나라가 중요한 연결고리가 되었던 것이다.

이 과정에서 조선 지식인들은 두 가지 전략을 사용했다. 하나는 원나라와 청나라를 정통성 계보에서 배제시키면서 '송-명-조선'으로 이어지는 계보를 만들고자 하는 것이고, 다른 하나는 조선과 송을 직접적으로 연결하는 것이다. 전자와 관련해서 이미 많은 논의가 이루어진 바 있으므로, 여기서는 두 번째 전략에 대해 간략히 살펴보도록 한다.

> ① 임후함仁厚으로 나라를 세움은 송나라와 같고 유술儒術에 따라 인재를 등용함은 송나라와 같으며, 지조와 절개로 세상을 격려함은 또한 송나라와 같고, 예법·음악·형벌·정령·문물·법도 등은 송나라와 같지 않은 것이 없다.[40]
>
> ② 오직 우리 동방의 문장 궤범은 송나라와 유사하다.[41]
>
> ③ 우리 조선이 나라를 세운 것이 송나라와 같고 진정한 선비眞儒가 배출된 것도 정주程朱의 융성기에 버금간다.[42]
>
> ④ 우리나라로 말하면, 오로지 유교를 숭상하여 예악과 문물禮樂과 文物이 모두 중화를 본받았으므로, 예로부터 '소중화'라는 이름이 있었으며, 나라의 규모라든가 사대부의 행신·범절이 전혀 송나라와 다름없습니다.[43]

위의 인용문들은 다양한 문화적 측면에서 조선과 송의 유사성을 주장하고 있다. 실제로 이와 같이 송과의 동질성을 강조한 담론들이 조선 후기에 매우

---

40 洪樂仁, 『安窩遺稿』 권5, 「宋史眞詮序」, 『韓國文集叢刊(續99)』, 民族文化推進會, 2010, 79면. "立國以仁厚, 同乎趙宋. 用人以儒術, 同乎趙宋. 礪世以志節, 又同乎趙宋. 而以至禮樂刑政典章法度, 與趙宋無一不相同焉."

41 金羲淳, 『山木軒集』 권18, 「八子百選序」, 『韓國文集叢刊(續104)』, 民族文化推進會, 2010, 411면. "惟我東之詞藻軌範一似趙宋."

42 黃玹, 『梅泉集』 권6, 「東溪草堂記」, 『韓國文集叢刊(348)』, 民族文化推進會, 2005, 501면. "我朝立國, 與趙宋同, 眞儒輩出, 亦庶幾洛建之盛."

43 朴趾源, 『燕巖集』 권12, 「熱河日記」, 『韓國文集叢刊(252)』, 民族文化推進會, 2000, 211면. "至於敝邦, 專尙儒敎, 禮樂文物, 皆效中華, 古有'小中華'之號, 立國規模, 士大夫立身行己, 全似趙宋."

흔히 보인다. 앞서 언급한 가문의 시조를 송나라 유민으로 소급하고자 하는 시도 또한 송과 조선을 직접적으로 연결하려는 노력 중 하나로 생각된다. 아래 영조의 말 또한 주목할 만하다.

> 상이 신하들에게 이르기를, "원손이 이제 겨우 네 살인데 체모와 기상이 서너 살의 아이들과는 크게 다르니, 하늘이 장차 송나라에 복을 내리려고 그런 것인 듯하다"고 하였다.[44]

영조는 어린 원손의 기상이 남다르다고 칭찬하면서 이를 하늘이 '송'에 복을 내린 것이라 하였다. 조선을 송나라와 동일시한 것이다. 정조 또한 즉위한 뒤 송과의 연결을 중요시하였다. 『송사전』은 정조의 주관 하에 편찬된 책이며, 정조의 행장行狀에서 그가 '송제宋制'와 '송고사宋故事'에 근거하여 정무를 결정 및 처리하는 기록이 많이 확인된다.[45] 이는 모두 송나라를 통해 중화 세계에서의 조선의 위상을 높이는 동시에 조선이 청나라 대신 정통성의 계보를 잇는 근거를 만드는 것이며, 양난으로 흔들렸던 민족적 문화 정체성을 재구축하는 작업의 일환이다.

3) **변화** 존화양이론적 화이관의 균열

임진왜란 발발 이후 조선 지식인들은 이전 시기보다 더욱 중화와 이적의 차별화를 강화하였다. 병자호란과 명청 교체 이후 조선은 공식적으로 청을 종주국으로 인정할 수밖에 없었다. 하지만 정신적으로는 극히 적대시하여 숭명배청을 국시로 삼고 문화지상주의적 내지 종족찰별적 색채가 띤 차별화에

44 『영조실록』 권83, 영조 31년 1월 28일 조. "元孫今纔四歲, 而其氣象·體貌, 非若三四歲兒矣, 天將祚宋而然耶?"

45 李晩秀, 『屐園遺稿』 권7, 「健陵行狀」, 『韓國文集叢刊(268)』, 民族文化推進會, 2001, 268-301면, 참조.

입각한 화이론을 견지하였으며, 조선을 중화의 승계자로 자처했다. 이러한 사상은 조선왕조가 멸망할 때까지 지배적이었다.

그러나 18세기 중엽 즈음부터 새로운 대청인식이 출현하였다. 이른바 '오랑캐의 국운이 백년 못 갈 것胡運不過百年'이라는 기대가 완전히 무너지고 두 번의 호란이 안겨준 청에 대한 분노와 증오가 어느 정도 가시게 되자, 조선 지식인층 사이에서 이전과는 다른 목소리가 나오기 시작했다. 이러한 인식은 조선사회의 주류를 이루지는 못했지만 분명 새로운 움직임이었으며, 화이론과 정통성 등의 문제와 밀접하게 얽혀 있는 기존의 송망 담론 역시 새로운 양상을 보였다.

> 송나라시대에는 다만 오랑캐만이 혼란을 일으킨 것이 아니라, 그들의 자체 내에서 그렇게 만들었던 것이다. 국가의 안위는 민생民生의 고락苦樂에 매여 있고, 민생의 고락은 재정의 빈부에 매여 있으며, 재정의 빈부는 정사의 사치와 검소에 매여 있으므로, 나라 정치가 사치하고서 백성이 부해진 때는 있지 않았다. 백성이 곤궁하면 외적이 엿보게 됨은 그 형세가 꼭 그렇게 되는 것이다.
>
> 수도가 변경에 있을 때 교례郊禮를 지낸 후 수만 금이나 되는 상을 받았고, 인종은 황녀皇女를 낳았다 하여 비단 8천 필이나 받아들였으나 안에서 내려진 은택은 여기에 계산되지 않았다. 그리고 한 재인才人에게 주는 월봉이 중호中戶의 1백 집 부세와 맞먹었으니, 이것이 그 사치스러움의 한 단면이다. 『서경書經』에, "이 검소한 덕을 삼가서, 오직 긴 계획을 생각해야 한다" 하였으니, 송나라처럼 하는 것은 정말로 장구한 계획이 아니다.
>
> 이로부터 사치가 점점 성해져서 정강 때까지 이른 것이 하루 아침과 하루 저녁에 갑자기 그렇게 된 것이 아니었으니, 이는 송나라 자체가 멸망을 불러일으킨 것이다. 그래도 남은 풍속이 다 없어지지 않아서, 강의 남쪽에 고립될 때까지 이르러서도 장세걸과 조문의 무리가 끝없는 사치를 즐겼으니, 이런 물품들이 과연 어디에서 나왔겠는가? 세상에 아랫사람 것을 손해보이지 않고서 윗사람에 이익이 되는

이치가 없는 법이다. 이를 비유해 말하면 마치 뿔도 채 나지 않은 어린 염소를 휘몰아 어금니가 큰 호랑이의 앞을 막게 하는 것과 같은 짓이니 멸망되지 않을 수 있겠는가?[46]

위 인용문은 공론을 반대하고 경세치용을 주장하던 실학자 이익의 글로, 그는 새로운 각도에서 송망의 원인을 분석하고 있다. 그는 송나라가 멸망하게 된 원인 중 하나가 오랑캐 문제임을 부인하지는 않았지만, '송망자취宋亡自取'라는 제목에서도 알 수 있듯 송나라가 멸망하게 된 근본적인 원인은 내부에, 더 구체적으로는 민생 문제에 있다고 보았다. 지배층의 사치와 가렴주구로 인한 '민빈民贫'에 있다는 것이다. 이는 위에서 살핀 주류 해석과 확연히 다른 것으로 실학사상의 우회적 표출이자 '양이'를 최고 이념과 목표로 하는 화이론적 현실 인식이 균열되기 시작하였음을 시사한다.

송나라를 배경으로 한 한글소설 「현수문전」도 조선 지식인들의 화이론과 정통성 문제에 대한 인식 변화의 양상을 엿볼 수 있는 대표적 사례다. 이 소설은 19세기 초에 창작된 것으로 추정되는데, 주수민의 통계에 따르면 16종의 이본이 존재한다고 한다. 그리고 내용적 차이를 근거하여 이 16종의 「현수문전」 이본들은 송에서 금으로 그리고 다시 금에서 원으로의 왕조교체가 나타나는 '왕조연속교체형', 송에서 금으로의 교체만이 나타나는 '왕조단일교체형', 멸망의 위기에서 간신히 벗어나 왕조를 유지하는 결말을 맺고 있는 '왕조유지형', 그리고 송조에 대한 긍정적 인식을 바탕으로 왕조의 존립 위기 자체가 부재한 '왕조긍정형'의 4가지 유형으로 분류할 수 있다.[47] 그 중 홍윤표본

46 李瀷, 『星湖僿說』 권20, 「宋亾自取」. "當宋之世, 不但戎狄猖獗, 其在內者, 有以致之也. 國之安危, 繫扵民生之苦樂, 苦樂繫扵財用之貧富, 貧富繫扵政之奢儉, 未有國奢而民富者也, 民窮則敵窺, 其勢必然. 汴都之時, 郊禮而受數萬之賞. 仁宗皇女生, 而取綾羅八千匹, 內降恩澤不與焉, 一才人之月奉, 直中戶百家之賦, 此其一段也. 書曰 : '慎乃儉德, 惟懷永圖.' 若宋者, 乞非長久之圖也. 自是漸熾, 馴至扵靖康, 非一朝夕之故, 是宋自亾也. 餘風不殄, 乃至江右孤危, 張趙之徒, 窮侈無度, 此物果從何出? 世未有下不損而上益也, 此比如驅犢首之羊, 遮截鉅牙之虎, 其有幸耶?"

47 주수민, 「〈현수문전〉 이본 연구」, 『정신문화연구』 134호, 2014, 227~256면.

은 왕조연속교체형으로 조선 후기의 주류 화이론과 사뭇 다른 사상적 경향을 드러냈다.

이 이본에서는 송나라의 군주가 모두 혼군으로 묘사된 반면 여진과 원나라의 군주는 긍정적인 이미지로 묘사된다. 뿐만 아니라 왕조가 교체될 때 주인공을 비롯한 여러 작중 인물들의 행동이 기존에 있던 주류 화이관에 완전 배치된다. 송나라가 여진의 침략을 받아 위기에 빠졌을 때 주인공 현수문은 송나라 천자의 파병 요청을 외면하여 송나라의 멸망을 방관하고, 이후 금과 원의 군주를 모두 천자라 칭한다. 이민족 정권인 금과 원의 정통성을 인정하는 것이다. 또한 송나라가 멸망한 후 천자국인 금나라에 의해 송 황실의 후예가 한중에 봉해졌다는 내용이 보이는데, 이는 남송에 대한 암시로 이해할 수 있으며, 남송의 정통성에 대한 부정이라 하겠다.

송나라의 정통성을 적극 옹호하는 왕조 긍정형 이본 또한 존재했지만, 홍윤표본 「현수문전」은 주류와 다른 화이관과 정통관에 기반한 색다른 송망 서사라 할 수 있으며, 이러한 이본의 등장은 시간의 추이에 따라 화이와 정통 문제에 대한 조선 지식인들의 인식에도 변화가 생겼다는 점을 분명히 알려준다.

2. 송이 망할 때의 지식인 선택에 대한 주목

개체적 정치 윤리관의 재구축

조선 후기의 송망 담론은 이데올로기와 정체성 등 국가적·민족적 차원의 문제에만 머무는 것 아니라 개인의 정치윤리 실천과도 연결되어 있다. 국난이 닥친 상황에서 유교적 정치윤리는 조선 지식인들에게 더 이상 '지知'의 차원에 머무는 관념적인 구호가 아닌 '행行'의 차원, 즉 실천의 문제로 다가왔다. 또한 양난 이후 문화적 우월성에 대한 부각을 대내외적 문제를 해결하는 중요한 책략으로 삼고 있는 역사적 배경 속에서 조선 조정과 지식계에서 정치

윤리, 특히 충절忠節과 사절死節에 대해 끊임없이 강조하고 찬양하였다. 때문에 송이 멸망할 당시의 지식인들의 행동과 선택이 조선 지식인들에게 중요한 참고 좌표와 관련 인식의 표현 수법이 되었다.

1) 진정한 충忠이란

충은 유교의 가장 근본적인 윤리 중 하나로 신하가 되는 자로서 자각적으로 또는 의무적으로 실천해야 하는 덕목으로 여겨졌다. 그 요지는 정성을 다하고 책임을 다한다는 것인데, 그 정성과 책임은 하나의 특정 대상에만 제한되는 것이 아니었다. 즉 충을 바쳐야 하는 대상은 유일하지 않다는 것이다. 일반적인 유교적 정치 윤리에 따르면 지식인은 군주에, 국가에, 그리고 대의에 충의 의무를 지닌다. 전근대사회에서 이들은 서로 등가하거나 얽혀져 있어 구별하기가 힘들뿐더러 구별할 필요도 없는 경우가 대다수였다. 하지만 충돌이 있거나 선후완급을 가려야 할 때도 있었다.

양난 이후 충의 의무성이 더욱 강조된 배경 속에서 악비·문천상·육수부·사방득謝枋得 등 민족과 국가가 위기에 처했을 때 충을 다한 송나라의 충신들은 조선 지식인들의 보편적인 존경과 주목을 받게 되었으며, 이에 따라 그들에 대한 담론 또한 반복적이고 지속적으로 생산되었다. 특히 이러한 역사적 흐름 속에서 삼충사三忠祠에 배향하게 된 악비와 문천상 관련 담론들은 충에 대한 조선 후기의 인식을 살피는 좋은 예시라 하겠다.

고려 말기의 문인들은 이미 문천상과 그의 문학에 대해 어느 정도 알고 있었으나 나약한 일개 서생으로 여겨 큰 관심을 보이거나 의미를 부여하지 않았다. 그러나 조선 태종 때 문천상의 일화가 역성혁명을 반대했던 정몽주를 충신으로 표창하기 위한 역사적 근거가 된 것을 계기로 조선사회에서 문천상은 불굴의 충신으로 여겨지기 시작했다. 조선 전기에는 '불사이군'의 차원에서 많이 강조되었던 문천상은 임진왜란 발발 이후 숭명배청과 춘추대의 사상을 표출하기 위한 은유가 되었다. 문천상이 오랑캐 몽골의 침입에 저항했다는 사실에 초점을 맞춰 그의 충절을 새롭게 해석하게 되었기 때문이다. 실제로 숭명배청의 상징적 인물인 김상헌은 문천상에 비견되었고, 북경에 있는 문승상 사당과 삼충사가 조선 연행사들의 고정 방문 코스가 되었으며, 조선판 삼충사를 조성했던 것 모두 숭명배청과 춘추대의를 기탁하기 위한 것으로 볼 수 있다. 이 시기 조선 문인들이 문청상의 집두시集杜詩에 큰 관심을 보인 것 또한 전란 경험과 화이론적 저항 정신을 기저에 둔 공감과 표출 욕구 때문이다.[48]

악비의 경우, 항금 경험을 중심으로 그의 충절을 부각하는 양상은 양난의 경험 전과 후에 차이가 없다.[49] 다만 조선 후기에 이르면 포괄적이고 감성적인 비평을 넘어 논리성과 깊이가 한층 높아진 담론을 많이 만들어냈다. 주목할 만한 변화 중 하나는 조선 전기에는 악비가 충을 바친 대상의 선후나 경중을 특별히 분별하고자 하지 않았던 것과 달리, 조선 후기에는 악비를 통해 충을 바쳐야 할 대상의 우선순위를 따지고 정하고자 하는 노력이 많이 포착된다는 것이다.

혹자가 말하길, "사람들은 모두 악비가 회군을 한 것이 그릇됐다고 여기고 있습니다. 그러나 공자께서 임금의 부름을 받으면 수레에 멍에를 맬 때까지 기다리지도 않고 달려간다는 말이 있지 않습니까. 악비가 하루에 철군을 명하는 열두개의 금패를 받았는데 어찌 회군하지 않을 수 있습니까?"라고 하였다.

대답하길, "공자께서 수레에 멍에를 맬 때까지 기다리지도 않는다는 것은 임금을 모시는 일반적인 예이다. 그렇지만 악비의 경우에는 이 상황과는 다르다. (…중략…) 임금의 명이 중요하기는 하나 어찌 중도에서 철군하여 지난날의 공업을 모두 허사로 만들 수 있겠는가?"라고 하였다.

48 전연, 「조선 문인의 문천상 인식과 『집두시』 수용」, 한국학중앙연구원 석사논문, 2013 참조.
49 조선전기의 악비 수용 양상에 대해 조지형, 「조선 전기 '岳飛' 故事의 수용과 인물 형상의 정립 과정」, 『대동문화연구』 77, 대동문화연구원, 2012, 269~299면을 참고할 수 있다.

혹자가 말하길 "이 말은 맞기도 하고 맞지 않기도 합니다. 하루에 금패를 열두 개나 받았는데 돌아오지 않으면 명을 어긴 죄가 생김은 분명합니다. 악비로서는 마땅히 어떻게 해야 이 두 가지 다 옳은 것을 잃지 않을 수 있습니까?" 하였다.

대답하기를 "그렇습니다. 악비는 마땅히 언성郾城에 주둔하면서 사람을 보내어 '(…중략…) 이 기회를 놓치면 다시 때가 오기가 힘드므로 신이 감히 조서를 받들 수 없습니다(…중략…)'라고 상소를 올려야 했었습니다. (…중략…) 복수의 대의가 무겁고 이에 비해 명을 어긴 죄가 오히려 가볍습니다. 절대로 갑자기 조서를 받고 철군하여 나라의 큰 계책을 그르쳐서는 안 됩니다."

오호! 악비가 때에 따라 알맞게 행동할 줄 몰라서 위로는 나라를 위해 적을 소멸시켜 평생의 충성스러운 뜻을 보상하지 못하고 아래로는 기미를 보고 떠나 한세충처럼 서호에서 나귀를 타며 살지 못하여 부자가 나란히 간악한 도둑놈 손에서 죽었으니 참으로 슬픈 일이로다. 그러므로 내가 이를 논파하여 후세의 군자가 권도와 時宜를 몰라 도리어 不忠의 죄에 빠져들게 되는 것을 경계하게 하기 위함입니다.[50]

봉조반사奉詔班師, 즉 승승장군으로 금나라와 싸우고 있던 악비가 하루만에 송 고종으로부터 회군을 명하는 열두 개의 금패金牌를 받고 철군한 사건은, 조선 후기에는 큰 주목을 받았다. 시문에서의 빈번한 용사와 수많은 단편적인 언급을 비롯하여, 궁술 시합인 삭시사朔試射에서 시험 제목으로 나온 것과 「악비봉조반사岳飛奉詔班師」[51] 및 위 인용문인 「논악비봉조반사論岳飛奉詔班師」 등 이를 주제로 한 장편 사론문의 출현은 이러한 관심을 뒷받침한다. 관련 담론들의 초점은 조서를 받고 회군하기로 한 악비의 선택의 옳고 그름에 대한 판단이다. 악비의 회군 선택을 남송이 금나라를 이겨 국토를 수복하고 중화를 회

---

50 任允摯堂, 『允摯堂遺稿』 상편, 「論岳飛奉詔班師」, 『韓國文集叢刊(속84)』, 韓國古典飜譯院, 2009, 441~442면.

51 金春澤, 『北軒居士集』 권9, 「岳飛奉詔班師」, 『韓國文集叢刊(185)』, 民族文化推進會, 1997, 126~127면.

복시킬 수 있는 마지막 기회의 상실과 연결지어 생각했기 때문에 논란이 생긴 것인데, 그 논란의 본질은 충을 바쳐야 할 대상의 선후완급을 정하는 문제에 있다.

조선 후기에는 대개 회군을 하지 말았어야 한다고 생각하는 분위기였다. 가장 대표적인 예로 위의 인용문을 들 수 있는데, '복수의 대의가 무겁고 임금의 명을 어기는 죄가 오히려 가볍다'는 이유로 악비가 봉조반사를 하는 것을 강렬히 비판하였다. 작가는 악비가 경중輕重을 살펴 현명한 선택을 하지 못하였기에 중화 회복의 꿈을 물거품으로 만들었다고 생각했으며, 이는 군주에게 충을 한 것이라 할 수 있겠지만 국가와 대의에 충을 하지 못하는 것으로 결국에 진정한 충이 아니라고 단정하였다. 즉, 지식인에게는 충을 바쳐야 하는 대상으로서 군주보다는 대의와 국가가 우선순위에 있다는 주장이다. 물론 여기에서 말하는 대의는 조선 후기의 최고 이념인 춘추대의를 가리킨다. 이러한 인식은 조선 전기에는 없었던 현상으로, 춘추대의가 최고 이념이 된 조선 후기사회에서 충에 대한 지식인의 인식에도 변화가 생겨났음을 말해 준다.

2) 생과 사의 갈림길에 놓일 때

유교에서는 대의와 죽음의 문제를 매우 중요시하였다. 사절死節, 혹은 순절殉節이라는 관념은 춘추시대부터 출현하였고, 송대에 이르면 매우 치열해져 적어도 관념적으로는 의무화되다시피 하였다.[52] 성리학을 건국 이데올로기로 삼은 조선은 유교적 정치 윤리의 실천을 몹시 중요시한 바, 사절의 문제가 역시 예외가 될 수 없었다. 김상헌이 남한산성에 갇힌 인조에게 죽을지언정 절대로 송 휘종과 흠종처럼 오랑캐에게 잡혀 굴욕을 당하지 말 것을 바랐던 일이나 명나라 숭정황제의 순국 선택에서도 알 수 있듯 군주마저도 사절의 의무에서 자유롭지 못했다. 그러나 사절의 주요 실천 주체로 역할을 부여

52 何冠彪, 『生與死－明季士大夫的抉擇』, 聯經出版事業公司, 1997, 5면.

받았던 이들은 역시 지식인층이었으며, 따라서 여기에서는 지식인의 사절에 집중하기로 한다.

양난 기간 중 조선 지식인의 사절은 많이 발생하였다. 몇 가지 예를 들자면 아래와 같다. 임진왜란 때, 전쟁 발발한 뒤 유수도장을 지냈던 이양원李陽元이 의주에 있던 선조가 명나라에 내부內附한다는 소식을 듣고 8일간 단식하다 사망하였으며, 신립·김여물·김천일·최경회·고종후 등은 모두 패전 후에 자결하였다. 병자호란 때, 강화도가 함락되자 김상용이 화약에 불을 질러 자결하였는데 이상길·홍명형·김익겸·권순장·김수남 등 또한 그를 따라 죽었다. 심지어 명나라의 멸망을 위해 사절한 조선 지식인도 있었다. 이들은 모두 죽음으로 유교적 정치 윤리를 실천하였다.

그러나 아무리 유교적 가치관이 몸에 밴 지식인이라도 사람인지라 쉽사리 죽음을 단행하기가 어렵다. 두려움과 책임 이행 등 여러 가지 사적 혹은 공적인 이유로 인해 유교적 정치 윤리에 따르면 죽어야 마땅하나 죽지 않는 상황이 종종 발생한다. 가장 전형적인 것은 양난 때의 포로 지식인들이다. 이들은 죽지 않음을 택하는 순간 외부로부터의 비난과 내부로부터의 부끄러움에 시달리기 시작한다. 이 때, 그들은 문천상 등 송나라의 충신의사들이 비슷하게 생과 사의 갈림길에 놓여 있을 때 한 선택들과 견주어 보면서 자기 합리화를 위한 논리를 만들어냈다.

> 하루라도 구차하게 사는 것이 그 죄가 만 번 죽어 마땅하옵니다. 기러기 털과 같은 목숨을 어찌 감히 아끼며, 잠시의 고통을 견디지 못하겠습니까마는, 돌이켜 생각하면 일시에 이름을 없애버리고 마치 저 도랑溝瀆에서 스스로 목매어 남모르게 죽는 사람과 같게 되어, 위로는 능히 충절忠節을 세워 국가에 보답하지 못하고 아래로는 분명하게 죽음을 처리하여 영예스러운 이름을 남기지도 못하고, 어린 아이와 어리석은 부녀들과 함께 칼머리의 해골이 되게 되었으니, 누가 알아주겠습니까? 하물며 사로잡혀서도 후사後事를 도모한 사람으로서 옛날의 충신열사인 문천상·주서

朱序 같은 사람도 모두 성공하지 못했지만, 옛 사가史家들이 그르게 여기지 아니하고 그들이 절개를 온전히 한 것을 허여한 것은, 진실로 몸은 비록 사로잡혔을망정, 일찍이 사로잡히지 않은 절개가 오히려 있었기 때문입니다.

신이 고루하고 용렬하여 비록 옛사람의 만 분의 일도 못 됩니다마는, 그 충성을 다하고 싶은 마음만은 옛사람에게 조금도 양보할 수 없습니다. 개미 같은 목숨일망정 한 숨이라도 붙어 있는 동안에는 개와 말 같은 정성은 만 번 꺾어도 꺾일 수 없습니다. 즉시 마땅히 온갖 계책을 다하여 탈출하여 돌아가 궁궐의 뜰에 나아가 죽임을 받아, 비록 몸과 머리가 두 동강이가 되더라도 오히려 왜의 땅에 묻히는 것보다 나을 것입니다. 하물며, 추한 놈들의 정상情狀이 이미 신의 눈 안에 들어 있으니, 만일 하늘이 편리한 기운을 빌려주어 틈을 탈 기회가 생긴다면 곧 마땅히 변변치 못한 이 몸을 가지고 삼군三軍에 앞장서서 국가의 위영威靈에 의지하여, 위로는 산릉山陵과 사직·종묘의 수치를 씻고 아래로는 진대秦臺와 연옥燕獄의 쓰라림을 갚은 후에, 사패司敗의 처벌을 받아, 오늘날 구차하게 산다는 죄를 갚겠습니다. 이야말로 신이 한밤중에 칼을 만져보며, 하루면 창자가 아홉 번씩이나 뒤틀리고 있는 까닭입니다.[53]

성리학자 성혼의 제자로 형조좌랑까지 지닌 강항은 정유재란 때 피난 도중 포로가 되어 일본에 끌려갔다가 1600년에 풀려나 조선으로 돌아왔다. 위의 내용은 강항이 일본에 억류되어 있던 중 조선 국왕 선조에게 바친 「적중봉소賊中封疏」의 일부분으로, 자신이 포로가 되어서도 죽지 않은 이유에 대한 해

53 姜沆, 『睡隱集』, 「看羊錄」, 「賊中封疏」, 『韓國文集叢刊((71)』, 民族文化推進會, 1991, 91~92면. "一日偸生, 萬死無赦. 鴻毛之命, 豈敢顧惜. 片時之痛, 非不堪耐. 而顧念一時滅名, 有同溝瀆之自經, 上之不能建忠立節, 報補家國, 下之不能明白處死, 以留榮名, 而與嬰兒愚婦, 同爲劍頭之骸骨, 誰則知之? 況被擄而圖後者, 在昔忠臣烈士之如文天祥·朱序者, 俱不得免, 前史不以爲非, 而予其全節者. 良以身雖被擄, 而所未嘗被擄者猶在也. 臣之陋劣, 雖下古人萬分, 而願忠之志, 不讓古人一頭. 螻蟻之命, 一息尙存, 則犬馬之誠, 萬折不已. 卽當百計逃還, 就顯戮於王府之外, 縱令身首橫分, 猶勝死葬蠻夷. 況醜奴情狀, 已落臣阿堵中. 萬一天假其便, 釁有可乘, 則卽當以不費之身, 首三軍之路, 憑國家之威靈, 上雪山陵廟社之恥, 下洒秦臺燕獄之痛, 然後伏首司敗, 以謝今日偸生苟活之罪. 此臣之按劍中夜, 腸一日而九回者也."

명이다. 그는 포로가 된 상황에서 죽지 않고 구차하게 살아간다는 것은 이름이 더렵혀짐을 의미하는 것을 알고 있지만, 바로 죽어도 결코 충절을 세우고 국가에 보답하는 행동이 아니라고 하면서 문천상이 처음으로 포로가 될 때의 예를 들었다.

문천상은 몽골군에 들어가 화친 담판을 하다가 붙잡혔는데, 죽지 않고 압송 도중에 탈출한 뒤 의병을 모집하여 항원抗元 활동을 하였다. 강항은 문천상의 이와 같은 행동을 '후사를 도모圖後'하기 위해 죽지 않는 것으로 규정하며 후세 사람에게도 절개를 잃지 않았다는 인정을 받았다고 하였다. 이에 자기 자신을 문천상에 비대어, 본인도 '도후'를 위해 죽지 않는 것이라 자세히 설명하였다. 이 상소문과 함께 선조에게 올린 일본의 지도와 일부 정보는 이 해명의 증거물이라 하겠다. 그는 포로 생활을 청산하고 조선으로 귀국한 후 일본에서의 경험과 그곳의 지리, 풍속 등을 기록하는 책을 썼는데, 바로 그 유명한 「간양록」이다.

강항은 '도후'의 주장와 이를 뒷받침할만한 실천 덕에 외부로부터의 비난을 받지 않았으며, 오히려 당시 사람들의 인정을 받았다. 그러나 귀국한 뒤 다시 벼슬길에 나가지 않는 등 그의 여러 행적을 봤을 때 자신의 내면으로부터 생긴 '죽지 않은 것'에 대한 부끄러움이 존재했음을 추측해 볼 수 있다.

또 다른 예를 살펴보기로 한다. 병자호란 때 종묘의 위패를 모시고 강화도의 들어간 예조참판 여이징呂爾徵은 강화도가 함락된 후 죽지 않았기 때문에 '실신失身'의 비난이 사방에서 쏟아졌다. 도저히 견디기가 어려워 인조에게 상소를 올려 자기변호를 해야 할 정도였다.[54] 그는 상소문에서 역시 강항과 같이 문천상의 불사不死 선택을 근거로 하여 사절하지 않은 선택을 합리화하였다. 심지어 병자호란 때의 척화파 대표 인물인 김상헌마저 사절하지 않은 것과 관련하여 잡음이 있었다.

---

54 『인조실록』 권34, 인조 15년 4월 11일 조, 참조.

논자가 혹 말하기를,

"효묘가 명나라 황실의 회복을 도모하여 문정공 송시열과 문정공 송준길이 왕실의 조정에 섰으니 사군자士君子들이 참으로 벼슬할 만하였다. 그런데 문정공 김상헌이 심양에서 돌아온 후에 효묘를 기다리지 않고 국상國相으로서 왕의 조정에 나아갔으니 의리에 어떠한가."

하였다. 이에 내가 대답하여 다음과 같이 말하였다.

"문천상文天祥은 원나라에 붙잡혀서 연경에 이르렀는데 절의를 끌어대며 굴하지 않다가 죽었다. 만약 송나라가 망하지 않고 천상이 죽지 않고 살아서 돌아왔다면 어찌 천상의 의리가 벼슬할 만하지 않다고 이르겠는가. 사방득謝枋得은 원나라에 붙잡혀 연경에 이르렀는데 절의를 끌어대며 굴하지 않다가 죽었다. 만약 송나라가 망하지 않고 사방득이 죽지 않고 살아서 돌아왔다면 어찌 그의 의리가 벼슬할 만하지 않다고 이르겠는가. 문정공 김상헌이 천자를 위하여 대절大節을 지키자 청나라 사람이 심양의 감옥에 유폐하였으나 끝내 굽히지 않았다. 그러므로 인묘께서 등용하여 국상으로 삼은 것은 그가 능히 자신의 몸을 깨끗하게 하였기 때문이다. 남한산성에서 하성하였을 때 충정공 홍익한·충정공 집윤·충렬공 오달제는 죽었고, 문간공 정온·문정공 윤황은 떠나갔으며, 문정공 김상헌은 심양에 유폐되어 있다가 풀려나 돌아온 후에 국상으로 부름을 받고 나아갔으니 각자 자신의 의리에 편안할 따름이었다."[55]

조선 사람으로 명나라의 조정에서 서지는 않았지만 명나라에 의리를 지킨 지식인을 위해 쓴 『명배신전明陪臣傳』에 실려 있는 김상헌 부분 앞에 있는 서문

55 黃景源, 『江漢集』 권31, 「明陪臣傳五」, 『韓國文集叢刊(225)』, 民族文化推進會, 1999, 69면. "文天祥爲元所執至燕山, 引節不屈而死之, 使宋不亡而天祥不死來歸, 則孰謂天祥之義不可仕也? 謝枋得爲元所執至燕山, 引節不屈而死之, 使宋不亡而枋得不死來歸, 則孰謂枋得之義不可仕也? 金文正公爲天子守大節, 淸人幽之瀋陽獄, 卒能不屈, 故仁廟擧爲國相者, 爲其能潔其身也. 方南漢下城之時, 洪忠正公翼漢·尹忠貞公集·吳忠烈公達濟則死之, 鄭文簡公蘊·尹文正公煌則去之, 金文正公幽于瀋陽, 旣釋歸, 召爲國相, 則就之, 各靖其義而已矣."

이다. 김상헌은 병자호란 때 주화론을 강하게 배척하고 끝까지 주전론을 주장하였으며, 1639년 명나라 공격을 위한 청나라의 출병 요구를 반대하는 상소를 올렸다가 청나라에 압송되어 6년 후에야 풀려났다. 그는 굳건한 배청의식과 대명의리 주장 때문에 조선의 문천상으로 비유되었으며, 북벌 내지 조선 후기 배청 이념의 상징으로 여겨졌다.

그러나 이러한 김상헌에게도 의리와 관련하여 잡음이 존재한 것으로 보인다. 저자는 허구의 인물인 혹자의 입을 빌려 김상헌의 의리를 향한 세간의 의심을 먼저 던졌는데, 청나라의 감금에서 풀려난 후 인조의 조정에서 좌의정으로 제수된 것이 의리에 맞는가 하는 것이다. 저자는 이것이 의리에 어긋나지 않는다고 답하였는데, 여기에서 독자는 김상헌이 청나라로부터 굴욕을 당했음에도 죽지 않은 것에 대한 암묵적인 변호를 읽어낼 수 있다. 김상헌의 절개를 원나라에 감금당하다가 죽은 문천상·사방득과 동일시하고, 또 청나라에게 죽음을 당한 삼학자와 대등하게 평가하려는 노력에도 김상헌을 위한 은밀한 변명의 뜻이 담겨 있다.

위의 예들에서 확인할 수 있듯이, 양난 이후 조선사회에서 '불사'를 일률적으로 부정하지는 않았지만 인정 기준이 매우 엄격하여 사실상 '도후'라는 한 가지 이유만 인정해 주었다는 것을 시사한다. 은퇴 또한 잘 인정을 받지 못하였다. 하나의 예를 보자. 송말원초를 배경으로 하는 한글소설 「장한절효기」에서 송나라 멸망 후 죽음 대신 은퇴를 택한 주인공의 아버지가 자기 처의 미색을 탐하는 자에게 죽음을 당하는 내용이 있다. 여기에서 주인공의 아버지는 자신이 이렇게 억울하게 죽게 되는 것은 송나라가 멸망할 때 따라 죽지 못한 죄에 대한 업보라고 생각하는 부분은 주목을 요한다. 조선 지식인들이 관념상 사절을 의무로 여겼음을 시사해 주는 대목으로 볼 수 있기 때문이다.

일부 지식인은 완사緩死조차 받아들이지 못했다. 완사는 말 그대로 죽음을 늦추는 뜻으로, 대의를 지키기 위해 죽어야 하는 그 자리에서 당장 죽지 않고 그 이후에 죽는 것을 말한다. 사방득의 예를 들어보도록 한다. 사방득은 앞에 인용한 여러 자료에서도 나온 인물로 뛰어난 문학적 성취를 이뤘을 뿐만 아니라 문천상·육수부 등과 함께 송나라를 위해 목숨까지 바친 대표적인 충신 열사로 알려져 있다. 남송 말기에 그는 의병을 모집하여 적극적으로 원나라에 항거하였으며, 실패한 후 한동안 망명을 하였다. 송나라 멸망 후 원나라 조정에서 여러 차례 불렀지만 모두 거절하였고, 억지로 원나라 수도로 압송되었지만 끝까지 굴하지 않아 단식하다가 죽었다.

조선 후기 문인 이구李榘는 「사방득기가분환謝枋得棄家奔還」[56]이라는 글에서 사방득이 항원 전쟁에서 패한 후 바로 죽지 않은 것을 부정적으로 평가했다. 그는 사방득의 망명은 도후를 위한 것이 아니었다고 생각했고, 살아 계시는 모친에게 효도를 해야 하기 때문에 즉시 죽지 못한다는 사방득의 말도 납득하지 못했으며, 원나라 조정의 회유를 거절할 때의 언사言辭도 못마땅하게 여겼다. 그는 사방득이 나중에 사절하기는 하였기에 구차하게 죽지 않은 것보다 낫지만 완벽하게 사절을 실현한 인물로 볼 수 없다고 판단했다.

이상에서 살핀 내용을 종합해 본다면, 양난 이후 주체도덕성道德主體性적 국가 운영 방침을 강화해 나가고 성리학적 윤리관의 실천을 엄격히 하고자 하는 배경 속에서 조선 지식인들의 사절 관념 또한 엄격해지고 치열해졌다. 송나라 멸망 즈음의 순국 행위에 대한 과도한 도덕적·문화적 가치 부여 또한 이러한 분위기 속에서 비롯된 현상이다. 사절 관념에 따른 순국 역시 이후로도 강하게 이어져 조선왕조가 끝날 즈음 수많은 순절자가 출현하게 되는 문화적 배경으로 작용한 것으로 볼 수 있다.[57]

56 李榘, 『活齋集』 권6, 「謝枋得棄家奔還」, 『韓國文集叢刊(속31)』, 韓國古典翻譯院, 2007, 528면.

57 한말과 일제시기의 순국에 대해서는, 오영섭, 『한말 순국·의열투쟁』, 독립기념관 한국독립운동사연구소, 2009; 서정화, 「유교 담론의 자장과 순국의 관계성 – 한말·일제강점기의 자결순국을 중심으로」, 『국어문학』 75, 국어국문학회, 2020, 65~100면 등을 참고할 수 있다.

3. 맺는 말

조선은 통일신라 때부터 중화의 질서에 편입되었는데, 적어도 이론상으로 힘의 척도가 아닌 문화의 기준으로 위계를 결정하는 이 질서에서 줄곧 우위적 위치를 차지해 왔다. 고려에 대한 송나라의 칭찬에서 유래한 '소중화'라는 말은 조선의 자칭으로 굳으면서 조선의 정체성과 직결된 말이 되기도 하였다. 그렇지만 오랫동안 지속해 온 그 영광과 자존은 임병양란에 의해 파괴되었고, 조선은 정체성 상실의 위기에 빠졌다. 이런 역사적 배경 하에 소환된 송 멸망의 역사는 일종의 은유로서 전쟁 여부의 선택, 화華와 이夷, 그리고 정통正統 등의 문제와 밀접하게 얽혀 있어, 단순한 '담론'의 차원을 넘어 전시戰時의 노선 선택과 전후의 현실 대응에 깊숙이 개입하였다.

조선 지식인들이 더 나은 조선을 위해 송나라의 역사를 담론했듯, 오늘날의 양난 담론은 더 나은 동아시아를 위한 것이어야 한다. 이러한 측면에서 조선 후기에 산출된 송망 담론의 기저에 깔려 있는 이념과 관념들, 즉 종족주의 색채를 띤 춘추대의 사상과 정통론 해석, 그리고 가혹하다 싶을 정도로 엄격한 정치 및 도덕적 윤리관과 생명관을 현대에 어떻게 평가해야 하는가에 대한 고민을 갖게 된다.

근대기 한반도 사람들의 반식민反植民 운동에도 적용되어 정의 실현을 위한 정신적 동력을 제공해 주었던 듯,[58] 송망 담론과 그 저변에 함축되어 있는 사상은 시대를 초월한 힘이 있음은 분명하다. 특히 개인 이익과 물질 향락을 목표로 하지 않는 이상주의적 정신 지향은 특정 시대를 뛰어넘는 보편적 가치를 지닌다고 생각한다. 그러나 다른 한편으로는, 그 속에 현대적 가치에 맞지 않고 지역 평화 실현에 장애가 될 수 있어 경계를 해야 하는 부분도 분명 존재한다. 오늘날은 문화든 종족이든 그 어떤 것을 기준으로 하든지 간에 차별

58 예를 들면 문천상 담론은 일제강점기 때 출판 검열의 대상이었고, 독립운동을 주도했던 투사들이 문천상의 항원 이야기를 적극 원용하였다.

에 대한 정당화는 용인할 수 없으며, 생명의 존재 그 자체로서의 가치를 인정 받아야 할 것이다.

조선 후기 연행록에서 환기되는 전쟁의 기억

'연행록사전 DB'를 활용한 송금전투松錦戰鬪의 기억 양상 고찰

조융희趙隆熙
한국학중앙연구원
국어국문학과 교수

송금전투는 명·청 교체기로서 명·청 사이에 힘의 균형이 무너지고 청군이 산해관으로 진입하게 되는 전환점이 되었던 사건으로, 조선 후기 연행사들은 대릉하大陵河-영원寧遠 구간을 지나면서 이 전투와 관련한 기억을 통해 해당 전투의 의미를 표현하고는 하였다. 송금전투가 일어난 때로부터 비교적 가까운 시기에 연행한 사람들은 전쟁 시기나 본인의 연행이 이루어진 시기의 일을 바탕으로 생생하게 전쟁의 기억을 소환하였다. 또한 시기적으로 송금전투로부터 점점 멀어지면서 연행사들은 과거의 주요 전적들을 전거로 삼아 전쟁의 기억을 불러냈다. 『심양일기』, 인평대군의 『송계집』, 김창업의 『연행일기』 등이 기억을 재생산하는 중요한 매개였다. 또한 연행사들은 조대수 가祖大壽家의 패루를 통해 명의 패전을 기억하며 대명의리를 소환하고, 조대수가 명을 배반한 일을 개탄하였다. 연행사들은 명의 패배를 앞두고 포화 속에 뛰어들어 자결한 노상현盧象賢과 명에 대한 의리를 지키다 청군에 의해 죽게 된 이사룡李士龍과 같은 무명전사들에 대한 기억을 통해 위로받았다. 또한 패자들의 무덤인 경관京觀과 승자의 기념물인 관마산 승전비官馬山勝戰碑는 연행사들이 송금전투의 아픔을 기억하는 매개였다.

1. 들어가는 말

조선 후기 연행록을 보면 압록강을 건너 산해관에 이르는 과정에서 명·청 교체기에 치열한 전투가 벌어진 일을 떠올리고는 하였다. 특히 연행사들은 중국 동북부 요서遼西 지역의 대릉하大陵河-영원寧遠 구간에서 있었던 명군과 청군의 전투와 관련하여 많은 언급을 하였다. 그 구간은 청나라가 명나라의 산해관 방어를 무력화하기에 앞서 반드시 무너뜨려야 하는 곳이었던 만큼 그곳의 전투는 두 나라가 총력을 다할 수밖에 없었고, 역사에서도 그 전투의 치열함을 자세히 기록하였다.

1626년 영원성 전투에서는 명나라 장수 원숭환袁崇煥이 이끄는 군대가 청군에게 패배를 안겨주었는데, 1641~1642년에 치열하게 전개된 송금전투松錦戰鬪에서는 명나라 장수 홍승주洪承疇와 조대수祖大壽 등이 송산松山과 금주錦州에서 장기전을 벌인 끝에 청군의 포위전을 이기지 못하고 투항하였다. 당초 1641년 6월 송산과 금주 사이의 산악지대에서 벌어진 교전에서 패배한 청군은 청 태종의 지휘 아래 전열을 가다듬고 장기전 전략에 따라 소규모 공격을 반복하면서 송산성 남쪽의 명군 보급로를 차단하였다. 같은 해 8월 청군이 명군을 포위하자 산해관으로 퇴각하려던 다수의 명군이 궤멸되었고, 오삼계를 비롯한 1만여 명의 군사만 청군의 포위망을 뚫고 간신히 산해관으로 탈출하였다. 13만여 명의 명군을 거느리던 홍승주는 불과 몇만의 군사만을 이끌고 송산성에 들어가 버티다가 1642년 2월 송산성이 함락되면서 청에 귀순하였다. 그 뒤 금주성의 명군을 지휘하던 조대수는 송산성이 함락되고 한 달도 안 되어 성문을 열고 청군에 항복하였다. 청의 요구로 조선에서도 이 전투를 위해 군사를 파견하여, 유림柳琳의 지휘 아래 청군 진영에서 명군을 향한 공격에 가담하였고, 심양에 머물던 소현세자는 청의 요구에 따라 금주성 인근까지 가서 조선군의 전투를 독려하였다. 송금전투의 결과 중국 동북 지역의 전세는 청으로 완전히 기울었고, 결국 1644년 청이 산해관으로 들어가 이자성의 반란군을 진압하고 중원을 차지하기에 이른다.[1]

지금까지 이루어진 송금전투와 관련한 학술적 검토는 중국 역사학계의 논의를 참고할 수 있다. 역사학계에서는 주로 17세기 초에 송금전투를 전후하여 청이 명의 산해관 지역으로 세력을 확장해 나가는 과정에 초점을 맞추어 이 전투의 성격과 당시 청의 군사력 등에 대하여 논의하였다.[2]

치우루이종과 김일환은 송금전투를 전후한 시기에 관한 연행록의 서술 양상을 분석하였다. 치우루이종은 인평대군의 『연도기행』을 중심으로 송금전투 전사자들에 대한 애도가 시문으로 표현된 양상을 소개하였다.[3] 김일환은 1626년 청 태조 누르하치 재위 시에 있었던 영원성 전투를 배경으로 만들어진 '구혈대嘔血臺' 이야기가 조선 문인들의 반청反清 정서를 풀어내는 데 일정

1 송금전투의 전개 양상은 리홍빈(李鸿彬, 「论明清松锦之战」(『辽宁师范大学学报(社会科学版)』, 1981)과 저우웨이한(周威翰, 「松锦之战的战役进程与清军战术选择」, 『兰台世界』, 2023) 등의 논의를 참고하여 정리하였다.

2 예컨대, 리홍빈은 숭덕제를 비롯한 지도부의 무능력으로 인해 응집된 군사력을 발휘하지 못한 명에 비해 청 태종은 포위와 접전의 전략을 단계적으로 구사하여 전투를 청의 승리로 이끌었다고 진단하였다.(李鸿彬, 「论明清松锦之战」, 『辽宁师范大学学报(社会科学版)』, 1981) 정레이와 자오스디는 명이 청과 화의를 맺을 시기를 놓치고 요서 지역에서 적극적인 공격을 펼칠 기회도 찾지 못하면서 전투에서 질 수밖에 없었다고 분석하였다.(曾磊, 赵士第, 「松锦之战后的明朝辽东边防」, 『哈尔滨学院学报』, 2015) 당시 청의 군사력과 관련해서는 저우웨이한과 정레이의 논의가 있다. 저우웨이한은 항복한 명의 군사가 한군팔기(漢軍八旗)에 충원되어 청군의 전투력를 보강할 수 있었다고 하면서, 송금전투 후 군사력 변화에 주목하였다.(周威翰, 「松锦之战的战役进程与清军战术选择」, 『兰台世界』, 2023) 정레이는 조선이 청의 요구로 송금전투에 파병한 데는 훗날 명의 군대와 함께 청에게 복수할 기회를 찾으려는 목적이 숨어 있었는데, 당시 참전한 조선군의 실질적 전투력은 그다지 크지 않았을 것으로 추정하였다.(曾磊, 「明清松锦之战中朝鲜兵的作用」, 『史学月刊』, 2013)

3 邱瑞中, 「谁赴松锦吊忠魂——『燕行录』的史料价值之七」, 『内蒙古师范大学学报(哲学社会科学版)』, 第37卷 第2期, 2008.

한 역할을 하였음을 논하였다.[4] 이 두 논의는 조선 문인들이 명·청 교체기의 전쟁을 기억하던 모습을 이해하는 데 연행록이 기여하는 바와 함께 이 시기 전쟁에 관한 문학적 조명이 지니는 의의를 환기해 준다.

본고에서는 조선 후기 연행록 저작이 축적되는 과정에서 송금전투가 어떻게 기억되어 나갔는가를 살피고자 한다. 연행사들은 대릉하-영원 구간을 지나면서 명·청 교체기의 전쟁에 관하여 언급하면서 송금전투를 떠올렸다. 명의 국운이 기울고 청이 중원을 차지하는 결정적 계기였던 송금전투는 명이 멸망한 상황에서도 대명의리對明義理를 잊지 않으려 했던 조선 연행사들에게 역사를 뼈아프게 성찰하는 매개였다. 연행사들은 전투가 벌어진 공간, 이를 통해 환기되는 인물 등을 서술하면서 자신들이 관심을 두는 사안에 대하여 되새고는 하였다. 명·청 교체기 대릉하-영원 구간의 전투에 대하여 조선 후기 연행사들이 어떻게 되새겼는가를 검토하여 당시 상황에 대한 연행사들의 인식 양상을 확인하고자 한다.

이를 위해 한국학중앙연구원에서 구축하는 '연행록사전 DB'를 활용하여 앞으로 이 데이터베이스가 관련 분야의 연구에 응용될 수 있는 방안에 대해서도 숙고할 기회를 갖고자 한다. 한국학중앙연구원에서 수행하고 있는 '연행록사전 편찬 및 DB구축 사업'은 총 3단계3+3+3년로 추진되고 있으며, 1단계 및 2단계 사업이 완료되었고 2024년 2월 현재 3단계 2년차 사업이 진행 중이다. 1단계와 2단계에서 각각 18세기와 19세기 연행록에서 추출한 1,600여 개 씩의 표제어에 대한 원고를 집필하였다. 3단계에서는 17세기 이전 연행록을 대상으로 600여 개 항목을 추출하여 원고를 집필하고 1·2단계에 집필된 원고를 검수하고 있다.

4 김일환, 「燕行錄에 나타난 '嘔血臺'의 의미 연구」, 『한국문학연구』 제43집, 2012. 또한, 실기와 소설의 성격을 겸한 「용만충의팔장사전(龍灣忠義八壯士傳)」에 보이는 송금전투의 서술을 통해 조선 후기 존주의식을 읽어낸 연구도 있다.(김일환, 「西北 武人이 기억하는 丙子胡亂과 瀋陽 체험 - 龍灣忠義八壯士傳을 중심으로」, 『한국문학연구』 제29집, 2005)

〈그림 1〉'연행록사전 DB' 분류 체계[5]

'연행록사전 DB'에서는 아래 개념도의 분류체계에서 보듯이 인물, 공간, 사회, 문화예술, 물명, 연행용어, 연행록해제 등 7개 영역에서 항목을 추출하여 원고를 작성한다.

항목별로 '연행록사전 DB' 연구팀 및 관련 분야 전문가가 원고를 집필하면, 위키소스를 활용한 사전 편집 방식으로 그 결과물을 수합·정리하여 사전의 데이터를 축적하고 있다. 총 3단계의 사업이 종료되면 9년간의 연구 성과가 축적된 데이터베이스를 공개하여 누구나 온라인 방식으로 검색·활용할 수 있도록 할 예정이다. '연행록사전 DB'가 완성되면 항목별로 작성된 원고를 통해 조선시대 연행록의 통시적 이해가 가능해진다. 또한 방대한 분량에

5 '연행록사전 DB'(http://yhrdic.dothome.co.kr/bbs/doku.php?id=start) 참조.

다양한 내용이 담긴 연행록 자료에 대한 통합적이고 효율적인 접근이 이루어져, 다양한 영역에서 연구의 활용성을 제고할 수 있을 것으로 기대한다.

연행사들은 연행 노정 가운데 명·청 교체기의 전투와 관련된 지역을 지나면서 자신들이 관심을 둔 지명과 인물 등을 떠올리며 전쟁의 기억을 소환하고는 하였다. 따라서 이번 논의에서는 '연행록사전 DB' 가운데 공간, 인물, 물명 등의 영역에서 추출된 항목을 활용하여 연행사들이 명·청 교체기의 전쟁을 어떻게 인식하였는가를 확인하고자 한다.[6] 연행록에서 송금전투와 관련하여 강조되는 공간, 인물, 물명 등을 살피면서 연행사들이 해당 전투가 벌어졌던 노정을 지나면서 환기하는 전쟁의 기억 양상을 이해할 수 있을 것이다.

2. '연행록사전 DB'를 활용한 대릉하-영원 구간의 예비 검토

조선 후기 연행사들은 명·청 교체기에 명·청 사이에 치열한 전투가 벌어진 지역을 지나며 그 시기 전쟁을 되새기고는 하였는데, 그 가운데 가장 큰 관심을 불러일으킨 곳은 대릉하에서 영원에 걸친 구간이다. 이 구간을 지나며 연행사들이 관심을 가졌던 내용에 대한 기본적인 내용을 확인하기 위해서는 두 진영의 전투가 집중된 공간과 관련하여 연행록에 언급된 내용을 살펴볼 필요가 있다.

영원성 전투와 송금전투가 명·청 교체기 두 나라의 경계 지역에서 발생한 주요 전투였는데, 이번 논의에서는 청나라가 산해관에 진입하기 직전에 치열하게 전개된 송금전투에 초점을 맞추고자 한다. 송금전투 시기의 주요 전장

6 본고에서는 송금전투에 대해 연행사들이 보인 관심의 범주를 가늠하기 위한 방편으로 '연행록사전 DB'에서 추출된 항목명만 참고 자료로 활용한다. 연행사들이 송금전투와 관련하여 보인 관심의 내용과 해당 내용의 서술 양상에 대한 분석은 '연행록사전 DB'의 항목 집필 내용과는 무관하게 전적으로 필자가 선택한 연행록 작품의 원문을 바탕으로 한다.

을 살펴볼 때, 대릉하-금주-송산-행산-탑산-영원의 노정이 조선 후기 연행사들이 북경을 오가는 여정에 포함되는 것을 알 수 있다. 명·청 전쟁의 분수령이 되어 전세가 확실하게 청나라 쪽으로 기울게 했던 곳은 금주성과 송산성이므로, 우선 '송산松山'과 '금주錦州'를 키워드로 삼아 '연행록사전 DB'의 내용을 검색할 필요가 있다. 여기서 확인되는 항목명들은 '연행록사전 DB' 연구팀에서 지금까지 표제어로 추출하여 원고로 작성한 것으로, 해당 항목의 원고 내용에 '송산'·'금주' 등의 지명이 등장한다. 따라서 이들 항목을 1차 검토 대상으로 삼아 해당 전투 지명과 관련하여 더 유의미한 것들을 추출할 필요가 있으며 그 결과는 다음과 같다.

'송산(松山)'·'금주(錦州)'로 검색된 항목

가정녀방(賈貞女坊), 감동젓, 감로암, 갑군, **경관(京觀)**, 고교보, 고부사행 은도난사건, 고북구 대비암, **관마산, 관마산 승전비(官馬山勝戰碑), 관마총(官馬塚)**, 관음사, 광녕쌍탑, 광제사, **금주**, 금주 경춘원, 금주 관음사, 금주 광제사, 김상명, 나귀, 나성(羅城), 낭랑묘(娘娘廟), **대릉하, 대릉하성**, 대비암, 동관역, 망해사, 성경통지, **소릉하**, 소흑산, **송산보**, 수아당집(邃雅堂集), 실승사, **심양일기(瀋陽日記)**, 십삼산(十三山), 쌍림, 쌍양점(雙陽店), 어양하, **오삼계, 오호도(嗚呼島)**, 의무려산 망해사, 일판문, 전족, 정후(亭堠), **조대락, 조대수, 조대수가**, 증추사동귀시첩(贈秋史東歸詩帖), 철갑상어(鐵甲鯊魚), **탑산, 탑산소(塔山所)**, 패륵, 해적, **행산보**, 혼탈(渾脫), 화아루

* 굵은 글씨는 송금전투의 기억과 밀접한 항목

송금전투에 관한 연행록의 서술을 살필 수 있는 표제어로는 송산보, 관마산 승전비, 관마산, 탑산소, 행산보, 심양일기, 오삼계, 오호도, 관마총, 대릉하, 금주, 경관, 조대수, 조대락, 대릉하성이 있다.[7] 또한 영원 또는 영원성은 연행사들로 하여금 송금전투보다 앞선 영원성전투에 관하여 기억하게 하는 공간이자 송금전투의 전개 과정에서도 함께 기억되는 곳이라서 그와 관련된 항목도 검색하여 참고할 필요가 있다.

'영원(寧遠)'·'영원성(寧遠城)'으로 검색된 항목

가정녀방(賈貞女坊), **각화도, 건로(建虜)**, 고교보객사(高橋堡客舍), 고부사행 은 도난사건, 곡척하, 공도(貢道), **구혈대**, 김선행, 깍지, **누르하치**, 동관역, 백련교도의난, 변문(邊門), 사동비, 소파전기(素帕傳奇), 쌍석성, 어차과(魚醝瓜), 연산역, 연행일기(燕行日記) 장서각본, 고령역, 구어하, 대릉하성, 발해(渤海), 백련교(白蓮教), 사하소, 섭가분, 영녕사, 영원 온천, **오삼계**, 왕미축, 왕위, 유척기, 이성동, 이여매, 이여백, 이여송, 이여정, 이정기, 이정재, 이종연(李宗洮), 이편덕, 이홍문, 이훤, 전주, **조가패루, 조대락, 조대수, 조대수가**, 조장역, 중후소, **지뢰포**, 철령이씨세보, 청돈대, 탕천사, 패루, 포도, **홍이포**, 수산조양사, 역안통서, **영원성, 왕영번**, 이성량, 이성량패루, 전둔위, 제가보결, 조가분묘, 청과거제도, 칠리파, 포도, 호동

* 굵은 글씨는 송금전투의 기억과 밀접한 항목

'영원(성)'이 언급된 항목들 중 오삼계, 조가패루, 조대락, 조대수, 조대수가 등은 '송산'·'금주'로 검색할 때 이미 확인된 것이기에 그대로 검토 대상에 포함하면 된다. 또한 영원성과 왕영번도 송금전투에 대한 연행사들의 인식을 이해할 때 도움이 되는 항목이므로 아울러 살펴볼 필요가 있다. 본고에서는 '연행록사전 DB'에서 확인할 수 있는 송금전투 관련 키워드를 매개로 삼아 연행사들이 명·청 교체기의 전쟁을 어떤 양상으로 기억하였는가를 연행록의 구체적 서술을 통해 고찰하게 된다.

3. 기억 서술 양상

1) 전황의 구체적 서술과 현장성 강조 인평대군, 이원정, 김창업의 연행록

인평대군麟坪大君의 『연도기행燕途紀行』은 송금전투 이후 청나라가 중원을 차지한 상황에서 저술된 초기 연행록에 해당된다. 인조의 셋째 아들이자 효종

7 송산성 전투에서 명군을 지휘한 '홍승주(洪承疇)'가 연행록사전 항목의 표제어에 포함되지 않았으므로, 이를 항목에 추가하여 살펴볼 필요가 있다. 또한 『송계집』도 위의 표에 예시된 항목에 여러 차례 등장하여 연행사들의 시각을 확인하는 데 도움을 주기 때문에 추가로 항목화할 필요가 있다.

의 동생인 인평대군은 1640년에는 19세의 나이로 심양에 인질로 갔다가 이듬해에 귀국했고, 효종이 즉위한 뒤에 1650년부터 네 차례 청나라에 사신으로 다녀왔는데, 『연도기행』은 1656년효종 7 사은사로 연행했을 때의 기록이다. 청나라가 중원을 차지한 지 많은 시간이 지나지 않은 때라 연행노정 중 폐허가 된 지역에 대한 묘사도 곳곳에서 확인되며, 인평대군 자신이 치열한 전투가 전개되었던 명·청 교체기의 혼란스러운 상황을 겪었기 때문에 그의 연행록에는 전쟁이 있었던 연행노정에 대한 정보가 후대의 연행록에서보다 자세하게 서술되어 있다.

인평대군은 1656년 9월 7일부터 9일까지 송금전투 구간인 대릉하, 송산, 행산, 탑산, 영원을 지나며 해당 전쟁 시기에 관하여 기록하였다. 3일간의 노정이 포함된 곳에서 빠짐없이 송금전투에 관한 내용을 언급하였으므로 각각의 내용을 종합하면 인평대군의 방식으로 당시의 전투를 요약 및 평가한 것으로 이해할 수 있다.

인평대군의 연행 시기는 송금전투가 한창일 때를 기준으로 불과 15년가량 지난 뒤이다. 인평대군은 대릉하를 지면서 열한 전투가 빚어낸 폐허를 서술하였다.[8] 조대수가 요양 및 광녕을 수복하고자 보루를 쌓으며 노력한 일, 조대수가 대릉하성에서 나와 청 태종에게 거짓으로 항복한 뒤 금주성으로 들어갔으나 결국 청군에게 무릎 꿇은 일 등을 자세하게 언급하고, 이는 명나라에 대한 조대수의 불충으로 평가할 수밖에 없다고 말하였다. 송금전투가 한창이던 시기에 심양에 볼모로 있었기 때문에 직접 얻은 지식과 정보를 동원하여 서술할 수 있었던 것이다.

8 인평대군, 『연도기행』(중), 1656년 9월 7길. "經大凌河城, 城是摠兵祖大壽初降虜處, 城郭殘夷, 有若雷震所擊者, 居民亦少. 聞其時祖將, 志欲恢復遼廣, 先築此壘, 往來經營, 敵樓未及搆, 粮餉未及辦, 虜探祖將入城, 不意進逼, 築長圍三月, 粮盡出降. 虜如得天上人, 款待太厚, 而竟未免夷城屠民之慘. 大壽憤恚, 誘以呂文煥古事, 逃入錦州, 時人謂其智. 後又屈膝, 到今觀之, 前日之降, 亦由其心之不忠矣." 본고에 인용되는 연행록 중 별도의 출처를 밝힌 것을 제외하고는 한국고전번역원의 한국고전번역DB를 활용하였으며, 문맥을 고려하여 일부 번역문을 수정하였다.

인평대군은 또한 1638년부터 1641년 사이에 청군이 점점 금주와 송산을 압박해 오던 상황을 자세하게 설명하였다.[9] 명나라는 뒤늦게 홍승주를 시켜 13만 군사를 거느리고 송산에 주둔하여 청의 공격에 대응하게 하였으나, 청 태종이 송산성 밖에서 명군을 상대로 대승을 거두고 성을 포위하였으며, 오삼계가 포위망을 뚫고 영원성으로 달아나는 일이 있었다고 하였다. 인평대군은 이때를 기점으로 전세가 거의 청군 쪽으로 기울어진 것으로 평가하였다. 인평대군은 당시 자신이 볼모로 있다가 귀국한 상태였고 소현세자와 봉림대군이 볼모로 지내다가 청군을 따라 전장에 있었다고 하였는데, 이는 그가 해당 전쟁에 관한 직접 정보에 매우 가까이 있었다는 점을 독자들에게 각인시키는 역할을 한다.

인평대군은 송금전투가 종결되는 시점에 대해서도 자세하게 언급하였는데, 1642년 2월 명군이 송산성을 포기하고, 홍승주, 조대락 등의 명군 지휘관이 항복한 상황에 관한 설명이 포함되어 있다.[10] 전투에 능하다고 하는 한족 장수들이 청군에게 굴복하였지만 몽골인으로 구성된 군사 수천 명은 끝까지 싸우다 죽음을 맞이했다고 하여 조대수 등 명군에게서 찾아볼 수 없는 그들

9 인평대군, 『연도기행』(중), 1656년 9월 8일, "歷松山堡, 滿城殘夷, 無異大凌河, 只有流民五六戶, 所見慘酷, 蓋聞戊寅, 淸人繕修義州衛廢城, 先爲根本, 距錦州八十里. 翌年己卯, 大發兵, 進逼錦州, 築長圍三匝以困之. (…중략…) 崇禎皇帝漠然不知者三年, 辛巳間, 帝始覺悟, 而不罪宦豎, 以吏部侍郎洪承疇, 爲摠督軍門, 領入摠兵十三萬軍, 進駐松山, 使解其圍. 部曲摠是秦趙燕代之蕃漢, 貔貅驍勇善戰, 屢剉淸師, 幾乎解圍矣. 緣本國精砲善戰, 勝負未定, 淸主弘陀始, 又盡掃國中精銳以赴, 平野一戰, 王師敗績, 遂進圍松山, 是夜, 寧遠摠兵吳三桂率所部萬餘騎, 潰圍馳出. 伊時, 余則解質東歸, 昭顯與今上從征, 俱在陣上. (…중략…) 翌朝, 淸人益添兵松杏塔三處, 築長圍三匝, 一如錦州之困, 而淸主則還瀋陽, 蓋錦松杏塔, 相距俱爲三十里, 月暈孤城, 水洩不通, 朝暮號砲, 以報存亡."

10 인평대군, 『연도기행』(중), 1656년 9월 8일, "歲壬午, 燕趙摠兵王廷臣, 曹變蛟翻松山內應, 軍門洪承疇, 摠兵祖大樂, 祖大弼, 祖大淸等俱降, 及其論功也, 王曹反恥降虜, 不屈而死, 何其前後懸殊, 蓋秉彝之性不泯故也. 曹本是流賊, 王則世臣, 三祖迺大壽從兄弟, 皆善戰者也. 于時大壽聞松山敗沒, 諸祖納降, 遂屈膝淸陣, 獨蒙兵數千, 仗義不屈. (…중략…) 老祖之受困錦州也, 雖未殲賊, 足可以潰圍一戰, 而安坐觀望, 任其事去. 顧以四世元戎, 忝厥祖負皇恩, 甘心降虜, 終至隳節, 縱歸黃泉, 其不媿於蒙兵乎."

의 의기義氣를 강조하였다.

인평대군은 금주와 송산이 함락된 뒤 행산과 탑산을 지키던 명군은 죽음을 각오하고 끝까지 항전하였다는 점을 덧붙여 말하였다.[11] 당시 영원성을 포위하느라 설치했던 장벽과 참호 등이 여전히 남아 있었기에 인평대군은 명군의 패전이 초래한 참혹한 결과를 떠올릴 수 있었다. 인평대군은 영원위에 도착해서도 1626년의 영원성 전투보다 더 근래에 전개된 송금전투 시기의 영원성 전황을 되새겼다.[12] 당초 오삼계 군대가 이자성이 공격해 오는 북경에 있지 않고 산해관으로 후퇴해 있었는데, 청군이 산해관의 오삼계를 의식하여 영원성 공격을 주저하다가 명군을 두려워할 필요 없다고 판단하면서 손쉽게 영원성을 함락하였다고 분석하였다.

이처럼 인평대군의 연행록을 보면, 명의 이름난 장수들이 지위와 신분에 맞는 위국충정을 바치지 못한 것이 송금전투에서 명이 패배한 주된 원인으로 언급된다. 인평대군과 소현세자 및 봉림대군이 송금전투가 한창이던 시기에 청나라 땅에 체류했기 때문에 인평대군의 기록은 다른 사서史書를 참고하기보다 자신의 경험에 기대어 작성될 수 있었고 그 때문에 전쟁에 대한 그의 설명과 평가가 더욱 후대의 독자들에게 공감을 주게 된다.

귀암歸巖 이원정李元禎은 17세기 후반 영남 남인을 대표했던 인물로서 1660년현종 1과 1670년현종 11 각각 사은사의 서장관과 부사로 연행을 다녀와 『연행록』 및 『연행후록燕行後錄』을 남겼다.[13] 그의 첫 연행은 인평대군의 『연도기행』을 저술한 연행이 있고 나서 4년 뒤의 일이다. 이원정이 연행하던 시기에는 청나라가 중국 남부를 완전히 평정하지 못한 상태였다. 당시 이원정은

---

11 인평대군, 『연도기행』(중), 1656년 9월 8일, "錦松雖陷, 杏塔誓死不降, 及城陷, 人皆死節. 淸人怒其久不降下, 夷城三山, 屠民錦州, 因以守之, 以圖寧遠四鎭, 築長圍基址, 尙今不泯, 觀者扼腕."

12 인평대군, 『연도기행』(중), 1656년 9월 9일, "城是掛印摠兵吳三桂鎭守處, 其時吳聞流賊犯闕, 不敢拒守關外, 率子女輸玉帛, 退保山關. 自錦州距此地, 纔百餘里, 淸人畏三桂軍威, 不敢近, 過數日, 始知其虛實, 兵不血刃, 賭得重鎭, 惜哉."

13 계명대 동산도서관에 소장된 필사본 『귀암선생문집』(12권 6책) 권11~12에 수록된 이원정의 연행록이 번역되어 한국고전번역원 한국고전종합DB를 통해 제공되고 있다.

오삼계와 홍승주가 청나라에 굴복한 뒤 황제의 명에 따라 복건, 운남 등 남부 지역에서 활동하고 있었다는 것을 연행록에서 밝혔다. 화중華中과 화남華南에서 남명南明 조정이 활약한 것이 1644~1662년의 일이고, 오삼계, 경정충耿精忠, 상지신尙之信 등이 중국 남부에서 이른바 삼번三藩의 난을 일으킨 것이 1673~1681년의 일이므로, 이원정은 연행하면서 청이 산해관에 입관入關한 뒤 얼마 지나지 않은 시기의 상황을 연행록 서술에 반영하였다.

이원정은 연행하기 1년 전인 1659년의 상황을 언급하였다.[14] 1659년에는 청군이 남명을 공격하여 운남을 차지하였다. 오삼계, 홍승주 등 송금전투 이후 청에 투항한 명의 장수들이 청을 위해 활약했던 때이다. 이원정은 대만을 근거지로 활동했던 정성공에 대해서도 말하였다. 아울러 13만 군사를 이끌고 송금전투에 투입된 홍승주가 결국 청의 철기군에 밀려 대패하고, 그것이 명의 멸망을 앞당기는 계기가 되었다고 평가하였다.

이원정은 또한 1670년 두 번째 연행에서 대릉하보에 들렀을 때는 명말 원숭환이 세운 공적을 떠올렸다.[15] 대릉하는 원숭환이 성을 쌓아 요동 평정을 위한 요충지로 만든 곳인데, 원숭환이 참소당하여 사망하면서 그의 노력이 수포가 되었다고 하였다. 이원정은 송금전투가 치열했던 대릉하 구간에서, 영원성 전투를 승리로 이끈 원숭환과 송금전투의 패장 조대수를 견주면서 두

14 이원정, 『귀암선생문집』 권11, 1660년 3월 18일, "且去年皇, 皇帝使漢中王吳三桂經營福建, 閣老洪承疇經營雲南. 今年正月, 吳三桂定福建還漢中, 洪承疇平雲南還長沙. 永曆皇帝即神宗之孫潞王, 鄭成功所據之島, 乃崇明州也. 洪承疇早事 明朝, 年十八登第爲翰林學士, 文武才望爲當時第一流. 錦州之戰, 領十三省軍兵几十三萬, 赴救之, 力戰連捷, 幾至成功, 清人以我國徵兵砲手五百, 居前放丸, 洪承疇不敢抵當, 劍兵自守. 清人以鐵騎一擧鏖之, 明師退北, 全軍赴水而死, 獨精兵數萬, 突圍而出. 承疇遂降于清, 因爲清人之用, 祖大樂大弼, 守杏山見陷死之.【補遺 : 洪承疇祖大樂守杏山, 祖大弼守松杏山.】大壽饑困 出降, 關外兵力, 自此不振, 而大明之亡, 職由於此故."

15 이원정, 『귀암선생문집』 권12, 1670년 7월 26일, "南踰一峴, 朝飯于大河堡城外閭家. 此地初不築城, 至明末, 袁經略崇煥, 始築之. 築此然後, 廣寧可復, 復廣寧然後, 遼東可復, 此經略平遼大機軸, 而一事差失, 讒間乘之, 竟使中朝自毁萬里長城, 豈非天哉. 祖大壽遵經略遺計, 壬申年間, 來守此城, 清人圍之甚急, 援絶粮匱, 以計詐降走入錦州衛. 淸人夷其城, 只有遺基. 袁公據之, 則莫犯於未城之前, 大壽守之, 則見陷於旣城之後, 人之才略高下類如此."

사람의 공과를 대비하였다. 처음에는 원숭환의 계책에 힘입어 조대수가 대릉하성을 지켰으나, 나중에는 청과의 전투에서 조대수가 대릉하성을 빼앗긴 채 금주성으로 달아났고, 그 결과 대릉하는 성터만 남게 되었음을 말하였다. 이를 통해 원숭환의 능력과 조대수의 무능이 대비되었다. 이원정은 조대수의 무능도 명의 멸망에 단초를 제공하였다고 지적한 것이다.[16] 이렇게 하여, 영원성을 개축하고 홍이포를 배치하여 1626년 청 태조를 상대로 영원성 전투를 승리로 이끌고 1627년에도 청 태종을 상대로 금주성과 영원성의 전투에서 이긴 원숭환의 무공을 부각하였다.

이원정은 대릉하성 전투에서 조대수가 포위되었을 때 장춘張春이 조대수를 위기에서 구하려고 지원하다가 포로가 된 이야기를 전할 때는 청 태종을 긍정적으로 평가하기도 하였다.[17] 즉, 이원정은 아무도 대릉하성의 조대수를 구하겠다고 선뜻 나서지 못하는 상황에서 장춘이 보여준 기개를 말하면서, 장춘의 충직한 마음을 높게 평가한 청 태종 또한 황제의 도량을 갖춘 인물이라고 강조하였다. 이처럼 이원정은 1670년의 두 번째 연행에서는 송금전투와 관련하여 대릉하 지역의 전투를 중심으로 서술하였고, 조대수의 실책과 무능을 보이고자 하였다. 이러한 서술 과정에서 상대적으로 원숭환과 장춘의 능력이 부각되었다.

1712년 연행한 김창업은 영원성에 들렀을 때 송금전투에 관하여 직접 현지인의 말을 듣고 연행록에 기록했다는 점이 특징적이다. 김창업은 1697년숙

16 1631년 8월 명나라가 청과 대치하던 최전방인 대릉하성에서 명·청 사이에 전투가 벌어졌고, 청 태종은 대릉하성을 포위하여 대릉하성을 지원하는 후방의 보급로를 차단하였다. 군량미가 떨어진 상황에서 조대수는 10월 말 결국 성 밖으로 나가 청 태종에 항복하고, 자신이 먼저 금주성에 들어가 청군에 내응하도록 하겠다고 하였는데, 금주성에 들어간 조대수는 마음을 바꾸어 청군에게 성을 넘겨주지 않았다. 조대수가 대릉하성에서 청군에 굴복한 일은 인평대군의 『연도기행』, 박지원의 『열하일기』, 한필교의 『수사록』 등에 수록되어 있다.

17 이원정, 『귀암선생문집』 권12, 1670년 7월 26일, "祖大壽被圍於大凌也, 無人來援, 獨太僕卿張春慷慨, 自請領四萬兵來救. 遇虜於此河, 以步當騎, 終日大戰, 殺傷山積, 力竭被執, 終始不屈, 虜亦壯其義烈, 厚遇而不害, 春之精忠, 固感動殊俗, 而清太宗規模之宏遠, 非復阿骨打之比也. 其終定大號, 而宗廟饗之, 子孫保之者, 詎無以乎."

종 23 세자 책봉 주청사奏請使의 서장관으로 연행한 송상기宋相琦의 일기에 등장하는 왕영반王寧潘이라는 한족 젊은이를 만나 긴 대화를 나눈다. 왕영반은 14세에 송상기를 만났고 그로부터 15년 뒤에 김창업을 만난 것이다. 김창업은 왕영반에게 송금전투 시기의 상황을 구체적으로 물었다.[18]

김창업은 먼저 명나라 말기에 영원성을 지키던 장수가 누군지 물었다. 김창업은 조대수가 영원성을 지킨 것으로 생각하고 있었는데, 왕영반은 영원성을 담당한 장수는 오삼계라고 하였다. 김창업은 오삼계가 항복하였는지, 패퇴하였는지 물었고, 조대락이 항복한 이유와 조씨 후손이 영원 지역에 살고 있는지도 물었다. 왕영반은 모든 질문에 답을 주었는데 송금전투의 결과를 반영한 그의 답변은 다음과 같이 정리할 수 있다.

조대락은 영원寧遠을 지키고 오삼계는 산해관과 전둔위를 지켰는데, 명나라 말에 조대락은 식견이 없어 서쪽의 경지京地로 돌아갔고, 오삼계는 산해관을 버려두고 영원을 지키다가 뒤에 청군이 서정西征하자 다시 영원을 버리고 산해관을 지키게 되었다. 이는 산해관 안에서 이자성李自成이 압박하고 밖에서는 청군이 압박하였기 때문이다.

조대락이 항복한 것은 군진軍陣이 성의 북문 밖에서 궤멸되고 조대수가 병들었기 때문이다. 조씨 집안은 청의 조정에서 모두 3품을 차지하였다. 조대락은 송산에서 잡혔다가 뒤에 다시 영원으로 도망쳤으나 나중에 청으로 귀의했다. 영원 일대에 사는 조씨들은 정출正出이 아니고, 남의 하인이나 종이 되었다.

왕영반은 영원성 지역에 있던 조대락과 오삼계의 일에 관하여 막힘없이 답해 주었다. 그런데 김창업이 송금전투 당시 탑산과 행산이 청군에 함락될 때의 일을 물으면서 왕영반은 대화를 불편하게 여기게 된다. "명나라 말에 탑산

18 김창업, 『연행일기』, 1712년 12월 5일 기록에 자세하다.

을 지키던 장수와 행산을 지키던 장수가 모두 순절하였다고 하는데, 사실입니까?"라는 것이 김창업의 질문이었다. 김창업이 명군의 입장에서 '순절'이라는 말을 사용하자, 청 왕조의 지배하에 살고 있는 왕영반이 당황한 나머지 그에 대한 답을 하지 않았다. 김창업이 행산과 탑산의 마지막 전투에 대하여 질문한 것은 인평대군의 연행록과 부합한다. 인평대군은 "금주와 송산은 비록 함락되었으나, 행산·탑산은 죽기를 맹세하고 항복하지 않았다. 성이 함락되자 사람들은 모두 절의를 지키며 죽었다"[19]라고 하였는데, 김창업은 그러한 전투의 내막을 더 구체적으로 현지에서 확인하고자 한 것이다.

> 송산, 행산, 탑산 세 곳은 성벽의 파손이 다른 곳에 비해 특히 심하니, 예부터 전해 오는 말에 굳게 방어하다가 그렇게 된 것이라고 합니다. 내가 들은 것이 이렇기 때문에 말이 우연히 조장군의 일에까지 미치게 된 것인데, 족하가 말해 준 것은 내가 들은 것과는 딴판이니 모를 일입니다. 행산과 탑산의 일은 잘 모르겠지만, 조장군이 이곳 사람인데 어찌하여 그 시말을 모를 리가 있습니까?[20]

김창업은 조대수, 조대락에 관한 일을 영원 지역 현지인인 왕영반이 더 자세히 설명해 주기를 바랐으며,[21] 송산, 행산, 탑산에서 명군이 굳게 방어하며 항거했던 일에 대하여 의미를 부여하면서 그에 대한 정보도 얻고 싶었던 것인데, 이는 결국 왕영반을 곤혹스럽게 했고, "어찌하여 송산, 행산, 탑산 세 곳

19 각주 11 참조.

20 김창업, 『연행일기』 권2, 1712년 12월 15일, "松杏塔三處城壁殘破, 比他特甚, 自古傳言堅守致此. 所聞如此, 故偶及之, 祖將之事, 所示亦與俺聞有異, 未可知也. 杏塔事, 設或不知, 祖將旣是此處人, 其始末, 左右寧或不知乎."

21 김창업은 송금전투의 패전 과정에서 확인되는 명나라 장수들의 최후와 관련하여 다음과 같이 기록하였다. "조대락(祖大樂)은 총병(摠兵)으로서 이 성을 지켰는데, 2년간이나 포위되었다가 임오년(1642) 2월 총병 왕정신(王廷臣)의 내응으로 드디어 함락되었다. 그때 성안의 사람은 모조리 도륙되었고 왕정신과 친한 장관(將官) 13인만 죽지 않았다. 조대락과 군문(軍門) 홍승주(洪承疇)는 모두 생포되었는데, 조대락은 즉시 투항하였고 홍승주는 굴복하지 않다가 심양에 가서 비로소 항복했다고 한다."(김창업, 『연행일기』 권2, 1712년 12월 14일)

의 일을 두 번 세 번 캐묻습니까? 당신은 북경에 가야 하고 나는 글을 읽어야 합니다. 틀림없이 스승께서 기다릴 텐데, 어느 겨를에 이야기하겠습니까?"라고 하였다. 김창업은 자신이 왕영반을 난처하게 만든 점에 대하여 사과하고 필담한 내용을 찢어 버리자고 하면서 왕영반과의 만남을 마무리하였다. 결국 김창업은 송금전투의 전황을 자신이 원하는 만큼 현지에서 충분히 들을 수 없었다. 그러나 김창업이 『연행일기』에 긴 분량으로 수록해 둔 왕영반과의 대화를 통해 김창업이 송금전투에 관하여 현지인에게 축적된 기억을 기록해 두고 싶은 것만큼은 확실하게 알 수 있다. 김창업은 송금전투의 마지막 단계에서 명군이 끝까지 강하게 저항한 것으로 알려진 행산 및 탑산 전투의 내용을 더 자세하게 알아내어 그때 전사한 사람들의 투혼을 전하고 싶었던 것이라 할 수 있다.

2) 선행 문헌의 전거화典據化

『심양일기』, 『송계집』, 『연행일기』를 활용한 기억의 재생산

18~19세기에 걸쳐 조선 후기 연행록이 지속적으로 축적되는 과정에서 연행사들은 대릉하-영원 구간을 지나면서 기왕의 연행사들이 기록한 송금전투의 역사를 되살려내고는 하였다. 인평대군, 이원정, 김창업의 경우에서 보았듯이 송금전투가 벌어졌던 명말·청초와 근접한 시기의 연행사들은 송금전투와 관련하여 자신이 직접 접한 당시의 정황을 연행록에 기록하였지만, 후대로 가면서 연행사 자신이 연행하던 시점의 현장 상황만으로는 송금전투에 관한 정보를 재구성하는 데 제약이 따를 수밖에 없었기 때문이다. 세자시강원에서 청의 볼모로 심양에 체류하던 소현세자를 수행하며 정리한 『심양일기』, 인평대군의 『송계집』, 김창업의 『연행일기』는 18~19세기 연행사들이 송금전투 시기와 관련한 기록을 남길 때 긴요하게 참고한 자료였다. 또한 19세기에 가면 1780년 박지원이 연행 체험을 풍부하게 수록한 『열하일기』도 송금전투의 서술에 전거로 활용되는 모습이 보인다.

인평대군의 『연도기행』에도 초기 서술에서 이미 『심양일기』를 참고했을 법한 기록이 보인다.

> 그때 나는 볼모에서 풀려나 귀국하였고, 소현세자와 금상今上, 효종께서는 청의 원정을 따라 모두 진중陣中에 있었다. 처음 유막帷幕을 친 곳은 지세가 불편했기 때문에 약간 비켜 다른 곳으로 옮겼는데, 한병漢兵, 오삼계의 군사이 포위망을 뚫은 길이 바로 처음에 유막을 쳤던 곳이었다. 만일 금상今上의 홍복洪福이 아니었던들 우리나라의 100명이 넘는 생령生靈은 모두 칼끝의 영혼이 되는 것을 면치 못했을 것이다.[22]
>
> * 밑줄 필자

인평대군은 세자시강원의 기록인 『심양일기』에 대한 접근이 비교적 수월했기 때문에 이른 시기에 『심양일기』의 해당 일자 기록을 자신의 연행 기록에 활용할 수 있었을 것으로 생각된다. 『심양일기』를 보면 송금전투에 청 태종을 수행한 소현세자와 봉림대군 일행이 목격한 전장의 모습과 함께 세자 일행이 머물던 막사를 옮긴 일이 기록되어 있다. 1641년 8월 15일 소현세자 일행은 송금전투 장소로 이동하여 8월 20일 송산성 인근에 도착했다가 9월 13일 심양으로 귀환하기 위해 전장을 떠난다. 『심양일기』에서는 세자 일행이 막사를 옮긴 것과 관련하여 8월 22일과 9월 8일 두 차례 언급하였다. 8월 22일에 청 태종이 송산 쪽으로 근접하여 명군을 압박하기 위해 막사를 이동하였을 때 세자의 막사도 함께 옮겼는데, 인평대군이 말한 것은 이때의 일이다.[23] 그날 밤 명군이 송산성 인근에서 성을 포위하고 있던 청나라 진영을 뚫고 행산 쪽으로 달아났으므로, 인평대군의 기록은 그 상황에 부합한다. 인평

---

22 인평대군, 『연도기행』(중), 1656년 9월 8일, "伊時, 余則解質東歸, 昭顯與今上從征, 俱在陣上. 帷幕初設處, 因地勢不便, 纔移他所, 則漢兵潰圍之路, 卽初設帷幕之地也. 倘非今上洪福, 吾東過百生靈, 將未免劍鋩之魂矣."

23 하바드옌칭도서관 소장본 『瀋陽日記』 책3, 「西行侍講院日記」에 해당 내용이 보인다. 국립중앙도서관에서 제공하는 이 책 원본의 이미지 파일을 참고하였다.

대군은 명군이 청군 진영을 헤집고 산해관으로 달아나기 직전에 세자의 막사를 옮긴 것은 인평대군 연행 당시 조선의 국왕이었던 효종을 미리 하늘이 도와서 생긴 일이라고 해석한 것이다.

김창업도 송산보松山堡에 갔을 때 태반이 허물어진 송산성을 보고, 과거에 읽은 『심양일기』를 바탕으로 송금전투 당시의 상황을 떠올렸다.

> 다음은 전에 『심양일기』에서 본 내용이다. 신사년1641, 인조 19 8월 15일 세자와 대군이 심양을 떠난 지 6일 만에 옆으로 뻗은 언덕에 도착하여 금주성을 멀리서 바라보았다. 호행인護行人이 말하기를, "명의 장수 조대수가 이 성을 굳게 지키면서 성 밖에 대포를 많이 묻어 놓아, 청인이 감히 접근하지 못한 채 성 5리 밖에 협성夾城을 쌓고 포위하며 주둔한 지 벌써 1년이 지났고, 유림柳琳은 그 동쪽 모퉁이에 있습니다"라고 하였다. 협성을 지나 하천 두 곳을 건너니, 청인이 몽골 군사와 함께 산 위에 진을 쳤는데 10여 리에 걸쳐 뻗어 있었다. 진 앞을 지나 송산松山을 바라보니 7리 가까이에 있었다. 산을 타고 남쪽으로 내려가 칸汗의 진영으로 가서 그 진영의 뒤쪽 산 위에 머물렀다. 청인은 언덕 위에서 송산을 향하여 대포를 쏘고 성안에서도 이에 맞서 대포를 쏘는데, 그 소리는 천둥이 울리는 듯하였다. 크기가 거위알만 한 대포알이 세자의 막사에 여러 번 떨어졌으므로 흙담을 쌓아서 대포알을 막았다. 그러다가 막사를 송산의 서쪽 10리쯤으로 옮기니, 성과 거리가 좀 멀어져서 대포알이 미치지 않았다. 나중에 막사를 송산 서쪽으로 10리쯤 되는 곳으로 옮겼는데, 성과 거리가 조금 멀어 포탄이 미치지 못하는 곳이었다. 칸이 군진을 옮겼기 때문에 세자도 따라서 옮긴 것이다. 지금 땅의 형세를 보니 당시의 일이 눈에 선하다.[24]

---

24 김창업, 『연행일기』 권2, 1712년 12월 14일, "曾見瀋陽日記, 辛巳八月十五日, 世子及大君, 自瀋陽發行凡六日, 至一橫阜, 望見錦州城. 護行人言, 漢將祖大壽, 堅守此城, 城外多埋大炮, 淸人不敢近, 去城五里許, 築夾城圍住, 已過一年, 柳琳在其東隅云. 行過夾城, 渡二川, 淸人與蒙古兵, 結陣山上, 亘十餘里, 行過陣前, 越瞻松山近七里. 迤山而南, 至汗陣, 住於陣後岡上. 淸人向松山城放大砲, 城中亦對放炮, 聲如雷, 砲丸大如鵝卵, 屢落於世子幕次, 築土墻以蔽砲丸, 後移幕次於松山西十里許, 拒城稍遠, 砲丸不及處, 蓋汗伊移陣, 故世子亦隨而移也. 今見地勢, 當日事如在眼中."

김창업이 보았다고 하여 언급한 『심양일기』의 내용은 1641년 8월 15일부터 9월 8일까지의 기록을 요약한 것이다. 김창업은 송금전투가 가장 치열할 때 소현세자와 봉림대군이 전장의 모습을 직접 목격했고, 당시의 상황을 가장 적실하게 보여주는 자료가 『심양일기』라고 생각한 것으로 보인다.

이의봉, 이해응, 원재명도 송산보에 갔을 때 무너진 성의 모습을 보면서 김창업의 『연행일기』에 소개된 『심양일기』의 내용을 그대로 인용하였다.[25] 그들은 송산성 일대의 황폐한 모습을 본 김창업의 소감과 송금전투 말기에 조대락, 홍승주 등 명군 장수의 행적에 대한 김창업의 서술까지 빠짐없이 인용하였다. 다만 이해응의 경우, 〈송산보〉라는 제목 아래 김창업의 연행록에 서술된 내용을 인용한 뒤 "보루 위에는 봉화대가 있고 연기와 불을 피우던 곳이 아직도 뚜렷하게 보인다."라는 말을 덧붙이고, 전사자를 추모하는 마음을 5언 절구로 노래하였다는 점이 이의봉 및 원재명과 다른 점이다.

박지원은 『열하일기』에서 인평대군의 『송계집』을 독서한 경험을 바탕으로 송금전투 관련 내용을 서술하였다.

> 인평대군의 『송계집』에서 본 내용이다. 청군이 송산에 가서 포위했을 때 마침 효종께서 심양에 머물던 중 볼모로 청의 진중陣中에 있었다. 막사를 막 다른 곳으로 옮겼을 때 영원 총병 오삼계가 거느린 1만의 기병이 포위를 뚫고 달아났는데, 그곳은 당초 막사를 설치했던 곳이다. 왕령王靈이 깃든 곳에 천지가 힘을 합해주었다는 분명한 증거가 아니겠는가?[26]

25 이의봉(李義鳳), 『북원록』 권2, 1760년 12월 15일; 이해응(李海應), 『계산기정』 권2, 1803년 12월 13일; 원재명(元在明), 『지정연기』 권1, 1804년 12월 11일; 김경선, 『연원직지』 권2, 1832년 12월 7일.

26 박지원, 『열하일기』, 「일신수필(馹汛隨筆)」, 1780년 7월 18일, "嘗見麟坪大君所著松溪集, 淸兵之進圍松山也, 我孝宗大王在瀋邸時, 被質, 駐淸陣中, 幕次纔移他所, 而寧遠摠兵吳三桂, 率所部萬騎, 潰圍馳出, 幕次初設之地, 乃其奔衝之路, 此豈非王靈所在, 天地同力之明驗乎."

인용문의 『송계집』은 그 안에 수록된 『연도기행』을 말한다. 앞서 『연도기행』의 인용문에서 살펴보았듯이, 인평대군은 소현세자와 봉림대군이 막사를 옮긴 직후 오삼계의 군대가 앞서 막사를 설치했던 곳을 뚫고 지나가 세자와 대군 및 그 휘하의 100여 명이 목숨을 부지할 수 있었다고 하면서, 그렇게 위기를 모면한 것이 "금상今上의 홍복洪福"이라고 말하였다. 박지원은 "왕령王靈이 깃든 곳에 천지가 힘을 합해주었"기 때문에 그런 상황이 가능했다고 하면서 인평대군의 해석을 같은 맥락에서 수용하였다.[27] 김경선도 『연원직지』에서도 『송계집』을 언급하며 위 인용문의 내용을 서술하였는데, "왕령王靈이 깃든 곳에 천지가 힘을 합해주었다는 분명한 증거가 아니겠는가?"라고 하면서 박지원이 「일신수필」에서 쓴 표현을 그대로 사용하였으므로, 그가 『송계집』을 직접 보았다기보다 『열하일기』를 통해 그 내용을 접했음을 알 수 있다. 김경선은 또한 같은 곳에서 송금전투와 관련하여 조대락, 홍승주 등이 항복한 상황을 설명하면서 김창업의 『연행일기』에 언급한 내용을 그대로 가져다 쓰기도 했다.[28]

18세기 말 김정중의 연행록에서도 그가 송산에 도착했을 때 과거 송금전투에서 소현세자와 봉림대군이 명군이 쏘는 포탄의 사정거리에서 벗어나고자 막사를 옮긴 일을 언급한 바 있다.

27 박지원은 『열하일기』의 「동란섭필(銅蘭涉筆)」에서도 『송계집』의 이 부분을 인용한 뒤 "당시에 군막을 옮긴 것에는 천지신명의 도움이 있었던 것 같다. 우리나라의 1백 명이 넘는 종인(從人)들이 왕령(王靈)에 의탁하지 않았던들 어떻게 그들의 습격에 유린당하는 변을 면했겠는가? 그러므로 나는 불행히 아홉 번 죽을 고비를 당할지라도 임금을 모시고 있는 자리가 곧 복지(福地)라고 말하는 것이다(當時移幕, 若有天佑神助. 吾東過百從人, 倘非依托王靈, 烏能免奔衝蹂躪之變乎. 故曰, 不幸當難, 九死扈蹕, 是乃福地也.)"라고 하여 '복지'가 어디인가를 설명하는 근거로 삼았다.

28 김경선, 『연원직지』 권2, 1832년 12월 7일, 「송산보기(松山堡記)」. 김경선은 같은 곳에서 당시의 전투 상황을 말하면서 건륭제 『어제 전운시(全韻詩)』의 주를 인용하였는데, 이 또한 박지원의 「일신수필」 내용과 일치한다. 김경선은 『연원직지』의 「행산보기(杏山堡記)」에서 '『심관일기(瀋館日記)』에 행산(杏山) 수장(守將)이 항복하고 싶다고 애걸했다는 말이 나오는데 누구를 두고 말한 것인지 모르겠다'고 하였고, 이는 김창업의 『연행일기』(1712년 12월 14일)에 쓴 표현과 같다.

오후에 송산점松山店을 지나 관마산官馬山에 이르러 말에게 풀을 먹였다. 신사년1641, 인조 19에 우리나라의 세자와 대군이 심양에 있다가 이곳에 왔을 때 조대수와 유림이 쏜 포탄이 막사에 떨어져 청인淸人이 곧바로 자리를 옮겼던 곳이다.[29]

김정중이 언급한 시기는 오삼계 군대가 청군 진영을 뚫고 영원성 쪽으로 달아났던 1641년 8월 22일이 아니라 포탄의 피해를 막기 위해 막사를 옮긴 9월 8일의 일을 가리키는 것으로 생각된다. 김정중의 기록은 『심양일기』를 직접 읽은 뒤 정리한 것으로 보인다. 이처럼 17세기 중반에 발생한 송금전투에서 상당한 시간적 거리를 두고 서술된 18세기 중반 이후의 연행록에서는 그 이전에 펴낸 조선의 자료들을 참고하여 송금전투 시기의 상황을 재구하는 모습이 보이는데, 주로 세자시강원의 『심양일기』, 인평대군의 『송계집』, 김창업의 『연행일기』 등 자료의 가치에 권위를 부여할 만한 저술이 지속적으로 주목받았다.

4. 패전의 기억과 대명의리對明義理의 소환

1) 화려한 사적史蹟으로 떠올리는 훼절의 역설 조대수 가祖大壽家 패루

연행 노정 중 압록강을 건너 산해관에 이르기까지 볼 수 있는 패루 중 영원성 패루가 연행록에서 가장 많이 언급된다. 영원성에는 조대수와 조대락을 기리는 패루가 있는데 그 규모의 웅장함과 화려함 때문에 연행사들에게 주목받았다. 인평대군은 거대한 규모의 영원성 패루에 새겨진 글귀들이 조대수와 조대락을 향한 찬사를 담고 있다고 말한 뒤 다음과 같은 감상을 적었다.

29 김정중, 『연행록』, 1791년 12월 10일, "午後至松山店官馬山秣馬. 辛巳年, 我國世子及大君, 自瀋至此, 是時祖大壽柳林砲丸, 落於幕次, 淸人卽移坐處也."

> 만일 당시 전장에서 죽었더라면 영원히 아름다운 이름을 후세에 전했을 터인데, 그들은 죽음을 두려워하여 그 이름을 더럽혔으니, 이 세상 과객들이 이 패루를 한 번 보면 침 뱉고 욕하지 않을 사람이 없을 것이다. 아름다운 이름을 남기려던 것이 도리어 침 뱉고 욕할 빌미가 되고 말았으니, 애석하게도 그 '사세원융四世元戎'이라 불리던 자가 결국 난신적자가 되었다. 이 2개의 석루石樓가 모두 크고 높아 사치스러운데, 그중에도 조대락이 세운 것이 더욱 웅장했다. 영원과 금주 두 곳에 모두 두 조씨祖氏의 큰 집이 있어 역시 지극히 사치스러운데, 조대수가 살던 집이 곱절이나 더 사치스럽다. (…중략…) 삶이 있으면 반드시 죽음이 있다는 것은 아이도 아는 바인데, 한순간 살겠다는 욕심으로 그 집안의 명성을 떨어뜨렸으니 진실로 천고의 죄인이라 하겠다.[30]

인평대군은 패루를 보면서 조대수와 조대락이 청군에 항복하여 명에 대한 의리를 저버린 장수라는 점을 떠올렸다. 영원성에는 조대수 및 조대락이 살던 집과 그들을 기리는 패루가 있다. 패루는 조대락의 것이 더 웅장했고, 집은 조대수의 것이 더 사치스러웠다. 16세기부터 '사세원융'이라 일컬어지며 조씨 가문의 명성이 전해졌는데 조대수 및 조대락의 세대에 와서는 청군에 패배하고 왕조를 바꾸어 섬기면서까지 목숨을 부지했다. 조씨가의 명성을 후대에 오래도록 전하기 위해 세워진 패루인데, 그 앞으로 지나가는 사람들이 침 뱉고 욕하는 대상으로 전락해 버리는 역설이 일어난 것이다. 이처럼 패루를 처음 맞닥뜨린 순간 그 규모에 놀란 연행사들은 이윽고 조대수와 조대락의 비굴한 처신이 패루의 웅장한 규모와 상반되는 삶으로 귀결되도록 했다고 생각했다. 인평대군은 조대수, 조대락에 견주어 오삼계는 명의 패망에 큰 죄가

30 인평대군, 『연도기행』 (중), 1656년 9월 9일, "若使當時裹屍馬革, 可以流芳百世, 而渠迺畏死, 以汚其名, 天下過客, 一觀此樓, 罔不唾罵, 欲留芳名之物, 反作唾罵之資. 惜其四世元戎之號, 及於賊子也, 這兩座石樓, 高大豐侈, 而其中大樂所建尤壯. 寧錦俱有兩祖大廈, 亦極奢侈, 而大壽所居倍焉. (…중략…) 有生必有死, 孩提所知, 一時貪生, 隳厥家聲, 誠可謂千古罪人矣."

없다고 여겼다. 영원성이 각화도 앞바다와 10리 거리에 있는데, 오삼계가 영원성을 바다 쪽과 통하게 하고 10만의 군사를 거느릴 수 있는 요새로 만들었기 때문에 청군도 가까이 접근할 수 없었다는 것이다. 명의 멸망은 이자성의 난과 같은 내란에서 비롯된 것이기 때문에 오삼계에게 책임을 물을 것까지는 없다는 논리이다.[31]

이의현은 영원성의 조가패루祖家牌樓에 관하여 『경자연행잡지』에 자세하게 기록하였으며, 화려함이 극에 달한 패루들을 본 소감을 그의 문집에 별도의 시로 남기기도 하였다.

身作降俘忝將門	몸은 항복한 포로 되어 장수의 가문 더럽혔는데
斲成何物屹然存	무슨 물건을 깎아 만들어 우뚝하게 남겼는가
聖朝謬奬承先	성조聖朝, 명나라의 선대 계승했다 기린 것 틀린 말이니
名祖應羞有是孫	이름난 조상 이런 자손 있다 부끄러워하리
可笑奢華侔藻梲	화사하게 꾸민 기둥 가소로우니
卽知夸翫負師垣	자랑스레 떠벌리다 군영 포기하였다네
經途剩博人爭罵	오는 길에 사람들 앞다투어 마구 욕하니
四世銘勳忍背恩	4대 공훈 세웠다면서 차마 은혜 저버리느냐[32]

조대수는 임진왜란 때 조선에 원병을 이끌고 온 조승훈祖承訓의 아들인데, 청군에 항복하여 가문을 더럽힌 것으로 비난받았다. 패루가 화사한 모습을 뽐내며 오래도록 남아 있기 때문에 그 모습을 보는 사람들은 과거에 '사세원융四世元戎'이라고 조대수 가문을 칭송하던 일이 더욱 합당하지 못했음을 느끼

31 인평대군, 『연도기행』 (중), 1656년 9월 9일, "城距覺華島前洋僅十里, 三桂置五坐小城, 中築甬道, 以通海運, 擁十萬精甲, 虎鎭雄關, 虜雖善於斷粮道築長圍, 以故不敢近, 因內亂自潰, 人雖以自潰罪三桂, 此則非三桂罪也."

32 이의현, 『도곡집』 권2, 「祖家牌樓 次副使韻」.

게 된다는 것이다. 이의현은 또 다른 시에서 '부자와 형제가 나라 은혜 갚는 데 뜻 두었으니, 조가패루의 비석 따위를 어찌 꼽을 수 있겠는가父子兄弟志報國, 肯數祖家牌樓碑'라고 하였는데, 이는 임진왜란 때 이성량의 아들 이여송과 이여백이 전공을 세운 것에 견줄 때 조승훈의 아들 조대수가 명·청 교체기에 보여준 행동은 매우 부끄러운 일이라고 말한 것이다.

이렇듯 연행사들은 조가패루의 돌기둥에 새겨진 '천추의 세월 동안 길이 칭송받으리라永譽于千秋', '조정에서 금석에 새겨 성대하게 기린다네朝隆銘鼎之褒' 등의 문구는 오히려 조대수, 조대락이 청에 무릎 꿇은 사실과 대비되어 그들의 모순적 삶을 부각시킬 뿐이라고 여겼다. 김창업의 경우 영원성 조가패루의 정교함과 패루에 새겨진 글씨 하나하나를 옮겨 적고, '대개 모두 칭송하는 말이었다. 그 공력과 비용을 따지자면 어찌 천금일 뿐이겠는가? 이 패루 중 하나는 신미년1691에 세웠고, 하나는 무인년1698에 세웠다. 당시를 돌이켜보면, 만주의 적도들이 동서에서 우글거릴 때인데, 조대수의 무리는 죽겠다는 각오로 다짐하지는 않고, 이런 일이나 하면서 기이하고 빼어난 경관 만드는 데만 힘썼다'고 하며 개탄하였다.[33] 김조는 1784년 연행에서 「조대수패루祖大壽牌樓」라는 제목 아래 패루의 외형에 대하여 소개한 뒤, 조대수 형제의 항복으로 그동안 쌓은 가문의 명성이 일시에 추락했다고 하면서 '장성長城이여, 너처럼 원공袁公, 원숭환과 함께 무너지고 말 일이지, 조가패루처럼 남으면 안 되리라.長城汝與袁公壞, 不作祖家牌樓存'라는 시구를 남겼다.[34] 1822년 연행한 권복인權復仁도 『수사한필隨槎閑筆』에서 조가패루를 본 뒤에 그 패루로 인해 조대수 가문의 수치가 드러난다고 하면서 그 가문의 자취를 '농서隴西의 수치'와 연결하였다. 중국 농서隴西 출신인 한나라 이릉李陵은 명장인 이광李廣의 손자인데, 무제

33 김창업, 『연행일기』 권2, 1712년 12월 15일, "大抵皆頌美之辭也. 計其功費, 不啻千金, 此樓一則立於辛未, 一則立於戊寅. 當其時, 建虜闖賊, 方充斥於東西, 而大壽輩不以褁革爲心, 方事此役, 競奇務勝."

34 김조, 『관해록』, 「조대수패루(祖大壽牌樓)」.

武帝의 명에 따라 흉노 토벌을 위해 출정했다가 오히려 흉노에게 항복하고 그들의 극진한 대접을 받았기 때문에 가문에서 그를 부끄러워했던 일을 떠올린 것이다. 1856년 서경순도 그 패루를 발로 차서 넘어뜨려 농서의 수치를 씻어버리지 못하여 한스럽다고 하였다.[35]

2) 무명전사의 절의 부각 노상현盧象賢과 이사룡李士龍

연행사들은 조대수, 조대락과 같이 명의 대군을 이끄는 장수들이 청군에 항복하고도 화사한 패루에 오랜 세월 이름을 남기고 있는 것이 오히려 그 패루 앞을 오가는 사람들에게 손가락질 당하는 빌미를 제공한다고 생각했는데, 그와 반대로 송금전투에서 순절한 사람들을 기억해 내어 그 이름을 기리고자 하였다. 앞서 영원성에서 김창업과 왕영반의 대화가 중단된 상황에 대하여 살펴보았듯이, 김창업은 송금전투에서 자폭하여 생을 마감한 것으로 전해지는 장수가 누군지 확실하게 알고 싶은 나머지 왕영반에게 탑산과 행산의 전투에서 '순절'한 장수의 이름을 아는지 물었다. 중원이 이미 청 왕조의 지배 아래 있는 상황에서 명군의 죽음을 '순절'이라 일컫는 것에 왕영반이 불편한 내색을 하자 김창업은 그가 품은 생각을 더 이상 알아내지 못했다. 그런데 김창업은 영원성에 도착하기 전에 이미 탑산점塔山店을 지나면서 송금전투에서 자결한 장수와 관련하여 궁금해하는 모습을 보였다.

송산과 행산이 함락될 때 이 성을 지키는 장수가 도저히 버티지 못할 형세임을 알고 휘하에 있는 사람들을 거느리고서 스스로 포화 속에 몸을 던졌다고 한다. 절의가 늠름함에도 그 성명이 전하지 않으니 안타까운 일이다. 어떤 사람은 그가 바로 노상현盧象賢이라고도 한다.[36]

---

35 서경순, 『몽경당일사』, 1856년 1월 9일.

36 김창업, 『연행일기』 권2, 1712년 12월 15일, "松杏之陷, 此城守將, 知勢不可支, 率其麾下, 自投於砲火中, 其節義凜然, 而姓名不傳, 可惜. 或云, 是盧象賢."

김창업은 성의 함락을 더 이상 막아 내지 못할 것을 알고 포화 속에 뛰어들어 자결을 선택한 사람이 있었음을 알고 그 절의를 기리기 위해 이름을 알고 싶어하였다. 자결한 사람의 이름이 노상현이라는 설이 있었으나, 김창업이 영원성 현지에서 왕영반에게 더 구체적으로 사실 여부를 확인하고자 했는데 뜻대로 되지 않은 것이다.

이의현은 연행록에서 노상현을 언급하지는 않았으나, 문집에 남긴 그의 시 작품을 보면 노상현의 죽음을 말하며 그의 기개를 기린 것을 확인할 수 있다.

虜騎崩騰夾大河	오랑캐 기병 대릉하를 끼고 기세등등하여
勢急還如飛電過	급박한 형세 또한 번쩍이는 번개 지나가듯 하였네
盧家健帥激壯憤	노씨 집안 씩씩한 장수 뻗치는 분노 용솟음치니
一士從知千古多	이 사람 천고에 훌륭함을 이를 통해 알겠노라
忠魂倏逐祝融焰	충혼 품고 갑자기 포화에 뛰어드니
怨騷重續國殤歌	원한 사무쳐 거듭 순절가 부르네[37]

이의현은 북경의 관사에 머물 때도 두보의 시에 차운하여 '송산보松山堡에서 자폭한 노상현을 애도하노라松㯹弔象賢'라고 하여 다시금 노상현의 죽음을 되새겼다.[38] 훗날 이의봉도 김창업의 연행록을 인용하여 노상현의 죽음을 말하였다.[39] 이해응도 『계산기정』에서 노상현을 언급하며 『탑산소塔山所』를 제목으로 삼아 5언율시를 지었다.[40] 노상현이 죽은 장소가 송산, 탑산 등으로 서

37 이의현, 『도곡집』 권3, 「紀行述懷 次三淵韻 其二十」.

38 이의현, 『도곡집』 권3, 「관사에 머물던 날 무료하여 생각나는 대로 두보의 시에 차운하여 연행길을 되짚으며 장편시를 짓다. 100운(留館日無聊 漫次杜陵韻 追敘行役 爲一大篇 百韻)」. 이 시구는 5언절구 50수 중 제19수의 일부이다. 이의현은 「탑산에서 옛일을 애도하며(塔山弔古)」(『도곡집』 권2)에서도 송산성과 행산성이 함락될 때 절의를 지키며 포화에 뛰어들어 자결한 장수의 일을 노래한다고 하였는데, 이때는 그 장수의 이름이 전하지 않는다고 하였다. ("松杏之陷, 此城守將自投砲火而死. 節義凜然, 而姓名不傳, 可惜.")

39 이의봉, 『북원록』 권2, 1760년 12월 16일.

로 달리 전해지고는 있으나, 김창업 이후 연행사들은 꾸준히 노상현을 기억하였는데, 조대수, 조대락 등 청군에 항복한 유명한 장수들과 대비하여 노상현의 절의를 기리고자 했던 연행사들의 공통된 마음을 알 수 있다.

조선 후기 연행록에서 송금전투와 관련하여 절의를 표상하는 조선의 인물로 지속적으로 언급되는 사람은 이사룡李士龍이다. 이사룡은 경상도 성주 출신으로 1640년 봄에 청나라가 조선에 원병을 요구했을 때 포수로 징발되어 송금전투의 현장에서 활약한 인물이다. 이사룡은 청군과 함께 금주에서 명의 조대수 군대를 상대하게 되었는데, 명군을 상대로 공포空砲를 쏘다가 청군에 발각되어 죽은 것으로 전해진다.

이사룡의 일화는 명·청 교체기에 전쟁에 동원된 조선인 포수의 역할과 함께 생각할 수 있는 사안이다. 그와 관련하여 인평대군이 『연도기행』에 자세하게 언급하였다.

> 금주와 송산은 비록 함락되었으나, 행산·탑산은 죽기를 맹세하고 항복하지 않았다. 성이 함락되자 사람들은 모두 절의를 지키며 죽었다. 청인은 그들이 오래도록 투항하지 않았다고 미워하여 세 산의 성을 허물고 금주 백성을 도륙하였다. 그 뒤 그곳을 지키면서, 영원寧遠의 네 진鎭을 도모하고자 길게 벽을 쌓아 포위하였는데, 그 터가 지금까지 없어지지 않아, 이를 보는 사람들이 주먹을 불끈 쥐게 된다. 이 싸움에 청의 임금이 우리나라 수천 명의 정예 포수를 징집하여 4~5년 동안 번갈아 주둔하게 하였는데, 모두 백발백중의 사수였다. 명나라 군대에서 논공할 때 오랑캐의 머리를 가져가면 50금金을 주고, 고려 사람의 머리는 그보다 곱절을 주었다. 우리나라 장병들이 비록 청인의 위협적인 명령이 두려워 수치를 참으면서 적에게 나아간 것이기는 하지만, 국가에서 수백 년 동안 병사를 길러놓고 마땅히 써야 할 때는 쓰지 못하고, 도리어 써서는 안 될 곳에 썼으니, 아, 애석한 일이다.[41]

---

40 이해응, 『계산기정』 권2, 1803년 12월 14일.

41 인평대군, 『연도기행』, 1656년 9월 8일, "錦松雖陷, 杏塔誓死不降, 及城陷, 人皆死節, 淸人怒其

인평대군은 청나라에 동원된 조선인 포수의 활약이 매우 뛰어났음을 강조했다. 인평대군은 청나라에 징집된 수천 명의 포수들이 불가피하게 명군을 적으로 대하여 공격하는 상황이 전개되어 명군 측에서도 청나라 군사들보다 조선인에 대한 적개심이 더 강했음을 말하였다.

이원정도 송산보에 갔을 때, 치열했던 송금전투를 떠올리며 청군에 끌려가 전투에 참가한 조선인 포수에 대하여 언급하였다.[42] 이원정은 인평대군보다 자세하게 당시의 상황을 서술하였고, 조선인 포수들의 활약으로 인해 송금전투 이후 조선인들이 한족들에게 들은 원망에 대해서도 말하였다. 경진년1640과 신사년1641에 홍승주가 청 태종과 송산에서 교전하였는데, 홍승주의 군대가 처음에는 승리를 거두다가, 조선의 유림柳琳과 유정익柳廷益이 이끄는 포수 1,500인을 청군 앞에 배치하여 발포하게 하면서 명군의 전세가 불리해졌다는 것이다. 그래서 1644년 청군이 북경을 함락한 뒤로 한족들이 조선인을 만나면 이때의 조선군 참전을 원망하는 말을 했다고 하였다. 이원정은 명군이 청나라 군사보다 조선인의 수급首級에 더 많은 포상을 했다고 한 인평대군의 언급보다 더 구체적으로 실상을 말하여, "우연히 명나라 때의 효유문曉諭文을 보았는데 청인의 수급을 바치는 자는 은 50냥을 상으로 주고, 조선인의 수급을 바치는 자는 은 150냥을 상으로 준다고 하였다"[43]라고 하였다. 이원정은 당시 송금전투에 참전한 무인武人에게서 들은 말을 전하며 다음과 같이 기록하였다.

久不降下, 夷城三山, 屠民錦州, 因以守之, 以圖寧遠四鎭, 築長圍, 基址今不泯, 觀者扼腕. 是役也, 淸主徵吾東數千精砲, 替戍四五年, 摠能射命中, 明師論功, 虜頭半百金, 麗頭倍之. 東方將卒, 縱怯淸人威令, 含羞赴敵, 國家數百年養兵, 未用於當用之時, 反用於不當用之地, 嗚呼惜哉."

42 이원정, 『귀암선생문집』 권11, 1660년 3월 26일 일기에 자세하다.

43 "偶見明朝曉喩文書, 獻淸人首級者, 賞銀五十兩, 獻朝鮮人首級者, 賞銀一百五十兩云." 이 효유문 내용은 이원정이 1659년 고부사 정유성(鄭維城)이 중국에서 구입해 온 『명계유문(明季遺聞)』을 인용한 것이다.(김영진, 「귀암이원정연행록(歸巖李元禎燕行錄)」(해제), 한국고전번역원 한국고전종합DB)

> 당시 종군했던 무인武人이 말하였다. "금주, 송산, 행산이 포위된 두 달 동안 땔감과 양식이 다 떨어졌다. 동남쪽에서 운송한 쌀은 청인에게 다 빼앗기고, 성안 사람이 성 밖에 나가 풀뿌리를 캐서 땔나무로 대신한 자는 번번이 조선 병사의 포환에 맞아서 죽었다. 성안에서 조선말을 할 줄 아는 사람이 성에 올라 소리치기를, '조선은 우리 신종 황제의 은혜를 잊었느냐? 성안 사람들이 지금 다 죽게 되어 풀뿌리를 캐서 며칠간 연명하는 것인데, 너희들이 기필코 죽여버리니 어찌 차마 이런 짓을 한단 말인가?'라고 하였다." 당시 우리 고향 사람 이사룡이 공포空砲를 쏘다가 발각되어 여러 차례 회유와 협박을 받았으나 굽히지 않다가 죽었다.[44]

이원정은 조선인 포수들이 청군을 위해 전공戰功을 세우면서 임진왜란 때 명나라가 군대를 파견해 조선에 베푼 재조지은再造之恩에 보답하지 못한 셈이 되었다고 안타까워하면서도, 이사룡과 같은 포수가 있어 명에 대한 절의를 지킬 수 있었다고 말하였다. 조선인 포수들의 능력을 드러내어 찬사를 보내지 못하는 괴로운 상황에서 이사룡을 통해 불편한 마음을 어느 정도 해소할 수 있었던 것이다.

『심양일기』를 보면 실제로 송금전투에서 명군과 청군이 대치하는 상황에서 조선인 포수들이 적극적으로 명군을 공격하지 않는 것을 청군이 심각하게 문제 삼았던 것으로 보인다.[45] 1641년 9월 4일에 청인 범문정范文程 등이 소현세자에게 청 태종의 말을 전하러 와서 유정익柳廷益이 데리고 온 포수들의 사격 실력이 좋지 않은 이유를 물었다. 실제로 실력이 좋지 않은 것인지, 아니면 다른 이유가 있는 것인지 물었다. 고의성을 의심한 것이다. 아울러 그 문제로

---

44 이원정, 『귀암선생문집』 권11, 1660년 3월 18일, "當時從軍武人之言, 錦州及松杏山受圍兩月, 樵絕粮盡. 東南糟運之米, 盡爲淸人所掩取, 城中人草根於城外, 以代薪者, 輒爲鮮兵砲丸所中殺, 城中有解我國語者, 登城呼曰, 朝鮮忘我神宗皇帝之恩耶. 城中之人今將盡劉, 採取草根, 能延幾日之命, 而爾等必殺之, 何忍爲此哉. 吾鄕人李士龍發虛砲見覺, 屢被誘脅, 不屈死之."

45 『심양일기』, 「西行侍講院日記」, 1641년 9월 4일, "范文程·比巴·加鱗·博氏等, 以汗意來言曰, 柳廷益帶來砲手, 不爲善放, 技藝不精乎, 抑有他故乎. 須送行中官高之人嚴飭云. 不得已依其令, 即遣宣傳官致汗命於諸將官及軍人等處."

조선인 지휘관들과 군사들을 엄하게 단속해 달라는 요구가 있었기 때문에 소현세자는 장수와 군사들이 있는 곳에 선전관을 보내어 청 태종의 명을 전하였다.

이처럼 청 태종이 소현세자에게 조선군을 단속하라는 요구까지 하는 엄중한 상황에서 이사룡이 보여준 행동은 연행사들에게 매우 뜻깊은 일로 여겨졌다. 박지원도 송산을 지나면서 글을 지어 이사룡의 영혼을 위로하였다.[46] 박지원은 이사룡이 죽은 뒤에 그의 죽음을 명군 조대수 진영에서 알고 그를 기리는 뜻에서 큰 글씨로 '조선 의사義士 이사룡'이라고 써서 내걸었다는 말을 덧붙였다.[47]

김정중은 행산보杏山堡를 지나면서 조대수, 홍승주가 패전한 곳이라는 점을 떠올리고, 주막에서 술을 사 마신 뒤 '성주 이열사전成州李烈士傳'을 읽으며 슬픔을 되새겼다고 하였다.[48] 당시 이미 송시열 등이 이사룡을 전傳 작품으로 입전하였기 때문에 그의 전을 읽은 18~19세기 연행사들은 이사룡의 행적을 대명의리와 연계하여 의미 부여를 했던 것으로 보인다. 연행사들은 이사룡처럼 높은 지위에 있지 않은 조선인 병사의 절의를 내세우면서 은연중에 조대수와 같은 명군 장수들의 훼절과 대비하여 그 정신적 가치를 부각할 수 있었다. 이는 조선인 포수들의 활약이 명군의 패전에 일조했을 것이라는 연행사들의 불편한 마음을 불식하는 데도 일정하게 작용한 것으로 보인다.

3) 전후戰後 유적에서 환기되는 비극 경관京觀과 관마산 승전비官馬山勝戰碑

송금전투에서 홍승주가 13만 병사를 거느리고 금주성을 지원하기 위해 출정하였으나, 금주로 가지 못하고 송산성에 주둔하였는데, 이 송산성과 금주

46 박지원, 『열하일기』, 「동란섭필(銅蘭涉筆)」.

47 김경선도 『연원직지』에서 이 이야기를 적었는데, 『열하일기』의 내용과 일치한다.

48 김정중, 『연행록』, 1791년 12월 10일, "日未暮, 過杏山堡, 此是古戰場, 居人指祖將軍·洪承疇戰敗之所. 余住馬良久移時, 沽店酒痛飮, 仍讀成州李列士傳, 忽悲風吹我頭, 髮森然上指."

성의 전투가 모두 패배로 귀결되면서 명군 측에서 수많은 전사자가 발생하였고, 그 때문에 청군 입장에서는 적군 전사자의 시신을 한데 모아 무덤으로 만들었다. 조선 후기 연행사들은 연행노정에서 송금전투가 치열하게 전개된 송산 지역을 지날 때 명군 전사자의 무덤을 언급하였고 그것이 바로 '경관京觀'이다.

경관은 『춘추좌씨전春秋左氏傳』부터 확인되는데, 전쟁이 끝난 뒤에 적군의 시신을 쌓아 올리고 흙으로 덮어 만든 큰 무덤을 뜻한다. 수많은 적군의 시신을 모아 승자의 전공을 과시하기 위해 만든 것으로 이해된다. 송금전투 지역을 지나면서 유득일, 윤급, 채제공, 이덕무, 서유문, 김경선, 임백연 등 여러 연행사들이 꾸준히 경관에 대하여 언급하였다. 다음은 유득일의 연행록에 보이는 내용이다.

> 홍승주가 13만 병사를 거느리고 구원하러 갔으나 청나라 군대가 고개 위에서 진을 치고 차단하였다. 홍승주 군대는 금주로 감히 직접 쳐들어가지 못하고 송산보로 들어가 지원하였으나 끝내 패배하여 한 명의 군사도 돌아가지 못하였다. 청나라 병사는 공격하여 함락한 뒤에도 명나라 병사들이 견고히 지키며 혈전을 벌인 것을 미워하여 처참하게 도륙하고, 성곽과 보루는 무너뜨려 평지를 만들고, 백골은 쌓아 경관京觀을 만들었다. 지금도 오래된 언덕들이 마주 보고 줄지어 있다. 바라보니 나도 모르게 눈물이 주르륵 흐른다.[49]

경관은 연행사들에게 명군의 참혹한 패전을 되새기게 해 주던 역사적 결과물이다. 청군이 명군을 도륙하고 그들이 항전하던 성도 파괴하여 명군의 흔

---

49 유득일, 임재완 역, 『국역 연행일기초(燕行日記草)』(국립중앙도서관 2010), 1694년 9월 14일, "洪承疇率十三萬衆來救, 而淸人遮陣嶺上. 洪兵不敢直走錦州, 入松山堡爲聲援, 終至敗積, 靡有一卒之還. 淸兵攻陷之後, 惡其堅守血戰, 屠戮極慘, 城壘夷作平地, 白骨積爲京觀, 至今古阜, 纍纍相望, 見之不覺涕淫淫也."(문맥을 고려하여 번역문의 일부를 수정함)

적을 모두 제거하였으므로, 경관을 통해서만 패자인 명군의 모습을 확인할 수 있었다. 채제공은 송산과 행산 사이에 경관이 즐비하다고 하면서 송금전투에 앞서 있었던 심하전투에서 유정劉綎의 군대가 패배한 일까지 떠올렸다. 요동 및 요서 지역에서 계속된 전환기 명·청 사이의 전투에서 명군의 연이은 패배로 곳곳에 경관이 들어서게 되었고, 그것이 궁극적으로 왕조의 교체로 이어졌음을 말하였다.[50] 서유문의 『무오연행록』과 이해응의 『계산기정』에서는 경관이 위치한 곳이 송산보松山堡와 행산보杏山堡 사이에 있는 관마산官馬山이라 하였다.[51] 서유문은 관마산이 송산보 및 행산보와 함께 명군이 참혹하게 패배한 장소이며, 2백 년가량 시간이 지났음에도 여정 중에 멀리서 경관이 있는 쪽을 바라보면 마음이 아프다고 하였다.

19세기에 들어서면 관마산을 지나는 연행사들에게 명군이 패배한 흔적으로 경관 말고도 '관마산 승전비官馬山勝戰碑'가 언급되기도 하였다. 이 비석은 송금전투에서 2백 년가량 지난 뒤 청나라 입장에서 송금전투의 승리를 기억하기 위하여 만든 것이지만, 대명의리가 내면화되어 있는 연행사들에게는 경관과 마찬가지로 패전의 슬픔을 환기하는 매개였다.

김경선이 『연원직지』에서 「관마산 승전비기官馬山勝戰碑記」를 써 관마산 승전비문 중 일부를 인용하고 있어 비석 건립의 배경을 알 수 있다.

> 신사년1641에 우리 태종께서 명의 군사를 송산에서 크게 격파하고, 기미년1619에 우리 태조께서 명의 군사를 살이호薩爾滸에서 대파하였다. 이는 실로 우리 대청大清을 건국하게 만든 큰 업적이다. 이 사적이 실록에 기록되어 있으나 사람들이 쉽게 볼 수 없으므로, 황고皇考께서 그 사실을 특기하여 자손과 신민들에게 보여준 것이다. 올가을 성경盛京에 가는데, 길이 송산, 행산을 지나게 되었다. 우리 태종께서 명

50 채제공, 『번암집』 권13, 「含忍錄」, "松山杏山之間, 京觀纍纍, 卽洪承疇敗降處, 追憶劉都督綎富車戰亡, 不禁長城一壞·胡馬飮江之歎, 慨然有作."

51 서유문, 『무오연행록』, 1797년 12월 8일; 이해응, 『계산기정』 권2, 1803년 12월 13일.

나라 군사 13만 명을 크게 격파하여 홍승주를 사로잡고 제국의 판도를 넓혀 길이 누릴 제업의 기반을 닦은 것을 추억하였다.[52]

김경선에 따르면 관마산 승전비는 가경嘉慶 10년1806과 도광道光 9년1829에 세운 어필 시비이다. 위 인용문은 두 비석 가운데 청나라 도광제가 세운 비석에 새겨진 글로 보인다. 도광제가 1829년 심양으로 행차할 때 23년 전 가경제가 승전비를 세운 일의 의의에 대하여 설명한 것이다. 김경선이 『연원직지』에 요약해 둔 바와 같이 관마산 승전비에는 청나라 태조와 태종이 홍승주, 조대수, 하승덕夏承德 등이 이끄는 명군을 대파하여 송산, 행산의 전투에서 승리를 거둔 내용이 포함되어 있다. 이 비문에 홍승주와 하승덕 두 사람이 애걸한 일이 언급되어 있다고 한 김경선의 서술을 통해, 청 황제의 업적과 명나라 장수의 비굴한 모습을 동시에 부각하는 비문이었음을 알 수 있다. 김경선은 이 비석을 통해 명군의 치욕을 다시금 확인하게 된 것이다.

임백연任百淵도 김경선보다 7년 뒤인 1836년 연행에서 관마산 승전비를 보았다.[53] 임백연은 삼사신과 함께 비석을 살펴보았는데, 청이 이룬 전승의 공적과 함께 조대락, 홍승주 등이 패전한 사실이 기록되어 있다고 하였다. 이처럼 관마산 승전비는 19세기의 유적으로서, 연행사들로 하여금 송금전투 후 2백여 년이 지난 시점까지 청 황제의 목소리를 통해 명군의 비참한 패배를 소환하게 하는 매개가 되었다.

---

52 김경선, 『연원직지』, 1832년 12월 7일, 「官馬山勝戰碑記」, "辛巳, 我太宗大攻明師於松山之戰, 己未, 我太祖大破明師於薩爾滸之戰. 實我大淸開國洪猷, 事載實錄, 人不易見, 皇考特書其事, 以示子孫臣庶. 今秋恭詣盛京, 道徑松杏, 敬憶我太宗大破明師十三萬, 擒洪承疇, 式廓皇圖, 永定帝業."

53 임백연, 『경오유연일록(鏡浯遊燕日錄)』, 1836년 12월 7일 일기에 관련 기록이 보인다.

5. 맺는 말

조선 후기 연행록에서 환기되는 송금전투의 기억에 대하여 살펴보았다. 송금전투는 명·청 교체기 명·청 사이에 힘의 균형이 무너지고 청군이 산해관으로 진입하는 발판을 마련하는 획기적 전환점이 된 사건이다. 이 전투가 역사에 명군의 참혹한 패배로 기록되어 있기 때문에, 대명의리를 견지하던 조선 후기 연행사들은 대릉하-영원 구간을 지날 때면 이 전투와 관련한 사안들을 언급하며 패전의 비극을 소환하고는 하였다.

인평대군, 이원정, 김창업 등 송금전투가 일어난 때로부터 비교적 가까운 시기에 연행한 사람들은 전쟁 시기나 본인의 연행이 이루어진 시기의 일을 바탕으로 생생하게 전쟁의 기억을 되살려냈다. 전쟁 시기에 볼모로 심양에 체류한 경험이 있었던 인평대군은 송금전투에 대한 기억과 정보를 가장 구체적 서술하였다. 또한 시기적으로 송금전투로부터 점점 멀어지면서 연행사들은 주요 전적들을 참고하여 전쟁의 기억을 불러냈다. 『심양일기』, 인평대군의 『송계집』, 김창업의 『연행일기』 등은 18~19세기 연행사들이 송금전투의 기억을 재생산하는 중요한 매개였다.

조선 후기 연행사들은 송금전투를 통해 명의 패전이라는 비극적 기억을 되새겼는데, 그 가운데 영원 지역에서 목격하는 조대수 가의 패루는 해당 전투의 내용을 소환하는 중요한 열쇠가 된다. 송금전투로 폐허가 된 대릉하-영원 구간은 청이 중원을 차지한 뒤에도 오래도록 그대로 방치되었고, 그 때문에 영원성에 도착하여 구경하게 되는 조대수가의 패루는 더욱 화려하고 웅장하게 보일 수밖에 없었다. 그런데 연행사들은 그 화려함과 웅장함을 통해 역설적으로 송금전투에서 조대수와 조대락이 청에 항복한 굴욕의 역사를 떠올리며 그들의 삶에 대하여 개탄하였다. 명군을 이끈 장수들이 명에 대한 훼절의 삶을 산 것으로 기억되면서 연행사들에게 지탄의 대상이 된 반면, 연행사들은 송금전투의 영웅상을 무명전사들로부터 찾고자 하였다. 연행사들은, 송금전투가 패배로 끝나리라 생각하고 포화 속에 뛰어들어 자결한 것으로 알려진 노상현과 명에 대한 의리 때문에 명군을 향해 공포를 발사하다 발각되어 청군에게 죽은 이사룡에 대한 기억을 통해 위로받았다. 또한 송금전투의 결과로 만들어진 유적이라 할 수 있는, 패자들의 무덤인 경관과 승자의 기념물인 관마산 승전비 또한 연행사들이 송금전투의 아픔을 기억하는 매개였다.

본고의 논의를 위해서 '연행록사전 DB'를 시험적으로 활용하였다. 송산, 금주, 영원 등 연행의 주요 노정에 포함되는 지명을 중심으로 연관어 항목들을 찾고, 그것을 바탕으로 연행록의 서술 내용을 검토하였다. 해당 항목들을 중심으로 연행록을 살펴 송금전투에 대한 연행사들의 기억 양상을 구체적으로 파악할 수 있었다. 아울러 이번 논의를 진행하면서 확인한 바와 같이, 송금전투와 관련하여 '연행록사전 DB'의 일부 항목을 추가하고 기존 항목의 서술 내용을 보완하면 해당 데이터베이스의 학술적 활용도가 더욱 제고될 것으로 기대한다.

필자 소개 (수록순)

신익철 申翼澈, Shin Ik-cheol
한국학중앙연구원 국어국문학과 교수

소대평 肖大平, Xiao Daping
기남대학교 중국문화대외전파협동창신센터 조연구원

임명걸 任明杰, Ren Mingjie
중국해양대학교 한국어학과 교수

정환국 鄭煥局, Jung Hwan-kuk
동국대학교 국어국문문예창작학부 교수

장령옥 張玲玉, Zhang Lingyu
호남사범대학교 중문학과 박사후

장유승 張裕昇, Jang Yoo-seung
성균관대학교 한문학과 조교수

윤재환 尹載煥, Yoon Jae-hwan
단국대학교 국어국문학과 교수

만청천 萬晴川, Wan Qingchuan
양주대학교 중문학과 교수

오류영 吳留營, Wu Liuying
상하이사범대학교 중문학과 부교수

권진옥 權津鈺, Kwon Jin-ok
단국대학교 국어국문학과 조교수

엄태웅 嚴泰雄, EOM Tae-ung
고려대학교 국어국문학과 교수

전 연 田娟, Tian Juan
중국해양대학교 한국어학과 부교수

조용희 趙隆熙, Jo Yoong-hee
한국학중앙연구원 국어국문학과 교수